KB132810

to my beautiful you

나의 아름다운
그대에게

to my
beautiful you

II

FEEL
PREMIUM EDITION

펑크로드 장편 소설

contents

2. 진흙

소장 이상이 참석하는 군 정기 회의에 에드윈의 보좌 중 하나로 따라가게 되었다. 회의 장소는 수도의 중앙사령부였다. 차로 수도까지 이동하는 동안 다른 사람이 운전대를 잡았음에도 멀미 때문에 반쯤 기절 상태였다. 나는 차가 정말이지…… 너무 싫다. 에드윈과 죽음의 드라이브를 한 지 벌써 2주나 지났지만 어째선지 아직도 이 모양이었다. 그 감각은 마치 체기처럼 내 안에 남아 있었다. 어차피 평생 차를 피해 다닐 수도 없는 처지니 언젠가는 가라앉겠지만 그때까진 매번 이렇게 고통스럽겠지.

수도에 도착한 건 오후 5시경이었다.

"괜찮나? 레이시 준위."

"예. 괜찮습니다. 죄송합니다."

손수건으로 코와 입을 막고 차에서 내리는 날 보고 에드윈 중장의 제1보좌관인 테오 대위가 걱정해 줬다. 그는 내 얼굴빛이 말도 못 하게 질려 있다고 했다. 속으로 망할 중장, 망할 대위—중장에게 운전을 가르쳤던 하이안 대위를 말하는 거다—라고 욕하며 바닥을 친 기분을 달래고 있는데 어쩐 일로 입가에 미소 한 줄 띠우지 않고 안면이 굳어 있던 에드윈이 눈앞의 건물을 가만히 바라보다 말했다.

"그만 가지."

"예."

우리가 머물 곳은 총통부라고도 불리는 중앙사령부에서 조금 떨어져 있긴 하나 그 소속에서 관리하는 장교 숙소였다. 같이 온 일반 병사들은 장교 숙소 뒤편의 병사 숙소에서 머물게 된다. 나는 정식이 아닌 준장교였으나 애매함을 반올림이라도 해 줬는지 장교 숙소로 배정되었다.

간단한 짐을 풀고 잠시 침대에 앉아 담배를 물었다. 아무 생각 없이 멍하게 있다가 연기에 눈앞이 뿌예지는 것을 보고 창가로 가 창문을 당겨 열었다. 밖으로 보이는 숙소 공터엔 먼 지역에서 회의 참석자들을 태우고 온 차들이 속속들이 도착하고 있었다.

그러다 한눈에도 고급으로 보이는 승용차가 공터에 들어왔다. 대체 얼마나 높은 사람인지 앞뒤로 호위하듯 따라온 다른 차들이 유독 많았다. 차의 뒷문이 열리고 그 안에서 드디어 누군가가 내렸다. 그는 여유로운 인상의 키가 아주 커다란 남성이었는데 오늘따라 스콜이 오려는지 날씨가 좋지 않은 탓에 겉옷을 걸치고 있어서 계급까진 확인할 수 없었다. 누굴까? 사소한 궁금증을 안고 바라보는 사이 담배가 다 탔다. 그제야 흥미를 끊고 다시 창문을 닫았다.

"대위님."

"들어와."

테오의 방에 노크하자 안에서 허락이 떨어졌다. 문고리를 돌려 안으로 들어가자 테오가 두꺼운 종이 뭉치를 넘겨 보고 있다가 고개를 돌렸다.

"나는 내일 회의 자료를 중장님께 가져다드려야 한다. 자네는 식사 시간과 만찬장에서 우리에게 정해진 자리를 파악해 두고 수시로 쥬페도라 대장께서 도착하시는지 알아보도록. 대장의 도착이 확인되면 바로 내게 알려라."

"알겠습니다."

"가 봐."

바로 방을 빠져나가 그가 지시한 대로 식당 개방 일정과 자리를 확인해 수첩에 적고 숙소의 안내대로 향했다. 그곳의 여성 안내관이 웃는 얼굴로 경례를 해 보였다. 군 수뇌부가 모이는 장소에서 긴장도 없이 잘도 웃을 수 있구나 생각이 들어 살짝 감탄했다. 하지만 생각해 보니 대체로 안내를 맡는 병사들은 표정이 부드러웠던 것도 같다. 내가 신경을 안 썼을 뿐. 어쩌면 안내관은 웃으라고 교육을 하는지도 모르겠다. 그녀의 옷 어깨와 가슴 위론 일등병의 계급이 표시되어 있었다. 밀라라고 쓰인 그녀의 이름표를 확인하며 물었다.

"쥬페도라 대장께서는 오셨나?"

"아직 도착 전이십니다."

손을 내린 안내관은 나긋나긋하지만, 힘 있는 어조로 대답했다. 알았다고 고개를 끄덕인 뒤 바로 장교 숙소를 빠져나가 계단을 타고 내려갔다. 그러다 여러 보좌관을 대동한 채 올라오는 아까 전 그 키 큰 장교를 마주쳤고 그의 계급을 모름에도 바로 길을 비켜서서 경례했다. 그의 보좌관으로 보이는 사람들 모두가 나보다 계급이 높았기 때문이다. 보좌관으로서는 최고 계급인 소령도 있었다. 도착했을 때와 약간 시간 간격이 있는 거로 보아 그들은 어딘가에 들렀다 오는 것 같았다.

그들은 내게 눈길도 주지 않고 지나쳐 숙소 안으로 들어갔다. 그제야 손을 내리고 다시 계단을 내려갔다. 병사 숙소의 입구에서 내 권한으로 동행한 병사들을 호출했다. 머지않아 다섯 명의 병사가 달려와 그들을 데리고 밖으로 나왔다.

"언제 밖으로 나갈지 모르니까 교대로 차 앞에 대기하고 있어."

"알겠습니다."

"세차해 놓고."

"예."

"놀러 온 게 아니다. 술 마시지 마."

술을 좋아하는 한 병사를 지그시 바라보며 말하자 그는 멋쩍게 웃으며 말했다.

"하하. 준위님도 참. 여기에 술이 어딨다고 마시겠습니까. 걱정 마십시오."

병사가 능글거리며 말했지만 나는 그를 가만히 위아래로 뜯어보다가 한 손을 내밀었다.

"내놔."

"예?"

"허리에 그 물통."

그는 머뭇거리다 다시 한 번 내놓으라 말하자 주섬주섬 허리에 매달린 물통 끈을 풀어 내밀었다. 그것을 받아 뚜껑을 열어 냄새를 맡았다. 곧 그 상태로 눈을 들어 바라보자 병사는 내 시선을 피해 허공을 바라보고 있었다.

"체이 상사."

"넵."

"……죽는다."

"잘못했습니다!"

역시 예상대로 물통 안엔 술이 가득했다. 이런 정신 나간 놈이……. 내 권한으로 데리고 온 병사가 이 모양이니 짜증이 났다. 역시 다른 사람을 데려오는 거였는데. 잠깐이라도 수도에 가 보고 싶다며 꼭 좀 데려가 달라고 사정하는 바람에 정을 베푼 나 자신에게 한심하다 속으로 질책했다. 뚜껑을 닫으며 말했다.

"별로 저녁 굶어."

"헛……?! ……옙."

뭔가 말하고 싶어 했던 병사는 이내 내 얼굴을 보고는 순순히 입을 다물었다. 압수한 물통을 들고 돌아서며 덧붙였다.

"세차나 해. 물론 너 혼자."

"아, 준위님~"

"쓰…….."

"……알겠습니다."

또 능글맞게 넘어가려던 병사였지만 다물라는 뜻으로 흘겨봐 주었더니 낭패한 표정으로 순순히 대답했다. 그러다 등 뒤로 '아오— 저 마녀.' 라고 작게 욕하는 소리가 들려왔지만 그저 한숨을 쉬며 조용히 넘어가 주었다. 스스로 생각해도 참 너그러운 처사였다.

다시 장교 숙소로 돌아와 안내관에게 그사이 쥬페도라 대장이 왔었는지를 물었다. 그러자 그녀는 여전히 밝은 얼굴로 내가 나간 지 얼마 안 있어 그가 도착했다는 말을 해 주었다. 방 호수를 알아낸 후

바로 테오의 방으로 향했지만, 문을 두드려도 대답이 없었다. 그의 행선지를 알고 있었기에 발길을 돌려 에드윈의 방으로 갔다. 허락을 구하고 안으로 들어서자 테오는 아직 이곳에 있었다.

"아. 준위. 어서 와. 볼일은 다 마쳤나?"

테오와 마주 앉아 뭔가 심기 불편한 얼굴을 하고 있던 에드윈은 날 보자마자 서글서글한 웃음을 띠곤 반갑게 맞아 주었다. 테오는 내게 지시한 일을 물었다. 바로 수첩을 빼 들어 식사 시간과 만찬장의 위치, 만찬장에 출입 가능한 명단, 배정된 자리 등을 메모한 페이지를 찢어 테오에게 주었다.

"저녁 식사 일정은 거기에 있습니다. 그리고 조금 전 쥬페도라 대장께서 도착하셨다고 안내관에게 확인받았습니다. B004호실에 계시답니다."

"수고했다."

테오는 짧게 대꾸하곤 에드윈을 바라보았다. 에드윈은 또다시 미미하게 찌푸려진 얼굴을 하고 있었다. 테오가 먼저 자리에서 일어서며 그에게 말했다.

"어린애처럼 굴지 마시고 일어나시죠. 인사도 그렇지만, 중요한 용무가 있지 않으십니까."

"인사는 식사할 때 해도 돼. 용무는 먹고 나서 보면 되고."

"중장님."

마치 병원 가기 싫어하는 어린아이처럼 에드윈은 아예 소파 위로 길게 누워 버렸다. 테오의 이마에 핏줄이 돋았다. 결국, 테오는 뭉그적대는 에드윈에게 버럭 화를 냈다.

"자꾸 이러실 겁니까?! 한두 살 먹은 애도 아니고 왜 이러십니까! 매번 이러시다 결국 회의만 빼꼼 참가하고 돌아가 버리시잖습니까!

그럴 때마다 그쪽에 허리 굽혀 발발 떨고 있는 제가 불쌍하지도 않으십니까?! 당장 일어나세요! 안 되면 힘으로라도 끌고 가겠습니다!"

자료를 탁자 위에 탕 소리 나게 내려놓은 테오는 벌떡 일어나 에드윈의 팔을 잡아 일으키려 했지만, 그는 꿈쩍도 하지 않았다. 에드윈은 아예 등을 보이며 돌아누웠고 테오는 내게 명령을 내렸다.

"준위! 도와라! 오늘은 자네의 문제도 해결해야 하니까 여기서 더 늦으면 안 돼!"

내 문제? 뭘? 의아했지만 일단 명령을 받았으니 돕기로 했다. 자리를 옮겨 소파의 등받이 쪽으로 섰다. 에드윈을 같이 잡아 일으키길 원했던 모양인지 테오는 에드윈의 팔을 놓지 않은 채 의아하게 나를 바라보았다. 나는 두 손으로 긴 소파의 등받이를 붙잡고는 두어 번 들썩거리다 앞쪽으로 휙 밀어 버렸다.

"응? 으악!"

에드윈은 그대로 바닥으로 굴러떨어지며 놀란 비명을 질렀다. 그제야 소파를 제대로 돌려놓고 바닥에 주저앉아 주먹으로 허리를 두드리는 그에게 말했다.

"가시죠."

"네 녀석들…… 진짜 상관에 대한 예의가 없다고……."

"벌은 돌아가서 받겠습니다."

뾰로통해 보이는 에드윈에게 대꾸하고 걸어가 문을 열어 주었다. 어차피 이런 일로 징계를 주지 않을 거란 사실은 알고 있다. 에드윈은 마지못해 자리에서 일어나더니 툴툴거리면서 방을 나섰다. 테오도 그를 따라 방을 나서며 작은 목소리로 잘했다고 나를 칭찬했다. 마지막으로 나오며 문을 닫자 테오가 말했다.

"준위도 따라와."

"저도요?"

"그래. 자네 문제를 해결해야 한다고 했잖나."

에드윈의 최측근이라 그런지 테오도 나에 대해 뭔가 아는 듯했다. 절로 인상을 찡그렸다. 테오가 날 알아서가 아니라 쥬페도라 대장을 만나는 자리에 따라가는 게 껄끄러웠다. 쥬페도라는 루이의 위쪽이 아니던가. 나 같은 거야 그쪽에선 진작에 잊었을 텐데 이제 와 뭘 해결해야 한다는 건지 알 수 없었다. 괜히 긁어 부스럼이나 만드는 건 아닌지.

그러고 보니 새삼 떠올랐다. 예전 루이가 날 죽이려 했을 때 에드윈이 그 밑에서 협력하겠단 뜻을 보이며 날 구해 줬었다. 방금까지도 에드윈은 쥬페도라와 대면하고 싶지 않아 하던 게 떠오르며 절로 비틀리려는 입가를 애써 힘줘 눌렀다. 결국, 이 상황 또한 내 빚이었다.

쥬페도라의 방 앞에 도착하자 에드윈은 작게 숨을 고르더니 찌푸려진 얼굴을 애써 밝게 바꾸곤 손을 들어 문에 노크했다. 방문이 벌컥 열리며 아까 지나칠 때 보았던 키 큰 남자의 보좌관 중 하나가 얼굴을 비쳤다. 그는 에드윈을 보곤 놀랍다는 듯이 눈을 동그랗게 떴다가 이내 경례를 해 보이며 옆으로 비켜섰다.

"대장님. 에드윈 중장께서 오셨습니다."

"그래? 웬일로?"

우리는 신문을 읽다 말고 고개를 드는 남자를 향해 경례했다. 역시 아까 지나쳐 봤던 그 남자가 맞았다. 이 사람이 쥬페도라 대장. 남부 사령부를 통솔하고 있으며 루이가 모시고 있고 내가 모실 뻔한 남자. 무심한 얼굴로 눈을 가만히 깜박거리며 우리 쪽을 바라보던 그는 곧 피식 웃으며 말했다.

"오랜만이군. 에드윈 중장. 앉아."

"그간 찾아뵙지 못해 죄송합니다. 잘 지내셨습니까."

"괜찮아. 나야 항상 그렇지. 홍차 좋아하나? 막 다 된 참인데."

"감사히 마시겠습니다."

에드윈은 아까의 우중충했던 모습은 온데간데없고 산뜻하게 웃는 얼굴로 쥬페도라의 오른편 소파에 앉으며 대답했다. 쥬페도라는 보좌관에게 손짓했다. 그의 보좌관이 막 물을 데워 우려낸 차를 다기에 담아 탁자로 가져왔다. 쥬페도라가 먼저 찻잔을 들며 말했다.

"남부는 차 농사가 잘되어서 말야. 어떤가. 맛이 맘에 들면 선물로 좀 보내 줄까?"

"음. 좋군요. 주신다면야 저야 감사하지만, 괜히 귀찮게 해 드리는 건 아닌지 모르겠습니다."

에드윈도 차를 한 모금 마시며 대꾸했다. 쥬페도라는 부드럽게 입가를 올려 보이며 다시 한 모금 마시곤 찻잔을 내려놓았다.

"별로 안 귀찮아. 어차피 보좌관이 하는 일이고. 그나저나……"

쥬페도라의 시선이 내게로 옮겨 왔다. 언뜻 그의 눈빛이 슬쩍 가늘어진 것도 같다.

"실제로 보는 건 처음이군요. 마들로나 드 데본 제이 양."

에드윈이 찻잔을 든 손을 허공에서 멈췄다. 나도 순간적으로 숨을 멈추며 몸을 긴장시켰다. 에드윈이 웃음을 지우고 쥬페도라를 응시했지만, 그의 시선은 나에게 박혀 움직이질 않았다. 침묵이 감돌자 쥬페도라는 양 눈썹을 위로 올리며 왜 아무 말도 안 하냐는 듯 목소리를 냈다.

"음?"

"……처음 뵙겠습니다. 쥬페도라 대장님. 전 이번에 에드윈 중장님을 보좌하게 된 레이시 준위입니다."

한 박자 늦게야 스스로가 생각해도 어색할 정도로 딱딱하게 대꾸했다. 너무 당황스러웠다. 그가 내게 알은척하리란 상상은 단 한 번도 해 본 적이 없다. 기껏해야 에드윈이 소개하면 한 번이나 제대로 시선을 줄까 싶었다. 그도 그럴 것이, 그에게 나는 수많은 개미 중의 하나일 테니까. 거기다 대체 무슨 뜻으로 날 본명으로 부른 건지도 모르겠다. 앞으로 내 처우에 대한 불안감이 불쑥 고개를 들었다. 떨리려는 손을 허리 뒤에 감추고 주먹 쥐었다. 쥬페도라는 그런 나를 보며 바람 빠지듯 픽 웃었다.

"아니, 아니지요. 그대의 이름은 마들로나 드 데본 제이. 몇 년 전에 기억을 찾았다고 들었는데 내가 틀린 겁니까?"

"말씀을…… 낮춰 주십시오."

시선을 아래로 했다. 다정한 어조임에도 주눅이 들어 도무지 그와 눈을 마주치고 있을 수가 없었다. 그가 무서웠다. 당장이라도 여기서 날 죽여 치워 버릴 것만 같았다. 상상이기만 하면 좋겠지만 쥬페도라에겐 그럴 수 있는 권력이 있었다. 일단 처리해 버리고 나면 첩자로든 뭐든 죄를 덮어씌우고, 먼저 대장을 공격했으므로 즉결 처분을 했다며 뒤처리하는 건 아주 쉬운 일일 터였다. 사실 군에서 이런 비슷한 식으로 처리되는 일도 상당한 게 현실이다.

어쨌든 당장 내 모자란 머리로 떠오른 것만 해도 이럴 것인데 하물며 이 바닥에서 대장까지 오른 그라면 더 효율적인 방법을 알고 있을지도 모른다. 이제 와 목숨에 연연하지 않는다고 생각했는데 새삼 사람을 보고 겁먹을 줄은 몰랐다. 그만큼 쥬페도라는 카리스마가 있었다. 마치 사이크처럼…….

차이점이라면 사이크는 날 누를 의도가 없었으니 무섭다가도 금방 괜찮아졌지만, 쥬페도라는 그것을 여과 없이 내게 내뿜으며 찍어 누르고 있다는 거였다. 당장 눈앞에서 칼을 휘두른다 해도 이렇게 눈앞이 아찔할 것 같진 않았다.

쥬페도라는 자리에서 일어나 나에게 다가왔다.

"그럴 수야 없지요. 귀하신 분이 아닙니까. 아무리 명성뿐이라 해도 귀족은 귀족. 고작 군의 계급으로 하대를 하기엔 너무나 고고한 피를 가지셨지요. 그대의 부친께선 절대로 군인에게 허리를 굽히지 않으셨습니다."

쥬페도라는 허리 뒤에 숨긴 내 손을 부드럽게 잡아 올렸다. 그리고 그는 귀족 여인에게 하듯이 내 손등에 가볍게 입을 맞추고는 놓아주었다.

"얼굴 보기 어려운 중장이 날 찾아온 건 당신 때문이겠지요? 헌데…… 이걸 어쩐다."

쥬페도라가 사뭇 곤란한 듯한 어조로 말을 뗐다. 슬그머니 시선을 들자 그는 난처한 얼굴로 다른 곳을 보며 자신의 턱을 매만지고 있었다. 그러다 문득 다시 나를 향한 그의 눈은 놀랍도록 건조했다. 마치 까마득한 구렁텅이와 같다. 쥬페도라가 조금 느릿한 어조로 말했다.

"나는…… 귀족을 내 밑에 둘 생각 따윈 조금도 없는데."

그 순간 등 뒤에서 섬뜩한 느낌이 들었다. 하지만 돌아보기도 전에 순식간에 내 목으로 무언가가 휘감기며 세게 조여졌다.

"큭―!"

목이 졸린 채 뒤로 당겨져 넘어졌다. 반사적으로 목을 짚었지만, 아무것도 만져지지 않았다. 실와이어?! 곧 군화에서 나이프를 빼 들어 보이지 않는 줄을 찾아 허공에 여러 번 휘저었다. 어느 순간 목 근처에서 무언가가 날에 걸려 끊어지며 그제야 막혔던 숨통이 해방되었다.

"혁—! 콜록!"

크게 기침을 하며 한 손으로 목을 감쌌다. 공격당한 것에 대한 순수한 분노가 치밀었다. 주저앉은 채 으르렁거리듯 신음하며 뒤를 돌아보자 군복을 입은 앳된 얼굴과 눈이 마주쳤다. 대체 어디에 숨어 있었던 거지? 아까 계단에서 지나칠 때는 확인하지 못한 얼굴이었다. 계급은 하사. 겉으로 봐선 십 대 후반 정도로 보였다. 많이 쳐줘 봐야 열여덟 안팎 정도였다. 그는 손안의 끊어진 와이어를 무표정하게 내려다보다가 나를 바라보았다. 방 안은 잠시 정적이 흘렀다.

"대장님. 그녀에 대해 미리 말씀드리지 않은 건 죄송합니다."

놀란 건지 어느새 소파에서 일어나 있던 에드윈이 조심스러운 어조로 말했다. 쥬페도라는 그 말에 대꾸도 없이 나를 내려다보았다. 애써 분노를 참고 몸을 일으키자 쥬페도라는 근처에 서 있는 자신의 보좌관에게 한 손을 내밀었다. 보좌관은 그의 손에 권총을 넘겼다. 쥬페도라는 그대로 나에게 총을 겨눴다. 동시에 한 번 더 에드윈의 입이 다급하게, 하지만 크지는 않게 떨어졌다.

"대장님."

"에드윈 중장. 자네는 나를 우습게 보고 있는 모양인데 아무리 그래도 정도라는 게 있는 법이야. 몇 년이나 날 속여 놓고 내가 참아 주길 바라는 건 너무 뻔뻔하지 않은가?"

"속지도 않으셨잖습니까."

"속았나 속지 않았나가 중요한 게 아니지. 내가 말하고 싶은 건, 자네가 나를 속일 의도가 있었는가에 대한 여부다. 참으로 실망스러워. 에드윈 중장."

"그래도 참으셨을 때는 이유가 있으셨겠죠?"

쥬페도라는 여전히 에드윈을 돌아보지도 않고 나만을 응시한 채 말했다.

"글쎄."

쥬페도라는 당장이라도 날 쏠 수 있다는 듯 엄지손가락으로 권총의 안전장치를 풀었다. 에드윈은 긴장한 얼굴로 말했다.

"지금의 상황은 분명 진의가 아니실 겁니다. 저도 반성하고 있습니다. 그러니 이제 그만 놀리시고 슬슬 본제로 들어가지 않으시겠습니까."

"본제라……. 자넨 내가 농담을 좋아하는 걸로 보이나? 그러니까, 지금 내가 장난을 하고 있다?"

"불쾌하셨다면 죄송합니다. 용서해 주십시오."

에드윈은 겸허하게 쥬페도라의 등을 향해 머리를 숙였다. 그 상태로 또다시 방 안은 침묵이 흘렀다. 한참이 지나고 나서야 쥬페도라는 맥없이 총을 내렸다.

"좋아. 일단 변명 정도는 들어 보도록 할까."

쥬페도라는 미련 없이 등을 돌리며 들고 있던 총을 보좌관에게 획 던졌다. 보좌관은 두 손으로 그것을 받아 안전장치를 다시 잠그고 자신의 총집에 집어넣었다. 쥬페도라는 허리를 숙인 에드윈을 지나쳐 소파에 앉았다. 그리고 에드윈에게도 자리를 권했다.

"앉아."

"감사합니다."

그제야 에드윈이 고개를 들고 자리에 앉았다. 하지만 그는 섣불리 입을 떼지 않은 채 주변을 가볍게 둘러보았다. 그 모습에 쥬페도라가 눈썹을 들어 보이며 물었다.

"주변을 물렸으면 하는 건가?"

"실례가 되지 않는다면."

"상관없어. 하지만…… 물론 이제 와 그럴 일은 없겠지만 만에 하나라도 도망칠 경우를 대비해서 그녀에게 감시 정도는 붙여 두도록 하지."

"그러시죠."

"채드 하사. 자네가 지켜봐."

"예."

쥬페도라의 보좌관이 방문을 열고 옆으로 비켜섰다. 방엔 에드윈 중장과 쥬페도라 둘만 남은 채 모두가 밖으로 빠져나가 방에서 그리 멀리 떨어지지 않은 복도에 섰다. 나는 테오와 함께 서서 아직도 느껴지는 불쾌감에 손으로 목을 감싸 문질렀다. 테오가 내 목을 보며 말했다.

"조금 상처가 났군."

"괜찮습니다."

"얼굴은 괜찮지 않다만."

"……."

"세수라도 하고 와."

거절하지 않고 몸을 돌렸다. 그러자 채드 하사라고 불렸던 어린 군인이 내 뒤를 따라왔다. 그는 꼿꼿하게 여자 화장실까지 따라 들어와 내가 세수하는 모습을 뒤에서 빤히 바라보았다. 나는 거울을 통해 보이는 채드에게서 시선을 거뒀다. 화장실에 다른 사람이 없었기에 망정이지 고위 여장교에게 보였으면 그는 분명 끌려가 징계를 받았을 것이다.

손으로 물을 받아 연거푸 얼굴을 씻고는 한숨을 내쉬며 수도를 잠갔다. 손수건으로 얼굴의 물기를 닦아 내고 있을 때였다.

"당신에 대해서 알고 있습니다."

"……그래서?"

뜬금없는 말에 거울을 통해 다시 그를 바라보며 대꾸했다. 그는 보일 듯 말 듯 하게 입꼬리를 당겼다.

"전 재작년까지 루이 씨의 밑에서 교육을 받았습니다. 아, 물론 시크릿은 빼고요. 보통은 남녀로 멘토가 짜이는데 아시다시피 남녀 비율이 잘 맞지 않잖습니까. 결국, 여자 선배가 부족해서 저는 루이 씨로 배정되었죠."

왜인지 은근한 어조였던지라 절로 기분이 나빠졌다.

"그래서 그게 뭐 어쨌다는 거냐고 묻는 거다."

애써 아무렇지 않게 젖은 손수건으로 손을 닦으며 말했다. 채드는 여전히 묘한 느낌의 미소를 짓고 있었다.

"제 시크릿 멘토는 준위님이라는 것 같거든요."

"……."

결국, 손을 멈추고 거울 속의 채드를 응시했다. 그는 거울을 통해 나와 똑바로 눈을 마주하며 말했다.

"조금 전 상황은 좀 그랬어도 사실 대장님께서는 화가 나지 않으셨습니다. 오히려 준위님을 맘에 들어 하고 계시죠. 그냥 일종의 장난 같은 거라고 생각합니다만……. 그러니 너무 기분 나쁘게 받아들이지 마세요. 저도 딱히 공격하고 싶어서 한 게 아니……"

"주절주절 말이 많네. 내가 언제 궁금하다 물었나?"

그의 말을 끊고 신경질적으로 쏘아붙였다. 채드는 입을 다물고 멀뚱하게 날 바라보았다. 나는 열과 함께 치밀어 오르는 불쾌감에 세면대 앞에서 고개를 숙이고 씩씩 새어 나오려는 숨을 골랐다.

"네 의도 따윈 궁금하지 않아. 너에 관해서도 관심 없어. 어차피 내가 너와 침대에서 뒹굴 일 같은 건 없을 테니까."

"예민하게 받아들이시는군요. 그저 단순한 교육일 뿐인데."

"……그렇군. 너도 썩었어. 그 냄새나는 오물통에서 나온 게 맞긴 맞아."

마치 아무것도 모르던 지난날의 내 모습을 보는 것 같아 혐오스러웠다.

"준위님?"

"다물어. 네가 날 감시하는 건 상관 않겠지만 이 이상 쓸데없는 말로 불쾌하게 한다면 나도 참지 않겠어. 보기보다 다혈질이거든. 루이 씨 이상의 개 같은 성질을 보고 싶다면 마음대로 하든지."

그 말을 끝으로 먼저 화장실을 나왔다. 채드도 내 뒤를 따라 나왔지만 더는 말을 붙이거나 하진 않았다. 그것이 내가 한 말 때문인지 다른 사람들이 가까워져서인지는 모르겠지만 어쨌든 흥분은 점차 가라앉힐 수 있었다. 하지만 테오의 눈에는 그런 내 상태가 그리 좋아 보이지 않는 듯했다.

"얼굴이 새파란데. 괜찮은 거야?"

"괜찮습니다."

"이런 상황이 아니면 쉬라고 했을 텐데."

"정말로 괜찮습니다."

그가 괜한 부담을 갖길 원하지 않았다. 테오는 내 말에 고개를 끄덕이긴 했지만, 여전히 심사가 불편해 보이는 표정을 풀진 않았다.

방에선 얘기가 길어지는 모양이었다. 어느덧 저녁 식사 시간이 넘어가고 있었는데 흘긋 보니 쥬페도라의 보좌관들도 손목시계를 보며 조금 난감한 표정을 하고 있었다. 테오에게 물었다.

"바깥의 레스토랑에라도 예약해 둘까요."

"아무래도 그게 좋겠지. 나중에 취소하더라도. 저들에겐 내가 말해 둘 테니, 다녀와."

"예."

바로 몸을 돌려 1층으로 내려갔다. 당연하다는 듯 채드가 따라왔지만, 우리 사이에 대화는 없었다. 나는 안내관들이 모여 있는 대기실의 문을 두드렸고 그곳에서 전화기를 빌려 썼다. 수화기를 든 채 그들에게 근처에서 괜찮은 식당을 물어 그들이 추천과 함께 찾아 준 전화번호를 눌렀다. 교환원을 지나 금세 식당으로 연결이 되었다.

쥬페도라와 에드윈. 그리고 대장의 보좌관들, 테오와 나, 채드까지 인원에 맞춰 예약했다. 테이블은 셋 정도면 될 것이다. 음식을 고를 때가 되자 줄곧 잠자코 있던 채드가 쥬페도라가 좋아하는 음식에 대해 작게 귀띔을 해 주었다.

예약을 마치고 돌아가자 마침 이야기가 끝났는지 쥬페도라와 에드윈이 방 밖으로 나와 있었다. 나는 얼른 테오에게 가 예약한 레스토랑 이름을 알렸고 그는 고개를 끄덕이곤 두 사람에게 말했다.

"레스토랑을 예약해 두었습니다."

"그래? 그럼 가지. 딱히 식욕은 없지만 그렇다고 자네들까지 굶길 수는 없으니 말야."

쥬페도라의 말에 에드윈이 가볍게 미소 지으며 먼저 가시라는 듯 빈 복도를 향해 한 손을 올렸다가 내렸다. 쥬페도라는 날 흘긋 보았지만 금방 시선을 거두며 스쳐 지나갔다. 나는 거의 맨 끝에서 따라 걸으며 티 나지 않게 한숨을 쉬었다. 아직도 뭐가 뭔지 모르겠지만 어떻게 고비는 넘긴 모양이었다.

차를 타고 시내로 나가는 동안 또다시 속이 좋지 않아졌지만 그저 손수건으로 입을 가리고 창밖을 보며 멀미를 달랬다. 운전병은 내 옆에 앉은 채드를 의아하게 쳐다보았지만 나는 그에 대해 제대로 된 설명을 해 주지 않았다. 심신이 모두 지쳐 버린 탓이었다.

레스토랑에선 쥬페도라와 에드윈이 한 테이블, 쥬페도라의 보좌관들이 한 테이블, 테오와 나, 채드가 한 테이블에 앉았다. 사실 채드는 쥬페도라의 보좌관들이 있는 테이블에 앉아도 됐을 텐데 굳이 내 옆을 차지하고 앉았다. 귀찮아서 뭐라 하진 않았지만, 썩 기분이 좋지도 않아 없는 사람인 양 무시했다.

조용한 와중에 쥬페도라와 에드윈의 담소가 간간이 들려왔다. 마치 아까 전의 일 같은 건 아예 없었다는 듯이 평화로운 분위기여서 입맛이 더욱 좋지 않았다. 속이 들썩인 건 나 혼자뿐이었던 모양이라.

"준위. 정말 괜찮은가?"

"괜찮습니다."

테오는 결국 음식을 남기고 만 나를 보며 크게 걱정하는 표정을 지었다. 아무리 나라고 해도 음식 정도는 남길 줄 아는데 대체 그간 얼마나 식탐 많은 인간으로 보였던 건지. 마치 있을 수 없는 일을 목격한 것처럼 테오는 아주 심각하게 받아들였다.

"돌아가는 대로 의무실에 가서 좀 봐 달라고 해. 자네가 비실거리면 곤란해."

"별거 아닙니다. 그냥 멀미가 낫질 않아서 그러는 것이니, 너무 신경 쓰지 마세요."

"그럼 다행이지만……."

어쨌든 큰 문제 없이 식사 자리가 끝났다. 에드윈은 여전히 유들유

들하게 쥬페도라의 비위를 맞추며 식당을 나섰고 돌아가서 체스를 같이 두자는 쥬페도라의 제의를 기꺼이 받아들였다. 숙소 건물 앞에 도착해 차에서 내리자 줄곧 무시로 일관하던 쥬페도라 대장이 나를 불렀다.

"레이시 준위."

"예."

역시 아까의 일을 흘려보내기로 한 듯 그는 거리낌 없이 나에게 하대를 하며 가까이 오라는 손짓을 했다. 여전히 채드를 뒤에 단 채로 쥬페도라에게 다가갔다. 그는 말간 미소를 띤 얼굴로 말했다.

"준위와 하사. 체스를 두는 동안 두 사람이 잔심부름과 경호를 해 주었으면 한다만."

"알겠습니다."

"자네들은 그만 돌아가 쉬어. 나머진 이들에게 적당히 시킬 테니."

쥬페도라는 채드와 나를 뺀 보좌관들을 모두 쉬게 했다. 그는 앞장 서서 계단을 오르다 문득 뒤를 돌아보았다.

"하사. 나가서 과일 좀 사 와. 입이 심심할 것 같거든. 이왕이면 남 부에서 올라온 과일이 좋겠군. 역시 그쪽 게 입맛에 맞아서."

"바로 다녀오겠습니다."

채드는 곧바로 걸음을 돌려 계단을 도로 내려갔다. 방이 가까워지 자 얼른 앞서가 문을 열었다. 두 사람이 안으로 들어가고 나는 그 뒤 를 따라 들어가며 문을 닫았다. 두 사람이 소파로 향하는 것을 보다 방 한구석에 있는 체스 세트를 꺼내 테이블에 세팅했다. 쥬페도라는 에드윈에게 먼저 앉을 것을 권하곤 찬장에서 직접 술 한 병과 잔 두 개를 꺼내 들고 왔다. 그는 에드윈 앞에 잔을 하나 내려놓고 술을 따 라 주며 말했다.

"남부에서 가져온 거야. 시원한 맛이 일품이고 과일 안주가 어울리는 술 중에 하나지. 과일은 아직 도착하기 전이지만 먼저 한잔하겠나?"

"좋지요. 감사합니다."

쥬페도라는 자신의 잔에도 술을 따르고 병을 내려놓았다. 그는 양쪽 체스 진영으로 말을 정리해 세우는 내게 말했다.

"근데 준위의 안색이 좋지 않군. 어딘가 아픈가?"

"아닙니다."

"아. 그러고 보니 내가 실례를 범했던 걸 잊고 있었군. 미안하게 됐어. 나도 여러모로 입장이라는 것이 있어서 말야."

"괜찮습니다. 부디 신경 쓰지 마십시오."

"내가 체스를 좋아해서 그리 빨리 끝나진 않을 거야. 서 있으면 피곤할 테니 근처 아무 데나 앉아 있도록."

"예."

거절하지 않고 세팅을 마친 후엔 방 한편의 동그란 나무 탁자 옆에 앉았다. 멀찌감치 떨어져서 두 사람을 바라보고 있었는데 술잔을 반쯤 비운 쥬페도라 대장이 먼저 폰을 하나 들면서 무심하게 말했다.

"사실 나는 중장보다는 루이 때문에 자네를 그냥 두는 거야. 아까 전 일은 반쯤은 장난이었다고."

그는 나를 흘긋 봤다가 다시 시선을 거뒀다.

"그 녀석이 답지 않은 짓을 하니까 오히려 더 흥미가 생기잖아."

쥬페도라는 뭔가 재밌는 기억이라도 떠오른 듯 피식 웃으며 들고 있던 말을 판 위에 내려놓았다.

"아주 재밌어."

의미를 알 수 없는 말을 끝으로 쥬페도라는 체스에만 집중했다. 내가 마땅한 대꾸를 하지 않았기 때문인지도 모른다. 하지만 그런 말에 무슨 대답을 한단 말인가.

얼마 후 채드가 과일을 사 들고 돌아왔다. 나는 그것을 먹기 좋게 잘라 술안주로 체스판 옆으로 내어주었고 그 외로는 딱히 할 일이 없었다. 그저 지켜보는 것밖에.

시간이 새벽으로 갈수록 에드윈은 지쳐 가는 듯 보였지만 쥬페도라는 한결같은 미소를 머금은 채 말을 옮길 뿐이었다. 그저 즐거운 듯 보이는 그의 얼굴은 다르게 보면 일부러 에드윈을 괴롭히는 것처럼 보이기도 했다.

"이야…… 완전히 져 버렸습니다."

"하핫."

결국, 아침이 밝아 올 무렵에서야 에드윈은 쥬페도라에게서 해방될 수 있었다. 단 한 번도 이기지 못하고 밤새 패배만을 경험한 하룻밤이 아주 끔찍할 정도로 지루했을 테지만 에드윈은 그저 게슴츠레하게 접힌 눈으로 웃으며 항복하듯 두 손을 들어 보였다. 쥬페도라는 날이 밝은 것을 아쉬워하며 등을 소파에 완전히 기댔다.

"아주 즐거웠어. 에드윈 중장."

"저야말로 즐거웠습니다."

"앞으로도 종종 어울려 줬으면 좋겠군."

"하하하. 권해 주신다면야 얼마든지요."

당분간은 체스 말도 보고 싶지 않을 게 분명할 텐데도 중장은 표면적으로만은 여유롭게 웃으며 고개를 끄덕였다. 프로다. 조금은 본받아야겠다는 생각이 든 것과는 별개로 아직 드라이브의 앙금이 풀리지 않은 터라 한편으론 고소하기도 했다. 덕분에 나 역시 밤을 새워

버렸지만 괜찮았다. 이걸로 차 안에서 멀미 대신 잠에 빠져서 이스트
란으로 돌아갈 수 있을 테니까.

"우와…… 독한 인간 같으니……."

쥬페도라의 방을 나와서 함께 복도를 걷던 도중에 중장이 작게 중
얼거렸다. 그는 피곤함에 미간을 가득 찡그린 채 나에게 손을 내밀었
다.

"담배 좀 줘 봐."

그는 피곤해서 입이 마른 듯 못마땅하게 혀를 한 번 차더니 내가
내민 담배를 받아 물었다. 라이터에 불을 켜 내밀자 자연스럽게 고개
를 숙여 담뱃불을 붙인 그는 길게 연기를 내뱉더니 내 어깨에 한쪽
팔을 턱 걸쳤다. 뜬금없는 터치에 놀라 에드윈을 바라보았다. 에드윈
은 전혀 신경 쓰는 거 같지 않았다.

"몇 시간 후면 회의장에 가야 하니까 잠자기가 그래. 못 일어날 게
뻔하잖아. 근데 멍하니 있으면 분명히 졸릴 거란 말이지. 그래서 말
인데."

그는 대꾸 없는 날 향해 얼굴을 가까이 들이밀며 은근하게 속삭였
다.

"나랑 할래?"

"뭘요?"

"섹스."

이 인간이 왜 갑자기 어울리지도 않는 성희롱 노선을 타나 의아했
지만 이내 핏 비웃어 주곤 어깨에 걸린 팔을 풀어내었다.

"성희롱은 그만두시죠."

어차피 장난일 게 뻔하지. 에드윈은 순순히 팔을 거두곤 나를 삐딱
하게 응시했다. 그것에 내가 '왜요.' 라고 물으며 마주 보았더니 그는

이내 소리 없이 활짝 웃으며 내 머리를 손으로 마구 헝클였다.

"아! 뭡니까?"

뭐야. 설마 진심이었나? 헝클어진 머리를 쓸어 넘기며 눈을 깜박거렸다. 에드윈은 뭐가 좋은지 싱글싱글 웃으며 말했다.

"잘했어. 앞으로도 그렇게 잘 대처하도록 해."

"예?"

"아니, 뭐 여러 가지로 말이지. 자네도 어쩌면 그런 일을 당할 수 있다는 생각이 들어서 말야. 여기서 순순히 고갤 끄덕이면 심각하게 걱정스러울 것 같거든."

"쥬페도라 대장님께 무슨 말씀이라도 들으신 겁니까?"

"응? 아…… 뭐 조금. 그리고 더불어 골치 아픈 걸 하나 맡게 되었어."

"골치 아픈 거요?"

"채드 하사. 곧 우리 쪽으로 이동될 거야."

그 앳된 얼굴을 떠올리며 애써 얼굴을 찡그리지 않으려고 노력했다. 감시 역인가? 누구를? 에드윈? 아니면 나? 그것도 아니면 둘 다인가? 설마하니 쥬페도라가 에드윈에게 채드의 시크릿 교육을 언급한 건 아니겠지? 그 멘토가 나라고? 그래서 에드윈이 방금…….

잠시 망설이다가 조심스럽게 에드윈에게 물었다.

"중장님. 혹시 시크릿 멘토가 뭔지 아십니까?"

"응? 그게 뭔데."

"아니요. 모르시면 됐습니다."

"아? 뭐야. 왜 말을 하다가 말아? 그게 뭔데?"

칫…… 귀찮게. 본인은 잘만 말 돌리면서 나는 그것도 못 하게 한다.

"아니요. 중요한 건 아닙니다. 여군들 사이에 비밀 일기를 교환하는 파트너를 말하는 건데 그냥 알고 계시나 말씀드려 봤습니다. 별다른 의미는 없고요."

"그런 게 있어? 전혀 몰랐는데."

"남자들은 모르는 게 좋습니다. 그러니 남들한테 괜히 물어보거나 하지 마세요. 여성들에겐 상당히 실례되는 거니까요."

"아…… 응. 그렇군."

진중한 얼굴로 고개를 끄덕이는 에드윈을 보다가 몰래 시선을 옮기며 한숨을 속으로 삼켰다. 어차피 채드에게 시크릿 교육을 할 생각은 없으니 몰라도 되는 얘기였다.

근데 그게 아니면 대체 뭐지. 쥬페도라는 에드윈에게 무슨 말을 한 걸까. 유야무야 말을 돌리는 걸 보면 에드윈은 나에게 말해 줄 생각이 없는 듯 보였다. 괜히 어울리지도 않는 짓으로 사람을 시험해 대기나 하고 말이야. 불쾌하기 짝이 없었다.

에드윈을 그의 방까지 데려다주고 내 방으로 돌아왔다. 당장이라도 눈앞의 침대 위로 뛰어들고 싶은 생각이 들었지만 이내 고개를 젓고는 옷을 벗으며 욕실로 들어갔다. 찬물로 씻고 나면 피곤도 좀 풀리겠지.

몸을 대충 씻고 졸린 정신을 깨우기 위해 멍하니 물줄기를 맞으며 서 있다가 한참이 지나서야 수도를 잠갔다. 수건으로 물기를 닦고 옷을 갈아입기 위해 맨몸으로 욕실을 나서던 나는 이내 깜짝 놀라 수건을 길게 펼쳐 몸을 가렸다.

"너……!"

채드가 내 방 침대에 걸터앉아 있었다. 내가…… 문을 잠그지 않았던가? 졸렸던 탓에 잘 기억나지 않았다. 한심하게!

채드는 남들 앞에서 보인 무심한 얼굴 대신 어제 화장실에서 지었던 의미 모를 웃음을 띤 채 말했다.

"아, 죄송합니다. 놀라실 거라고 생각하긴 했지만 어쩔 수가 없어서요. 마땅히 둘이서 이야기할 만한 자리가 없기에 부득불 실례를 저질렀습니다."

"……."

"어…… 음. 뒤돌아서 있을까요? 역시 그게 좋겠죠?"

채드는 내 얼굴을 바라보다가 이내 자리에서 일어나 등을 보이고 섰다. 이를 부득 갈았다가 빠른 걸음으로 침대로 가 그 위에 뒀던 짐가방을 뒤졌다. 다급하게 옷가지들을 꺼내 속옷을 입은 뒤 정복 치마에 다리를 넣고 끌어 올려 지퍼를 채웠다. 흰 셔츠를 걸치고 단추를 채우며 신경질적으로 빠르게 말을 뱉어 냈다.

"예의라곤……!"

"죄송합니다. 진창에서만 굴러 제대로 못 배운 놈이라 여러모로 거슬리게 해 드렸나 보네요. 그래도 선배시니까 이해해 주실 거라고 생각했거든요."

"누가 선배라는 거야……!"

무덤덤한 목소리로 말하는 채드의 뒤통수를 노려보며 소리 죽여 화를 냈다. 셔츠 자락을 치마 허리춤에 집어넣고 있을 때 채드는 다시 나를 돌아보며 말했다.

"같은 오물통에서 먼저 나오셨으니 선배님이 맞잖아요? 아무리 씻어 내도 그 냄새가 그리 쉽게 지워지진 않습니다. 그야 오물통인걸요. 그러니까 너무 그렇게 차갑게 대하지 말아 주세요."

그는 어제 화장실에서 내가 했던 말을 비아냥거리는 듯했다. 시건방진 놈. 어이없어 흘러나오는 웃음을 막지 못했다. 채드는 작은 한숨을 쉬며 난처하다는 얼굴로 제 얼굴을 손가락으로 긁적였다.

"역시 제 말투가 좋진 않았죠? 후배 주제에. 죄송합니다. 건방져서. 혼내실 거라면 마땅히 받겠습니다. 그냥 깜박 잊고 못 해 드린 말이 있어서 온 것뿐이에요. 루이 씨의 전언입니다."

"전언?"

"9월 21일. '양친의 기일 정도는 알고 있어야 하지 않겠냐.' 라고."

그 순간 머릿속이 멍해졌다.

몸에서 힘이 쭉 빠지며 세게 쥐고 있었던 주먹이 맥없이 풀렸다. 하지만 곧바로 정신을 차리고 다시 주먹을 그러쥐었다. 금방이라도 고함인지 울음인지 뜻 모를 것이 입 밖으로 빠져나올 것만 같아 입술을 이로 비틀어 깨물었다. 채드는 여전히 무심한 어조로 말했다.

"저보다 먼저 겪으셨으니 아시겠지만, 루이 씨는 쉽게 사람을 믿지 않기 때문에 저에게 이런 심부름을 시키기까지 꽤 고민을 많이 하셨을 겁니다. 제가 이 말을 상부에 전하면 괜히 오해받을 수도 있으니까요. 그래도 결국 시킨 걸 보면 루이 씨에게 준위님이 나름 소중하게 생각되고 있는 건 아닌가 하는 생각도 듭니다. 물론 그 속마음이야 본인만 알겠지만요. 음? 제가 쓸데없는 말을 해 버린 건가요? 표정이 굉장하시네요."

"할 말 다 했으면 나가 줄래."

"예. 그럼, 실례했습니다."

채드는 순순히 발길을 돌려 방을 나갔다. 그가 나가고 문이 닫히는 것을 보고 나서야 눈을 꾹 감으며 침대에 앉았다.

루이…….

지금은 그의 이름만 떠올려도 머리가 아팠다. 그는 내게서 골치 아픈 것에 속했다. 생각하고 싶지 않은, 그냥 묻어 두고 싶은, 그런 존재.

그는 내가 이곳에 올 것을 어떻게 알고 채드에게 전언을 남겼을까. 에드윈이 알려 줬나? 이번엔 에드윈까지 합심해서 또 나만 모르게 뒤에서 무슨 짓들을 꾸미는 건 아닐까. 대체 무슨 이유로 이제 와 부모님의 기일을 내게 알려 주는 걸까. 동정? 아니면 빚인가? 언젠가 갚아야 할?

의심과 슬픔이 함께 차올라 넘쳤다.

내 기억은 완벽하게 세밀 묘사된 그림이나 찍어 낸 사진 같은 것이 아니었다. 모건의 총에 부모님이 사망하고 화재가 일어났던 것은 기억한다. 하지만 그날이 정확하게 언제인지 도통 알 수가 없었다. 그 시기의 나는 달력 같은 걸 헤아리며 살지 않았다.

그래서 부모님의 기일을 모른다는 자책감이 늘 있었다. 그러니 루이의 전언은 내가 정말로 알고 싶어 했던 것 중 하나임엔 틀림없다. 틀림없는데…… 숫자로서 되새기니 그날이 더욱 선명하게 떠올라 이 또한 괴로웠다.

한참 만에 눈을 뜨고 수첩을 꺼내 9월 21일이라고 메모해 두면서 조금 전부터 계속 울렁이는 가슴을 진정시키려 노력했다. 하지만 결국 참지 못하고 손등으로 눈가를 짚고 말았다.

"흑……."

새어 나오는 눈물을 손바닥으로 쓸어 닦으며 수첩을 덮었다. 곧 나가야 하는데 눈물이 멈추질 않았다. 부모님의 기일을 이제라도 알게되었다는 안도감과 이제까지 몰라서 기일조차 챙기지 못했다는 슬픔이 교차하여 아무런 대비도 없이 눈물을 맞아 버렸다. 대비하지 못한 눈물을 그치기는 언제나 쉽지 않은 일이다. 괴롭고, 아프고, 쓰라린, 후회뿐이라서. 나는 어찌할 새도 없이 슬픔에 빠져들어 마음을 추스를 수가 없었다.

문득 노크 소리가 들려왔다.

"준위. 준비 다 된 건가? 슬슬 움직여야 할 것 같은데."

테오의 목소리였다. 그제야 얼른 셔츠 소매로 얼굴을 닦았지만, 눈물은 다시 후두두 떨어져 버렸다. 분명 꼴이 말이 아닐 텐데. 당황스러웠지만 눈물은 눈치도 없이 계속해서 떨어져 내렸다. 그 상태로 손에 든 수첩을 짐 가방에 쑤셔 넣고 몸을 일으켜 세웠을 때였다. 문밖에서 에드윈의 목소리 또한 들려왔다.

"뭐야. 대답이 없네."

"잠시 바깥이라도 나간 게 아닐까요. 병사들을 보러 간 것일 수도."

"흐음…… 어? 안 잠겼네."

그러다 문고리가 돌아가는 것을 보고 더욱 어쩔 줄을 몰라 하다 재빨리 겉옷을 집어 들었다. 겉옷에 한쪽 팔을 끼워 넣었을 때 기어이 문이 덜컥 열리며 에드윈의 머리가 불쑥 안으로 들어왔다. 곧장 눈이 마주쳤다.

"응? 준위. 안에 있……"

에드윈은 금세 말끝을 흐리며 나를 빤히 쳐다보았다.

"준위가 안에 있습니까? 그럼 왜 대답을 안 했지?"

겉옷을 입다 말고 굳어 있는데 에드윈이 곧 바깥에서 뭐라 말을 하는 테오를 두고 혼자 안으로 들어와 문을 닫았다. 그리고 잠금쇠를 돌려 아예 문을 잠가 버린다. 에드윈은 왜 갑자기 잠그냐며 문을 두드리는 테오의 목소리를 무시하며 나에게 성큼성큼 다가왔다.

"아…… 지금 나가려고……"

그제야 겉옷을 마저 입으며 어색하게 입을 열었다. 하지만 에드윈은 내가 말을 마치기도 전에 두 손으로 내 어깨를 잡고 침대 위로 밀어 쓰러뜨렸다.

어?

내 등이 시트에 뉘어짐과 동시에 에드윈은 문 쪽을 보며 한 손을 입가에 확성기처럼 가져다 댔다. 그는 마치 책을 읽듯 누가 들어도 작위적인 어조로 소리쳤다.

"아! 이런! 준위! 괜찮아—? 기절할 정도로 피곤했던 건가? 이봐—! 대위! 준위가 기절했어—! 이건 의무관을 부르는 정도론 소용없겠는걸—? 당장 병원에 좀 가야 할 것 같은데— 대위가 나 대신 좀 회의에 참석해 주겠어—? 나는 준위 데리고 병원에 좀 다녀올게—!"

"하? 그 무슨 말도 안 되는 소립니까! 병원은 제가 데려갈 테니 중장님이 회의에 참석하세요! 그보다 문은 왜 잠그신 겁니까? 당장 여십시오!"

"아아! 안 된다고—! 대위! 지금 준위가 홀딱 벗고 있단 말야! 여자가 남자에게 몸을 그리 함부로 보여 줄 수야 없잖나?"

"어?! 아니······! 저······! 아! 중장님도 남자잖습니까! 당장 나오십시오!"

"괜찮아— 나는! 아까까지 이런저런 그런 거 다 해 댄 사이니까! 쓰러진 것도 분명 내가 너무 심하게 해 버린 탓일 거야! 당연히 내가 수습해야 옳은 거지!"

"뭐, 뭐요?!"

에드윈은 밖에서 패닉에 빠졌을 것이 분명한 테오를 두고 나를 향해 싱긋 웃어 보였다. 도와주고 싶은 마음은 알겠지만 어쩐지 눈물을 보였단 사실보다 더 창피한 상황이 되어 버려서 전혀 고맙지 않았다. 눈물은 어느새 말라 버린 후였다. 그런데도 에드윈은 날 놓아

주지 않았다.

테오는 제발 회의만은 참석해 달라고 한참이나 문밖에서 호소했지만, 에드윈은 회의 시간이 다 되도록 자리를 뜨지 않았다. 결국, 테오는 나중에 두고 보자는 악다구니가 담긴 말을 끝으로 조용해졌다. 멀어지는 군화 소리로 예상하건대 아마도 에드윈 대신 회의장으로 향했을 것이다.

"괜찮습니까? 안 가셔도."

입을 여는 나를 보지도 않고 중장은 침대 아래로 내려가 앉더니 담배를 하나 빼 물었다. 곧 연기를 내뱉은 그가 말했다.

"의제가 뭐든 어차피 보고하는 것 말고는 할 것도 없어. 그 정돈 대위가 해도 돼."

"하지만……"

"다른 이야기가 나온다 해도 마찬가지야. 내가 할 수 있는 건 아무것도 없어. 결국, 대장들끼리 지지고 볶고 다 하니까. 나는 그냥 장식이지."

"중장인데도 말입니까?"

"그래. 중장인데도. 그런데도 꼬박꼬박 참석해 자리 지키고 있어야 하니 여러모로 죽을 맛이야. 순전히 주제 파악을 하려고 일부러 거기까지 가서 내 피 같은 시간을 낭비하는 거지. 차라리 이렇게 담배나 피우며 멍하니 있는 게 정신 건강에 나을 거다."

"……"

"자네는 별로 신경 쓸 거 없어. 나는 그냥 땡땡이칠 구실로 자네를 들먹인 거니까. 그러니 편하게 생각해. 어차피 회의 끝날 때까지 할 일도 없겠다 피곤하면 눈이라도 좀 붙이든지. 걱정 마. 다른 짓을 할 생각은 없어. 고소당해 성 추문으로 내 군 인생이 끝나는 것과는 별개로 너무 피곤해서 지금은 그럴 체력도 없거든. 아마 서지도 않을 걸."

지루해 보이는 옆얼굴만큼이나 에드윈의 목소리는 건조했다. 그는 내 눈물에 대해 아무것도 묻지 않았다. 그러긴커녕 아예 모르는 척했다. 곧 두 손으로 얼굴을 문질러 혹여 남았을 물기를 완전히 닦아 내곤 약간 웃어 버렸다.

"아까 유혹하셨던 것치곤 약한 말씀을 하시는군요."

"아…… 그건 그만 잊어 주라. 나도 꽤 민망했으니까."

에드윈은 여전히 나를 쳐다보지 않은 채로 가볍게 웃으며 대꾸했다. 얼마 후 그는 손을 뻗어 침대 협탁에 있는 재떨이를 가져가 바닥에 내려놓고 담배를 끄며 말했다.

"좀 자."

나는 눈동자를 굴려 천장을 응시하다 얼마 후 눈꺼풀을 내렸다. 나 역시 피곤했으므로 잠에 빠져들기까진 그리 오래 걸리지 않았다. 잠을 깬 건 그로부터 두 시간 정도가 흐른 후였다.

번쩍 눈을 뜨자마자 놀라 몸을 일으켰다. 그리고 협탁에 놓아두었던 손목시계를 들어 시간을 확인하고 나서야 안심했다. 일정상 테오가 돌아오려면 조금 여유가 남아 있었다. 주변을 두리번거리다 문득 침대 하단 쪽에 삐죽 솟아 나온 금발을 발견했다. 에드윈이었다. 그는 바닥에 앉아 머리만 매트에 기댄 채 잠들어 있었다. 시끄럽지 않은 자그만 코골이가 규칙적으로 들려왔다.

자는 동안 이 소리를 듣지 못했던 걸 보면 나도 어지간히 죽어 잔 모양이었다. 해이해진 증거였다. 확실히, 요즘 들어 조금 훈련을 소홀히 하긴 했다. 이러다간 자다가 갑자기 칼 맞아도 할 말이 없을 것이다.

조심스럽게 침대를 내려와 흐트러진 차림을 갈무리하고 잠든 에드윈 앞에 쪼그려 앉았다. 머리칼이 흘러내려 귀에 꽂고 혀로 마른 입술을 축이며 잠시 고민에 잠겼다. 너무 곤히 자서 그를 깨우기가 어려운 탓이었다. 하지만 이렇게 자면 나중에 목이 아플 게 분명해서 나중을 위해 잠깐 괴로운 편이 에드윈에게도 나을 거 같다는 생각이 들었다. 결정하자마자 손을 뻗어 그의 어깨를 잡고 흔들었다.

"중장님."

"크어어……."

"중장님. 중장님. 침대에서 주무세요."

"크어…… 어……?"

에드윈이 눈을 가늘게 뜨며 얼굴을 가득 찌푸렸다. 비몽사몽이라 제정신이 아닌 듯한 그의 표정을 보며 다시 한 번 말했다.

"침대에서 주무세요."

"어……? 어……."

에드윈은 흐려지듯 대답했으나 그 후로도 전혀 움직일 생각을 하지 않았다. 아마 잠결이라 흘려듣는 모양이었다. 다시 눈이 감기는 그의 팔을 잡아 일으켰다. 에드윈은 신음을 내며 괴로운 듯 바르작거렸지만 나는 기어이 그를 침대로 이끌어 눕힌 뒤 이불까지 덮어 주고 나서야 놓아줬다. 괴로워하던 에드윈은 금세 편안한 얼굴로 다시 잠에 빠져들었다.

밤새 체스를 하는 동안 쥬페도라가 권하는 술까지 연신 마셔야 했으니 어쩌면 숙취가 있었을지도 모른다. 평소에도 이 모양이라면 군인으로서의 자질을 조금 의심해야 할 테니까 그냥 그렇게 믿기로 했다.

벗어 놓은 채 미처 치우지 못한 옷가지들을 개어 가방 안에 넣어 놓고 몸단장을 했다. 화장대 앞에서 부스스해진 머리를 빗어 묶고 최소한 타인에게 흠잡히지 않을 만큼의 화장을 했다. 단장을 끝내고 방을 둘러보다 에드윈이 잠들기 전 바닥에 벗어 놓은 것으로 보이는 그의 정복 모자를 발견했다. 그것을 집어 들어 혹여 먼지가 묻었을까 탁탁 털어 탁자 위에 곱게 올려 뒀다. 에드윈은 침대에 눕혀 준 후론 코를 골지 않았다. 아까는 그저 고개가 뒤로 꺾여서 코를 골았던 것 같다. 아니면 이미 한 번 깼다 잠들어서 선잠을 자고 있거나.

탁자에 앉아 잠든 에드윈을 바라보았다. 그는 좋은 사람이다. 선인과 악인으로만 사람을 분류하자면 중장은 분명 선인 쪽에 속한다. 분명 살면서 이리저리 손해를 많이 보는 타입일 것이다.

그럼에도 그는 오래전 5년 안에 대장이 되고 싶다는 의지를 관철해 착실히 지위를 높여 중장까지 오를 만큼 똑 부러진 사람이기도 했다. 본 목표인 대장은 아직 되지 못했지만, 당시 승급을 막 앞둔 중령이었던 걸 감안하면 그는 정말 많이 노력했다는 걸 알 수 있었다. 적당히 비열하게 세상 사는 법을 알고 있는 어른인 주제에 본연의 선함은 버리지 않는 인간적인 사람.

한쪽 팔을 탁자에 세워 비스듬히 턱을 괴며 생각했다.

저런 사람이 과연 세상에 몇이나 있을까. 착하면서도 이성적이고 그럼에도 성실하고 또 그럼에도 제법 유연한 사고를 가지고 있다. 꿈을 꿈만으로 끝내지 않는 현실적인 의지 또한 있다. 주변에서만 제대로 받쳐 주고 위로 이끌어 준다면 그는 분명 커질 그릇임엔 틀림없다.

하지만 반대로 이런 사람이 위에 밉보여 정을 맞게 된다면 그 아래에 있는 사람들 역시 물귀신한테 잡힌 것처럼 줄줄이 엮여 딸려 가

죽는다. 이런 좋은 사람의 측근들은 대부분 충성심도 강해서 제대로 부러뜨리지 않으면 되레 반격당할 수도 있기 때문이다.

그건 나에게 별로 좋은 일이 아니었다. 이제 와 목숨에 연연하지 않는다곤 했지만 그렇다고 타인을 위해서 죽을 생각은 없다. 그럼 그를 적당히 이용하다 시기가 되면 미련 없이 버리고 손을 털어야 한다.

그도 그럴 것이, 쥬페도라는 아마 에드윈을 그리 쉽게 대장으로 만들지 않을 테니까. 에드윈이 아무리 그의 비위를 잘 맞춰도 이미 나를 빼돌리면서 흔들린 신뢰가 그리 쉽게 제자리를 찾진 않을 것이다.

쥬페도라에겐 에드윈 말고도 충성스럽고 능력 있는 부하들이 널려 있다. 그런 사람들을 두고 의도가 의심스러운 에드윈에게 굳이 투자할 리가 없었다.

물론 나로 인해 에드윈의 미래에 차질이 온 것은 틀림없는 사실이지만 그렇다고 굳이 그를 위해서 내가 무언가를 희생해야 할 의무는 없었다. 언젠가 그에게 말했다시피 나는 그에게 살려 달라 말한 적이 없으니까. 그러니 여차할 때는 나 혼자만 몸을 빼도 아마 에드윈은 나를 탓하지 않을 것이다.

더군다나 사랑했던 사람도 배신해 죽게 만든 주제에 이제 와 그를 배신한다고 내 양심이 크게 상할 리도 없었다.

턱을 괸 손가락들로 볼을 두드리며 불을 붙이지 않은 담배 끝을 물어 씹었다.

"망할……."

멍청한 인간 같으니. 나 같은 녀석에게 쓸데없이 정을 베풀어서 뭘 어쩌자고.

이런 내 생각을 아는지 모르는지 침대 위의 에드윈은 여전히 세상 모르게 잠들어 있었다.

"레이시 준위. 여기서 뭐 하는 건가?"

방문을 쳐다보고 있다가 고개를 돌렸다. 이제 회의가 끝났는지 쥬페도라가 보좌관들과 함께 복도를 걸어오고 있었다. 그는 의아한 표정으로 내 앞에 멈춰 섰다. 나는 그에게 경례를 해 보였다.

"무슨 일이지?"

"죄송합니다. 대장님. 피곤하실 테지만 잠시만 제게 시간을 내어주실 수 있습니까?"

"흐음—?"

쥬페도라는 목소리 끝을 올리며 나를 빤히 바라보았다. 긴장했지만 애써 그 눈을 피하지 않고 마주 보았다. 쥬페도라는 이내 미소를 지으며 고개를 끄덕였다.

"알겠다."

성큼 다가온 쥬페도라는 손수 자신의 방 문을 열어 보이며 말했다.

"그럼 들어갈까. 아, 자네들은 다른 볼일들 보고 있어."

그는 자신의 보좌관들을 물렸다. 보좌관 한 명이 걱정스러운 표정으로 한 발 앞으로 나서며 말했다.

"하지만 단둘은 위험합니다. 채드 하사라도 들이시죠."

"됐다니까. 방해된다. 다들 내려가 있어."

쥬페도라는 내 어깨를 가볍게 감싸 방 안으로 들이고는 바깥의 부하들에게 가 보라는 손짓을 했다. 그렇게 방문을 닫아 버린 그에게 나는 위험한 짓을 할 의도가 없다는 뜻을 밝혔다.

"다른 사람이 있어도 괜찮습니다."

"내가 불편해서 그래. 앉지."

쥬페도라가 먼저 소파에 앉으며 내게 앉을 것을 권했다. 잠시 망설임이 들었지만, 그가 한 번 더 앉으라고 권해 조심스럽게 자리에 앉았다. 다리를 꼰 그는 두 손을 깍지 껴 무릎에 가볍게 얹었다.

"그래, 내게 용건이 있었던 거지? 말해 봐."

잠시 숨을 골랐다. 복도에서 그를 기다릴 때부터 계속 정리하던 머릿속을 한 번 더 재확인하고 천천히 말을 꺼낸다.

"대장님께선 목적이 있으시기에 절 살려 둔 것이겠지요?"

"글쎄."

확실한 답변이 아니었다. 미소를 띤 쥬페도라의 얼굴은 조금의 흐트러짐도 없었고 나는 다리 위로 말아 쥔 주먹에 땀이 나는 걸 느꼈다.

"정말로 쓸모가 없다고 생각하셨다면 제 생존 사실을 아셨을 때 이미 처리 명령을 내리셨을 거라 생각합니다. 아무리 루이 씨를 아끼는 마음이 있으시더라도 굳이 저 같은 폭탄을 지실 이유는 없을 테니까요."

"그래서?"

"……."

대체 어떤 식으로 말해야 이 사람에게서 좀 더 그럴듯한 호응을 끌어낼 수 있을까. 쥬페도라는 그저 빙글빙글 웃기만 했다. 흥미를 보이는 건지 아닌 건지 도무지 알 수가 없었다. 덕분에 내 망설임과 불안은 점점 더 커져만 갔다. 내가 지금 여기에 온 게 잘한 짓인지조차 알 수가 없어졌다.

한 발 더 앞으로 가기 위해 에드윈을 버릴 것인가. 지금까지 그래왔듯 현재를 살기 위해 에드윈의 품 안에 정착할 것인가.

머리는 에드윈을 버리라고 말했다. '모건을 죽이겠다며. 그렇다면 당연히 지금에 멈춰 서 있으면 안 돼.'

더군다나 에드윈의 뜻 모를 선의와 호의는 늘 날 불편하게 했다. 이런 식으로 또 바보처럼 속는 것은 아닌지 불안했고, 어쩌면 정말 좋은 사람인데 내가 의심만 하는 것은 아닌지 자괴감이 들기도 했다. 그러니 괜한 정이 들기 전에 손을 놓는 게 옳았다.

하지만 마음은 좀처럼 머리의 결정을 받아들이지 못했다. 요 몇 년간의 삶은 힘들긴 했지만 그래도 나름 충실하고 만족스러웠다. 이것도 작게나마 행복이었던 것 같은데 굳이 그 자식 때문에 내 삶을 두고 앞으로 가야 할까? 지금에 멈춰 있으면 안 되는 거야? 나는 이제 굳이 모험을 하고 싶지 않아…….

"레이시 준위?"

입을 다물고 생각에 빠져 있던 내 정신을 쥬페도라가 나직한 어조로 깨웠다. 어느새 아래로 향했던 시선을 들어 그를 바라보았다. 쥬페도라가 내 말을 기다리고 있었다. 사실 이미 결정을 하고 이곳에 온 것이긴 했다. 죄책감에서 도망치고 싶었으나 결국 도망칠 수 없었다.

소파에서 일어나 쥬페도라에게 가까이 다가가 섰다. 그의 시선은 여전히 고요하게 나를 직시했다. 쥬페도라의 눈을 마주하며 바닥에 무릎을 꿇었다. 쥬페도라가 난감하고 실망스럽다는 표정을 지었다.

"이건 무슨 짓이지?"

상대를 읽을 수 없으니 직접 부딪혀야 했다. 그의 눈을 피하지 않은 채 마음속의 진심을 여과하지 않고 더없이 솔직하게 물었다.

"마들로나가의 습격은 대장님의 일이었습니까?"

"아니."

쥬페도라는 단답했다. 나도 그가 우리 집을 맡았을 거라곤 생각하지 않았다. 마들로나가의 습격은 모건이 주도했고 모건의 상부는 릭 크리만 대장이었다. 쥬페도라는 아마 루이가 있었던 데이카스트로데 가문을 맡았을 것이다. 물론 자세한 내막을 파고들어 보자면 어차피 모두가 공범일 확률이 높았다.

하지만 나는 쥬페도라를 백으로 두었다. 설령 제비뽑기 같은 우연으로 맡을 곳을 나눴다 한들, 결과적으로 나는 내 복수만 하면 된다. 데이카스트로데 가문 역시 나를 모른 척했으니까. 물론 그쪽이 상황적으론 그럴 수밖에 없었다는 건 이해하고 있다. 새삼 원망하는 것도 아니다. 굳이 떠올린 건 그저 나 역시 나만 생각하면 그만이라고 선을 긋기 위해서였다.

"전 부모님의 복수를 하고 싶습니다."

"……."

"왜 돌아가셔야 했는지도 알고 싶습니다."

쥬페도라는 손깍지와 꼬았던 다리를 풀고 상체를 조금 앞으로 기울였다. 마치 나를 자세히 들여다보는 듯했다. 나를 읽어 내리는 그의 눈을 끝까지 피하지 않았다.

"제발 제게 그 습격을 조종했던 범인들이 누군지를 알려 주세요. 복수를 할 수 있게 도와주세요. 제가 원하는 것은 그것뿐입니다. 그 목적을 위해서라면 저를 어떻게 다루셔도 불만 없습니다. 복수만 완성할 수 있다면 저를 어떤 사지로 몰아넣으셔도 도망치지 않겠습니다."

쥬페도라 대장은 한참이나 더 나를 바라보다가 문득 한숨을 쉬며 소파에 등을 기댔다.

"준위. 자네의 부친께서는……"

"군인에게 허리를 굽힌 적이 없으셨다고요. 그런데 무릎이라니 귀족으로서 수치스럽지 않으냐고 묻고 싶으신 겁니까. 비웃고 싶으시다면 부디 마음껏 웃으세요. 그런 건 이제 아무렇지도 않습니다."

비틀리는 표정으로 입을 떼는 그의 말을 끊고 솔직한 진심과 함께 기어이 터져 나온 눈물을 굳이 막지 않았다. 떨려 오는 입술에서 새 나오는 불안정한 목소리로 그에게 도움을 청했다.

"계획적인 달콤한 말로 저를 유혹한 뒤 기어이 몸을 섞은 남자가 바로 제 눈앞에서 부모님을 살해했습니다. 그 사실을 도저히 견딜 수가 없습니다. 저에게 그것 이상의 수치는 없습니다. 그 이상의 미칠 듯한 굴욕과 슬픔이란 있을 수 없습니다. 그리고 이미 전 선택을 했습니다. 이제 와 귀족 운운하며 고고한 허울을 챙기느니 차라리 하나의 도구가 되어 최소한이라도 자식의 도리를 하고 싶습니다."

"……."

"저 자신을 위해서."

조소하듯 비틀렸던 쥬페도라의 얼굴은 점차 풀어져 어느새 무심해져 있었다. 그는 얼마 후 안주머니에서 잘 접힌 손수건을 꺼내더니 몸을 기울였다. 그리고 눈물이 흐른 내 볼 위로 손수건을 가져다 대 가볍게 눌렀다. 그는 그렇게 한참 말없이 눈물을 닦아 주다가 문득 내 턱을 살짝 잡았다. 무표정한 얼굴로 내 얼굴을 이리저리 뜯어보던 그가 툭 내뱉었다.

"자네, 아름답군."

그 순간 그가 눈꺼풀을 내리깔며 고개를 숙이더니 가볍게 나와 입술을 맞댔다.

"……?"

"······."

쥬페도라는 그렇게 잠시 입술만 맞물었다가 담백하게 고개를 거뒀다. 그는 들고 있던 손수건을 내 손에 쥐여 주며 말했다.

"미안하지만 내 입으로 그 일을 직접적으로 언급할 수는 없어. 기밀이라."

몸에서 힘이 탁 풀렸다.

"······그, 렇습니까······."

적잖은 실망감에 고개를 아래로 떨어뜨렸다. 문득 머리 위로 나직한 웃음소리가 들렸다.

"하지만 마음이 내키면 또 모르지."

고개를 번쩍 들었다. 쥬페도라는 내 손을 잡아 바닥에서 일으키더니 다시 소파에 앉혔다. 그의 야속한 말에 한 번 더 눈물을 쏟아 냈다. 손에 들린 그의 손수건으로 눈물을 닦자 코끝으로 시원한 느낌의 남성 향수 냄새가 맡아졌다. 고개를 들자 쥬페도라는 어느새 내게서 등을 보인 채 티세트가 있는 창가 테이블로 가고 있었다. 그는 찻잔에 데우지 않은 찻물을 조금 따라 마시고는 물었다.

"준위. 다음 주에 시간 있나?"

"예?"

"데이트를 좀 하고 싶은데."

그는 내게 시선도 주지 않은 채 무심하게 창밖을 보며 서 있었다. 한 손으로 자신의 허리 측면을 짚고 다른 손으론 찻잔을 든 채 창밖의 무언가를 유심히 바라보던 쥬페도라는 문득 고개를 꺾어 찻잔을 마저 다 비우고는 탁 소리 나게 내려놓았다. 그제야 나를 돌아보며 물었다.

"왜 대답이 없지?"

"……예?"

혼잡한 감정에 조금 얼빠져 되물었다. 이내 혼란스러운 머릿속을 정리해 보려고 애쓰며 입을 열었다.

"무슨 말씀이신지……."

"내가 자네를 돌봐 준다는 뜻이다."

"어…… 고……맙습니다……?"

여전히 뭐가 뭔지 제대로 이해가 되지 않아 어리숙하게 대꾸했다. 쥬페도라가 한 번 더 물었다.

"자네의 대답은?"

"예?"

"안 듣고 있었나? 다음 주에 시간 있냐고 물었네만."

"시간…… 내겠습니다."

만나자는 명확한 의사 전달이었으므로 이번엔 그다지 시간 끌지 않고 대답할 수 있었다. 의도는 여전히 알 수 없었지만.

쥬페도라는 알았다는 듯 고개를 까딱 끄덕이며 말했다.

"좋아. 그럼 다음 주에 내가 이스트란으로 가지."

"예?"

"왜 그런 얼굴이지? 데이트에 남자가 여자를 데리러 가는 게 놀랄 일인 건가?"

아마도 놀란 기색이 가득할 내 얼굴을 빤히 바라보며 쥬페도라가 물었다.

데이트라니. 진심인가? 당연히 그가 나를 남부로 내려오라 할 줄 알았다. 갑자기 의미를 알 수 없는 것투성이라 물을 수밖에 없었다.

"진심입니까?"

"뭐가."

"데이트……."

"준위는 데이트 한 번 하는데 이리저리 마음 재는 타입인가? 보수적이군?"

"아니요……! 그런 게 아니라……."

"음?"

"그……저…… 다른 용건 없이 순수하게 데이트하자는 뜻입니까?"

쥬페도라는 나를 빤히 쳐다보았다. 조금 뚱한 것 같기도 했다. 하지만 곧 짧은 한숨을 내쉬며 말했다.

"데이트하는데 흑심이 없는 남자가 있던가? 거기다 내 나이가 몇인데 애들같이 순수한 데이트는 좀 그렇지 않겠나. 준위는 의외로 순진한 편인가?"

"어…… 음……."

"뭐가 그렇게 알쏭달쏭한 얼굴이지?"

"예?"

"나는 자네에게 아름답다고 말했다. 남자가 여자에게 아름답다고 말하며 입을 맞췄을 때의 의미가 뭔지 이해하지 못하고 있는 건가?"

"……."

"그게 아니면 아예 그런 상대로서 배제당하고 있는 건가? 나는."

그는 소파로 돌아와 앉더니 느긋하게 등받이에 몸을 기댔다.

"그랬다면 지금이라도 깨닫도록 해. 의도가 뭐고 결과가 어찌 됐든 자네는 날 찾아왔고 나는 자네가 마음에 들었다. 나는 에드윈 중장과는 달리 원하는 것을 취하기 위해선 상대의 약점을 적당히 파고드는 더러움도 필요하다 여기는 입장이거든. 그래도 내가 중장보단 쓸모 있을 테니 그 부분을 위안 삼아 봐."

"······."

"설령 맘에 들지 않더라도 어쩔 수 없지. 그건 자네 사정이니까. 내게서 괜한 심술을 당하지 않으려면 자네가 노력하는 수밖에 도리가 없는 상황이 아닌가?"

즉, 마음에 들었으니 자신의 정부가 되어라. 그럼 예쁘게 보이는 만큼 도움 주는 걸 약간은 고민해 줄 수도 있다. 싫다 하면 계급과 권력의 힘으로 못살게 괴롭히겠다. 부드러운 말속에 내포된 의미를 깨닫고는 뒤늦게 천천히 고개를 끄덕였다. 사실 별 거부감도 없었다. 몸뚱이 굴리는 건 이미 인이 박인 일이 아니던가. 차라리 잘된 일일지도 몰랐다. 확실한 의도를 밝힌 쥬페도라는 선하지는 않더라도 혼란은 적었다.

"······이해했습니다."

"그만 일어나지. 아, 중장은 자네가 날 찾아온 것을 알고 있나?"

"아뇨. 말하지 않았습니다."

"그럼 제법 놀라겠군."

"부하의 개인적인 일에 필요 이상 참견을 하진 않을 거라고 생각합니다."

소파에서 일어나 나가기 전 그에게 경례를 해 보였다. 쥬페도라 대장은 앉아서 날 가만히 바라보다 가까이 오라는 듯 작게 손짓했다. 올렸던 손을 내려 그에게 허리를 숙였고 그는 한 손으로 내 볼을 감싸며 아까와 같은 담백한 입맞춤을 했다. 입술을 뗀 쥬페도라는 이내 품에서 담배를 하나 꺼내 입에 물더니 심드렁하게 가 보라는 손짓을 했다. 막 라이터로 담뱃불을 붙인 그는 길게 연기를 내뱉으며 나를 쳐다보지도 않고 말했다.

"다음 주에 보도록 하지."

"예."

　나올 때 에드윈의 안전을 위해 방을 잠그고 나왔었지만, 돌아왔을
때는 문고리를 내리자마자 바로 문이 열렸다. 그래서 에드윈이 잠에
서 깨 자기 방으로 돌아간 줄 알았으나 들어가고 보니 그는 아직 내
방에 있었다. 침대에 앉아 있는 에드윈은 조금이지만 피곤함이 가신
얼굴이었다. 그가 약간 잠긴 목소리로 물었다.
　"어디 갔었어?"
　"죄송합니다. 잠깐 볼일이 있어서요. 일어나셨네요. 문이 열려 있
어서 가신 줄 알았어요."
　쥬페도라를 만났다는 얘기를 전해 봤자 이 사람의 성격상 쓸데없
이 참견하며 화만 낼 것 같아 말하지 않았다. 어차피 다음 주에 쥬페
도라가 이스트란으로 찾아오면 자연스럽게 알게 될 일이고 미리 예
민하게 만들 필요는 없다고 생각했다. 에드윈은 침대를 내려와 서서
기지개를 한 번 크게 켜고는 떨어뜨리듯 팔을 내렸다.
　"대위가 하도 문을 두드려 대서 말야. 열어 줬어. 지금은 아마 퇴
실 수속 같은 자잘한 일들을 처리하고 있을 거야. 그리고 자네 짐은
같이 왔던 병사가 가져갔어. 차에 실어 뒀을 거다."
　"대위께는 면목 없군요."
　"괜찮아. 괜찮아. 어차피 아프다고 알고 있으니 봤다 해도 시킬 위
인이 아냐. 보기보다 성격이 좋은 편이거든. 신경 쓰이면 나중에 달
달한 간식이나 좀 사다 주든지. 요즘 일에 치여서 당이 좀 떨어지는
지 짜증이 많아졌어. 그럼, 그만 갈까? 수도 공기는 아무래도 나랑 맞
지 않는 모양이야. 어째 여기서는 아무것도 안 해도 피곤하네. 한시
라도 빨리 이스트란으로 돌아가고 싶어."

수도에 온 지 겨우 하루밖에 되지 않았는데 에드윈은 향수병이 온 사람처럼 굴었다. 아무래도 나 때문에 출발하지 못하고 있었던 모양이라 혼자서 남은 일들을 처리했을 테오에겐 미안한 마음이 들었다.

에드윈과 함께 주차장으로 갔을 때는 역시나 이미 다들 돌아갈 준비를 마친 상태였다. 에드윈이 차에 타는 것을 보다가 테오에게 다가가 사과했다.

"여러모로 죄송합니다. 대위님."

테오는 무심한 얼굴이었지만 이내 내 한쪽 어깨를 한 번 잡았다 놓으며 말했다.

"됐다. 밤샌 거 뻔히 알고 있고 자네가 겪은 고초도 옆에서 봤으니까. 오히려 어젯밤 본래라면 내가 자리를 지키고 있었어야 했는데 자네 덕분에 나는 잘 잤어. 그러니 이 정도는 별거 아니지. 신경 쓰지 마."

"감사합니다."

"근데 말야……."

"예?"

테오는 누가 들을까 주변을 한번 둘러보곤 나에게 한 발 더 가까이 다가와 소곤소곤 물었다.

"예민한 질문이라서 미안한데, 진짜 중장님과 그…… 한 건가? 혹시 계급을 들먹여 강제로 당한 건 아니지……?"

걱정스러운 어조에 그에게 슬쩍 웃어 주었다.

"아닙니다. 전혀 그런 일 없었습니다. 사실 그때 제가 난감한 모습을 보인 상황이라 중장님께서 신경 써 주신 것 같습니다. 중장님과 전 아무것도 안 했습니다."

테오에게 말할 수 있을 만큼의 진실을 최대한 솔직하게 전했다. 테오는 그제야 안도하듯 고개를 끄덕이며 더는 캐묻지 않았다. 테오는 내 어깨를 한 번 더 두드리곤 차를 타려고 몸을 돌렸다. 그때 의도치 않게 그의 작은 중얼거림을 들었다.

"다행히 내 손으로 헌병대 부를 일은 없겠군……."

그 목소리가 작지만, 꽤 단호했던 터라 약간 놀랐다.

이스트란으로 돌아온 뒤 다시 평범한 일상으로 돌아왔다. 서류 일과 훈련으로 이루어진 단순한 사이클로 몸은 고됐지만, 생각이 적어진 탓에 스트레스는 많지 않았다. 하이안과 부딪히는 일도 없어진 터라 더더욱. 아마도 에드윈이 막아 준 것 같지만 하이안은 아직 날 보는 눈빛이 별로 좋지 않았다. 그래도 직접적인 시비는 없었으므로 별로 신경 쓰지 않았다. 하지만 그런 내 일상은 얼마 안 가 정말 생각지도 못한 방식으로 어그러졌다.

쥬페도라는 정말로 이스트란 사령부까지 찾아왔다. 나름 최소한의 인원만을 끌고 온 것으로 보이긴 했지만, 지위가 지위다 보니 경호라는 이유로 남부에서 같이 딸려 온 부하가 상당했다. 어디까지나 최소한의 병력임에도 말이다.

"어서 오십시오. 대장님."

에드윈은 표면적으로는 그에게 환영을 표하며 밝게 웃어 보였지만 그가 도착하기 바로 전까지만 해도 짜증과 신경질이 가득했다. 어지간히도 심기가 불편했던지 머리에서 발끝까지 흉흉한 분위기를 마구 풍겼었다. 주변에서 전해 들은 바로는 쥬페도라가 어제 갑자기 직접 전화해서 에드윈에게 '아, 내일 거기 들를 거야.'라는 한마디만 하고 끊었다 한다.

쥬페도라는 병사가 열어 주는 차에서 내려 주변을 한번 길게 둘러 보곤 에드윈에게 다가갔다.

"최전방이라 좀 긴장했는데 의외로 평화롭군?"

"얼마 전 전투에서 승리한 후 지대를 좀 확보한 터라 여긴 이제 안전 지역에 속합니다. 이스트홀 쪽은 아직도 제법 긴박합니다. 안으로 들어가시죠."

"아냐, 됐어. 나는 내 볼일을 보러 온 것뿐이니까. 레이시 준위는?"

"예?"

쥬페도라의 말에 나는 정말 놀랐다. 지금 이곳은 쥬페도라를 맞기 위해 사령부 병사가 거의 모여 있는 자리였다. 누가 정부를 만나러 오는데 이렇게 당당하단 말인가. 이런 직접적인 언급은 부인이나 약혼자, 미혼이라면 최소한 공식적인 애인이어야 한다. 물론 단순히 이름을 불러 찾는 것만으로 섣불리 그가 정부를 찾는 거라고 사람들이 생각하진 않겠지만, 쥬페도라는 너무 조심성이 없었다.

잠시 이해를 못 했는지 웃는 얼굴로 동작 정지 상태였던 에드윈은 문득 눈을 크게 뜨며 나를 향해 홱 고개를 돌렸다. 믿을 수 없다는 표정을 하는 에드윈을 보니 괜히 내 기분까지 이상해져서 조용히 눈을 내리깔았다. 그사이 쥬페도라는 날 발견했는지 성큼성큼 다가와 한쪽 팔로 내 어깨를 감쌌다. 주변에 있던 사람들이 경악하듯 숨을 삼키는 소리가 들려왔다. 나도 경악했다. 이게 무슨 짓이야! 그의 체면을 봐서 차마 겉으로 티를 낼 순 없었지만, 너무 놀라 순간적으로 숨을 멈췄다.

"데이트를 하러 왔거든."

쥬페도라는 확인 사살까지 착실하게 했다. 이러면 아무것도 변명이 되지 않는다. 이걸로 나는 빼도 박도 못하게 정부가 아닌 그의 공식적인 애인이 되어 버렸다. 그가 결혼을 했는지는 모르겠지만, 이렇게 당당한 태도로 보아 혼자일 확률이 높았다.

에드윈이 뜸을 들였다가 나직하게 물었다.

"……데이트, 말입니까?"

"음. 그래서 말인데 잠시 밖에 좀 다녀올 동안 자네가 내 부하들 좀 맡아 주겠나? 부관들이 하도 시끄러워 일단 데려오긴 했는데 별로 방해받고 싶지가 않아. 자네도 남자라면 이해하겠지?"

"저…… 대장님."

"음?"

"준위는 아직 일이 있습니다. 죄송합니다만 이렇게 사적으로 빼 가시는 건……."

"무슨 일? 여기 오기 전에 당연히 그녀의 업무 시간은 파악하고 왔다. 준위는 오늘부터 내일까지 휴일이라 알고 있네만?"

조심스럽게 저항의 기미를 보이는 에드윈을 몇 마디로 눌러 버리고 쥬페도라는 내 어깨를 두드리며 귓가에 대고 말했다.

"차에서 기다릴 테니 준비하고 와."

에드윈을 한 번 보았다가 곧 양해의 의미로 경례를 해 보이곤 조용히 몸을 돌려 숙소로 갔다. 먼지 묻은 군복을 벗고 지급용이지만 외출해도 눈에 별로 띄지 않을 치마 정장과 블라우스로 찾아 입었다. 옅게나마 화장을 한 후 역시 지급용인 검은 핸드백을 들고 막 방을 나서는 차였다.

문을 열자마자 엄청난 표정을 짓고 있는 에드윈과 눈이 마주쳤다. 그는 신경질적인 손짓으로 입에 물고 있던 담배를 복도 바닥에 버리고 군화로 짓이기더니 한 손으로 내 어깨를 잡아채 세게 밀며 다시 안으로 들여보냈다. 밀려 뒷걸음질 치는 나를 따라 안으로 들어온 에드윈은 반대 손으로 문을 큰 소리 나게 닫으며 말했다.

"이게 대체 무슨 상황이야. 설명해 봐."

애써 눌러 참는 듯 가라앉은 목소리가 그의 입술 사이로 빠져나왔다. 에드윈을 잠시 바라보다 솔직히 말했다.

"제가 마음에 드신답니다."

"하? 그래서. 지금 넌 뭐 하자는 거야."

"……도움이 필요하니까요."

"준위!"

에드윈이 손으로 문을 한 번 세게 때리며 소리쳤다. 씩씩대는 그를 보다가 내 발에 신겨진 구두 끝을 내려다보았다. 하지만 다시 고개를 들었다.

"어차피 그리 오래 흥미를 가지시진 않을 겁니다. 어쩌면 오늘 하루 만에 재미없다고 생각하시게 될지도 모르고……"

"지금 그걸 말이라고……!"

에드윈은 버럭 소리쳤다가 이내 눈을 감고 인상을 가득 찌푸리며 입을 다물었다. 터지려는 화를 죽이듯이 잠시간 침묵하던 그는 얼마 후에야 애써 진정한 듯 조곤조곤한 목소리로 나를 타이르려 했다.

"아니지. 그럼 안 되지. 지난주엔 의연하게 잘 대처했었잖아. 갑자기 왜 이러는 거야. 내게 그랬던 것처럼 성희롱하지 말라고 대장에게도 그냥 그렇게 하면 되는 거야. 괜히 일을 복잡하게 만들지마."

"……장난하십니까?"

당신과 쥬페도라가 같아?

절로 써지려는 인상을 애써 폈지만, 날카롭게 날아가는 말만은 막을 수 없었다.

"전 나쁘다고 생각지 않습니다. 이번엔 아쉬울 것 없던 중장님 때와는 다릅니다. 지금의 중장님께서 제 목적을 이뤄 줄 수 있는 입장입니까? 아니지요. 적어도 지금은. 그러니 제가 힘 있는 자를 찾게 되는 건 당연한 수순이라고 생각하지 않습니까."

"……뭐?"

"약육강식. 잘 아시지 않습니까? 강하지 않으면 먹힙니다. 하지만 전 강하지 않습니다. 그 와중에 제 정체가 드러났죠. 아마 그래서 쥬페도라 대장님은 지난번 수도에서 제게 알은척을 하셨을 겁니다. 죽이든 살리든 결정을 해야 했으니까. 중장님도 알고 계시리라 생각했는데 틀립니까? 설상가상 제 천적들이 군 상위를 차지한 이곳에서 제가 스스로를 지키기 위해 대체 어떻게 했었어야 한단 말입니까. 그들과 대적할 만큼 강한 자에게서 호의를 얻을 수밖에 없지 않습니까."

"……."

"중장님 역시도 자신을 지키기 위해 쥬페도라 대장님의 손을 잡고 계신 것이 아닙니까. 사실 대장님이 아니셨으면 중장님께서 지금의 지위까지 어디 꿈이나 꾸셨겠습니까. 자기가 하면 로맨스고 남이 하면 불륜이라더니 왜 제 경우에만 이렇게 뻣뻣하게 구십니까. 취하는 방식만 다를 뿐 중장님과 제가 뭐가 그리 다릅니까."

"준위……."

에드윈은 마치 충격을 받은 듯했다. 갑자기 독한 말을 해 버려서 미안한 마음이 들긴 했지만 더는 그에게 붙잡혀 있을 수 없었다. 손목시계를 확인하고 더는 지체할 수 없다고 판단했다. 아연한 얼굴을 하는 에드윈을 지나쳐 문고리를 잡아 돌리며 말했다.

"저도 잡을 겁니다. 저에겐 중장님의 불안정하고 물러 터진 손 같은 건 필요치 않습니다. 중장님은 분명 인간적이고 좋은 상관이지만 제가 필요한 건 힐링이 아니라 실질적인 도움입니다. 힘을 쥐고 있는 강철 같은 손이 필요하다 이 말입니다."

"……."

"그리고 역시 그건, 지금의 중장님으로서는 무리지요."

그러니까 날 방해하지 마. 나는 에드원을 방 안에 놔둔 채 방 밖으로 걸어 나갔다.

3. 유혹되다

쥬페도라를 따라왔던 코보트 대령이 신변 안전을 위해 최소한이라도 경호를 붙여야 한다고 고집을 부렸지만 쥬페도라가 됐다고 물리치며 결국 운전병 한 명만이 동행하게 되었다.

사실 몇 명은 따라붙어도 됐을 법한데 목소리 큰 코보트의 고집에 기어이 심기가 불편해진 쥬페도라가 나머진 모두 사령부에 있으라는 명령을 내려서 결국 이렇게 됐다. 느긋한 미소를 잃지 않던 쥬페도라의 얼굴이 순간적으로 굳자마자 바로 쩔쩔매던 코보트는 조금 안쓰러워 보일 정도였다.

"어딘가 아픈가? 안색이 별로군."

"아니요. 본래 얼굴색이 좀 어둡습니다. 여름이니까요. 훈련 중 많이 탔을 겁니다."

"그래?"

쥬페도라는 대수롭지 않게 대꾸하곤 차창 밖을 바라보았다. 사교적인 성격으로 대화를 주도할 거라 생각했던 그는 생각보다 말이 많진 않았다. 잠시 거슬리지 않는 침묵을 유지하며 무심히 창밖을 보던 그는 문득 한 손을 뻗더니 무릎 위에 포개어 놓은 내 손등을 가볍게 덮어 잡았다. 따뜻한 온기가 피부를 통해 느껴지고 차만 타면 들썩이던 속이 왜인지 조금 진정됐다. 그는 여전히 창밖으로 흐르듯 지나는 풍경을 바라보며 말했다.

"가지고 싶은 건 없나? 사 줄 테니까."

"아니…… 음……."

나도 모르는 사이 자연스레 '아니요.'라고 내뱉으려다가 재빨리 입술을 사리물었다. 상대가 무언갈 사 주고 싶어 할 때는 사 달라고 해야 하는 거라고 훈련생 시절 매력의 기술 수업을 통해 배운 적이 있었다. 특히 그 상대가 금전적으로 부유한 경우라면 반드시. 물론 가끔은 선물보다 상대방의 마음을 더 필요로 한다는 걸 어필하는 것도 중요하지만, 전부 거절할 필요는 없다고 했다. 오히려 전부 마다 하면 상대가 불안감을 느끼거나 자존심이 상해 거리를 둘 수 있으니 상대가 자신의 재력을 과시할 수 있도록 배려하라고 말이다.

시선을 아래로 두고 잠시 생각을 해 보았다. 무엇을 사 달라고 해야 좋을까. 구두? 가방? 옷? 하지만 지금의 내 상태로는 어느 것도 어울릴 거란 생각이 들지 않았다. 시선을 들어 창유리에 비친 내 얼굴을 가만히 바라보다가 문득 무의식적으로 입을 뗐다.

"펌……."

"음?"

그저 내 머리가 마음에 들지 않아 내뱉은 말이었다. 시간 나면 손을 좀 봐야겠다 하는 생각에. 결코, 데이트 중에 머리를 손보고자 하는 의도는 없었다. 당연하지 않은가. 기본 몇 시간은 살롱에서 죽이고 있어야 하는데 어느 남자가 기꺼워하겠는가. 하지만 쥬페도라는 이미 내 목소리에 관심을 보인 뒤였다. 그는 제대로 못 들었다는 듯 음성을 올렸고 절로 약간 그의 눈치를 보았다. 그는 부담 없이 말해 보라는 듯 입가에 미소를 띠고 있었다.

"어…… 그럼 구두를……."

"그 말이 아니었던 것 같은데."

"그건, 그냥 별말 아닙니다."

"별말 아니면 말해 봐. 뭔데?"

어쩌면 제대로 못 들었던 게 아니라 그냥 놀리려는 걸지도 모르겠다. 쥬페도라는 마치 내가 곤란해하는 모습이 즐거운 양 빙글빙글 웃으며 추궁했다. 결국, 체념하고 말했다.

"굵은 웨이브 펌을 하고 싶습니다."

"흐음……."

쥬페도라는 겹치고 있던 손을 옮겨 내 어깨 아래로 흘러내린 머리칼을 가볍게 쥐었다. 이내 그가 흔쾌히 고개를 끄덕였다.

"그것도 나름 섹시할 것 같군. 이봐. 적당한 살롱 좀 찾아봐."

"예."

운전병에게 말을 거는 쥬페도라를 보며 다시금 고민에 빠졌다. 괜찮을까? 시간 진짜 많이 걸릴 텐데. 역시 그냥 구두나 하나 사 달라고 할 걸 그랬나. 너무 냉큼 체념한 건 아닌지 머릿속으로 후회가 들려고 했지만 그래도 요구를 물리지 않았다. 괜히 더 신경 쓰이게 할 것이 뻔하다. 내가 불편해한다고 여기면 그 역시 나와 거리를 두려 할지도 몰랐다. 지금은 내가 더 아쉬운 입장이란 걸 잊어선 안 됐다.

“그리 눈치 볼 거 없어.”

문득 쥬페도라의 말에 정신을 차렸다. 창문을 조금 열고 담배를 문 그는 불을 붙인 뒤 나를 향해 작게 웃었다.

“누가 그러더군. 남자는 데이트할 때 여자를 인형 놀이 하는 기분으로 지켜보면 된다고. 먹여 주고, 입혀 주고, 놀아 주고 나면 결국 남자가 원하는 대로 따라 준다고 말야. 사실 나는 딱히 뭘 하지 않아도 이렇게 자네 얼굴 쳐다보고 있으면 별로 심심하진 않아. 자네가 심심할까 봐 좀 신경이 쓰일 뿐이지. 그러니 하고 싶은 거나 가지고 싶은 게 있다면 꺼리지 말고 말해. 물론 지금의 자네도 좋지만 조금 더 보기 좋게 꾸미면 나 역시 나쁠 거 없지 않겠나. 여자가 예뻐지려 하는 노력을 싫어할 남자는 없어. 뭐 어린 애들이야 인내심이 없어서 종종 싸운다는 거 같지만 그런 면에서 나는 꽤 느긋한 편이거든.”

그 말에 조금 웃었다. 최고의 자기 어필이라고 생각했다. 귀족 못지않은 신사적인 마인드로 나를 대하려고 했던 것에 고마움을 느꼈다. 내가 웃고 나서야 그는 만족스러운 듯 시선을 돌리며 좌석 사이의 팔걸이에 손을 세우고 머리를 비스듬하게 기댔다.

운전병은 한참 후에 시내 안쪽의 어느 호화로운 미용 살롱 앞에 차를 세웠다. 쥬페도라는 창밖으로 그 건물을 잠시 보다가 나에게 속삭이듯이 말했다.

“저 녀석이 센스가 좋아. 그래서 자주 데리고 다니는 편이지.”

“그렇군요.”

그 커다란 미용 살롱의 주인은 나와 함께 들어서는 쥬페도라를 보며 잠시 숨을 삼키듯 멈췄다. 정확히는 고급 슈트 위로 가볍게 걸친 그의 여름용 군 코트를 봐서 그럴 것이다. 그 위에 표시된 계급장이

이 나라에 딱 다섯밖에 없는 대장을 나타내고 있었으니까. 한동안 그의 코트 어깨 위로 달린 견장에서 눈을 떼지 못한 살롱 주인은 이쪽에서 미안할 정도로 달달 떨며 우리를 안쪽으로 안내했다.

"어떻게 해 드릴까요?"

머리를 하러 왔다는 말에 주인에게 지명되어 나온 미용사는 애써 밝은 웃음을 띠고는 있었지만 긴장한 기색을 지우지는 못한 채 조심스럽게 물었다. 대충 손짓으로 두리뭉실하게 내가 하고 싶은 펌을 설명하자 미용사는 도통 알아먹기 어렵다는 눈빛으로 웃으며 내게 조금 더 자세한 설명을 요구했다. 부끄러움에 얼굴이 조금 달아오르려는 때였다. 등 뒤의 소파에 앉아 잡지를 한 권 든 쥬페도라가 살롱 주인이 고급 티세트에 내어준 홍차를 마시며 무심하게 말했다.

"그녀에게 어울리는 걸로 해 줘."

그 말에 미용사는 진짜 손님인 나의 의향을 묻지도 않고 쥬페도라에게 굽신굽신하며 후다닥 도구를 세팅했다. 그것에 불쾌감을 느끼진 않았다. 이 이상 부끄러운 건 나도 피하고 싶던 차였다.

예상대로 펌은 상당히 오래 걸렸다. 약품 냄새도 심했고 무엇보다 너무나 지루했다.

거울을 통해 등 뒤의 쥬페도라를 훔쳐보았다. 그는 아까부터 줄곧 한 자세로 몇 권째인지 모를 잡지를 정독하고 있었다. 대단하게도 얼굴 위엔 티끌만큼의 일그러짐도 없었다. 언뜻 정말로 잡지에 집중한 상태인지도 모른다고 생각이 들 정도였다.

꽤 오랫동안 앞머리를 자르지 않고 길렀기에 옆 가르마를 타고 흘러내린 머리칼은 펌을 하자 굵은 물결처럼 굽이쳐 흘러내렸다. 펌을 다 끝낸 후 이젠 옆머리 길이와 별 차이 없는 앞머리를 손으로 조금 만져 보았다. 만족스러운 결과에 기분이 조금 들떴다. 나 역시 별수 없는 여자라는 건지. 그런 생각을 하니 조금 우습기도 했다. 쥬페도라는 세팅 의자에서 일어서는 날 보고는 입가를 올렸다.

"어울리는군."

"감사합니다."

그는 어마어마한 팁과 함께 계산을 마치곤 먼저 바깥으로 나섰다. 쥬페도라는 병사가 열어 주는 차 안으로 들어서기 전 그에게 웬 쪽지를 내밀었다.

"순서대로 가지."

"예."

차에 탄 후 조심스레 그에게 그것이 무엇이었냐 물었더니 살롱 주인이 추천하는 가게들이라고 대답했다. 어느새 그런 걸 물은 건지 전혀 눈치채지 못했다.

차가 이동하는 중 문득 쥬페도라가 말없이 차 창문을 내렸다. 그제야 나 역시 재빨리 내 쪽의 창문을 열며 그에게 사과했다.

"죄송합니다. 약품 냄새가 좀 심하죠."

"하하. 오늘 하루는 감지 말라고 했던가?"

"예……."

"흠."

쥬페도라는 약간 눈가를 찡그리는 듯했지만 이내 픽 웃고는 말았다. 차는 시내 안이라 그런지 느리게 움직여 그리 바람이 들어오지 않았다. 나는 내 머리칼을 쥐고 몰래 냄새를 맡았다가 이내 얼굴을 찌푸렸다. 어쩌지. 생각했던 것보다 더 심했다. 잠시 가라앉았던 멀미가 다시 올라올 것도 같았다. 향수라도 뿌려야 하는 걸까. 아니, 그러다 괜히 더 지독해지면 정말로 난감한 상황이 될 것이다.

얼마 후 큼 하고 헛기침을 하며 창 쪽으로 고개를 돌리는 쥬페도라를 보고 등에 식은땀이 흐르는 것 같았다. 몸을 최대한 창 쪽으로 밀착시킨 채 그의 눈치를 보다가 핸드백 안을 부지런히 뒤적거렸다. 파우치 안에 화장품과 같이 뒹구는 향수가 분명 있을 것이다. 하지만 미처 챙기지 못했는지 향수는 아무리 찾아도 없었다. 어쩔 줄 모르는 기분에 속만 태우고 있을 때였다. 문득 쥬페도라가 말했다.

"울상이 되었군."

"예?"

대답 아닌 대답을 하며 고개를 들자 그는 미소 띤 얼굴로 나를 바라보고 있었다. 그렇게 잠시 말없이 그와 서로 마주 보고만 있었는데 문득 운전병의 목소리가 들려왔다.

"도착했습니다."

쥬페도라는 별말 없이 차에서 내렸고 나도 재빨리 그를 따라 내렸다. 옷 가게로 보이는 건물로 들어간 쥬페도라는 그곳에서 내게 옷을 사 주었다. 순전히 자신의 취향이라고 말하며 그가 골라 내민 옷은 상당한 고급에, 흠집 나기도 쉬운 얇은 옷감으로 지어진 데다, 짧고 타이트한 연핑크의 원피스였다. 조금만 잘못 움직이면 죽 찢어질 것처럼 보였다. 아무리 여름이라지만…….

활동 영역상 튼튼한 옷을 좋아하는 편이라서 선뜻 그것을 받지 못했다. 하지만 쥬페도라는 웃으며 기어이 내게 그 옷을 넘기고 말았다.

"입어."

그리고 명령했다. 항상 생각하는 거지만 군의 상명하복은 정말 거지 같다. 결국 탈의실에서 한숨을 내쉬며 옷을 갈아입어야 했다. 조심조심 옷에 몸을 끼워 맞추는 게 여간 지치는 게 아니었다. 팔을 어깨 뒤로 꺾어 힘겹게 등의 지퍼까지 채우고 나자 이마에 땀마저 약간 맺혔다. 사이즈는 맞았으나 여러모로 불편한 느낌이었다. 진짜 찢어지는 건 아니겠지? 가슴이나 엉덩이 같은 데가 찢어지면 정말로 난처한 상황이 될 것이다.

얼마 후 탈의실을 나와서 쥬페도라에게 이 옷의 불편함을 우물쭈물 설명했지만, 그는 한마디로 일축했다.

"아, 그치만 이미 샀으니까."

그리고 그는 사는 김에 같이 샀다면서 내게 얇지만 짙은 색의 여름 외투를 내밀었다.

옷 가게에 이어 그 후로도 구두 상점, 가방 상점 등을 차례로 돌았다. 키가 있어서 3센티 이상의 굽은 신지 않는 나에게 그는 9센티의 힐을 내밀었다. 물론 쥬페도라는 예전 사이크만큼이나 키가 컸기에 내가 그것을 신고 그와 나란히 선다 해도 남들 눈에 별문제 없이 보일 터였다. 하지만 발목이 나갈 것 같은 위협을 느끼며 고개를 저었고 그는 또다시 빙글빙글 웃으며 '신어.'라고 명령했다. 정말 그의 말대로 인형 놀이 당하는 인형 신세였다.

"사람들이 주춤거릴 겁니다."

"어째서?"

"키 큰 두 사람이 나란히 걸어 다니니까요. 위협을 느끼지 않을까요."

위협이라는 단어는 좀 비약일지도 모르겠지만 어쨌든 부담을 느낀 건 사실이라 저녁 식사를 하러 가는 중에 한숨 섞인 투정을 하고 말았다. 쥬페도라는 나직하게 웃었다.

그 모습을 바라보다 불현듯 든 생각에 그를 조심스럽게 뜯어보았다. 내가 키가 큰 것은 선천적인 영향도 있겠지만, 무엇보다 테일러 박사가 오래전에 개발한 성장 약의 영향이 상당히 컸다. 섬의 훈련생들은 물론이고 어린 나이에 병사가 되는 군인들에게도 지급될 정도로 효과가 인정된 그 약은 단순히 전쟁에 참가하게 될 병사들을 최상의 신체로 만들기 위해서 개발되었다. 테일러 박사가 현재 국가의 특별 인재로서 보호되는 것은 그가 젊은 시절부터 이러한 약들을 엄청나게 개발해 내었기 때문이다. 그는 국가에서 보호하는 천재였다.

물론 약이 아무리 좋아도 개개인의 성장 자질이 모두 다르므로 그리 효과를 보지 못한 사람들도 더러 있었다. 예를 들어 미미 같은 경우는 성장 약을 먹고도 3센티 자란 게 고작이라고 들었다. 어쨌든 그래서 특수 훈련지 출신자들과 오랜 시간 군인으로 지낸 이들 대다수가 일반인들과 비교해 신체가 상당히 발달되었다.

호리호리하지만 키가 큰 대장의 몸을 가만히 바라보다가 별생각 없이 물었다.

"대장님께서는, 언제부터 군인이셨습니까?"

그는 그런 질문이 의외였던 듯 눈매를 동그랗게 키웠다가 곧 차분히 가라앉으며 짧게 대답했다.

"열셋."

뭔가 회한이라도 들게 만든 것인지 갑자기 침체된 분위기가 되었다. 그를 괜히 자극할까 싶어 슬그머니 창밖으로 시선을 돌리며 입을 다물었다. 머릿속으론 그 역시 테일러 박사의 약을 먹지 않았을까 하는 예상을 하면서.

레스토랑에 도착할 즈음이 되자 그는 다시 얼굴에 미소를 띠고 조곤조곤한 목소리로 내게 말을 걸었다. 덕분에 나름 정다운 분위기로 식사를 마칠 수 있었다. 그다음이자 마지막 코스로는 당연하다면 당연하게도 호텔이었다. 호텔로 향하며 쥬페도라가 나에게 요구한 것은 같이 차를 마시자는 거였지만 당연히 그 말을 곧이곧대로 받아들이진 않았다.

그와 가볍게 팔짱을 끼고 방 안으로 들어섰다. 호텔 보이가 다기에 잘 데워진 홍차를 담아 들여놓았고 그와 나는 테이블을 사이에 두고 마주 앉아 서로를 바라보며 제법 오랫동안 시시콜콜한 대화를 나눴다.

문득 언제까지 이렇게 가만히 앉아 있기만 하는 걸까? 하는 의문이 들었다. 어쩌면 그는 내가 먼저 눈치 좋게 옷을 벗길 기다리는 건 아닐까. 하지만 동시에 머리의 약품 냄새로 다시 신경이 쏠리며 이대로는 그와 입도 맞추지 못할 것이라는 걸 깨달았다.

돈도 시간도 비싸게 들인 머린데…… 포기해야 하나.

마음에 드는 펌이어서 너무 아쉬웠지만 결국 의자에서 일어섰다. 그가 의문을 표하듯 날 향해 시선을 들었다.

"저 씻고 오겠습니다."

"머리 감지 말라 하지 않았었나. 살롱에서."

"운 좋으면 안 풀릴 수도 있겠죠……."

그럴 리가. 100퍼센트 풀릴 거다.

내 우울함을 알아차린 것처럼 쥬페도라는 웃으며 다시 앉으라는 손짓을 했다.

"됐어. 앉아."

"하지만……."

"오늘만 날이 아니니까. 아쉽지만 다음으로 미루지. 여기 온 건 그냥 이대로 돌아가기엔 여러모로 본보기가 되지 않아서 말이야."

"예?"

"나는 초반 기선 제압이 제일 중요하다고 생각하거든."

"죄송합니다. 무슨 뜻인지 모르겠습니다."

쥬페도라는 조용히 웃으며 홍차를 한 모금 마셨다. 찻잔을 내려놓은 그가 손에 턱을 괴며 조금 장난스럽게 말했다.

"글쎄. 무슨 뜻일까."

쥬페도라는 손짓으로 날 다시 자리에 앉히더니 유연하게 화제를 돌렸다.

"혹시 체스 좋아하나?"

"잘은 못 합니다. 머리 쓰는 것엔 약한 편이라."

"아쉽군. 하긴 전부 입맛에 맞는 상대를 찾는다는 건 어려운 일이지."

쥬페도라는 의자 등받이에 몸을 편하게 기대며 다리를 꼬았다. 깍지 낀 손을 무릎 위에 가볍게 올린 채 생각에 잠겼던 그가 느릿하게 말했다.

"그럼 뭐 할까. 섹스도 체스도 패스하고 나면 나와 자네가 함께 할 만한 일이 그리 많진 않은데."

"……."

"술은 좀 하는 편인가?"

"남들 마시는 정도는 마십니다."

"오. 그럼 그걸로 가지. 어디 보자. 아, 자네는 앉아 있어."

쥬페도라는 바로 눈썹을 올리며 꼬았던 다리를 풀고 의자에서 일어났다. 내가 따라 일어나려 하자 그는 곧바로 손가락을 하나 들어 보이며 다시 앉으라는 뜻을 보였다. 일어서다 말고 다시 의자에 몸을 주저앉혔다. 쥬페도라는 넓은 방 한편에 세워져 있는 찬장에서 고급 술 한 병과 잔 두 개를 들고 돌아왔다. 그가 코르크를 빼내어 나에게 먼저 따라 주고는 자신의 잔에도 술을 따르며 말했다.

"술은 인간관계의 좋은 윤활제지. 너무 들어가면 위험하지만 적당한 선의 취기는 상대와 나의 거리를 금세 가깝게 만들어 주거든. 조금 전 식사하고 왔으니 안주는 필요 없겠지?"

"예. 괜찮습니다."

그가 내미는 잔 끝에 내 잔을 가볍게 부딪쳤다. 급하게 마실 필요가 없는 자리였으므로 그와 나는 딱 한 모금만 넘기곤 일단 잔을 내려놓았다.

"무슨 이야기를 해 줄까? 아니면 자네가 나에게 이야길 해 줄 건가?"

"말하는 것엔 그다지 재주가 없기에 성의껏 듣겠습니다."

"그래? 하지만 줄곧 군인이었던 내가 해 줄 만한 이야기는 20년 전의 플뢰아르 전투 같은 것들뿐인데. 보통은 지루해하더군. 끝까지 들어 준 사람이 지금껏 손에 꼽을 정도였어."

플뢰아르 전투, 석 달간 적진에 고립된 채 생존해야 했던 국군들의 이야기다. 그때의 이야기는 3박 4일을 해도 모자란다고 어깨너머로 선임에게 들은 적이 있었다. 길고 긴 대서사시라고. 하마터면 내 무덤을 팔 뻔했군. 의식적으로 입가를 올리며 대답했다.

"전투담을 싫어하진 않습니다만 너무 긴 이야기는 대장님께서도 힘드실 테니 자세한 설명은 사양하겠습니다. 그 전투에 참여하셨던 겁니까?"

"현명하군. 적절한 대처야. 그래, 그때의 나는 열아홉이었고 계급은 대위였다."

"그렇군요."

"그 사선을 함께 넘은 전우 중 지금껏 군에 남아 있는 사람이라곤 서부의 릭크리만 대장과 북부의 센트리언 중장 정도야. 아…… 그러고 보니 동부는 몇 년 전까진 릭크리만 대장이 제법 눈독을 들이고 있었지. 그런 걸 보면 자네도 참 배짱이야. 어떻게 적의 시선이 닿을

지 모르는 곳에 혈혈단신으로 잠입할 생각을 했지?"

그는 대놓고 릭크리만이 나의 적이라고 못을 박았다. 이미 모건으로 인해 예상을 하고 있던 자였으므로 그리 놀라진 않았다. 내가 알고 싶은 건 릭크리만과 모건 외의 적이 또 있는가, 였지만…… 그리 쉽게 알려 주진 않겠지.

"잠입이라거나 별로 그런 쪽의 생각까지는 하지 않았습니다. 그냥…… 정보원 시절의 서류상 고향이 이스트홀이었고 그곳에서 징집도 하고 있었으니 겸사겸사 그렇게 된 거지요. 그러다 이스트란으로 이동된 것뿐입니다."

목이 좀 타는 것 같아 술을 한 모금 더 삼켰다.

"거기다 어차피 이미 몇 년 전에 대장님이 동쪽에 주둔 근무를 하고 있던 에드윈 중장님을 요령 좋게 같은 편으로 끌어들이시면서 릭크리만 대장이 눈독 들이던 곳을 빼앗아 온 것과 다름없지 않습니까. 오늘도 대장님께서 일부러 절 만나기 위해 이렇게 와 주신 건 기쁜 일이나 온전히 절 목적으로 오셨다곤 생각지 않습니다."

"흠……?"

"아까부터 계속 생각해 봤습니다. 누구를 향한 본보기이며 기선 제압인가 하고요. 혹, 그 상대가 서부 총괄자인 릭크리만 대장을 뜻하는 것은 아닙니까? 아직도 그가 동부를 욕심내고 있다고 생각하시는 겁니까?"

쥬페도라의 입가가 올라갔다. 그는 곧 나직한 웃음소리를 터뜨리며 내려 두었던 술잔을 들었다.

"아하하. 머리 쓰는 일에 약하다고 한 것치곤 그리 나쁘지 않은 생각이군. 완전한 정답이라곤 할 수 없지만 틀리지만도 않았다고 말해 주지. 하지만 나는 상대를 조롱하기 위해 일부러 수고를 들이는 귀찮은 짓을 하진 않아. 무엇보다도 그가 나에게서 동부를 빼앗을 힘이 없다는 걸 이미 알고 있어."

"그럼 또 다른 이유가 있으시다는……."

"말했잖아. 나는 자네를 만나기 위해 왔어. 자네를 만나는 김에 여러 가지를 생각하고 있는 것은 맞지만 그래도 주목적은 자네였지. 그러니 자네도 주목적과 부목적을 혼동하여 말하지 말아 주겠나. 씁쓸해지니까 말이야. 순정까진 아니더라도 나름 따뜻한 마음을 품고 있었는데 조금 짓밟힌 기분이 드는군."

"죄송합니다. 나쁜 뜻은 없었습니다."

"사과는 받아 주지."

쥬페도라는 어깨를 한 번 으쓱이며 웃었다. 그가 술을 마시는 것을 가만히 바라보다가 문득 그의 시선이 나에게 향하는 순간 나도 모르게 눈을 내리깔고 잔에 남은 술을 마저 마셨다.

둘이서 술병의 3분의 2 정도를 비웠다. 대화 중에 간간이 홀짝이는 수준으로 마시다가 시간이 늦어져 그의 권유로 내가 먼저 씻었다. 물론 펌 때문에 머리엔 샤워 캡을 쓰고 씻는 걸 잊지 않았다. 불편한 옷에서 해방되어 후련한 기분으로 씻은 후 샤워 캡을 벗고 가운을 걸친 채 욕실 밖으로 나오자 쥬페도라는 창가에 기대 담배를 피우고 있었다. 열린 창을 통해 스멀거리는 뱀처럼 빠져나가는 연기와 그 연기를 찢어 먹는 듯한 밤의 어둠, 그 자리에 홀로 서 있는 쥬페도라는 고고한 것 같기도 어쩌면 고독한 것 같기도 했다. 그를 가만히 바라보다가 곧 조심스럽게 다가갔다.

"욕실 비었습니다."

"아, 그래. 곧 들어갈게."

"걱정이라도 있으십니까?"

"왜 그렇게 생각하지?"

"아닙니다. 제가 잘못 본 모양입니다."

그냥 기분일 뿐이었다. 괜한 말을 한 것 같다고 자책하며 입을 다물자 그는 잔잔하게 웃으며 한 손으로 내 볼을 깃털 스치듯 가볍게 쓸고는 거뒀다. 이윽고 그가 담배를 끄며 창틀에 기댔던 몸을 세우려 했을 때였다. 그의 앞으로 바짝 다가가 섰다. 쥐페도라가 의아하게 바라보는 시선을 마주하며 천천히 바닥에 무릎을 꿇고 앉아 두 손으로 그의 양 허벅지를 약한 힘으로 밀었다. 쥐페도라의 몸은 순순히 밀려 다시 창틀에 기대어졌다. 허락을 구하기 위해 위를 올려다보자 그는 날 내려다보고 있었다.

"뭘 하려는 거지?"

"봉사입니다. 이 정도 거리라면 약품 냄새에 그리 불쾌하진 않으실 거라 여기기에."

"음……."

그는 양손으로 창틀 턱을 붙잡으며 여전히 미소 띤 얼굴로 나를 응시했다. 그의 눈을 피하지 않은 채 손으로는 그의 벨트를 풀었다. 옷 속에서 그의 성기만 꺼내 손으로 쥐자 그는 옅은 한숨과 함께 시선을 위로 들며 말했다.

"나는 딱히 봉사시킬 생각은 없었는데. 무엇보다 아직 씻지도 않았고."

"더럽다고 생각하지 않습니다."

담담히 답하며 그의 것을 입에 물었다. 쥐페도라는 약간 뜸을 들인 뒤 말했다.

"그건 다행스러운 일이지만 나는 사실 내 걸 자네 입 속에 처박고 싶은 생각 자체가 없었어. 취향이 아니거든. 그런 건."

"……불쾌하십니까?"

곧바로 머금고 있던 그의 성기를 빼 손등으로 입술을 닦고 물었다. 가만히 천장을 응시하고 있던 쥬페도라의 눈이 다시 나에게 떨어졌다. 그는 왠지 좀 씁쓸해 보였다.

"보통이라면 불쾌했겠지. 틀림없이. 그런데 지금은 이상하게도 그리 싫지만은 않군. 자네가 마음에 들어서일까?"

"……."

"뭐…… 이미 시작해 버렸고. 계속해 봐."

펠라가 취향이 아니라는 말에 당혹스러워진 내가 그의 성기만 쥐고 안절부절못하는 모양새가 불쌍해 보였는지 그는 웃는 얼굴로 계속하도록 허락했다. 정말로 괜찮은 건지 잠시 그의 눈치를 보다가 시선을 내리깔고 다시 성기를 입에 물었다. 얼마 후, 쥬페도라는 조금 짙은 숨소리를 내며 한 손을 들더니 어쩐지 조금 머뭇거리듯 내 머리를 덮었다. 그의 손이 내 머릿결을 따라 느리게 쓸어 내려갔다.

"이런 것도 다 루이에게 배운 건가?"

"……? 예. 그렇지만 오랜만이라 많이 서툴 겁니다."

"마지막으로 섹스했던 게 언제였지?"

"군에 들어오기 전입니다."

"호오…… 그렇다면 몇 년이나 금욕 생활이었다는 건가? 그런 것치곤 유혹하는 모양새가 제법 익숙한데."

농담조의 말에 작게 웃고는 대답하느라 잠시 뺐던 그의 성기를 다시 입에 물었다. 타액에 젖은 기둥을 빨아 당기고 손으로 쓸다가 첨단을 혀끝으로 자극한다. 한참 후 쥬페도라는 사정감을 보이며 성기를 빼내려 했다. 그 순간을 놓치지 않고 더 달라붙어 입에 넣고 혀로 감아 빨아 당겼다. 결국, 그는 내 입 안에서 사정해야 했다. 거친 숨을 내쉰 쥬페도라는 내가 그것을 삼키려는 것을 눈치챘는지 재빨리 한 손으로 내 목을 감아줬다. 그 행동에 절로 몸이 굳었고 쥬페도라는 반대 손으로 주머니에서 손수건을 꺼내 내 입술 앞으로 들이밀었다.

"뱉어."

혹시 기분이 나빴던 걸까? 웃음기 없는 얼굴로 말하는 쥬페도라의 눈치를 보며 손수건 위로 정액을 뱉었다. 그는 그대로 손수건을 접어 쓰레기통에 던져 넣고는 내게서 등을 보인 채 바지를 추스르며 말했다.

"양치하고 와."

"……."

"깨끗하게."

"예……."

쥬페도라는 날 돌아보지도 않았다. 뭔가 심기에 거슬린 것이 틀림없다. 마지막에 달라붙었던 게 싫었나? 하지만 그렇게 하지 않으면 바닥을 더럽힐 테고 괜히 그것을 보며 눈가를 찌푸릴 바에야 입으로 받는 것이 낫다고 생각했다.

욕실에서 입을 물로 몇 번 헹궈 낸 뒤 칫솔에 치약을 짜 이를 닦으며 온갖 생각에 머리가 복잡해져 왔다. 거울 속의 나는 시무룩한 얼굴을 하고 있었다.

욕실에서 나오자 그는 어느새 말간 얼굴로 침대에 걸터앉은 채 나를 바라보았다.

"양치했나?"

"예."

그는 내 대답에 습관처럼 입술을 끌어 올리며 이리 와 앉으라는 듯 자신의 옆자리를 손바닥으로 토닥토닥 두드렸다. 순순히 다가가 그의 옆에 앉자 그는 내 얼굴을 빤히 들여다보며 물었다.

"깨끗하게 구석구석 닦은 건가?"

"예…… 나름……."

"남아 있으면 곤란해."

쥬페도라는 그렇게 말하며 한 손으로 내 턱을 잡고 볼을 눌러 입을 벌리게 했다. 그는 잠시 검사하듯 내 입 안을 들여다본 후에야 손을 거뒀다. 압박감이 사라지고도 기분이 이상해 괜히 잡혔던 턱을 만지작거리며 틈을 보다가 쥬페도라에게 사과했다.

"죄송합니다."

"뭐가?"

"그…… 싫으셨던 것 같아서……."

"아냐. 싫지 않았어. 하지만 다신 자네의 입에 그런 걸 빼내진 않을 거야."

부끄럽고 미안한 기분이 가시질 않아 그저 얼굴을 만지작거리다가 겨우 손을 다리 위로 떨어뜨렸다. 불안한 기분에 가만히 있질 못하고 연신 손가락을 꿈지럭댔다. 굳이 쥬페도라를 쳐다보지 않아도 내 얼굴에 닿는 그의 시선이 느껴져 더욱 어색했다.

조용한 시간이 길어질수록 어쩌지, 어쩌지 속으로 애가 탔다. 그렇게 안절부절못하고 있길 한참, 문득 쥬페도라가 한 손으로 내 뒤통수를 감싸며 끌어당겼다. 자연스레 시선이 들리며 그와 눈이 마주쳤고 입술이 맞닿았다. 슬그머니 눈이 감기는 그의 얼굴을 보다가 나 역시 천천히 눈을 감았다.

입 안으로 부드러운 살덩이가 밀려 들어왔다. 혀의 옆구리를 쓸고 천장을 긁는 감각이 성욕을 이끌었다. 쥬페도라는 내 입술을 부드럽게 물고 혀를 당기며 오랫동안 키스를 했다. 끝으로 내 볼에도 가볍게 입술을 붙였다가 떨어뜨린 그는 피부가 간지러울 정도로 얼굴을 가까이에 대고 속삭였다.

"할 거라면 이쪽이 좋아."

'알겠어?'라고 묻는 그의 목소리에 눈을 뜨며 말없이 고개를 끄덕였다. 그제야 쥬페도라는 만족스럽게 미소 짓고는 날 끌어당겨 품에 꾹 누르듯 안았다. 어쩌다 두 팔까지 안으로 웅크려 모아 온전히 그의 품에 안기자 갑자기 엄청난 안정감이 느껴졌다. 지금껏 누군가에게 이런 식으로 안겨 본 적이 있었던가 싶을 정도로 굉장히 낯선 그 감각은 온전히 그에게 마음을 의지하고 싶게 했다. 발이 닿지 않는 물 위를 둥둥 떠다니다 힘겹게 겨우 흙이 밟힌 것 같은 안도감이었다.

그러면서도 불현듯 슬퍼지는 복잡한 심경에 애써 눈물을 참으며 눈을 감았다. 쥬페도라는 내 정수리 위로 볼을 기대고 있다가 얼마 후 약품 냄새가 여전히 심할 내 머리칼에 입을 맞췄다. 그 애정 어린 행위가 굉장히…… 좋다……라고 생각했다.

"대장님……."

"응?"

"저…… 대장님과 섹스하고 싶습니다."

결국, 참지 못하고 고백해 버린 나에게 그가 차분한 웃음을 터뜨렸다.

쥬페도라는 내가 농담을 하는 거라고 생각하는 것 같았지만 진심이었다. 그 예전, 설렘을 안고 심장이 두근거리는 걸 뭐라고 했던가. 나는 그걸 사랑이라고 칭했다. 사이크가 죽을 때 무참히 꺾였던 그 세찬 감정이 이번엔 조금 다른 형태로 내게 다가온 거라고 생각했다.

분명 사이크 때만큼 격렬할 수 없을 것이다. 그때만큼 가슴이 아플 정도로 상대를 사랑할 수가 없을 것이다. 경험해 본 적 없는 감정에 우왕좌왕 어쩔 줄을 몰라 하던 그때의 바보 같은 나로는 다시 돌아갈 수 없겠지만 그래도 확신했다. 나는 지금 이 사람을 사랑할 수 있겠다고.

　"기분 좋은 말을 해 주는군. 계산된 행동이라도."

　"계산처럼 보이십니까?"

　"글쎄…… 나이를 먹을수록 자연스레 의심도 많아지더군."

　"적어도 지금은 진심입니다."

　"연기라면 칭찬해 주고 싶을 정도야. 자네가 정보원 교육을 받은 인재가 아니었다면 쉽게 믿었을 수도 있지. 그러니 자네의 진심에 대해선 별로 논하고 싶지 않아."

　안겨 있던 몸을 떨어뜨렸다. 내 표정이 어땠는지 모르겠지만 썩 좋아 보이진 않았던 것 같다. 쥬페로라는 날 안쓰럽게 바라보며 마치 위로라도 던지듯 말했다.

　"준위. 그런 표정 할 것 없어. 그런 게 아니더라도 감정 같은 건 사실 말할 가치가 없는 거거든. 변덕스럽고 이성적이지 못해. 고스란히 상대에게 전해지기도 어렵지. 그래서 사람들은 약속을 만들고 신뢰를 쌓는 거야."

　"……."

　"물론 섹스를 하는 것도 좋은 방법이겠지. 아무리 말해도 전해지지 않는 감정이 섹스를 통해 전해지기도 하니까. 그래, 말로 하는 것보단 확실히 좋은 방법이야. 하지만 감당할 수 있겠나?"

　"무엇을요?"

　내 물음에 그는 약간 난감한 표정을 지었다.

"아는지 모르겠는데 나는 사실 부하와 이런 관계가 되어 본 적이 없어."

"……예?"

"하지만 상하 관계의, 그것도 부하인 애인에게 진심을 기대하긴 힘들다는 건 내 주변만 둘러봐도 잘 알 수 있는 얘기야. 어떻게 된 게 도통 제대로 된 관계가 없어. 나만은 특별할 거란 자만을 하기엔 나는 이미 세상을 잘 알아. 자연히 반쯤은 포기하게 된다고. 그냥 적당히 데리고 놀면서 딱 마음에 드는 만큼만 도와주자고 한발 빠지게 돼. 말하자면 상부상조지. 그렇게만 해도 준위에게 그리 나쁜 상황은 없을 거야. 그런데 거기서 더 나아가 이렇게 작정하고 유혹하려 들면 내가 퍽 난감해. 안 그래도 자네가 마음에 드니까 말이야. 한편으론 모르는 척 속아 넘어가 주고 싶기도 해. 물론 그렇게 되면 준위는 확실히 안정적인 위치가 되겠지. 나는 최선을 다해 자네를 돌봐 줄 테니까. 하지만 그럼 정말로 준위는 각오해야 할 거야. 어설프게 건드렸다가 발 빼려 들면 내가 정말로 화를 낼 것 같거든."

쥬페도라는 자신이 이성적으로 굴 때 알아서 적당한 선을 지키라고 충고했다. 나야 정말로 그와 섹스를 하고 싶었고 결국엔 그를 사랑하게 될 거라는 예감을 하고 있었지만, 그의 말은 사실 꽤 의외였고 당황스러웠다. 그가 사랑에 관해 방어적이고 겁쟁이라는 것에! 세상에, 그 쥬페도라 대장이 말이다.

쥬페도라는 나에게 미소 지으며 확인하듯 물었다.

"자신 있나?"

대답하지 못했다. 그렇게 나는 쥬페도라에게 섹스를 거절당했다. 의외로 가드가 단단했다. 그는 마치 충분히 생각할 시간이라도 주겠다는 듯이 내 대답을 듣지도 않고 욕실로 휘적휘적 들어가 버렸다.

덩그러니 혼자 남아 욕실 문을 바라보며 그의 말을 곱씹어 보았다. 그러니까 애초에 쥬페도라는 섹스를 목적으로 나를 데리고 나온 것이 아니라는 거였다.

은연중에 그가 페로몬을 풀풀 뿌리기에 완전히 그러려고 데리고 나온 줄 알았다. 펠라는 내가 덤빈 거니 없던 걸로 치더라도, 그는 지난번에도 오늘도 나에게 키스를 했고 무엇보다 줄곧 펌의 약품 냄새 때문에 섹스하지 못해 아쉽다는 뉘앙스로 말하지 않았던가.

하지만 결국 그건 그냥 듣기 좋은 핑곗거리였을 뿐이고 나 혼자 착각의 늪에 빠졌던 거였다. 완전히 혼자만 멋대로 발정 났다가 찬물을 뒤집어쓴 꼴이 되어 약간 부끄럽고 시무룩한 기분이 들었다. 하지만 애써 의연한 척 머리를 한번 긁적이곤 쥬페도라가 벗어 놓은 옷가지들을 잘 갈무리해 옷걸이에 걸쳐 벽에 걸어 두었다.

"그만 잘까."

씻고 나온 쥬페도라는 가운 차림으로 침대에 들어가며 말했다. 그는 자신의 옆자리를 손으로 도닥거리며 가까이 오라는 뜻을 보였고 나는 이내 불을 끄고 그의 옆자리로 들어가 나란히 누웠다. 멀뚱멀뚱 천장을 바라보다가 슬그머니 고개를 돌렸다. 막 불을 끈 참이라 그의 얼굴이 보이지 않았지만, 하염없이 어둠 속에 존재하는 그를 바라보았다. 차츰 눈이 어둠에 익숙해지며 드디어 쥬페도라의 얼굴이 어렴풋이 보였다.

여러 가지로 이상한 기분이었다. 놀림당한 것 같기도 하고 배려받은 것 같기도 하고…… 그 어느 것도 아닌 것 같기도 하고…… 그의 마음을 짐작할 수가 없다. 심란하여 쉬이 잠이 오지 않았다.

다음 날 아침 식사까지 한 후에 쥬페도라는 날 사령부까지 데려다

주었다. 그는 다음에 또 보자며 내게 키스를 하고는 자신의 병사들을 데리고 남부로 돌아갔다. 그때부터 사령부에서 내 입장이 붕 떠 버리게 됐다. 뒤에선 무슨 말을 할지 모르겠지만 일단 사람들은 내 앞에선 눈에 띄게 어려워했다.

"저 레이시 준위. 중장님께서 부르시는데."

서류 작업 중에 평소보다 한 발짝 더 거리를 두고 말을 전달하는 웨인을 보고 속으로 한숨을 삼켰다. 아무래도 여기선 제대로 된 인간관계를 만드는 게 힘들 것 같았다. 알았다고 답하고 자리에서 일어나 중장실로 갔다. 문을 두드리자 안에서 들어오라는 허락이 떨어졌다.

"실례하겠습니다."

그 안엔 하이안도 있었다. 내가 들어서자 하이안은 바로 소파에서 일어서더니 상석에 앉은 에드윈에게 경례하곤 방을 나섰다. 에드윈은 여전히 소파에 앉아 하이안이 앉았던 자리에 손을 뻗으며 내게 앉을 것을 권했다. 정복 치마를 갈무리해 소파에 앉자 그가 물었다.

"차 마실 텐가?"

"아니요. 괜찮습니다."

"그래. 데이트는 즐거웠나?"

"예. 잘 대해 주신 터라."

"그렇군. 잘 알고 있겠지만 상관과의 친분을 이용해서 업무를 소홀히 하지 말도록. 자네의 인간관계를 이유로 특별 대우는 하지 않을 테니까."

"예. 알겠습니다."

에드윈은 좀 가라앉은 분위기였지만 그래도 그저께에 비해서 훨씬 이성적으로 보였다. 이성적이다 못해 냉담하기까지 했다. 그는 방금까지 하이안과 마셨던 걸로 보이는 찻물을 마저 마시며 말했다.

"그리고 자네의 근무일은 한동안 매일로 바뀌었으니 자세한 건 알림판을 확인하도록 해."

"한동안이라 하시면?"

"전시 상황이 잦아들 때까지라고 일단 생각해 두고 있다. 아무래도 그동안 좀 안일하게 대처해 온 것 같아서 말야. 자네뿐만 아니라 다른 모든 통역군인도 마찬가지다. 아무리 이쪽이 유리한 입장이라 하더라도 전시 중에 쉴 거 다 쉰다는 거 자체가 말이 안 되는 이야기지 않나."

이스트란은 상당히 오래전부터 경계 전선 지역이기 때문에 안정세에 접어들 때면 통역군인들은 교대로 일주일에 하루에서 이틀 정도 쉬는 날이 생긴다. 실제로 내가 쥬페도라와 외출했던 날도 정상 휴일이었다. 그렇지 않고서야 아무리 쥬페도라가 대장이라도 그렇게 대놓고 경계 지역의 군인을 데리고 나갈 수는 없었다. 물론 명목상 업무 내용을 변경해서 외출을 주는 방식을 취하면 문제 될 건 없지만 원칙적인 얘기는 그랬다.

어쨌든 에드윈의 말이 틀린 것도 없으니 나로선 반박할 거리가 없었다. 하지만 굳이 이 시점에 그런 조치를 취하는 것은 꼭 내가 쥬페도라를 만나지 못하게 하려는 의도처럼 느껴졌다. 설마 그때 나와 말다툼 좀 한 거 가지고 심술부리나? 하긴 사실 에드윈의 입장에선 하극상을 당했다고 여겨도 할 말 없는 일이긴 했다.

"할 말은 이게 끝이다. 나가 봐."

"예."

결국, 그가 날 부른 이유는 '대장에게 호의 좀 얻었다고 나대지 마.'가 요점인 모양이었다.

그날 밤, 통신실에서 군 회선을 통해 쥬페도라에게서 전화를 받았다. 그는 지극히 사적인 용무로 전화를 걸어 왔는데 다음 주에도 나와 만나고 싶다고 했다. 그것에 뭔가 고자질하는 심정으로 쉬는 날이 없어졌다는 말을 해야 했는데 가만히 자초지종 이야기를 듣던 그는 한동안 말이 없었다. 문득 쥬페도라는 부드러운 어조로 말했다.

— 그럼 근무 마치고 보도록 하지. 7시 즈음엔 끝나던가?

"예. 그 시간엔 보통 끝납니다."

— 나도 계속 중장에게 폐를 끼칠 순 없으니 시내에서 바로 보도록 할까. 퇴근 시간 맞춰서 차 보내도록 할게.

"예. 알겠습니다."

— 그럼 그리 알고 끊지.

전화를 끊고 조심스레 주변의 눈치를 보았다. 혹시 군 회선으로 사적인 전화 한다고 눈초리가 나쁠까 봐. 다행히 모두 다른 일을 하는 듯 나에게 신경을 쓰지 않았다. 나도 모르게 조금 안도하며 통신실을 나섰다.

일주일 후 약속 날이었다. 특별한 일 없이 근무를 마치고 외출 준비를 위해 방으로 돌아가려 했을 때였다. 어째서인지 그때부터 갑자기 행정실로 서류가 몰아닥치기 시작했다. 정확히는 내가 있는 제1행정실만. 나뿐만 아니라 다른 상관들도 퇴근하려는 참이었기에 병사들에 의해 들려 오는 서류 탑들을 보며 마냥 어리둥절해졌다.

"이것들은 뭐지?"

히얀이 병사 하나를 붙잡고 물었다. 병사는 반듯하게 서서 또박또박한 어조로 딱딱 끊어 말했다.

"예. 이것들은 모두 제2행정실, 제3행정실, 제4행정실, 그리고 제5행정실에서 넘어온 것들로 에드윈 중장님께선 금일, 방금 말씀드린 행정과 근무병들을 모두 데리고 이스트홀의 전투 상황을 보러 가셨습니다. 그 때문에 오늘 그곳에서 처리해야 할 서류들은 전부 제1행정실로 넘겨졌으며, 중장님께선 정확히 오후 6시 55분에 맞춰 제1행정실로 옮기라 특별히 명하셨습니다. 더불어 오늘 안에 끝내 놓으라는 말도 전하라 하셨습니다."

"뭐?"

그게 무슨 개소리야라는 듯한 눈빛으로 히얀이 얼굴을 와락 일그러뜨렸다. 그녀의 저런 얼굴은 오랜만이었던지라 그 순간 행정실 안에 있는 모든 이들이 얼굴에서 핏기가 하얗게 가셨다. 그녀와 마주한 병사는 식은땀을 삘삘 흘리며 눈을 슬쩍 피했고 곧 히얀이 자신의 책상에 엉덩이를 걸쳐 앉더니 책상 서랍에서 담뱃갑과 라이터를 꺼냈다.

담배를 물고 불을 붙인 그녀가 방금 말을 전한 병사를 빤히 바라보며 푸후— 하고 거칠게 연기를 내뱉었다. 그녀는 평소 굉장히 반듯하고 차분한 인물로, 저런 삐딱한 모습은 심기가 아주 불편하다는 것을 뜻했다. 히얀이 이에 담배를 꼬나문 채로 병사를 향해 말했다.

"열중쉬어. 차렷. 열중쉬어, 차렷, 열중, 차렷, 열, 차, 열, 차, 열, 차……."

병사가 점점 빨라지는 그녀의 말에 따라 숨 가쁘게 동작을 바꿔 실행했다. 그 뒤로도 한 5분간 병사를 이리 굴리고 저리 굴리던 히얀은 그에게 자동 앉았다 일어서기 100번을 명하곤 함께 온 다른 병사들에게 시선을 돌렸다. 히얀의 눈이 서늘하게 빛나고 있었다.

"네놈들은 머리 박는다. 실시."

실시! 하고 외친 병사들이 후다닥 바닥에 머리를 박고 손을 허리 뒤로 올렸다. 중위는 막 자동 앉았다 일어서기를 끝낸 병사에게 눈을 돌리며 물었다.

"지금 장난하냐?"

"아닙니다!"

"이 새끼들이 우리가 등신으로 보여!"

히얀은 결국 크게 소리치며 뛰듯이 책상에서 내려와 병사의 멱살을 거머쥐었다. 병사는 아까보다 땀을 더욱 뻘뻘 흘리며 변명을 했다.

"저, 저흰 정말로, 중장님께서……!"

"헛소리하지 마! 네 보기엔 이게 괴롭히려는 의도 말고 뭐로 보이냐! 저 많은 걸 퇴근 시간 맞춰서 가져다 놓고 이 네 명이서 오늘 안에 끝내 놔라? 썅! 이것들이 지금 약 처먹었어?!"

"으아아! 중위님! 참으세요!"

"총은 안 됩니다! 총은!"

웨인과 믹이 눈을 뒤집고 총을 빼 든 히얀에게 놀라 재빨리 그녀의 팔을 각각 잡아 저지시켰다. 히얀은 마치 우리에서 풀려난 짐승처럼 캬악거리며 발버둥을 쳤다. 한참 후에야 그녀는 겨우 진정했지만, 서류를 가져온 병사들은 단 한 명도 풀려나질 못했다. 그들은 히얀의 명으로 우리와 함께 서류 처리를 해야 했다.

다시 책상에 앉기 전 히얀에게 양해를 구하고 잠시 밖에 나가 쥬페도라가 보낸 차로 다가갔다. 그리고 운전병에게 오늘은 업무가 밀려서 어려울 것 같다고 말을 해 돌려보냈다. 그에게 죄송하다고도 전해 달라고 부탁했다.

그 뒤엔 행정실에서 펜을 열심히 끄적이기만 했다. 문득 벽에 걸린 시계를 보자 어느새 11시를 가리킨 시곗바늘에 남모르게 한숨을 쉬었다.

화나진 않으셨을까.

남부에서 기껏 여기까지 왔는데.

하지만 이런 상황에서 외출계를 받아 놓았으니 전 갑니다라고 할 수는 없는 일이었다.

"후……."

새벽 5시경이 되어서야 병사들까지 합해 총 10명이 붙어서 겨우겨우 서류 처리를 마칠 수 있었다. 행정실 상관들은 피곤에 절은 사나운 얼굴로 몸을 일으켰다. 그들은 씻은 뒤에 출근 시간 맞춰 오겠다며 먼저 돌아갔다. 나는 병사들과 함께 서류를 정리해서 그것들을 올려야 할 각각의 자리로 옮기도록 했다.

모두 나가고 혼자 남게 되자 행정실이 전쟁이라도 났던 것처럼 엉망이 되어 있는 게 보였다. 주섬주섬 행정실을 정리한 뒤 가득 찬 쓰레기통을 끌어안고 복도로 나왔다. 소각장으로 가기 위해 건물을 나서자 왠지 바깥에서 서성이고 있던 한 병사가 날 보고는 이내 반가운 얼굴로 다가왔다.

"레이시 준위님."

"……?"

옷을 확인해 보니 남사령부의 병사였다. 병사는 눈치 보듯 주변을 두리번거리다 밖에 쥬페도라가 와 있다는 소식을 조심스럽게 전했다. 피곤함에 기능이 저하된 머리로 그것을 제대로 인지하기까진 조금 시간이 걸렸다.

"응?"

"기다리고 계십니다."

"……뭐?"

"현재 상당히 기분이 좋지 않으십니다."

한쪽 팔에 쓰레기통을 안고 반대 손으로 양 눈가를 꾹 눌렀다가 꾸물꾸물한 하늘을 향해 눈을 들었다. 내가 지금 꿈을 꾸나. 초조한 듯한 병사의 말이 다시금 귓가에 전해져 왔다.

"사령부 숙소에서 쉬시라 해도 전혀 듣지 않으시고 밤새 차 안에서……."

"어……."

빙글빙글 돌던 생각이 드디어 뇌를 땅 때렸다.

"뭐라고?!"

이른 새벽 조절을 실패한 목소리가 높게 울려 퍼졌지만, 다행히 근처엔 아무도 없었다.

쓰레기통을 그 병사에게 떠넘긴 뒤 곧바로 주차장으로 가려다가 생각을 바꿔 잠시 급식실에 들렀다.

뒤늦게 주차장으로 달려가자 차 밖에 서 있던 운전병은 나에게 짧은 묵례를 한 후—운전병은 나와 계급이 같았다—눈치껏 빠진다는 듯이 자리를 떠났다. 뒷좌석 창문을 통해 쥬페도라가 시트에 몸을 길게 기댄 채 눈을 감고 있는 것을 볼 수 있었다. 쥬페도라의 반대쪽으로 가서 뒷문을 열었다. 차 문 열리는 소리에 쥬페도라의 눈이 떠지며 막 차에 올라타는 나를 향했다. 피곤한 듯 설핏 찌푸리고 있던 그의 얼굴에 금세 부드러운 미소가 그려졌다. 옷자락을 갈무리하며 시트에 자리 잡고 앉는 내게 그가 여상스럽게 물었다.

"이제 끝난 건가?"

"예. 밤새 차 안에 계셨다고 들었습니다."

"음…… 바람맞았으니 딱히 할 것도 없었고."

"죄송합니다. 숙소에서라도 쉬셨으면 좋았을 텐데 거절하셨다고 들었습니다.”

“근무 때문인 건 할 수 없는 일이니까. 마음 쓸 거 없어. 그리고 숙소를 마다한 건 단지 내키지 않았을 뿐이야. 생각을 하는 덴 아무래도 마음 편한 장소가 좋으니까.”

“무슨 생각을 하셨습니까?”

“음…… 뭐…… 에드윈 중장을 대체 어떻게 해야 할까…… 같은 거? 아직 완전히 생각이 끝나진 않았지만 대략적으로 견적은 좀 나온 참이야.”

마치 어떠한 무게도 없는 양 내뱉어지는 어조였지만 내용만은 그렇지 않았다. 절로 불안해졌다. 쥬페도라가 에드윈의 태도를 악의로 받아들일 경우, 크게 손해 보는 쪽은 당연히 에드윈 쪽이다. 나는 에드윈을 인간적으로 마음에 들어 하고 있었으므로 그가 괜히 나와 얽혀 목표를 향해 잘 가고 있던 레일에서 이탈하지 않길 바랐다. 나는 쥬페도라의 눈치를 보며 슬그머니 에드윈을 변호했다.

“중장님이 대장님께 특별히 나쁜 뜻이 있어서 그랬다곤 생각지 않습니다.”

“글쎄.”

쥬페도라는 별로 수긍하지 않았다.

“중장님 역시 대장님의 힘으로 여기까지 컸는데 그런 바보 같은 생각을 할 리가 없지 않겠습니까. 본인이 손해라는 것을 뻔히 알 텐데요. 그저 뭔가 상황이 여의치 않았기 때문이라고 생각합니다.”

내가 느끼기에도 좀 억지스러운 변호였지만 쥬페도라는 그저 가늘게 웃으며 날 응시했다. 그 시선의 의미를 어떻게 받아들여야 할지 알 수 없었다. 괜히 주제넘게 참견하는 것으로 느껴졌을까 봐 이 이상 더 적극적으로 말할 수도 없었다. 쥬페도라는 시선을 옮겨 창밖을 바라보았다. 비가 한두 방울 내리기 시작하며 머지않아 차체에도 비 떨어지는 소리가 들렸다.

"중장이 준위를 마음에 들어 하는 거라든지? 그러니까 나와 같은 의미로."

"설마요."

"즉답인가. 하긴 나도 진짜 그럴 거라곤 생각 안 해. 그냥 말해 본 것뿐이야. 사실 그의 취향은 나도 알고 있거든. 그는 전형적인 이스 트란 남성처럼 가녀린 미인을 좋아하지. 왜 있잖나. 보송보송한 눈토 끼 같은 느낌의."

"더더욱 저는 규격 외로군요."

쥬페도라는 멋쩍은 기분으로 웃는 나를 흘긋 보았다가 길게 입꼬 리를 올렸다.

"물론 나는 자네같이 날카롭고 강인한 미인이 취향이야. 상당히 이 상형에 맞아떨어져서 실은 처음 봤을 때 깜짝 놀랐지. 내 입맛에 맞 는 상대는 군 안에서도 좀처럼 찾기 힘들거든."

"그렇습니까."

그런 것치고 상당히 적대적으로 나왔었지만. 첫 만남을 떠올리며 그다지 수긍하기 어려워하는 내 말투에 그는 나직하게 웃었다.

"재규어 같은 타입이랄까. 굴복시켜 길들이는 보람이 있는 상대가 좋아."

"……오."

"아. 기분 나빴나?"

"아닙니다. 그렇게 말해 주는 남성이 좀처럼 없었기에 놀랐을 뿐입 니다. 저는 어딜 가도 별로 인기가 좋은 편이 아니라서."

어차피 나 역시 나보다 강한 느낌의 남성이 아니면 그다지 남자로서 받아들여지지 않는다. 쥬페도라와 마찬가지로 일반적인 기준에서 조금 엇나가 있는 편이었다. 사이크 같은 경우만 해도 겉모습만큼은 기가 약한 여자라면 절로 뒷걸음질 칠 만한 야수 타입의 남성이었고, 쥬페도라 역시 절로 사람을 주눅 들게 하는 분위기가 있었다. 물론 실제로는 두 사람 다 상당히 부드러웠지만.

내가 생각하기로는 어쩌면 나는 강한 남자에게 굴복당하는 게 안심되는 건지도 모른다. 마조히스트 성향이라도 있는 건지 언젠가부터 날 힘으로 굴복시켜 품 안에 안아 줄 수 있는 남자에게 끌렸다. 그러니 어찌 보면 쥬페도라와 나는 서로 죽이 잘 맞는 상대일지도 몰랐다.

재규어 같은 여자를 길들이는 게 취향이라는 그의 말에 나도 모르게 조금 기분이 좋아지는 걸 보면 더욱. 그렇다고 실제로 얻어터지는 건 취미가 아니라서 진성 마조라곤 말하기 어렵겠지만 말이다. 강하지만 신사적인? 내 이상형은 그렇게 말하면 딱 맞아떨어질 것 같다. 하지만 그렇다고 이상형대로 사랑에 빠지는 건 어려운 일이었다.

우습게도 지금은 얼굴조차 잘 기억나지 않는 내 첫 남자 데이카스트로데 드 밀라온 로헬 같은 경우는 꽤 평범한 느낌이었으니까. 평범했기에 그는 지극히 자연스럽게 아름다운 언니에게 끌렸던 건지도 모른다. 어쩌면 애초에 나를 선택했던 것도 언니와 가까워지려 했던 건지도.

지금도 가끔 그 사건을 떠올리면 뭔가 가슴을 쑤시는 느낌이 들지만, 그 당시처럼 죽을 것 같진 않았다. 이제 그 상처를 순순히 받아들일 수 있게 됐다. 그리고 받아들이면서도 그것과는 별개로 여전히 외적인 아름다움이라는 것에 그리 호의적이지 않다. 어쩌면 기억을 잃고도 여느 여자들이 좋아하거나 무난히 받아들이는 남성상을 그냥 지나치고 사이크와 같은 남자에게 끌렸던 것도 은연중에 그날의 트라우마가 영향을 미쳤던 건지도 모를 일이었다.

쥬페도라도 마찬가지다. 그렇지 않다면 예전 약혼자와 비슷한 느낌을 풍기는 에드윈에게 먼저 끌려야 맞았다. 그는 상냥하고 올바르고 유쾌하기까지 한 좋은 사람이니까. 하지만 지금의 나는 그의 그런 면 때문에 스스로 브레이크가 걸린다. 그에게 의지하고 싶어지다가도 멈춰진다. 이상한 말이지만 그를 좋아하게 되면 상처를 받을 거란 확신과도 같은 불합리한 기분을 느낀다.

에드윈은 아마 날 이성적으로 좋아하진 않겠지만—쥬페도라가 말해 준 몽실몽실한 눈토끼 같은 느낌의 여자가 이상형이라면 더더욱—나는 사실 그를 남자로서 몇 번인가 생각해 본 적이 있었다. 내 문제에 대해 자기 일처럼 걱정을 해 주고, 밀어내도 끈질기게 호감을 보이는 상대에 대해 그렇게 생각해 보지 않는 편이 더 이상하지 않은가.

하지만 몇 번이고 생각해 본 결과 그는 나에게 여성으로서 호감을 느끼는 것이 아니라 인간이 불쌍해서 동정하는 것이란 걸 확신했다. 호감을 느낀다 해도 그건 남녀로서의 의미가 아니다. 하이안도 그의 오지랖에 대해서 말한 바가 있지 않은가. 그러니 자연스럽게 에드윈에 관해선 더 나아가게 되는 것에 거부감이 들고 느낌이 비슷했던 과거의 약혼자가 연상된다. 그리고 비참해진다.

에드윈의 관심에 짜증부터 이는 것은 아마도 그 때문이 아닐까. 누구에게나 좋은 사람이지만 나에게만 좋은 남자는 될 수 없다는 생각. 그렇게 관심 끌어 놓고 정작 때 되면 나를 버리는 괘씸한 짓을 할 것만 같다. 섣불리 마음 주다가 그런 상황이 벌어지면 분명 크게 상처를 받을 것이다.

사람에 대해 그렇게 편견을 가지면 안 되지만 이미 생긴 것은 어쩔 수가 없었다. 나는 그를 이미 과거에 비춰 보기 시작했고 그 이미지는 쉽게 벗겨지지 않는다. 그래도 그를 상관으로서는 꽤 존경하고 있었다. 그것만은 쥬페도라보다도 높게 친다.

에드윈에 비하면 쥬페도라에겐 조금 더 심플한 마음가짐이 가능했다. 쥬페도라는 내 이상형에 가깝지만 그래도 그에게는 중간에 내팽개쳐진다 한들 그리 큰 상처를 받진 않을 것 같았다.

적당히 사랑할 수 있는 상대라고 하면 조금 잔인하게 느껴지지만 사실 첫사랑 이후로 끊임없이 마음을 퍼 줄 수 있는 사람이 대체 몇이나 될까. 두 번째부턴 깊게 빠질 만한 사람을 피하고 적당히 사랑할 상대를 고르게 되는 건 그리 특별한 일이 아니다. 물론 나는 운이 좋은 건지 나쁜 건지 기억을 잃었던 탓에 전 약혼자에 이어 사이크까지 첫사랑과 같은 깊은 사랑을 했지만 그건 역시 특별한 경우니까.

"근데 손에 든 건 뭐지?"

"오는 길에 커피를 좀 타 왔습니다."

씁쓸한 생각을 속으로 슥슥 털어 지워 내고 급식실에서 빌려 온 보온병의 겉 뚜껑과 속 마개를 비틀어 열었다. 겉 뚜껑을 컵 삼아 커피를 조금 따라 내밀자 쥬페도라는 날 가만히 바라보다 곧 미소 지으며 받아 들었다. 쥬페도라는 커피를 한 모금 마시곤 반대 손으로 내 머리칼을 쓸어 내려오다가 볼에서 조금 오래 머물렀다. 그가 손을 떼며 말했다.

"따뜻해서 좋군."

"여름이지만 역시 차는 뜨거운 편을 좋아하실 것 같아서."

"그래. 맞아. 찬 건 좋아하는 편이 아니야. 뭐든 적당한 온기가 있는 편을 좋아하지."

그의 미소를 따라 나 역시 입가를 올려 보였다. 쥬페도라가 커피를 다 마시고 뚜껑을 돌려주자 나도 거기에 한 모금 따라 마시곤 보온병을 닫았다. 발치에 보온병을 내려 두고 쥬페도라를 바라보자 그는 시트에 붙였던 등을 떼고 나에게 몸을 기울였다. 한 팔로 내 허리를 감고 반대 손으론 내 목덜미를 머리칼째로 감싸며 눈을 감고 입을 맞춰 왔다. 나는 쥬페도라가 미는 대로 밀려나다 결국은 문에 등을 바짝 붙인 채 키스를 받았다.

쥬페도라는 몇 번인가 했던 담백한 키스가 아닌 조금 더 노골적으로 욕망을 드러내며 입 안을 훑고 혀를 감아 왔다. 당기고 물고 쓸기도 하다가 목구멍까지 꾹 누르기도 하는 느리고 감각적인 키스를 하다 문득 긴 한숨을 내쉬며 내게서 떨어졌다. 떨어지자마자 담배를 빼 문 그는 불을 붙인 담배 끝을 응시하듯 눈을 내리깐 채 말했다.

"이대로 호텔로 가서 벗겨 놓고 이런 짓 저런 짓 다 하고 싶지만 그랬다간 중장의 걱정이 더 심해질 것 같으니 그만두지."

"……?"

"에드윈 중장은 말이야. 제 부하가 상관에게 팔려 가는 상황을 극단적으로 싫어하거든. 의외로 곧은 성격이야."

"팔려 가는 상황입니까? 제가."

이상한 말이라고 조금 웃으며 말했지만 쥬페도라는 별로 웃지 않았다. 무심한 얼굴로 창문을 조금 돌려 내린 그는 밖으로 연기를 뱉어 냈다.

"출세나 그 외의 여러 가지를 약속받고 상관에게 몸을 판다. 자네와 나의 입장을 보면 누가 봐도 그런 상황처럼 보이지 않겠나? 딱히 특이한 케이스도 아니지. 실제적으로도 그렇지 않나. 어떤 이유가 있든 자네가 자기 이익에 따라 나와 엮인 건 틀리지 않아. 결국, 로맨스와는 거리가 먼 얘기라는 거다."

"로맨스가 좋았던 겁니까? 오히려 진지한 건 부담스러워하신다고 생각했는데."

"하핫! 내가?"

그 순간 쥬페도라가 냉담한 웃음을 짧게 터뜨리며 나를 바라보았다. 그는 찡그리는 듯한 눈을 하고 웃으며 마치 나를 조롱하듯이 말했다.

"그 반대겠지. 진지한 건 오히려 자네 쪽이 피하고 있지 않나."

어쩐지 그는 조금 화난 것도 같았다. 내가 또 어디를 잘못 건드린 거지. 의외의 반응에 당황스러웠다.

"그렇지 않습니다."

"그래?"

"대장님께선 처음부터 제게 감정적으로 다가오지 않으셨습니다. 그래서 진지하게 다가가면 싫어하실 거라고 생각했습니다."

"자네 쪽이 그렇게 느끼고 싶지 않았던 거겠지. 나는 처음부터 지금까지 충분히 진지하네만?"

내가 침착하게 따지고 드는 말에 그 역시 차분하게 대꾸했다. 헛웃음까지 내뱉으며 쥬페도라는 상당히 어이가 없다는 얼굴을 했고 나는 더욱 당황스러워졌다.

"그…… 대장님께선 처음부터 제게 아주 가볍게 입을 맞추셨고 마치 지나가는 말처럼 데이트를 신청하셨습니다. 그리고 도움을 받고 싶으면 알아서 자신의 비위를 맞춰 보라는 식으로 말씀하셨습니다.

거기다 지난주엔 괜한 감정이 엮일까 저와의 섹스까지 피하셨고……
또…… 제 감정에 대해 논하고 싶지 않다고도 하셨고…… 무엇보다
감정 같은 건 말할 가치가 없다고도 하셨습니다……."

"아— 그러니까 내가 단순히 여흥을 즐기는 기분으로 어젯밤부터
날이 새도록 오만 가지 생각을 하며 자네를 기다렸다 이 말인가?"

"……사실 알기 어렵습니다. 대장님께선 뭐 하나 확실한 대답을 해
주시질 않으니까……."

"……."

"죄송합니다. 제가 빙빙 돌리는 말을 어려워하는 터라. 지난번에도
말씀드렸다시피 머리 쓰는 쪽은 약한 편입니다."

쥬페도라는 잠시 눈을 감고 담배를 피워 대다 창밖으로 꽁초를 내
버렸다. 어느새 다시 평정을 찾은 듯 무심해진 얼굴로 눈을 뜬 그가
창밖을 바라보며 조용하게 말했다.

"내가 확실하게 말해 버리면 여차했을 때 자네가 도망칠 구석이 없
어지잖나. 무엇보다 자신과 섹스한 남자가 부모를 죽였다는 말을 하
며 우는 여자를 어느 남자가 쉽게 손을 대려 한다는 거지?"

잠시 할 말이 없어졌다. 그는 정말로 나와의 관계를 진지하게 이어
나가고 싶은 건가? 쥬페도라가 손을 뻗어 내 손을 잡아 왔다. 생각하
다 보니 이런 상황이 조금 우습기도 했다. 동시에 마냥 어렵기만 했
던 그가 조금이나마 편하게 느껴지기 시작했다. 한참 동안 오른손에
느껴지는 그의 온기를 손끝으로 톡톡 건드리며 고민하다가 문득 시
도 삼아 장난을 치듯이 말해 보았다.

"그때 저에게 키스하셨습니다. 충분히 손대셨습니다만."

"나는 섹스를 말하는 거였어."

"그것참 핑계 좋은 말이군요."

쥬페도라의 표정은 여전히 별로 좋지 않았다. 하지만 결국은 내 말을 느슨하게 받아 주었다.

"나는 그저 조심스럽게 다가가고 싶은 거였어. 내 일방적인 감정을 말하면서 괜한 부담을 주고 싶진 않았으니까."

"이미 오래전 루이 씨를 통해 제게 시크릿 교육을 시킨 시점에서 별로 호응을 얻긴 어려운 말입니다."

"정보원 시스템이 그런 것뿐이잖나. 나는 그런 지시 따위 한 마디도 한 적 없어. ……하긴 루이에게 자네를 쓸모 있게 만들어 두라고 했던 말 속에 다 포함된 사항이라는 건가?"

"그 말씀대로입니다."

"만나기도 전부터 꼬여 있었다는 사실이 슬프군."

딴청을 피우는 척하며 슬그머니 쥬페도라의 어깨에 내 어깨를 닿게 해 보았다. 그리고 조심스레 그의 어깨에 머리를 기울여 기대는 순간 그에게서 나직한 목소리가 흘러나왔다.

"내가 장난이나 칠 생각이었다면 지난주에 그렇게 공개적으로 자네를 만나러 오지도 않았을 거다. 그 정도는 알아채 줘도 괜찮은데 자네는 정말 화가 날 정도로 무신경하군. 그리고 부탁이니까 이런 상황에서 그런 과거에 대해 따지는 건 그만두자고. 남자는 여자가 과거에 대해 따지기 시작하면 아무 말도 할 수 없거든. 사과를 듣고 싶다면 사과하겠지만, 단지 대화를 하고 싶은 거라면 그런 화제는 꺼내지 않는 게 좋아. 이왕이면 현재와 미래에 관해 말하자고. 그런 거라면 남자도 얼마든지 대화를 할 수 있으니까."

"……그렇군요."

"적당히 대답하는 것처럼 들리는데."

더는 대답하지 않고 그대로 눈을 감았다. 어쩌면 쥬페도라는 섬세

하고 신중한 성격이기에 지금까지 내 마음을 재고 있었는지도 모르 겠다. 난처하다는 듯한 그의 목소리가 들렸다.

"정말 이제 와서 이런 일로 감정 소모나 할 줄은 몰랐군. 물론 시작한 이상 질 생각은 없지만."

내 머리 위로 그의 머리가 무게감 없이 기대져 왔다. 쥬페도라는 맞잡은 손을 들어 내 손등에 가볍게 입을 맞췄다가 내렸다. 얼마 후 흘러가듯 그가 무심한 어조로 말했다.

"일단 여긴 너무 멀군. 좀 더 가까운 곳에 있었으면 좋겠어."

그리고 더 다른 말 없이 그는 금방 돌아갔지만, 그 날로부터 며칠 후 나에게 남사령부로 이동 명령이 떨어졌다.

내 이동 명령에 제일 먼저 반응을 보인 건 에드윈이었다. 그 날은 일찌감치 할 일을 마쳐 놓고 훈련에 참여했다가 막 돌아온 참이었는데 씻기도 전에 갑자기 중장실에서 호출이 떨어졌다. 노크하자 안에 있던 테오 대위가 문을 열어 주었다. 등을 보이고 선 에드윈은 문밖까지 쩌렁쩌렁하게 울릴 정도로 화를 내며 전화 통화를 하고 있었다.

"절차? 지금 절차를 개무시한 게 어느 쪽인데 되레 큰소리야! 이동된 지 얼마나 됐다고 특별한 사유도 없이 또 이동이라는 거냐고! 전시 지역에서 멋대로 준장교를 빼 가려 하다니 군법이 그렇게 만만해 보이냐! 뭐……? 대신 채드 하사? 이봐! 군사 이동이 무슨 아카데미 간 교환 학생 제도인 줄 알아! 잔말 말고 불허 도장 찍어! 하? 군법대로? 이딴 서류를 보낸 것부터가 네놈이 어긴 군법이 한두 개인 줄 알아! 네놈부터 어디 군법회의소 중앙에 서게 해 줄까! 그때도 어디 한 번 그렇게 뻗지르르하게 핑계 댈 수 있나 볼까! 아?!"

에드윈이 말하는 걸 들어 보면 아마도 수화기 너머에 있는 건 인사

담당자인 것 같았다. 한참 윽박지르고도 에드윈은 만족스러운 결과를 얻지 못한 모양인지 부술 듯이 수화기를 쾅 내려놓고 몸을 돌렸다. 그는 나와 눈이 마주치자마자 험악한 얼굴로 눈썹을 꿈틀거렸다. 왜 그런지 이유는 모르겠지만 일단 경례를 했다.

에드윈은 나에게 성큼성큼 다가오더니 경례한 오른팔을 쥐어틀듯 붙잡아 제 쪽으로 끌어당겼다. 나를 책상 위에 있는 전화기 앞에 세우고 나서야 놓아준 그는 막 내려놓았던 수화기를 들어 내게 내밀었다.

"쥬페도라 대장에게 연락해. 인사이동 취소시켜 달라고."

"예?"

"남사령부의 쥬페도라 대장에게 연락하라고. 그리고 이번 인사이동은 여러모로 군 절차에 어긋나니 취소해 달라고 설득하란 말이다. 어차피 내 말 따윈 듣지도 않을 테니까 자네가 직접 말해."

"무슨 인사이동 말씀입니까?"

전혀 모르는 일이라 어리둥절하기만 했다. 불안한 눈빛으로 에드윈과 날 번갈아 보던 테오가 안 되겠다 싶었는지 조심스럽게 끼어들어 말했다.

"준위에게 남사령부 이동 명령이 떨어졌어."

"저한테요?"

확인차 묻자 테오가 찜찜한 표정으로 고개를 끄덕였다. 거기에 에드윈이 짜증스러운 어조로 덧붙였다.

"권력 남용도 정도가 있지. 사욕을 위해 군 전체 기강을 흔들려 하다니."

그는 수화기를 거두지 않고 내게 더욱 가까이 내밀었다. 마지못해 받아 들긴 했지만, 아직 얼떨떨하긴 마찬가지였다. 쉽사리 번호를 돌리지 못하는 날 보며 에드윈이 화가 나 치켜 올라간 눈빛으로 추궁했다.

"설마 준위 쪽에서 대장에게 부탁한 건가?"

"아닙니다."

"그럼 걸어."

"……."

단호하게 명령하는 에드윈을 잠시 바라보다가 수화기를 도로 조용히 제자리에 내려놓았다. 내 손을 따라 시선을 옮기며 수화기가 제자리에 착 내려앉는 것을 본 에드윈이 눈가를 언짢게 찌푸린 채 뭐 하냐는 듯이 나를 쳐다보았다. 그에게 물었다.

"제가 가면 안 될 이유라도 있습니까."

"뭐?"

"남부는 전시 지역이 아니니 저에겐 나쁜 이야기가 아닙니다. 안전하잖습니까. 거기다 남사령부는 대장이 사령관으로 있는 곳이니 규모도 이곳보다 더 크고 시설도 더 좋을 겁니다. 왜 제가 일부러 그런 좋은 자리를 걷어차야 하는 겁니까? 중장님이 나서서 제 출셋길을 막을 정도로 무슨 억하심정이라도 있으십니까? 그것도 아니면 제가 중장님 밑에 계속 있어야 할 특별한 이유라도 있습니까. 어차피 이번 이동이 취소된다 해도 제가 진급할 때가 오면 그때는 절차상으로도 아무런 문제 없이 정식 이동 명령이 올 겁니다. 아니면 혹시 제 진급까지 막을 생각입니까?"

"아— 그래서 일찌감치 남사령부로 가서 쥬페도라 대장의 펫으로 아예 자리를 잡겠다?"

"모욕적 언사는 그만둬 주시죠."

"모욕? 자네가 지금 모욕이 뭔지나 알아? 그 인간……! 지금 날 호구로 보는 것도 정도껏이지. 눈앞에서 이런 식으로 뒤통수를 때려? 인간에게 이토록 화가 나는 건 오랜만이다. 너! 견딜 수 있어? 능력과는 아무런 상관 없이 군 내부에서 소파 진급이다 뭐다 하면서 앞에서고 뒤에서고 까 내려 가는 걸 참을 수 있겠냐고. 그게 평생을 가! 사실 여부를 떠나서 넌 그게 얼마나 불명예스러운 일인지 알고나……!"

"죄송합니다. 제가 뼛속까지 군인은 아니라서 명예를 그리 중요시 여겨 본 적이 없습니다."

"레이시 준위!"

에드윈이 책상을 주먹으로 세게 내리치며 소리쳤다. 테오가 난감한 얼굴빛을 하며 내 언사가 상관을 상대로는 불온했다며 먼저 사과할 것을 권유했다. 그제야 작게 '죄송합니다.'라고 말했지만, 에드윈은 금방이라도 날 후려칠 듯한 얼굴로 노려보며 말했다.

"후회할 거다. 자네가 쥬페도라 대장을 얼마나 믿고 있는지는 모르겠지만 반드시 후회할 거야. 지금 당장은 그의 좋은 점이 더 잘 보이겠지만 결국엔 그가 얼마나 피가 찬 인간인지를 알게 될 거다. 나중에 깨달았을 때는 늦어. 그때는 이미 발 뺄 수 없을 테니까."

"……."

"자네보단 내가 쥬페도라 대장을 더 많이 겪었어. 그래서 더 대장과 거리를 두게 하려는 내 배려를 준위는 받아들여야 했었다. 인내심을 가지고 내가 대장이 될 때까지 기다렸어야 했다고. 그런데 준위는 그걸 방해로 여겨 대장과 짜고 이렇게 내 뒤통수를 쳤어. 아무리 임시였다지만 나와 손을 잡기로 했던 게 불과 얼마 전인데, 이건 빼도 박도 못하는 배신이란 걸 준위는 알고 있는 건가? 지름길로만 가려하면 신발이 더러워진다는 걸 준위는 아직 모르는 모양이군."

"……."

"마지막으로 권유하지. 이동 취소하고 쥬페도라 대장과의 만남은 이쯤에서 그만두도록 해. 여기서 숨죽이고 있어. 자네가 원하는 게 있다면 내가 이뤄 줄 테니까. 지금은 기다려. 지금 당장 무언가를 내주고 잃어 가면서 성급히 달려 나가지 않아도 반드시 때는 온다. 지금까지 기다렸으니 조금 더 기다리는 건 일도 아니잖나. 지금 이대로는 자네가 목적을 이룰 수 있을지는 몰라도 결코 해피엔딩은 아냐."

에드윈은 애써 분노를 거두고 단단해 보이는 표정으로 나를 응시했다. 하지만 나는 결국 고개를 저었다.

"지금까지 기다렸으니 더는 못 기다립니다."

그렇게 겨우겨우 걸쳐져 있던 에드윈과의 손을 완전히 놓아 버렸다. 어차피 해피엔딩 따위 바란 적도 없었다.

"……그런가."

침잠하듯 낮게 대꾸한 에드윈이 실망이 가득한 눈을 꾹 감더니 내게서 등을 돌렸다.

"알았다. 멋대로 해. 그럼 이후에 제법 부딪히게 될지도 모르겠지만 서로 원망하지 않도록 하지. 나가 봐."

에드윈과의 대화는 그것으로 끝이었다. 정말로 이 사람과 끊어지는구나 실감하니 이상스러울 정도로 가슴이 착 내려앉았다. 마치 아쉬움이라도 느끼는 양. 먼저 손을 놓은 건 나인데 웃기지도 않는 일이라고 생각하며 애써 그런 생각을 지웠다.

중장실을 나와 복도를 걷고 있을 때 어느새 뒤따라 나온 테오가 내 어깨를 잡아챘다. 그가 걱정스러운 어조로 날 불렀다.

"레이시 준위."

"왜 그러십니까?"

"진심인가? 앞으로는 우리와 적이 될지도 모른다고."

"적? 하……."

그의 말에 곧장 헛웃음을 흘리며 어깨에 올려진 손을 가볍게 뿌리쳤다. 절로 얼굴이 찌푸려졌다.

"이상한 말이로군요. 에드윈 중장님도 저도 모두가 쥬페도라 대장님의 선 안에 있던 게 아니었습니까. 같은 선 안의 사람들끼리 적이라니, 중장님을 비롯한 모두가 대장님을 배신할 기회만 보고 계셨나봅니다."

"준위. 쥬페도라 대장은 정말로 신뢰할 만한 사람이 아냐. 실제로 중장님의 동기 중 한 사람은 중장님보다 먼저 쥬페도라 대장 밑에 있었는데……."

"그만둬 주세요. 저는 듣고 싶지 않습니다. 전 제 눈으로 보지 않고 겪어 보지 않은 사항에 대해 지레짐작하는 걸 좋아하지 않습니다."

불쾌한 기분으로 몸을 돌리려 했다. 테오가 답답하다는 얼굴로 날 다시 붙들었다.

"자네의 전 상관이 부탁했던 거였어."

"……예?"

"루이라고 했던가. 그 사람이 에드윈 중장님께 자네를 맡아 달라고 부탁했던 거였다고. 에드윈 중장님이 먼저 부탁하셨던 것이 아냐. 이제 와 말해서 정말 미안하지만, 본인이 말하지 말라고 해서 중장님도 적당히 둘러댈 수밖에 없었을 거야. 사실은 에드윈 중장님이 자네를 살리려고 했던 게 아냐. 그 사람이 자네를 살려 달라고 한 거지."

"그게, 무슨 말도 안 되는 소립니까?"

"그가 무슨 의도로 그런 짓을 했는지는 나도 중장님도 정확히는 알 수 없어. 그저 지금에서야 조금이나마 예상할 뿐이야. 그는 자네가 쥬페도라 대장의 손안에 있길 바라지 않았다고 생각해. 아니라면 애초에 중장님이 아니라 대장님께 부탁드리지 않았을까?"

"......"

나도 모르게 떨려 오는 입술을 이로 꽉 물고 잠시 말없이 테오를 노려보듯 응시했다. 또. 또 루이였다. 대체 왜 그 인간은 내가 잊을 만하면 자꾸 존재감을 드러내는 건지 밉고도 원망스러웠다. 얼굴도 보이지 않으면서 사람 당황스럽게나 만들고. 대체 그는 날 데리고 뭘 하고 싶은 건지 알 수가 없었다.

흐트러지려는 정신을 애써 다잡았다. 다급히 몸을 돌려 테오에게 등을 보였다. 목이 꽉 메었지만 겨우 말을 내뱉을 수 있었다.

"그의 의도가 뭐든 궁금하지 않습니다. 어차피 날 위해 한 일도 아닐 테니."

바닥에 버리듯 말을 던지고 도망치듯이 그곳에서 벗어났다. 복잡하게 생각하고 싶지 않았다. 뭔가 그 자신에게 이득이 있었으니까 그리했겠지, 라고 루이를 머릿속에서 치워 버린다. 또는 이건 모함이겠지라고.

쥬페도라에 대해 나쁜 인식을 갖게 하려는 에드윈 측의 모함이 틀림없다고 나를 달랬다. 그렇게 안 봤는데 에드윈 역시 더러움에 찌든 인간 중에 하나였다며 실망이라고. 사실은 테오의 말에 흔들렸으면서 억지로 생각의 고개를 잡아 꺾어 버렸다.

문득 발을 멈추고 두 손을 들어 내 얼굴을 짝 소리 나게 두드렸다. 정신 차려.

감정과 이성은 별개라는 걸 나는 이미 잘 알고 있다. 내가 설사 쥬페도라에 대해 좋은 감정을 가졌다 해도 그에게서 얻어 낼 수 있는 것들은 냉정하게 다 얻어 내야 하는 거다. 이용당하는 것이 아닌 이용해야 하는 거다. 정신 차려.

내 이동 명령이 정식으로 게시판에 붙었다. 그때부터 내게 말을 거는 사람들이 없어졌다. 마치 적지 한가운데에 떨어진 것과 같은 기분에 따돌림이라는 걸 금세 눈치챌 수 있었다. 그건 즉 이스트란 사령부는 통째로 에드윈의 독단 파벌이란 뜻이기도 했다. 하긴 그는 이곳에서 꽤 오래 근무했으니까.

그러고 보면 다른 곳에서 이스트란 사령부에 들어온 사람은 제법 있어도 이곳에서 다른 곳으로 이동한 경우는 별로 없었다. 나간 경우는 결국 그의 세력에서 제외된 사람이라는 뜻으로 해석하면 될 것 같았다.

점심때 식당에서 식사하다가 주변을 한 번 슥 둘러보았다. 뒤통수가 따가울 정도로 시선을 받는 건 틀림없는데 정작 눈이 마주치는 사람은 없었다. 집요하네. 불쾌하기도 하고. 에드윈이 이런 걸 지시할 리는 없을 테고 그에 대한 충성심이 높은 자들이라 생각되었다. 하이안처럼.

이내 신경 쓰지 않고 식사에 집중했다. 따돌림 따윈 나에겐 아무런 영향을 미치지 못했다. 정보원 훈련생 시절부터 혼자 있는 걸 좋아하는 편이었으니까.

이동되는 날까지 업무를 겸하면서 틈틈이 훈련에 참여해 혹 펜대 굴리느라 떨어졌을지도 모를 체력을 단련했다. 떠나는 날까지 업무 외로 나에게 살갑게 말을 붙이는 사람은 아무도 없었다. 덕분에 자연히 소문에도 어두워져서 나중에서야 우연히 알게 된 사실로는 결국 채드는 이쪽으로 오지 않게 되었다고 한다. 에드윈이 필요 없다고 했단다. 결국, 이동되는 건 나 혼자뿐이라는 얘기다.

하루 전에 짐을 미리 부치고 이동되는 날 남사령부가 있는 아스란 행 열차에 오른 나는 다시금 테오의 말을 떠올리며 루이에 대해 생각했다. 답을 내리려는 것이 아니라 그냥 떠올랐다. 비눗방울처럼 두둥실 떠올랐다가 결국 터져 버리듯 생각을 지워 내길 반복했다. 그렇게 상념에 괴로워질 무렵 문득 열차 안이 소란스러워졌다.

"모두 움직이지 마! 열차 안은 모두 우리가 점거했다!"

고개를 위로 빼 좌석 너머 큰 소리가 들리는 쪽을 확인했다. 무장한 괴한 몇이 막 차량을 넘어와 소총으로 승객들을 위협하고 있었다. 재빨리 주변을 훑어봤지만, 몸을 숨길 만한 곳은 없었다. 이내 그들 중 한 명이 통로를 지나가다 내 옷을 보며 멈춰 섰다.

괴한은 이쪽으로 완전히 몸을 틀고 내 머리에 총구를 대며 꾹 눌렀다. 머리가 총구에 밀려 창문에 탁— 하고 부딪혔다. 괴한이 이를 드러내고 웃으며 제 동료들을 향해 소리쳤다.

"어이! 여기 군인이 있어."

"오. 잘됐네. 리더가 협상하는 동안 이 녀석 가지고 놀다가 처형하자고."

괴한은 내 머리에 총을 겨눈 채 동료들과 낄낄 웃다가 곧 정색을 해 보이며 말했다.

"두 손 머리 위에 붙이고 일어나."

이 차량에 들어온 괴한은 모두 다섯 명. 거동 하나하나가 그리 절제적이지 못한 걸 보니 그저 그런 잔챙이들로 보였다. 따라서 이들을 제압할 자신은 있었다. 하지만 다른 칸에 있는 이들의 동료가 몇인지, 그리고 어떤 실력자가 어떠한 목적을 가졌는지도 모른 채 섣불리 덤벼들 수는 없었다. 그러다 괜히 민간인이라도 인질로 잡으면 곤란하기도 하고.

결국, 순순히 두 손을 머리 위에 붙이고 자리에서 일어섰다. 그들은 날 통로로 거칠게 끌어내 바닥에 무릎을 꿇게 했다. 총구가 뒤통수로 옮겨 가고 가지고 있던 프렌스 총도 빼앗겼다. 또 다른 괴한이 내 목에 걸린 군번줄을 잡아 들더니 소리 내 읽었다.

"IA(이아쿠안 육군) BN30280521 레이시. AB…… 계급은?"

"……준위."

옷에 계급장 붙어 있잖느냐고 말하고 싶었지만, 군인이 아니면 모를 수도 있겠지 싶어 그냥 순순히 대답했다. 괴한은 군번줄을 툭 던지듯 놓고 내 앞으로 쪼그려 앉아 눈높이를 맞추며 말했다.

"좋아. 레이시 준위. 넌 곧 죽는다. 유언이라도 있나?"

"……."

"사양 말고 말해 봐."

"……없다."

"건조한 녀석이로구만. 죽는다는데도 감상이 없다네."

머리 위에서 또다시 저들끼리 낄낄거리는 소리가 들렸다. 양아치 놈들. 이런 녀석들은 혼자선 군인에게 덤빌 생각조차 못 하면서도 뭉치기만 하면 이렇게 용감해진다. 하긴 꼭 이 녀석들이 아니더라도 단체의 무서움은 그런 데에서 오는 것이지만.

다른 괴한들은 총으로 두려워하는 민간인들을 위협하며 얌전히 있을 것을 명령했다. 한 명은 내게 총을 겨눈 상태, 또 한 명은 내 눈앞에서 거들먹거리고 있으며, 그리고 또 하나는 아까부터 내 몸을 뒤지고 있었다. 내 총도 이미 이놈에게 뺏겼다. 다른 무기를 수색하려는 건지 성적 접촉을 하려는 건지 모호할 정도로 집요하게 더듬어 대는데 불쾌하기 짝이 없었다.

문득 내 앞에 자세를 낮추고 있던 놈이 물었다.

"우리가 누군지 알아?"

"아니."

"우린 혁명군이다."

"거짓말하지 마."

"뭐?"

의기양양한 표정으로 괴한이 자신들이 혁명군임을 피력했지만 나는 단번에 부정했다. 괴한의 표정이 어이없다는 듯 일그러졌고 등 뒤의 놈은 발끈했는지 총구로 아예 내 뒤통수를 뚫어 버리겠다는 것처럼 세게 쿡 밀어 찔렀다. 앞의 놈이 뒤의 놈을 제지하며 내게 물었다.

"왜 거짓말이라는 거지?"

"민간인의 복지와 자유 권리를 목적으로 뭉쳐진 단체가 민간인이 대다수인 열차 탈취 같은 걸 시도할 리가 없으니까. 네놈들은 그냥 테러리스트야. 그것도 양아치 수준의."

그 순간 그놈의 주먹이 내 얼굴을 후려갈기며 고개가 절로 옆으로 돌아갔다. 피 맛이 나는 입술을 혀로 쓸며 금세 붉으락푸르락해진 놈에게 말해 주었다.

"다행히 내가 맷집이 좋아. 너 따위가 얼마를 패도 기절 따윈 아마 안 할 거다. 물론 기절한다 해도 내 말을 철회할 뜻은 없어."

"호오. 근성 있으신 군관 나리시네. 그래. 여자라도 군인은 군인이라 이건가. 어이 너, 이 여자 강간해라. 너 끝나면 옆에 놈이 하고. 그렇게 계속 뺑뺑 돌려. 어디 언제까지 근성 부릴 수 있나 보자고."

앞의 놈이 동료 중 하나를 가리키며 말했다. 그 말에 나와 가장 가까운 좌석에 앉아 있던 여자는 파랗게 질린 얼굴로 몸을 덜덜 떨었다. 그녀를 향해 빙긋 웃어 주곤 앞 놈에게 지목받고 내 앞으로 다가

온 놈에게 경고했다.

"그만두는 게 좋아. 나는 이런 식의 모욕을 참지 못하는 성격이라. 너흰 전부 죽어."

"울부짖게 해 주지."

"그만두라니까……."

내 경고에도 놈은 시답잖은 목표를 굳이 입 밖으로 중얼거리며 내 옷깃을 쥐었다. 한숨이 다 나왔다.

그가 내 군복 웃옷을 단추가 떨어지도록 잡아 뜯어 벌리고 마치 반응을 보겠다는 듯 셔츠 단추를 위에서부터 하나하나 풀었다. 그리고 세 번째 단추가 열렸을 때 그에게 내 머리를 세게 들이받았다. 나는 머리도 단단해서.

빡! 하고 뼈 부서지는 소리가 났다. 물론 정말로 부서지진 않았겠지만, 순간적으로 앞이 새까맣게 보일 정도로 혼미하긴 할 거다.

무슨 일이 일어나는 건지도 모르는 듯 반응이 느린 놈을 밀어 덮치며 뒷발질로 날 겨누고 있는 총구를 올려 찼다. 타타탕! 총이 불을 뿜으며 열차 천장에 구멍을 냈다.

총소리가 들리고 다른 칸에 있을 이들의 동료가 몰리기까진 오래 걸리지 않을 것이다. 손을 뻗어 떨고 있는 여자의 머리 장식을 빼 들었다. 그녀의 머리가 스르륵 풀려 내려갔다. 그 장식 끝을 휘둘러 뒤늦게 부랴부랴 소총을 들어 올리려는 앞 놈의 귓구멍에 찔러 박았다. 그가 이 무리 사이에서 가장 발언권이 강하다고 판단했으므로 가장 먼저 죽였다. 어떤 무리든 머리부터 쳐야 수월한 법이었다.

"흐억—!"

"꺄아아!"

"흐아아아!"

단말마를 내뱉고 쓰러진 놈의 모습에 차량은 금세 소란이 일었다. 그 비명에 당황한 듯 괴한들은 가만히 있으라고 소리만 지를 뿐 제대로 대응하질 못했다. 역시 제대로 된 훈련을 받지 못한 어중이떠중이였다.

죽은 놈이 안고 있는 소총을 빼앗아 손잡이 모서리로 막 박치기를 맞았다가 정신을 차린 놈의 얼굴을 세게 찍어 다시 기절시킨 뒤, 또 다른 놈에게 총을 발사했다. 타탕! 연사식 소총이 총알을 발사해 괴한의 머리를 꿰뚫었다. 그건 거의 운이었다. 소총은 저격용이란 딱지가 붙지 않으면 조준율이 상당히 떨어졌다. 이건 일반 소총이었다.

총을 뒤집어 잡고 휘둘러 다른 괴한의 머리를 후려쳐 쓰러뜨렸다. 총을 제대로 안고 그의 가슴에 바짝 대고 방아쇠를 당겼다. 타타탕! 그의 움직임은 곧바로 멈췄다. 이어 근처에 있는 놈도 총을 쏴 죽이자 남은 것은 내 옷을 벗기던 놈뿐이었다. 그는 코피가 흐르는 얼굴을 손으로 짚은 채 슬금슬금 엉덩이로 물러나고 있었으나 이내 군화로 그의 사타구니를 세게 찍어 밟아 이동을 저지했다.

"아아악!"

시간이 없는 게 아쉽네. 이런 놈을 고문하는 건 꽤 재밌을 터였다. 소총을 겨눠 그의 얼굴까지 쏴 버리고 눈을 돌렸다. 차량의 양쪽 문밖으로 달려오는 또 다른 괴한들이 보였다. 먼저 열리는 뒤쪽 문을 향해 총을 쏘고 이어 앞문에도 쐈다. 열리려던 양쪽 문이 도로 닫혔다. 그들은 이런 상황에서 어떻게 대응해야 할지 모르는 것 같았다. 그저 갱단에 가까웠다.

총소리에 승객들이 비명을 지르며 바닥으로 몸을 낮췄다. 이윽고 죽은 놈에게 다가가 빼앗겼던 내 총을 수거해 등에 멨다. 그리고 내 자리로 가 짐 가방을 한쪽 어깨에 걸치고 창문을 위로 올려 연 뒤 그대로 밖으로 빠져나갔다.

열차는 자동차만큼 빠르지는 않았지만 바람이 세게 불어와 잘못하면 떨어질 뻔했다. 지붕으로 올라타 가지고 나온 가방을 뒤졌다. 그 속에서 나이프 집만 꺼내 허리에 차고 가방을 통째로 버렸다. 그 안에 든 것들은 아깝지만 목숨과 저울질할 정도는 아니었다.

등의 총을 앞으로 안고 최대한 낮게 쪼그려 앉았다. 엎드려 버리면 양쪽으로 대응할 수가 없었다. 한 손으로 가장 굵은 나이프 하나를 빼 들어 열차 지붕에 세게 박았다. 낡은 철판 속으로 나이프가 깊게 박혀 들어갔다.

그 손잡이를 붙잡아 떨어지지 않도록 버티며 연신 양쪽을 확인했다. 문득 뒤쪽에서 먼저 머리 하나가 삐져나오는 것을 볼 수 있었다. 손잡이를 잡았던 손을 떼고 대신 다리로 지지해 기대며 총을 그에게 겨눠 쏘았다.

타앙! 피가 흩날리며 상대가 열차에서 떨어졌다. 탄피를 빼내고 다시 몸을 돌렸다. 반대쪽에서도 막 머리를 빼냈지만 방금 그 장면을 본 듯 도로 재빨리 머리를 감췄다. 하지만 타이밍을 재지 못하고 쏘아 버린 탓에 애꿎은 총알 하나만 낭비했다. 총 20발에서 18발 남았다. 그리고 다른 탄창은 없다. 몇 명이나 있는 거지. 역시 너무 섣불리 대응했나. 강간당하기 싫어서 공격해 버린 게 어쩌면 악수였는지도 모르겠다.

문득 총성과 함께 내 눈앞으로 지붕이 뚫리며 총알이 마구 솟아 나왔다. 곧바로 뒤로 굴렀다. 그러다 또 떨어질 뻔했지만, 간신히 엎드려 떨어지는 것은 피했다. 총알은 계속해서 지붕을 뚫으며 내 쪽으로 오고 있었다. 곧바로 몸을 일으켜 옆 칸 지붕을 향해 달렸다. 그때 문득 저 앞에 총만 불쑥 튀어나오며 나를 향해 마구 발사했다. 눈 없는 총알 하나가 다리를 뚫고 지나가며 그대로 중심을 잃었다.

열차에서 떨어지는 것은 도저히 피할 수 없는 상황이었고 이대로 죽지 않으려면 행동해야 했다. 다치지 않은 쪽 발로 바닥을 세게 디뎌 점프했다. 떨어지느니 먼저 튕겨지듯 지붕 바깥으로 몸을 던지며 최대한 신체를 둥글게 말았다. 몸이 허공을 향해 띄워진 느낌도 잠시, 근처에 있던 나무에 몸이 걸치듯 부딪히며 곧바로 바닥에 떨어졌다. 눈앞이 순식간에 아득해지며 정신을 잃었다.

"정신이 좀 듭니까? 레이시 준위."

아주 잠깐 정신이 날아갔던 것 같은데 어느새 주변 풍경이 바뀌어 있었다. 눈을 몇 번 끔뻑거리다가 말을 건 간호 장교에게 물었다.

"여기가 어딥니까?"

"남사령부 의무실입니다."

중간이 없는 기억에 얼굴을 찌푸렸다가 폈다.

"열차 테러범들이 있었는데……."

"코보트 대령님의 부대가 섬멸했습니다."

"승객들은……."

설마 나 때문에 몇 명 죽거나 한 건 아닐까. 간호 장교는 링거를 갈아 주며 담담하게 말했다.

"몇 명 사상자가 나오긴 했지만, 불가항력이었다고 합니다."

"그렇습니까……."

"준위가 그 열차에 타고 있었다는 것은 승객들의 증언으로 알 수 있었습니다. 쥬페도라 대장님께선 준위를 찾기 위해 열차가 온 길을 따라 대대적 수색 작업을 벌였습니다. 준위가 눈에 띄지 않는 곳에 떨어져서 그날 밤늦게서야 찾을 수 있었습니다."

"……시간이 얼마나 지난 겁니까?"

"이틀 지났습니다."

"아…….'

"왼쪽 허벅지 총상, 머리뼈와 오른쪽 어깨뼈, 갈비뼈 세 대, 오른쪽 골반에도 금이 조금 갔으니 안정해야 합니다."

"알겠습니다. 감사합니다."

잠시라고 생각했는데 벌써 이틀이나 지나가 있었다. 그녀는 담담히 내 상태를 체크하곤 충분히 쉬라고 말한 뒤 병실을 나갔다.

한숨을 쉬며 천장으로 시선을 옮겼다. 이동 첫날부터 정신을 잃고 보내다니 시작부터 좋지 않았다. 액땜인지 내 미래에 대한 경고인지 모를 일이다. 하긴 그런 미신을 믿지도 않는데 무슨 상관인가. 이것도 언젠가는 내 훈장이 되어 잘난 척 떠벌릴 수 있는 경험담이 될 것이다. 하지만 지금은 그저 피곤했다.

피곤한 기분에도 수면을 취할 수는 없었다. 아마 이틀 내내 잠만 잤기 때문인 것 같다. 하릴없이 지루하게 천장만 응시했다.

시간이 지나 저녁 어스름이 조금 내릴 즈음 병실 문이 열리며 쥬페도라가 모습을 비쳤다. 그는 부관들을 밖에 세워 두고 혼자만 들어와 문을 닫더니 내게 다가왔다. 제대로 인사를 하고 싶었으나 오른쪽 팔은 전체적으로 붕대가 감겨 있어 올리지 못했다. 결국, 입으로만 인사했다. 그는 무심하게 날 내려다보다가 곧 설핏 웃으며 말했다.

"깨어났다는 소식은 아까 들었지만 이제야 왔다. 이해해 주길 바라."

"보시다시피 이 꼴이라 제대로 인사 못 드리는 것을 용서해 주세요."

"하하……."

쥬페도라는 조금 힘없이 웃으며 침대 옆에 있는 의자를 끌어다 앉았다.

"아무리 생각해도 난 자네가 잘했다 못했다 딱 부러지게 말할 수가 없군. 강간당할 뻔했다지? 그래서 저항한 것일 테고 말야."

"별의별 말이 다 전해졌군요."

"공포와 패닉에 사로잡힌 사람들은 말이 많은 법이거든. 무모하다는 생각이 없잖아 있지만 역시 자네가 강간당하는 것은 원치 않아. 물론 죽는 것도 원치 않지. 그래서 이번에 자네에게 포상도 벌도 내릴 수 없다는 거야."

그는 내 손을 가볍게 토닥이다가 곧 부드럽게 감싸 잡으며 생각에 잠기듯 허공을 응시했다.

"자네가 그냥 군인을 그만두면 어떨까 하는 생각이 들었어."

"대장님."

"있잖아. 준위."

"……."

"복수, 내가 해 줄까?"

순간적으로 몸이 들썩일 정도로 숨을 크게 삼켰다. 쥬페도라는 약간 씁쓸하게 입가를 올리더니 의자에 등을 길게 기대며 고개를 꺾어 천장을 올려다보았다. 여전히 내 손을 잡은 채였다.

한참 후, 그가 나를 내려다보며 떠보듯 물었다.

"그럼 준위는 나에게 뭘 해 줄 거지?"

"원하시는 건 뭐든. 전 이미 대장님께 몸을 의탁했습니다. 어떻게 다루셔도 불만 없다고 전에도 말씀드렸…… 윽……!"

나름 진정한다고 했는데도 몸을 멋대로 들썩거렸다. 온몸에 팍 퍼지는 고통에 절로 인상을 썼다. 쥬페도라는 진정하라는 듯 내 손을 도닥도닥 두드리며 말했다.

"진정해. 아직 결정한 건 아니야."

"그런……."

바로 들떴던 마음이 내려앉으며 우울해졌다. 그는 부드럽게 나를 바라보았지만 마음만 흔들어 놓고 빠져나가는 그가 서운해서 휙 눈을 피했다. 쥬페도라는 곧 낮게 웃음을 터뜨렸다. 얼마 후 웃음기가 잦아든 그가 말했다.

"일단 준위가 다 낫고 나면 그다음 이야길 나누도록 하지. 그러니 지금은 치료에 집중하도록 해."

쥬페도라는 자리에서 일어나 내게 짧은 키스를 하곤 몸을 돌렸다.

이후로는 그저 지루하고 답답한 날들이 꽤 오랫동안 이어졌다. 남들보다 훨씬 회복력이 좋은 편임에도 불구하고 어째서인지 이번엔 낫는 속도가 눈에 띄게 느리게 느껴졌다. 딱히 다른 것도 안 하고 치료에만 전념하는데도 말이다.

이상하다 싶어 담당 의무관에게 회복 속도가 더디다고 말했더니 그녀는 이게 평균 속도고 전혀 문제없다는 말을 하며 평소와 다름없이 간호병에게 내 링거를 갈도록 했다.

저녁마다 찾아오는 쥬페도라에게도 회복이 평소보다 유독 더뎌 답답하다는 뜻을 비쳤지만, 그는 나도 슬슬 늙어 가는 시기가 온 것 아니냐며 이젠 더 몸을 아끼라고 웃는 얼굴로 장난스럽게 충고했다.

괜히 나만 예민한 사람이 된 것처럼 모두가 이 현상을 대수롭지 않게 넘기니 뭐라 더 말할 수가 없었다.

계절이 완전히 바뀌어 쌀쌀한 시기가 되어서야 겨우 병동에서 퇴원할 수 있었다. 거의 두 달 만이었다.

드디어 복귀한다는 생각에 설레기까지 해서 병실에서 간단한 스트레칭을 하고 있었는데 출근 도장 찍듯 그 날도 쥬페도라가 나를 찾아왔다. 그는 빨간 장미 한 다발을 들고 있었는데 새삼 쑥스러움이라도 타는 사람처럼 얼른 내게 떠넘기듯 건네주곤 물러났다. 그는 침대 가에 걸터앉으며 말했다.

"축하해. 드디어 퇴원이군."

"고맙습니다. 꽃 예쁘네요."

"제법 창피한 기분이 들더군. 그걸 들고 오는 도중에 만난 부하들이 하나같이 얼빠진 얼굴들을 하고 있었거든. 코보트 대령이 특히 가관이었어. 하마터면 나도 모르게 울컥해서 그걸 그의 얼굴에 던져 버릴 뻔했지."

쥬페도라는 담배를 꺼내 물며 난처한 표정으로 웃어 보였다. 그렇게 창피한데도 끝까지 들고 와 줘서 고맙다고 그를 따라 나도 조금 웃었다. 쥬페도라는 빨리 이 부끄러운 기분을 지우고 싶다는 듯 곧바로 화제를 돌렸다.

"몸은 전혀 이상 없는 건가?"

"예. 의무관이 그렇게 말했으니 틀림없을 거라 생각합니다."

"좋아. 그럼 나가지. 내가 자주 가는 식당이 있어. 맛있는 걸 먹으러 가자고."

"하지만 대장님. 전 오늘부터 복귀입니다만."

"누가 그래? 퇴원이 오늘이라고 했지. 자네 복귀는 내일부터야. 오늘 자네의 일은 나와 데이트를 하는 거야."

"일하는 것도 없이 돈만 받아먹고 있다고 욕먹겠군요."

쥬페도라는 담배를 문 채 푸스스 웃었다. 그의 입에서 연기와 함께 느긋하고 여유로운 목소리가 새 나왔다.

"뭐 어때. 날 이용할 수 있을 때 이용해. 이런 기회는 생각보다 그리 많이 찾아오진 않아. 아니면 이제 와서 올바른 길을 찾고 싶은 건가?"

"……?"

그 말에선 가시가 좀 느껴졌다. 뒤늦게 싸한 느낌에 그를 따라 웃던 걸 멈추고 품에 안은 꽃다발만 조용히 바스락거렸다. 조심스레 그의 눈치만 살피고 있길 한참, 쥬페도라는 내게 사과했다.

"미안해. 준위에게 핀잔할 일이 아니었어. 나도 모르게 그냥 조금 신경이 쓰였나 봐. 내가 지위와 권력 외엔 준위에게 아무것도 어필할 것이 없다는 사실이 말이야. 사실 내 나이쯤 되어서 여자에게 매달려 안달복달하면 좀 추해 보이게 돼. 그래서 마음만큼 표현도 잘 못 하게 되고. 뭐라도 노력해 보겠다는 게 준위의 약점이나 건드려 파고드는 거라니 내가 생각해도 한심했어."

허탈하게 반성하며 담배를 끄는 쥬페도라를 바라보다가 천천히 다가가 옆자리에 앉았다. 쥬페도라는 한 팔로 내 어깨를 감싸 끌어당겼다. 순순히 그의 가슴에 기대자 머리 위로 그의 약한 한숨이 느껴졌다. 그를 위로해 주고 싶었다.

"전 우리의 계기가 속이 찔릴 정도로 제 약점이라 생각하지도 않고, 설령 약점이라도 무슨 상관인가요. 그 이유와는 상관없이 전 대장님을 배신하지 않을 겁니다."

"됐어. 그런 말은 누구나 할 수 있어. 지금은 진심이라도 마찬가지야. 물론 감정은 중요하지만, 순간적인 것이니 믿을 게 못 돼."

기운 내라고 내뱉는 말을 쥬페도라는 단호히 끊으며 나를 놓아주었다. 그는 이렇듯 입발림 말을 싫어했다.

고개를 들고 그를 올려다보았다. 쥬페도라는 주머니에서 작은 상자를 꺼내 잠시 만지작거리더니 결국 상자를 열어 내게 내밀었다.

"나는 좀 더 강력한 약속이 필요해."

"……."

"자네가 날 저버렸을 때 내가 정당하게 화를 낼 수 있는 권리가 있었으면 좋겠어."

벨벳 천에 감싸인 작은 상자 안엔 작고 투명한 다이아 반지가 병실 등불에 반사되어 하얗게 빛을 내고 있었다. 쥬페도라는 그것을 내게 더 가까이 내밀며 담담한 어조로 내뱉었다.

"거절해도 상관없어. 하지만 은근슬쩍 날 이 정도까지 흔들어 놓고 이제 와 발 빼려고 한다면 나는 자네가 날 장난감처럼 가지고 놀다 버렸다는 생각에 마음이 아프겠지. 물론 자네를 계속 돌보기는 하겠지만 아마도 그리 적극적이진 않을 거야. 그러다 자네에게 다른 남자라도 생기는 날엔 나는 질투에 눈이 멀어 '아마도' 더는 자네를 돌보지도 않을뿐더러 심하면 별별 트집을 다 잡아 북쪽으로 좌천시켜 버릴 테지. 옹졸하다 해도 소용없어. 이렇게까지 창피한 짓을 하고 있는데 거절당했을 때 나에게도 그 정도 대가는 있어야 하지 않겠나. 물론 결국 선택하는 건 자네지만 말이야. 적어도 내가 자네를 사랑하는 건 몇 달에 걸쳐 신중하게 검증한 진심이니 어지간하면 순순히 받아 줬으면 좋겠군."

반지를 빤히 내려다보다가 한참 후에야 그에게 물었다.

"결혼하자는 뜻인가요?"

"그게 아니면 무슨 뜻으로 보인다는 거지?"

"진짜 멋없습니다. 누가 청혼을 이런 식으로 협박하듯 합니까?"

"지금 내 발등에 불 떨어졌는데 무드 찾을 정신이 어디 있겠어."

"무슨 불이요?"

쥬페도라는 약간 고민했지만 이내 상관없다는 듯 답해 주었다.

"자꾸만 자네를 죽이라고 압박을 해."

"누가요?"

내가 중요 인물이 아님에도 나를 죽이라 압박하는 건 내가 죽여야 할 나의 적이라고밖에 생각할 수가 없었다. 이번에도 말해 주지 않겠지 예상하면서도 물어보았다. 하지만 내 생각과는 달리 쥬페도라는 그들의 이름을 내게 알려 주었다. 너무나 선뜻.

"릭크리만 대장과 사리아 대장. 그리고 총통까지. 그들은 최근에 자네의 정체에 대해 알게 된 것 같아. 물론 놀라기야 했겠지. 뒤끝 없이 처리되었다고 생각했던 사람이 아직도 살아 있다니 그 불안감을 이해 못 하는 바는 아니지만…… 그래서 자네와 내가 가족이 되지 않으면 결국엔 어떻게든 꼬투리를 잡아 자네를 죽이려 들 거야. 명분이 없다면 자네처럼 특수 훈련을 받은 특공대를 보내 암살이라도 할걸. 만약 지금 자네가 죽으면 나는 대체 어디에 화풀이해야 좋을까. 애인이란 사실은 복수할 명분이 너무 약해. 적어도 아내는 되어야지. 명분이란 중요한 거야. 주변의 지지를 받을 수 있느냐 없느냐가 걸려 있으니까."

쥬페도라 대장은 눈꼬리를 휘었다.

"군은 이제 자네의 일신을 맡길 만한 곳이 아니야. 오히려 더 위험한 곳이 될 수도 있지. 이 정도면 자네가 이 반지를 끼워야 할 필요성을 이해해? 자네가 내 이름 아래에서 제대로 된 보호를 받았으면 좋겠어."

"대장님의 가족으로 있으면 괜찮다는 겁니까?"

반짝거리는 다이아 속을 들여다보다가 고개를 들었다. 내 물음에 쥬페도라는 미소를 지으며 대답했다.

"불문율이지. 가족을 건드린다는 건 말이야, 그 세력을 완전히 밟아 죽일 자신이 있거나 같이 죽자고 할 때뿐이야."

쥬페도라가 반지 상자를 거둬 갔다. 그는 직접 반지를 꺼내 빈 상자를 옆에 내려놓고 내 왼손을 잡아끌었다. 그리고 동의가 떨어지지 않았음에도 내 약지에 반지를 끼워 넣으며 말했다.

"그러니 정 죽어야 할 때는 나랑 같이 죽자고."

반지를 낀 내 손을 만족스럽게 바라보다 쥬페도라는 그 손등 위로 고개 숙여 입을 맞췄다.

"정말 이런 쪽으로밖에 어필할 수 없는 자신이 싫지만…… 진심이야."

"거절해도 된다고 하지 않으셨나요."

"아. 물론이지. 그건 자네 자유야. 하지만 나는 자네가 그 반지를 빼도 다시 끼울 거야. 내가 여자에게 매달려 안달복달하는 모습이야 좀 추해지겠지만. 뭐, 할 수 없지. 원하는 걸 얻기 위해선 추해질 때도 있는 법이니까. 누가 이기는지 한번 해보자고."

그는 씩씩하게 말했다. 나는 한쪽 팔에 안고 있던 꽃다발을 옆에 내려놓고 그에게 잡힌 손도 거뒀다. 대신 두 팔로 그의 목을 감아 꼭 끌어안았다. 곧 등을 감싸는 손길을 느끼며 그에게 말했다.

"고맙습니다."

쥬페도라의 청혼은 정말로 멋이 없었지만 나는 어린애가 아니므로 그가 사실은 무엇을 포기했는지 알고 있다. 쥬페도라는 나 때문에 자신이 지금까지 걸어왔던 길을 부정해야 할 순간이 올지도 모른다. 목숨이 더욱 위태로워질지도 모르고 적이 더욱 많아질지도 모른다. 그는 나를 위해 스스로 안전한 길을 포기했다.

우리 가문의 몰락 뒤에 무엇이 있었는지는 여전히 알 수 없었지만, 그의 말을 곰곰이 따져 보면 그것은 어쩌면 국가 차원의 문제와 연결되는 걸지도 모른다는 생각이 들었다. 그렇지 않으면 저쪽에서 날 그렇게 잡아 죽이려는 이유를 설명할 수가 없었다.

어쨌든 누가 생각해도 이건 쥬페도라에게 결코 좋은 방향이 아니었다.

연애와 결혼은 엄밀히 말해 달랐다. 결혼은 공식적인 것이다. 나이 차이가 나는 여자. 그것도 부하. 그는 결국 도덕적 시선으로 인한 불명예조차 떠안아야 할 것이다.

나는 쥬페도라에게 진심으로 감사했다. 그리고 감동했다. 그와의 첫 데이트 때 느꼈던 기분을 또다시 느끼며 그를 더욱 꼭 끌어안았다.

"역시 전 대장님과 섹스하고 싶습니다."

"아하핫."

이건 결코 순수한 감정은 아닐 것이다. 순간적인 충동에 가까운 감정임이 틀림없다. 하지만 이 순간만은 정말로 그를 사랑하고 싶었다. 이런 사람을 사랑하지 않는다면, 대체 누구를 사랑하라는 말이지? 그렇게 충동을 이기지 못하고 그를 침대에 밀어 눕히고 올라타 입을 맞췄다.

쥬페도라는 다급해 보이는 나를 잔잔하게 웃으며 받아 주었다.

하지만 얼마 후 노크 소리가 들리더니 대답도 안 했는데 문이 벌컥 열리며 코보트가 불쑥 나타났다.

"대장님. 죄송합니다. 이스트란 사령부에서 에드윈 중장님이 긴급 연락을…… 응?"

순간 정신이 확 들며 쥬페도라에게서 입술을 뗐다. 열이 오른 채몸을 후다닥 일으켜 물러나려 했지만 쥬페도라의 손이 내 허리를 잡고 놓아주지 않았다. 쥬페도라는 심기가 불편한 얼굴로 길게 한숨을내쉬더니 코보트를 향해 명령했다.

"나가."

쥬페도라는 제 기분이 나빠졌다는 걸 굳이 숨기지 않았다. 평소보다 한 톤 낮게 흘러나오는 그의 음성에 코보트는 곧바로 쩔쩔매면서도 용기 있게 입을 열었다.

"하지만 대장님. 긴급……"

"문 닫아."

"긴급……"

"대령. 문 닫으라고."

"……옙."

물론 그 용기는 끝까지 이어지지 못하고 코보트는 결국 몸을 뒤로빼며 문을 닫았다.

잠시 그 문을 바라보던 쥬페도라는 잠깐 눈을 감고 크게 호흡을 했다. 그는 눈을 뜨고 몸을 일으키며 날 향해 피식 웃었다.

"그는 유능한 군인이지만 눈치가 없는 게 참으로 유감스러워."

"죄송합니다. 저 때문에 체면이……"

"음? 그럴 리가. 내가 아쉬운 건 자네가 그만둬서지, 결코 시작해서가 아냐. 솔직히 좀 설렜어. 물론 지금 내가 좀 열받아 있는 건 사실이지만 그건 자네 때문이 아니라 코보트 대령 때문이지. 눈치 없는건 그렇다 치고 뭐랄지…… 좀처럼 참기 힘든 불온한 시선을 느꼈어."

그 말에 더욱 민망함을 느끼며 올라타 있던 그의 다리에서 내려왔다. 쥬페도라는 이번엔 순순히 날 놓아주었다. 그는 내 볼에 입을 맞추며 말했다.

"이다음은 조금 이따가 데이트 마무리로 기대해도 될까?"

그의 부드러운 어조에도 아직 민망함이 가시질 않아 대답 대신 화제를 돌렸다.

"근데 긴급 연락이라고 했던 거 같은데. 괜찮으세요?"

"응? 음. 뭐…… 무슨 일일지는 대충 예상하니까."

쥬페도라는 무심한 얼굴로 제 목뒤를 주무르며 대수롭지 않게 말했다.

"청첩장을 보냈거든."

"……예?"

순간 내 귀가 잘못됐나 싶었다. 하지만 쥬페도라는 농담이라고 정정하지 않았다. 오히려 덧붙였다.

"어떻게든 결혼은 할 생각이었으니까. 선수 필승이지. 중장은 걱정스러웠을 거야. 나는 에드윈 중장이 왜 자네를 걱정하는지 알고 있어. 그는 나에 대해 오해하고 있는 게 있거든."

아니, 지금 그게 중요한 게 아닌데. 다른 화제에 편승해 어물쩍 넘어가려는 쥬페도라를 나는 그냥 넘어갈 생각이 없었다.

"청첩장이라는 게 혹시 저와 대장님의?"

"당연하잖아. 준위는 참 이상한 소리를 하는군? 청혼에 감동한 나머지 울먹거리는 얼굴로 날 덮치려고 했으면서."

"그건 방금 전의 일이잖습니까. 대체 청첩장을 언제 만들어 언제 보냈기에 청혼과 동시에 이스트란에서 연락이 오는 건가요?"

"과정보다는 결과가 중요…… 왜 멀찌감치 떨어지는 거지? 지금 날 피하는 건가?"

침대에서 내려와 창가로 떨어져 서자 쥬페도라가 매우 서운한 기색을 내비쳤다. 거기에 넘어가진 않았다. 냉정하게 그를 추궁해야 했으니까. 말 없는 내 시선에 그가 다시금 변명을 시작했다.

"지금 무슨 생각을 하는지 대충 알겠는데. 오해야, 준위. 나는 어디까지나 자네의 안전을 위해서 그런 거야."

"거짓말하지 마세요. 혹시라도 제가 중간에 마음이 변하거나 해서 도망칠지 모르니까 아예 빠져나가지 못하도록 기정사실화부터 만드신 거잖습니까. 그물부터 치고 청혼이라니…… 무슨 목적이십니까."

"그물이라니…… 그냥 여러모로 준비성이 좋은 거라 말할 수도 있는 것을 꼭 그렇게 날 나쁜 놈처럼 말할 필요가 있나?"

"여러모로……? 이거 말고 또 뭘 해 놓으신 겁니까?"

"아니 딱히 나쁜 짓을 하진 않았어. 그렇게 인면수심의 범죄자를 보는 것 같은 눈은 그만둬 주지 않겠어? 아무리 나라도 상처받아."

"설마…… 본인 동의도 없이 결혼 서류 같은 걸 만들어 두시거나 한 건 아니겠죠."

"음……."

"하? 해 놨어요? 설마 진짜로 그렇게 한 겁니까? 말도 안 돼! 결혼 사기로 고소하겠습니다!"

짧게 이어진 침묵을 긍정으로 받아들인 내가 큰 소리로 외쳤다. 쥬페도라가 낭패한 얼굴로 나를 향해 손바닥을 들어 보였다.

"진정해, 준위. 아니야. 서류는 준비해 뒀지만 사기는 치지 않았어. 준위가 사인할 자리는 아직 제대로 비워 뒀다고."

"아직이라는 말은 여차했을 때 다른 행동을 할 수도 있다는 뜻으로 들립니다만?"

"쓸데없이 예민해졌군. 나는 그냥 순수하게……"

"지금 이 상황 어디에 순수가 있다는 뜻입니까? 정말 대장님이 제 안전이나 생각하고 계셨던 게 맞습니까? 그저 처음부터 절 믿지도 않은 것 아닙니까? 이미 알고는 있었지만 새삼 불쾌하네요."

화가 난 내 말에 쥬페도라는 길게 한숨을 내쉬었다. 왜 더 변명하지 않는 거지? 갑자기 눈가에 물기가 차오르는 것을 느끼며 입을 다물었다. 이성적으로는 아무리 비참하더라도 이 기회를 놓치면 안 된다고 생각했지만, 속에선 열이 끝도 없이 치밀어 올라 참을 수가 없었다. 결국 왼손 약지에 끼워진 반지를 오른손으로 잡아 빼며 말했다.

"전, 이 결혼 못 합니다. 차라리 좌천시키세요."

그때 쥬페도라가 침대에서 벌떡 일어나 다가왔다. 그는 내 왼손을 잡아채더니 손가락에서 반쯤 빠진 반지를 다시 밀어 넣으며 말했다.

"이제 보니 준위는 다혈질이군. 하지만 그렇다고 혈기를 못 이겨 자신의 목적을 잊어서야 쓰나."

쥬페도라는 내 손을 놓고 안주머니에서 손수건을 꺼냈다. 그걸로 내 눈가를 눌러 물기를 닦아 주며 말을 이었다.

"순서가 바뀐 건 미안하게 생각해. 하지만 그리 나쁜 생각을 하진 않았어. 안전을 위해서란 말은 정말이야. 그저 거기에 자네가 끝까지 청혼을 거절할지도 모르고, 받아 준다 해도 뒤늦게 취소하려 들면 어쩌나 하고 걱정했을 뿐이지. 빼도 박도 못하게 그물을 친 건 맞지만 거기에 타산적인 생각이 섞여 들어가진 않았어. 준위는 믿지 않을지도 모르겠지만 나는 정말 순수하게 자신이 없었던 것뿐이거든."

"……"

"자네를 믿지 못해 미안해. 하지만 자네가 언제까지나 내 곁에 머물러 줄 거란 확신이 안 생기는 걸 어떡해. 그러다 보니 점점 초조해져서 자네의 입장을 그리 깊게 생각하진 못했어. 하지만 그 이유는 고작 10퍼센트밖에 되지 않아. 나머지는 정말로 전부 안전을 위해서야. 정말로 상황이 좋지 않아서 그래. 날 믿어 줘."

"……."

"그러니 날 용서해 주길 바라. 나는 정말로 진심으로 자네를 대하고 있어."

"……정말입니까?"

"내가 자네에게 거짓말을 할 이유가 뭐가 있지? 이해적 관계라면 내가 더 우위에 있는 것이 아니었던가? 거짓말이라면 오히려 자네가 내게 해야 하는 상황이지. 내 말이 틀린가?"

그제야 내가 조금 수그러지자 쥬페도라는 슬쩍 입가를 올리며 내 얼굴에서 손수건을 뗐다. 하지만 또다시 눈물이 새 나오진 않나 살피듯 허공에 든 손수건을 내리지 않은 채 말했다.

"내가 자네에게 바라는 건 별거 없어. 배신하지 않는 것. 그것뿐이지."

비로소 안도감이 들어 두 팔을 뻗어 그의 등에 감고 몸을 바짝 기댔다. 옅은 한숨이 한 번 더 머리 위에서 불어왔다.

"뭐…… 마음을 주면 더 기쁘겠고."

하지만 강요하진 않는다고 그는 느긋하게 말했다.

짧은 시간에 내 감정은 큰 곡선을 그렸지만, 결국엔 다시 잔잔해졌다. 쥬페도라는 당초에 목표했던 대로 청혼에 성공했으며 무리 없이 데이트도 할 수 있었다.

데이트 내내 기분을 맞춰 주던 그는 치밀하게도 레스토랑에서 저녁 식사를 기다리는 동안 나에게 결혼 서류를 내밀었다. 자네 마음이 변하기 전에, 라고 변명하는 것도 잊지 않았다.

어디까지나 감정적으론 약자인 척 구는 그가 못마땅했지만 애써 그를 이해하기로 했다. 그는 나보다 훨씬 나이가 많았고 그 때문에 내 진심을 더 믿지 못하는 듯했다. 앞으로 내가 더 노력하면 되겠지.

그가 미리 말했던 대로 내가 사인할 자리만 비어 있을 뿐 나머진 모두 완벽하게 기재된 서류를 보며 여전히 뭔가 속는 듯한 기분을 지울 수가 없었다. 하지만 결국엔 그의 전략에 넘어가 주기로 했다.

쥬페도라에게서 만년필을 넘겨받아 사인을 하기 직전, 그가 갑자기 생각났다는 듯이 내 손을 멈추게 하며 말했다.

"아, 거기엔 자네 본명을 적도록 해."

"예?"

"본명."

"하지만 그건 이미 죽은 걸로 처리된 이름……"

"그럼 가명으로 나랑 결혼할 생각이었나? 죽은 이름이야 다시 살리면 되지."

그가 무슨 생각인지 알 수 없었지만 결국 시키는 대로 했다. 마들로나 드 데본 제이. 오랜만에 쓰는 내 이름이 어색하기 짝이 없었다. 사인할 곳은 생각보다 아주 많았다. 약혼은 해 봤지만, 그것은 중간에 파경을 맞았던 터라 결혼 절차에 필요한 서류가 이렇게 많다는 걸 몰랐다.

사인을 모두 마치고 펜과 서류를 쥬페도라에게 넘겨주었다. 그는 빠진 곳이 없는지 꼼꼼하게 확인하고 나서야 만족스러운 미소를 지었다.

그는 근처에 있던 부하를 한 명 불러 그것을 넘겨주곤 신속하게 처리하라 명령했다. 그의 부하는 지체 없이 레스토랑을 빠져나갔다. 쥬페도라에게 물었다.

"그렇게 급하게 처리해야 할 정도로 상황이 좋지 않습니까?"

"그렇지. 그리고 자네에겐 미안하지만, 결혼식은 나중에 치르기로 하지."

"……그건 상관없습니다만. 청첩장을 돌렸다고 하지 않으셨나요?"

"중요한 건 정보의 전달이었어. 식 날짜는 일단 거기 적힌 날로 정해 두긴 했지만, 사정상 변경될 확률이 높아."

그는 청첩장을 한 장 챙겨 뒀다며 나에게 보라고 내밀었다. 궁금한 마음으로 하얀색과 연분홍의 색감으로 부드럽고 우아하게 디자인된 카드를 펼쳤다.

미사여구 없이 내용은 간결했다. 쥬페도라와 내가 최근 법적 결혼을 했다는 내용이 첫 줄이었고 두 번째 줄이 결혼식은 세 달 후인 12월 12일 낮 12시라는 거였다.

"그걸로 일단 급한 불은 꺼지겠지. 하지만 너무 마음을 놓지는 마. 물론 나는 최선을 다하겠지만, 그래도 혹시 모르는 거니까."

"알겠습니다."

"그리고……"

쥬페도라는 잠시 뜸을 들이다 이내 아무렇지 않게 툭 내뱉었다.

"나 총사령관이 될 생각이야."

"네?"

총사령관? 그건 총통의 군 직책이었다.

"총통이요……?"

"아니. 대통령은 다른 사람이 되겠지. 나는 군대만 맡기로 했어."

"어……."

갑자기 이게 무슨 소린지 얼떨떨했다. 방금 날치기하듯이 나와 결혼한 이 남자는 자꾸만 날 혼란스럽게 했다.

"모든 준비는 자네가 치료에 전념하는 몇 달 동안 이미 다 해 두었어. 남은 것은 실행뿐."

그가 나에게 건배를 하듯 와인 잔을 조금 들었다가 내리며 말했다.

"자네의 복수도 그때 다 이루어지겠지."

"……."

"슬슬 가족을 만나고 싶진 않나? 자네 언니, 대단한 미인이던데 말이야."

"대장님."

"군의 총사령관 부인으로서 재회하게 되겠군."

그가 언니를 알고 있다는 발언에 놀라기에 앞서 걱정이 들었다. 심각한 일을 꾀하는 걸로 보이는 그였지만 어쩐지 별로 초조해 보이거나 하진 않았다. 좀 더 자세한 이야길 듣고 싶었으나 쥬페도라는 모든 걸 다 알아봐야 머리만 복잡해질 테니 그냥 내 자리에서 맡은 일에만 충실하면 된다고 말했다. 때문에 더 물어볼 수도 없었다. 은밀한 일은 아는 사람이 적을수록 성공하기 쉽다는 걸 나 역시 알고 있으므로.

그 후로는 아무렇지 않게 저녁 식사를 하고 쥬페도라의 리드에 따라 자리를 이동했다. 그에게 이끌려 도착한 곳은 커다란 저택 앞이었다.

품위 있는 저택 외관을 보니 현재로선 터밖에 없는 우리 집이 문득 떠올랐다. 비교하려는 건 아니었고 정말 나에게 그런 시절이 있었나 싶을 정도로 아련하게나마 어렸을 때 기억이 떠올라서. 이젠 전부 꿈처럼 느껴지는 시절이다.

"여긴 어딥니까?"

"내 집이지."

"설마 오늘 대장님 가족에게 절 소개할 생각이신가요? 저 아무 생각도 안 하고 있었는데 이렇게 갑작스레……."

허둥지둥 뒤늦게 옷매무새를 확인하며 옷에 주름이라도 간 것은 없는지 툭툭 털자 쥬페도라는 피식 웃으며 가볍게 내 팔을 잡아끌었다.

"그런 거 없으니 진정해."

"네?"

"앞으로 자넨 여기서 나랑 사는 거야."

"아……."

"오늘부터."

"네?"

그 순간 나도 모르게 주춤거렸다. 그가 내 팔을 잡고 있지 않았다면 다섯 발자국은 더 뒤로 물러났을지도 모른다. 그에게 좀 봐 달라는 기분으로 말했다.

"전…… 기숙사를 등록해 뒀습니다. 대장님. 지금 같이 사는 건 정말 좀…… 적어도 결혼식 전까진 기본적인 선은 유지하고 싶습니다."

"선? 무슨 선. 식만 안 올렸지 서류에 사인했잖나. 우린 이제 부부야."

"사람들이 뭐라고 생각하겠습니까. 전 그렇다 치더라도 대장님의 명예가……!"

"하하. 내 명예? 자네와 내가 불륜을 저지르는 것도 아니고 뭘 겁내야 한다는 거지?"

쥬페도라는 웃으며 내 손을 잡고 집 안으로 힘껏 이끌었다.

나름 버텨 보려고 했지만, 어차피 내가 쥬페도라를 상대로 진심으로 저항할 수 있을 리도 없어서 결국엔 못 이기고 안으로 들어와 버렸다. 말없이 허리 숙여 인사를 건네는 저택의 고용인들을 지나쳐 곧장 쥬페도라의 침실로 들어가게 되었다. 쥬페도라는 그제야 내 팔을 놓더니 겉옷을 벗어 테이블 위에 던져 놓고 넥타이를 풀며 나에게 말했다.

"준위."

"예?"

깔끔하게 정돈된 방 안을 길게 둘러보다가 그의 부름에 시선을 돌렸다. 쥬페도라는 풀어낸 넥타이도 테이블에 던져두고 커프스단추를 빼며 물었다.

"당신은 애칭이 뭐였지?"

"그런 거 없었습니다. 그냥 가족끼리는 데본이라고……."

"아, 귀족이니 미들네임이 있었지. 참."

"어차피 예전 일입니다."

"어쨌든 나쁘지 않아. 좋아. 데본. 언제까지 거기 서 있을 거지? 이리 가까이 와."

멍청히 서 있다가 그제야 아차 싶어 쥬페도라에게 다가갔다. 옷 벗는 것을 도와주려는데 그는 셔츠 단추에 닿으려는 내 손을 막았다.

"당신 먼저."

순순히 손을 거둬 겉옷 단추를 풀어 벗었다. 겉옷을 테이블 의자에 걸어 놓고 블라우스 단추를 풀었다. 쥬페도라는 가만히 서서 그런 나를 빤히 바라보았다. 블라우스도 벗어 의자에 걸고 치마의 버클을 풀려는데 문득 쥬페도라가 손을 뻗어 내 어깨를 잡아채 빙글 돌려 세웠다. 그는 그대로 날 전신 거울 앞에 끌어다 세웠다. 쥬페도라는 뒤에서 내 양어깨를 잡은 채 거울을 통해 내 몸을 길게 훑듯 바라보았다.

"잔흉터가 많군."

"……죄송합니다."

"뭐가?"

"깨끗한 몸이 아니라서……."

"실망한 게 아니야. 그저 당신도 어지간히 치열하게 살아왔구나 생각했을 뿐이지."

쥬페도라가 손을 옮겨 허리를 쓰다듬듯 팔을 감아 왔다. 그의 손가락이 치마 버클을 풀어 지퍼를 내렸고 치마는 다리를 타고 흘러내려 바닥에 떨어졌다. 쥬페도라는 여전히 거울을 통해 날 응시하며 손으로는 등 뒤의 브라 버클을 풀었다. 그리고 어깨를 어루만지듯 끈을 쓸어내려 벗겨 냈다. 브라가 치마 위로 떨어졌다.

쥬페도라의 손이 간지럽히듯 양 허리를 느리게 쓰다듬어 가다 골반에 걸쳐진 속옷에 손가락을 걸었다. 그는 천천히 몸을 낮춰 천을 끌어 내렸고, 속옷이 발목까지 내려지자 한쪽 발씩 낮게 들어 그가 그것을 완전히 벗기게 해 줬다.

쥬페도라는 다시 몸을 세워 완전한 나신이 된 내 모습을 거울을 통해 빤히 바라보았다. 뒤에서 몸을 바짝 붙인 그는 한쪽 팔로 늘어뜨린 내 팔과 허리를 한꺼번에 묶듯이 안고는 다른 손으로 가슴 위를 덮어 감쌌다.

요란하게 자극하지 않고, 잠시 느리고 부드럽게 만지다 미끄러뜨리듯 손을 옮겨 어깨를 잡았다. 쥬페도라는 두 팔로 밧줄처럼 휘어 감듯 내 몸을 끌어안고 볼에 입을 맞췄다.

눈을 감으니 입술이 목선으로 옮겨 오는 게 느껴졌다. 적막한 방에 쯉— 소리가 작게 울렸다. 눈을 뜨자 거울 속 내 목에 키스 마크가 새겨진 걸 볼 수 있었다.

거울을 통해 보이는 그의 행동 하나하나는 나에게 동의를 구한다 거나 눈치를 보진 않았지만 조금도 무례한 면이 없었다. 어지간히 여자 경험이 많겠구나 싶을 정도로 쥬페도라는 말 한마디 없이 능숙하게 날 리드했다.

목에, 어깨에, 팔에, 쥬페도라는 내 몸의 선을 따라 입술을 옮기며 키스 마크를 남겼다. 문득 그의 힘에 다시 몸이 돌려 세워졌다. 얼굴이 정면으로 마주쳤다. 쥬페도라는 자연스럽게 눈을 감으며 내게 키스를 해 왔다. 허리와 등을 단단히 감싸 받치고 강하게 입술을 맞대던 그는 한참 후에야 겨우 입술을 떼며 눈을 떴다.

잠시 그와 눈을 맞추다가 그의 가슴을 손으로 조심스레 밀었다. 쥬페도라가 천천히 뒤로 걸음을 뗐다. 그를 침대 근처까지 밀어 세우고 나서야 손을 옮겨 그의 셔츠 단추를 풀었다. 셔츠를 완전히 벗기자 잠시 그의 몸에서 눈을 뗄 수가 없었다.

쥬페도라의 몸은 나와는 비교도 되지 않을 큰 흉터들을 가지고 있었다. 어떤 것은 전투 중에, 또 어떤 것은 고문으로. 군살 없는 근육 위로 마치 문신처럼 새겨진 흉터들을 이어 보다가 문득 그의 심장 근처에 새겨진 날카로운 흉터에서 시선을 멈췄다. 날붙이에 찔려 생긴 것으로 보였다. 그의 셔츠를 바닥에 떨어뜨리고 입술을 그 흉터 위로 붙였다.

무게 없이 입을 맞추다 조심스레 혀를 내밀어 흉터를 쓸어 핥았다. 쥬페도라는 작게 숨을 삼켰다가 간지럽다는 듯이 신음하며 내 어깨를 붙잡았다. 잠시 멈추고 시선을 들어 그를 마주 보았다가 다시금 혀를 내밀어 그 흉터를 핥았다. 쥬페도라가 난처한 눈빛으로 조금 입가를 올렸다.

쥬페도라가 한 발 더 뒤로 물러났다. 바로 뒤에 있는 침대에 걸리기 직전, 쥬페도라는 재빠르게 날 안고 몸을 뒤집었다. 결국, 시트에 먼저 등이 닿은 건 그가 아니라 내가 되었다. 쥬페도라는 씩 웃으며 내 가슴을 물었다.

"아……!"

조심스러웠던 분위기는 온데간데없이 쥬페도라는 거침없이 가슴을 세게 움켜잡고 입술에 머금어 빨아 당겼다. 그가 다른 한 손을 내려 허벅지를 잡아 올렸다. 무릎이 양쪽으로 벌어지며 그 사이로 쥬페도라가 자리 잡고 온몸으로 날 눌렀다.

"아……."

가슴을 애무하던 입술이 쇄골로 옮겨 와 목을 타고 올라왔다. 다급하진 않지만 그렇다고 느긋하지도 않다. 쥬페도라에게선 평소보다 조금 빠른 호흡이 느껴졌다. 훅 떨어지듯 닿는 열띤 숨이 피부를 덥혔다.

혀가 귀 근처를 쓸고 입술이 귓바퀴를 물었다. 다시금 입술이 서로 맞물렸다. 혀가 들어와 입 안을 휘젓는 사이 아래쪽에서 벨트 풀어지는 소리가 들렸다. 쥬페도라는 잠시 입술을 떼고 무표정하게 날 바라보다가 다시 눈을 감고 입을 맞춰 왔다. 그 순간 내 아래에도 뭔가 닿는다 싶더니 그것은 그대로 꾹 밀고 들어와 안을 채웠다.

"아!"

섹스를 마지막으로 했던 게 몇 년 전이더라. 아주 오랜만에 내벽을 쓸고 들어와 채우는 남자의 느낌을 참지 못하고 고개를 비틀며 소리를 냈다. 쥬페도라는 몸을 비트는 나를 쉬쉬 달래며 내 머리와 볼에 연신 입술을 붙였다. 괜찮아. 괜찮아. 쥬페도라는 마치 내가 아무것도 모르는 처녀라도 되는 양 안심시키며 연신 몸을 손으로 쓰다듬고 입을 맞췄다. 쥬페도라가 한 번 성기를 뺐다가 다시 안으로 밀고 들어왔다. 자극된 성감이 아찔했다.

"아……! 대장님……!"

'괴로워요!' 라고 심장이 아플 정도로 감각이 예민해졌음을 호소했다. 쥬페도라는 당연히 그런 내 흥분이 가라앉기를 기다리지 않았다.

"아! 아!"

성기가 안으로 몰아치듯 내벽 틈을 밀고 들어올 때마다 그의 목을 끌어안고 매달렸다. 그가 매달린 내 팔을 풀어냈다. 맞붙어 있던 상체가 떨어지자 정념이 섞인 미소로 날 내려다보는 쥬페도라를 볼 수 있었다. 그가 날 바라보며 몸을 움직였다. 쥬페도라의 입술 사이에서 나오는 숨소리가 빨라질수록 나 역시 목소리를 높였다.

"대장님……! 아!"

"쥬드."

"아아!"

"쥬드라고, 불러 주면 좋겠는데."

"아! 대장님……!"

"말을 잘 안 듣는군. 당신은…….."

"아! 아! 어……?"

쥬페도라가 갑자기 움직임을 멈췄다. 놀라 멍하니 눈을 끔벅거리자 그의 손이 다가와 내 턱을 틀어쥐었다. 그의 눈을 똑바로 마주한 채 치솟던 감각이 사라질까 안절부절못하며 다리를 움츠리고 허리를 비틀었다. 아직 내 안에 들어차 있는 그의 것을 느끼고 자극해 보려 애를 썼지만 그래도 역시 그가 움직여 주는 것만큼은 만족스럽지가 않아 얼른 계속해 달라고 끙끙 앓는 소리를 냈다.

"계속······ 계속해 주세요······."

쥬페도라는 마치 나에게 자비라도 베풀듯 느리고 깊게 허리를 움직여 주며 가르치듯 또박또박 말했다.

"쥬드."

"아으······!"

"쥬드. 한 번만 더 대장님이라고 부르며 가려고 하면 그냥 빼 버리겠어. 그리고 오늘 더는 넣어 주지 않을 거고."

"아······ 아······."

"알았나?"

"네······."

초조하게 고개를 끄덕이며 대답했다. 그제야 쥬페도라가 다시 미소를 띠고 속도를 붙이기 시작했다.

"쥬드······! 아······! 아!"

"데본······."

그가 당부했던 대로 쥬드라는 애칭으로 그를 소리 높여 불렀다. 그는 내가 쥬드라고 부를 때마다 날 데본이라고 부르며 호응해 주었다. 비로소 절정을 찍으며 내 목소리가 멈추는 순간 그는 작은 목소리로 내 귓가에 사랑스럽다고 말해 주었다.

쥬드는 성기를 빼지 않은 채 내 상체를 일으켰다. 그가 손가락을 허공에 한 번 빙글 돌리며 내게 돌아앉으라는 뜻을 비쳤다. 그의 다리 위에 앉아 있던 나는 성기가 아래에서 빠지지 않도록 조심스럽게 돌아앉았다. 쥬드가 뒤에서 손을 뻗어 와 내 양 가슴을 덮어 만지며 물었다.

"당신은 분명 내 것인가?"

기분 좋은 자극을 느끼며 고개를 끄덕거렸다. 쥬드는 '확실해?' 라고 물으면서 목뒤를 혀로 길게 핥아 올렸다. 자극적인 소름이 돋아올라 약간 어깨를 움츠리자 쥬드는 만지작거리던 가슴 위를 손끝으로 쓸었다. 유두에 그의 손가락이 걸리며 허리에 힘이 들어갔다.

"아……."

"아무래도 이런 교육까지 받아서 그런지,"

"윽……! 앗!"

"만족하는 척을 잘하네."

유두를 살살 건들다가 비틀어지는 감각에 숨을 크게 삼키며 고개를 마구 저었다. '아니에요. 아닙니다.' 라고 말했지만, 그는 별로 믿는 것 같지 않았다.

"정말 기분이 좋아?"

대답 없이 고개를 연신 끄덕였다. 그제야 쥬드는 가슴을 놓아주더니 날 옆으로 눕혔다. 그는 내 한쪽 다리를 잡아 접어 올리며 아직도 빼지 않은 성기를 다시 움직이기 시작했다. 쥬드의 얼굴을 보며 하고 싶었지만, 그는 한참 동안 그 자세로 성기를 거칠게 움직였다.

다시 파도처럼 밀어닥친 감각에 손을 입에 물었다. 끅끅 소리가 새 나갔다. 쥬드는 내 손을 입에서 거둬 주며 괜찮다고 말했다. 절로 울먹이는 목소리로 그에게 말했다.

"마주 보고 싶어요…… 그리고 키스하게 해 주세요……."

쥬드는 성기를 빼고 내 몸을 바로 누인 후에 다시 집어넣었다. 그제야 보이는 쥬페도라의 얼굴에 안심하며 그의 목에 팔을 감고 끌어당겨 입을 맞췄다. 매달리듯 키스를 하고 그에게도 해 달라 졸랐다. 그는 기꺼이 내가 원하는 대로 키스를 해 줬다. 하지만 금방 고개를 거두려 했다. 입술을 떼고 싶지가 않아 몸을 일으켜 그가 물러날수록 더 바짝 붙었다. 그러나 입술은 기어이 떨어지고 말았다. 안타까움에 눈물이 날 것 같았다.

쥬드의 어깨를 붙잡고 위아래로 몸을 움직였다. 살짝 떨어진 입술 사이로 짙은 숨을 내쉬는 그가 혼이 반쯤 나갔을 내 모습을 느긋하게 응시했다.

문득 그가 눈가를 찡그리며 윽— 하고 참지 못한 신음을 뱉었다. 그는 곧 내 안에서 사정했다.

"큿……! 하아……."

쥬드는 그대로 내 허리를 끌어당겨 한동안 품에 안고 있다가 문득 진지하게 물었다.

"데본. 혹시 나와 이렇게 된 걸 후회하고 있나?"

고개를 저었다. 쥬드는 손으로 등을 부드럽게 쓰다듬으며 말했다.

"만약 이러고 있는 게 두 배는 더 냉철했던 10년 전의 나였다면 아마 지금 이런 기분을 참지 못하고 차라리 당신을 차갑게 대하며 상처 입혔을지도 모르겠어. 그 엇나감을 피하게 하려고 신은 지금에서야 당신을 만나게 한 것일지도 모르지."

"저에겐 다행스러운 일인 건가요?"

"아니. 나에게 다행스러운 일이지. 내 감정의 괴로움을 달래려고 사랑하는 사람을 상처 입혀 버린 후에야, 뒤늦게 깨달아 후회하는 멍청한 짓을 하지 않을 수 있으니까."

제법 로맨틱한 말을 들으며 안겨 있던 몸을 뗐다. 쥬드와 나는 마주 보고 조금 웃었다. 그가 내 입술에 가볍게 키스를 하며 말했다.

"물론 지금의 나라면 당신을 행복하게 해 줄 자신이 있어. 나는 나 스스로 당신을 원한다는 것을 인정하고 있고, 당신이 뭘 원하는지 섬세하게 관찰할 줄도 알아. 그리고 노력할 줄도 알지. 예를 들어, 지금 이 순간 당신이 원하는 것은……."

쥬드가 짓궂게 웃더니 아직 내 안에 있는 성기를 조금 들썩였다. 그리고 움찔하는 내 허리를 감아 안으며 여유롭고 느긋한 어조로 말했다.

"한 번 더 하는 걸까?"

4. 나락으로

앗. 잠시 놀랐지만, 곧바로 웃음을 터뜨렸다. 이렇게 유쾌한 기분으로 소리 내어 웃어 본 게 대체 얼마 만인지 모르겠다. 어느새 그는 내게 있어 쥬페도라 대장이 아닌 쥬드가 되어 있었다. 마음이 그를 틀림없는 연인으로 인식했다.

"그렇게 웃는 게 좋아."

비로소 내가 행복한 얼굴을 하고 있다며 쥬드는 만족스러워했다. 쑥스러워서 곧바로 웃음소리는 거뒀지만, 여전히 웃음기만은 지우지 않은 채 그의 양어깨를 둥글게 쓰다듬으며 껴안았다.

허리에 힘을 주고 엉덩이를 돌리자 성기가 질 안에서 벽을 문지르며 쥬드의 입에서도 짧게 탄성이 터졌다. 쥬드는 자신의 감각적 느낌을 솔직히 드러내기 싫은 것처럼 미간을 조금 찡그린 채 반쯤 내려앉은 눈빛으로 날 아연히 응시했다. 하지만 결국엔 웃어 주었다.

쥬드는 내가 움직이기 수월하도록 두 손으로 허리를 단단히 받치고는 얼굴을 가까이 들이밀었다. 키스를 하려는 듯했지만 내가 입술을 피하며 장난을 치자 그는 입가를 끌어 올리며 억지로 입을 맞추더니 심술부리듯 내 아랫입술을 이로 꾹 물어 잡았다가 놓아줬다.

그가 곤란해하는 얼굴을 조금 더 보고 싶었다. 그가 내 움직임에 맞춰 하체를 움직여 왔다. 절로 몸이 움찔 튀며 신음이 빠져나왔다. 그가 혀끝을 세워 내 턱에서부터 목을 타고 핥아 내려왔다. 간지러움을 동반한 성감을 느끼며 허리를 휘어 몸을 뒤로 꺾었다.

쥬드는 내 몸이 뒤로 꺾어질수록 점점 혀를 아래로 이동해 가슴골에 이어 배 위까지 핥았다. 머리가 완전히 시트에 닿았다. 쥬드가 내 몸 위에 자신의 몸을 겹치며 목과 귓가를 아프지 않게 깨물었다.

그와 맞닿은 피부가 따뜻했다. 좀 더 그에게 안기고 싶었다. 하지만 어떻게 해야 온전히 그에게 안겨 안정을 느낄 수 있을지 알 수 없었다. 이미 이렇게 틈 없이 안고 있는데 어떻게 해야 더욱 꼭 안길 수 있는 걸까. 모르겠다. 그저 부족하다. 그가 날 좀 더 원하고 사랑해 주었으면 했다. 조금 더…… 조금만 더.

"사랑해요……."

"응?"

그러니까 사랑해 줘요. 내가 순수하게 그를 사랑한다는 자신이 없었지만 그렇게 말했다. 그렇게 말하면 날 조금 더 원해 주지 않을까 싶어서. 쥬드는 그저 빙긋이 웃었다. 눈물이 나올 것 같았다. 그가 곧 내 눈가를 손가락으로 가볍게 쓸면서 내 이름을 불렀다.

"……데본."

"너무…… 사랑해요."

그 말을 할수록 그는 기뻐하는 눈빛이었다. 나를 쓰다듬던 손으로 억세게 내 팔을 쥐며 움직임에 박차를 가했다. 흔들리는 시야. 헐떡이는 신음. 섹스. 감각. 감정. 무엇 하나 남김없이 자신의 제어력을 떠나 있는 듯했다. 그의 움직임에 학학 숨을 내쉬며 정신이 나간 사람처럼 연신 사랑한다는 말을 해 댔다. 드디어, 그도 내게 사랑한다고 말했다.

"사랑해. 데본."

그 순간, 머릿속으로 지금껏 사랑한 남자들이 촤르르륵 사진처럼 흘러 지나갔다. 내지르던 외침을 삼키며 숨을 크게 들이켰다. 밀라온. 로드였던 모건. 사이크. 그리고 또 모건. 불현듯 서러움이 핏물처럼 빨갛게 터져 나왔다. 내 사랑은 어느 것 하나 멀쩡한 것이 없었다. 크건 작건 그것들은 모두 분명한 사랑이었을진대 추억할 수 없을 정도의 잔인한 상처만이 남아 생각할수록 괴로웠다.

"아……! 데본……! 윽!"

아주 찰나 나갔던 정신이 되돌아와 눈앞에 있는 쥬드를 다시 시야에 담았다. 동시에 그가 내 안에서 움직이는 성기의 감각이 무섭도록 치밀어 오르며 다시 신음을 내지르면서도 두려워졌다. 조건 없는 보살핌. 변함없는 사랑. 헌신. 나는 현실에 없는 것을 그에게 원했다. 지금도 마음 한구석은 그의 저의를 의심하고 있음에도 지금 이 순간이 너무나 부드럽고 꿈과 같이 현실감이 떨어져서 어쩌면, 이라는 마음이 생기게 되어 버렸다.

그래서 슬펐다. 의심 없이 그만 편안하게 쉬고 싶었다. 너무나. 간절하게. 안식을 얻고 싶었다. 그에게 배신당하기 전에, 또는 내가 배신하기 전에, 그리고 이 행복감이 끝나기 전에 죽어 버리고 싶다는 생각이 들었다.

나와 그는 서로의 애칭을 부르며 더욱 격렬하게 침대 위를 흔들었다. 그가 내 이름을 부르며 성기를 찔러 넣을 때마다 이대로 내 시간이 멈췄으면 좋겠다는 생각을 했다. 이윽고 그가 내 몸을 세게 끌어안고 성기를 깊게 삽입한 채로 멈췄다.

　아. 드디어 절정이다. 아래에 들어차는 뜨거움과 함께 머릿속이 하얗게 변해 가는 기분을 느꼈다. 지나치게, 죽을 만큼 행복했다.

　"하아……."

　탈력감에 젖은 그가 내 몸 위로 쓰러지듯 누워 내 목에 얼굴을 파묻고 숨을 골랐다. 고개를 든 그는 만족스러운 표정을 하고 있었다. 그와 눈을 마주 보며 눈만 느리게 깜박였다. 그가 손으로 내 얼굴을 쓰다듬다가 미소 지으며 키스를 해 왔다. 하지만 이내 눈을 동그랗게 뜨며 고개를 들었다. 그의 입술에 피가 묻어 있었다.

　"……?"

　내 얼굴을 내려다보던 그가 문득 손을 들어 자신의 입가에 묻은 피를 닦아 눈으로 확인했다. 그것을 보며 잠시 멍한 눈만 깜빡이던 그가 곧 얼굴을 와락 일그러뜨렸다. 그는 나를 바라보며 외쳤다.

　"데본!"

　마치 꿈속에 빠져 버린 것처럼 아무 생각도 들지 않았다. 그저 정신이 아득해질 정도의 행복감만이 들었다.

　아…… 행복해…….

　그가 다급히 두 손으로 내 얼굴을 감싸고 소리쳤다.

　"데본! 이봐! 밖에 누구 없나?!"

　피로함에 눈을 감았다. 그렇게 잠이 들었던 것 같다.

　웅웅 울리는 목소리에 잠에서 깼다. 하지만 아직 눈꺼풀을 들어 올리고 싶지 않았다. 굉장히 피곤했다.

"……그전에도 한 번…… 원래부터 좀 나약한 면이 있었습……."

"왜 보고하…… 않……?"

"대수롭지 않은 상황이었……. 누구나 한 번 정도는…… 보고할……. 중요한 일도……."

"훈련 자료 전부……."

"알겠습니……. 작전…… 어떻게……습니까?"

"뺀다. 이대로는…… 안 돼."

"……겠습니다."

"역시…… 군을 그만두게……겠어."

"납득…… 않을 겁니다."

"상관없어."

주파수가 맞지 않는 라디오처럼 끊기며 들리는 두 사람의 목소리는 익숙한 것이 둘 다 내가 아는 사람 같았다. 한 명은 쥬드였고 또한 명은……

"루이. 네 솔직한 감상은 어떻지?"

루이.

……루이?

"대장님의 약혼자에 관해서라면 딱히 별생각 없습니다. 이미 제 소관을 떠난 상대고 그저 왜 대장님께서 관심을 가졌는지 의문일 뿐입니다."

"응? 내 취향에 대해 넌 알고 있지 않았던가?"

"압니다. 재규어. 하지만 느끼셨다시피 완벽한 이상형은 아니지 않습니까. 정말 재규어 같았다면 이렇게 나약한 짓은 하지 않았겠죠. 사실 대장님도 한두 번 만나다가 말 줄 알았지, 이렇게 진지하게 생각하실 줄은 몰랐습니다."

"하하…… 진심인가?"

"지난번에도 말씀드렸다시피 전 관심 없습니다. 취향도 아니고요.
그때 일은 정말로 어쩌다 그렇게 되었을 뿐입니다. 그냥 제가 잠시
어떻게 됐던 거지요. 그간 군말 없이 명령을 이행한 것도 대장님의
신뢰를 저버린 것에 대해 스스로 깊이 후회하고 반성하기 때문이었
습니다. 그러니 이제 그만 대장님의 취향이 특이한 것일 뿐이란 걸
인정하시고 저를 그만 떠보셨으면 합니다. 솔직히 귀찮습니다. 모두
가 대장님처럼 재규어를 좋아하는 게 아니라고, 지난번에도 말씀드
렸잖습니까. 뭐…… 모건 놈은 확실히 마음이 있는 모양이지만 어차
피 이젠 그놈으로서도 손에 안 닿는 상대가 아닙니까. 귀족에, 군 장
교의 애인이라니 넘보려야 넘볼 수가 없겠죠. 그게 아니더라도 본인
은 그놈에게 원망밖에 없을 테니 틀렸습니다. 이미."

"애인이 아니라 부인이야."

"빠르기도 하셔라."

"비꼬지 마라. 그럼 에드윈 중장은?"

"정말 어지간히 좀 하시죠. 그쪽도 기분 나쁠걸요. 취향도 아닌 여
자에게 마음 있다 오해받으면 얼마나 기분 더럽겠습니까. 거긴 요즘
백작 부인 만나면서 해롱해롱합니다. 솔직히 그 정도 미인이면 저도
좀 혹합니다만."

"호오…… 소개시켜 줄까?"

"됐습니다. 뭐 어쨌든. 지난번에 대장님께서 개인적으로 만나 중장
과 오해를 푸시기도 했고, 앙금이 남았다 해도 백작 부인이 잡고 있
는 한 딱히 말썽은 안 부릴 거라 생각합니다."

"너도 이젠 쓸데없는 짓 하지 마."

"안 합니다. 그동안 개고생한 거로 충분합니다."

"그래. 일단은 믿지. 그나저나 데이카스트로데 쪽에선 데본을 왜 만나고 싶어 하는 거야."

"꼭 사과하고 싶은 것이 있답니다."

"하?"

"둘은 과거에 약혼 관계였습니다. 그리고 하얀 밤 프로젝트 때 제가 그를 협박해서 눈앞에서 그녀를 포기하게 만들었죠. 아마 그걸로 부채감이라도 가진 건 아닐까 싶습니다만. 거슬리십니까?"

"당연하지 않나."

"신경 쓸 필요는 없다고 봅니다. 현재로선 문제 될 것이 없습니다. 그리고 문제가 있더라도 그쪽과의 연결은 중요합니다. 참으시는 수밖에 도리가 없습니다."

"알고 있어."

어느새 나도 모르게 유심히 그 내용을 듣고 있었다. 혹 깨어났다는 것을 들킬까 조심스럽게 숨을 고르면서 여전히 잠든 척을 했다. 사실 그럴 필요가 없는데도 눈을 뜨기가 두려웠다. 혹시라도 나에 대한 쥬드의 냉혹한 말이 들릴까 봐. 사실 아무런 감정 없이 내가 이용당할 뿐이라는 것을 알게 될까 봐 대화를 듣는 내내 초조했다.

제발. 제발. 나는 이제 더는 버틸 자신이 없다. 그러니 당신마저 나를 괴롭게 만들지 말아 달라고 마음으로 빌고 또 빌었다. 물론 이성적으론 내가 누워 있는 곳에서 그런 말을 할 리가 없다는 것을 알면서도 가슴이 두근두근 세차게 뛰었다.

"카멜가를 주축으로 한 귀족 연합은 제법 강력합니다. 그쪽이 그동안 뒤를 받쳐 준 용병단들만 제대로 모인다면 충분히 승산 있다고 봅니다. 남사령부 군사와 귀족 연합, 그리고 반란…… 아, 이젠 혁명군이라고 불러야겠네요. 어쨌든 이 삼 세력이 힘을 모으긴 어려운 일인데 지금으로선 신기하기만 하군요. 융 대장과 소므제로우 대장 측은 정말로 불러올리지 않아도 되겠습니까?"

"그들이 자리에서 움직이면 곤란해. 그 시기를 틈타 바깥에서 쳐들어오면 안 되지. 그들은 외적을 잘 막고 있어야 한다고."

"사리아 대장과 릭크리만 대장은 어떻게 하시겠습니까. 그간 대립해 있긴 했지만 그래도 두 사람은 대장님과 연이 꽤 깊지 않습니까."

"할 수 없는 거지. 먼저 건드린 건 그쪽이니까. 그리고 우린 견제하던 동안에도 진심으로 서로의 목을 노렸어. 새삼스럽게 인정을 베풀 이유가 없다."

"알겠습니다."

다행인지 아닌지 두 사람의 대화는 그것으로 끝이었다. 쉬시라는 인사와 함께 문이 여닫히는 소리가 들렸다. 루이가 나간 것 같았다.

문득 내 옆으로 매트가 조금 내려앉으며 부드럽게 얼굴을 쓰다듬다가 머리를 넘겨 주는 손길이 느껴졌다. 그제야 슬며시 눈을 떴다. 쥬드는 웃는 것도 아니고 찡그리는 것도 아닌 이상한 표정으로 내게서 손을 거뒀다.

그가 내 옆에서 일어나 등을 보이고 찬장으로 걸어가는 것을 빤히 보기만 했다. 부르고 싶어도 말을 할 수가 없었다. 그제야 인식할 수 있었다. 나는 혀를 깨문 것이다. 왜 그랬지? 나도 나를 이해할 수가 없었다.

쥬드는 술 한 병과 컵을 하나 들고 테이블 앞에 앉았다. 술병을 따며 그가 무심히 말했다.

"의사 말이 별 이상은 없을 거라더군. 그래도 얼마간은 조심해야 하니까 제대로 된 음식은 먹지 못할 거야."

쪼르륵. 크리스털 잔에 반쯤 술을 따른 쥬드가 그것을 한 모금 마시고 테이블 위에 내려놓았다. 그는 무언가를 생각하는 듯 손안에서 잔을 만지작거리며 잠시 말이 없었다. 그가 다시 입을 연 것은 잔 안의 술을 다 마시고 다시 술병을 들어 반쯤 채웠을 때였다.

"미안하군. 그렇게까지 싫어하는 줄은 몰랐어. 어찌 보면 당연한 거였는데. 눈치채지 못한 내 잘못이야. 사과하지. 상황상 결혼은 취소해 주지 못하지만 더는 건드리진 않을 테니 걱정 마."

그 말에 몸을 벌떡 일으켰다. 그가 당치도 않은 오해를 하고 있었다. 하지만 변명하고 싶어도 제대로 혀가 굴러가지 않는 탓에 웅얼거리는 소리만 나와 당황스러워 어쩔 줄을 몰랐다. 침대를 뛰어 내려가 그의 다리에 매달리듯 무릎을 꿇고 고개를 들었다. 쥬드는 머리를 옆으로 기울이며 날 내려다보았다. 무표정한 그를 향해 고개를 연신 저어 댔다. 그게 아니라고. 절대 그렇지 않다고. 하지만 그는 믿지 않는 눈빛이었다. 그 시선이 너무나 차가워서 무서웠다.

"그게 아니야?"

그가 묻는 말에 그제야 입가를 올리며 고개를 끄덕였다. 알아준 건가. 다행이다. 그때 쥬드가 술잔에서 손을 떼더니 상체를 굽혀 나와 얼굴을 가까이 하고는 서늘하게 말했다.

"그럼 뭔데. 나 때문에 인생 망쳤다고 복수한 건가? 너도 한번 엿먹어 봐라?"

또 한 번 가슴이 떨어지는 듯한 기분에 다시 세차게 고개를 저었다. 아니에요! 아니에요! 쥬드는 테이블에 한쪽 팔을 세워 비스듬히 머리를 기대고는 그런 나를 구경하듯 바라보았다. 조소하듯 차가운 눈 그대로 입가를 올리는 그의 모습은 너무나 가슴 아팠다.

"그래. 이해해. 인권이고 뭐고 없었겠지. 잔인한 일들도 겪었겠지.

나로서는 상상도 할 수 없을 만큼 괴로웠겠지. 사람에게 사람대우를 안 해 줬으니 얼마나 힘들었을까. 그 생각을 하면 나도 마음이 아파. 고고한 귀족 집 따님께서 어쩌다 이렇게까지 바닥을 치고 떨어져서 나한테까지 굴러왔을까 생각하면 말이지. 그런데 그건 내 사정이 아냐. 당신 사정이지. 알겠어? 네 사정이야. 나는 누가 불쌍하다고 선뜻 내 인생하고 맞바꿔서 구해 줄 정도로 선인도 아니고, 가지고 있는 것을 이용하지 않고 굳이 힘든 길을 갈 정도로 미련스럽지도 않아. 거기다 나보다 한참이나 어린 여자에게도 발정할 수 있을 만큼 탐욕적이지. 물론 미안하게 생각해. 사실 만나 보기 전까진 아무 생각 없었거든. 정 위험해지면 릭크리만 쪽에 던져 주면 되지 하고 안일하게 생각하고 있었어. 그래, 그럼 안 되는 거지. 사람을 그렇게 취급하면 안 되는 거지. 알고 있어. 하지만 평생을 이렇게 살았는데 어쩌겠어."

나는 결국 울어 버렸다. 그의 차가운 말도 서럽고 비수 같은 눈빛도 아팠다. 그는 나를 빤히 바라보다가 곧 길게 한숨을 쉬며 눈을 지그시 감았다.

"울지 마. 진짜 울고 싶은 건 나니까."

어떻게 해야 그에게 내 마음을 온전하게 전할 수 있을까. 내가 망치지만 않았어도 그와 나는 지금쯤 만족스러운 얼굴로 서로에게 기대어 잠들어 있었을 텐데. 대체 내가 왜 그런 걸까. 나도 정말로 모르겠다. 애초에 잠에서 깨기 전까진 내가 그런 짓을 저질렀다는 인식도 하지 못한 채였다. 뒤늦게 깨닫고 나 또한 당황스러웠다. 하지만 아무리 바보 같은 나를 질책해도 그에게 남겨진 나쁜 기억은 지워지지 않을 터였다. 따로 자겠다며 의자에서 일어서는 그의 다리를 붙잡고 매달렸다. 쥬드가 차갑게 말했다.

"나."

고개를 저으며 그의 바지 자락을 놓지 않았다. 이렇게 보낼 수는 없었다. 이렇게 나가 버리게 두면 그는 다시는 날 품에 안아 주지 않을 것 같아서 놓을 수가 없었다. 옷자락을 꽉 쥐어 부들부들 떨고 있는 내 손이 보였다. 비참한 모습이었지만 힘을 뺄 수가 없었다. 쥬드는 말없이 날 내려다보았다. 그는 다행히 내 손을 뿌리치지 않고 다시 의자에 앉았다. 피곤한 기색이었다.

"무슨 말이 하고 싶은지는 모르겠지만 지금 당장은 들어 줄 여력이 없어. 당신이 말하기 어렵다는 것과는 별개로 나도 제법 충격이었으니까. 만약 그게 오해라 해도 말이야? 적어도 한동안은 당신과 잘 생각이 없어."

"흐으……."

"솔직히 말하면 지금으로선 당신에게 손끝 하나 대고 싶지 않아."

당연했다. 나는 쥬드를 이해했다. 다른 어느 누구라도 자신과 섹스하고 있던 상대가 갑자기 혀를 깨물어 자해했다면 경악하고도 남을 일이었다. 손끝 하나 대기 싫다는 걸 충분히 이해했다. 그의 다리를 놓고 몸을 일으켰다. 다급히 펜과 메모지를 가져와 그 위에 '미안해요.'라고 써서 내밀었다. 쥬드는 무감하게 그것을 내려다보았다.

싫어한 게 아니었어요. 정말로 망칠 생각은 없었어요. 기분 나쁘게 할 생각도 없었어요. 초조하게 그런 말들을 적어서 내밀어 보았지만, 쥬드는 여전히 별 반응을 보이지 않았다. 결국, 더 적는 것을 그만두고 그의 소매를 붙잡았다. 기분 나쁘다는 듯 뿌리칠까 봐 겁이 나서 그리 세게 잡을 수는 없었다. 다행히 쥬드는 뿌리치지 않았지만, 여전히 표정은 차가웠다.

조금 더 용기를 내 두 손으로 쥬드의 손을 감싸 잡았다. 그는 이번에도 날 뿌리치지 않았다. 나는 쥬드가 가끔 나에게 그랬던 것처럼 그의 손등에 입을 맞추고 눈을 마주했다. 그는 눈가를 약하게 찌푸렸다.

"대체 나더러 뭘 어쩌라는 건지 모르겠군."

그의 손을 꼭 붙들었다. 쥬드는 머리가 아프다는 듯 잡히지 않은 손으로 이마를 짚으며 난처한 기색을 내비쳤다.

"당신의 마음을 알 수가 없어. 뭐야. 대체 뭘 하고 싶은 거야? 내가 어떻게 해 주길 바라는 거지? 가장 기분 좋은 순간이다 싶을 때 난데없이 기겁하게 만들더니, 한 발짝 물러나려니까 마치 매달리듯 하는군. 날 가지고 노는 건가?"

쥬드…… 입 모양으로만 그를 불렀다. 쥬드는 일그러진 얼굴로 날 바라보았다.

"난처해. 나는 이런 거 불편하고 번거로워. 화가 난다고. 하지만 당신이 매달리니까 다시 마음이 풀리려고 해. 혼란스러워."

쥬드는 비로소 냉소적인 눈빛을 거두고 진지하게 말했다.

"데본. 나에게 가망이 없다면 아예 기대도 하게 하지 말아 줘. 나도 사람이기에 상처를 받아. 오늘 같은 일이 또 일어난다면 나는 정말로 당신을 증오하게 될지도 몰라."

쥬드는 나에게 잡힌 손을 거두려 했다. 나는 그 손을 더욱 바짝 끌어당겨 놓지 않았다. 쥬드는 한숨을 쉬며 내게 물었다.

"날 사랑해?"

고개를 끄덕였다. 쥬드는 눈가를 찌푸렸다가 펴며 고민하듯 등을 의자에 기댔다.

"말했다시피 나는 당분간은 당신에게 손댈 생각 없어. 당신에 대한 신용 또한 바닥을 쳤으니 어지간해선 복구되기도 어렵겠지. 나는 충격과 상처를 받았고 이건 제법 깊어. 당신이 반성한다고 해서 나아지는 게 아니란 말이야. 대체 어떻게 보상해 줄 거지?"

그의 앞에 다시 무릎을 꿇고 앉아 다리 사이로 들어갔다. 두 팔로 그의 허리를 끌어안고 그의 배에 머리를 기댔지만, 쥬드는 날 떼어내며 단호하게 말했다.

"이런 걸로 넘어갈 생각 하지 마. 어림없어."

하지만 내가 그에게 줄 수 있는 건 없었다. 어떻게 해야 좋을지, 그가 무슨 대답을 바라는지 모르기에 그저 눈치만 살폈다. 쥬드가 날 내려다보며 말했다.

"군을 그만둬."

그의 몸에서 손을 뗐다. 이번엔 쥬드가 떨어지는 내 손을 잡아채며 다시 한 번 또박또박 말했다.

"군을 그만둬. 당신의 복수는 내가 해 줄 테니까. 이제 아등바등 괴로워하며 살지 마. 지위도 찾고, 살아남은 가족도 만나고, 평범한 여자가 되어서 그냥 내 아내로 있으면 돼. 보상이라 했지만 사실 이건 날 위한 게 아니라 당신을 위한 거야. 이쪽으로 끌어들여 놓고 할 말은 아닐지도 모르겠지만 이젠 입장이 달라. 당신도 나도. 그러니까 그만둬."

그에게 잡힌 손을 슬그머니 빼내며 테이블 위의 펜과 메모지를 잡으려 했다. 하지만 그는 내가 글씨 쓰기를 기다리지 않았다. 내 어깨를 잡아 붙들며 자신을 똑바로 보게 한 그가 인상을 쓰며 말했다.

"핑계 들어 줄 생각 없어. 내가 복수해 주겠다고 하잖아. 그런데도 당신이 군에 남아 있어야 할 이유가 또 뭐가 있다는 거지? 오늘 사달이 그간 힘들게 살아온 것에 대한 부작용이라면 더더욱 그만두는 게 맞아. 그게 아니면 굳이 직접 복수해야 하는 이유라도 있는 건가? 아니지. 그럴 리가 없지. 이미 날 이용하겠다고 했을 때는 수단 방법 안 가리겠다는 뜻이 아닌가? 그러니 끝까지 약게 굴라고. 내가 아직 당신을 사랑한다고 생각할 때 말이야."

"……."

"그렇게 하면 오늘 일은 용서해 주겠어."

그의 손을 내 어깨에서 잡아떼 손바닥을 뒤집어 보이게 했다. 그리고 손가락으로 한 자 한 자 느리고 똑바로 써서 그에게 내 뜻을 전했다.

'조금 더 생각하게 해 주세요.' 라고.

고집을 부리려는 건 아니었다. 단지 군에 들어온 건 인생에 몇 없던 내 선택이었고 그 삶을 선뜻 버리는 건 조금 마음의 준비가 필요했다. 지금으로선 그만두고 후회하지 않을 거란 확신이 들지 않았다.

그의 표정이 풀릴 기미가 보이지 않아 '진지하게 생각해 볼게요.' 라고도 썼다.

날 향하는 그의 시선엔 불신이 가득했다. 그는 혹시 내가 이렇게 얼렁뚱땅 넘어가려는 건 아닌지 의심스러워하는 것 같았다. 쥬드는 속지 않겠다는 듯이 곧바로 고개를 저었다.

"아니, 아니. 안 속아. 이렇게 한 번 두 번 넘어가다 보면 한도 끝도 없이 휘둘리는 거지. 안 돼. 지금 당장 결정해."

그래도 나는 그의 뜻을 들어줄 수가 없었다. 생각해 보겠다. 이게 최대한의 양보였다.

우리는 긴 실랑이를 해야 했다. 결국, 그럼에도 내 생각을 꺾지 못한 쥬드는 한숨을 내쉬며 내 머리 위로 이마를 기댔다. 지친 듯한 그는 작은 목소리로 속삭이며 약한 모습을 보였다.

"……나 때문이 아니라고 해 줘. 내가 싫어서 그랬던 게 아니라고……."

눈을 감고 그의 허리를 세게 끌어안았다. 그를 상처 입혀서 미안했다.

다행히 쥬드의 화는 그사이 어느 정도 누그러들었다. 그는 나에게 전역을 강요하는 대신 일단 휴직을 하라 말했고 그 요구엔 고개를 끄덕였다. 조율을 마치자 그제야 우린 한 침대에서 서로를 끌어안고 잠을 잘 수 있었다.

그의 품에 안겨서 눈을 감으니 안심되었다. 온전한 약자인 척 몸도 마음도 다 내주면서 누군가의 품에 기대어 자는 것이 행복한 일이라는 것 또한 알게 되었다. 이 사람에게만큼은 연약한 척을 하고 싶었다.

아침에 눈을 떴을 때 그의 가슴에 기대어 있다는 사실이 너무나 감동적이었다. 입술로 그의 가슴에 키스 마크를 남겼다. 쥬드는 눈가를 찌푸리며 잠에서 깨어났지만 내가 한 짓을 보고는 금방 웃음을 터뜨리며 손으로 등을 쓰다듬어 주었다. 전날 밤의 사고가 마치 거짓인 듯 지금의 그는 부드러운 얼굴을 하고 있었다.

우리는 함께 일어나 함께 씻고 함께 식사를 했다. 이제 막 결혼 생활이라는 걸 시작했을 뿐인데 벌써부터 모든 공기가 안정적으로 흐르는 듯한 기분이 들었다. 디디고 있는 발밑이 단단하게 느껴졌다.

식사를 마친 뒤 나는 그의 출근 준비를 도왔다. 아내로서의 첫 일이다. 그에게 바짝 다가가 막 단추가 채워진 셔츠의 깃을 다듬어 주는데 마침 눈이 마주친 쥬드가 기분 좋은 미소를 지어 보였다. 반듯하게 접힌 깃을 쓸며 멀어지자 그가 부드러운 어조로 말문을 열었다.

"오늘부턴 아주 바빠. 일단 자네…… 아니지. 당신. 사실 어제 이 집에 함께 들어오는 순간부턴 부인이라고 생각해서 그렇게 불렀는데, 눈치챘나?"

그의 말을 경청하면서 셔츠 손목에 커프스단추를 골라 달아 주다가 금세 화끈거림을 느끼며 고개를 약하게 끄덕거렸다. 눈치챘었다. 부인…… 식도 안 올리고 우린 부부가 되었다. 쑥스러워하는 나와 달리 쥬드는 별로 신경 쓰는 거 같지 않았다.

얼마 후 배웅을 위해 함께 현관으로 내려갔을 때, 쥬드가 내게 당부했다.

"일단 남부 밖으로는 나가지 말도록 해. 아니, 되도록 저택에서도 나가지 않았으면 좋겠어. 머지않아 분위기가 흉흉해질 테니까."

고개를 끄덕이곤 종이에 내가 할 일은 없냐고 써서 물었다. 사실 노력하면 말할 수 있지만, 혹시라도 내 어눌한 말투에 쥬드가 전날의 일을 떠올리고 기분 상할까 봐 눈치껏 입을 다물었다. 쥬드는 그저 웃어 보일 뿐이었다. '몸조심하세요.'라고 써 보이자 그는 어깨를 으쓱였다.

"그래서 루이를 급하게 불러들였지. 내 걱정은 할 거 없어. 당신 몸 관리나 잘하라고. 그나마 당신이 어느 정도 자신을 지킬 줄 아는 사람이라는 게 위안이 되긴 하는군."

쥬드를 배웅하며 습관적으로 눈썹 쪽에 손이 올라가려 했지만 애써 늘어뜨렸다. 집에서 군대식 거수는 하지 않아도 되겠지. 그와 나는 짧은 입맞춤으로 인사를 마쳤다. 쥬드가 모자를 쓰고 문을 나서기 전 흘리듯 심드렁하게 말했다.

"당신이 만든 요리를 먹어 보고 싶어."

탁 닫히는 문을 보며 머릿속이 잠시 멍해졌다. 정신을 차리고 주방으로 뛰어 들어간 건 그로부터 조금 시간이 지난 후였다.

"캑…… 콜록……."

이를 어째. 창문을 열고 손을 휘저어 조리실의 환기를 시키면서 기침을 했다. 검은 연기가 피어나는 스테이크 고기는 겉에만 까맣게 타 있었다. 뒤에서 그런 내 모습을 보고 있던 요리사는 최대한 내 기분이 나쁘지 않도록 어조에 신경을 쓰면서 얼마나 내가 식재료에 몹쓸 짓을 하고 있는지를 빙빙 돌려 말했다.

나도 안다. 내가 얼마나 초보적인 실수를 하는지는.

하지만 어쩔 수 없지 않은가. 나는 이 나이 먹도록 요리라는 것을 단 한 번도 해 본 적이 없었고 관심도 없었다. 그런데 쥬드는 내 요리가 먹어 보고 싶다고 했다. 나는 그에게 적어도 먹을 수 있는 것을 주고 싶었다.

그러려면 아무리 고급 재료라도 그 희생이 되어야 함은 당연한 것이 아닌가. 물론 요리사에게서 이건 아주 구하기 어려운 고기인 데다 경매에서 매우 비싼 가격에 낙찰이 되었다는 이야기를 듣는 것은 나도 아주 마음이 아팠다. 하지만 어쩌겠는가. 이미 타 버린 것을.

요리사는 내가 프라이팬째로 건네주는 새까만 고기를 받아 들며 울상을 지었다. 요리사에겐 미안했다. 그는 내가 실패한 요리를 동료들과 죄다 나눠 먹고 있었기 때문에.

이번엔 냉장고에서 커다란 생선을 꺼냈다. 그러자 여지없이 요리사의 절박한 외침이 주방 안을 크게 울렸다.

"사모님! 제발 그것만은! 그건 대장님께서 아주 좋아하는 고기로 오늘 저녁 메인에 쓰일 재료입니다!"

응? 그거 잘됐잖아. 내가 만들면 되겠네. 그런 뜻을 담아 요리사를 바라봐 주곤 생선 머리를 칼로 세게 내려쳤다. 요리사는 절망적인 표정으로 고개를 푹 숙였다.

그렇게 열심히 준비했지만, 쥬드는 그 날 저녁 식사는커녕 집에 아예 들어오지도 않았다. 급한 일이 생긴 것인지 고용인을 통해 먼저 자라는 연락만 받았다.

쥬드를 다시 본 것은 3일이 더 지나고 나서였다. 돌아온 그가 반가워서 품에 파고들어 안겼다가 그대로 침실로 올라가 몸을 섞었다. 물론 그는 나를 안기 전 내게서 자해를 하지 않겠다는 다짐을 몇 번이나 받았다.

행복했지만 그와 있을 수 있는 시간은 적었다. 그가 너무 바빠서.

그다음 날 아침, 그가 바랐던 대로 내가 직접 요리를 해서 내밀었다. 쥬드는 깔끔히 접시를 비운 뒤에 앞으로 요리는 그냥 요리사에게 시키라고 권했다.

섹스로 인해 집에 와도 충분히 수면을 취하지 못한 채 출근하는 쥬드를 보는 것은 마음이 아팠지만 어쩔 수가 없었다. 나는 쥬드가 그리웠고 하루빨리 그의 아이를 가지고 싶었다. 그는 적은 나이가 아니다. 힘들어지기 전에 노력하고 싶었다. 그와 나 사이에 가족을 이루고 싶었다. 사랑하기 때문에 더욱.

쥬드는 처음부터 나와 관계를 할 때 바깥에 사정한 적이 없었다. 마침 가임기도 걸렸고 금방 아기가 생길 거라고 생각했다. 그래도 혹시 몰라 함께 있을 수 있는 시간이면 그 시간의 대부분을 쥬드에게 매달리듯 안겼다.

어느덧 혀가 다 낫고 건강도 생활도 안정적으로 이어졌다. 하지만 시간이 흘러도 내 몸은 어떠한 조짐도 보이지 않았다. 저택으로 찾아와 내 건강 상태를 보는 의사에게 물었다.

"아기를 가지고 싶은데 특별히 조심해야 할 거라도 있나요?"

노력해도 잘 안 된다는 말에 의사는 나에게 먹고 있는 약이나 음식, 차 같은 것들을 물어보고 생각에 잠겼다가 언제 한번 병원으로 찾아와 제대로 검사를 해 보자고 말했다.

며칠 후 오랜만에 집에 돌아온 쥬드에게 갈아입을 옷을 꺼내 주다가 검사를 위해 병원에 다녀오고 싶다 했더니 그는 잠시 고민하다가 경호를 붙여 주겠다고 했다.

경호를 위해 온 인물은 얼마 전에 중사로 진급을 한 채드였다. 그는 첫 만남 때와는 다르게 이번엔 내 신경을 긁지 않고 되도록 입을 다물었다.

"어디로 가시겠습니까? ……준위님."

운전대를 잡고 채드가 미러를 통해 물었다. 사모님과 준위님 사이에서 호칭을 고민하는 듯했지만 결국 계급으로 부르기로 한 모양이었다. 사실 그게 맞기도 했다. 서류상으로 나는 이미 쥬드와 부부였지만 세간에선 아직 결혼식을 올리지 않았으니까. 결혼식도 올리지 않고 사모님 따위로 불린다면 그리 좋은 시선을 받을 리가 없었다. 물론 군인인 채드 입장에선 결혼식을 올린다 해도 내가 군인인 한은 계급명을 부르는 게 어색하지 않을 것이다.

가방에서 의사의 명함을 꺼내 채드에게 건넸다. 채드는 그것을 받아 주소를 확인했다. 곧 출발하겠습니다, 라고 말하며 그가 시동을 걸었다.

병원은 저택과 조금 거리가 있었다. 하지만 역시 오길 잘했다는 생각이 드는 것이 개인 병원임에도 시설이 잘 되어 있었다. 물론 쥬드가 주치의로 고를 만큼 의사에게 실력이 있기도 할 터였다.

병원에선 거의 온종일 시간을 투자해서 종합적인 검사를 했다. 나로서는 뭐가 뭔지 알 수 없는 것들뿐이었지만 어련히 알아서 해 주려니 믿었다. 검사를 다 끝낸 뒤 의사는 결과가 나오려면 며칠 걸리니 나오는 대로 방문하겠다고 말했다. 그리고 담배나 술은 끊는 편이 좋다고 충고했다.

집으로 돌아오는 차 안에서 무심결에 담배를 피우려 했다가 의사의 말을 떠올리곤 담뱃대를 꺾었다. 입맛을 다시며 신경을 돌려 보려고 채드에게 말을 붙였다.

"루이 씨는 어떻게 지내?"

"대장님과 거의 같이 계실 텐데 못 보셨습니까?"

"나는 휴직 중이고 대장님께선 거의 집에 안 들어오시지. 오신다 해도 루이 씨와 함께 있지 않았어."

"그렇습니까. 뭐…… 그럭저럭 잘 지내십니다."

무료하게 창밖으로 시선을 주면서 그러냐고 대꾸했다. 사고가 있던 날, 비록 목소리뿐이지만 그것이 루이라는 것을 알았을 때 우습게도 조금 반가운 기분이 들었었다. 여전히 꺼려질 줄 알았는데 내 마음은 쥬드를 받아들인 순간부터 상당히 너그러워져 있었다. 그야 루이를 원망하려면 자연히 쥬드를 원망해야 했으므로. 그리고 싶지 않았다.

사랑이란 정말 무서운 감정이다. 지금 내 마음은 적에 대한 분노조차 거의 없었다. 그저 복수를 완성하면 어떻게 살아야 할지에 대한 미래 계획만 두리뭉실하게 자리 잡고 있다. 쥬드를 만나서 다행이라고 생각하면서. 얼마 전 관계했을 때, 사랑받으면서 자신의 곁에 있으라던 쥬드의 말을 떠올리곤 혼자서 웃었다.

"한잔하겠어?"

좋은 날이었다. 전날 밤에 봤는데도 오늘도 쥬드가 집에 돌아왔으니까. 이틀 연속으로 보다니 너무 기뻤으나 그가 내미는 술잔은 거절했다.

"임신할 때까지 술 담배는 끊기로 했어요."

그 말에 쥬드는 입가를 조금 올렸다가 내리곤 굳이 그런 거 신경 안 써 줘도 된다고 했다. 그래도 안 마시겠다 고개를 저었고 쥬드는 내밀었던 술잔을 거둬 가 자기가 마셨다.

"신경 써 주려는 게 아니라, 제가 그러고 싶어서예요."

"흐음……."

쥬드는 어쩐지 시원찮은 반응을 보였다. 술을 홀짝이는 그를 보며 조금 눈치를 보았다.

"혹시 아기 가지는 게 싫으세요?"

"응? 아니 뭐. 있으면 편하기야 하겠지. 당신의 족쇄가 하나 더 늘어나는 거니까. 근데 일부러 바란 적은 없어."

"한 번도요?"

"응."

생각보다 냉정한 말에 잠시 할 말을 잃었다. 그가 미소 지으며 말했다.

"서운한 표정이군."

"좋아해 줄 거라고 생각했어요……."

시무룩한 기분에 눈을 내리고 양 손끝을 만지작거렸다. 맞은편에 있던 쥬드는 내 옆자리로 옮겨 앉더니 팔로 내 어깨를 감싸 안았다. 그가 어깨를 토닥토닥 두드리며 달래는 듯한 어조로 말했다.

"싫다곤 말하지 않았어."

"좋다고도 말하지 않았잖아요."

"안정을 위해 필요하다는 건 알고 있어. 그래, 결국 하나 정돈 낳긴 해야겠지."

고개를 들어 쥬드를 보았다. 쥬드는 난감한 얼굴로 천장을 보다가 내게로 눈을 돌렸다.

"근데 무섭지 않아? 아무리 기술이 좋아졌어도 출산은 여전히 여자에게 위험한 일인데."

"전혀요. 전 오히려 빨리 낳고 싶은걸요."

"씩씩하네. 나는 사실 좀 두려운데."

"뭐가요?"

"나 같은 놈이 하나 더 세상에 나온다고 생각하니까."

"왜요? 오히려 전 당신의 아이가 아니면 싫어요. 그리고 절 닮을 수도 있죠."

"그래, 그럴 수도 있지. 그래도 역시 좀 무섭네."

당신 나이가 몇 개인데 사고 치고 겁먹는 애송이들처럼 그런 걸 무서워하느냐고 투덜거렸다. 쥬드는 그저 웃었다. 나중에서야 그는 마지못해 그럼 노력해 보자는 말을 해 주었지만 이미 내 기분은 저조해져 버린 후였다. 그 때문에 이후 쥬드와 관계를 하면서도 그리 호응하지 못했고, 쥬드는 내 기분을 달래 주려 무던하게 애를 썼다.

며칠 후 검사 결과가 나왔다면서 의사가 찾아왔다. 사실 이런 시기가 아니면 굳이 저택까지 부르지 않겠지만 병원 시설을 써야 할 일이 아니면 바깥으로 나가는 건 조심하라는 말이 있어서 미안하게도 찾아오게 할 수밖에 없었다.

의사와 응접실에 마주 앉아 고용인에게 차를 내오도록 했다. 차가 나오고 잠시 찻잔을 붙잡고 있던 의사는 조금 어렵게 검사 결과를 전했다.

"사모님께선 임신이 조금 힘드신 상태입니다."

목 끝까지 왜냐는 말이 치밀어 올랐지만, 선뜻 물을 수가 없었다. 그 순간 머릿속으로 그동안 내가 얼마나 힘하게 몸을 굴렸는지 떠올렸기 때문이다. 강도 높은 훈련을 말하는 것이 아니다. 나는 집안이 몰락한 무렵부터 테일러 박사의 실험체로서 여러 가지 약물에 노출되어 있었다.

내가 굳이 묻지 않아도 의사는 그 이유에 대해 이런저런 말을 해 왔다. 하지만 머릿속에 거의 들어오지 않았다. 힘이 빠져서 찻잔을 내려놓고 멍하니 의사만 응시했다. 과거의 나는 겁도 없이 뭐가 뭔지도 모를 약들을 장기적으로 먹었다. 테일러 박사와 직접 대면할 때는 주사를 맞기도 했다. 그중에 하나가 잘못됐거나 아니면 전부 다 잘못돼서 그 부작용이 여기서 드러나는 게 아닐까 나는 생각했다. 역시 그때 이스트란에서 테일러 박사를 죽여 버렸어야 했는데⋯⋯. 새삼스럽게 분노와 억울함에 목이 메었다.

내가 지나치게 침체되어 보였는지 의사가 곧 당황하며 말을 꺼냈다.

"하지만 아주 가능성이 없는 것은 아니니 아직 포기하진 마세요."

의사는 내 생체 리듬에 맞추어 좋은 날짜를 짚어 주고 조심해야 할 것들을 알려 주었다. 또 주기적으로 병원에 검사를 받으러 오라고도 했다. 그리고 이왕이면 쥬드도 술 담배는 끊는 것이 좋다고 넌지시 말했다. 물론 그는 의사이면서도 큰 병원을 운영하는 사업가였으므로 중요 고객인 쥬드에 대해 '스트레스가 많으신 분이니 어려울지도 모르지만⋯⋯.' 이라는 말을 덧붙이며, 혹시라도 이쪽 기분이 상하지 않도록 변명해 주는 것을 잊지 않았다.

고개를 끄덕이며 앞으로도 잘 부탁한다는 말밖에 하지 못했다.

며칠 만에 집에 돌아온 쥬드에게 의사의 말을 전했다. 그는 내 말을 듣고도 별 아쉬움이 없어 보였다. 처음부터 기대도 하지 않았던 것 같았다. 혹시 싶어서 그에게 물어보았다.

　"혹시 알고 있었어요? 그…… 내가…… 불임 가능성이 있다는 거."

　"아니. 그냥 예상 정도만 했어. 테일러 박사의 약은 효과가 좋은 만큼 독하거든."

　그 말에 결국 눈물을 떨구고 말았다. 쥬드는 당황하며 무신경하게 말해서 미안하다고 나를 달랬다. 그리고 이것도 저것도 자기 탓이니 원망할 상대가 필요하다면 원망하라고도 했다. 물론 그의 탓이다. 그가 루이의 변덕을 허락했기에 나는 약물로 기억이 지워졌고 복구되는 것을 방지하려 계속 약을 먹었다. 뿐만 아니라 쓸 만한 도구가 되어야 했기에 그것과 중첩되어 다른 증강 약들도 먹어야 했다.

　그의 탓이다. 이것도 저것도 전부 쥬드의 탓이다. 하지만 나는 그를 미워할 수가 없었다. 그저 야속했다. 그뿐이었다. 눈물은 쉽사리 그치지 못했고 쥬드는 그 날 자신도 노력해 보겠다고 몸에 나쁜 것들을 끊겠다는 약속을 했다.

　"이거 몸에 좋대요."

　"음……."

　나는 이런저런 정력에 좋다는 음식들을 만들어서 그가 올 때마다 내밀기 시작했다. 뭐라도 노력을 해 보고 싶다는 마음이 이런 식으로 표출되어 버렸다. 쥬드는 농담 같은 어조로 요즘 영 자신의 미각이 시원찮다며 먹고 싶어 하지 않았지만, 쥬드가 접시를 비울 때까지 절대 식탁을 떠나지 않았다. 그는 나와 함께 침실로 들어가기 위해서라도 그것들을 억지로 다 먹어야 했다. 쥬드는 다 먹은 후에 자기는 굳이 이런 거 안 먹어도 *끄떡없다*며 걱정 말라는 말을 잊지 않앉다. 요리하지 말라는 뜻이란 걸 알 수 있었지만 그저 그를 따라 웃기만 했다.

뛰는 운동은 줄이고 스트레칭과 최소한의 근육 운동 위주로 체력을 단련했다. 그리고 조금만 상태가 이상하다 싶으면 바로 병원으로 향했다. 병원이라고 당장에 어떤 결론을 내 주는 건 아니었지만 상담을 통해 최근 내 상태가 임신 징후를 보이는지 아닌지 정도는 확률적인 답변을 해 줬다. 한번은 월경을 하지 않아서 혹시나 기대감을 안고 병원을 찾았고 병원에서도 좀 더 상태를 보자고 했지만, 다음 날 곧바로 시작했다. 그저 조금 늦어진 것뿐이었다. 굉장히 실망스러웠다.

그렇게 임신을 위해 아등바등 노력하는 나날 속 어느새 결혼식 날이 일주일 남짓으로 다가왔다. 하지만 쥬드가 처음부터 날짜가 변경될 확률이 높다고도 했고 그때까지 결혼식을 위한 어떤 준비도 이루어지지 않아서 큰 기대를 하고 있진 않았다. 조금 아쉽긴 했지만 그래도 괜찮았다. 그리고 그때부터 안 그래도 보기 어려운 쥬드는 더욱 보기 어려워졌다.

"음……."

침실에서 달력을 보며 손가락으로 날짜를 세어 보고 배를 조금 문질러 봤다. 이번에도 때가 되었지만 월경을 하지 않고 있었다. 얼마 전에 오랜만에 돌아온 쥬드와 관계를 하긴 했다. 당연히 안에다 사정했고……. 수정되었을까? 되었으면 좋겠는데.

슬쩍 기대감이 생겼지만, 또 결과적으로 실망할까 봐 일부러 부정적인 생각을 떠올렸다. 아닐지도 몰라. 이번에도 그냥 좀 늦어지는 것뿐일지도.

병원에 가 볼까. 하지만 최근 쥬드는 내게 바깥출입을 완전히 금하라고 말한 바가 있었다. 손톱만 물어뜯다가 창문 밖을 바라보았다. 일전보다 경호원의 수가 더 많아졌다. 저택 바깥으로도 군인들이 한 번 더 바리케이드를 치고 있었다.

대체 바깥 상황이 어떻게 돌아가는 건지 알 수가 없었다. 아무 말도 해 주지 않으니 나쁜 상상은 여러 가지 패턴으로 나를 괴롭혔다. 이러다 어느 날 갑자기 쥬드가 시체로 돌아올까 봐 두려웠다. 거기다 안 그래도 힘든 상황에 쥬드가 나 때문에 저택 쪽에 괜히 신경을 분산시키고 있는 건 아닌지 걱정도 됐다.

"후……."

힘이 되진 못할망정 짐이 될 수는 없었다. 역시 병원은 나중으로 미루는 게 좋을 것 같다. 어차피 곧바로 결과가 나오는 것도 아니니까. 그렇게 마음을 접고 창문에서 등을 돌렸을 때였다.

쾅!

갑자기 폭발음이 울리며 저택이 약간 흔들렸다. 유리창이 산산이 깨져 안으로 쏟아져 들어왔다. 재빨리 몸을 낮췄지만, 유리 조각들이 다리를 스치고 지나가 베이는 건 막을 수 없었다. 바깥이 소란스러웠다. 무슨 일이지? 몸을 일으켜 바깥을 내다봤지만 거무튀튀한 연기가 가득해 상황을 잘 알 수가 없었다. 일단 안전한 곳을 찾아 숨어야겠다 생각해 몸을 돌렸다. 그때 눈앞의 방문이 소리도 없이 열리며 생각지도 못했던 사람이 모습을 드러냈다.

"……!"

"아……. 오랜만이야. 할리."

모건이었다. 그는 약간 헝클어진 슈트 차림으로 마치 이 집의 주인이라도 되는 양 여유롭게 침실 안으로 들어왔다.

"다행이다. 시간상 이 많은 방을 다 열어 볼 수는 없어서…… 찍었는데 맞췄네."

빙긋이 웃는 모건의 한쪽 손엔 피 묻은 나이프가 들려 있었다.

"너······"

내가 제대로 된 말을 하기도 전에 모건이 빠르게 달려와 나이프를 휘둘렀다. 목을 뒤로 꺾으며 피했다. 그는 회전력을 죽이지 않은 채 자세를 낮춰 다리를 걸었다. 가까스로 뒤로 뛰어 피했다. 모건은 허공에 뜬 내 발이 바닥에 다시 닿기 전에 나이프를 던져 내 어깨를 맞췄다. 타이밍을 내주고 말았다.

"윽······!"

모건은 기회를 놓치지 않고 달려들어 날 유리 파편이 깔린 바닥 위로 쓰러뜨렸다. 순식간에 목을 누르는 힘에 숨이 막혔다. 발버둥을 쳐 빠져나오려 했지만, 곧바로 강한 주먹에 머리를 얻어맞으며 몸에서 힘이 빠졌다.

한 손으로 내 목을 세게 누른 채 몸 위로 올라타 체중으로 제압한 모건은 다른 손으로 안주머니를 뒤적거렸다. 그는 곧 손가락 두께의 작은 약통을 꺼내더니 이로 고무 재질의 마개를 뒤로 젖혀 뜯어내고 내 입에 쑤시듯이 물렸다. 알약 몇 개가 입 안으로 쏟아져 들어왔다. 모건은 비어 버린 약통을 거둬 근처에 던져 버리고 내가 약을 뱉지 못하도록 턱과 볼을 세게 눌러 붙잡았다. 약이 목구멍에 걸려 기침이 나왔다.

"캑······! 흐아······!"

"물이······ 너무 멀리 있네."

모건은 테이블 위에 있는 주전자에 시선을 주며 아쉬움을 표했다. 그는 다시 날 내려다보며 눈가를 휘더니 몸을 숙여 왔다.

"읍······!"

입술이 맞물리고 혀와 타액이 넘어왔다. 꽉 잡힌 턱으로 인해 침입자를 이로 물어뜯을 수조차 없었다. 약의 쓴맛이 목구멍으로 넘어가기 시작했다. 얼마 후 입술을 뗀 그는 고개를 돌려 혀 놀림으로 인해 약이 녹아 섞였을 침을 바닥에 뱉었다. 머지않아 시야가 가물가물해지고 모건의 달콤한 목소리가 들려왔다.

"굿 나잇."

"할리. 할리."

얼마나 정신을 잃었었는지 알 수 없었다. 깨어 보니 차 트렁크 안이다. 담담한 목소리로 이름을 부르며 볼을 두드려 깨운 모건은 내가 눈을 뜨자 상체를 일으켜 줬다. 트렁크 바깥으로 보이는 하늘이 뿌옜다. 금방이라도 뭔가 내릴 것만 같았다. 이제 막 12월에 들어선 초겨울. 피부에 닿는 공기가 굉장히 차갑고 날카로웠다. 마치 남부가 아닌 것처럼.

"일어날 때가 지나도 깨지 않아서 걱정했어. 혹시 잘못됐을까 봐."

주변을 둘러보니 겨울에도 푸른 침엽수와 마른 풀만 보이는 건조한 숲의 광경이었다. 예상으론 산속인 것 같았다.

손수건으로 입에 재갈이 물려진 채 양손은 손가락까지 포함해 뒤로 결박된 데다 발목 역시 묶여 있었다. 모건은 조금 올라간 치맛자락을 내려 정돈해 주고는 등과 다리에 각각 손을 받쳐 나를 안아 들었다. 그의 등 뒤로 창고처럼 보이는 폐건물 하나가 자리 잡고 있었다.

"좀 무거워졌네. 그동안 건강하게 지낸 것 같아 다행이야."

자기가 무해한 인간인 양 구는 모건에게 분이 나서 욕이라도 한바탕 해 주고 싶었지만, 재갈 때문에 말도 못 하고 숨만 씩씩 내뱉었다.

대꾸를 못 한다는 것을 알고 저 좋을 대로 그따위 말이나 하는 놈이 가증스러웠다. 서로 죽이려 한 채로 헤어져 몇 년간 못 본 사람이 아니라 마치 최근까지 친하게 지냈던 사이처럼 평이한 어조라서 더 열통이 터질 것 같았다. 모건은 그런 나를 보며 그저 빙긋 웃었다.

"좀 불편하겠지만 참아."

모건에게 안겨 어두컴컴한 건물 내부로 들어오게 되었다. 모건은 밧줄을 풀고 내 옷을 찢어 벗기더니 응급 처치만 된 상처를 제대로 치료한 뒤 담요로 둘둘 싸맸다. 그 과정에서 한 번 그에게 공격을 시도했으나 곧바로 제압당하고 어깨가 빠졌다가 치료를 당한 뒤에야 맞춰졌다. 모건은 지붕을 받치는 두꺼운 기둥 앞에 날 세우고 밧줄로 몸 위를 감아 묶었다. 날 옴짝달싹도 못 하게 묶어 놓은 모건은 후련한 얼굴로 숨을 길게 내뱉으며 물러났다.

그는 주변에 넘어져 있던 낡은 의자를 세워 앉아 잠시간 감상하듯 나를 빤히 바라보았다. 그러다 문득 그는 고개를 숙이고 손가락으로 제 머리를 긁적이며 다시 일어섰다. 고개를 들고 나에게 다가온 그는 내 입에 물린 손수건을 풀어 주었다. 그제야 만족한 듯 다시 의자로 가 앉은 모건이 나에게 물었다.

"잘 지냈어?"

"뭐?"

이건 또 무슨 등신 같은 말인지. 기가 차서 헛웃음을 내뱉고 말았다. 모건도 자신의 질문이 잘못되었다는 것을 알아챈 듯 미소 띤 얼굴로 고개를 작게 끄덕이며 묻는 말을 바꿨다.

"어떻게 안 죽었네?"

"……."

대꾸할 말도 모르겠고 대꾸하고 싶지도 않았다. 모건은 지친 안색으로 입가를 늘렸다. 대답 같은 건 그 역시 기대하지 않은 모양이었다. 그는 더 말하지 않고 의자에서 일어섰다. 그리고 피곤하다는 양 구석 벽으로 가 기대앉더니 옆에 작은 라디오를 켜 놓고는 조용히 눈을 감았다. 라디오는 어떠한 방송도 내보내지 않고 지직거리며 끊어지는 소리만 났다.

두리번거려 건물 내부를 살폈다. 몇 개 없는 창문은 전부 작아 빛이 거의 들어오지 않았으나 사물을 분간하는 데는 무리가 없었다. 건물 한편엔 생필품과 식재료로 보이는 것들이 잔뜩 쌓여 있었다. 적어도 몇 달은 버틸 만한 양이었다. 모건은 대체 언제부터 이걸 준비했던 걸까. 언제부터, 그리고 무슨 생각으로 이걸 준비하며 날 잡아 올 계획을 짰을까.

"어떻게 들어왔어?"

모건에게 물었다. 모건은 그제야 눈을 뜨며 순순히 답했다.

"저택 식재료 나르는 트럭 기사를 죽이고 내가 들어왔어. 통과할 때 채드가 확인 절차를 맡아서 좀 걱정했는데…… 아, 너는 모르려나? 너 이후로 루이가 맡은 수습 중 한 명인데…… 어쨌든 걘 날 알거든. 근데 가발 쓰고 눈썹도 좀 다르게 다듬고 수염을 붙이니까 못 알아채더라. 트럭에 설치한 시한폭탄을 작동시키고 나는 안으로 들어왔지."

채드 그 망할 놈의 새끼……. 어쩐지 처음부터 마음에 안 든다 했다.

"저택 구조에 관한 건 쥬페도라의 주치의와 함께 오가는 간호사에게서 정보를 얻었어. 그래도 사실 반쯤은 도박이었지. 저택은 크고 방도 많으니까. 네가 어디에 있을지는 말 그대로 찍어야 했거든. 그래도 가장 확률이 높은 건 응접실이나 침실 정도라고 생각했어. 그리고 그날은 손님이 오가는 걸 보지 못했으니 침실로 곧장 갔지. 넌 거기에 있었고. 나올 때는 의외로 쉬웠어. 침실까지 배치되어 있던 경호원들을 다 죽인 데다 바깥은 폭발로 인해 시야가 안 좋았거든."

동료도 없이 혼자 거기까지 할 수 있는 건가. 대체 이 자식은……. 혀를 차고 씨근덕대다 겨우 호흡을 고르고 물었다.

"날 왜 잡아 왔는데. 릭크리만이 시키던?"

"너 모르는구나. 총통이 앉은자리에서 처형당하고 릭크리만 대장과 사리아 대장은 쥬페도라 측에 신변을 구속당했어. 곧 재판을 한다더라. 덕분에 나를 비롯한 그 아래 있던 사람들은 전부 죽거나 끈 떨어진 연이 됐고. 나 참 열심히 살았는데, 덕분에 허무해졌어."

"그럼 왜. 복수야? 쥬페도라 대장에게?"

"음…… 그것도 있긴 한데, 그냥 네가 보고 싶었어. 반반."

"미친놈."

라디오에서 지직거리는 소리가 더 심해지더니 곧 뉴스를 내보냈다. 하지만 신호가 좋지 않은지 내용은 중간중간 끊겼다. 그래도 어떻게든 대략 알아들을 수는 있었다. 곳곳에서 혁명의 불길이 일고 있다고. 온 나라 국민이 혁명 깃발을 들어 흔들고 있다고 했다. 이어 혁명 깃발의 뜻에 대한 설명도 이어지고 혁명군들이 군정의 죄인들을 소탕하고 있다는 말이 흘러나왔다. 잠잠히 그 내용을 듣던 모건의 입에서 옅은 한숨이 작게 새어 나왔다.

"할리."

"……."

모건이 나를 불렀다. 그의 눈빛은 지쳐 보이면서도 건조했다. 대답 없는 나를 향해 그가 다시 마른 입술을 열었다.

"나랑 도망갈래?"

장담하건대 내 얼굴은 기괴하게 일그러졌을 것이다. 모건은 무심하게 시선을 옮겨 천장을 올려다보면서 느리게 말을 이었다.

　"재판을 한다곤 하지만 결국은 공개 처형으로 결론이 날 거야. 혁명군은 군정 핵심 인물들의 싹을 잘라 버리고 싶을 테니까. 뭐…… 그들에게 협력한 쥬페도라 대장은 예외가 되겠지. 그가 분산되었던 세력을 모아 주고 군정 비리를 폭로해 줌과 동시에 혁명의 불씨를 당겨 주었으니까. 하여튼 뱀 같은 남자야."

　"……"

　"이제 자유 정부가 세워질 거래. 시민 투표를 해서 대통령을 뽑을 거라더군. 그리고 자유 정부는 군정부가 세워지면서 귀족들이 잃어버린 것에 대한 충분한 보상을 해 줘야 하겠지. 귀족들 역시 적지 않은 힘을 보탰으니까. 군은 정치에서 손을 떼고 국방의 의무만을 가지기로 했나 봐. 쥬페도라가 총사령관직을 맡겠지. 듣자 하니 정식으로 직위에 오르면 총사령부에서 결혼식을 올릴 예정이라던데."

　"……"

　"이게 현재 흘러가는 상황이야."

　"……"

　"군정부는 무너졌어."

　"……"

　"네 기분은 어때? 속 시원해?"

　시원해야 하는데 지금 상황 탓인지 아니면 여전히 억울함이 남아 그런지 별로 썩 좋은 기분은 느끼지 못했다. 모건은 후련하기도 하고 서글프기도 한 표정을 지었다.

　"어쨌든 그래서 나는 들개가 되었고."

　"……"

"쥬페도라에게 복수하기로 했어."

담담하게 말을 잇던 모건은 머리를 벽에 기댄 채 눈동자만 굴려 다시 날 바라보았다.

"릭크리만 대장에 대한 복수가 아냐. 그가 내 주인이었던 건 사실이지만 목줄은 이제 끊어졌으니까. 나랑은 상관없어."

"……."

"그냥…… 내 인생에 대한 복수야."

모건은 품을 뒤적거려 담배를 꺼내 물었다. 불을 붙이고 연기를 길게 내뱉은 그는 곧 나에게 물었다.

"한 대 줄까?"

"필요 없어."

"그래. 싫으면 말고."

모건은 피식 웃으며 담뱃갑을 바닥에 내려놓았다. 그는 손가락에 담배를 끼워 든 채 말했다.

"내 고향은 남부 끝자락 로이어 마운틴의 로첼이라는 산골이야. 지금은 없어진 곳이고 나는 아홉 살 때까지 거기서 살았지. 평범한 산골 소년이었어. 아마 쥬페도라에 의해 부모님이 살해당하지 않았다면 지금도 거기에서 살았겠지. 사냥꾼이나 나무꾼 일 같은 걸 하면서 말야."

듣고 싶지 않았다. 그의 과거 따윈. 하지만 모건은 입을 다물지 않았다.

"당시 그의 계급이 뭐였는지는 기억나지 않지만, 그 냉담한 얼굴만은 아직도 잊히질 않아. 우스운 일이지. 부모님 얼굴은 이제 기억나지도 않는데 그의 얼굴만은 생생하니 말이야."

"……."

"나는 집 뒤에 있는 큰 나무 위에 숨어 있었어. 숨어 있었다기보단 새 둥지에 있을 알을 주우러 올라갔다가 때마침 그가 이끌고 온 군인들을 보고 무서워서 내려가지 못했어. 마당에 부모님이 끌려 나왔고 총에 맞아 죽었지. 이웃들도 모두 죽었어. 그들은 집집마다 불을 붙였고 그렇게 하룻밤 사이에 로첼은 사라졌어. 사실 나도 올라가 있던 나무에 불이 붙어서 죽을 뻔했지만 운 좋게 나무가 연못가로 쓰러져서 살았지. 그 뒤 산을 헤매다가 한 마을에 다다랐고 거기에서 고아원 원장에게 주워졌어. 그다음은 암암리에 섬으로 팔려 갔고 지금에 이르렀지."

모건이 반쯤 탄 담배를 바닥에 비벼 끄고는 자리에서 일어서 뚜벅뚜벅 내게 다가왔다. 모건은 나를 내려다보며 한 손으로 내 볼을 쓰다듬었다.

"너 역시 나에게 원한이 있겠지. 복수하고 싶다고도 생각하려나? 물론 그게 당연하다고 생각해. 그렇지만 나는 사과하지 않을 거야. 사과한다 해도 너에게 위안이 되지 않을 게 뻔하니까. 나 역시 그렇거든. 그럴 일도 없겠지만, 만에 하나 그가 나에게 사과한다 해도 나는 절대 용서할 수 없어."

용서할 수 없다는 말을 하며 그의 눈빛이 한순간 잔인한 빛을 띠었지만, 곧 사라졌다. 그가 웃음기 없는 진지한 얼굴로 나와 눈을 똑바로 마주하며 말했다.

"하지만…… 만약에 네가 나를 용서하고 함께 가겠다고 한다면 나도 잊을게. 쥬페도라에 대한 원한도 내 과거도 다 잊고 죽을 때까지 그저 너에게 사죄하며 살게."

"……."

"이해하겠어? 할리. 나는 그만큼 너를 사랑해. 이 세상에 나만큼 널 사랑하는 사람은 없어. 쥬페도라와는 비교조차 할 수 없을 만큼 진심으로."

그 순간 입술을 비틀어 푸핫─! 하고 짧고 크게 웃었다. 그리고 그의 얼굴에 침을 탁 뱉었다.

"너 따위가 그와 비교되리라곤 생각하지 않아. 그 사람은 진정으로 날 위해 주고 있어."

모건은 조용히 손을 들어 제 얼굴을 닦아 내고는 한숨을 내쉬었다. 눈을 내리깔고 잠시 손을 내려다보던 그가 다시 시선을 들어 날 바라보았다.

"확신해?"

"뭐?"

모건의 입가는 의미가 불분명한 미소를 짓고 있었다.

"그럼…… 시험해 볼까? 그가 진정으로 너 자체를 사랑하는지."

모건이 허리춤에서 나이프를 빼 들었다. 나는 놀라 어깨를 들썩거리며 더는 물러날 수도 없는 등을 기둥에 더욱 바짝 붙였다. 불안한 예감대로 그의 칼날 끝이 내 하복부로 향했다. 정확히는 자궁의 위치였다.

"뭐…… 뭐 하려는 거야……!"

"움직이지 마. 다쳐."

"치워!"

"간호사에게 들었어. 요즘 아기 가지려고 엄청 노력한다면서? 부족하나마 내가 힘 좀 보탤게."

"치우라고!"

질색하며 내 배에 가까이 가져다 댄 칼끝을 내려다보았다. 당황하는 나를 진정시키듯 모건은 반대 손으론 내 어깨를 잡아 슬슬 쓰다듬다가 손을 옮겨 턱을 잡아 들게 했다. 나와 눈을 맞추고 한 발 더 바짝 다가온 그가 나직하게 속삭였다.

"가만히 있으면 다치지 않아."

"……."

"힘 빼고, 가만히만 있어."

모건이 내게 입을 맞췄다. 가까이 마주친 그의 눈이 마치 웃음 짓듯 샐쭉하게 휜다. 그 뒤에 나는, 모건에게 강간당했다.

끊임없이 소리쳤던 것 같다. 반드시 죽여 버리겠다고.

그는 담담히 웃을 뿐 어떤 대꾸도 하지 않았다.

멍하니 천장을 올려다보다가 창문을 바라보았다. 오늘이 며칠째지. 보름까지는 셌는데 그 이후는 정확히 모르겠다. 갑작스러운 추위에 열이 난 탓에 밤인지 낮인지도 모른 채 지나쳐 버린 나날이 또 며칠 있었다.

나는 여전히 구속되어 있었지만, 그래도 누워 있을 수는 있게 됐다. 처음 이곳에 온 날 이후로도 몇 번인가 더 모건에게 덮쳐졌고 그는 어느 순간부턴가 자기가 쓰던 낡은 매트에 털로 된 옷가지나 담요 등을 깔고 나를 눕혀 놓기 시작했다. 재갈은 먹을 때 말고는 계속 물려 있는 채였다. 손도 마찬가지고 다리도…… 덮칠 때 말고는 묶어 놓았다.

누가 날 찾고는 있을까. 시간이 흘러도 계속 모건과 둘뿐인 상황에 차츰 희망을 놓았다. 거기다 가끔은 내가 아플 때 세심하게 날 돌봤던 모건을 떠올리며 마음이 무뎌지기도 했다. 수면만큼은 따로 취하던 모건은 내가 아픈 이후로는 온기를 나눈다는 핑계로 뒤에서 나를 끌어안고 잤다. 간혹 그는 새벽에 나를 끌어안은 채 몸을 떨며 흐느끼기도 했다. 잠결인지 뭔지 모르겠지만 굉장히 이상한 기분이 되었다.

만약 내가 결국 굴복당해 그를 허락하면 어떻게 되는 걸까. 지금처럼 어디 산속에라도 들어가 평생을 부대끼며 사는 걸까? 정말 끔찍한 상상이었지만, 그 상상은 시간이 갈수록 점점 구체화되어 머릿속에 맴돌았다.

차라리 속 편하게 죽여 버리지. 모건은 사람을 참 구차하고 비참하게 만드는 놈이었다.

"추워?"

드럼통에 불을 피워 놓고 물을 끓인 뒤 수건을 적셔 내 몸을 씻겨 주던 모건이 물었다. 재갈이 풀려 있었지만 대답하지 않았다. 어느 순간부터 재갈이 풀려도 그와 거의 말을 섞지 않았다. 조곤조곤 부드럽게 속삭이며 온기를 나눠 주는 모건에게 마음이 약해지고 싶지 않았다. 하지만 그렇다고 저항할 의지도 더는 생기지 않았다. 몸이 약해진 탓인 것 같았다.

모건은 내가 반항하면 꽤 골치 아프다는 사실을 진작부터 알고 있었을 것이다. 그 때문인지 그는 내게 아주 최소한으로만 먹였다. 죽지 않을 만큼만, 힘을 쓰지 못하도록. 덕분에 계속 갈증과 허기로 힘들었다. 거기다 움직임마저 제한당하니 몸을 이루던 근육이 뭉텅뭉텅 빠져나가는 게 느껴졌다. 이젠 앉아 있기만 해도 금방 어지럼이 돌았다.

"많이 야위었네……. 미안."

굳게 입을 다물고 있어도 모건은 질리지도 않고 계속 말을 붙였다. 그는 이 생활이 좋은 걸까. 세상과 단절하고 벽이나 다름없는 내게 폭력 같은 애정을 속삭이며 이 낡은 창고에 틀어박혀 있는 게 정말로 만족스러운 걸까.

창고 한편에 쌓여 있는 박스와 자루들을 바라보았다. 저것들은 거의 줄지 않은 채 아직도 잔뜩 남아 있었다.

모건은 마른 수건으로 물기를 닦아 주다가 문득 내 배를 손으로 문질렀다.

"생겼을까? 우리 아기."

"닥쳐……."

"이제야 목소리를 들려주네. 아직도 화가 많이 났어?"

"닥치라고……."

"그래도 만약 정말로 생기면…… 낳아 줄 거야?"

"네놈 애는 필요 없어……."

"마음이야 이해하지만 그게 뜻대로 되는 게 아니잖아."

"필요 없다고 말하잖아."

나는 이미 모건에게 잡혀 오기 전에 월경이 멈춘 것을 확인한 바가 있다. 그리고 이후로도 하지 않았다. 심중으론 쥬드의 아이를 가졌다고 확신하고 있지만, 모건에게 말을 하진 않았다. 이 미친놈은 쥬드에게 원한이 있었고 내가 쥬드의 아이를 가졌다고 하면 곧바로 아무렇지도 않게 내 배를 걷어차서 아이가 떨어지게 만들어도 이상하지 않을 놈이었다. 짧은 도발을 위해 아이를 죽일 순 없었다.

그래……. 사실 만에 하나, 천만분의 하나는 아이의 머리카락 색이 노란색일 수도 있다. 나는 이곳에 온 그 날 모건에게 강간을 당했으니 그때 뒤늦게 수정이 되었을 수도 있다. 하지만 그때는 이미 월경을 해야 정상인 날이었다. 월경 기간에 드물게 생길 수도 있다곤 하지만 그건 정말 드문 일이라고 알고 있다.

그리고 나는 각오를 다졌다. 만약 정말로 모건과 닮은 애가 나온다면 그때는 내 손으로 직접 죽이겠다고.

　모건은 나를 잠시간 빤히 바라보다 곧 피식 웃으며 내 몸에 담요를 꼼꼼하게 둘러 주고 떨어졌다. 그는 의자에 앉아 나를 바라보며 말했다.

　"냉정하네. 여전히."

　"……."

　"할리. 날 그렇게 너무 미워하지 마. 네가 그렇게 좋아하는 쥬페도라도 멀쩡했던 가정을 파괴한 나쁜 놈이야. 나보다 더 많은 타인을 죽이고 무너뜨리고 이용하면서 살아온 죄인이야. 그리고 너 역시 마찬가지야. 스스로 생각해 봐. 너는 나에게 오롯하게 분노할 만큼 떳떳하고 깨끗하게 살았어? 그 손에 피 한 번 묻힌 적 없이 순수하게 살았다고 말할 수 있어? 아무리 의도한 적 없더라도 말야. 너 역시 누군가에겐 죄인일 수 있어."

　다시금 입을 다물었다. 나는 사실 누구와도 이런 근본적인 이야길 나누고 싶지 않았다. 깊이 생각할수록 스스로가 복잡해짐을 알기에 의도적으로 그런 생각을 하려 하지 않았다. 덕분에 지금 이 순간 갑작스럽게 날아온 쇳덩이에 무방비하게 후려 맞은 느낌이었다. 그와 대화를 나누고 싶지 않다는 것과는 별개로 막상 대꾸할 말을 찾지 못했다.

　내가 말을 하지 않자 모건도 결국 포기했는지 그 날은 더 말을 걸지 않았다.

　시간은 또 하릴없이 흘러갔다. 그사이에 모건은 나를 혼자 두고 몇 번인가 이곳을 비우기도 했다.

　또다시 맞이한 하루. 창밖은 몇 번째인지 모를 밤이 다시 찾아와 깜깜했다. 그 날 모건은 팔짱을 끼고 앉아서 계속 나만 바라보고 있었다. 이젠 굳이 더 나를 건드릴 생각은 없는 모양인지 멀찌감치 거리를 둔 채 좁히지 않았다.

그와 내 사이는 늘 그렇듯 차갑고 느슨했다.

밤이 더 깊어졌다. 모건은 여전히 나에게 다가오지 않았다. 그는 손목시계를 확인하는 간격이 점점 짧아지며 스트레칭으로 몸을 풀기 시작했다. 그리고 문득 쌓인 물품 사이에서 길쭉한 가방을 하나 끄집어내더니 그 속에서 날의 길이만 1미터가 넘고 폭이 얇은 검을 한 자루 꺼냈다.

검집은 장검치고 특이하게도 가죽으로 되어 있었다. 그는 검집에서 그것을 꺼내 들고 팔을 늘어뜨린 채 문 쪽으로 몸을 돌렸다. 나는 그의 등을 바라보다가 눈을 돌려 주변을 둘러보았다. 고요했다. 문득 모건이 말했다.

"순전히 내 예상이지만 쥬페도라는 널 찾는 것에 군대를 동원하지 않을 거야."

"……?"

"그는 이미 네가 겁탈당했다는 전제하에 움직이게 될 테니까. 얼마 전에 나가서 그런 의미의 단서를 조금 남기고 왔거든. 네가 아는지 모르겠지만 쥬페도라는 좀 이상한 데서 결벽증을 보이는 인간이라서 말야."

이를 소리 나게 갈았다. 모건은 여전히 여유로운 목소리로 말했다.

"구출했을 때 네가 어떤 꼴일지 알 수가 없잖아, 아마도 가장 신용하는 누군가에게 구출 작전을 맡기겠지. 뭐 십중팔구는 루이일 거야. 걔만큼 절실하게 널 구할 의지가 있는 사람이 없을 테니까. 그럼 루이는 혼자 오거나 많아야 다섯 명 이하로 이루어진 팀을 짜서 올 테고. 알겠어? 백만 대군이 우르르 몰려온다거나 하진 않는다는 말이야."

"……."

"거기다 루이의 움직임에 연계로 서포트할 수 있는 사람은 그리 많지 않아. 적어도 녀석의 부하 중엔 아무도 없지. 할리 너를 포함해서 말야. 그럼 녀석은 혼자 나를 상대해야 해. 다른 녀석들은 그 녀석이 내 발을 묶고 있는 동안 널 구출하는 것 외엔 하등 쓸모없어. 오히려 방해지. 물론 이건 어디까지나 내 예상이니까 틀릴 수도 있어. 쥬페도라가 자신의 별 볼 일 없는 결벽증을 극복할 정도로 널 사랑해서 군대를 움직일 수도 있어. 그럼 나는 검 한 자루로 군대를 막으려 한 미친놈이 되는 거고 루이는 그런 날 보며 폭소하겠지."

"넌 죽을 거야. 그가 결벽증이라고? 그럼 왜 나와 만났겠어. 남자와 좀 구른 정도로 그가 날 모른 척한다면 이미 애저녁에 버려졌어."

"그 시절의 넌 그의 여자가 아니었잖아. 지금과는 입장이 다르지."

"……."

"뭐……. 그건 네가 직접 느껴 보는 게 낫겠지. 말로 하긴 좀 애매하네. 어쨌든 나는 내 예상을 꽤 신용하고 있어."

잡담은 그걸로 끝이었다. 갑자기 창문을 깨고 무언가 안으로 굴러 떨어져 연막이 피어오르기 시작했다. 모건은 당황하지 않았다. 그는 몸을 낮추고 달려가 안으로 떨어진 연막탄을 문을 향해 걷어찼다. 때마침 문이 열리며 그가 걷어찬 것을 머리로 얻어맞은 누군가가 낮은 신음을 터뜨렸다. 모건이 빠르게 문을 향해 달리며 검을 휘둘렀다. 연기 때문에 그는 금세 보이지 않게 되었다. 나는 숨을 참고 주변을 두리번거렸다.

문득 누군가가 나에게 다가왔다. 얼굴을 가리고 있어서 누군지 확인할 수는 없었지만, 왜소하고 얇은 느낌의 여자였다. 그녀는 내 몸을 싸매고 있는 담요를 걷어 내고 단검으로 몸을 구속한 줄을 끊어

냈다. 그녀의 동료로 보이는 남자가 다가와 내 어깨에 코트를 둘러 주었다. 이내 두 사람에게 부축을 받으며 건물 밖으로 빠져나왔다.

밖으로 나오자 루이가 베어의 부축을 받으며 일어나고 있었다. 그는 한 손으로 머리를 짚고 있었는데 손가락 사이로 피가 흘러 떨어졌다. 모건은 보이지 않았다. 베어가 루이에게 손수건을 건네며 물었다.

"쫓을까요?"

"됐어. 어차피 도망 못 가."

루이가 얼굴을 덮었던 손을 내리자 그의 왼쪽 이마에 뭔가에 맞고 터진 상처가 보였다. 루이는 피가 흘러 고이는 탓에 왼쪽 눈을 내리 감은 채 베어에게서 손수건을 받아 다시금 상처를 누르고 나에게 시선을 돌렸다. 하지만 눈이 마주치기 무섭게 루이는 등을 돌리고 앞장 서며 말했다.

"돌아가자."

차에 타고 나서야 나를 구한 나머지 두 사람의 얼굴을 확인할 수 있었다. 사실 베어의 얼굴을 보았을 때 예상하긴 했는데 짐작이 맞았다. 미미와 카이였다. 운전하는 베어를 비롯한 세 사람은 나에게 멋쩍게 웃어 보였다. 루이는 내 오른쪽 옆자리에서 손수건으로 자신의 이마를 누른 채 아무 말이 없었다. 내 왼편에 앉은 미미가 말했다.

"도망친 녀석은 걱정할 필요 없어. 총사령관님의 군대가 근방에 함 정을 치고 있어. 곧 잡힐 거야."

"그가…… 왔어?"

어느새 나도 모르게 모건에게 휘둘려 버렸던 건지 미미의 말에 적 잖게 놀라고 말았다. 미미는 내 물음에 고개를 끄덕였다. 비로소 긴 장이 탁 풀렸다. 루이가 보였을 때는 쥬드가 오지 않은 줄 알았다. 그리고 은연중 실망했다. 루이를 향해 고개를 돌렸다. 상처를 덮고 있는 손수건이 어느새 전부 빨갛게 젖어 이젠 그의 셔츠 깃까지 더럽히고 있었다. 괜찮으냐고 묻고 싶었지만 결국 달싹이기만 하고 입을 다물었다.

차는 중간에 멈추지 않고 계속 달렸다. 문득 잠들었다가 깨 보니 날이 환하게 밝아 있었다. 저택에 도착한 건 출발한 지 꼬박 하루가 지난 다음이었다. 고용인들에게 부축되어 침실로 가니 주치의가 기다리고 있었다. 그는 내 상태를 살피며 기력이 쇠했으니 몸을 보할 음식을 먹으라고 했다. 납치당하며 다쳤던 곳은 모건에 의해 거의 치료가 된 상태였으므로 뭔가를 더 할 필요는 없었다. 의사는 일단 내게 충분히 쉬라고 했다.

의사가 돌아간 뒤 고용인이 내주는 죽을 먹고 자리에 누워 잠을 청했다. 안락한 침대와 따뜻한 집 안 공기, 그리고 포근한 이불은 비로소 내가 편안하게 수면을 취할 수 있도록 최선을 다해 도왔다.

문득 머리와 얼굴을 쓰다듬는 감촉에 천천히 눈을 떴다. 언제 왔는지 옷도 갈아입지 않고 날 내려다보고 있던 쥬드와 눈이 마주쳤다. 침대 가에 앉아 내 얼굴을 쓰다듬던 그가 부드럽게 물었다.

"깼어?"

몸을 일으키려고 했지만 쥬드가 누워 있으라면서 날 만류했다. 나는 머리를 다시 베개에 기댔다.

"언제 오셨어요……?"

"아까."

"죄송해요…… 저…… 그게…….."

"아. 괜찮아. 당신 잘못이 아니니까. 아무것도 걱정할 필요 없어."

"……."

"범인도 잡았고. 그는…… 아니다. 당신은 신경 쓰지 마. 내가 알아서 할게."

쥬드는 흘러내린 내 머리칼을 귀 뒤로 넘겨 주었다. 그대로 거둬지려는 쥬드의 손을 붙잡았다. 쥬드는 가만히 미소 지었고 나는 갑자기 슬픔이 밀려와 약간 흐느꼈다. 쥬드는 한참 동안 옆을 지키며 나를 위로해 주었다.

나는 줄곧 무서웠다. 모건에게 굴하지 않겠다고, 또 그가 지껄이는 말에 휘둘리지 않겠다고 다짐하면서도 한편으론 무섭고 불안했다. 쥬드가 곁에 없으니 불안함은 자꾸만 커졌다. 지금 그가 이렇게 내옆을 지키고 있음을 실감하자 그 불안은 사라졌으나 대신 거기에 수치심이 자리를 차지하고 앉았다. 자신을 지키지 못한 나에게 분하고화가 났다. 나는 그의 얼굴을 쳐다볼 수가 없어서 그의 손에 얼굴을묻고 흐느끼며 작게, 하지만 끊임없이 말했다.

미안하다고.

당분간 안정을 취하라는 의사의 소견에 따라 나는 저택 밖으로 나가지 않고 집 안에서만 생활했다. 물론 납치당하기 이전에도 대비는했었지만 이번엔 집 안에서 돌아다닐 때도 두어 명의 경호원이 항시따라다녔다. 저택의 경비 역시 더욱 강화되었다. 그렇게 집 안에 틀어박혀 모건으로 인해 피폐해졌던 정신을 천천히 회복하고 있을 무렵 외부의 정세는 아주 빠르게 변화하고 있었다. 정식 자유 정부가세워지고, 귀족의 정치 참여 제한이 사라졌으며, 필요 이상 수도에밀집되어 있던 군부는 나라의 경계를 수호하는 일에 동원되었다.

새로 세워진 자유 정부 안에선 혁명파와 귀족파가 여러 가지 문제로 자주 다투고는 있지만 일을 질질 끌지는 않는 모양인지 착실하게 안정된 분위기를 보였다.

시민 투표의 날. 오랜만에 외출을 한 나는 자유 정부에서 거르고 걸러진 세 명의 후보자 중에 웨스턴이라는 남자에게 투표권을 행사했다. 이유는 특별히 없다. 그저 오래전 내가 군인이 되기 전에 그를 한 번 만난 적이 있었기 때문이다. 세아나의 광장에서.

'우리는 모두! 자유로울 권리가 있습니다!'

비가 많이 오던 그날, 웨스턴은 말끔한 차림으로 내리는 비를 다 맞으면서 주변 누구도 귀담아듣지 않음에도 그렇게 외쳤었다. 나는 그날의 그를 지금도 기억하고 있었고 굳이 투표 이유를 꼽자면 그날의 그가 인상 깊었기 때문이라고 말하겠다.

그 날 오후 레스토랑에서 쥬드와 저녁 식사를 하던 중 그가 내게 누구를 뽑았느냐고 물었다. 나는 그냥 작게 웃어 보이곤 아무 말도 하지 않았다. 쥬드는 캐묻지 않고 금세 화제를 돌렸다.

"샘 박사가 시간 날 때 병원에 들러 줬으면 하더군. 제대로 정기 검진을 한번 해 보자고."

"……네."

흐리게 대답하고 물을 한 모금 마셨다. 그리고 입술을 잠시 달싹였지만 이내 다물었다. 돌아온 이후로 섹스가 전혀 없었던 데다 지금도 옷차림이 헐렁한 탓에 쥬드는 아직 눈치채지 못한 것 같지만, 나는 배가 약간 불러 와 있었다. 딱히 입덧이라든가 눈에 띄는 징후를 보인 적은 아직 없다. 그래도 아마 임신했을 거라고 생각한다. 월경이 전혀 없었다. 하지만 왜인지 정식으로 검사받는 게 망설여졌다. 알 수 없는 불안증이 들어 자꾸 감추고만 싶었다.

불현듯 모건과의 일이 떠올랐지만 이내 머릿속에서 지워 버리며 그럴 리 없다고 되뇌었다. 임신이라면 당연히 쥬드의 아이일 것이다. 나는 이제 그만 쥬드에게 소식을 전해야겠다고 생각했다. 만약 혹시라도 임신이 아니라 그냥 단순히 살이 붙은 걸 수도 있으니 검사를 마친 뒤에, 의사가 임신이라고 확언한다면 그때 말이다.

"내일 가 볼게요."

"같이 가 줄까?"

"바쁘지 않아요?"

"하루 정도야 괜찮겠지."

"혼자 가도 돼요."

"나는 같이 가도 돼."

그의 말에 조금 웃어 보이니 쥬드 역시 미소 지어 주며 와인을 한 모금 마셨다.

다음 날 그는 애써 시간을 내 나와 함께 병원을 찾았지만 사실 여기서 그가 할 일은 기다리는 것밖에 없었다.

"시간 오래 걸릴 텐데. 괜찮겠어요?"

"정 지루하면 책이라도 읽을 테니 신경 쓰지 마."

그에게 미안한 마음을 감출 수가 없었다. 나를 위해 시간을 내준 건 기쁜 일이지만 안 그래도 바쁜 사람이기에 이런 기다림으로 시간을 낭비하게 하고 싶지 않았다. 쥬드는 한 번 더 신경 쓰지 말라고 했다. 그래도 그에게 괜찮으냐고 몇 번이나 더 묻고 나서야 첫 번째 검사실로 향할 수 있었다.

검사는 늘 그렇듯 하루의 시간을 다 잡아먹었다. 전부 다 끝낸 뒤 지친 기분으로 병원 로비에 돌아왔을 때 쥬드는 여느 보호자들과 마찬가지로 로비 의자에 앉아 있었다. 그의 옆자리로 몇 권의 책이 쌓여 있었고 손에 든 책은 반 이상이 넘어가 있었다. 잠시 그를 바라보다가 인기척을 내며 다가갔다.

"쥬드."

"아, 끝났어?"

쥬드가 고개를 들어 나를 보았다. 내가 고개를 끄덕이자 그는 책을 덮어 옆에서 대기하고 있던 부하에게 넘겼다.

"그럼 갈까. 종일 아무것도 못 먹어서 배고프지? 나도 배고프군."

"당신까지 굶을 필요는 없었는데……."

쥬드가 내미는 손을 잡으며 미안함을 담아 말했다. 쥬드는 그저 빙긋 웃어 보였다. 우린 그길로 분위기 좋은 레스토랑으로 가 함께 식사를 했다. 어쩐 일인지 메인보다 전채로 나온 샐러드가 더 맛있게 느껴져서 결국 샐러드만 두 접시를 먹었다. 의아하게 바라보는 쥬드에게 민망했지만, 접시는 남김없이 싹 비웠다.

식사 후 바로 군부로 돌아가야 했을 그였지만 쥬드는 잠깐 데이트를 하자며 저녁까지 나와 함께 시간을 보냈다.

며칠 후, 늦은 밤에 갑자기 쥬드에게서 나오라는 연락을 받고 밖에 나가 보니 대문 앞에 차가 한 대 대기하고 있었다. 그것을 타고 도착한 곳은 주치의 샘 박사의 병원이었다. 쥬드는 나보다 먼저 그곳에 도착해 있었다.

"여긴 왜……."

"들어가지."

병원 출입 통제 시간이라 복도의 불은 거의 꺼져 있었지만 그는 가타부타 말없이 나를 이끌고 어느 병실로 들어섰다. 특실인 모양인지 다른 병실과는 한참 동떨어져 있었고, 내부는 넓었으며, 곳곳에 예술품들이 장식되어 화사하고 우아한 분위기를 풍기는 방이었다. 병실의 소파에 앉아 기다리고 있던 주치의 샘 박사가 우리를 보고는 자리에서 일어났다. 그는 약간 긴장한 표정이었다.

쥬드가 먼저 소파에 앉으며 나에게 앉으라는 손짓을 했다. 여전히 의아한 빛을 감추지 못한 채 그의 옆에 앉자 그제야 샘 박사가 다시 자리에 앉으며 손수건으로 자신의 이마를 훔쳤다.

"검사 결과가 나왔다고?"

"아…… 예."

단순히 검사 결과를 듣자고 굳이 이 밤중에? 쥬드는 등을 소파에 편하게 기대며 물었다.

"말해 봐."

박사는 잠시 내 눈치를 보았다. 곧 쥬드가 재촉했고 그는 그제야 어렵게 입을 뗐다.

"일단…… 사모님께선 임신하셨습니다."

순간 기쁨과 슬픔이라는 상반된 감정을 느꼈다. 또 진작에 예상하였음에도 당혹감이 들었다.

내가 정말 아이를 가졌구나 싶어서. 그리고 불안했다. 내가 잘할 수 있을까 하는 생각에.

이 막연한 불안을 해소하기 위해 쥬드를 향해 고개를 돌렸지만 쥬드는 조금도 기쁜 얼굴이 아니었다. 그는 소파 팔걸이에 손을 세우고 이마를 기대며 박사에게 물었다.

"언제."

"그게…… 정확한 날짜까진 어렵겠지만…… 아마도 납치 중이셨을 때……."

"아니에요."

재빨리 말했다. 쥬드와 샘 박사가 나를 바라보았다. 나는 한 번 더 똑바로 말했다.

"그때가 아니에요. 더 이전이에요. 그때는 이미 월경이 끊겼을 때였어요."

"잠시만."

쥬드가 손을 들어 내 말을 막고 질문을 하나 던졌다.

"알고 있었어?"

"아……. 예상만요. 정말 임신한 건지 확실한 건 아니라서 말을 못 했어요. 결과 나오면 확실해질 거라고 생각해서."

"당신이 돌아온 지가 대체 언제야. 왜 진작 검사받을 생각을 안 하고 숨긴 거지?"

"별다른 징후가 없었어요……. 최근 배가 좀 불러 온 거 같아서 혹시나 했을 뿐이에요……."

"월경이 끊겼었다며."

"납치당하면서 몸이 안 좋아졌으니까 불규칙 현상이 온 건 줄 알고……."

"그게 몇 달이나 지속됐을 거라고. 정말 그렇게 생각했어? 그게 정말 내 아이인지 의심스러웠던 건 아니고?"

변명하려던 그때 샘 박사가 조심스럽게 끼어들어 쥬드에게 말했다.

"어차피 그때는 검사해 봤자 제대로 된 결과를 알 수 없었을 겁니다."

쥬드는 잠시 입을 다물고 나를 빤히 바라보다가 말했다.

"어쨌든 구출 이후는 아닐 거야. 그렇지?"

고개를 끄덕였다. 납치에서 돌아온 후엔 쥬드와 관계를 가진 적이 없다. 지금 생각해 보면 쥬드 쪽에서 피했던 것 같기도 하다.

"저 쥬드…… 하지만 정말로 당신과 생긴 아이예요……."

나는 뭐라도 해명을 하고 싶어서 쥬드를 불렀지만, 쥬드는 대답 없이 슈트의 안주머니를 뒤적여 담배를 꺼냈다. 한동안 피운 적이 없었는데…….

쥬드는 잠시 담배를 피우며 연기를 길게 내뱉다가 문득 샘에게 말했다.

"준비는 해 뒀겠지."

마치 당연하다는 듯한 어투. 샘은 고개를 무겁게 끄덕였다.

"아…… 예. 하지만…… 지금 수술을 진행하시면 사모님의 몸에도 무리가 갑니다. 안 그래도 임신이 어려우신 분인데……. 이번 수술로 인해 더욱 확률이 낮아질 것입니다. 어쩌면 평생 두 번 다시는……."

"상관없어."

"잠……깐만요……! 수술이라니."

다급히 그들의 대화에 끼어들었다. 그도 그럴 것이, 본인의 의사는 묻지도 않고 황당한 이야길 하고 있질 않은가. 그제야 쥬드의 시선이 나를 향해 돌아왔다. 그가 손가락을 들어 내 배를 가리키더니 무감정한 눈으로 내려다보며 말했다.

"없애."

"……쥬, 드. 아니에요. 정말 그 일로 생긴 거 아니에요."

두 팔로 배를 감싸며 애써 침착하게 말했다. 쥬드는 담배를 문 채 나를 바라보았다. 나는 연신 고개를 저으며 그에게 말했다.

"아니에요……. 정말로…… 아니에요."

"……."

쥬드는 아무 말도 하지 않고 그저 한숨 쉬듯 연기를 내뱉었다. 이대로는 안 되겠다 싶어 자리에서 벌떡 일어나 빠른 걸음으로 도망쳐 병실 문을 열었지만, 곧바로 발을 멈출 수밖에 없었다. 그의 부하들과 건장한 남자 간호사 몇 명이 문밖에 버티고 있었다. 절로 두어 발짝 뒷걸음질 치며 쥬드를 돌아보았다. 쥬드는 두 번째 담배를 꺼내며 샘에게 담담히 말했다.

"잘 알겠지만 조용하게 처리해 줬으면 좋겠군."

"예……."

샘이 내 눈치를 보며 작게 대답하곤 이내 간호사들에게 턱짓했다. 곧 누군가가 내 팔을 잡아채려 했고 나는 재빨리 그 손을 후려치듯 뿌리치며 창가를 향해 뛰었다. 창문을 막 연 순간 쥬드의 부하들이 한꺼번에 달려들어 내 양팔과 어깨 등을 잡아채 창문에서 떨어뜨렸다. 그렇게 마치 정신병자 대하듯 억세게 잡혀 끌려가기 직전, 나는 크게 소리쳤다.

"내 몸에 손대지 마!"

그래도 구속은 전혀 풀리지 않았다. 나는 이번엔 쥬드를 향해 외쳤다.

"쥬드! 쥬드! 내 말 좀 들어 줘요! 아니에요! 당신 아이예요! 그 자식이 아니야! 당신 아이라고! 쥬페도라! 당신 아이야!"

담배를 피우고 있던 쥬드가 곧 한숨을 쉬며 담배를 껐다. 그는 자리에서 일어나 내게 다가왔고 그제야 조금 헐거워진 손을 뿌리치며 그의 앞에 무릎을 꿇고 다리를 붙잡아 매달렸다. 스스로도 주체할 수 없이 목소리가 떨리고 잠겨 왔다.

"내, 내가 죽일게요! 만약, 정말 만약에라도! 당신 아이가 아니라면 내 손으로 죽일게요! 수술 후에 다시는 아이를 가질 수 없다니! 그건 싫어요……! 부탁이에요! 낳아서 확인하게 해 주세요……!"

쥬드는 바지 주머니에 손을 찔러 넣고 서서 나를 가만히 내려다보았다. 문득 그가 입을 열고 아주 부드러운 목소리로 물었다.

"어떻게 확인할 건데?"

"그건……"

머리색이나…… 눈동자 색이나…… 이목구비나…… 들릴 듯 말 듯 흐리게 새 나오는 내 말에 쥬드가 가볍게 웃음 지었다. 그가 한 손을 주머니에서 빼 자신의 이마를 긁적였다.

"그래……. 그것도 한 방법이지. 그와 나는 여러모로 다르니까. 하지만 말야. 애가 만약 당신을 닮아 있다면 나는 어떻게 확신을 해야 하지? 당신만을 닮아서 검은 머리에 검은 눈동자를 가지고 있으면 대체 어떻게 해야 하냐고. 말해 봐."

말문이 막히며 눈물이 흐르고 미안하다는 말만 반복적으로 빠져나왔다. 쥬드는 난감한 미소를 띠더니 나와 눈높이를 맞춰 다리를 굽혀 앉았다. 그가 손으로 눈물을 닦아 주며 다정하게 말했다.

"당신 잘못이 아냐. 나야말로 지켜 주지 못해서 미안해. 그런 일 당하게 해서 정말 면목이 없어. 하지만 그 애는 별개야. 용납할 수 없어. 내 애가 맞더라도 나는 평생을 의심하게 될 거야. 그 애를 사랑할 수 있을 리도 없지. 차라리 입양을 해. 그편이 우리에게 나아."

물론 나는 그의 마음을 충분히 이해했다. 하지만 도저히 포기할 수가 없었다. 그렇기에 이번 한 번만 그가 용서해 주길 바랐다. 낳고 싶었다. 쥬드의 아이가 틀림없을 거라 나는 굳게 믿고 있었다. 이런 상황이라도 그의 아이가 맞을 거라고. 그런 일 당한 건 도저히 그에게 들 얼굴이 없지만, 이건 아니었다. 나는 쥬드에게 엎드려 빌었다. 제발 낳게 해 달라고. 내 평생에 단 한 번뿐일지도 몰랐다. 그의 아이라고 강하게 확신하고 있는데 이렇게 허무하게 죽일 수는 없었다.

"일어나."

일어나지 않았다. 쥬드가 한 번 더 일어나라고 했지만, 고개를 저으며 아이를 낳게 해 달라고 부탁했다. 계속해서 고집을 부리자 쥬드의 목소리가 차츰 낮게 가라앉았다. 기분이 저조해졌다는 증거였다. 그래도 나는 일어나지 않고 그에게 다시금 부탁했다. 낳게 해 주세요……. 결국 쥬드가 직접 내 팔을 잡고 일으키려 했지만 나는 억지로 버텨 바닥에 붙어 있었다.

"나는 쥘 가치조차 없는 일에 쓸데없이 고집부리는 거 아주 싫어해."

쥬드가 그렇게 말하며 내 턱을 손으로 잡아 들게 했다. 그는 잠시 내 얼굴을 바라보다가 문득 작게 한숨을 내쉬며 마지못해 말했다.

"좋아. 낳아."

"저, 정말요?"

이해해 준 건가. 다행이다! 급히 되묻는 말에 쥬드는 고개를 끄덕이며 내 손을 잡아 일으켰고 그제야 순순하게 몸을 세웠다. 쥬드는 창틀에 몸을 기대고 밖을 물끄러미 바라보다가 문득 미소를 지우며 내 손을 놓았다. 그리고 갑자기 내 블라우스 앞섶을 한 손으로 거칠게 휘감아 잡으며 말했다.

"단, 애가 살아남는다면."

"……?"

"그 정도로 강한 애라면 나도 키워 줄 의향이 있어."

그는 어느새 차갑게 식은 얼굴로 날 끌어당기더니 거침없이 창밖으로 밀쳤다.

"어……?"

난간 너머로 허리가 넘어가는 순간에도 현실감이 들지 않아 멍하니 생각했다.

거짓말.

3층 높이에서의 낙하는 짧았다. 숨이 덜컥 넘어가듯 온몸이 둔탁하게 바닥에 부딪혔고 그때까지도 나에게 무슨 일이 일어났는지 현실감을 느낄 수가 없었다. 떨리는 숨을 내뱉으며 눈동자를 옆으로 굴렸다. 차에 몸을 기댄 채 담배를 피우는 루이가 있었다. 곧 의아하게 고개를 든 루이와 눈이 마주쳤다. 이윽고 루이의 눈꺼풀이 크게 열리며 그의 입에 물려 있던 담배가 바닥으로 떨어졌다.

5. 섬

몸에 퍼지는 고통을 느끼며 절로 그런 생각을 했다.

아, 다 끝났구나.

눈물은 계속 흐르고 있었지만, 되레 마음은 이상할 정도로 차분해짐을 느꼈다. 내 안에서 무언가가 사라져 버린 것처럼 아무런 생각도 들지 않았다. 이대로 죽는 것도 나쁘지 않을 것 같았다. 그러나 신체는 의지를 벗어나 흐려지려는 숨을 꺽꺽 들이켜기 바쁘다. 생존 본능이란 건 이토록 추잡했다.

멍해 보이던 루이의 얼굴이 순식간에 일그러졌다.

"할리!"

달려온 루이가 마치 미끄러지듯 몸을 낮추며 나를 가까이 내려다보았다. 그는 내게 손을 뻗었지만, 선뜻 만지지는 않았다. 그는 점차거칠게 숨을 몰아쉬다가 곧 주변을 두리번거리며 소리를 질렀다.

"누구 없어! 누가 좀 나와 봐! 제발!"

분명 그는 루이였지만 어쩐지 루이 같지가 않았다. 나는 그의 저런 얼굴을 본 적이 없다. 루이는 어떻게 해야 할지 모르겠다는 것처럼 허공에 든 손가락만 움찔거리다 망연한 얼굴로 자신의 머리를 감쌌다. 어째선지 울 것 같은 얼굴이었다.

"비켜 주세요."

건물 안에서 사람들이 달려 나왔다. 그중 한 명이 루이의 어깨를 잡으며 비켜 주길 원했다. 루이는 그제야 그들을 돌아보며 순순히 일어나 뒤로 물러났다. 그의 얼굴엔 여전히 슬픔이 가득했다.

"흔들리지 않게 조심히 들어."

몸이 천천히 들려 들것에 옮겨졌다. 정신은 흐려지는데 그렇다고 눈앞이 완전히 까맣게 되진 않았다. 겨우 눈이 감긴 것은 수술대의 불빛이 켜지며 마취 주사를 맞았을 때였다.

당연하다면 당연하게도 아이는 유산되었다. 모건과의 그 처참한 시간에도 굳건하게 버티고 있던 아이는 너무나 한순간에 내 곁을 떠나 버렸다. 정신이 들고 그 사실을 확인받았을 때는 장이 끊어져 나갈 듯 아팠다. 실제로 소리도 낼 수 없을 정도로 너무 아파서 몸을 웅크린 채 옷깃을 부여잡고 한참을 신음하며 울었다.

내 몸은 별달리 다친 곳이 없었다. 떨어진 곳이 정원의 흙과 풀 위였기 때문인지, 그저 단순히 튼튼하기 때문인지 우습게도 정말 어디 하나 부러진 곳조차 없었다. 그저 배 속의 아이만 버티지 못했다. 어이없는 일이었다. 너무나 어이가 없어서 울다가 헛웃음이 나왔다. 죽어도 내가 죽었어야지. 왜 네가.

잠든 기억이 없이 잠들었다가 깨어나니 쥬페도라가 침대 옆을 지키고 있었다. 웅크린 몸을 펴고 상체를 일으켜 그를 가만히 바라보았

다. 쥬페도라는 내 눈을 조금도 피하지 않았다. 자신은 떳떳하다는
양.

쥬드…… 쥬페도라. 나는 문득 이 사람이 대체 어떤 사람인지 알
수가 없다고 생각했다.

"……이혼해 줘요."

그에게 이혼을 요구했다. 그는 여유롭게 거절했다.

"불가능해."

"……당신과는 못 살아요."

"참아. 이혼은 못 해 줘."

"……나한테 뭘 바라요."

그는 온기 없이 입가를 늘렸다. 절로 신경이 가늘어지는 것을 느꼈
다.

"……우리 집안은 이미 오래전에 무너져서 남은 재산도 없어요. 혹
시 있다 해도 상속권 따위 당신에게 다 넘겨줄 테니 이혼해 줘요. 귀
족의 이름이 필요한 거라면 얼마든지 가져다 써요."

"마들로나가는 무너지지 않았어. 당신도 당신 언니도 살아 있잖아.
전 정부에 빼앗긴 재산은 곧 복구될 거야. 그리고 마들로나의 이름을
가져다 쓰는 것 역시 당신이 있어야만 성립되는 거야. 아무리 결혼했
다 한들 그렇게 물건 주듯이 떠넘길 수 있는 게 아니란 거지. 법적으
로 굉장히 복잡할뿐더러 설령 쉽다 한들 당신 언니가 그렇게 되도록
두진 않을 거야. 그래서 그간 내가 누누이 말했잖아. 당신은 아무것
도 할 필요 없어. 그냥 내 옆에 존재하기만 하면 돼."

"……."

"기억할는지는 모르겠는데 당신이 나한테 말했어. 복수만 완성하
게 해 준다면 뭐든 하겠다고."

“…….”

“나는 약속을 지켰어. 그러니 당신도 약속을 지켜.”

“당신은 나에게 진실을 말해 주지 않았어요. 총통이 죽고 릭크리만
과 사리아가 감옥에 있는 지금도.”

“말할 필요가 없으니까.”

“필요 여부는 내가 판단할 수 있어요. 듣고 나서 당신이 정말로 내
복수를 해 줬는지 확인할 거예요.”

감정을 배제한 채 차갑고 건조한 어투로 그를 상대했지만 쥬페도
라는 여전히 여유로운 기색이었다. 그건 즉 내 감정 따윈 그에게 그
다지 중요한 것이 아니라는 거였다.

이렇게 간단한 사실을 왜 그동안 몰랐던 걸까.

“어차피 시간이 지나면 자연히 알게 될 일인데. 굳이 지금 내 입으
로 말하고 싶진 않아.”

헛웃음이 빠져나왔다. 나는 웃음과 함께 흘러내리는 눈물을 손으
로 재빨리 닦아 냈다. 이 사람에게 약한 모습을 보이고 싶지 않았다.
틈을 보이면 또다시 그 사이를 파고들어 나를 멋대로 쥐고 흔들어 댈
테니까.

“나는 당신이 날 사랑한다고 생각했어요. 멍청하게도.”

“사랑하고 있어.”

“하. 이제 와서 무슨.”

“내 마음은 늘 진심이야. 지금 역시도 나는 당신을 사랑하고 있어.
그저 사랑만을 목적으로 결혼한 게 아닐 뿐이지.”

“그 목적 때문에 이혼할 수 없다는 건가요? 그것 때문에 결혼했으
니까?”

“마음은 이해해. 하지만 그렇다고 그간 내가 당신에게 들인 모든

정성을 폄하하지는 마. 나는 감정적으로도 당신과 헤어지고 싶지 않아."

"내가 죽는다 해도요?"

쥬페도라는 나를 잠시 바라보았다. 그리고 이내 눈빛을 가라앉히며 담담하게 말했다.

"그래. 죽는다 해도. 정 못 견디겠다면 차라리 죽어. 그때는 나도 어쩔 수 없이 당신을 놓을 수밖에 없을 테니."

"하……! 아하하……! 하하하……!"

갑자기 웃음이 터져 나와 배를 부여잡았다. 그렇게 한참을 폭소하며 울었다. 나 자신의 등신 같음에 기가 막혔기 때문이다. 한 번 속고, 두 번 속고, 세 번, 네 번…… 대체 나는 남자라는 생물에게 몇 번이나 더 속아야 정신을 차릴까.

아—! 이제야 확실하게 알았다.

이놈 저놈 할 것 없이 남자란 것들은 죄다 사랑이란 말을 참으로 좆같이 써먹는구나?

이 씨발 새끼들이!

"하하하하……!"

한참이 지나서야 두 손으로 얼굴을 쓸며 겨우 웃음을 그쳤다.

"나는 당신을 떠날 거야."

"허락할 수 없어."

"당신의 허락은 필요 없어."

"필요할걸. 내 허락 없인 아무것도 못 할 테니까."

"당신은 정말 씨발 새끼야."

쥬페도라가 비로소 조금 인상을 썼다. 하지만 더는 그의 눈치가 보이지 않았다.

"날 이 지경으로 만들어 놓고는 당신은 전혀 아무렇지도 않으니 아무것도 하지 말고 당신 옆에만 붙어 있으라고? 내가 순순히 협조할 거 같아? 당신 옆에 붙어서 내가 다 망쳐 버릴 거야. 당신이 뭘 하든 전부 다."

"……."

"나는 내 의지로 살아. 복수를 대신 해 줬으니 나에게 약속을 지키라고? 무슨 복수를 해 줬는데. 나는 그 사건에 대해 아무것도 모르는데 대체 당신이 무슨 복수를 해 줬는지 내가 어떻게 알아. 또 뒤통수치는 게 아니라고 어떻게 믿어? 혹시 알아? 진짜 복수할 대상이 그들이 아니라 당신일지. 웃기지 마. 사람을 등신으로 보는 것도 정도껏이지. 당신이야말로 기억하지 못하는 거야? 당신은 날 행복하게 해 주겠다고 했어. 죽어도 같이 죽자고 했지. 그런데 지금 이 꼴을 봐. 당신은 애를 유산시키겠다는 핑계로 명백하게 날 죽이려 했고 나는 또다시 행복이라는 게 뭔지 알 수 없게 되어 버렸어. 그건 약속이 아니었나? 약속이라고 문서에 명시해야 약속이야? 말 한마디 제대로 지키지 않는 당신은 이미 신용이 없어. 더는 속아 줄 생각 없으니 날 이용하고 싶으면 그럴듯한 증거를 보이란 말야!"

끝까지 침착하고자 했지만, 기어이 히스테릭하게 외치고 말았다.

쥬페도라와 나는 절대로 회복할 수 없을 것이다. 우리 사이에 자리 잡고 있던 사랑이 단 하룻밤 사이에 산산조각이 나 이젠 형체조차 남아 있지 않았다.

쥬페도라는 한숨을 쉬며 미간을 문질렀다.

"생각을 너무 극단적으로 몰지 마. 나는 당신을 죽이려 한 적이 없어. 단지 당신이 그 정도에 죽을 사람이 아니란 걸 알고 있었을 뿐이지. 당신의 신체를 너무 얕보지 마. 당신은 테일러 박사가 만들어 낸 걸작인걸."

나만 살면 뭐 해. 아이는 죽었는데.

아이 생각을 하자 머리가 절로 아파져 그를 외면하고 침대에 누워버렸다.

"……꺼져요."

그에게 등을 보인 채 아픈 이마를 짚었다. 분노에 이가 갈렸다.

쥬페도라는 더는 말 않고 병실을 떠났지만 나는 그가 나간 후로도 분노를 가라앉힐 수가 없었다. 밤이 되어도 잠을 이루지 못한 채 뒤척이다 결국 몸을 일으켰다.

병실 문을 열자 바로 루이와 눈이 마주쳤다. 그는 병실 바로 맞은편 벽에 등을 기대고 앉아 나를 올려다보았다. 그의 옆에는 책이 몇 권 놓여 있었다. 시간 때우기용인 것 같지만 흐트러짐 없이 곱게 쌓여 있는 것을 보니 아직 읽은 거 같진 않았다.

한동안 루이를 내려다보고 있노라니 그가 문득 피곤한 듯 마른세수를 하며 건조하게 말했다.

"들어가."

"……."

"아직 밖으로 나오면 안 돼."

"왜요?"

"명령."

"쥬페도라의?"

"……그래."

루이가 한숨 섞인 목소리로 대답했다. 그날 보았던 그의 이상한 표정이 지금은 또 보이지 않았다. 그때 정신이 없어서 환상을 봤나 싶을 정도로 지금의 루이는 이 상황 자체가 귀찮은 사람처럼 보였다.

그를 바라보다가 순순히 병실로 돌아와 문을 닫았다. 그리고 침대 위에 깔려 있던 얇은 시트를 걷어 내 이로 모서리를 조금 뜯어 손으로 죽 찢었다. 몇 번 더 그 작업을 반복했다. 얼마 후 찢어 낸 천들을 엮어 적당한 두께의 줄을 만들자 의자를 밟고 서서 천장의 가름대에 그것을 걸쳐 묶었다.

준비를 끝내고 마른침을 한 번 삼켰다. 이윽고 걸어 내린 줄을 목에 감고 풀리지 않도록 단단히 고정했다. 마지막으로 눈을 질끈 감았다가 뜨며 발로 의자를 세게 걷어찼다. 우당탕! 의자가 날아가 병실 문을 때리고 바닥을 굴렀다. 몸이 허공에 뜨며 숨이 턱 막혔다.

재빨리 두 손으로 목 위의 줄을 붙잡고 버티다가 잠시 후 문고리가 돌아가는 것을 확인하곤 손을 놓아 버렸다.

루이는 문을 열자마자 보이는 내 모습에 얼굴을 찌푸리며 나이프를 꺼내 던졌다. 나이프가 단번에 천을 찢으며 날 아래로 떨어뜨렸고 루이는 어렵지 않게 내 몸을 받아 들었다. 기억 속의 그 슬픈 표정은 여전히 전혀 보이지 않았다. 목을 부여잡고 크게 콜록댔다. 루이가 날 침대에 옮겨 놓고는 한심하게 바라보았다.

"무슨 짓이야. 네가 이런 짓을 하면 내 입장이 곤란해지잖아. 민폐도 정도껏……"

루이는 예전부터 늘 그랬듯 냉소적인 모습이었다. 하지만 지금의 나는 극단으로 치달은 예민함으로 이전에는 전혀 보이지 않던 그의 부자연스러움을 감각적으로 느꼈다. 루이가 말을 마치기도 전에 그의 옷깃을 붙잡고 세게 끌어당겼다. 루이는 저항도 없이 침대에 눕혀졌고 나는 그 위에 올라타서 얼굴을 가까이 들이대고 작게 속삭였다.

"루이 씨……. 나 좀 안아 줘요. 너무 추워서 견딜 수가 없어요……."

찰나였지만 루이의 눈동자가 크게 흔들리는 것을 보았다. 절로 웃음이 나왔다.

금세 인상을 와그작 찌푸린 루이는 빠르게 손을 뻗어 내 턱과 볼을 한꺼번에 움켜쥐었다. 그리고 반대 손으론 내 멱살을 잡으며 자세를 바꿨다. 어느새 내 위에 올라탄 그가 미간을 찌푸린 채 냉소를 지었다.

"많이 컸네. 네 주제에 날 작업할 줄도 알고."

루이를 올려 보다가 속웃음을 터뜨렸다. 멍청한 자식. 그딴 눈으로 쳐다보면서 이제 와 발뺌은. 이미 늦었어.

손을 옮겨 그의 허리를 붙잡았다. 신경 써서 얼굴에 웃음기를 두르고 그의 손에 막힌 입술 사이로 혀를 내밀었다. 그의 손바닥에 난 손금을 따라 혀를 미끄러뜨리자 루이가 더욱 인상을 쓰며 휙 손을 거뒀다. 갑자기 떨어져 나간 손이 아쉽다는 양 입맛을 다시며 그에게 말했다.

"이런, 미안해요. 우리 오랜만에 만났는데 전혀 상대해 줄 기미가 안 보여서. 외로워서 나도 모르게 그만……. 근데 이렇게라도 안 하면 루이 씨는 나한테 관심도 안 줄 거잖아요?"

"건방지게 수작 부리지 마. 지금 누굴 상대로……."

낮고 차갑게 말을 내뱉던 루이가 말끝을 흐렸다. 내 손이 그의 허리 벨트를 풀고 있었기 때문이다. 루이는 날 밀치듯 뿌리치며 위에서 떨어져 나갔다. 누웠던 몸을 일으키면서 그를 향해 최선을 다해 웃었다. 질린다는 듯이 날 쳐다보며 병실 문에 등을 붙인 루이는 더욱 기분이 좋지 않아 보였다.

"수작이 아니에요. 루이 씨는 아름답고, 강하고……. 나를 구하다가 상처까지 입었잖아요. 나는 진심으로 당신이 멋있다고 생각해요.

거기다 나 이젠 누굴 의지해야 할지도 모르겠고……. 그래서 당신한 테 잘 보이고 싶었어요. 부담 가질 필요는 없어요. 쥬페도라 총사령 관님은 이제 내 몸에 흥미가 없나 봐요. 왠지 돌아온 뒤로 전혀 안아 주지 않는걸. 어쩌면 더럽다고 생각하는지도 모르겠어요. 그러니까 신경 쓰지 말고 이리 와요. 그에게는 비밀로 하면 되잖아요. 내가 아 무리 당신 타입이 아니고 당신이 아무리 담백하다 한들 가끔은 섹스 하고 싶을 거 아니에요. 안 한 지 꽤 됐죠? 아까 슬쩍 만져 보니 반응 이 빠르던데. 쌓이면 몸에 나빠요. 거기다 나는 당신한테 배웠으니 누구보다도 만족스럽게 할 수 있을 거예요."

루이는 사납게 날 응시할 뿐 미동도 없었다. 나는 한숨을 쉬며 걸 터앉아 있던 침대에서 일어나 그에게 다가갔다. 루이의 얼굴을 두 손 으로 감싸 내게 끌어당겼다. 그의 이마에 붙은 반창고에 입을 맞추자 곧바로 양어깨를 잡혀 제지당했다. 하지만 아랑곳없이 붙잡힌 그대 로 루이의 허리에 팔을 감아 버렸다. 루이는 부러뜨릴 듯이 내 어깨 를 세게 움켜쥐었지만 결국 날 떠밀진 못했다. 그의 입술 위로 내 입 술을 가볍게 붙였다가 뗐다.

"아니면, 루이 씨도 내가 더러워요?"

그에게 한 번 더 입을 맞추곤 그의 몸을 쓰다듬으며 몸을 낮췄다. 바닥에 무릎을 꿇고 그의 벨트를 마저 풀려는데 루이가 또다시 내 손 을 잡아 멈추게 했다. 그를 올려다보지 않고 말했다.

"내가 정 싫으면 그냥 걷어차요. 이렇게 어설프게 잡지 말고."

쳐다보지 않고 있어서 그의 표정이 어떤지는 알 수 없었으나 결국 은 루이의 손에서 힘이 빠졌다. 바지를 열고 그의 것을 꺼내 입에 머 금었다. 잠시간 공들여 만지고 핥아 주자 루이의 입술 사이로 조금 거칠어진 숨소리가 새 나왔다.

루이는 내 머리칼을 쥐며 신음하다 문득 성기를 빼더니 나를 바닥에 다급하게 눕혔다. 그의 표정은 여전히 복잡했지만 그래도 가장 위에 떠오른 것은 정념이었다. 루이는 나에게 키스를 하고 옷 속으로 손을 넣어 가슴을 만졌다. 하지만 금세 답답함을 느꼈는지 내 옷을 빠르게 풀어 헤쳤다. 루이는 어느새 애달픈 얼굴로 내 몸 이곳저곳에 이를 박아 넣고 있었다.

대체 언제부터인지, 하물며 그 이유도 모르겠지만 어쨌거나 루이는 지금 날 원했다. 지금껏 용케 올려 막고 있던 그의 단단한 벽이 이 순간만큼은 힘없이 허물어져 버렸다. 어쩌면 다른 걸 생각하고 있는지도 모른다. 하지만 상관없었다.

나 역시 생각하고 있다.

죽지 않으면 살겠지라고.

어차피 그에게 마음 줄 일은 없을 테니까.

"루이……! 아……! 루이!"

"시끄러…… 입 다물어."

루이는 달뜬 내 목소리가 듣기 싫은지 한 손으로 내 입을 막으며 벌어진 다리 사이로 성기를 밀어 넣었다. 읍읍 소리를 삼키면서 그와 겹쳐진 감각에 허리를 비틀었다. 루이가 허리 짓을 시작하고 나는 두 팔로 그의 목을 끌어안았다. 루이가 내게로 몸을 숙이자 묶여 있던 그의 긴 머리칼이 한쪽 어깨로 흘러내려 얼굴에 닿았다.

"빌어먹을…… 약아빠져선……."

"으음…… 으!"

작게 중얼거린 루이가 내 입을 막고 있던 손을 치우고 입술을 맞대 왔다. 얼마 후 그가 내 몸을 뒤집어 이번엔 뒤에서부터 밀어붙였다. 한참 헉헉거리다가 버티던 팔이 잠깐 꺾어지자 루이가 내 허리를 당겨 세워 그의 다리 위에 앉게 했다. 뒤에서 내 가슴을 세게 붙잡은 그가 앉은 채로 결합된 성기를 들썩이며 말했다.

"홋……! 네가 시작했잖아. 끝까지 책임져. 윽! 이렇게 된 이상, 홋! 곱게 보내 줄 생각 없어."

"아아……! 아!"

루이가 등을 밀어 다시금 앞으로 엎드려졌다. 그는 내 허리를 붙잡고 갑자기 빠른 템포로 추삽질을 했다. 비명이 나올 것 같았지만 가까스로 한 손으로 입을 막았다. 루이가 다시 내 몸을 뒤집더니 다리를 붙잡고 하체를 붙여 거칠게 흔들었다. 날 내려다보는 그의 입가는 올라가 있었지만, 인상을 쓰고 있어서 조금도 기분 좋아 보이진 않았다. 이윽고 루이가 눈을 질끈 감고 내 안에 깊숙이 박은 성기를 멈췄다.

"흐윽……! 망할……!"

그에게서 나온 사정액으로 배 속이 뜨끈해졌다. 흐느끼는 듯한 욕지거리를 내뱉은 루이가 내 몸 위로 무너졌다.

우리는 한 번으로 그치지 않고 날이 밝아 오도록 섹스를 했다. 나중엔 힘이 빠져 내가 그다지 움직이지 못했음에도 루이는 좀처럼 끝내지 않았다. 사실 마지막은 좀 분풀이 같기도 했다.

병실에 딸린 욕실에서 몸을 씻고 나오자 루이는 창문을 열어 놓고 담배를 피우고 있었다. 나는 가볍게 웃음 짓고는 침대에 걸터앉았다. 그리고 루이가 내어 놓은 것으로 보이는 침대 위의 깨끗한 옷으로 갈아입으며 물었다.

"후회해요?"

"……"

루이는 대답하지 않았다. 옷을 다 입고 몸을 일으켜 등을 보이고 서 있는 루이에게 다가갔다. 그의 등에 볼을 기대고 두 팔로 허리를 끌어안았다. 루이는 뿌리치기는커녕 어떠한 반응도 보이지 않았다. 단지 말없이 담배를 피울 뿐이었다. 나는 재미없다며 몸을 떼고 그의 옆으로 섰다.

루이는 그제야 날 향해 서늘한 눈길을 주었다. 나는 그를 향해 웃어 주었다. 곧 루이가 담배를 끄고 손을 뻗어 커튼을 쳤다. 병실이 조금 어두워지자 루이는 나와 얼굴을 가까이 하며 나직하게 말했다.

"말해."

"네?"

"네가 정말 봉사 차원에서 날 유혹한 게 아니란 건 알아. 뭘 원하는 건지 말해 보라고."

입가에 힘을 준 채 잠시 말을 하지 않았다. 루이는 날카롭게 벼려진 눈빛으로 무표정하게 날 응시하다가 곧 그 역시 입술을 비틀어 올렸다.

"왜. 조금 더 내 혼을 빼놔야 하나?"

"……."

"씨발……. 하. 걱정할 거 없어. 이래 보여도 이미 제정신이 아니야. 지금 이 순간조차 너와 키스하고 싶다고 생각하는 나 자신이 열받던 참이거든."

푸핫― 웃음을 터뜨렸다. 루이의 표정이 더욱 험상궂어졌다. 아하하―! 가볍게 웃어 버린 나는 그의 얼굴을 손으로 감쌌다.

"하고 싶으면 하면 되잖아요?"

"뭐……?"

"이상한 부분에서 숙맥이네요. 뭐…… 그것도 나름 매력적이에요.

귀여워요."

기꺼이 그와 입술을 겹쳤다. 커튼을 붙잡고 있던 루이는 손을 옮겨 내 뒤통수를 감싸 눌렀다. 한동안 농밀하게 키스하고 입을 떼며 그에게 물어보았다.

"내가 좋아요?"

"하."

그러자 루이가 어이없고 가당찮다는 듯이 날 비웃었다. 나는 웃음 지은 채 손가락으로 그의 가슴을 쿡쿡 찔러 건드렸다.

"나는 루이 씨가 날 좋아한다고 생각했는데. 정말 아니에요?"

"……."

"제정신 아니라면서요. 좋아하는 거랑은 별개인가요?"

"별개야. 이건 정신병이라고."

진심으로 골치 아픈 병에 걸려 곤란해졌다는 것처럼 루이는 심각했다. 그게 퍽 진심처럼 보여 오히려 더 농담 같았다.

"아니면 말아요. 내 착각이었나 보죠. 그리고 나는 루이 씨에게 바라는 거 별거 없어요. 그냥 내 옆에서 날 위로해 주는 거?"

"……."

"아, 그래도 하나는 물어볼게요. 모건은 어떻게 됐어요?"

"그게 왜 궁금한데."

"궁금하고— 보고 싶어서요. 납치 중이었지만 그래도 생각보다는 참 잘 챙겨 줬거든요. 뭐…… 강간 빼고는. 그게 문제였죠. 근데 그 외로는 정성도 그런 정성이 없었어요. 나라면 아무리 사랑해도 그렇게까진 못 할 거 같은데. 계속 자기랑 같이 도망가자고 날 설득하더라고요. 그와 내가 조금만 더 나은 상황이었다면 결국엔 그를 선택했을 거예요. 누가 나한테 그렇게까지 잘해 주겠어요."

"뭐?"

잠자코 듣고 있던 루이가 내 멱살을 휘어잡아 끌어당겼다. 마치 배신이라도 당한 듯한, 그러니까 나로서는 아주 재미있게 느껴지는 표정을 짓고 있었다. 루이가 일그러진 표정으로 물었다.

"그래서. 이제라도 그 새끼랑 도망이라도 쳐 보려고?"

"글쎄요. 그래서, 모건은 어떻게 됐는데요? 어딨어요?"

"웃기지 마! 이 씨발, 지금 물어볼 사람이 없어서 나한테 그 새끼 소식을 물어? 밤새 여기서 같이 뒹군 나한테? 하…… 잔인한 것도 정도가 있지. 어떻게 나한테……!"

"……정도? 이상한 소리를 하시네요. 그런 게 어디 있는데요?"

"뭐?"

기가 막힌 표정으로 소리 죽여 다그치는 루이에게 나는 진심으로 의문스러워 물었다.

"사람이 잔인한 정도가 대체 어디까진데요? 나는 정말 모르겠는데 루이 씨는 알아요? 그 경계가 어디인지? 그럼 내가 그동안 당해 온 건 그 정도 안에서 이루어진 건가요? 알면 좀 가르쳐 줘요. 나는 대체 어디까지 떨어져야 그 경계에 닿는 건가요?"

"……."

"하물며 당신이 그런 말을 나한테 할 줄은 몰랐네요. 왜, 나랑 한 번 자니까 비로소 당신 처지가 안타깝던가요? 그래서 일을 이 지경까지 몬 모건만 나쁜 놈인 거 같아요?"

"……."

그의 이마에 붙은 반창고를 손끝으로 톡 쳤다.

"사람 마음이 상황 따라 참 뻔뻔해져요. 그죠?"

루이는 말문이 막힌 듯 입을 꾹 다문 채로 있다가 문득 멱살을 던지듯 놓았다. 그는 답답한 얼굴로 새 담배를 꺼내 물며 조금 낮게 말했다.

"……그런 뜻이 아니야. 그 새끼를 궁금해서 네가 대체 뭘 어쩌려는 건지를 묻고 싶은 거라고."

"알아서 어쩌게요?"

"그러니까……!"

"나 좋아해요?"

"이게 진짜……!"

루이가 날 쥐어패고 싶다는 얼굴로 쳐다보았다. 옅은 한숨이 나왔다.

"아니면 말라니까요? 왜 화를 내요. 내가 뭘 어쨌다고."

"속내를 밝히기 전까진 너한테 어떤 말도 해 주지 않을 거야."

이를 으득 소리 나게 갈며 루이가 못을 박았다. 그의 입술에 물린 담배를 가져가 내 입에 물며 웃었다.

"속내를 어떻게 함부로 말해요. 당신이 날 좋아하지도 않는데."

"……."

"아아……. 나는 루이 씨가 날 좋아하는 게 확실하다고 생각해서 꼬셔 본 거였는데. 헛수고였나……. 밤새 시간 낭비 했네요. 아― 제길. 허리는 아프고 피곤하고…… 에휴― 딴 데 가서 알아봐야겠어요. 또 누구한테 다릴 벌려야 하나……."

능청스레 말하며 담배를 손가락에 끼워 들고 몸을 돌렸다. 곧바로 루이가 내 어깨를 잡아 다시 돌려 세우곤 벽에 밀어붙였다. 잠시 분한 듯이 날 바라보던 루이가 곧 내 턱을 잡아 올리고 입을 맞춰 왔다. 똑바로 맞춰 오는 시선을 피해 눈동자를 위로 향해 들었다가 옆으로 굴렸다. 분한 기색으로 덤볐던 거에 비해 그의 키스가 부드럽다는 생각이 들었다.

입술이 떨어지고 나서야 다시 그를 향해 시선을 옮겼다. 루이는 아무 말도 하지 않았지만 놓치지 않겠다는 듯 내 어깨를 잡은 손에 잔뜩 힘을 주고 있었다. 들고 있던 담배를 입에 물고 연기를 들이마시며 그를 가만히 바라보았다.

고집은.

내 쪽에서 조금쯤은 져 주기로 했다. 연기를 내뱉고 루이에게 담배를 물려 돌려줬다.

"모건을 죽일 거예요. 직접. 내 손으로."

루이가 내 진의를 의심하듯 잠시간 말없이 응시했다. 하지만 좀 집요하게 바라본다고 속이 파헤쳐질 만큼 등신 같진 않다. 결국, 루이는 별 수확 없이 눈에서 힘을 뺐다. 곧 담배를 끄며 루이가 말했다.

"넌 그 새끼 못 이겨."

"루이 씨가 졌다고 나도 져야 하나요?"

별 의미 없이 웃음기를 띠고 대꾸한 것이 비웃는 것처럼 들렸는지 루이는 미간을 찌푸렸다.

"진 적 없어. 그냥 이마를 좀 긁힌 것뿐이라고. 되받아쳐 주기 전에 그 자식이 도망간 것뿐이야."

"머리가 터졌는데도요? 그건 진 거죠. 거기다 놓쳤잖아요?"

"진짜로 머리가 터지면 죽어. 너라면 죽었겠지. 나니까 터지기 전에 뒤로 빠져서 힘을 흘린 거야. 거기다 나는 네 구출을 우선시했고. 굳이 내가 힘쓰지 않아도 녀석이 밑에서 잡힐 거란 걸 알고 있었어. 놔주는 것도 작전이었다고."

"피 줄줄 흘렸던 주제에. 별생각 없이 덤볐다가 다치고 보니 생각

외로 강해서 놔줄 수밖에 없었던 게 아니라요?"

루이가 짜증스러운 미소를 띠며 내 양 볼을 한 손으로 꽉 눌러 쥐었다.

"어디까지 기어오를 생각이야. 안 졌어. 안 졌다고."

울컥한 게 역력하게 보였지만 의외로 성질을 잘 참고 있었다. 원래라면 발로 정강이를 걷어차이거나 머리를 얻어맞았을 텐데. 하지만 여기서 조금 더 놀리면 그 실낱같은 참을성이 끊어질 듯 보여서 나는 알았다고 두 손을 들어 보였다. 그제야 루이가 못마땅한 표정으로 내 얼굴을 놓아주었다. 얼얼해진 볼을 두 손으로 문지르며 말했다.

"어쨌든 별로 걱정할 거 없어요. 나도 직접적으로 붙을 생각은 없어요. 물론 그렇다 해도 지금 상태론 무리니까 한동안 단련을 좀 해야겠지만요. 그리고 테일러 박사의 약이 필요한데 혹시 들키지 않게 구하는 경로 알아요?"

"……."

"아. 내가 너무 뻔뻔하게 요구했나요? 맡겨 놓은 것도 아닌데."

루이가 갑자기 대꾸를 하지 않아서 약간 그의 눈치를 살피며 떨어졌다. 루이는 한참 만에 대답했다.

"구해 줄게."

침대 가에 앉아 멋쩍은 기분으로 웃으며 말했다.

"모건의 정보만 알아봐 줘도 괜찮아요. 나는 이제 루이 씨에게 더 줄 게 없거든요."

루이는 허탈한 웃음기를 띠었다.

"넌, 이번 한 번을 끝으로 더는 나랑 잘 생각 없었지?"

"왜 그렇게 생각해요?"

"대가로 단발성 부탁을 하잖아. 그건 결국 네가 모건을 죽이고 나면 더는 나에게 볼일이 없다는 거니까."

"음……."

고민스런 소리를 내며 생각에 빠져 있는데 루이가 가까이 다가와 서며 두 손으로 내 얼굴을 감싸고 자신을 보게 했다. 어울리지도 않게 부드러운 표정을 지은 그였지만 눈 안엔 숨기지 못한 냉소가 가득했다. 그대로 나를 밀어 침대에 눕힌 그는 포식자처럼 이를 약간 드러냈다.

"그렇게 모건을 죽이면, 그 뒤엔 어떻게 할 건데?"

"……."

"이대로 쥬페도라 총사령관과 계속 살아갈 생각인가? 아니면 도망칠 생각? 근데 어느 쪽이든 네 미래에 나는 없는 거 아냐?"

"어머, 루이 씨는 나랑 미래를 함께하고 싶은 거예요?"

맥없는 웃음이 터졌다. 그가 대번에 인상을 썼다. 무슨 생각을 하는 건지 입을 다물고 나를 응시하던 그가 한참 만에 속삭이듯 물었다.

"……왜 웃는 거야."

"그야 루이 씨가 재밌는 말을 하잖아요. 정말 이상한 소리를……"

"이상한 건 너야!"

"하아―?"

루이는 내 손목을 낚아채 움켜쥐고 매트에 눌렀다. 웃음을 거두지 않은 채 그에게 의문을 표했다. 루이는 바깥에 소리가 새어 나갈까 걱정스러웠는지 애써 목소리를 죽여 말했다.

"지금 너 유산했어. 결혼을 약속한 인간에게 창밖으로 떠밀려서……! 네가 제정신이라면 지금 웃음이 나올 리가 없어. 대체 무슨 생각을 하고 있는 거야."

"제정신이 아닌가 보죠. 웃음이 나니까 웃는 거예요. 근데 내 감정 같은 게 루이 씨에게 중요해요?"

"그렇지 않다면 물을 리가 없겠지."

비로소 웃음을 거두고 작게 한숨 쉬었다.

그는 정확히, 내가 창밖으로 떨어진 순간부터 뭔가 어설퍼졌다. 마치 의도치 않게 가슴속에서 수습할 수 없는 감정이 봇물 터지듯 흘러나와 스스로는 도무지 어쩔 못하는 사람처럼.

순진한 사람도 아니면서 어리숙한 사람인 양 멍청하고 질기게 군다.

예전의, 그러니까 유산하기 전의 나라면 분명 루이에게 이런 면이 있을 줄은 몰랐다며 조금쯤은 두근거렸을지도 모른다. 나는 유약하니까.

지금은…… 조금 귀찮다고 생각했다. 숨겨 온 애정을 들킨 후부터 그는 나와 감정을 교류하고 싶어 하는 듯했고 나는 그와 마음을 나눌 생각이 없었다.

몸 좀 섞었다고 내가 그의 것이 되는 것은 아니니까.

"루이 씨. 오래전에 당신이 나한테 한 말 기억해요? 내 마음속이 어떻든 밖으로 드러내지 말라고 했어요. 그게 당신이 나에게 가르쳐 준 거예요."

"그건 할리라는 정보원에게 가르쳐 준 거야. 넌 지금 할리도 아니거니와 정보원도 아냐."

"그럼 왜 날 할리라고 불렀어요?"

"……."

"어차피 당신에겐 나는 데본이라는 귀족도 레이시라는 군인도 아니잖아요. 어떻게 되어도 당신 안에서 나는 할리일 뿐. 그리고 당신이 그러고 싶다면 나도 그냥 그렇게 받아들여야 하겠죠. 어차피 부르는 건 당신 마음이니까. 그것과 똑같이 내 속에 있는 것도 내 거예요. 당신이 궁금해할 필요도 없고, 있다고 해도 내가 답해 줄 의무도 없어요. 내가 어떻게 행동하고 어떤 선택을 하든 그건 내 맘이에요. 내가 설령 마음으론 울고 있다고 해도 이젠 상관도 아닌 당신이 나에게 울라고 강요할 수는 없어요."

루이는 표정이 약간 허물어지는 듯하더니 이내 눈을 치켜뜨며 내 손목을 더욱 세게 움켜잡았다. 입가를 비틀어 올린 그가 말했다.

"그러니까 어차피 나는 이용당하는 것밖에 안 되는 거네. 그래도 만약 네가 조금 더 달콤하게 말해 줬다면 나는 분명 이성적으론 알면서도 휘둘리는 수밖에 없었겠지. 열은 받지만 솔직하게 나에게 마음 줄 의도가 없다는 걸 알려 줘서 고맙다."

삐졌네. 애 같긴.

이토록 같잖은 상대였건만. 예전에는 뭐가 그렇게 어려워서 루이에게 쩔쩔맸던 걸까. 역시 상황에 따라 인간은 맞춰 가는가 보다고 자조했다. 루이뿐 아니라 나 역시, 뻔뻔하기 짝이 없었다.

루이는 비틀린 표정으로 비아냥댔다.

"거물이 됐네. 할리. 이제 남자 같은 건 우습게 된 거지? 네가 아직도 정보원이라면 칭찬해 줬을 거야. 감정싸움에서 지지 않을 자신이 생긴 거니까. 정말 눈부실 만큼 매력적인 여자가 됐어. 이럴 줄 알았으면 네가 햇병아리일 때 작업을 좀 해 두는 거였는데."

"하⋯⋯."

"도와줄게. 네가 누구에게도 방해받지 않고 모건을 죽일 수 있도록 끝까지."

"나는 더 줄 게 없다니까요."

"왜 없어. 너 이걸로 날 꼬여 냈잖아. 닳는 것도 아닌데 야박하게 굴지 말고 계속 제공해 줘."

루이는 차게 웃으며 한 손으로 내 가슴을 세게 움켜잡았다. 그 손 아귀 힘에 멋대로 일그러진 가슴이 아파 절로 얼굴을 찌푸렸다.

"쥬페도라가 무섭지 않은가 봐요? 그 사람 일단 서류상으론 내 남편인데. 당신의 주인이기도 하고 말이에요."

루이는 우스운 소리를 들은 것처럼 크게 나를 비웃었다.

"뭘 이제 와서. 어차피 너 때문에 붙어 있던 것뿐이니까. 거기다 그 인간은 내가 너에게 마음이 있다는 걸 애저녁부터 알고 있었어. 내가 아무리 부정해도 확신했지. 거기다 네가 떨어지고 내가 패닉에 빠졌던 걸 그 인간은 널 밀친 창가에서 계속 내려다보고 있었다고. 그런데도 날 네 감시로 붙였지. 무슨 의미라고 생각해?"

"……."

"그는 널 압박할 생각이 없어. 네가 도망치지 않길 바라니 지금으로선 되도록 자유롭게 두려는 것 같아. 옴짝달싹 못 하게 짓누르면 역효과라고 생각하겠지. 내가 네 애인이 됨으로써 스트레스가 좀 풀린다면 그걸로 됐다고 생각하는 거라고. 쥬페도라는."

"……."

"왜, 거짓말 같아? 그가 나에게 직접 말했어. 유혹하면 넘어가 주라고 말야. 그는 널 그 정도로……."

자존심이 상했는지 작정하고 날 상처 입히려던 루이가 문득 말을 흐렸다. 나는 잠시 그를 바라보다가 겨우 입술을 열었다. 하지만 입 안이 말라서 선뜻 목소리를 내기가 어려웠다.

"그……렇군요."

"……하."

루이는 뒤늦게 마치 실언을 했다는 듯 얼굴을 가득 찌푸리고 눈을 질끈 감았다가 떴다. 하지만 별로 그 후회가 와닿진 않았다. 그보단 그가 한 말이 머릿속에 강하게 틀어박혔다.

유혹하면 넘어가 주라고, 했다고.

그런 건가. 쥬페도라는 나와 원래 상태로 돌아갈 수는 없어도 여전히 파탄까진 바라지 않는 모양이었다. 정말이지, 약아빠진 남자다. 도망칠 구석은 남겨 두지 않으면서 그 범위 안에선 자유롭게 내버려 두겠다니.

밉다. 쥬페도라가 너무나 밉다. 그리고 미운 만큼 고스란히 내 상처가 되고 있었다.

그를 사랑한다. 하지만 용서할 수 없다. 그렇지만 또 결국 사랑이 나를 막고 있다. 근데 그게 또 그뿐이라 용서까지는 안 된다. 절대 용서가 안 되는데, 그래도 그가 용서를 빌어 줬으면 좋겠다. 사랑하니까 자꾸 여지를 주고 싶어진다. 설령 그가 진심으로 용서를 구한다 해도 결국엔 용서해 줄 것도 아니면서 말이다.

대다수의 여자는 모성애가 앞선다고 하던데 나는 어쩌면 처음부터 누군가의 어머니가 될 인간은 아니었을지도 모르겠다. 아이의 죽음이 괴롭다고 생각하면서도 쥬페도라에게 진심으로 죽으라고 말할 수 없었다. 하지만 그가 멀쩡한 얼굴로 나를 대하는 것도 견딜 수가 없어서 결국 나 혼자만 무너져야 했다.

그 모순이 서글펐다.

"뭐야……. 그런 거였군요."

애써 웃으며 눈을 깜박였다. 어느새 나도 모르게 고였던 눈물이 얼굴을 타고 흘렀다. 루이가 혀를 차며 손가락으로 눈물을 닦아 주고는 신경질적으로 날 끌어안았다. 등을 쓰다듬는 그의 손길이 따뜻했지만 조금도 위로가 되지 않았다.

쥬페도라는 그날 밤늦게 내 병실에 들렀다. 루이는 그가 오자 아무렇지 않게 밖으로 나갔다. 쥬페도라는 제 옆을 지나쳐 밖으로 향하는 루이를 흘긋 보았지만 이내 시선을 돌려 나에게 다가왔다.

"결혼식은 일단 무기한 연기하기로 했어."

그가 의자에 앉아 가장 먼저 꺼낸 말은 그랬다. 표면적인 이유는 납치로 인한 후유증으로 아직 심신 모두 안정을 취해야 한다는 것이었다. 푸. 입 속에 든 바람을 빼며 그의 정복 어깨 위에 달린 총사령관 견장을 바라보았다. 내가 이 꼴이 되어도 그는 멀쩡하게 제 길을 가고 있다는 사실에 배알이 뒤틀렸다.

쥬페도라에게선 조금 술 냄새가 났다. 옷을 흐트러짐 없이 갖춰 입고 있는 걸 보면 아마 어디서 연회라도 있었던 모양이다.

쥬페도라가 다리를 꼬며 담배를 꺼내 물고 담뱃갑을 나에게 내밀었다. 피우겠냐는 눈짓을 하기에 손을 내밀어 거기서 담배 한 개비를 꺼내 입에 물었다. 그가 지포 라이터를 켜 내게 먼저 붙여 주고 불을 자신의 담배 끝으로 옮겨 붙였다. 라이터 뚜껑이 닫혔다. 방 안은 그렇게 한동안 담배 연기만 오르며 고요했다. 먼저 입을 연 건 나였다.

"이달 말 즈음에 퇴원할 생각이에요."

"길군. 병원에 애착이 있는 것도 아닐 텐데."

"퇴원 후 바로 집을 나갈 예정이고요."

"가출은 허락할 수 없어. 하지만 여행이라면 잠시 눈을 감을 순 있겠지."

"그럼 여행이라고 해요. 안 돌아오겠지만."

"그건 곤란하지. 너무 길어지면 무력을 써서 붙잡아 올 거야. 그리고 그렇게 잡혀 들어온 후엔 저택 밖으로 아예 발걸음도 못 하게 하는 수가 있어. 어떤 삶이 좋을지는 당신이 알아서 해."

"할 수 있으면 해 보던가요."

감정을 섞지 않은 목소리로 우린 앞으로의 일에 대해 이야기를 나눴다. 쥬페도라는 나를 응시하며 짧게 입가를 올렸다가 내리곤 작게 한숨을 내쉬었다.

"참 마음대로 안 되는군. 당신은."

"미안하군요. 이상적인 애완동물이 될 수 없어서. 수중에 놓고 입맛대로 길들여 뭐든 다 수긍하게 할 수 있다고 자신했겠지만, 유감스럽게도 나 역시 당신처럼 의지가 있는 독립적인 개체예요. 사람을 길들이려면 앞으로는 좀 더 어린 상대를 찾아봐요."

쥬페도라는 눈빛을 차갑게 둔 채 나직한 웃음소리를 냈다.

"이런…… 데본. 애완동물이라니. 화가 난 건 알겠지만 너무 자학하는 거 아닌가? 그래, 내가 심한 짓을 한 건 사실이지. 근데 그때는 다른 방도가 없었어. 당신은 정신적으로 몰려 있었다고. 전문가가 아닌 내가 보기에도 제대로 된 판단을 내리지 못할 정도로 심신 미약 상태였지. 물론 그런 식의 고집은 앞으로도 방해가 될 게 뻔하니까 한 번 정도는 꺾어 줄 필요가 있다고 생각했던 건 사실이야. 지금 당신을 보면 생각보다 너무 약발이 셌던 모양이지만, 그래도 내가 그렇게 하지 않았다면 당신은 끝까지 낳겠다고 했겠지?"

"그래요. 당신이 그렇게 하지 않았다면 나는 어떻게 해서든 낳았을 거예요. 그리고 증명했을 거예요. 그게 당신의 아이라고. 만약 당신 아이가 아니면 내가 죽였을 거예요."

"미안하지만 당신은 아무것도 증명할 수 없어. 심증만으론 내 마음을 움직이지 못하는 것처럼 당신 역시 심중만으로 애를 죽일 수 있을 리가 없지. 나와 전혀 닮지 않은 녀석이 태어나도 보나 마나 이런저런 핑계를 대며 조금만 더 클 때까지 지켜보자. 조금 더. 조금 더. 그렇게 질질 끌다가 결국 정이 들어 버리겠지. 내가 그걸 용납할 수 있으리라고 보는 거야? 당신을 사랑하는 것과는 별개의 문제라고 이건. 물론 애초에 내가 당신을 지키지 못해서 생긴 일이었지만, 그런 고집뿐인 정신 나간 소리를 일부러 참고 속아 줄 만큼 나는 대인배가 아니야. 당신을 위해서도 차라리 이게 나아. 당신은 그 애를 낳아 키우며 진정으로 나를 똑바로 바라볼 수 있겠어? 아, 당신을 탓하는 게 아냐. 내 말은 낳은 애를 보면서 납치 당시의 레이프를 떠올리지 않을 수 있겠느냐고 묻고 있는 거야. 어떻게 해도 있었던 일은 사라지지 않아. 그로 인한 의심은 언제까지고 우릴 괴롭히겠지. 돌이킬 수 없는 일이란 결국 묻고 지내는 수밖에 없는 건데 굳이 의심스러운 애까지 낳아 두고두고 지켜보면서 서로의 속을 후벼 팔 필요가 있을까?"

흘러내리는 머리를 쓸어 넘기며 그의 얼굴에서 시선을 거뒀다.

"말은 잘하네요. 나를 위해서라니 그럴듯해요. 하지만 어차피 믿지 않으니까, 그러니 이제 그만하죠. 당신과 말싸움해서 이길 생각 없어요. 이젠 아무래도 좋아요. 당신 뜻대로 애는 없어졌잖아요. 이제 날 그냥 놔둬요."

"데본."

눈앞으로 쥬페도라의 손이 다가왔다. 내 얼굴을 쓰다듬으려는 것 같았지만 반사적으로 몸이 긴장 상태에 들어가 곧바로 그의 손목을 잡아챘다. 눈동자를 굴려 그를 보자 쥬페도라는 난처하게 웃었다.

"내 몸에 손대지 말아요."

"그렇게 차갑게 굴지 마."

"……끔찍해. 당신."

이를 갈며 잘게 뱉는 말에 쥬페도라의 얼굴에서 웃음기가 사라졌다가 다시금 떠올랐다. 나는 그가 화가 났다는 걸 알 수 있었다.

"이것 참…… 난감하군. 날 화나게 해서 대체 무슨 득이 있다는 거지? 데본. 나는 되도록 이성적이고 너그럽게 당신을 대하고 싶어. 설마 내가 여느 귀족 남자들이 부인을 엎어 놓고 채찍질하듯 당신에게 손찌검을 하길 바라는 건가? 정말 그랬으면 좋겠어?"

그의 손목을 잡아챈 손아귀엔 더욱 힘이 들어갔지만 애써 입술을 말아 올리고 웃었다. 여유롭게 반쯤 내려앉은 쥬페도라의 눈은 여전히 온기가 없었다. 입 안이 마르고 속이 터져 버릴 것 같은 갑갑함이 들었다. 쥬페도라가 말했다.

"애초에 당신은 왜 그리 아이에게 집착하는 거지? 나는 그런 강요를 한 적 없고 그냥 당신과 잘 살았으면 했던 것뿐인데. 그렇게 애가 필요해? 그럼 지금부터 다시 노력해 볼까? 박사가 아주 불가능한 건 아니라고 했으니 열심히 하다 보면 또 생길지 알아?"

"……."

"아, 그 전에 루이부터 안 보이는 곳으로 치워 둬야겠군. 나 없는 사이 루이와 잤지?"

잠시 나를 빤히 바라보던 쥬페도라가 이내 걱정 말라는 듯 말했다.

"아, 괜찮아 괜찮아. 그 녀석에겐 아무 짓도 안 해. 내가 별 뜻 없이 가볍게 던진 농담을 덥석 물어뜯을 정도로 루이도 절실했던 모양이고 당신도 여러 가지 일로 제정신이 아니었겠지. 정신병자를 상대로 화내 봤자 소용없기도 하고 말야. 물론 이성과 감정은 다른 거다 보니 당신의 지조 없는 행동엔 정말로 실망스러워. 화가 나기도 하고 꽤 상처도 받았어. 그래서 적어도 한동안은 절대 손대고 싶지 않지만, 당신을 위해서라면 기분 나빠도 참고 안아 줄게. 그래도 하기 전에 자궁 세척은 반드시 해야 할 거야. 알다시피 나는 우리 사이에 지저분한 피가 섞이는 건 사양이거든."

"……."

"어때? 그렇게 철저하게 당신과 내 사이에서만 만들어진 애라면 나도 환영이야."

계속 웃으며 있고 싶었지만, 그의 말이 이어질수록 맞물린 이에 힘이 들어가고 경직된 턱이 떨려 오며 표정이 절로 허물어지는 걸 느꼈다. 어느샌가 내가 지금 정말로 웃고 있는 건지 아닌지 분간이 되질 않을 만큼 화가 치밀었다. 그의 손목을 잡은 내 손마저 미세하게 떨리자 쥬페도라는 여전히 미소 띤 얼굴로 부드럽게 타박했다.

"이런. 벌써 항복인가? 기세 좋게 덤빈 것치곤 별로 재미없군. 정말 보기완 다르게 나약한 여자라니까. 내가 그리 대단한 말을 한 것도 아니잖아? 그렇게 상처 입었다는 얼굴은 그만두라고. 정말이지. 보물을 발견했다고 생각했더니 이상형과 맞아떨어지는 건 결국 외향뿐인 건가 보군. 물론 이상형과 사랑하는 상대가 완벽히 맞아떨어지는 경우는 별로 없으니까 할 수 없는 일이지. 걱정 마. 그래도 당신을 사랑하고 있어."

그 순간 발끝에서 머리끝까지 소름이 끼쳐 와 잡고 있던 그의 팔을 내던지듯 놓았다. 그는 웃으며 손을 거뒀고 나는 구역질이 치밀어 올라 두 손으로 입을 막고 그에게 억눌린 목소리로 외쳤다.

"나가……!"

쥬페도라는 별말 없이 일어서서 등을 보이고 발을 옮겼다. 나는 그의 등을 흘끔 보았다가 금방 시선을 거뒀다. 문이 열렸다가 닫히고 병실엔 나 혼자만 남게 되었다. 몸이 뻣뻣하게 굳은 것처럼 움직일 수가 없었다. 웅크려 앉아 두 손으로 입을 막고 있길 잠시, 다시 문이 열리며 루이가 들어왔다. 그가 가까이 다가와 내 상태를 살피듯 어깨에 손을 올리고 허리를 숙여 눈을 마주쳐 왔다. 루이의 얼굴이 더 가까워졌을 때 입에서 손을 떼고 그의 상체를 세게 밀쳤다. 그대로 침대에서 벗어나 욕실로 달려 들어갔다. 욕실 바닥에 주저앉아 변기를 붙잡은 순간 속이 완전히 뒤집히며 오늘 먹었던 것들을 완전히 게워 내었다.

"웩—! 콜록—! 우웩!"

비위가 상했다. 더러워서 참을 수가 없었다. 온갖 오물에 뒤덮여 몸이 썩는 듯한 그런 기분이…… 아니, 아니다. 배 속부터, 내장부터 썩는 기분이라고 하는 게 더 정확할 것 같다. 구역질은 목구멍에서 아무것도 나오지 않게 되어도 멈춰지질 않았고 그 괴로움에 눈물마저 토해져 나왔다. 인간에게 이토록 혐오감을 느낀 게 언제였더라. 분명 처음은 아니리라. 그런데도 마치 처음처럼 생소한 느낌이었다.

한참이 지나 역겨움이 겨우 잦아들었다. 물을 내리고 몸을 일으켜 세면대 앞에 서니 거울 속에서 초췌한 여자가 나를 노려보고 있었다. 물을 틀어 입을 헹궈 내고 얼굴을 씻었다. 찰박찰박 얼굴을 때리는 물기가 열이 오른 건지 내린 건지 모를 정신을 차츰 일깨웠다. 흘러가는 물을 내려다보다가 수도를 잠갔다. 수건으로 얼굴을 닦으며 무심코 눈을 돌리자 문 너머에 루이가 서서 나를 지켜보고 있었다.

루이는 별다른 표정 없이 그저 나를 빤히 바라보고 있었다. 그것뿐이었는데 왜인지 또다시 이가 갈려 오며 화가 치밀어 올랐다.

어디로 보나 나를 좋아하는 게 분명한데 빈말이라도 지켜 줄 테니

같이 도망가자는 말 한마디 못 하는, 제 주제를 너무나 잘 아는 패배자.

마치 저 보라는 듯이 좋아하는 여자에게 상처 주는 남자를 보고도 말 한마디 못 하고 눈치나 보는 비굴한 남자.

루이는 쥬페도라가 온 순간부터 지난밤이 거짓말인 양 열정이라곤 조금도 보이지 않았다.

정말로 나를 좋아하는 건가? 그냥 내 착각일 뿐이었을까. 어느 쪽이든 짜증 났다. 어설픈 거리감을 유지하는 모습이 특히나 더. 루이는 나 역시 시선을 가만히 맞춰 오자 그제야 조금 멋쩍었는지 눈을 다른 곳으로 돌리며 물었다.

"물이라도 줄까."

대답하지 않았음에도 루이는 테이블로 가 컵에 물을 따랐다. 그리고 욕실 앞까지 들고 와 내가 나오길 기다렸고 나는 무심한 그 얼굴을 보며 작게 읊조렸다.

"……무능한 남자."

루이의 눈이 조금 커지는 것을 보며 욕실 문을 쾅 소리 나게 닫아 버렸다. 신경질적으로 수건을 바닥에 내팽개치고 변기 뚜껑을 내려 그 위에 털썩 앉았다. 성질대로라면 미쳤냐, 돌았냐 길길이 날뛰며 안으로 쳐들어올 인간이 어째선지 이번엔 별 반응이 없었다. 그저 문밖에서 작은 한숨 소리가 들렸을 뿐이다. 속이 답답하긴 한가 보지? 루이가 그러거나 말거나 담배를 가지고 들어오지 않은 것을 후회하며 머리를 두 손으로 감싸고 몸을 깊게 숙였다.

지쳤다.

한참을 그렇게 틀어박혀 웅크리고 있다가 문득 고개를 들었다.

"루이 씨."

"말해."

기다렸다는 듯 문 너머에서 루이의 대답이 들려왔다. 문을 열고 욕실 밖으로 나가니 루이는 여전히 문 앞에 서 있었다. 그를 두고 지나쳐 테이블 의자에 앉으며 물었다.

"나는 어디까지 갈 수 있어요?"

무기력하게 허공을 멍하니 바라보던 루이의 눈동자가 나를 향해 굴렀다.

"나는 널 위험에서 지키라는 명령을 받았을 뿐이야."

"그래요? 그럼 나가죠."

"어딜."

"오랜만에 고향엘 좀 다녀오고 싶어요."

"고향? 수도 말하는 거냐?"

옷장에서 외투를 꺼내 병원복 위에 걸쳐 입으며 말했다.

"아니요. 훈련섬이요. 아직 거기 멀쩡한가요?"

"그야 멀쩡하지만, 그 꼴로?"

"그 전에 저택에 좀 들러서 필요한 것 좀 챙겨 가고 싶어요."

"잠깐 기다려. 거기가 무슨 옆 동네인 줄 알아? 그렇게 간단히 갈 수 있을 리가 없잖아. 허가도 필요하고……."

"그럼 당장 허가받아 와요."

"뭐?"

명령조로 말하는 내게 루이가 표정을 조금 찡그렸다. 거기에 별로 신경 쓰지 않고 눈을 돌렸다. 화장대 앞으로 가 빗으로 머리를 빗어 내리고 하나로 모아 질끈 묶었다.

나는 열차 테러 사건 이후 제대로 된 훈련을 해 본 적이 없다. 부상을 입었었고 꽤 오랫동안 입원 치료를 해야 했다. 치료를 끝낸 뒤엔 곧바로 쥬페도라에게 끌려가 그의 집에서 애완동물처럼 살았다. 그런 환경에서 적당한 운동만으론 무뎌지는 감각을 붙잡을 수가 없었다.

일단 오랫동안 현직에서 물러나 무뎌진 몸을 원상태로 되돌려야겠다고 생각했다.

늦은 시간이고 갑작스러웠지만 섬의 허가는 순조롭게 나왔다. 저택에 들러 짐을 싸는 중에도 고용인 중 누구 하나 나에게 질문 같은 건 하지 않았다. 쥬페도라는 없는 건지 그저 마주치지 못한 것뿐인지는 모르겠지만, 그의 얼굴을 볼 일 같은 것도 없었다.

항구로 향하는 차 안에서 루이와 나는 아무 말도 하지 않았다. 캄캄한 창밖을 지루하게 응시하다가 문득 차 안이 뜨끈한 느낌에 그제야 히터를 돌려 끄며 운전을 하는 루이에게 물었다.

"창문 열어도 되나요."

"상관없어."

루이는 앞만 보며 대꾸했다. 창문 손잡이를 드륵드륵 돌려 반쯤 열자 차가운 바람이 들어와 얼굴을 건드려 식혔다. 담배를 꺼내 물고 또 루이에게 물었다.

"피울래요?"

"어."

루이는 여전히 나를 보지 않고 운전대만 잡은 채 심드렁하게 대답했다. 입에 문 담배에 불을 붙여 한 모금 빨고는 루이의 입에 물려 주었다. 입 안의 연기를 내뱉으며 다른 담배를 꺼내 물었다. 문득 루이가 나에게 말을 걸었다.

"할리."

"왜요?"

"무슨 생각 해."

"딱히. 아무것도."

"거짓말 마."

눈을 돌리자 루이는 앞을 보며 미간을 약간 찌푸리고 있었다. 실없는 웃음소리를 내며 다시 어두운 창밖을 보았다.

"루이 씨 나 정말 좋아하나 봐요. 뭐가 그리 걱정이시람."

"……"

"이젠 부정도 안 하는 겁니까—"

시트에 머리를 기대며 짓궂게 말했지만, 루이는 반응하지 않았다. 재미없네. 맥이 빠져 중얼거리자 루이가 작게 한숨을 쉬었다. 그는 운전대를 잡지 않은 손으로 물고 있던 담배를 잡아 바깥에 재를 털며 무심하게 말했다.

"내가 좋아한다고 하면 네가 받아 주는 거냐?"

그럴 리가.

"못할 것도 없죠. 나는 외로움 잘 타거든요."

마음과는 상관없는 의례적인 답을 해 줬다. 푸핫— 하고 루이가 가볍게 웃었다.

"거짓말 잘하네."

"거짓말 아닌데요. 매사 그렇게 부정적이니까 루이 씨가 인기 없는 거예요. 모처럼 좋은 얼굴 가지고 있건만 안타까운 일이라고요. 자자— 고백해 봐요. 사랑은 쟁취하는 거라고요?"

수다스럽게 분위기를 띄우는 내게 루이는 여전히 눈도 돌리지 않았다. 그저 느긋하고 서늘한 웃음소리를 내었을 뿐이다.

"고백하고 차이는 건 취미가 아니라서."

"용기 없네요."

"용기 내고 손해 보는 건 질색이야."

"손해 볼지 안 볼지 해 보지도 않고 어떻게 알아요. 겁쟁이예요?"

끼익―! 몸이 크게 들썩이며 차가 갑자기 섰다. 루이는 그제야 나에게 시선을 주며 냉담하게 말했다.

"굳이 내 마음을 가늠하려는 이유가 대체 뭐야. 뭘 노리는 거냐고. 넌 내가 우왕좌왕하며 초조해하는 게 재밌는지 모르겠지만 나는 네가 생각 없이 한마디 할 때마다 별별 생각을 다 해. 나에게 뭘 바라는 거야. 정말 나한테서 고백이라도 듣고 싶은 거냐? 그게 아니면 무슨 약속이라도 해 주길 바라는 거야?"

그는 무심하고 낮은 목소리로 말하며 파헤치듯 훑는 시선으로 눈을 마주쳐 왔다. 그런 루이를 마주 보다가 그의 눈을 피해 고개를 돌리고 창문을 조금 더 열었다. 겨울은 이미 지났지만, 얼굴에 닿는 바람은 충분히 차가웠다. 나는 그제야 웃음기를 거두고 다시 루이를 보며 담담하게 대답했다.

"별로. 노리는 거 없어요. 그냥 심심했던 것뿐이에요. 기분 나빴다면 미안해요. 말주변이 없어서 뭘 화제로 잡아야 할지 모르겠거든요. 미안해요. 이젠 물어보지 않을게요."

"……화내는 게 아냐."

분위기 띄운답시고 나도 모르게 너무 흥분했다 싶어서 저자세로 나가자 그는 금세 후회하는 얼굴로 변명하듯 말했다. 나는 한 번 더 '미안합니다.' 라고 말했고 루이는 신경질적으로 머리를 쓸어 넘겼다.

"너에게 화낼 마음도 없어. 어쩔 수 없다고 생각하니까. 어차피 너에게 있어 나 역시 죽일 놈일 테고. 여러모로 괴롭혔으니……. 너로선 지금 이러고 있는 내가 그냥 우습겠지만 나도 어쩔 수 없었어. 내가 의도한 건 아무것도 없었다고. 나는 그냥……! 명령받았을 뿐이야. 그냥 그뿐이라고."

"……."

"그러니까 죽이려면 제발 그냥 단번에 죽여 줘."

한숨이 나왔다. 루이는 나에게서 시선을 거두고 핸들에 두 팔을 기댔다. 반쯤 타들어 간 담배를 깊게 빨았다가 길게 연기를 내뱉었을 때 주머니에 손을 넣어 챙겨 온 권총을 꺼냈다. 그리고 루이의 관자놀이에 권총을 댔다.

루이는 각오했다는 듯 그저 눈을 내리깐 채였다. 담배를 창밖으로 버리며 그에게 물었다.

"루이 씨는 어디까지 알고 있어요?"

"글쎄."

그가 허탈한 웃음소리를 내며 대꾸했다.

"알고 있는 걸 대답해 줄 의향은 있어요?"

"날 뭐로 보는 거야. 대답하겠냐?"

"하긴 그렇네요. 루이 씨도 자기 목숨 별로 귀한 줄 모르는 사람일 테니까. 그럼 이런 상황은 어때요?"

"……?"

그의 머리에서 총을 내렸다. 루이가 의아한 눈으로 나를 바라보았고 나는 그에게 싱긋 웃어 주며 이번엔 내 머리에 총을 댔다. 루이가 눈썹을 슬쩍 움직이며 나에게 손을 뻗으려는 순간 나는 곧바로 공이치기를 당겨 언제든 발사할 수 있게 했다. 루이의 손이 허공에서 멈췄다.

"마들로나가를 습격한 배후는?"

"……군정부."

"장난해요? 그중 누구냐고 묻는 거예요."

"전 총통 명령. 릭크리만 대장이 지휘했고. 하지만 다른 대장들 모두 그 작전엔 동의 및 협력했어. 어쨌든 마들로나가를 직접 친 건 릭크리만 쪽이야. 그래서 모건이 갔지."

"사리아도 연관되어 있다고 쥬페도라가 그러던데요."

"릭크리만과 사리아의 관계가 미묘하긴 했어. 사이가 나쁜 것 같다가도 또 가끔은 아니었거든. 확실한 건 사리아가 거기에 직접 관련되진 않았다는 거야. 기껏해야 정보나 좀 제공해 줬겠지. 근데 그 정도로 미미한 관련자들까지 다 합치면 적어도 군인과 정보원의 반은 여여 들어갈 텐데?"

"그래요. 제가 학살자도 아니고 그 많은 사람을 다 잡아 죽일 수는 없죠. 채에 다 걸러 내면 결국 릭크리만과 모건밖에 남지 않는군요."

"……"

"임무 내용은?"

"문서 탈취."

"어떤 문서?"

"반란에 가담한 귀족, 또는 단체의 인명부와, 계획서. 그리고 각 귀족의 가계보."

가계보? 그러니까 족보. 뜬금없는 물건에 의아함이 들었지만, 일단은 넘겼다.

"쥬페도라 총사령관이 나를 통해 뭘 얻으려는 거죠?"

루이는 나를 빤히 바라보다가 이윽고 체념하듯 한숨을 쉬었다. 그의 긴장된 얼굴 위로 식은땀이 맺혔다.

"그건 몰라. 당시에도 지금도 알고 있는 건 그것뿐이야. 내려진 임무 내용이 그것뿐이었고 그 이상 알 필요도 알아서도 안 되니까. 어차피 책임은 상부에서 지는 것이고 우린 맡은 일만 하면 그만이었어. 그러니 아마 모건도 그 이상은 모를 거야. 덧붙여 내가 있는 팀이 맡은 곳은 데이카스트로데가였고 데이카스트로데가는 반란 의혹이 짙은 마들로나가와의 파혼으로 아슬아슬하게 의심에서 벗어났지. 그날을 시작으로 무너진 건 마들로나가만이 아니야. 상부에서 의혹이 확실하다고 판단된 귀족가는 모두 무너졌어. 그리고 그걸로 임무는 끝이었지.”

“……”

“그가 널 놓지 않는 이유를 나라고 알 리가 있겠어? 단지 지금 상황만 유추해 보면 아마도 마들로나라는 귀족의 이름을 원하는 게 아닐까 싶은데……. 그 역시 평민이었으니까. 그걸로 자기 명예와 지위를 더 높이고 싶은 거 아냐?”

“……”

“됐지? 그거 그만 내려.”

“……”

“뭐야. 더 물을 게 있어? 그럼 얼른 물어보고 이런 짓 그만해.”

잠시 더 그를 바라보다가 곧 웃으며 총을 내렸다. 그러자 루이가 단번에 내 손에 들린 총을 빼앗아 탄창을 열어 보았다. 여섯 발 빼곡하게 들어찬 총알을 본 루이가 나를 노려보았다. 나는 그저 어깨를 으쓱해 보였다.

“허풍인 줄 알았어요?”

“무슨 생각을 하는 거야. 정말 죽으려고 했어?”

“심각한 얼굴 할 거 없어요. 루이 씨가 순순하게 말해 주니 이렇게 무사하잖아요.”

“너……!”

"그나저나……."

버럭 하려는 그의 말을 끊고 나는 활짝 웃어 보였다.

"루이 씨 정말로 나 좋아하는군요? 그렇게 내가 죽는 게 무서워요?"

아하하! 터지는 웃음을 막지 못한 나는 머지않아 두 손으로 귀를 막아야 했다. 붉으락푸르락 변화무쌍한 표정을 짓던 루이의 입에서 아주 오래간만에 쌍욕이 터져 길게 이어진 소시지 줄처럼 흘러나왔기 때문이다. 그 때문에 멈췄던 차가 다시 출발한 건 한참이 더 지나서였다.

항구에 도착하자 이동할 배가 준비되어 있었다. 그 배로 섬까지 가지는 않는다. 중간에 아무것도 없는 무인섬에서 내려 훈련섬에서 직접 보내온 배로 갈아타야 했다.

도착한 항구에서 무인섬까지 하루가 꼬박 걸린다는 말에 가는 중에 선실에서 루이에게 눈을 좀 붙일 것을 권했지만 그는 들은 척도 안 했다.

루이는 좀처럼 내 옆에서 떨어지려 하지 않았다. 그렇다고 사람 옆에서 잠을 청할 수 있는 성질도 아니면서 말이다. 피곤이 절절하게 스민 얼굴엔 다크서클마저 짙게 배어 있어 나는 그에게 몇 번이나 더 권했다.

"이 바다 한가운데서 내가 뭘 하겠어요. 내버려 두고 들어가 자요."

사실 내가 굳이 권하지 않아도 루이는 점점 더 몰려오는 수마를 결국엔 견디지 못했을 거다. 문제는 여러모로 루이에게 불신이 쌓인 나마저 방으로 끌려 들어가게 되었다는 것이다. 루이는 날 선실 침대 옆에 쪼그려 앉히곤 침대 다리에 양 손목을 묶었다. 그렇게 내가 아무엇도 못 하게 해 놓고 나서야 루이는 안심하듯 만족스럽게 고개를 한 번 끄덕이곤 날 묶어 둔 그 침대 위에 누워 눈을 감았다. 나는 황당해서 그에게 소리쳤다.

"하? 잠깐잠깐! 날 이렇게 해 놓고 자겠다고요? 장난하지 마요! 풀어 줘요!"

"시끄러. 나는 잠귀가 밝은 데다 자다 깨면 평소의 두 배 이상으로 성질이 더러워져. 그러니 시끄럽게 굴면 걷어차일 줄 알아."

그리고 루이는 정말로 잠들어 버렸다. 어이가 없었지만 금세 김이 빠졌다. 혼자 발광해 봤자 내 속만 터지는 일이었다.

잠든 루이의 얼굴을 물끄러미 바라보았다. 루이는 많이 피곤했던 모양인지 뒤척임도 없이 색색 숨을 내쉬며 죽은 듯이 잤다. 시트에 턱을 기대고 그의 얼굴을 보면서 문득 나도 모르게 한숨을 내쉬었다. 갑자기 옛 기억이 떠올랐다.

'마들로나 드 데본 제이. 당신에겐 지금 두 가지의 선택권이 있어.'

잠든 그에게 물었다.

"왜 날 살려 줬어요?"

납치당했을 당시 모건은 이런저런 시답잖은 말을 많이 했다. 그러다 그 당시의 일에 대해서도 말이 나온 적이 있었다. 모건은 루이가 날 살려 준 것이 단지 그의 변덕이라고 했고 나 역시 그렇게 생각했다. 근데 정작 루이의 입에서 그 이유를 들은 적은 없었다. 나는 이제와 새삼 궁금해졌다.

그때 그건 역시 단순 변덕이었을까? 아니면 그것마저 쥬페도라의 명령?

사실 어느 쪽이든 이제 와서 아무 상관 없는 얘기긴 했다. 이미 나는 이렇게 살아 있으니. 하지만 그래도 그 이유가 쥬페도라의 명령이 아니었기를 바랐다. 내가 선택했다 여기는 그 순간까지 그의 손에 놀아났다 생각하면 서글퍼지니까.

그러니까 원하는 대답을 할 수 없다면 차라리 대답하지 마. 마음속으로 루이에게 말했다.

루이는 스스로 잠귀가 밝다고 했던 것치고 내가 간간이 자세를 바꾸느라 부스럭대도 깨어나지 않았다. 루이를 바라보다 문득 눈을 돌려 선실 벽에 둥그렇게 난 창문 밖을 보았다. 귀로는 바다의 물결을 가르는 소리가 들려왔지만, 창밖으로 보이는 것은 바다가 아닌 하늘이었다.

모처럼 바다에 왔는데 바다를 보지 못하다니. 이 무슨 아까운 짓인지.

아쉬웠다.

아무리 시간이 지나도 루이가 깨어나지 않아서 나는 침대에 몸을 기대고 불편하게 잠이 들어야 했다. 문득 어깨를 흔드는 느낌에 눈을 떴을 때는 어느새 일어난 루이가 묶인 손을 풀어 주며 말했다.

"내리자."

정신을 차리려고 두 손으로 볼을 찰싹찰싹 치며 눈을 몇 번 깜박였다. 자리에서 일어나려는데 루이가 내 오른손을 잡았다. 어정쩡하게 서서 멀뚱히 그를 바라보자 그는 내 손목 위에 난 줄에 묶인 자국을 지우고 싶은 듯 두 손으로 가볍게 문지르곤 반대쪽 손목 역시 그렇게 했다. 나는 절로 쭈뼛거리며 어깨를 조금 움츠리곤 루이에게 물었다.

"뭐 하는 거예요?"

안 어울리게.

루이는 내 한쪽 손목 위로 그어진 오래된 흉터를 응시하다가 나와 슬쩍 눈을 마주치곤 손을 놓았다. 그리고 담담하게 대꾸했다.

"그냥."

"네?"

"거 일일이 이상한 거 보듯 반응하는 거 그만해 줄 수 없냐. 내가 뭐 미친 짓을 한 것도 아니잖아."

"아…… 그, 렇죠. 미안해요."

괜히 멋쩍어져서 한쪽 어깨 앞으로 흘러내린 머리칼 끝을 조금 만지작거리며 먼저 문 쪽으로 발을 옮겼다. 문을 막 열고 밖으로 나가려는 때에 갑자기 등 뒤로 그의 담담한 고백이 들려왔다.

"널 사랑해. 꽤 오래전부터 그랬어."

"네?"

얼빠진 소리를 내며 루이를 돌아보는 순간 눈앞으로 빠르게 그의 손이 뻗어 와 내 얼굴을 탁 덮었다. 덕분에 눈앞이 깜깜해졌고 그 상태로 루이가 말했다.

"대답하지 마."

"……."

"아무 말도 하지 마. 다물고 있어. 듣고 싶지 않아."

"……."

"그냥 그것뿐이야. 아무것도 바라는 거 없어. 그냥 그것뿐이라고."

그의 손이 떨어져 나가며 내가 본 건 날 스쳐 지나가는 그의 머리칼이었다. 고개를 돌려 뒤를 보았다. 그는 내게 등을 보인 채 갑판 위에 내놓은 짐들을 양손에 들고 배에서 내릴 준비를 했다. 루이는 그 뒤로 오랫동안 나를 돌아보지 않았다.

무인섬 항구에 내리자 훈련섬에서 보내온 배가 벌써 도착해 있었다. 기껏 시간 내서 온 사람들을 기다리게 할 수가 없어서 나는 제대로 해변 구경도 못 하고 배를 옮겨 타야 했다.

"확인하겠습니다. 남사령부 소속 레이시 준위님과 제3안전보장국의 루이 님 맞으십니까."

"그렇습니다."

"신분증을 보여 주십시오."

마중을 나온 젊은 교관에게 신분증을 보여 주고 나서야 우린 배에 올라탔다. 훈련섬 직행 배편은 꽤 규모가 작았다. 보트라고 해야 알맞은 크기다. 짐을 먼저 올리고 루이와 마주 앉았지만, 그와 나는 말 한마디 나누지 않았다. 우리는 담배를 피우며 물결만 바라보았다.

섬에 도착하고 나서야 내가 먼저 말을 꺼냈다.

"세상은 자유다 뭐다 떠들어 대는데 여긴 시간이 멈춘 것 같네요. 여전히 인권이라곤 조금도 없어 보이는 게."

해안가 모래밭에 머리를 박은 채 혼자 벌을 받는 어린애를 보며 말하자 그제야 루이도 내 시선을 따라 소년을 바라보았다. 배로 우리를 마중 나왔던 젊은 교관 역시 소년을 한번 보고는 담담하게 말했다.

"저 훈련생은 태도에 조금 문제가 있기에 교정 중입니다. 그리고 이곳도 꽤 변화가 있었습니다. 정권이 바뀌면서 더는 신입을 들이지 못하게 되었거든요. 아직 윗분들의 도마에 본격적으로 오르지 않은 것뿐 처리될 문제들이 해결되면 곧 훈련생들의 처분에 관한 결정 또한 내려올 겁니다. 아마도 훈련섬은 더 유지되지 못할 거라 생각됩니다."

"그래도 훈련은 하는군요."

"그게 저희의 일이니까요. 앞으로가 어찌 되든 그 전까진 할 겁니다."

결국, 저 소년의 신변을 책임지지도 못할 거면서 정신을 망가뜨린다는 건가. 정말 인권이라곤 눈을 씻고 봐도 없는 곳이다. 하지만 나는 그것에 대한 불만을 말하지 않았다. 애초부터 분란을 일으키러 온 것도 아니고 나 역시 괜한 동정으로 저 소년을 책임질 수 없으니 말이다.

이렇듯 나는 정의가 아닌 것을 보고도 눈을 돌린다. 귀족으로서, 군인으로서, 그리고 이 나라의 한 사람으로서, 절대 좋은 인간이라곤 말할 수 없었다. 어딜 봐도 악인에 가까웠다. 하긴 뭘 이제 와서.

대수롭지 않게 웃음 짓곤 어린 소년에게서 시선을 거뒀다. 어차피 저 소년도 언젠가는 어른이 될 것이다. 그저 그때까지 버틸 수 있느냐 없느냐 하는 것뿐이지. 그리고 아등바등 버티고 나면 불현듯 깨닫게 될 것이다.

기껏 살아남아 봤자 인생은 별거 없다는 허무함을.

"교관 기숙사 방을 비워 뒀습니다."

"갑작스러운 연락이었는데 감사합니다. 훈련생용 기숙사도 괜찮았는데."

"아니요. 두 분은 허가를 받고 들어오셨으니 정식 손님입니다. 햇병아리들과 동등한 취급은 큰 실례가 될 것입니다. 그리고 교관 기숙사라고 그리 특별하지도 않습니다."

머물 방으로 안내받은 후 필요하면 부르라는 말을 끝으로 젊은 교관은 자리를 떴다. 루이 방과 내 방은 옆으로 나란히 붙어 있었다. 내 방으로 짐을 옮겨 준 루이는 벽시계를 보고 다시 제 손목시계를 확인하며 말했다.

"미리 말 안 했는데 할리라는 이름은 이미 안보국에서 처분당한 이름이니까 여기선 부르지 않을 거다. 그래도 아는 사람들은 다 알고 있지만. 가끔은 눈 가리고 아웅이라는 것도 필요한 법이니까. 그러니 너도 언급하지 마. 레이시 준위로 됐어. 그리고 허가가 나면서 조건이 붙었어."

"조건?"

"섬에 도착하는 날로부터 하루 한 번. 저녁 7시에서 8시 사이에 본인이 직접 안부 전화를 할 것."

"누구에게?"

"쥬페도라 총사령관."

"싫은데요."

그렇게 말하고는 침대에 털썩 앉았다. 루이는 미간을 조금 찡그렸지만 이내 성질을 죽이듯 애써 나직하게 말했다.

"'싫은데요.'라는 말로 끝낼 사항이 아냐. 그게 허가 조건이라고. 이행하지 않으면 그가 나에게 널 다시 끌고 나오라고 해도 할 말이 없어."

"나는 받아들인 적 없어요."

"애같이 굴지 마. 넌 지금 서류상으로나 현실적으로나 그의 보호 아래에 있어."

"필요 없어요."

침대 옆 탁자 위에 있는 도색 잡지를 들어 펼치며 대꾸했다. 원래 방 주인이 남자였던 모양인지 잡지 안엔 육감적인 미녀들이 섹시한 포즈를 취하고 있었다. 잘빠졌네. 근데 남자 사진은 없나.

육감적인 미남을 찾아 페이지를 팔락팔락 넘기고 있는데 루이가 잡지를 뺏어 가 덮었다. 고개를 들어 그를 보자 루이는 나에게 일어 나라는 손짓을 했다. 나는 일부러 웃음을 지으며 두 손을 시트에 받 치고 상체를 조금 뒤로 뺐다. 루이는 다시 한 번 한숨을 내쉬었다.

"쓸데없이 그를 화나게 하지 마. 그는 네 생각 이상으로 무서운 사 람이야."

"겁나요?"

"……그래."

"루이 씨는 내가 그에게 전화하길 바라요?"

"그게 너를 자유롭게 해 준다면."

"그건 틀려요. 나는 지금 이 순간도 자유롭지 않아요. 쥬페도라에 게 끌려간다 해도 나는 지금보다 조금 더 부자유할 뿐 정작 변하는 건 없어요. 그래도 전화하길 바라요? 루이 씨. 내 핑계 대지 말아요. 그건 그냥 당신이 바라는 일이에요. 매일 전화 통화 한 번으로 쥬페 도라와 내가 직접적으로 얼굴 맞대고 있지 않길 바라는 것뿐이에요. 그냥 말해도 된다고요. 내가 그와 만나는 게 싫다고. 전화는 그를 위 한 수단이죠."

"……나는 너에 관해 아무런 권리가 없어. 그런 말을 할 수 있을 리 가……"

"뭔가 착각하시는 거 같은데 결혼 서류에 사인 좀 했다고 내가 그 사람 물건이 되는 건 아니에요. 내 권리는 나에게 있어요. 거기다 루 이 씨는 날 사랑한다면서 그 정도 소유욕도 보이지 않는다면 이쪽이 오히려 서운하죠. 사실 루이 씨는 솔직하게 욕망을 드러내는 쪽이 귀 엽다고 생각해요. 내 말은 그러니까 성의를 보이라는 거예요. 내가 당신 뜻을 따라 주면 나에게 뭘 해 줄 건가요?"

"……."

"이상하네요. 왜 갑자기 그렇게 자신감이 떨어졌어요? 혹시 그에게 무슨 경고라도 들었어요? 내 몸을 제공해 달라고 조르던 그 욕구 가득한 남자는 대체 어디 갔나요?"

루이는 한 손으로 자신의 이마를 짚었다가 내렸다. 허가를 받아 온 이후로 내내 어딘지 맥이 빠져 보였던 루이의 표정이 다시 서늘해졌다.

"……불쾌해. 두 사람 부부 싸움에 날 이용하지 마. 어차피 화가 풀리면 넌 그에게 돌아갈 거잖아. 그런데 나보고 뭘 어쩌란 거야. 너 정말 짜증 나."

"아하하! 그 사람이 그렇게 말해요? 그냥 부부 싸움일 뿐이니까 쓸데없는 마음 먹지 말라고?"

"……."

"역시 그가 뭐라고 하긴 했군요?"

루이는 대답하지 않았다. 그는 답답한 듯 창가로 걸어가 창문을 열고 담배를 빼 물었다. 나는 침대에서 내려와 그에게 다가갔다. 루이의 허리를 끌어안고 그의 등에 머리를 기댔다. 루이는 날 뿌리치거나 하진 않았지만 그렇다고 호응해 주지도 않았다. 그는 작은 목소리로 담담하게 말했다.

"나는 너에게 아무것도 바라지 않아."

"정말요?"

"그래."

"거짓말."

루이의 허리에 감은 손을 움직여 슬그머니 그의 벨트를 풀려고 들었다. 루이는 바로 내 손을 떼어 내며 나를 향해 돌아섰다. 무슨 짓이냐는 표정이다.

말없이 그의 가슴을 밀어 창틀에 기대게 하고 바닥에 무릎을 꿇어 자세를 낮췄다. 다시 그의 벨트를 붙잡아 풀어내려 했고 루이는 곧바로 내 양 손목을 움켜잡아 멈추게 했다.

"필요 없어."

그가 냉정하게 말했다. 잡힌 손을 뿌리치지 않고 웃으며 얼굴을 루이의 다리 사이로 파묻었다. 옷자락 사이로 그의 성기가 입술에 닿았다. 루이가 숨을 삼켰다. 그가 내 손목을 놓지도 못하고 그저 움찔거리는 사이 이를 세워 바지 지퍼를 느리게 내렸다. 혀를 내밀어 열린 지퍼 사이로 집어넣자 속옷의 감촉이 혀끝에 느껴졌다. 루이가 손목을 놓고 내 머리를 잡아 재빠르게 떼어 냈다. 머리는 떨어졌지만 자유로워진 손은 다시 그의 벨트를 붙잡았고 루이는 결국 화를 냈다.

"하지 마!"

"정말로 싫어요?"

"그래. 싫어. 건드리지 마."

싫으면 말고. 입맛을 다시며 두 손을 아래로 툭 떨어뜨렸다. 그제야 내 머리를 놓아준 루이는 지퍼를 올리고 조금 풀어진 벨트도 다시 단단하게 채웠다. 여전히 바닥에 무릎을 꿇은 채 루이의 찡그려진 미간을 올려다보며 말했다.

"그럼 안 만질 테니까 대신 루이 씨가 날 만져 줄래요?"

"뭐?"

"루이 씨가 정 싫다면 나는 교관이나 훈련생이라도 꼬셔서 할 거예요. 그편이 좋겠어요?"

"너 섹스에 미치기라도 했어? 갑자기 왜 또 지랄이야."

마치 경멸하듯 내려다보는 차가운 눈빛에 한숨을 내쉬며 웃었다. 다리를 세우고 일어나 무릎을 탁탁 털며 말했다.

"그렇게 보지 말아요. 내가 비참해지잖아요? 싫으면 말아요. 아무나 데려다 할 테니까. 그리고 보니 아까 그 교관도 꽤 몸이 괜찮았죠?"

신입인가? 중얼거리며 루이에게 등을 보이고 문을 향해 발걸음을 옮겼다. 문고리를 잡아 여는 순간 어느새 등 뒤로 바짝 다가온 루이가 내 옆으로 손을 뻗어 문을 다시 쿵— 밀어 닫았다. 어쩌라는 건지. 절로 한숨이 나와 그를 돌아보지 않고 말했다.

"무슨 짓이에요. 나는 지금 욕정 상태라고요. 당장 페니스가 필요하단 말이에요. 마음 내키는 만큼 질척질척하게 빨고 핥다가 내 밑에 집어넣고 흔들 거예요."

"이런 미친……."

내 어깨 위로 그의 이마가 툭 떨어지듯 기대어 왔다. 나는 굳이 더 말하지 않았고 루이는 잠시 내 어깨에 머리를 박은 채로 한숨을 푹푹 내쉬다가 작게 말했다.

"넌 정말 미쳤어. 제정신이 아닌 게 틀림없어."

루이가 고개를 들며 묵직했던 어깨가 가벼워졌다. 고개를 돌리자 루이는 힘이 빠진 표정으로 나를 잠시 바라보다가 곧 눈을 감고 입을 맞춰 왔다. 잠시간 그와 키스를 하다가 몸이 완전히 그를 향하도록 돌아섰다. 두 팔을 그의 목에 두르려는 순간 루이가 또다시 내 손목을 잡아채 멈추게 했다. 불만스러운 기분으로 그를 흘겨보자 곧 입술마저 뗀 루이가 단호하게 말했다.

"전화부터 해."

집요하네. 짜증이 났지만 순순하게 방 한편에 놓여 있는 전화 수화

기를 들었다. 교환원을 통해 쥬페도라와 연결이 되었고 나는 의자에
털썩 앉아 손으로 이마를 덮었다. 진짜 싫었다.

— 늦었어. 벌써 8시가 넘었다고.

"이제라도 걸었잖습니까. 총사령관님."

— 또 늦으면 강제로 소환 조치 하겠어. 그나저나 싸늘한 목소리가
또 섹시하군. 이왕이면 쥬드라고 불러 주겠어?

"이제 그만 끊겠습니다."

— 안 되지. 지금 막 걸었을 뿐이잖아.

"어쩌라는 겁니까. 전 총사령관님께 할 말이 없습니다만."

— 그럼 이참에 결혼식 날짜나 다시 잡을까? 언제가 좋겠어? 원하
는 날로 말해 봐.

"100년 후 12월 12일."

수화기 안으로 쥬페도라의 나직한 웃음소리가 들려왔다.

— 연 단위로 넘어가는 건 좀 심하고 3개월 후는 어때?

"마음대로 하시죠. 혼자 식을 올리든 뭘 하든."

— 그럼 3개월 후에. 정확한 날짜는 스케줄 확인 후에 통보할 테니
그리 알고 있어.

"그러니까 마음대로……"

— 걱정 마. 휠체어에 태워서라도 식장에 들어서게 할 테니까. 어
디 마음껏 도망쳐 보라고. 사냥도 꽤 좋아하는 편이야. 하지만 그렇
게 되면 분명 멀쩡한 꼴이 되지 못할 테니 이왕이면 온전할 때 말 들
었으면 좋겠군. 그리고 애인과의 밀월여행도 좋지만, 너무 오랫동안
날 혼자 두지 마. 남자의 질투도 여자 못지않게 추하거든. 이성이 흔
들리면 나도 무슨 짓을 할지.

"그리 부러우시면 총사령관님도 애인 두셋 정도 만드시죠. 제가 순

진한 아이로 하나 소개해 드릴까요?"

— 아. 그렇게 신경 써 주지 않아도 돼. 그냥 당신이 가끔 돌아와서 내 욕구를 풀어 주면 해결되는 일이야. 아니면 루이와 셋이서 할까?

전혀 웃을 기분이 아니지만, 웃음이 나왔다.

"어쩜 농담도. 다른 남자가 들락거린 지저분한 곳에 어떻게 총사령관님 걸 받아들이겠습니까. 사양하겠습니다."

— 데본. 아직도 지난번 말을 마음에 두고 있는 건가? 그리 속 좁게 굴지 마. 그날은 내가 조금 열이 받았을 뿐이야. 사랑하는 당신에게 진심으로 그런 말을 할 리가 없잖나.

"죄송합니다만 잘못 부르셨습니다. 총사령관님. 제 이름은 레이시입니다."

그 뒤로도 한 30분 정도 더 통화가 이어졌다. 올랐던 욕정이 완전히 식을 때까지 쥬페도라는 날 놓아주지 않았다. 겨우 통화를 마쳤을 때 끊긴 전화기를 잠시 내려다보다가 수화기를 쥔 팔을 번쩍 들었다. 그것을 바닥에 내팽개치려는 순간 옆에 서 있던 루이가 내 손에서 재빠르게 수화기를 거둬 가 제자리로 돌려놓았다.

"부수지 마."

루이는 그렇게 말하며 짜증으로 씩씩대는 내 얼굴을 붙잡고 다시 입을 맞춰 왔다.

식었던 욕정이 다시 오르는 데는 그리 오래 걸리지 않았다.

"아……! 아!"

"윽! 훗!"

루이의 몸 위에 올라타 몸을 규칙적으로 흔들며 흥분한 그의 얼굴을 내려다보다가 고개를 뒤로 꺾어 젖혔다. 아래에 끼워 맞춰진 성기가 움직일 때마다 쾌감이 터졌지만 그럴수록 감정은 바닥으로 곤두 박질치는 듯해서, 제정신을 차리지 못하도록 더욱 그와의 섹스에 몰 두했다. 천장이 빙글빙글 도는 것 같았다. 풀어 헤친 머리칼이 덮은 목뒤와 등에선 땀이 흘렀다.

두 손을 그의 배에 대어 짚고 다시 고개를 숙였다. 머리칼이 양어 깨로 흘러내려 커튼처럼 시야를 가렸다. 어쩐지 울고 싶은 기분이었 지만 눈물 같은 건 나오지 않았다. 그저 입을 벌려 열띤 숨을 내뱉고 더욱더 탐욕적으로 루이의 성기를 꽂은 하체를 움직였다.

감정과는 별개로 루이가 섹스 교육을 해 줬던 탓인지 그와 내 몸은 제법 상성이 좋았다. 말하지 않아도 서로 어떤 때에 어떻게 하면 감 각이 치솟는지 알고 있었다. 몸을 납작 엎드려 그와 내 몸을 밀착시 키곤 입술에 키스했다. 루이가 내 몸에 팔을 감아 등줄기를 손으로 쓸어내렸다. 간질거리고 찌릿찌릿한 느낌이 꽤 좋았지만, 여전히 감 정만은 시궁창이다. 전부 해소하고 싶었다. 신음할 때마다 날 짓누르 는 이 수치심과 짜증스러움을 가슴속에서 모조리 꺼내고 싶었다. 입 술을 옮겨 그의 목을 핥았다. 그리고 어깨에서 팔 근육 위를 지날 때 이를 세워 그의 살을 물었다.

"윽!"

아픔이 느껴졌는지 루이가 눈가를 찌푸리며 나를 보았다. 그가 두 손으로 내 둔부를 잡으며 몸을 뒤집어 서로의 자세를 바꿨다. 다리로 그의 허리를 감았고 그가 내 안에 깊게 성기를 박은 채로 짧게 쳐 댔 다. 앗앗 하고 내게서 흘러나오는 교성이 커졌다.

"윽! 웃!"

"아! 아아! 아! 더 해 줘요! 더 세게 해 줘요!"

"제길. 죽여 버리고 싶어……. 헉!"

242

달뜬 표정의 루이가 그렇게 말하며 두 팔을 옮겨 내 머리 위를 둥글게 감쌌다. 얼굴이 가까워졌다. 루이는 입을 크게 벌리고 혀를 내미는 나를 보다가 그 역시 혀를 내밀었다. 혀끝이 닿았다가 떨어지길 몇 번. 그가 입술로 내 입술을 완전하게 덮으며 키스했다.

아래로 허리 짓이 더욱 빨라지다 이윽고 그가 사정하려는 기미를 보이며 몸을 뒤로 빼려 했다. 그가 뒤로 물러나려는 순간 빠르게 달려들어 그를 침대에 눕혀 버리고 맞붙은 아래를 거침없이 흔들었다. 루이는 금방이라도 터져 버릴 것 같은 표정으로 내 팔을 붙잡아 멈추려고 하며 안 된다고 외쳤다. 나는 웃으며 그를 향해 짓궂게 말했다.

"뭘, 새삼스레…… 안 될 거 없어요. 흑!"

"할리……!"

"그 이름은, 부르면 안 되잖아요……?"

"큭! 그만……!"

"훗! 사양할 거, 없어요……. 하아. 저번에 해 봤잖아요. 더 좋았죠? 괜찮아요. 내 안에, 해요. 아……!"

결국, 한계치까지 다다른 루이가 얼굴을 가득 일그러뜨리더니 두 손을 옮겨 내 머리를 붙잡아 끌어당겼다. 부딪히듯이 입술이 세게 겹쳐지며 루이가 강렬한 탐욕을 드러냈다. 내 혀를 이로 씹고 목구멍 부근까지 막을 듯 혀로 눌러 키스하며 아래로는 더 들어갈 수 없을 정도로 성기를 깊게 찔렀다. 머지않아 그는 열기 가득한 체액을 내 안에 잔뜩 뱉어 냈다.

그대로 몸을 굳힌 루이는 내게 정액을 전부 쏟아 낸 뒤에도 키스를 멈추지 않았다. 잔뜩 찡그린 채 감긴 그의 눈가를 바라보며 거친 키스를 받았다. 그만 적당히 입술을 떼고 싶었지만, 루이는 내가 떨어지려 하자 다급하게 손을 옮겨 아예 움직이지 못하도록 뒤통수와 목

뒤를 감싸 잡아 자신을 향해 눌렀다.

이가 닿아서 아팠다.

한참을 그렇게 잡아먹을 듯이 키스하던 루이가 겨우 입술을 떼었다. 그는 멍한 건지 어쩐 건지 무표정한 얼굴이 되어 나를 빤히 응시했다. 그의 볼에 가볍게 뽀뽀를 해 주곤 몸을 일으키려 했다. 하지만 그 순간 루이가 다시 나를 끌어안고 자세를 바꿨다. 나는 다시 그의 밑에 깔리게 되었고 루이는 자신의 체액으로 가득한 내 안에서 다시금 성기를 움직이기 시작했다.

"루이 씨……."

피곤한데. 난감하게 그를 불렀지만, 루이는 여전히 무표정한 얼굴로 내 몸을 붙들고 허리를 움직였다. 마치 휘젓듯이 천천히 움직이는 성기가 느껴졌다. 부담스럽게 내려다보는 루이의 시선을 피해 고개를 옆으로 돌렸다. 루이가 내 귓가를 핥으며 손으로 허리를 쓰다듬었다. 목과 귓가를 연신 빨고 핥던 그가 문득 속삭였다.

"묶고 싶어. 묶어서 내 맘대로 범해도 될까."

……뭐?

순간 귀를 의심하며 고개를 홱 돌려 그를 보았다.

"대답해."

무표정하다고 생각했던 루이의 얼굴이 그저 맛이 간 것이라는 걸 이해하기까진 그리 오래 걸리지 않았다.

루이는 지금 내게 플레이를 권하는 것이었다. 나는 억지로 입가를 올리며 그에게 물었다.

"루이 씨…… 당신 사디스트였어요?"

"아니. 그저 묶고 싶을 뿐이야."

뭐가 다른데?

"이대로도 상관없지만, 이왕이면 묶고 싶어."

루이는 내 답을 기다리며 여전히 느리고 감질나게 허리를 움직였다. 그 자극을 애써 참고 물었다.

"어디를 묶고 싶은데요?"

"손목."

"난폭한 짓 하지 않을 거라고 약속한다면."

"안 해."

루이가 단호하게 답했지만 그래도 조금 더 망설이다 두 손목을 붙여 앞으로 내밀었다. 루이는 눈에 띄게 기쁜 기색으로 몸을 일으켰다. 성기가 빠지며 아래로 체액이 흘러내리는 느낌이 들었다. 루이는 침대 아래에 던져 놓았던 넥타이를 들고 와 다시 내 몸 위에 올라탔다. 내 양 손목을 단단하게 묶어 리본으로 매듭까지 예쁘게 지어 놓은 그는 묶은 손을 위로 밀어 누르곤 다리 사이에 성기를 밀어 넣었다. 그가 허리를 천천히 움직이며 혀로 내 가슴을 쓸어 자극했다.

몸 구석구석 애무하는 그의 행위가 간지러웠다. 몰아치지 않고 느긋하게 움직이는 행위는 다시 열이 오르기까지 조금 시간이 걸렸지만, 확실히 좀 더 느낌이 진했다.

"아……."

아. 큰일이다. 정말로 울고 싶어졌다. 고개를 옆으로 돌려 일부러 루이에게서 눈을 뗐다. 계속 그의 얼굴을 보고 있다간 동정이 생겨 버릴 것 같았다. 루이가 신음하며 자신을 보라고 말했다. 못 들은 척 계속 다른 곳을 보자 루이가 내 귓가에 입술을 대고 애원하듯 말했다. 자신을 보라고.

결국, 눈꺼풀까지 내리감았다. 나는 그에게 넘어가지 않을 것이다.

다신 남자를 사랑하지 않을 것이다. 내가 루이와 섹스하는 것은 욕구를 해소하기 위한 것도 그를 향한 짓궂은 장난도 아니다.

그저 그를 이용하기 위해서였고 그로 인한 죄책감 또한 가지지 않을 것이라 다짐했다.

"할리⋯⋯."

그 이름은 부르지 않는다고 했던 주제에 연신 귓가에 속삭여 대던 루이가 마치 몸으로 나를 부르듯 크게 한 번 내부를 올려 치며 신음을 터뜨렸다.

"아⋯⋯!"

그동안 그가 보였던 억눌리는 욕구가 아니라 순수하게 드러낸 사랑이었다. 그는 나와 섹스가 아닌 사랑을 나누고 싶어 했다. 울렁이는 감각에 절로 얼굴이 찌푸려지고 입술을 깨물었다. 그만하고 싶었다. 당장 그를 밀치고 도망치고 싶었다. 하지만 다리는 그를 사이에 두고 크게 벌어져 있으며 양손은 묶여 머리 위로 올라가 붙잡혀 있었다. 그렇다고 입을 열면 그만하라고 소리치기도 전에 교성이 나올 것 같았다.

왜⋯⋯ 이렇게 다정하게 대하는 거야.

몰아치듯, 정신없게 만들어 줘.

아무 생각도 하고 싶지 않아.

당신의 진심 따윈 알고 싶지 않아.

"할리⋯⋯."

부르지 마.

아무것도 해 줄 수 없어.

당신 마음은 나랑은 상관없는 일이야.

"할리."

아무것도 원하는 건 없다고 했던 주제에.

"제발……. 아……!"

루이의 혀가 내 턱을 핥아 올렸다. 절로 목을 움츠렸다. 다시 한 번 성기가 아래에서 나를 크게 올려 쳤다. 몸이 들썩이며 속이 울렁거렸다.

나는 루이가 내 안에 두 번째 사정을 할 때까지 도망치지도 못하고 윽윽 숨을 삼키며 그 좋을 대로 만져지고 흔들려야 했다.

단언컨대 과거 당했던 그 어떤 레이프보다도 괴로웠다.

"윽……!"

루이는 두 번째 사정을 하고 나서야 비로소 손목을 풀어 주었다. 나는 그에게 등을 돌리고 앉아서 묶였던 손목을 번갈아 만지작거렸다. 루이가 뒤에서 날 안아 오며 물었다.

"아팠어?"

"……네."

아프지 않았다. 아프지 않았지만 그렇게 대답하곤 계속해서 손목을 만지작거렸다.

"그래……? 그거 미안하군."

루이가 내 어깨 위로 턱을 받치며 손목을 잡아 올리더니 이리저리 돌려 확인했다. 손목엔 약간의 자국이 남아 있었다. 루이는 내 손목을 끌어가 타이 자국 위로 가볍게 입을 맞췄다. 그 순간 소름이 확 끼쳐 왔다.

곧바로 루이의 손을 뿌리치고 침대에서 벗어났다. 욕실로 도망치듯 들어가 샤워기를 틀고 그가 입을 맞추고 핥던 몸을 손으로 문질러 닦기 시작했다. 더럽다는 생각은 하지 않았지만 그래도 닦아 내지 않으면 안 될 것 같았다. 루이의 흔적이 내게 남아 버리는 게 두려웠다.

언젠가 이 순간을 떠올리며 죄책감을 느낄까 봐. 그래서 견디지 못하고 무너질까 봐 두려웠다.

두 손을 모아 샤워기에서 쏟아지는 물을 받아 얼굴을 문질렀다. 한참을 씻어 내고 또 씻어 내며 샤워기 아래서 떠나지 못하고 있었는데 문득 기척이 느껴져 옆을 보자 어느새 욕실 안으로 들어온 루이가 인상을 쓰며 성큼 다가왔다. 그가 내 팔을 잡아 벽에 세게 밀쳤다. 그대로 벽에 등을 부딪쳤다가 미끄러져 바닥에 주저앉았고 루이는 샤워기 수도를 돌려 잠갔다. 말없이 수도꼭지를 응시하던 그가 나를 향해 고개를 돌렸다. 서늘한 시선이었다.

"웃기지 마. 너."

"……."

"먼저 불붙여 놓고 비겁하게 발 빼는 건 절대 용서 못 해."

"……."

"내가 시작했어? 아니지. 너야. 네가 먼저 시작했어. 네가 가만히 있는 사람 유혹했어. 속이는 거 알면서 속아 줬어. 나라고 왜 네가 탐나지 않았겠어. 당연히 가지려고 했지. 맛있어 보이는 게 멋대로 굴러떨어지는데 내가 왜 참아야 해. 하지만 네가 그 인간에 대한 복수심에 그런다는 거 알고 있었으니까. 그런 인간이라도 사랑하는 게 뻔히 보여서……! 비참함을 견디며 순정으로 남기려고 했어. 너를 돌려보내 주려고 했다고. 그렇게 그를 사랑한다면 내가 참아 주겠다고. 그랬는데! 넌 또 마치 날 받아 줄 듯이 행동하고 말하면서 꾀어냈어! 나는 등신같이 또 속았지! 이런 쌍!"

루이가 한 손으로 내 팔을 거칠게 움켜잡고 억지로 일으켜 세웠다. 그는 미간을 가득 찌푸린 채 나를 위협하듯 소리쳤다.

"네가! 너 따위가! 내 마음을 알기나 해? 차라리 널 죽여 버리고 싶었어!"

루이는 반대 손으로 내 목을 감싸 잡고 벽에 꽉 눌렀다. 숨이 턱 막혀 오며 절로 입이 벌어졌다. 그는 완전히 뚜껑이 열려 있었다.

"내가 진심 좀 보이니 무섭든? ……나쁜 년. 사람을 어디까지 병신 만들어야 속이 풀리는 거야!"

"크윽……!"

"웃기지 마. 사람을 이 정도로 떨어뜨려 놓고 혼자 어딜 도망가. 여기까지 와서 내가 미쳤다고 그 인간한테 널 순순히 돌려보내 줄 듯싶으냐? 어? 누굴 상대로 수작을 부리려는 거야. 시작했으면 끝까지 책임져. 절대로 나 혼자서 떨어질 생각은 없으니까."

말을 마친 루이가 그제야 목을 놓아주었다. 크게 숨을 들이마시며 기침을 하다가 잡혔던 목을 두 손으로 감싸며 고개를 들었다. 루이는 그런 나를 가만히 바라보다가 곧 내 얼굴을 감싸 잡고 끌어당겨 입을 맞췄다.

혀가 들어오고 타액이 섞이는 내내 루이는 마치 나를 감시하듯 눈동자가 차갑게 내려앉아 있었다.

입술을 뗀 루이는 날 욕실에서 끌고 나와 침대 위에 눕히곤 다시 타이를 들었다. 그걸로 내 손바닥을 맞대도록 해 손가락 하나 움직이지 못할 만큼 손 전체를 칭칭 감아 묶었다. 그의 표정은 감정이 단단하게 갈무리가 되어 있지만 아무래도 내심은 흥분 상태가 가시지 않았을 거라고 판단되어 저항을 하진 않았다. 괜한 자극을 줘 봤자 지금은 내 손해였다. 타이가 풀리지 않게 꽉 매듭을 지어 놓고 루이는 내 어깨를 붙잡더니 다시금 입을 맞춰 왔다. 그 이상 다른 짓을 하진 않았다. 그저 키스하고, 계속 키스할 뿐이었다.

한참 후 키스를 멈춘 그가 나와 마주 보고 눕더니 내 몸에 팔 한 짝을 두르곤 눈을 감았다. 마치 이대로 잘 것처럼.

"사람을 옆에 두고 못 자는 거 아니었나요."

최대한 다물고 있으려고 했지만, 결국엔 물어봤다. 다행히 이 이상 열받게 하진 않은 듯 루이는 눈을 뜨지 않고 대꾸했다.

"그래서 묶었잖아."

아, 그래서 묶었구나. 나는 잠시 생각에 잠겼다가 말했다.

"다리는 자유로운데요?"

"발로는 총이나 칼을 제대로 쓰지 못하니까. 기껏해야 걷어차는 정도인데 그런 거로는 즉사하지 않아. 충분히 제압할 수 있어. 그보다 언제까지 시끄럽게 굴 거야. 닥쳐. 지금은 너랑 얘기하고 싶지 않아."

"……."

마치 나는 지금 엄청 화가 나 있고 아직은 그 화를 풀 생각이 없으니 마음 약해지게 말 붙이지 말라는 것 같았다. 그런데도 안고는 자는 그가 신기했다.

루이는 정말로 나를 좋아하나 보다. 물론 요 며칠 지켜본 결과 나는 그 사실을 충분히 인지했고 이제 와 새삼스러울 것도 아니었지만 그냥 문득 그런 생각이 들었다. '아. 정말로 좋아하나 보다.' 라고.

나는 루이가 싫지 않다.

하지만 그렇다고 특별히 좋지도 않다.

그는 정말로 아름답지만 내 이상형과는 백만 광년 정도 떨어진 타입이었고 그게 아니더라도 이제 와 누군가를 사랑하고 어쩌고 하는 감정 소모가 싫었다. 이 세상에서 타인에게 마음을 주는 것만큼 위험한 일은 없었다. 그런데 조금 외롭다고 또 상대가 진심처럼 보인다고 이번에도 맥없이 넘어가 버리면 나는 같은 돌부리에 몇 번이고 걸려 넘어지는 바보 등신 천치와 다를 바가 없다. 물론 이미 바보 등신 천치인 것 같긴 하지만 어쨌든 여기서 그 등신력을 더할 생각이 없단 뜻이다.

그렇다고 내가 루이에게 아무런 감정이 없는 것 또한 아니었다. 좋고 싫음을 떠나 그는 분명 내 인생에 적지 않은 영향을 끼친 인물이 틀림없으니까. 그에 관한 생각이나 감정은 단순하게 좋다 싫다로만 판단되지가 않았다.

최근의 일까지 감안해 보면 좀 더 복잡해진다. 이건 루이에겐 앞으로도 절대 말하지 않을 사실인데, 쥬페도라에게 밀려 창문에서 떨어졌을 때 나로 인해 패닉에 빠진 그를 보며 아주 조금이지만 구해졌다고 생각했다. 그래도 내가 죽으면 한 사람 정도는 슬퍼해 주겠구나 하는 생각이 들어서. 한편으론 조금 고맙기까지 했다.

물론 루이의 말대로 나는 아직 쥬페도라를 사랑하고 있다. 그런 짓을 당했음에도. 정말 밉고 원망스럽지만 그래도 아직은.

하지만 루이는 착각하고 있었다. 왜 꼭 내가 그의 곁으로 돌아가리라 보는가.

내 마음이 있는 곳이 꼭 내 안식처라고는 정의할 수 없는 건데.

나와 쥬페도라의 감정이 서로 어떻든 간에 결국 그와는 아무리 시간이 지난다 한들 관계가 회복될 수 없다. 쥬페도라는 그것을 알기 때문에 괜히 뒤에서 루이에게 심술을 부린 거고. 정말 우리가 회복될 수 있다고 믿었다면 그가 지금처럼 루이를 눈감아 줄 일 같은 건 없었다. 쥬페도라에게 있어 루이는 나를 붙잡아 두는 또 하나의 수단이었다.

루이는 본인이 나를 막아 쥬페도라에게 돌려보내지 않겠다 다짐하는 것 같지만 사실은 그 반대다. 루이와 계속 이렇게 지내게 되는 걸로 나는 아무리 도망친다 한들 쥬페도라의 손아귀에서 끝까지 벗어날 수는 없게 되는 것이다. 루이는 처음부터 쥬페도라의 손아귀에서 놀아나고 있으니까. 이건 루이가 멍청한 것이 아니라 쥬페도라가 노련한 거다. 그는 사람 다루는 법을 알고 있었다. 그야말로 뱀. 깨닫게 되는 건 이미 그의 배 속에 삼켜졌을 때다.

그 사실이 내가 루이에게 마음을 줄 수 없는 또 하나의 이유가 되기도 했다.

루이가 끓어오른 감정을 배제하고 조금만 더 냉정해진다면 알게 될 것이다. 루이도 나도 쥬페도라의 배 속에서 소화되기만을 기다리는 들쥐다. 사이좋게 같이 소화당할 생각이 아니라면 옆에 있는 녀석의 머리를 밟고 그의 목구멍을 향해 다시 기어 올라가야 한다. 오로지 자신이 살아남기 위해서. 옆에 있는 녀석을 교묘한 말로 안심시키고 그 머리를 밟고 오를 기회만을 엿본다.

루이는 자신을 위해서 나에게 감정을 보여선 안 되었다. 계속 나를 경계하고 거리를 두며 지켜봐야 했다. 하긴 기껏 차분하게 가라앉힌 루이의 정신을 일부러 뒤흔들고 계속해서 불을 붙인 건 나다. 그가 말한 그대로 내가 나쁜 년이다.

이젠 루이가 내게 아무리 화를 내고 위협해도 소용이 없다. 결국, 소화되는 건 속은 녀석이니까.

지금 당장은 루이가 여러모로 필요하니까 함께하고 있지만 때가 되면 나는 망설이지 않고 그를 두고 달려 나갈 것이다. 그러겠다 결정했으니 뒤도 돌아보지 않을 거다. 그는 절대로 날 용서하지 않을 것이고 나는 그에게 용서를 구하지 않을 것이다.

모건이 나에게 그랬던 것처럼.

루이는 그렇게 되고 나서도 나를 원할 수 있을까? 나는 하지 못했다. 그러므로 루이에게도 기대하지 않는다.

가만히 눈을 감은 루이의 얼굴을 바라보았다. 잠든 건지 아닌 건지 모르겠지만 호흡만은 규칙적이다. 그의 이마에 남은 흐릿한 상처에서 눈을 뗄 수가 없었다. 그 상처가 자꾸만 어른거려 눈을 감을 수가 없었다. 덕분에 밤이 깊어져도 잠을 이룰 수가 없었다.

날이 밝자 우리는 모건에 대해 대략의 계획을 짰다. 모건은 현재 감옥에 있다고 한다. 거기서 곧바로 죽이는 건 애로 사항이 지나치게 많아 우리는 일단 그를 탈옥시키기로 했다. 그리고 그 뒤를 쫓고 몰아서 사냥하는 방식이다.

루이는 전날의 일은 다 잊은 것처럼 나에게 감정 소모를 요구하지 않았지만 그렇다고 자비를 베풀지도 않았다. 사정없이 흙바닥에 내던져져선 등에 퍼지는 통증에 절로 신음하자 루이는 담담히 날 내려다보며 일어나라는 손짓을 했다.

"한 백 번 정도만 더 바닥과 키스하면 어느 정도는 돌아올 거 같네. 일어나."

"으으……."

"시간 없어. 이대로는 너 그 새끼 못 죽여. 그 새끼한테 되레 뒤집혀서 또 강간당하고 싶은 게 아니라면 일어나."

그간 임신을 위해 훈련이고 연습이고 죄다 그만두고 가볍게 몸만 푼 것이 후회되었다. 아무것도 얻지 못하고 몸만 둔해지게 되어 버렸으니 더. 거기다 오늘은 루이를 통해 스스로가 얼마나 못쓰게 되어 버렸는지 몸으로 직접 알게 되자 황당하고 어이가 없어서 헛웃음이 나올 지경이었다.

"아하하……. 그러네요. 또 당하고 싶진 않네요."

"웃음이 나온다니 머리라도 다친 거 아냐?"

어쩌라는 거야. 그럼 울라는 건가? 상대하면 더 지칠 것 같아 입을 다물고 다리를 세워 일어섰다. 루이를 앞에 두고 다시 방어 자세를 잡았다.

땀이 이마를 타고 흘러 눈 안으로 들어가기 전, 루이의 몸이 옆으로 쓰러지듯 휘청 움직였다. 고맙게도 그는 참으로 여러 가지 패턴으로 상대를 해 줬는데 이번엔 왼쪽으로 빠지는 듯하면서 대각선으로 치고 들어왔다. 막으려고 가드를 올리는 순간 그가 그대로 무릎을 굽혀 아래로 꺼지듯 몸을 낮췄다. 주먹이 순식간에 명치를 올려 쳤다. 숨이 탁 막혔지만, 몸을 숙이면 연계 공격이 들어올 게 뻔해 일단 발을 한 발짝 뒤로 뺐다. 동시에 루이가 지면이 가깝게 몸을 납작 낮추며 두 손으로 바닥을 짚었다. 그리고 다리를 크게 휘둘러 뒤로 빠지려는 내 다리를 걸었고, 그렇게 뒤로 넘어뜨려진 나는 다시 땅바닥에 대자로 누워 버렸다.

몸을 세운 루이는 날 내려다보며 일어나란 손짓을 했다. 슬슬 이가 갈렸다. 그의 기술은 나 또한 모두 배운 것인데 어째서 막을 수 없는가. 그 이유는 단순했다. 그가 나보다 빨랐기 때문이다. 짜증이 얼굴에 드러났던 모양인지 루이는 날 대놓고 비웃었다.

"그리 열받을 거 없어. 격투로 날 이기리라곤 처음부터 기대하지 않았으니까. 단지 균형을 제대로 유지하라는 말이다. 아까부터 계속 말하고 있지만 네게 필요한 건 가드가 아닌 회피야. 녀석과 정면 승부로는 가망이 없어. 지금까지 한 번도 못 피했지? 회피는 기본적으로 균형에 영향을 받지. 그게 안 되면 유인과 저격이 불가능해. 소대로 움직이는 게 아니니까 실수 한 번이면 그대로 허탕이라고. 일어나."

피할 수 있게 해 줘야 피하지. 피하기 전에 공격이 먼저 닿을 것 같으니 가드 하는 거다. 루이는 내가 일어서자 느린 동작으로 얼굴을 향해 주먹을 내뻗어 보였다. 고개를 옆으로 기울여 피하자 루이가 내뻗은 팔을 멈춘 채 말했다.

"딱 5센티. 교과서적인 녀석이로군. 훈련생 시절 우리가 배운 기본 회피 간격은 5센티지만 그건 안전을 최우선으로 둬서 그런 거야. 파워가 있는 상대와 직접 대치 시 회피 간격이 5센티 이하면 위험도가 급격히 올라가니까. 하지만 넌 네 스타일을 더 살릴 필요가 있어. 네가 아무리 격투에 자신이 있어도 결국은 저격꾼이란 사실을 잊지 마. 어중이떠중이 상대로는 어느 정도 통했을지 모르겠지만 모건 같은 진짜배기 근접 스타일을 상대하긴 어려워. 그러니 파워나 가드보단 명중률과 섬세함을 더 키워야 하는 게 당연해. 집중력을 올려 회피 간격을 3센티 정도로 줄이지 않으면 안 돼. 그 과정에서 틈을 잡아채는 타이밍 센스가 자연스럽게 발달되는 거다. 아직 스피드를 올리라는 말까진 안 해. 조금 속도를 줄여 볼 테니까 이번엔 가드 하지 말고 피해 봐. 총을 잡는 건 그다음이다."

나를 상대해 주는 것이 꽤 답답할 텐데도 루이는 성질도 내지 않고 차분하게 잘 가르쳐 주었다. 분명 온갖 욕을 먹으며 배우게 될 거라 각오하고 있었는데 정말로 의외였다.

하지만 그렇다고 절대 무르지는 않아서 루이가 처음에 말했던 대로 종일 바닥에 내던져지다시피 하며, 그것이 근 100번 조금 넘어갈 무렵 나는 약간 감을 잡을 수 있었다. '거봐. 하면 되잖아.'라는 말과 함께 겨우 그날분의 훈련이 끝났다.

훈련을 마친 후엔 의무적으로 쥬페도라와 생산성 없는 전화 통화를 하며 나름 보람차다고 느꼈던 하루를 망쳐야 했다.

— 근데 왜 갑자기 거길 간 거지? 거기 있으면 정신이 좀 안정되나?

"그럭저럭 안정됩니다."

— 특별한 이유가 있는 건 아니고?

"있어도 총사령관님과는 상관없는 일입니다."

그리 길지 않은 시간이었지만 그것만으로도 충분히 스트레스였다. 전화를 끊은 뒤 테이블에 멍하니 앉아 침체된 기분을 달래고 있었는데 문득 노크 소리가 들리며 문이 열렸다. 씻고 왔는지 긴 머리칼이 젖어 있는 루이가 가벼운 옷차림으로 방에 들어섰다. 그의 손엔 베개와 넥타이가 들려 있었다. 내가 그것들을 빤히 바라보자 루이는 침대로 걸어가 자기 베개를 내 베개 옆에 나란히 놓고 투덕투덕 손으로 두드려 베갯솜을 다듬으며 말했다.

"베개 하나로 같이 쓰면 불편하니까."

그렇군. 그보다 오늘도 여기서 잘 생각인 건가. 당연하다는 듯 말해서 한순간 나까지 당연하게 받아들일 뻔했다. 루이가 베개랑 같이 들고 온 넥타이가 부담스럽게 시야에 박혔다. 그럼 나는 오늘도 묶이는 건가.

아…… 싫다.

도대체가 이해할 수가 없었다. 좋아한다며. 사랑한다며. 근데 왜 묶지 않으면 같이 잘 수 없다는 건지. 묘하게 기분이 나빴다.

침대를 투덕대며 정돈하는 루이를 잠시 쳐다보다가 시계를 보았다.

"근데 벌써 자려고요? 아직 8시 반인데."

나를 돌아보았다가 그 역시 시계를 흘긋 보더니 잠시 생각에 잠겼다. 머지않아 혼자 뭘 납득한 건지 루이의 고개가 작게 끄덕여졌다.

"그러네. 그럼 잠깐 해변이라도 걸을까."

"네?"

뭐야 이건. 해변? 여기서 분위기라도 잡고 싶다는 걸까? 아니면 단지 기분 전환을 위한 산책을 말하는 건가. 요즘 그의 행동 패턴을 보면 전자가 분명할 텐데 권하는 말투와 표정이 건조한 게 무드라곤 전혀 없다 보니 언뜻 후자 같기도 했다. 과연 내가 생각하는 게 맞는지 싶어 약간 자신 없이 루이에게 물었다.

"……데이트?"

"데이트."

루이가 담담하게 고개를 끄덕였다. 역시 그렇구나. 좀 답답하기도 했기에 흔쾌하게 그의 제안을 받아들였다.

"그래요."

살풍경한 곳이라도 섬에서 바라보는 바다의 풍경이란 다른 곳과 다를 게 없다. 해가 내려앉아 검게 물든 바닷물이 별빛에 비쳐 반짝이고 쓸려 왔던 파도가 발목을 적시고 사라진다. 그러니 마음먹기에 따라선 낭만이 전혀 없지도 않았다. 우린 한동안 별 대화 없이 해변에 서서 바다만 바라보았다.

문득 루이의 손등이 내 손등에 닿았다가 떨어졌다. 가까이 서 있었고, 그래서 부딪혔나 싶어서 무시하길 잠시 곧 그게 아닌 걸 눈치채고 그를 향해 눈을 굴렸다. 옆에서 보는 루이는 발치의 모래를 무감하게 응시하고 있었다. 하지만 그의 손등은 계속 일정 간격으로 내 손등을 툭툭 쳤다. 그의 옆모습을 보던 눈을 슬그머니 돌려 버리고 말았다. 뭐야 이거. 그의 낯간지러운 짓에 괜히 나까지 부끄러운 기분이 들었다. 잡으려면 잡고 말려면 말 것이지. 애도 아니고 이게 대체 무슨 짓인지.

루이는 내가 반응을 보이지 않자 건드리는 것을 그만두고 한숨을 내쉬었다. 나 들으라는 듯 선명하게 '곰탱이.'라고 중얼거리는 말에 절로 멋쩍어졌다. 루이가 몸을 돌려 등을 보이며 말했다.

"슬슬 들어갈까."

짧은 산책을 끝내고 방으로 돌아오자 루이는 침대 위로 올라가 아주 자연스럽게 넥타이를 들고는 나를 바라보았다. 내가 그 모습을 쳐다보기만 하고 다가가질 않자 루이가 오지 않고 뭐 하냐고 물었다. 내가 당연히 묶여 줄 거라 생각하는 것 같아 어이가 없었다.

"루이 씨. 나랑 같이 자고 싶어요?"

"넌 싫어?"

"묶이는 건 싫어요."

"어째서?"

"그야 움직이기 불편하잖아요."

"자면서 움직여야 할 이유라도 있어?"

"화장실 가고 싶을 수도 있죠."

"그때는 깨워. 풀어 줄 테니까."

한마디도 지는 법 없이 따박따박 대꾸한 루이는 기어이 내 손을 묶어 침대 위에 눕혔다. 기도하듯이 모아 댄 채 묶인 손은 전혀 움직일 수가 없었다. 그런 나를 재우려는 듯 내 가슴 위를 한 손으로 가볍게 토닥이는 루이에게 결국 빽 소리쳤다.

"역시 이건 뭔가 이상해요! 기분 나쁘다고요!"

"기분 나빠?"

"기분 나빠요! 풀어 줘요!"

"그럼 기분 좋게 해 줄 테니까, 너무 그렇게 화내지 마. 안 그래도 미안하게 생각 중이야. 그렇지만 어쩌겠어. 나는 너와 같이 자고 싶고 그렇게라도 해 놓지 않으면 불안해서 잠이 안 오는데.”

“그래도, 이게 뭐예요…….”

생각지 못한 루이의 순순한 사과에 나도 모르게 한풀 꺾여 웅얼거리듯 말했다. 루이는 별말 없이 내 셔츠 밑으로 한 손을 집어넣었다. 배와 허리를 천천히 쓰다듬다가 자연스레 브라에 감싸인 가슴 둔덕을 덮은 루이는 곧 한숨을 쉬며 내 몸 위를 덮듯이 올라왔다. 그는 두 손을 내 등 뒤로 넣어 브라 끈을 찾아 더듬거렸다. 그 과정에서 거의 끌어안기다시피 해 루이와 얼굴이 맞닿을 듯 가까워졌다. 루이는 잠시 내 입에 키스하고는 등의 브라 버클을 풀어내며 투덜거렸다.

“왜 잘 때마저 속옷을 입는 거야. 벗기기 귀찮게시리.”

“벗기라고 안 했어요.”

“기분 좋게 해 달라며.”

“그런 말도 안 했어요. 루이 씨가 한 말이라고요. 그건.”

“사사건건 따지지 마. 팔 들어 봐.”

삐죽거리며 팔을 머리 위로 들어 올렸다. 루이는 내 셔츠를 목 아래까지 끌어 올리고 끈이 풀려 헐렁하게 뜬 브라 역시 가슴 위로 올리며 조금 아래쪽으로 물러났다. 그는 내 배꼽 부근에서부터 잔키스를 하며 올라와 한쪽 가슴을 입으로 물고 반대쪽 가슴을 손으로 주물렀다. 점차 기분이 몽롱해지고 숨이 차 짙은 호흡을 하며 루이를 불렀다.

“루이 씨…….”

루이는 대답 없이 내 가슴 유실을 입 안쪽으로 압박하듯이 빨아 당겼다. 쯉. 침에 젖은 유두가 루이의 입술과 마찰하는 소리가 작게 들렸다.

"언제부터……예요?"

혀로 가슴을 자극하던 루이가 고개를 들었다. 그는 반대쪽 가슴을 계속해서 주무르며 키스할 듯 얼굴을 가까이 들이밀고 속삭여 물었다.

"뭐가."

"언제부터 내가 좋았어요……?"

늘 건조하기만 하다고 느낀 루이의 눈망울이 지금은 약간 일렁이듯 반짝였다. 루이는 내 시선을 피해 눈을 감고 턱에 입을 맞추며 대답했다.

"……기억 안 나."

"거짓말……."

"특별히 중요한 것도 아니잖아."

"궁금해요……."

"말하고 싶지 않아. 나한텐 별로 좋은 기억이 아니라서."

루이는 그렇게 대꾸하곤 입을 옮겨 내 입술에 겹쳤다. 나한테 반하는 순간이 좋은 기억이 아니라니 너무한 거 아니냐고 따지고 싶었지만, 루이는 내가 더 귀찮은 말을 내뱉지 못하도록 키스로 틀어막은 입을 좀처럼 풀어 주지 않았다. 입술로 입술을 부드럽게 베어 물고 혀로 혀를 색정적으로 얽으며 루이는 내 가슴을 마사지하듯 천천히 주물렀다.

문득 루이가 손을 옮겨 내 바지 속으로 미끄러뜨리듯 집어넣었다. 무릎을 조금 움츠렸지만, 그는 별로 어렵지 않게 속옷 안까지 손을 밀어 넣고 비부를 쓰다듬었다. 루이의 입술이 내게서 떨어지며 단번에 탄성을 내뱉었다. 루이가 그런 날 내려다보며 미소 지었다.

"오늘은 삽입까진 안 하려고 했는데. 원하면 넣어 줄까?"

"그럼…… 애초에 거기까지 만질 필요, 없었잖아요……. 웃……!"

그가 바람 빠지는 듯한 웃음을 속삭였다.

"그냥 기분 좋게 해 주고 싶었던 것뿐이야."

"흐으……."

못됐다 정말. 루이의 손가락이 질 입구 근처를 안달 나게 지분거리기만 하고 내가 확실하게 느낄 만한 자극 지점은 은근하게 피했다. 애간장만 녹인다. 아마도 루이는 자기 손으로 인해 헐떡거리는 내 모습을 즐기는 것 같았다. 그도 그럴 것이 날 바라보는 루이가 너무나 즐거운 표정이었다. 루이는 웃는 얼굴로 조곤조곤 말했다.

"어제는 확실히…… 내가 어른스럽지 못했지. 미안하다. 오늘은 끝나고 나서도 길게 여운이 남도록 더 공들여서 해 줄 테니까. 너도 이젠 날 굳이 화나게 하지 마. 부탁이니 제발 기분 좋게 하자."

숨을 헐떡이느라 대꾸도 하지 못하는 내게 그렇게 말하고 루이는 손을 거두더니 내 바지와 속옷을 차근차근 벗겨 냈다. 그는 날 옆으로 눕게 해 한쪽 다리를 가볍게 깔고 앉더니 다른 쪽 다리를 들어 올려 제 어깨에 걸치도록 했다. 루이는 제 바지에서 성기만 빠듯하게 빼내고 질 안으로 꾹 밀어 넣었다. 탁 소리가 나며 그의 것이 내 안으로 한 번에 다 들어왔다.

"으웃……!"

"후…… 내가 말한 적 있던가? 너 눈물 참고 있을 때 야해 보여."

"아……!"

루이가 허리를 천천히 움직이기 시작했다. 그리고……

그리고 중간에 기억이 갑자기 끊겼다.

눈을 뜬 건 이미 어스름한 새벽이었다.

"……."

아마도 이건 그거다. 졸도. 정신을 잃은 경험은 꽤 해 본 편이라고 생각했는데 섹스하는 중에 정신을 잃어 본 건 또 처음이다. 왜지? 딱히 무리하진 않았는데. 눈을 깜박거리며 생각에 잠겨 있다가 조금 몸을 움직거린 순간 하체가 묵직한 느낌에 절로 몸이 굳었다.

뭐야 이거. 들어 있어……? 내 아래에 뭔가 들어 있었다. 아마도 그게 들어 있는 것 같았다.

어……? 저기. 악! 역시 이건 그건가? 아니 물론 그게 아닌 다른 게 들어 있다면 더 위험하지만, 그렇지만 그래도 이건……!

패닉까진 아니지만 예상치 못한 일로 인한 이 황당함은 막을 길이 없어 얼굴로 열이 푸식푸식 올랐다. 뒤늦게 등 뒤에서 날 끌어안은 채 고른 숨소리를 내는 루이에게 신경이 가며 대체 이 남자는 어떻게 돼먹은 인간인지 정말로 모르겠다는 생각을 했다.

"루이 씨……."

부글부글 끓는 기분으로 음산하게 그를 부르자 그제야 루이가 잠에서 깨며 목소리를 냈다.

"으음……. 잘 잤어?"

"저기, 루이 씨. 제 밑에……."

"밑에?"

되도록 입으로 말하고 싶지 않으니 제발 알아서 눈치채 줬으면 했지만, 그는 별 신경도 쓰지 않고 마치 기상 전 기지개라도 되는 양 몸에 가득 힘을 주며 내 몸을 꽉 껴안았다가 놓았다.

그 움직임에 내 안에서 꿈틀대는 그게 더 생생하게 느껴져 미칠 것 같았다.

"루이 씨…… 그러니까 밑에…… 이게……."

내가 생각하는 그게 맞나요.

기어들어 가는 목소리로 한 번 더 묻자 그제야 등 뒤에서 '아.' 하는 소리와 함께 루이가 천천히 내게서 몸을 떨어뜨렸다. 지걱대는 소리가 나며 아래를 채우고 있던 것이 빠져나가자 그 공간으로 찬 바람이 들어오는 것 같았다. 절로 몸이 움츠려졌다.

이윽고 묶였던 손도 자유로워졌지만, 이 기묘한 해방감을 마냥 좋아할 수가 없었다. 루이는 침대에서 내려가 옷을 주워 입으며 심드렁하게 말했다.

"아— 좀 열받아서."

"열받아서······?"

응? 뭐야 그건. 열받아서 설마 기절한 사람 붙들고 이런저런 그런 거 다 했다는 소린가? 웃을 수도 울 수도 없는 이상한 기분으로 침대에 앉아 발만 쳐다보고 있다가 문득 루이의 한숨 소리가 들려와 고개를 들었다. 그는 머리를 손가락으로 가볍게 긁적이며 마지못해 변명했다.

"뭐······ 하는 중이었고 말이지. 물론 네가 정신을 잃었다는 걸 눈치챘을 때는 나도 놀랐으니 당연히 뺐지. 급사한 줄 알고 꽤 한참 허둥댔다고. 근데 잘 보니까 자고 있는 거야. 오늘은 그만둘까 하면서 물러나려는데 내 게 아직 살아 있잖아? 이걸 혼자 손으로 풀 생각을 하니 태평하게 처자고 있는 네게 살심이 들더라고. 그래서 분풀이로 일단 꽂았어."

일단 꽂았······.

"하아? 당신······! 아?!"

울컥하며 말도 제대로 잇지 못하는 나에게 루이가 무심하게 손을 들어 보이며 진정하라는 뜻을 비쳤다.

"꽂기만 했어. 흔들진 않았다고. 물론 일단 꽂은 김에 한 번 정도만 뺄까 좀 고민하긴 했지만 그래도 안 했어. 그러니 넌 화낼 게 아니라 그 상태로 참고 잠든 내 인내심에 감사해야 해."

날아가는 내 베개를 루이가 재빨리 잡아챘다. 이번엔 루이 베개를 집어 던졌다. 루이는 제 얼굴로 날아오는 그것도 가볍게 잡아채며 작게 투덜거렸다.

"쩨쩨하긴."

약간 소란스러웠던 그날의 새벽 이후 나와 루이는 오랫동안 껄끄러운 분위기가 조성되었다. 정확히는 내가 조성했다. 일부러 거리를 벌리고 딱딱하게 대하자 루이는 불만스러워하면서도 그래도 한 짓이 있어 별말 없이 넘어갔다. 그동안 훈련은 지장 없이 이어졌다. 달리기와 스트레칭으로 기본 몸풀기 후 대련식 균형 훈련.

그래도 완전 생초짜는 아니라고 몸은 빠른 속도로 내 통제 안으로 돌아오기 시작했다. 아마도 그건 섬에 도착 후 며칠 만에 배편으로 도착한 테일러의 약이 꽤 영향을 줬을 거라 생각된다. 테일러의 약은 분명 만능까진 아니지만, 확실히 훈련과 병행하면 큰 효과를 볼 수 있었다. 호르몬 문제만 아니면 먹을 만했다. 하긴 그게 치명적인 거지만.

섬에 도착한 지 한 달이 좀 넘을 무렵이었다. 그날도 어김없이 훈련을 한 뒤 아침 식사하러 식당에 가던 중 루이가 말했다.

"식사 후에 총 잡아 보자."

"……네."

루이는 잠시 말이 없다가, 식당에서 훈련생들을 따라 줄을 섰을 때 문득 내게 가까이 다가와 속삭여 물었다.

"아직도 삐진 거냐? 이제 그만 풀지? 이쯤 하면 충분하잖아."

"전 삐진 적 없습니다만."

"거짓말 마. 그날부터 계속 딱딱한 말투에 잠자리도 피하고."

"비록 휴직 중이나 저는 군인입니다. 군인들 말투는 대체로 이렇습니다. 그리고 잠자리는 훈련하고 나면 피곤해서 그런 거고요. 우리가 십 대도 아니고 눈만 마주치면 붙어먹는 건 좀 지나치지 않습니까. 어른이라면 절제도 할 줄 알아야죠."

"……."

"……흥."

루이는 내 얼굴을 잠시 바라보다가 곧 시선을 다른 곳에 두며 담담하게 말했다.

"그래 뭐……. 식사 후 나한테 화장실로 끌려가고 싶다면 계속해라. 화장실에서 한번 진하게 섹스하고 나면 너도 나도 기분 좀 풀리겠지."

"……안 할게요."

화장실은 싫다. 곧바로 어깨에서 힘을 빼고 늘어뜨리자 루이가 킥킥 웃었다. 하긴 나도 한 달은 좀 심하다고 생각하던 참이었다. 중간부턴 내 눈치를 보는 루이가 재밌어서 일부러 더 삐진 척한 거기도 하고. 받아 주는 사람이 있으니 나도 절로 어리광을 부리게 됐다. 그래도 역시 한 달은 심했던 것 같으니 오늘 밤엔 오랜만에 그의 밤 사정을 좀 헤아려 주기로 했다.

아침 식사 후에 곧바로 사격장으로 갔다. 챙겨 온 프렌스 총을 들고 과녁판을 앞에 둔 채 루이가 호루라기를 한 번 불 때마다 총을 쏘고 한 발짝씩 뒤로 빠져 거리를 벌렸다. 삑— 타앙—! 삑— 총과 호루라기 소리가 규칙적으로 외부 사격장 안을 울렸다. 새 탄창을 끼워 넣느라 잠시 쉴 때 루이가 입에 문 호루라기를 빼고 말했다.

"최소 150미터. 그게 놈과 네가 기본적으로 유지해야 할 거리다."

"대화는 못 하겠네요."

"얼빠진 소리 하고 있네. 아직도 그 새끼와 네가 할 말이 남아 있었냐?"

루이가 불쾌한 얼굴로 담배를 꺼내 물었다. 나는 웃으며 고개를 저었다.

"아니요."

훈련섬에 온 지 두 달이 다 되어 갔다. 그날의 훈련은 저녁 식사 전에 끝을 냈다. 나로선 더 해도 상관없다고 생각했지만, 목표는 신체를 강철로 만드는 것이 아닌 균형을 잡는 것이라면서 루이는 휴식 역시 무시 못 할 항목이라고 그렇게 스케줄을 짰다. 루이가 개인 교관을 자처했던 터라 직접 휴식과 훈련의 비율을 정해 알리는 것을 순순히 따르기로 했다.

어차피 이미 신체는 오래전에 완성된 형태이기 때문에 이제 와 훈련생과 똑같은 스케줄을 잡을 필요는 없다는 것이 그의 판단이었다. 그러니 이 훈련에선 그동안 흐트러져 있던 균형을 잡고 남는 시간은 작전을 짜는 데 쓰는 편이 효율적이라고 했다.

저녁 식사를 마친 후엔 샤워하고 줄곧 방에 있었다. 테이블 위에 피어리의 지도를 넓게 펼쳐 놓고 그것을 응시하며 오른손으로 펜 머리를 뒤집어 탁자 위에 똑똑 두드렸다. 생각에 푹 잠겨 있던 와중에 문득 왼손에 들려 있는 수화기 속에서 쥬페도라의 목소리가 흘러나왔다.

— 언제쯤 돌아올 생각이지?

"……."

— 데본.

"듣고 있습니다."

— 듣고 있는 게 아니라 언제 돌아오냐고 물었는데. 우리 결혼식까지 이제 한 달 남짓 남았잖아. 슬슬 준비해야지.

"안 합니다. 결혼식."

— 이번 주말엔 돌아오는 건가? 그렇다면 나도 시간 내서 남부에 들를 테니까……

"예정 없습니다. 간다 해도 총사령관님과 만날 일은 없을 거라 생각합니다."

— 당신 짐은 아직 다 저택에 있어. 그래도 한 번은 들러야 하지 않나?

"챙겨 나온 거로 충분합니다. 거기 두고 온 건 불필요하다고 판단되어 버린 겁니다."

내 앞으로 머그잔이 놓였다. 고개를 들자 언제 소리도 없이 들어온 건지 루이가 서 있었다. 그는 통화를 방해할 생각이 없다는 듯이 맞은편 의자로 가 앉더니 제 몫의 커피를 조용히 마셨다.

루이의 얼굴을 바라보고 있길 잠시, 침묵이 이어지던 수화기 속으로 다시 쥬페도라의 목소리가 흘러나왔다.

— 후…… 내가 강제로 소환 명령을 하면 결국엔 당신도 들을 수밖에 없어. 휴직 중이긴 하나 어쨌거나 아직은 군인이니 내 통솔권 아래에 있거든. 소환에 불복하면 탈영과 같은 처벌이 내려져. 내가 그렇게 하길 바라는 건가?

"신경 쓰지 않습니다."

— 어째서?

"신경 쓰이지 않으니까요."

— ……데본. 내가 많은 걸 바라는 게 아니야. 결혼식이야 당신이 정 싫으면 미루면 그만이고. 그저 집에 돌아올 생각만이라도 없나?

"총사령관님과 함께 있고 싶지 않습니다."

— 나는 현재 수도에 있어. 그러니 내가 없는 남부로 돌아오면 굳이 부딪힐……

"싫습니다."

— 정말 고집스럽군. 별로 맘에 들지 않아.

"면목 없군요."

이 통화는 대체 언제까지 해야 하는 걸까. 피곤함에 잠시 눈을 지그시 감았다가 뜨며 소리 없이 한숨을 내쉬었다. 집중이 되질 않는다. 결국, 테이블에 펜을 내려놓고 팔꿈치를 댄 채로 손을 세워 이마를 짚었다. 영양가라곤 조금도 없는 대화. 이것에 무슨 의미가 있다는 건지 모르겠다. 단순히 나를 괴롭히고 싶은 건가? 여기 있는 동안이라도 쥬페도라를 잊고 지내고 싶었지만 매일 이런 식으로 하루 마무리를 망쳐 대니 정신적으로 힘들었다. 그에게 아무런 마음도 없으면 모를까. 감정이 남아 있기에 더더욱.

"……오늘은 그만 쉬고 싶습니다. 끊어도 되겠습니까?"

수화기 너머로 한숨 소리가 짙게 들려왔다. 그 역시 이 지지부진한 대화가 피곤한 모양이었다.

— 그러지. 푹 쉬도록.

"그럼."

달칵. 전화기를 내려놓고 나 역시 길게 한숨을 내쉬었다. 쥬페도라의 목소리를 듣는 것만으로도 심신이 피로했다. 이내 정신을 가다듬고 컵을 들었다. 그 상태로 다시 지도를 응시했지만, 왜인지 갑자기 죄다 귀찮다는 생각이 들었다. 결국, 커피는 한 모금도 마시지 않은 채 도로 내려놓았다. 자리에서 일어나 침대에 누워 버린 나는 눈을 감으며 루이에게 말했다.

"오늘은, 묶이고 싶지 않아요. 그냥 조금, 쉬게 해 주세요."

"……."

루이는 아무 대답도 하지 않았다. 이내 부스럭거리며 테이블 위를 치우는 소리가 나더니 곧 방문이 여닫히는 소리로 소음은 끝이 났다. 사람의 기척이 없어진 방 안은 더욱더 조용해졌지만, 너무 시간이 이른 탓인지 피곤함에도 좀처럼 수면으로 빠져들 수가 없었다.

그 불면의 증상이 불쾌해져 금세 짜증이 났다. 반듯하게 누웠던 몸을 옆으로 돌려 누우며 손으로 얼굴을 감싸 꾹 누른다. 의도한 바 없이 이가 부득 갈렸다.

"……으—!"

새벽까지 괴롭게 뒤척이며 생각하고 싶지 않은 것들을 곱씹었다. 돌멩이가 떨어진 물결 위에 파문이 일듯이 연쇄적으로 떠오르는 기억은 분노가 터지게도 슬픔에 잠기게도 했지만, 눈물은 나지 않았다. 단지 일그러진 얼굴을 펴기가 쉽지 않았다.

비관하기 시작하면 끝이 없다는 것을 알고 있다. 그래서 되도록 생각하지 않으려 했지만, 오늘은 뭔가 평소 이상으로 지쳐 버렸다. 주체할 수 없이 밀려드는 것들을 막을 수가 없다. 죽을 것 같았다.

누가……

"흐…… 으……."

누가 나 좀 살려 줘.

그러다 눈치채지도 못하는 사이 수면에 들었지만 그래도 나는 평온해질 수가 없었다. 수면에 들기까지 나를 괴롭히던 것들이 기어이 가위가 되어 짓눌렀다. 형체 없는 것들이 목을 조르고 사지를 찢어발길 듯이 잡아당겼다. 온갖 악의가 달려들어 온몸을 흠씬 두들겨 댔다. 그것들은 문득 하나의 구체처럼 뭉뚱그려지더니 혼잡해진 목소리로 나더러 죽으라고 외쳐 댔다. 그 소리에 깃든 원한들은 결국 오롯하게 나만을 겨눈 창이 되어 날아와 심장을 꿰뚫고 말았다. 그 힘에 몸이 뒤로 넘어가 쓰러지고 만다.

그렇게 죽기만을 기다리며 숨을 빠르게 내쉬고 있는데 문득 까르르거리는 해맑은 목소리가 지척에서 들려왔다. 힘겹게 고개를 옆으로 돌리자 웬 발가벗은 아기가 내 머리맡에 앉아선 피가 흐르는 무언가를 뜯어 먹고 있었다.

고기……?

문득 아기가 고개를 들었고 비로소 그 작은 손에 들린 것을 자세하게 볼 수 있었다. 아직 펄떡펄떡 뛰고 있는 심장이었다. 아기와 눈이 마주쳤다. 왜인지 나도 모르게 손을 움직여 내 심장 부근을 짚었다. 나를 꿰뚫었던 창은 온데간데없고 뻥 뚫려 비어 버린 공간이 느껴졌다. 저것은 내 심장이다. 그것을 깨닫는 순간 아기가 짐승처럼 날카로운 이를 드러내며 나를 향해 씨익 웃었다. 피가 흐르는 입이 크게 벌어지며 아기는 곧 내 목을 물어뜯기 위해 달려들었다. 콰직—! 살갗이 찢어진다. 피가 허공에 튀며 극심한 고통이 느껴졌다.

"아아악! 아아!"

그 끔찍하고 생생한 괴로움에 비명을 지르고 두 팔을 허공에 휘저으며 몸부림을 쳤다. 그러다 누군가 내 손을 세게 잡아채는 순간 깜짝 놀라 눈을 번쩍 떴다. 루이가 내 손을 붙잡은 채 날 내려다보고 있었다. 멍하니 그의 얼굴을 보고 있자 루이가 눈가를 조금 찌푸리며 말했다.

"지금 전화가 와 있어."

"……예?"

"쥬페도라 총사령관. 계속 이 방으로 전화를 건 모양이지만 안 받는다고 내 방으로 걸었어. 아마 잘 거라고 말했지만 못 믿는 모양인지 당장 바꾸라고 했어."

그제야 몸을 일으켜 탁상시계를 확인했다. 새벽 3시 10분. 무슨 일이지. 식은땀이 흐르는 몸을 닦지도 못한 채 루이 방으로 갔다. 탁자 위에 빼놓은 수화기를 들어 귀에 가져가며 아직 진정되지 않아 갈라지고 떨리는 음성으로 말했다.

"……레이시입니다."

— ……데본?

잠긴 내 목소리가 싫어 한 번 큼 하고 목을 가다듬었다.

"레이시입니다. 말씀하십시오. 총사령관님."

— ……아니. 정말 그곳에 있는지 확인차 전화했어.

"……."

— 자는데 깨웠군. 실례했어. 그럼.

별말 없이 전화가 끊겼다. 끊긴 수화기를 노려보며 이건 또 무슨 웃기지도 않는 장난인가 싶어 기분이 나빠졌다. 던지듯 수화기를 내려놓으며 신경질을 표출했다. 무슨 급한 일이 생겨 이 시간에 내 행방을 의심해야 했던 건지 궁금했지만 안타깝게도 여기선 확인할 길이 없었다.

"루이 씨. 수도의 소식을 알 수 없나요?"

"글쎄. 아마도 이곳 교관들 역시 우릴 감시할 테고, 그가 숨기겠다고 마음먹었다면 정상적인 방법으론 어렵지."

"비정상적인 방법은요?"

루이는 날 가만히 바라보다가 마지못한 표정으로 답했다.

"안 그래도 섬에 오기 전에 채드나 베어 녀석들에게 무슨 소식이 생기면 연락 달라고 했었어. 그 녀석들도 대놓고 전화를 걸진 못하겠지만 분명 나름의 방법으로 정보를 보내오겠지."

"……."

"일단은 기다리는 수밖에 없어."

"……그렇군요. 알았어요."

루이가 한편에 걸려 있는 수건을 거둬 내게 내밀었다.

"땀 많이 난다."

"아……."

"닦아."

"……고마워요."

작게 감사를 표하며 수건을 받아 들었다. 루이는 딱히 묻지는 않았지만, 얼굴을 닦는 내 모습을 한참 동안 지그시 바라보았다.

며칠 후, 새벽 훈련을 마치고 아침 식사를 하러 가는 도중 한 어린 훈련생이 달려오다가 루이의 팔에 툭 부딪혀 왔다. 훈련생은 곧바로 사과했다.

"죄송합니다."

"……아니. 괜찮아."

루이가 괜찮다 하자 훈련생은 고개만 한 번 더 까딱 움직이곤 자리를 떴다. 첫날 해안가에서 벌을 받고 있던 그 소년이었다. 고작 열 살 조금 넘었을까 싶은 체구의 훈련생은 빠른 달리기로 우리보다 먼저 식당으로 들어가 버렸다. 루이는 그 뒷모습을 잠시 보다가 이내 우리도 들어가자고 눈짓했다.

식사 후 사격장에 들어서자 루이는 그제야 주머니에서 무언가를 꺼내 보았다.

"그게 뭐예요?"

"아까 그 꼬맹이가 전달원이었어. 그러고 보니 오늘 물품을 실은 배가 들어왔었지."

'제법인걸. 틀림없이 소매치기 출신일 거야.' 라고 작게 중얼거린 루이가 손에 든 종이를 바스락거리며 펼쳤다.

"뭐라고 쓰여 있어요?"

"……."

루이는 대답은커녕 입을 더욱 꽉 다물었다. 궁금해서 그에게 다가가 쪽지를 직접 보려 했는데 내가 한 발짝 떼자마자 루이가 날 흘긋 보더니 곧바로 종이를 접어 다시 주머니에 집어넣었다.

"왜 숨겨요?"

"……."

"루이 씨. 나 이런 상황에서 장난치는 거 싫은데요."

루이는 계속 대답을 피하며 담배를 빼 물었다. 나는 결국 들고 있던 프렌스로 루이를 겨눴고 그제야 루이가 날 바라보았다.

"말해요."

"말하지 않으면 쏠 거냐?"

"예. 일단 움직이지 못하게 해 놓고 내 손으로 직접 확인할 겁니다. 순순히 알려 주시는 게 좋아요."

루이가 쓴웃음을 지었다. 나는 공이를 세우는 것으로 각오를 내보이며 경고했다.

"생각보다 제 인내심이 짧아요."

담배 연기를 내뿜은 루이는 결국 주머니에서 그 종이를 다시 꺼냈다. 그리고 나를 향해 보이도록 펼치며 말했다.

"모건이 형무소에서 탈옥했다. 현재 행방 묘연."

타앙—!

루이의 옆으로 총알이 날아가 벽에 틀어박혔다. 분노가 머리를 휘감았다. 또 한 번 예정에서 벗어나는 현실에 화가 났다. 원래라면 내가 나가는 시기에 맞춰서 모건을 풀어놓을 예정이었다. 유인 작전을 위한 사전 섭외가 모두 준비되어 있었다.

누구지. 누가 모건의 탈옥을 돕고 숨겨 주고 있는 거지.

탄피를 빼낸 뒤 탄알을 약실에 넣고는 총을 세웠다.

하긴 뭐, 상관없지.

그게 누구든 다 죽여 버리면 그만이었다.

"할리……! 아니, 레이시! 잠깐 기다려! 지금 가 봤자 찾을 수 있을 리가 없잖아!"

꼭지가 돌아 버린 채 루이를 지나쳐 사격장을 빠져나갔다. 루이가 뒤따라 나와 나를 붙잡았다. 그의 손이 어깨에 닿는 순간 나는 분통이 터지는 걸 참지 못하고 고함을 지르며 돌아서서 그를 향해 총을 겨눴다. 루이의 손은 금방 내게서 떨어져 나가 허공에 멈췄다.

"날 방해하는 사람은 누구든 가만두지 않을 겁니다. 루이 씨라도 마찬가지예요. 그 밖에도 필요하다면 어린애, 여자, 노인 할 것 없이 개의치 않고 죽이겠어요. 심판이라면 그 뒤에 받아도 상관없으니까. 그 자식을 찢어발기기 위해서 어떤 수단이든 이용해 찾아낼 겁니다."

6. 사냥 (상)

방으로 돌아오자마자 입고 있던 옷을 벗어 던지고 트렁크에서 짙은 색의 바지 정장을 찾아 입었다. 휴대하기 좋은 가방을 꺼내 탁자 위에 올려 그 안으로 스무 장이 넘는 지역 지도와 수첩, 펜, 테일러의 약, 총알들을 챙겼다. 나이프와 권총을 각 집에 넣어 허리에 둘러 채우고 프렌스 총을 등에 멘다. 옆에선 어느새 뒤따라온 루이가 쉴 새 없이 무어라 말을 해 댔지만, 그 어느 것 하나 머릿속으로 들어오진 않았다. 가방을 적당히 챙기고 나선 가져온 다른 짐들을 그냥 내버려 두고 방을 빠져나왔다. 섬의 서무과로 가 퇴실 절차를 밟았다.

"지금 섬을 나가고 싶습니다."

"지금 바로 말씀입니까?"

"예. 보트가 있습니까?"

"예. 일단 여분은 남아 있습니다. 하지만 가실 항구에 따라서 무인 섬에서 갈아타실 배편을 알아봐야 합니다. 어디로 가십니까?"

"피어리에 가장 가까운 곳으로. 그리고 항구에서부터 타고 이동할 지프도 준비해 주셨으면 합니다."

"알겠습니다. 잠시 기다려 주세요."

서무과 직원이 배편을 알아보기 위해 어디론가 전화를 걸었다. 루이가 내 어깨를 잡아 자기 쪽으로 돌려 세웠다.

"기다려 봐. 지금 거기로 가서 뭘 어쩌려고. 이미 며칠이나 지났어. 머리에 총 맞지 않는 한 이미 수도엔 없을 거다."

"흔적은 찾을 수 있겠지요."

"총사령관 쪽에서 이미 사람을 풀어 찾고 있을 거야. 네가 가 봤자 아무것도 할 수 없어."

루이와 실랑이를 벌이며 점점 분위기가 사나워질 즈음 수화기를 귀에 대고 있던 직원이 문득 내 눈치를 보았다. 그녀는 곧 전화를 끊으며 말했다.

"죄송합니다. 준위님. 현재 배편이 없습니다."

"다른 항구의 배편이라도 괜찮습니다."

"현재 무인섬으로 향하는 배편은 모두 출항이 취소되었습니다. 또한, 훈련섬에서의 출항도 당분간 모두 금한다는 명령이 내려왔습니다."

"……."

가만히 직원을 바라보다가 문득 의식적으로 입술을 올려 활짝 웃었다. 그 순간 루이가 허리의 권총을 잡아 **빼려는** 내 손을 잡아채 거칠게 등 뒤로 꺾었다. 쾅! 접수 카운터에 상체와 머리가 세게 부딪히고 곧바로 뒤통수에 총구가 대어진 느낌이 났다. 등 뒤에서 날 짓누른 루이가 가볍게 숨을 몰아쉬며 조금 긴장한 어조로 말했다.

"부탁이니 움직이지 마라. 손가락에 힘 들어가면 골치 아파져."

웃음소리가 입술 사이를 가르고 멋대로 빠져나갔다.

"쏘지도 못할 주제에."

나는 루이에게 빈정거렸다.

"자신 있으면 쏴 봐요."

"······."

"이 섬에서 날 쏠 수 있는 자는 아무도 없어요."

뒤통수에 대어진 총구 따위 아랑곳없이 고개를 움직여 카운터 너머 여직원을 바라보았다. 그런 내 행동에 루이는 당혹스러운 침음을 냈으나 그렇다고 역시나 내게 총을 쏘지는 못했다. 그저 내 팔을 잡아 누르고 있는 손에 조금 더 힘을 줄 뿐이었다. 여직원의 손에도 어느새 권총이 한 정 들려 있었다. 날 향하는 그녀의 눈에 긴장이 서려 있다. 그녀를 향해 의식적으로 눈가를 휘어 보였다.

"당신, 이름이 뭐지?"

여자는 대답하지 않았다. 그저 어딘가에 연락을 넣으려는 것처럼 총을 들지 않은 손으론 다시 수화기를 잡아 들었다. 아마도 섬의 교관들과 관리원들에게 소식을 전할 모양이다. 나는 눈을 돌려 접수처에 작게 세워진 그녀의 이름과 직급을 확인했다.

"음······ 사무 관리원 겸 통신 교환원인 미헤르 양. 혹시 내가 누군지 알고 있어?"

"그만해. 다물어."

루이가 말했지만 막을 수 있을 리 만무했다. 나는 코웃음을 쳤다.

심문에서 상대로부터 우위를 점하기 위한 가장 손쉬운 방법은, 말을 놓는 것이다. 누가 강자이고 누가 약자인지 어지간한 상대에게는 즉각적으로 전해지기 때문이다. 역시나 조금 전까지의 예의 차린 모습을 집어치우자 직원은 어깨를 조금 움찔하며 번호를 누르려던 손가락을 멈췄다. 저도 모르게 움츠리는 모습만 봐도 그녀가 제대로 된 훈련을 받은 자가 아님을 알 수 있었다. 그저 교환원일 뿐이었다. 아주 손쉬운 상대다.

"사실 내 본명은 레이시가 아냐. 미헤르 양. 마들로나 드 데본 제이라고 해. 사정이 있어서 본명을 숨기고 있었는데…… 어차피 지금은 이미 부활 작업도 끝나 있겠지. 뭐하면 군부에 전화 넣어서 확인해 봐도 좋아. 아직 식을 치르진 않았지만 나는 이미 서류상으론 군 중앙사령부 쥬페도라 총사령관의 배우자야. 결혼식은 한 달 후에 치르기로 되어 있어. 이젠 좀 알아듣겠어? 지금 당신이 총을 겨눈 상대가 누구인지."

내 말에 차츰 직원의 얼굴색이 질리며 총 끝이 조금 떨리기 시작했다. 하지만 완전히 총을 거두지는 않았다. 오히려 변명하듯 대꾸까지 해 온다.

"이 명령은 중앙사령부에서 내려온……"

들을 필요도 없다는 듯 나는 안타깝다는 기색을 비치며 직원의 말을 끊었다.

"그야 그렇겠지. 이 섬은 군부 소속이니까. 당연히 이 섬은 명령을 이행할 의무가 있어. 하지만 미헤르 양. 머리를 잘 쓰라고. 그렇지 않으면 만날 그 자리야. 이행 전에 명령의 의도를 먼저 파악해야지. 말해 봐. 뭐라고 명령이 내려왔어? 날 막으라고? 아님, 죽이라고? 적어도 후자는 아닐 거야. 내 말이 틀려?"

"……."

"그이는 그냥 날 지키고 싶은 거야. 날 너무 사랑해서 잔걱정이 많은 사람이거든. 나는 그렇게 약하지 않다고 아무리 얘길 해도 듣질 않아. 팔불출이라니까."

　마치 쥬페도라와 내가 닭살 돋는 신혼부부라도 되는 것처럼 연기했다. 스스로도 놀랄 정도로 능청스럽게. 속은 토가 나올 것같이 불쾌했지만, 만면엔 여전히 웃음을 띠고 여직원에게 말했다.

　"스스로 잘 생각해 봐. 딱 1분 주지. 1분 후에도 날 막고 있다면 난동을 부릴 거야. 마음대로 해. 하지만 잘 판단해야 할 거야. 미처 막지 못해 날 놓쳤다고 보고하는 것과 막는 것에 무리가 생겨 한 달 후에 결혼식을 올릴 총사령관님의 피앙세를 쏴 죽였다고 보고하는 것. 어느 쪽이 그의 분노를 더 살지 말이야."

　이 이상 여직원을 더 압박할 필요는 없을 것이다. 그녀는 이미 전의를 상실했다. 나는 고개를 약간 틀어 이번엔 루이에게 말했다.

　"나 슬슬 움직일 건데. 쏠 거예요?"

　루이가 이를 부득 갈았다. 나는 억지로 몸을 비틀어 루이의 손에서 팔을 빼냈다. 꺾였던 팔을 주물러 풀며 여직원에게 말했다.

　"알아들었으면 나갈 배 준비시켜. 기름 넉넉히 준비하고."

　무인섬에서 갈아탈 배가 없다면 여기서 무인섬을 거칠 것 없이 바로 항구로 직행하면 그만이었다. 직원은 울 것 같은 얼굴로 수화기를 들었다. 그리고 현 사정을 전하며 나갈 보트를 준비해 달라고 연락을 넣는다. 얼마 후 수화기를 내려놓는 직원에게 가볍게 웃어 주며 말했다.

　"걱정할 거 없어. 만약 추궁이 들어온다면 내가 무력으로 배를 탈취했다고 하면 되는 거야. 간단하지? 그럼 아무 일도 없다고."

　"그 인간이 바보도 아니고 잘도……."

　옆에서 루이가 혀를 차듯 중얼거렸다. 행동은 더 막을 의지가 없어 보이긴 했지만, 표정만은 아직도 저항력이 가득했다. 나는 그를 흘긋 보며 대꾸했다.

"알아도 상관없어요. 정말 날 죽일 생각이 없다면 속아 줄 수밖에 없을 테니까. 루이 씨도 말했잖아요? 눈 가리고 아웅이라는 것도 필요한 법이라고."

"……망할."

얼마 후 첫날 우리를 마중 나왔던 젊은 교관이 배웅 준비가 끝났다며 사무실로 들어왔다. 곧 갈 테니 먼저 가 있으라고 했다. 내 말에 따라 교관이 몸을 돌리는 순간 나는 교관의 허리춤에 있던 수갑을 재빨리 낚아채 휘둘렀다. 그대로 루이의 오른쪽 팔목을 묶고 반대쪽을 창가의 가로 기둥에 채워 버렸다. 철컹 소리와 함께 루이의 눈이 크게 뜨여짐은 물론 막 나가고 있던 교관마저 놀란 얼굴로 나를 돌아보았다. 나는 얼빠진 루이를 지나쳐 밖으로 나가며 말했다.

"루이 씨는 벌이에요. 거기서 반성하고 있으세요."

"뭐……! 당장 풀지 못해!"

"그럼 갈까요. 교관님. 저 사람은 신경 쓰지 않아도 됩니다. 지금은 제 직급이 더 높거든요."

교관과 함께 사무실을 나와 해안에 정박되어 있는 보트에 올라탔다. 시동을 걸고 막 출발하는 순간 어느새 수갑을 푼 루이가 달려오는 모습이 보였다. 나는 소리 내 웃으며 등에 메고 있던 프렌스를 풀어 품에 안아 들었다. 보트 후미의 낮은 배 난간 위로 한쪽 발을 올려 아래 균형을 단단하게 고정하고 총구를 겨눴다. 곧 요란한 화약성이 바다 위를 울렸고 루이의 발치 가까이에 총알이 박히며 모래가 튀었다. 루이가 발을 멈추며 신경질적으로 자신의 머리를 짚는 게 보였다. 나는 소총을 어깨에 걸치고 그를 향해 크게 외쳤다.

"만약 뒤따라오는 배가 시야에 잡히면 기름통에 구멍을 내 버릴 테니까—!"

몸을 돌리자 배 운전을 하는 교관과 눈이 마주쳤다. 그는 굳은 얼굴로 날 질린다는 듯이 보고 있었다. 사실 나 역시 그리 좋은 기분은 아니었다. 오히려 기분 같은 건 바닥을 친 지 오래다. 하지만 그것과는 상관없이 절로 웃음이 터져 나왔다. 나는 그렇게 한동안 웃음을 멈출 수가 없어서 복부를 부여잡고 한참을 더 실없이 웃어 댔다.

피어리로 가기에 가장 가까운 항구는 무인섬에서 세 번째로 거리가 짧은 라티스항으로 약 6시간 정도가 걸린다. 미리 차를 수배하지 못했으니 시간이 조금 더 걸릴 것이다. 아마 열차를 이용해야 할 듯했다. 하지만 열차로 수도에 도착하면 역에 쥬페도라의 부하가 마중 나와 있을 확률이 높으니 피어리역의 전전 역인 페르도나역에서 내려 거기서부턴 자동차를 구해 이동하기로 했다.

그러고 보니 모건이 수감되었던 형무소 이름이 뭐였더라. 지난번에 루이가 알려 줬었는데. 테…… 테…… 아, 그래. 테오른 형무소. 잠입은 굳이 할 필요 없겠지만 그 주변 환경은 직접 눈으로 체크해 둬야 방향을 가늠……

"……?"

지도를 보며 이동할 경로를 계획하던 중 문득 물방울 하나가 톡 떨어져 빳빳한 재질의 지도 위로 도르르 미끄러졌다.

곧바로 또 다른 물방울이 떨어져 고개를 들었다. 하늘에서 떨어지고 있었다. 비다. 출발한 지 꽤 됐으니 슬슬 저녁이 되어 어두운 줄 알았더니 그게 아니었다. 어느새 하늘엔 구름이 잔뜩 끼어 있었다.

소매로 종이에 맺힌 물방울을 찍어 없애곤 조금 젖어 버린 지도를 반듯하게 접어 가방에 집어넣었다. 곧 보트가 멈추며 교관이 운전실에서 나왔다.

"잠시 천막을 올리겠습니다."

"도와드릴까요?"

"아뇨. 금방 올립니다."

교관이 보트 갑판 한편에 쪼그려 앉았다. 거기서 삐져나오듯이 보트 벽에 박혀 있는 큼직한 손잡이를 장갑 낀 손으로 잡고 힘차게 돌렸다. 보트 후미에서부터 기둥이 세워지며 머리 위로 천막 지붕이 펼쳐졌다. 때마침 느리게 토독거리던 빗소리가 천막이 펼쳐지자마자 갑자기 요란스레 지붕을 때리기 시작했다. 그 찰나의 타이밍에 놀라 눈을 껌벅이다 이내 천막 바깥으로 떨어지는 빗물을 보고 안도했다.

운전실은 좁아서 들어가고 싶지 않았는데 다행이다. 바람에 습기가 축축하게 날리긴 해도 비를 피할 지붕이 있으니 어느 정도는 괜찮겠지. 푹 젖지만 않으면 된다. 천막을 다 펼친 교관이 운전실에 잠시 들어갔다 나오더니 내게 고동색의 담요를 건넸다. 거절하지 않고 받아 어깨에 두르며 그에게 감사를 표했다.

"고맙습니다."

"한두 시간 후엔 도착할 겁니다."

"그렇습니까. 아, 섬에서 대충 눈치채셨겠지만, 나중에 혹 추궁이 들어오면 저에게 책임을 돌리시면 됩니다."

"예. 요령껏 대처하겠습니다."

무뚝뚝한 교관의 말에 입가를 조금 올려 보이곤 품에서 담뱃갑을 꺼냈다. 갑 속엔 몇 개 남지 않은 담배가 구르고 있었다. 배에서 내리면 담배도 사야겠다. 한 개비를 꺼내 물고 불을 붙였다. 다행히 바람 없는 비라 불을 붙이는 데 그리 힘들이지 않아도 되었다. 라이터를 주머니에 집어넣으며 바다 위의 빗줄기에 시선을 두었다.

"후……."

담배를 입에 문 채 천막 밖으로 손을 내뻗었다. 초여름의 미지근한 비가 손을 적시며 아래로 떨어졌다.

머지않아 멈췄던 보트가 다시 이동하기 시작했다.

항구에 도착한 건 밤이 늦은 시간이었다. 혹시 있을지 모를 쥬페도라의 감시를 피해서 교관에게 부탁해 정식 항구가 아닌 뭍 주변으로 배를 돌게 했다. 그러다 적당해 보이는 곳 끄트머리에서 펄쩍 뛰어내렸다. 미련도 없이 곧바로 멀어져 가는 배 뒤꽁무니를 잠시 바라보다가 몸을 돌렸다.

항구에서 도시 안쪽으로 들어가자 슬슬 사람이 많아지며 길에 펼쳐진 밤 시장 안으로 들어섰다. 지나가다 취해 비틀거리는 남자를 부축해 주곤 슬쩍 손가락에 그의 중절모자를 걸어서 훔쳤다. 사람들 틈으로 파고들어 흘긋 뒤를 보자 남자는 자신의 모자가 벗겨졌는지도 모르는 듯 그저 비틀거리며 멀어져 가고 있었다. 시선을 앞으로 되돌리고 손에 들린 모자를 머리에 깊게 덮어썼다. 그 날은 사람이 없는 더러운 골목 한구석에 앉아 밤을 보냈다.

날이 밝지도 않은 새벽녘. 첫 기차를 타기 위해 역으로 향했다. 주변을 경계하며 막 출근한 창구 직원에게서 표를 끊고는 빠른 걸음으로 자리를 벗어났다. 몸을 감추듯이 서서 열차를 기다리는 동안 감정을 갉아먹는 초조함에 손목시계를 끊임없이 확인했다.

열차는 침대칸으로 끊었다. 역무원이 표를 확인하고 나가는 즉시 문을 걸어 잠갔다. 바깥에서 들여다볼 수 있는 문 위쪽의 유리마저 커튼을 쳐서 가리자 조금 마음을 놓을 수 있었다. 열차의 움직임으로 흔들리는 침대에 앉아 가방에서 피어리의 도심 지도를 넓게 펼쳤다.

수도 피어리의 북서쪽, 거의 끝부분 경계에 위치한 테오른 형무소. 듣기론 건물 주변은 들어오는 입구 부근만 **빼고** 깎아지른 경사의 높은 절벽이라고 한다. 바람이 세고 절벽 아래에는 급류가 흐르고 있어서 그곳으로 탈출하기는 거의 불가능하다고.

수도엔 중요 인물들이 많은 터라 끝자락이라곤 해도 수도 안에 있는 형무소이니 특별히 더 신경을 많이 썼을 것이다. 그런데도 탈출이 가능했다면 당연히 그를 돕는 자가 있었을 거라는 추측이 나온다.

물론 직접 주변을 확인해 보지 않고는 지금으로선 어떠한 것도 장담해선 안 되겠지만 나는 내 예상이 어느 정도 일리가 있다고 생각했다. 그렇지 않고서야 쥬페도라가 직접 그 많은 부하들을 풀어 찾고 있음에도 행방이 묘연하다는 것은 이상했다.

혼자서 그의 손아귀에서 완전히 피해 도망치기란 아주 어렵다. 분명 공범자가 있는 것이다. 감춰 주고 바깥의 동향을 알려 주는 그런 동료가. 그리고 나는 그 동료가 군인이라는 생각을 했다. 아무리 군정부가 무너져 군인들의 위치가 떨어졌다 해도 아직은 도시 자치대가 제대로 구성되어 있지 않다. 구역에 몇 없는 순경의 일이란 기껏해야 거리의 취객을 잡아내는 정도라서 중요 범법과 경계 관련은 아직 군인들의 손을 빌리지 않고는 안 되었다. 쉬운 예로 사람들이 만약 강도에 쫓기게 된다면 열이면 열 아직까진 죄 군인을 찾는다는 뜻이다.

현 정부 역시 자치대의 육성이 필요하다 생각하겠지만 현실적인 비용의 문제가 있기에 지금 당장은 어려울 것이다. 그렇지 않아도 들어갈 곳이 많을 테니.

어쨌든 그 때문에 테오른 형무소를 관리하는 것 역시 아직은 군이었고 형무소를 드나들기 위한 단 하나뿐인 길을 지나기 위해선 군의 바리케이드를 먼저 거쳐야 한다는 뜻이다. 전 요원 신분의 모건에게 일반 면회 같은 게 될 리도 없을 테니 군인이 아니라면 적어도 군 관계자다.

지도 위 테오른 형무소가 있는 끝자락 구역에 펜으로 동그랗게 표시를 하며 어디부터 훑어야 할지 고민했다. 잠깐이라도 안에 들어가 볼 수 있을까? 물론 휴직 중이긴 하지만 나는 엄연히 당당한 군인 신분임엔 틀림없다. 허가 요청이야 얼마든지 할 수 있다. 하지만 허가는 나오지 않을 것이다. 쥬페도라는 어떤 형태로든 간에 내가 모건과 관련되는 것이 싫을 테니까.

그러니 모건을 잡을 때까지 날 훈련섬에서 오도 가도 못하게 고립시키려 했겠지. 출입 허가 신청을 하자마자 그대로 잡혀 쥬페도라 앞으로 질질 끌려갈 것이 뻔했다. 만약 저항이라도 한다면 쥬페도라는 내게 없는 죄라도 만들어서 영창에 가두는 수고도 마다하지 않을 것이다. 그러니 이렇게 도망자처럼 조용히 움직일 수밖에 없었다.

어쩐지 옛날 생각이 나 버렸다. 별건 아니고 이스트홀에 있었던 당시의 기억이다. 파란 띠는 쥬페도라, 빨간 띠는 나. 곰은 모건. 이 구도가 마치 그 당시의 사냥 서바이벌과 비슷하다고 생각했다. 이스트홀에 있을 당시 상관들이 재미 삼아 팀을 나눠 제법 하게 했던 놀이다.

나는 그 사냥 서바이벌에서 한 번도 진 적이 없었다. 물론 쥬페도라와 나는 초반부터 저력 차이가 엄청나게 나지만 이까짓 거 쿨하게 핸디캡이라고 받아들이면 못할 것도 없다고 여기니 긴장되었던 정신이 약간 느슨하게 풀어졌다.

그래, 즐겁게 가자. 모건. 네놈 따윈, 나에게 아무것도 아니라는 듯이 웃으면서 죽여 주마.

"실례합니다."

문득 문이 통통 노크 소리를 내더니 바깥에서 남자 목소리가 들려왔다. 상념에서 벗어나 지도를 빠르게 접어 가방에 욱여넣고 허리춤의 권총을 잡아 뺐다. 문 옆으로 등을 붙이며 물었다.

"무슨 일입니까."

"아침 식사를 판매하고 있습니다. 필요하십니까?"

나는 섬에서 나온 뒤로 줄곧 공복 상태였다. 충분히 배가 고팠고 식사 욕구도 있었다. 단지 문밖에 있는 자를 신용할 수가 없었다.

"필요 없으십니까?"

바깥에서 재차 물어 왔다.

"메뉴는 뭡니까?"

"스테이크입니다."

잠시 고민하다가 총을 든 채로 문을 열었다.

"……?!"

바퀴가 달린 음식 판매대를 붙잡고 있던 남자가 내 손에 들린 총을 보고 깜짝 놀란 표정을 지었다. 나는 그에게 총을 들지 않은 손으로 지폐를 내밀며 말했다.

"1인분."

"아, 예……."

그는 긴장한 듯한 얼굴로 음식이 담긴 용기를 하나 집어 내게 내밀었다. 나는 고개를 저으며 턱짓으로 트레이 아래편을 가리켰다.

"제일 밑에 있는 걸로 주세요."

"예? 아, 예."

그가 손에 든 용기를 도로 놓고 제일 밑에 있는 용기를 꺼내기 위해 고개를 숙였다. 그리고 그 순간 나는 지폐를 바닥에 떨어뜨리고 대신 그의 뒷덜미를 잡아채 문 안쪽으로 세게 끌어당겼다. 동시에 발로 문을 탁 밀어 닫으며 그를 창 쪽으로 세게 던졌고 그는 그대로 바닥을 우당탕 구르며 신음했다. 나는 그에게 총을 겨눈 채 반대 손에 쥔 끊어진 군번줄을 확인했다.

"흠……. 군번상으론 내 후임의 후임의 후임뻘이네? 그나저나 정체를 숨기고 싶었으면 군번줄 정도는 빼고 와야지. 기본이 안 되어 있네."

"으으……!"

일부러 웃는 얼굴을 만들어 짓고 그 앞에 쪼그려 앉았다. 그가 부딪힌 머리를 손으로 짚으며 고개를 들었다. 나는 그의 이마에 총구를 대고 물었다.

"누가 보냈지?"

"말할 수 없……."

"하긴 들으나 마나지. 손 들어."

그가 순순히 두 손을 들어 보였다. 나는 그의 몸을 뒤져 총을 빼내 한편에 던져 놓았다.

"자, 지금부터 내가 하는 말에 대답 잘 해야 할 거야. 만약 조금이라도 딴생각하는 게 내 눈에 보이면 너 나한테 따먹힐 줄 알아라. 그리고 네 몸에 칼로 글씨를 써서 알몸으로 전시해 주겠어. '수퇘지'라고. 온갖 인간들의 시선이 네게 닿겠지. 견딜 수 있겠어?"

내 말에 그의 얼굴이 하얗게 질렸다. 나는 그저 싱긋 웃어 보였다.

"첫 번째. 이 열차에 너 말고 몇 명이나 더 있지?"

일단 적이 아닌 까마득한 상관의 부인을 감시한다는 개념이 박혀 있기는 한 모양인지 그는 내게 제법 깍듯했다. 저항다운 저항도 하지 않았고, 묻는 것들은 때에 따라서 회피하려 하거나 머뭇거리기도 했지만 웃으며 그의 바지 벨트를 덥석 붙잡자 그것도 그리 오래가지 않았다. 침대 기둥에 팔을 뒤로 해 묶어 놓고 제대로 된 대답을 하지 않을 때마다 신난다는 듯이 벨트를 풀고 버클을 열고 결국 지퍼까지 내렸다. 비로소 그도 슬슬 몸의 위험을 느꼈던 모양인지 결국 내게 아는 것 모르는 것 구분 없이 다 털어놓게 되었다.

군번줄에 적힌 그의 이름은 호세. 우선 열차에 탄 건 그 혼자라고 했다. 원래는 상관 두 명이 더 있었지만 예상치 못한 일이 생겨 혼자 탈 수밖에 없었다고. 어차피 타지 못했다면 그 예상치 못한 일에 대해선 아무래도 상관없었기에 굳이 묻지 않았다.

그리고 감시 외엔 특별한 명령이 내려와 있지 않다며 섣불리 건들 생각은 처음부터 없었다고 그는 조금 불쌍한 표정으로 말했다. 물론 나는 과거 미미의 내숭에도 별 감흥이 없었던 인간이니만큼 그것에 어떠한 동정심도 들지 않았다. 오히려 미미에게 제대로 배우고 오라며 소개시켜 주고 싶은 마음마저 들었다.

그 밖에도 그에게 현재 수도의 동태나 쥬페도라의 움직임 같은 것을 물었지만 아직 졸병 계급이라 그리 유용한 정보는 얻을 수 없었다. 또 그렇다고 아주 쓸모없지도 않아서 나는 쥬페도라의 눈을 피할 새로운 이동 선을 머릿속으로 대충 짜낼 수 있었다.

"저…… 이제 그만 풀어 주시면 안 되겠습니까……?"

"응? 왜? 보기 좋은데."

침대에 앉아 생각에 잠겨 있다가 그의 말에 이내 웃음 지어 보이며 대꾸했다. 그는 여러모로 난처하다는 표정을 했지만 그래도 풀어 주지 않았다.

"근데 네가 가져왔던 음식들은 멀쩡한 건가?"

"무슨 뜻인지 모르겠습니다만."

"약이라도 탔나 싶어서."

"타지 않았습니다."

"하하. 그래?"

닫아 놓았던 문을 열고 아직 문 앞에 있는 판매대 카트에서 음식 용기를 하나 집어 들고 통에 꽂혀 있는 포크도 하나 챙겨 객실로 돌아왔다. 호세 앞에 쪼그려 앉아 뚜껑을 열자 그 안엔 먹기 좋게 잘 썰려 있는 스테이크가 있었다. 고기 조각을 하나 포크로 찍어 그의 눈앞에 내밀었다.

"그럼 먹어 봐."

"……예?"

"내가 지금 배가 고프거든. 근데 네가 음식에 무슨 장난을 쳤을지 모르잖아."

"정말 아무것도……."

"됐고. 먹어 보라니까."

그는 내키지 않는 표정을 했지만 곧 결심하듯 입을 크게 벌렸다. 내민 스테이크 조각을 한입에 넣은 그는 나와 눈을 똑바로 맞추며 입을 우물거렸다. 이윽고 내용물을 꿀떡 삼킨 그에게 싱글싱글 웃으며 말했다.

"오. 잘 먹네. 맛있었어?"

"그럭저럭⋯⋯."

나름 긍정적인 대답까지 듣고 나서야 나도 포크로 음식을 찍어 먹기 시작했다. 고기를 씹으며 그에게 물었다.

"혹시 이번에 테오른 형무소에서 탈옥한 모건이라는 남자에 대해 뭐 아는 거 없어?"

"⋯⋯딱히 없습니다."

"그래? 위에서 그렇게 시키든? 중요한 얘기는 모른다고 하라고?"

"아뇨. 그게 아니라 정말로 모릅니다."

연신 입을 우물거리며 그를 빤히 바라보았다. 조금 찌푸려진 미간으로 보아하니 그에겐 이 상황이 제법 힘든 모양이었다.

"너 거짓말 되게 못 하는구나."

"⋯⋯?!"

"얼굴에 쓰여 있는데? '나.는. 무.언.가.를. 알.고. 있.습.니.다.' 라고."

빈 통에 포크를 떨어뜨리듯 놓고는 한숨을 쉬었다. 적당히 배가 차서 꽤 너그러워진 기분인데 이 남자는 내게 내키지 않는 일을 하게 한다.

나는 그의 풀린 벨트를 죽 당겨 허리에서 완전히 빼냈다. 당황한 얼굴을 하는 그의 목에 벨트를 두른 뒤 당기면 조여지도록 끼워 맞췄다. 그리고 이층 침대 틈에 줄을 걸쳐 밑으로 빼내자 금세 간편 교수대가 완성되었다. 나는 벨트 끝을 한 손으로 붙잡고 그를 똑바로 바라보았다.

"지금부터는 두 번씩 안 물어. 고문이 취미도 아닐뿐더러 이런 데서 시끄럽게 하고 싶지도 않아. 모른다는 말이 한 번 더 나오면 나도 더 들을 필요 없다고 판단할 거다. 그때는 네 입을 양말로 틀어막고 죽이겠어."

"……."

"겁먹지 마. 그냥 네가 아는 것만 말하면 된다고. 내가 뭐 너도 모르는 기밀을 빼 오라고 요구한 것도 아니잖아? 내가 너에게 원하는 건 정직. 그것뿐이다."

"……."

그의 눈동자가 사정없이 흔들렸다. 그의 눈동자에 비친 나는 어느새 미소를 거둔 채 일그러진 얼굴을 하고 있었다.

"따먹겠다고 했던 말은 확실히 거짓말이었지만 이번엔 나도 솔직하게 대해 줄 거야. 내 목을 걸고 내뱉은 말에 책임을 져 주겠어. 그러니까 너도 개죽음이 소원이 아니라면 솔직해 줬으면 좋겠는데."

한 마디에 목숨 줄이 왔다 갔다 할 수도 있다는 실감이 든 건지 그는 굳은 얼굴로 입을 다문 채 나를 바라보았다.

"지금 내가 듣고 싶은 건 단 한 가지다. 모건에 대해 네가 아는 걸 털어놔. 오직 그뿐. 심플하지?"

"……."

그는 꽤 오랫동안 입술을 달싹이기만 했다. 쉽게 입을 열지 못하는 그를 인내심 있게 기다려 주었고 결국 원하던 이야기를 들을 수 있었다.

그의 말은 대충 이랬다. 어쩌다 보니 이런 임무를 맡게 되었지만 원래 그는 수도의 테오른 형무소 근처에 주둔한 부대에서 근무했다. 형무소 관리 일도 그가 속한 부대에서 해야 할 일 중 하나였고 그 역시 주기적으로 보초를 섰었다고. 무엇보다 그는 모건이 형무소에 들어올 때를 기억하고 있었다.

모건은 원래 남부의 형무소에 있었지만, 어느 날 밤 갑작스럽게 수도로 옮겨졌다고 한다. 그날은 대대적 작전 훈련이 있던 날이라 분명하게 기억한다고 했다. 테오른 형무소는 과거 군정부가 세워지기 전엔 파벌 싸움에 진 황족이나 귀족들이 갇히는 곳이었고 그 때문인지 후에도 관례적으로 정치범을 위한 수용소였다고 한다,

하지만 모건은 달랐다. 강간과 살인, 폭파 등등의 꽤 여러 가지 악질적 죄명을 가지고 들어왔으니까. 그는 이상하다고 생각했지만, 위에서 그렇게 하라고 하니 적당히 확인만 하고 문을 열어 주었다고 한다.

그 후로는 자연스럽게 잊고 지냈는데 어느 날 지나가는 말로 형무소 내에 근무하는 선임들에게 들었단다. 새로운 총사령관께서 꽤 자주 그 강력범을 만나러 오신다고. 그제야 호세는 자신이 보초를 설 때 총사령관이 탄 차가 지나가도록 입구 문을 연 적이 꽤 있다는 것을 알아차렸다.

또한 총사령관이 드나든 지 얼마 되지 않아 남부 수용소에서 형 집행 예정이 잡혀 있던 릭크리만 전 대장의 처형 날짜가 자꾸 연기된다는 소식을 접하게 되었다고 한다.

"그것뿐이야?"

"이건 확실하진 않지만 공공연하게 퍼진 얘긴데……. 모건이 탈옥하던 날 밤에 웬 여자가 찾아왔다고 합니다."

"여자?"

"안보국에서 만들어진 신분증을 보여 줬답니다."

설마 하는 생각을 하며 그에게 물었다.

"생김새는?"

"키가 큰 편이고 금발 머리를 가졌다는 것밖에 듣지 못했습니다.

그녀는 총사령관님의 지시로 왔다는 말을 했답니다. 당시 보초였던 병사는 시골에서 갓 올라온 신병이었고 같이 보초를 서던 선임이 잠시 자리를 비운 때였다고 합니다. 선임이 올 때까지 기다리려고 했지만 선임은 오지 않았고, 점점 시간이 흐르자 그녀가 재촉했다고 합니다. 신병은 총사령관의 지시라는 말에 겁을 집어먹어 문을 열어 주었고 설상가상 너무 늦은 시간이라 제때 확인을 하지 않았습니다."

"……."

"결과, 죄수는 사라졌고 부대에선 뒤늦게 부랴부랴 그녀의 정체를 확인했지만, 안보국에선 없는 사람이라는 답이 돌아왔습니다. 그리고 끝까지 돌아오지 않은 신병의 선임은 살해당한 채 발견되었다고 합니다."

"그렇군. 그리고 그게 네가 여기 있는 이유라는 건가?"

"예……. 그 신병은 영창에 갔고 부대에선 실추된 명예를 회복하기 위해서 소대를 편성해 총사령관님의 지시를 받기로 했습니다. 그리고 어쩌다 보니 지금에 이른 겁니다."

"……."

"이게 다입니다."

그제야 잡고 있던 벨트를 놓고 담배를 빼 들었다. 눈을 감고 연기를 뱉어 내며 생각에 잠겼다.

큰 키에 금발 여자라. 그런 여자가 한두 명은 아닐진대.

"이것 참……."

그런데도 내 머릿속엔 어느새 릴의 모습이 또렷하게 떠올라 있었다. 모건과 관련되어서 가장 먼저 떠올릴 수 있는 인물이었으니까. 어쩌면 내 사감일 수도 있고. 자리에서 일어나 짐을 챙겨 들었다. 나는 호세를 그대로 둔 채로 등을 돌리며 말했다.

"고마워. 큰 도움이 되었어. 그 보답으로 충고하건대 너 군인 그만둬라. 다른 직업을 찾아. 너같이 근성이 부족한 녀석이 전쟁터에라도 있으면 기껏해야 적에게 포로로 잡혀 아는 정보 죄다 물어뜯기고 죽는 것밖에 없을 테니까. 그것도 아군을 물귀신처럼 죄다 끌고 들어가겠지. 비난하는 게 아니라 네 적성이 아니란 뜻이야. 그럼."

그대로 객실을 빠져나와 문을 닫았다. 호세를 가둬 둔 객실 문을 바깥에서 걸레 자루를 걸어 열지 못하게 해 놓고 열차의 맨 꼬리 칸으로 갔다. 거기서도 칸의 뒷문으로 나가 바깥의 찬 바람을 맞으며 언제든지 열차에서 뛰어내릴 수 있도록 했다. 다행스럽게도 호세는 객실에서 나오질 못한 채 역무원에게도 발견되지 못했는지 더는 시끄러운 일이 생기진 않았다.

필시 역무원이 게을러서 표 확인 외에는 열차 안을 돌아보지 않았기 때문이리라. 그렇지 않고서야 그리 눈에 띄게 막아 놓은 문을 보지 못했을 리가 없을 테니. 하지만 그것도 시간문제라 페르도나에서 내리겠다는 예정을 비틀어 열차가 다음 역에서 서는 대로 서둘러 내려야 했다.

역에서 나오자마자 우선 돈을 찾았다. 다행히 거래하던 은행 지점이 이곳에도 있었다. 통장에 있던 돈을 모조리 찾아 은행에서 준비해 준 가방에 넣었다. 그것을 들고 어둡고 더러운 골목만을 돌아 비렁뱅이들에게서 중간업자들의 정보를 얻어 보려 했지만, 그들은 나에게서 좋지 않은 느낌이라도 받은 것인지 도망치듯 자리를 피하거나 횡설수설 미친 척을 하며 도통 말을 섞으려 하지 않았다.

열차에서 내린 오전 10시경부터 점심도 먹지 못한 채 오후가 다 되어 가도록 골목을 헤매자 결국 울컥 짜증이 터졌다. 그러다 눈에 띈 양아치 몇 명이 웬 늙은 거지를 괴롭히는 것을 보고 스트레스 해소 겸 두들겨 주고는 별 기대 없이 업자 정보를 요구하자 놀랍게도 그 양아치들에게서 쓸 만한 얘기를 들을 수 있었다.

"우리 사무실 형님들께서 대행업을 합니다. 헤헤…… 안내해 드릴 까요? 누님."

팅팅 부르튼 눈으로 비굴하게 웃음 지으며 손을 마주 비비는 양아 치를 잠시 의심했지만, 거짓말이라면 이번엔 아예 땅속에 묻어 버리 면 그만이라고 생각하며 따라갔다. 물론 그들의 형님들이 있다는 사 무실에 도착했을 때는 양아치들이 돌변하며 사무실 녀석들에게 도움 을 요청해 잠시간 마찰이 있었지만, 그것도 곧 얼마 지나지 않아 서 로 간의 평화적인 대화가 가능하게 되었다.

"예…… 쿨럭! 그러니까…… 잠시간 쓸 가짜 신분증과, 이동할 차 가 필요하시다고요."

"응. 그리고 중간에 어떻게 될지 모르니까 한두 번 채울 연료도 통 에 담아 트렁크에 실어 주면 더 좋고. 갈아입을 옷도 몇 벌 준비해 주 면 더더욱 좋고."

"아하……."

"참, 혹시 재밌는 소식은 없나?"

"재밌는 소식이라 하심은?"

"그냥 이리저리 들리는 뜬소문 같은 거 말이야. 뭐 알고 있는 거 있 어?"

그들에게서 빼앗은 권총 두 정을 이리저리 살피며 대꾸했다. 내 앞 에 마주 앉아 있는 사장이란 남자는 잠시 생각해 보는 듯 눈동자를 위로 들었다가 얼마 후 내 눈치를 보며 입을 열었다.

"뜬소문이야 워낙에 많아 놔서……. 어떤 정보를 원하시는지 조금 더 구체적으로 알려 주시면……."

"그럼 조금 더 구체적으로, 이 근래 사람을 찾는 군인들을 본 적 없어?"

"아, 혹시 탈옥한 범죄자를 찾는 녀석들 말씀입니까?"

"알고 있어?"

사장은 이내 근처에 있는 남자 중 하나에게 며칠 전 신문을 가져오라 시키며 말했다.

"알고 자시고 간에 지금 어지간한 통행로엔 군인들이 서서 지나가는 사람마다 붙잡고 그놈 사진과 비교 확인하고 있습니다. 엄청난 흉악범이라 여기뿐만 아니라 전국적으로 그렇다고 들었습니다만."

그는 내 앞에 잘 보이도록 받은 신문을 펼쳐 놓았다.

"신문에서 이놈 수배 사진을 실은 건 이날 하루뿐이지만 어쩐지 순찰은 배로 강해져서 저희 같은 놈들이 움직이기가 아주 힘들어졌습니다."

"그들 사이에 오가는 정보 같은 건?"

"어이구. 그게 그리 쉽게 알아지나요."

내 눈치를 보면서도 협상하려는 낌새를 조심스레 풍긴다. 돈이 될 것 같으면 목숨 따윈 어찌 되어도 좋은 모양인지 정말로 겁이 없었다. 여기서 내가 강압적으로 나가면 녀석들은 그냥 입을 다물어 버리거나 엿 먹으라는 심정으로 거짓된 정보를 알려 줄지도 모른다. 나는 총을 순간적으로 세게 쥐었지만 결국 손에서 힘을 뺐다.

"얼마야."

"아니…… 얼마를 주셔도 힘든 건 힘든 거라……."

대체 얼마를 빼먹을 생각이기에 이리 뜸을 들이는 거지. 이 자식들은.

철컥. 나는 총 머리를 한 번 뒤로 뺐다가 놓으며 말했다.

"내가 지불할 맘이 들었을 때 말하는 게 좋지 않을까? 죽으면 돈을 주고 싶어도 네가 못 받잖아."

그제야 그는 숨을 크게 삼키며 등을 소파에 바짝 붙였다. 나는 굳어 있는 그 앞에 천 골드를 꺼내 놓았고 그는 100골드 단위로 묶여 쌓인 지폐 뭉치를 보며 침을 꼴딱 삼켰다.

"내가 너희에게 지불할 돈은 모두 합쳐 이 정도면 충분하고도 남는다고 생각해. 이 이상 줄 생각은 없어. 물론 이걸 고스란히 받아 내는 건 너희 하기 나름이지만."

"아……."

"여기엔 정보료와 입막음비도 포함되어 있어. 그러니 당연히 다른 사람에게는 나에 대해 입도 뻥긋하지 마. 이후 내 뒤에 누군가 따라붙거나 네놈들이 준비해 준 차와 신분증에 문제라도 생긴다면 나는 여기로 돌아올 거야. 그리고 그 날이 너희 모두가 천국 가는 날이지. 알아듣겠어?"

굳어 있던 남자는 느리게 고개를 끄덕였다. 나는 비로소 웃으며 지폐 뭉치를 그에게 더 가까이 밀어 주곤 말했다.

"자, 그럼 이제 네가 알고 있는 걸 말해 봐."

그는 살그머니 지폐 뭉치를 손으로 덮으며 날 흘긋 보았다가 이내 눈을 내리깔았다. 입을 열긴 했지만 조금 자신 없는 목소리였다.

"확실한 정보는 아닙니다."

"알아서 걸러 들을게."

"그…… 제가 아는 술집 년이 있는데 그년의 뒤를 근처 부대에 있는 장교가 봐주는 모양인지 건방지기가 하늘을 찌르는…… 아, 어쨌든 그년은 머리가 나쁜 데다 주둥이도 굉장히 가벼워서 기분 좋게 취하면 주절주절 나불대길 잘합니다. 얼마 전에 그년이 있는 술집에 저희 애들이 간 적이 있었는데 그년이 마침 취해선 군 정보를 나불댔답니다. 자기 그이가 동료와 하는 말을 듣게 되었다면서……."

"호오."

흥미롭네. 그래서? 그를 더욱 뚫어져라 바라보았다. 그는 싱글싱글 웃고 있는 내가 부담스러운지 자꾸만 움츠러들었다. 그리고 점점 작아지는 목소리로 말을 이었다.

"그게……. 싸구려 여관에서 둘이 한창 하는 중이었는데 그의 부하가 찾아왔다고. 짜증이 난 그이가 그냥 문밖에서 말하라고 했고 그의 부하가 그랬답니다. 이 도시와 가까운 힐리오렐에서 수상한 남녀가 발견되었다고. 수상히 여긴 순찰이 신분증을 요구하자 그들은 순찰을 때려눕히고 사라졌다고 합니다. 그 보고를 받은 상부에선 그들이 이 도시를 지날지 모르니 경계를 강화하고 발견 즉시 생포하라는 지시가 내려왔다고……."

"……."

머릿속으로 지도를 그려 곰곰이 힐리오렐의 위치를 파악하던 나는 문득 나를 빤히 바라보는 그와 눈을 마주치곤 다시 빙긋 웃어 주었다. 그러자 다시 그의 말이 이어졌다.

"그리고 어제……. 이 근방은 아니고 힐리오렐에서 북쪽으로 있는 도시 이자쿰에서 용의 남녀 중 여자 쪽과 인상착의가 비슷한 여자가 잡혔다는 소식이 군인들 사이에서 떠돌고 있습니다."

"여자만?"

"예."

"좋아. 이제 빠른 시간 안에 내가 말한 모든 준비를 해 주겠어?"

차를 비롯한 다른 것들은 금방 준비될 수 있었지만, 신분증은 조금 시간이 걸렸다. 꼬박 사흘이 지나고 나흘째 새벽녘에서야 모든 준비가 되어 차에 몸을 실었다. 도시를 빠져나가기 직전 길목을 지키고 있던 군인들이 차를 세웠지만, 다행히 업자들에게 사기당하진 않았던 모양인지 순조롭게 통과할 수 있었다.

두 갈래 길에서 잠시 고민했지만 이내 북쪽인 이자쿰 쪽으로 핸들을 돌렸다. 운이 좋으면 피어리까지 가지 않아도 모건을 잡을 확률이 높아질지 모른다. 그리고 이자쿰에 도착했을 때 산속에 차를 숨겨 두고 며칠 수소문한 결과, 여자가 잡혀갔다는 부대의 위치를 알 수 있었다.

며칠 만에 힘들게 부대 감옥으로 잠입했다. 급식사로 위장해 위생용 마스크로 얼굴을 가리고 식사가 허락된 죄수들에게 빵과 물을 나눠 주었다. 나는 그곳에서 릴을 발견할 수 있었다. 모건을 풀어 준 게 릴이라는 생각을 더 공고히 했다. 나는 감옥 사무실에서 예비 열쇠를 훔쳐 냈다.

그다음 날, 그날도 식사를 죄수들에게 가져다주기 위해 감옥에 갔다. 릴의 감옥 앞에서 열쇠 뭉치를 은근슬쩍 떨어뜨려 발로 창살 가까이 밀어 주었다. 손만 뻗으면 가져갈 수 있도록. 열쇠를 발견한 릴이 고개를 드는 순간 나는 얼른 그 앞을 지나쳐 갔다.

그날 밤 부대 감옥에서 대대적 탈옥 사건이 터졌다. 혼자만 빠져나오긴 힘들었던 릴이 다른 죄수들도 풀어 시선을 분산시킨 것이다.

누군가가 철조망 사이를 무언가로 뜯고 벌어진 틈 사이로 빠져나오고 있었다. 부대 탑에서 나오는 빛이 주변을 한 번 빙 돌자 나도 그 누군가도 몸을 납작 엎드렸다. 눈부신 빛이 지나가며 어스름한 빛 꼬리를 남겼고, 그 엷은 빛 꼬리에 슬그머니 몸을 일으키는 누군가의 얼굴이 비쳤다. 멀리서도 확실히 알 수 있었다. 아니, 사실 보기 전부터 알고 있었다. 움직임을 비롯한 특유의 선이 예전부터 늘 눈에 거슬렸었으니까.

릴이었다.

릴은 순식간에 수풀 속으로 도망쳐 버렸다. 릴이 사라진 쪽을 바라보다가 몸을 돌렸다. 차로 돌아가 시동을 걸고 그녀가 빠져나올 동선을 예측해 이동하기 시작했다. 늦지 마라. 늦지 마라. 속으로 되뇌며 핸들을 잡은 손에 힘을 줬다.

부대 주변엔 낮은 산이 있다. 그곳을 동쪽으로 빠져나오면 강을 사이로 도로가 나 있다. 도로가 나면서 강을 가둔 뭍은 절벽처럼 깎아져 있지만 그런 것 따위 릴에겐 뛰어내리면 그만일 터였다. 그녀는 서바이벌 때에도 종종 도주로가 없다 싶으면 물속으로 뛰어들어 이동했으니까. 수영을 아주 잘했다.

문득 한 지점에서 차를 길옆으로 바짝 붙여 세우고 라이트를 껐다. 릴을 기다리는 동안 끄지 않은 차 시동 때문에 덜덜거리는 차체는 마치 내가 긴장했나 싶을 정도로 지나치게 흔들거렸다. 마음을 고요하게 가라앉히고 숨을 죽였다. 창문을 열어 작은 소음도 놓치지 않도록 귀를 기울였다. 처음엔 차 엔진 소음 때문에 잘 들리지 않았지만, 점점 가까워지는 모양인지 문득 사격 소리가 선명하게 들려왔다.

한 손으론 핸들을 잡고 다른 한 손은 기어 스틱을 잡으며 숫자를 셌다. 5, 4……

0까지 내려 세는 순간 저 앞으로 릴이 숲에서 튀어나왔고 나는 그대로 기어를 바꾸고 액셀을 밟아 릴을 향해 돌진했다. 부웅—! 급발진한 차가 약간 뜨는 느낌이 들었다. 라이트를 꺼서 어두웠음에도 그 찰나에 차 유리를 사이로 릴과 눈이 마주쳤다.

쿵—! 릴은 온몸을 둥그렇게 말며 차체에 부딪혔다. 충격을 흘리려고 했겠지만 조금 늦었다. 그녀가 즉사하지 않았기를 바라며 차에서 내렸다. 다행히 살아서 바닥에 뒹굴고 있는 릴을 볼 수 있었고 나는 곧바로 그녀의 팔 밑으로 손을 넣고 질질 끌어 차에 태웠다. 준비해 둔 끈으로 그녀의 양손을 몸에 붙여 묶어 놓고는 운전석으로 돌아와 앉았다.

정신을 잃지 않은 채 숨을 색색 내쉬면서 나를 보는 보조석의 릴을 나 역시 한번 봐 줬다가 시선을 거뒀다. 누군가 나오기 전에 얼른 차를 출발해 자리를 떴다.

옆얼굴로 닿는 릴의 찌르는 듯한 시선이 거둬지질 않았다.

"왜. 유령이라도 봤어?"

눈은 앞 유리를 향한 채 내가 먼저 입을 떼자 그제야 거슬리던 눈길이 내게서 떨어져 나갔다. 릴은 아무 말도 하지 않았다. 다친 곳이 말도 안 나올 정도로 아픈 것인지 그도 아니면 그냥 나와 말을 섞고 싶지 않은 것인지 모르겠지만 덕분에 차 안은 엔진 소음 외엔 조용했다. 하긴 어차피 그리 살가운 사이도 아니니 굳이 쓸데없는 말로 신경을 소모하지 하지 않는 편이 더 낫기도 했다.

한참을 달려 도시를 완전히 벗어났다. 검문소를 통하지 않고 길바닥이 좁은 데다 고르지도 않은 산을 통해 이동했다. 까맣게 물든 산은 마치 우리를 거부하듯 갈고리 같은 나뭇가지들로 차 표면을 거칠게 할퀴어 댔다. 그래도 속도를 늦추거나 돌아가는 일은 없었다.

　주변에 아무것도 없는 공터에 다다라서야 차를 세웠다. 나는 비로소 릴에게 시선을 주며 어느새 잠이라도 든 건지 아니면 고통에 기절한 건지 눈이 감겨 있는 얼굴을 손바닥으로 세게 후려갈겼다. 살갗을 때리는 마찰음이 차 안에 크게 울렸다. 겨우 정신이 드는 모양인지 릴이 힘겹게 눈꺼풀을 열었다. 나는 차 창문을 열고 담배를 빼 물며 릴에게 물었다.

　"네 생사엔 관심 없어. 죽든 살든. 모건은 어디 있어."

　"……."

　"네가 시간 벌이용 미끼라는 건 이미 파악했어. 그러니 탈출한 시점에서 네 역할은 끝이야. 너도 여기서 죽는 건 예정에 없었을 거 아냐. 말해. 솔직하게 말하면 병원 앞에서 내려 주지."

　"끄으……."

　앞쪽으로 몸을 살짝 굽히고 있던 릴이 천천히 등을 펴고 좌석 시트에 편히 기대며 신음했다. 그대로 잠시 멍하니 허공을 보던 릴은 문득 내게 눈을 돌리며 담담한 어조로 말했다.

　"담배 좀 줄래."

　릴을 잠시 응시하다가 곧 입에 담배를 물려 주고 불을 붙였다. 릴은 이로 필터를 물고 몇 번 빨았다가 입술 사이로 연기를 뻐끔뻐끔 빼냈다. 불이 담뱃잎을 제대로 태우기 시작하자 릴은 비로소 여유롭게 연기를 들이마셨다가 내뱉었다. 나는 몸을 뻗어 릴 쪽의 창문도 열어 주고 물러났다. 그렇게 잠시간 우린 아무 말 없이 담배를 태웠다. 그러다 문득 릴의 담배 끝에서 재가 떨어지기 전, 나는 차체에 달린 재떨이를 당겨 뽑으려고 몸을 약간 숙였다.

　그때, 릴이 나를 향해 물고 있던 담배를 세게 뱉었다. 그것이 내 머리로 떨어지기 전 재빨리 손으로 낚아챘고 릴은 어느새 손목 줄을 끊고 발로 내 어깨를 걷어차 밀었다. 릴이 다쳐서 그리 충격은 세게 오지 않았지만 절로 욕이 튀어나왔다.

"썅……!"

등이 문에 부딪혀 욱신댔다. 손바닥을 약간 지지고 꺼진 릴의 담배를 바닥에 버리고 허리 뒤에서 권총을 빼 들었다. 릴은 그사이 차 문을 열고 나가 절뚝이며 도망치고 있었다. 나는 총 머리를 당겼다가 놓고는 곧바로 그녀의 옆구리에 총을 겨눠 쐈다. 탕! 짧고 큰 소리가 공터에 울리며 릴이 앞으로 엎어졌다.

그제야 나도 차에서 내려 쓰러진 릴에게 총을 겨눈 채로 다가갔다. 엎어진 그녀를 발로 밀어 뒤집었다. 그 순간 릴이 손안에 숨기고 있던 작은 나이프를 던졌고, 나는 재빨리 고개를 기울여 피했다. 하마터면 목을 뚫을 뻔한 나이프가 볼을 슬쩍 스치고 빗나갔다. 나는 그녀의 오른쪽 어깨에도 총을 쐈다. 자주 쓰는 팔을 못 쓰게 했으니 뭔가를 더 숨기고 있다 해도 더는 치명적 공격이 불가능할 것이다.

릴은 미간을 찡그리고 이를 악물며 고통을 견디려 했지만, 곧 숨을 헐떡이며 나를 올려다보았다. 나는 그녀의 머리에 총구를 겨누며 말했다.

"아직 안 늦었어. 지금이라도 치료받으면 살 수 있어. 어쩔래."

"내가…… 미쳤다고 너 좋은 일을, 할 것 같아?"

"……그럼 이대로 죽을 거야?"

릴이 발작적으로 웃었다.

"하하……! 날 살려 줄 마음이나 있었고……?"

"……"

글쎄. 나도 모르겠다. 나는 총을 집어넣고 다시 차로 돌아와 트렁크를 열었다. 그 안에서 큼직한 공구 가방을 통째로 꺼내 트렁크 문을 닫고 릴에게 돌아갔다.

릴은 움직일 여력이 아예 남지 않은 모양인지 쓰러진 그대로 숨만 색색 내쉬고 있었다. 나는 릴의 눈앞으로 공구 가방을 털썩 내려놓았다.

"고문할 거야."

"……."

"조금이라도 빨리 모건의 위치를 말하는 편이 그나마 편하게 죽을 테지."

릴은 공구 가방을 빤히 바라보다 곧 시선을 올려 나를 보았다. 그때 릴의 눈가가 가늘어졌고 나는 빠르게 그녀의 얼굴을 발로 걷어찼다. 빠—! 소리가 나며 그녀의 고개가 옆으로 홱 돌아간다.

"네게 재갈을 안 물린 건 혀를 깨물라는 게 아냐. 모건이 어디에 있는지를 말하라고 풀어놓은 거야. 쓸데없는 짓 하지 마."

"쿨럭……! 퉤!"

굳이 릴을 묶지는 않았다. 어차피 움직이지 못하니까. 나는 그 옆에 쪼그려 앉아 가방을 뒤적이며 말했다.

"네가 과다 출혈로 죽기까진 약 서너 시간 정도겠지. 일단 지혈부터 하고 피가 더 나지 않도록 신경 써서 작업해야겠네. 아, 비명 질러도 소용없어. 여긴 소리가 아무리 크게 울려도 외부로 거의 빠져나가지 않는 지형이거든. 물론 근처에 사람도 없고."

나는 릴의 상처들에 그녀의 옷자락에서 찢어 낸 천 조각을 억지로 쑤셔 피를 막았다. 가방에서 가장 처음 내 손에 들려 나온 건 작은 펜치였다. 나는 릴의 입을 벌리고 그 속으로 펜치를 넣어 어금니 하나를 단단하게 고정해 잡았다. 반대 손으론 릴의 턱을 움켜쥔 채였다.

"일단 하나 뽑는다. 몇 개 정도는 없어도 말하는 데 지장 없으니까."

"……! 흐으으으—!"

바각—! 펜치 손잡이를 옆으로 세게 비틀며 피와 함께 이빨이 하나 뽑혀 나왔다. 나는 펜치를 벌려 뽑혀 나온 이빨을 바닥에 떨어뜨렸다.

고문 훈련을 받은 상대에게서 강제로 정보를 빼내야 할 때는 조금 요령이 필요했다. 말하면 살 수 있다가 아닌, 말하면 편하게 죽을 수 있다는 의식을 심어 줘야 한다. 목숨에 미련이 없는 녀석들이 많기 때문이다. 그런 녀석에겐 삶의 희망이 아닌 죽지 못하는 고통의 정점에서 그만 자유롭고 싶다는 마음이 더 유혹적이다. 차라리 죽여. 그 말이 나오면 반은 성공한 것과 다름없다.

"몇 시간만 참으면 어련히 죽는다고 생각하는 거야? 그때까지 몇 번이나 지옥을 보는 거라고. 멍청하긴."

릴이 고통을 즐기는 마조히스트가 아닌 한 결국 입을 열 수밖에 없을 거라 여기며 나는 조급해하지 않고 순차적으로 고통의 강도를 높여 갔다. 내가 릴에게서 대답을 들은 것은 고문을 시작한 지 약 3시간 반 정도가 흐른 뒤였다.

모건은 찾을 것이 있어서 서쪽으로 가고 있다고 했다. 찾을 것이 뭔지 서쪽의 어디인지까지는 모른다고. 그저 모건을 탈옥시키는 것이 릴이 릭크리만 대장에게 받은 마지막 임무였다는 것. 그게 다였다.

나는 대답을 듣고 나서야 도구들을 내려놓고 총을 릴의 머리에 겨

넜다. 릴은 차분하게 죽음을 받아들이고 있었다. 곧 짧은 총성과 함께 숨을 거뒀다.

숨이 끊어진 릴의 모습을 잠시 바라보다 총을 집어넣고 그녀의 몸을 뒤지기 시작했다. 혹시라도 더 얻을 수 있는 것이 있을까 싶어서. 더듬더듬 주머니를 뒤져 보다가 옷을 벗기고 안감까지 뜯어 숨겨진 것이 있는지 확인한다. 하지만 아무것도 나오지 않았다.

들고 있던 옷가지들을 바닥에 떨어뜨리고 나도 모르게 한숨을 내쉬었다. 그리 길지 않은 시간이었지만 정신이 바닥까지 떨어지는 피폐함을 느꼈다. 고문을 직업으로 삼고 있는 녀석들이나 재미로 하는 녀석들은 대체 어떻게 되어 먹은 신경을 가지고 있는 걸까.

토하고 싶었다.

릴의 시체를 놔두고 차 트렁크를 열어 공구 가방을 실었다. 그리고 끝이 뾰족한 접이식 삽을 꺼냈다.

하루를 꼬박 투자해 땅을 파고 그 안에 릴을 눕히고 묻었다. 사실 이대로 버리고 가도 상관없었지만, 굳이 매장을 한 건 들키지 않기 위해서라기보단 내 마음의 위안을 위해서라는 이유가 더 컸다. 릴에게 미안한 마음은 들지 않았다. 시작부터 죄책감은 버리고 했으니까. 그저, 더럽혀진 내 영혼을 위로하고 싶었다.

뒤집힌 탓에 주변과 색이 다른 땅을 바라보다가 몸을 돌렸다.

차에 올라타 지도를 펼쳐 들고 서부를 확인했다. 모건이 무언가를 찾기 위해 서쪽으로 가고 있다고 릴은 말했다. 뭘 찾으려는 거지. 그 물건을 쥬페도라가 노리고 있는 건가? 아니면 쥬페도라의 물건을 모건이 노리고 있는 것인가. 모건이 감옥에 있을 당시 쥬페도라가 빈번하게 찾아왔었다는 말을 생각하면 전자가 더 그럴듯했다. 그렇다면 선수 쳐서 먼저 빼앗아 버리는 것도 나쁘지 않다고 생각했다.

곰곰이 목적지를 예측해 보다가 문득 모건에게 납치당했던 곳이 떠올랐다. 그러고 보니 거기도 서쪽에 있는 곳이라고 들은 적이 있다. 정확한 지리는 잘 기억나지 않는데……. 그러다 문득 연쇄적으로 떠오르는 나쁜 기억에 얼굴을 찌푸렸지만 이내 한숨을 쉬고 손가락으로 미간을 눌러 펴며 마음을 가다듬었다.

일단 가 보자고 생각해 차를 이동시켰다. 하지만 나는 서부 어디서도 모건을 볼 수 없었다. 처음엔 릭크리만의 자택, 별장 등을 훑다가 나중엔 우연히 내가 납치당했던 곳을 알아내 거기까지 가 봤지만 그 어디에도 모건은 없었다. 그래도 완전히 수확이 없는 것만도 아니었는데 모건은 없었어도 모건의 흔적이 곳곳에 있었다. 릴이 거짓말을 한 건 아니었다. 단지 내가 한발 늦었다.

정보상의 증언으로 모건과 유사한 인상착의의 남자가 신분증을 만들었다는 사실도 알아냈다. 그 신분으로 모건은 남부로 향하는 열차에 몸을 실었다.

생각해 보니 모건의 고향이라는 곳도 남부 끝자락이라고 했다. 로이어 마운틴의 로첼이라고 했던가. 하지만 지금은 없는 곳이라고 모건은 말했었다. 혹시나 싶어 지도를 봐도 역시 없는 곳이었다. 나는 손가락으로 지도 위 로이어 마운틴 부근을 더듬다가 시동을 걸었다.

내가 모건을 찾기 위해 그 모든 것을 알아내고 확인하는 동안 여름이 끝나고 가을도 어느새 반이 넘어가 있었다. 쥬페도라가 정한 결혼식 날도 이미 훨씬 지난 후였다.

그리고 내 행운은 거기서 끝이었다.

다시 기운을 차리고 남부로 출발한 지 5시간 후, 그동안 용케 잘 넘겨 오던 단속에서 걸렸다. 이번에도 그간 잘 써먹어 왔던 가짜 신분증을 내밀었지만, 문제는 그중에 내 얼굴을 알고 있는 사람이 있었다.

도주를 시도하려고 했지만 나는 결국 실행하지 못하고 두 손을 들 수밖에 없었다.

"필요하다면 발포하라는 지시가 있었습니다. 같이 가시죠."

그 말과 함께 군인들의 총구가 일제히 나에게 겨눠졌다.

역시 훈련섬에서 내가 어떻게 빠져나갔는지 보고가 되었던 모양이다. 그대로 무장을 해제당하고 구속당해 피어리로 이송되었다. 수도에 도착하고 나선 바로 독방 형태의 임시 감옥에 갇혔고 그렇게 만 하루를 방치당한 채로 있었다.

밤사이 근무를 서고 있는 감옥지기 병사를 사근사근 꼬드겨 보려고도 했지만, 나에 대해 뭔가 들은 얘기라도 있는 모양인지 그는 아무리 불러도 대꾸는커녕 내 쪽으론 고개도 돌리려 하지 않았다. 덕분에 더욱 지루한 시간을 보내며 째깍째깍 돌고만 있는 시계를 멍하니 바라보았다.

잡혀 온 지 24시간이 조금 넘어갔을 무렵 쥬페도라가 임시 감옥으로 몸소 행차했다. 그의 부하는 내가 갇혀 있는 창살 바깥으로 나무 의자를 하나 가져다 놓았고 쥬페도라는 그 의자에 앉아 등받이에 몸을 기대더니 다리를 꼬았다. 입에 담배를 빼 물고 지포 라이터가 열렸다 닫히며 연기가 피어올랐다. 쥬페도라는 피어오르는 연기에 눈가를 가늘게 떴다가 손가락에 담배를 끼워 들며 나를 향해 미미하게 웃어 보였다.

"반성은 좀 했는지 모르겠군."

나는 대꾸하지 않고 그와 마주 보고 웃음 지어 주었다. 쥬페도라는 안에 있던 사람들을 모두 바깥으로 물렸다. 곧 창살을 사이에 둔 채 그와 나만이 이 공간에 남았다. 쥬페도라는 두어 번 머금어 피운 장초를 바닥에 버리고 구둣발로 짓이기며 말했다.

"당신이 타고 다닌 차를 나도 봤는데 말이야. 다른 건 그렇다 치더라도 가방에 담겨 있던 피 묻은 연장들은 대체 어떻게 해석해야 할지 나로서도 조금 난감하더군."

일부러 입가를 더욱 위로 끌어 올렸다. 쥬페도라는 그런 나를 가만히 바라보다가 곧 대수롭지 않은 목소리로 물었다.

"조만간 시체라도 발견되는 건가? 상대는 누구지? 역시 모건인가? 아니면 또 다른 누군가?"

"글쎄요."

"그냥 어디서 가축이라도 잡았다고 생각하고 싶은데. 아무래도 그건 내 희망일 뿐이겠지?"

대꾸하지 않자 쥬페도라는 한숨을 소리 내어 내뱉었다.

"당신은 정말 아무것도 몰라. 지금이 얼마 중요한 시기인지."

"알려 주지 않으니, 모를 수밖에 없지 않겠습니까."

"비아냥대는 건가? 때가 되면 어련히 알게 될 일이라고 했는데. 참을성이 없군. 피해 의식도 적당히 해 둬. 누구도 당신을 속이거나 하지 않아. 그저 함부로 입에 담을 이야기가 아닐 뿐이지. 벽에도 귀가 있는 법이야. 아직 결정적인 문서가 내 손에 들어오지 않았으니까. 지금으로선 아무 말도 해 줄 수 없어. 전부 확실해지면 당신에게도 물론 말할 거야. 지금 나는 당신을 위해 발에 땀이 나도록 뛰고 있는데 정작 당신이 나를 방해하다니 그래선 안 되지. 당신이 의지해야 할 사람은 나뿐이란 걸 하루빨리 깨닫는 게 좋아."

쥬페도라는 나름 진지한 어조로 타이르듯 말했지만 나는 손가락으로 귓구멍을 후비며 그의 말을 무시했다. 쥬페도라가 더 길게 한숨 쉬었다. 나는 손가락 끝에 바람을 훅 불며 말했다.

"나를 위해 뛰는 게 아니라 나를 이용해서 당신이 얻을 게 있으니 뛰는 거잖습니까. 아무리 아 다르고 어 다르다지만 그렇게 말하니 당신이 정말 세기에 둘도 없는 로맨티시스트라도 된 듯하군요. 뭐…… 나도 이젠 당신이 늘 입버릇처럼 날 사랑한다고 했던 말을 어느 정도 이해할 수 있습니다. 존재만으로 이득을 가져다주는 도구라니 소유자로서 얼마나 사랑스럽겠습니까. 그럼요. 알고말고요."

"그런 식으로 말하지 말아 주겠어? 나만 좋자고 이러는 게 아니야. 제발 좀 참고 기다려. 당신도 분명 나중엔 나에게 고맙다고 생각하게 될 테니까."

"그럴 일은 없을 겁니다. 아, 지금이라도 이혼해 준다면 그건 고맙다고 생각하게 될지도 모르겠군요."

그 순간 쥬페도라가 벌떡 일어나 철창을 손바닥으로 세게 쳤다.

"자꾸 이렇게 나올 건가? 내가 어디까지 참길 바라는 거야!"

쾅—! 하고 울린 소리가 미처 사라지기도 전에 나 역시 앞으로 달려 나가 그에게 덤빌 듯이 두 손으로 철창을 세게 쳤다. 덜컹! 하고 철창이 흔들려 나는 소리가 공간에 웅웅 울렸다. 이 창살만 없다면 마치 당장 덤벼들어 목이라도 물어뜯을 것처럼 나는 쥬페도라를 향해 짓씹듯이 내뱉었다.

"주인 행세 하지 마! 나는 당신의 펫이 아니라고! 이래라저래라 명령하지 마! 내 자유를 구속할 권리 같은 건 당신에게 없어! 그러니 당장 문이나 열어!"

우리의 거리는 숨이 맞닿을 정도로 가까웠지만, 이 철창보다 더 단단한 벽이 마음을 가로막고 있었다. 그를 사랑하는 내 마음을 잘 알고 있지만, 그것만으로는 이 벽을 넘을 수 없기에 결국 이 마음은 그에게 도착하지 못한 채 도로 밑바닥으로 처박힐 것이다.

나는 쥬페도라를 보는 내내 시시각각으로 넘어오려는 눈물을 다시 삼키고 불처럼 타오르는 분노를 드러내 강한 척 허세를 부렸다.

쥬페도라를 눈앞에 두고 있으면 나는, 정말로 미쳐 버릴 것 같았다. 그와 함께 있는 것만으로도 도무지 온전한 정신으로 현실을 볼 수가 없다. 주정뱅이처럼 감정은 시도 때도 없이 오르락내리락하며 지금 나 자신이 무슨 짓을 하고 있는지 무슨 말을 하고 있는지 그저 흑백의 꿈처럼 현실감이 없었다. 모든 변명이나 의미 같은 건 어느새 잊어버린 채 더욱 자신을 몰아갈 뿐이었다.

나는 사실 그를, 쥬페도라를 용서하고 싶다. 지금 이 순간에도. 하지만 되지 않는다.

나 자신이 아무것도 용서하지 못하는데 어떻게 스스로 용서받길 바랄 수 있을까. 이해와 용서는 다른 거다. 나는 충분히 쥬페도라를 이해한다. 나는 충분히 모건을 이해한다. 충분히 릴을 이해한다. 하지만 용서할 수가 없다. 용서하질 못했다. 그것은 동시에 그동안 내가 여러 가지 이유로 저지른 죄 역시 아무리 의미를 부여한다 한들 용서받지 못한다는 것과 같다.

그 모순이 시간이 갈수록 커져만 가서 나는 이제 변명을 하는 것도 듣는 것도 지쳐 버렸다. 차라리 누군가 나를 죽여 멈춰 주었으면!

쥬페도라는 나를 가만히 응시하다가 철창에 대고 있던 손을 아래로 떨어뜨렸다. 이윽고 그는 나직한 어조로 내게 선고했다.

"당신은 아무래도 치료가 필요한 것 같군."

"뭐……?"

시근대는 숨소리에 격양된 음성이 섞여 들었다. 이 사람이 지금 무슨 소리를 하는 건지 잠시 이해가 되질 않았다.

쥬페도라는 두 번째 담배를 꺼내 물며 차분하게 말했다.

"말 그대로 당신은 지금 정신이 병들었어. 여러 가지 이유로 충격을 받아 의식이 혼탁해진 나머지 제대로 된 사고를 못 하는 것 같다……는 게 내 생각이고, 당신이 정신 병원으로 이송될 때 문서상 주치의 소견이 되겠지."

"뭐……! 웃기지 마! 누구 맘대로!"

철창을 붙들고 세차게 흔들며 외치자 쥬페도라는 한숨 쉬듯 연기를 뱉어 냈다.

"보호자의 권리로. 걱정하지 마. 그리 오래 가둬 두진 않을 테니까. 그냥…… 잠시 좀 얌전히 있어 줬으면 좋겠다는 생각을 하는 것뿐이니까."

"쥬페도라!"

돌아서는 쥬페도라의 등에 대고 비명처럼 그의 이름을 불렀다. 쥬페도라는 문을 열고 나가려다 문득 생각났다는 것처럼 갑자기 문고리를 잡은 손을 멈추고 나를 돌아보았다.

"맞다. 이걸 알려 준다는 걸 깜빡했군. 루이는 퇴직했어."

"하……?"

"당신 하나 제대로 관리 못 하고 놓치는 지경이니까. 아무래도 슬슬 감이 떨어진 것 같아서 말이야. 적당히 돈도 모았을 테니 고향에 돌아가 자리 잡고 사는 게 어떠냐고 권했지."

"당신……!"

"알겠어? 당신이 앞뒤 분간 못 하고 쓸데없는 짓을 할 때마다 주변에 얼마나 민폐가 되는지 말이야."

"……."

"그러니까 이젠 얌전히 좀 있어. 제발."

쥬페도라는 그대로 문을 나가 버렸다. 그리고 곧 모르는 사람들이 우르르 몰려 들어왔고 저항하지 못하도록 총이 겨눠진 채 또다시 구속당했다. 순순히 끌려갈 생각은 없어 가까이 오는 사람을 후려 패며 빠져나가 보려고 해 봤지만, 곧 팔에 주사기가 사정없이 꽂히며 순식간에 정신을 잃었다.

정신이 들었을 때는 이미 병동 안이었다. 감옥과도 다름없는 병실에서 침대에 묶인 채 아무리 비명을 질러도 아무도 관심을 보이지 않았다. 분함에 발버둥을 치는 것도 하루 이틀 지나자 시들해졌다. 점점 시간 개념이 없어지기 시작했고 아침저녁마다 억지로 맞는 안정제 때문에 정신이 멍해지기 일쑤였다.

이래선 멀쩡한 사람도 미칠 수밖에 없다는 생각이 들었다. 과연 내가 여기서 나갈 때까지 제정신을 유지할 수 있을까 하는 불안도 들었다.

그렇게 몇 번째 밤이 지났을까. 서른 번쯤 세다가 그만둬 버렸다.

그 날도 멍하니 어둠 속에서 눈을 깜박이며 허공을 보고 있었다. 갑자기 조용하게 문이 열렸다. 발소리도 없이 병실로 들어온 괴한은 나를 내려다보며 소리 내지 말라는 제스처를 취해 보였다. 어둠 속에서 보이는 형체에게 고개를 느리게 끄덕이자 그제야 그는 나이프를 빼 들어 팔다리에 묶인 끈을 끊어 주었다.

나는 팔다리에 걸린 끈을 벗어 버리고 침대에서 내려와 바닥에 섰다. 그동안 제대로 먹지 못한 채 약을 너무 많이 맞아서 순간적으로 휘청했지만, 그가 재빨리 내 팔을 잡아 쓰러지지 않게 해 줬다. 그는 나를 부축해 복도로 나오자 내 손에 작은 가방을 들려 주며 말했다.

"이 복도 끝에서 오른쪽 복도로 꺾어지고, 거기서 또 왼쪽 복도로 꺾어져 가다 보면 원장실이 있습니다. 거긴 창문이 있으니 밖으로 뛰어내리세요."

얼굴을 가리고 있었지만 분명 어디선가 들어 본 적 있는 목소리였다. 하지만 정신이 멍청한 상태여서 결국 끝까지 그의 정체를 인식하지 못한 채 그저 그가 시키는 대로 발을 옮겼다. 원장실 문을 열자 의자에 가운을 입은 남자가 앉아 있었다. 하지만 이미 그는 의식이 없는 상태였다. 진작에 손을 쓴 것 같다.

괴한이 줬던 가방을 든 채 창문을 열고 창틀에 올라섰다. 밑을 내려다보자 생각보다 높은 곳에 있다는 사실을 깨닫게 되었다. 하지만 뛰어내릴 수 있을 것 같았다. 내가 선 창문 아래에서 루이가 나를 향해 팔을 벌리고 있었으므로.

"루이……."

루이는 빨리 내려오라는 듯 손끝을 까딱까딱 움직였다. 어쩐지 지난날보다 후련해 보이는 그의 미소에 나는 조금 울먹이고 말았다.

정말 어울리지도 않지만, 왠지 지금만큼은 그가 마치 동화 속의 왕자님같이 느껴졌다.

그를 향해 뛰어내렸다. 루이는 나를 껴안아 받으며 뒤로 털썩 넘어가 바닥에 쓰러졌다. 그리고 이 주체할 수 없는 감정을 어쩌지 못해 그의 어깨에 얼굴을 파묻고 울어 버리는 나를 위로하듯 루이는 느리게 내 뒷머리를 쓰다듬었다.

"많이 가벼워지긴 했는데, 그래도 역시 무겁다. 너."

아직 내가 기댈 수 있는 가슴이 있다는 사실에 가슴이 터질 것같이 울컥해져 왔지만, 감격에 겨워할 시간은 그리 많지 않았다. 루이는 두 손으로 내 머리를 잡고 제 어깨에서 떼어 내었다. 그리고 짧게 입을 맞추었다가 정신 차리라는 듯 가볍게 내 한쪽 볼을 톡 두드렸다.

쓰러졌던 몸을 일으켜 세우고 루이의 손에 이끌려 병원 뒤편에 숨겨진 차에 올라탔다. 먼저 나를 보조석에 부축해 태우고 나서야 운전석에 올라탄 루이는 바로 몸을 비틀어 뒷자리에서 종이 가방을 가져와 내 품에 던지듯 안겨 주었다. 그 안엔 두꺼운 옷감에 점잖은 느낌의 검은 원피스와 겨울용의 두꺼운 면 스타킹이 들어 있었다.

루이가 운전하는 동안 나는 옆자리에서 병원복을 벗고 그가 준 옷으로 갈아입었다. 루이는 내가 몸을 구기듯 웅크려 팬티스타킹에 발을 끼워 넣는 모습을 흘긋 보았다가 다시 앞쪽으로 시선을 돌렸다.

"어디로 가는 거예요……?"

오랫동안 말이란 걸 할 기회가 많지 않았던 탓인지 갈라져 새어 나온 목소리가 흐리게 느껴졌다. 루이는 나를 보지도 않고 답했다.

"북부. 체르디 마운틴."

"……?"

거긴 왜……? 말이 더 이어지길 기다리며 가만히 루이의 옆얼굴을 바라보았다. 하지만 루이는 그대로 입을 다물었다. 계속 바라보는 내 시선이 거슬렸는지 그는 한참이 지나고 나서야 눈꺼풀을 조금 내리며 담담하지만 조금 머뭇거리듯 말했다.

"모건이 현재 그쪽으로 향하고 있는 모양이야. 아마 그대로 외국으로 넘어갈 생각인 것 같아."

"……."

"그러니 지금이 아니면 앞으로 넌 영영 기회가 없을 거야."

"……어떻게?"

"채드의 도움을 받았어. 모건의 조사를 나갔던 게 그 녀석이라……."

"아까…… 병원에 들어왔던 것도……."

"어. 그 녀석이야."

"친한 사이였던 모양이죠."

"아니. 전혀. 그냥 지정된 선후배 사이였을 뿐. 근데 도와주더군. 물론 오늘 일은 너도나도 입을 다물고 있어야 해. 지금 그 녀석은 일을 그만둔 내 후임으로 있는 처지라 알려지면 아무래도 곤란해지겠지."

마치 마약 기운이 떨어지는 약쟁이처럼 문득 몸이 추워져 왔다. 컨디션은 형편없었지만, 아까까지 온갖 감정으로 지배당했던 정신은 슬슬 가라앉아 차츰 이성이 돌아오고 있었다. 현란하게 날뛰던 증오도 감동도 가라앉자 내 세계는 다시금 삭막한 빛을 띠었다. 나는 두 팔을 교차시켜 몸을 감싸 움츠리며 말했다.

"루이 씨는…… 인덕이 있는 거예요."

루이는 여전히 앞을 보며 찡그린 눈으로 흐리게 웃었다.

"……그래. 그런가 보다."

곧 루이는 오들오들 떨고 있는 나를 흘긋 보더니 한 손으론 운전대를 잡고 반대 손을 뒷자리로 뻗었다. 그는 이번엔 담요를 끌어와 내게 건넸다. 나는 그것을 받아 몸에 두르며 추워 떨리는 숨을 길게 내쉬었다. 루이는 히터에 손을 가져다 대어 온기가 제대로 나오는지 확인했다. 히터는 문제가 없는지 루이는 슬그머니 히터에서 손을 떼며 나를 보고는 마른침을 삼킨다. 직접적으로 와닿는 그의 걱정에 컨디션은 최악임에도 어쩐지 웃음이 나올 것 같았다.

괜찮으니 안심하라고 입가를 올렸다가 내리며 시선을 아래로 두었다. 잠시 차 안은 조용해졌다가 문득 루이가 나를 불렀다.

"할리."

"……네."

루이는 한참을 더 고민하다가 본론을 꺼냈다.

"너 나랑, 같이 가지 않을래."

"……."

여전히 시선을 내린 채 대꾸하지 않자 루이가 재빠르게 말을 이었다.

"물론 네가 모건을 처리하고 난 다음에. 그다음에 말이야. 네가 괜찮다면."

"……."

"……싫어?"

뒷말은 마치 눈치 보는 듯한 목소리였다. 그 루이가. 나는 그제야 작게 웃으며 고개를 들고 루이를 바라보았다. 루이는 운전대를 잡은 탓에 시선을 앞에 두고 있었다.

"유부녀를 꼬시는 건가요. 지금 얼마나 반사회적인 말을 하는지는 알고 있어요?"

"아내가 마음대로 안 된다고 정신 병원에 집어넣는 인간이 너에겐 남편인가?"

급격하게 저조해진 목소리로 말하는 루이의 표정은 서늘하게 가라앉아 있었다. 눈꺼풀이 내려와 눈동자가 반쯤 가려진 옆얼굴은 그가 살인을 하기 전 마음을 차갑게 갈무리했을 때 보이는 표정과 비슷했다. 나는 잠시 그를 바라보다 말없이 창문 쪽으로 고개를 돌려 버렸다. 루이가 말했다.

"사람은 하나인데 아직도 네 신분은 두 개로 나뉘어 있는 상태야.

쥬페도라가 굳이 그렇게 한 이유가 뭐라고 생각해. 상황에 따라 네 신분을 입맛에 맞게 바꿔 끼우기 위해서야. 결혼은 마들로나 드 데본 제이라는 이름과 해 놓고, 널 입원시키는 건 레이시로 했지. 나중에 여차했을 때 네 정신 병력이 문제가 되면 안 되니까 말이야. 그리고 그걸 바꿔 말하면 말이지. 레이시인 넌 그에게 부당한 구속을 당한 거야. 그와 결혼한 건 레이시가 아니라 마들로나 드 데본 제이니까. 네가 레이시란 이름으로 지금 당장에 고소해도 그 인간은 할 말이 없어."

나는 그저 말없이 웃었다. 물론 루이의 말은 틀린 것이 없지만 루이 역시 진심으로 그를 고소할 수 있으리라 생각하고 그런 말을 하진 않았을 것이다. 우리의 세상은 법의 손이 닿지 않는 암흑의 세상이다. 설령 법이 우리에게 닿는다 해도 우리는 심판이 기다리고 있을지언정 구원은 받을 수가 없다.

'살인하지 말라. 타인을 속여 부당한 이득을 취하지 말라. 간통하지 말라. 인권을 침해하지 말라. 정의가 아닌 것을 외면하지 말라.' 등등. 알고 지은 죄, 모르고 지은 죄, 뒤집어쓰고 있는 죄의 오물은 이미 내 전신에서 흘러내려 내가 원래 어떤 모습이었는지조차 이젠 알 수가 없다. 그리고 그건 쥬페도라도 루이도 마찬가지였다.

그런 우리를 심판하는 것은 법이 아니라 힘과 권력이다. 그리고 그런 권력을 가지기 위해선 남들보다 더 많은 그리고 더 지독한 오물을 뒤집어써야 한다는 것이 또 우스운 일이다.

그런 세상에서 내가 살고 있다. 루이가 살고 있고, 쥬페도라가 살고 있다. 이런 세상에 한 번 떨어지고 나면 이미 벗어날 방법 같은 건 없다. 뒤늦게 참회하려 해도 면죄부 같은 건 존재하지 않는다. 밟혀 죽지 않으려면 계속 죄를 지으면서 살 수밖에 없다. 그렇게 계속. 죽지 않고 계속 오물을 뒤집어쓰며 올라가고 나면 비로소 다른 녀석들을 휘두르고 심판할 힘이 생긴다.

그게 이런 세상에 사는 녀석들이 남길 수 있는 유일한 삶의 증명이 된다.

'살아남았다. 봐라. 나는 결국 살아남았다.' 라고.

그러므로 루이의 방법은 틀렸다. 함께 가자니. 나를 데리고 어디를 갈 생각인가. 우리가 내딛는 발끝부터 전부가 검게 물들어 까맣게 질퍽이는 진창인데 어디로 간들 이 오물이 씻겨 나갈까.

무엇보다 내가 쥬페도라의 손끝에서 완벽히 도망칠 수 있으리란 생각이 들지가 않는다. 도망칠 수 없다. 도망칠 수 있을 것처럼 느껴진다면 그건 착각이다. 이미 나에겐 목줄이 채워져 그 줄을 쥬페도라가 잡고 있는데. 아무리 달아난들 결국 그가 쥐고 있는 목줄을 힘주어 당기면 나는 버둥대며 끌려간다. 도망칠 수 있는 것은 이제야 겨우 목줄이 풀린 루이뿐이었다.

나는 루이에게 대답하지 않을 것이다. 싫다 좋다 말없이 그저 그가 애처롭게 내 주변을 맴돌도록 애매한 희망만 보여 줄 것이다. 병원에서 탈출해 그를 안고 울어 버린 것은 분명 내 진심이었음엔 틀림없는데도 대체 언제 그랬냐는 양 나는 어느새 또다시 그를 이용할 생각에 잠겨 있었다. 이런 자신에게 어이가 없어진다. 정말 나는 끝까지 쓰레기구나.

나를 위해 제 안위와 자유를 포기하고 위험을 무릅쓴 루이에게 '나를 위해 울어. 내 고통을 네가 아파하고 나에게 날아오는 위협을 네 몸을 던져 막아. 결국, 나를 위해 죽어.' 라고 말하는 것과 다름이 없었다.

"그나저나…… 같이 가자는 권유에 대한 네 대답을 아직 못 들었는데."

다시금 루이를 향해 고개를 돌렸다. 루이는 날 흘긋 보았다가 운전 때문에 다시 시선을 돌렸다. 초조한 기색이 엿보였다.

"생각해 볼게요."

그 말과 동시에 루이의 얼굴에 화색이 돌았다. 하지만 금세 큼, 하고 헛기침을 내뱉어 표정을 갈무리해 올라갔던 입가를 일자로 만들었다.

그런 루이의 모습에 욱신거려 오는 가슴의 통증을 무시하려 애썼다. 그리고 나 자신에게 세뇌한다.

'나는 잘못 없어.'

루이는 용케도 사람이 없는 길을 골라 이동했다. 그런 길은 제대로 다듬어지지 않은 곳이 많아서 이동하는 내내 차체가 많이 흔들렸다.

약 이틀을 멈춤 없이 달려 북부에 도착했다. 외국과의 경계가 있는 체르디 마운틴으로 들어선 건 하루가 더 지난 후였다. 산 안쪽으로 한참을 더 들어가 우거진 그대로 말라 버린 갈색 수풀 사이에 차를 숨기고 나서야 루이는 시동을 껐다. 그는 먼저 내려 트렁크를 뒤적이더니 막 내리려고 차 문을 연 내게 다가왔다. 루이는 내가 발을 내디디려는 땅으로 워커 형태의 롱부츠를 가지런히 놓아 주었다. 부츠를 신고 차에서 완전히 내려 문을 닫자 이번엔 루이가 내 무기들을 건넸다. 쥬페도라에게 잡혔을 때 빼앗겼던 것들을 어떻게 찾았는지 흠집 하나 난 곳 없이 그것들은 전부 고스란히 내 손으로 돌아왔다. 루이가 이 주변의 지도를 꺼내며 말했다.

"여기서부턴 걸어서 이동해야 해. 힘들겠지만 어쩔 수 없어. 차로 이 이상 들어가면 들킬 확률이 높아."

"알았어요. 괜찮으니 걱정 마세요. 여기서 모건이 어디에 있는지 특정 가능한가요?"

"그래. 여기서 멀지 않아. 그 근처에 그놈이 마련해 둔 은신처도 있고."

"우리가 늦진 않았을까요?"

"아니, 우리가 먼저 도착했을 거야. 그놈은 남부에서부터 이동했으니까. 설령 그놈이 먼저 왔다고 해도 한 발 차이지. 안 늦었어."

"그렇군요."

말하는데 입김이 하얗게 빠져나와 공기 중에 흩어졌다. 루이가 걱정스럽게 물었다.

"추워?"

이제 겨울이니 추운 건 자연스러운 일이었지만 루이는 자기가 괜히 미안하다는 표정을 지었다.

"코트도 입었고 장갑도 꼈어요. 죽진 않겠죠."

가죽 장갑을 낀 두 손을 루이에게 들어 보이며 애써 웃어 보였다. 사실은 몸 상태가 썩 좋지는 않았지만 그렇다고 약한 소리를 할 수는 없었다. 루이는 내가 섬에서 무례했던 것을 기꺼이 용서하고 병원에 갇혀 있던 날 구하러 왔다. 거기다 지금도 이렇게 발 벗고 나서서 도와주려 하고 있다. 그런 그에게 정작 내가 힘들다고 징징댈 정도로 뻔뻔할 수는 없었다. 루이는 내게 가까이 다가와 물통을 건네며 말했다.

"입만 축여."

"고마워요."

루이는 물을 한 모금 마시고 뚜껑을 닫는 날 가만히 바라보다가 내

321

가 물통을 돌려주자 그것을 받으며 말했다.

"좀 더 편한 옷을 가져오고 싶었는데. 급하게 들렀던 가게가 좀 후진 데라 그런지 네 키에 맞는 여자 옷이 그것밖에 없었어."

마치 자기 센스가 나빴던 게 아니라 말하고 싶은 듯 그의 투덜거리는 말투에 나는 작게 웃어 보였다.

"괜찮아요. 제법 편한데요."

"편하긴 개뿔. 다리가 다 얼겠네."

"정말 괜찮아요. 부츠가 길어서 별로 춥지 않아요."

내가 아무리 괜찮다고 말해도 루이는 믿지 않았다. 결국, 그답지 않게 의기소침한 얼굴이 되고 말았다. 오히려 미안한 건 나였다. 원래라면 내가 짊어졌어야 할 것들도 루이가 다 짊어져서 나는 무기만 몇 가지 착용하고 있을 뿐이니까.

"역시 조금이라도 제가 들게요. 주세요."

"됐다니까. 잘 따라오기나 해."

어지간한 건 내가 들겠다고 해도 루이는 짐을 넘겨주지 않았다. 물론 이런 게 신사의 미덕이긴 하지만 루이는 애초부터 신사가 아니지 않은가. 나는 문득 웃음이 나와 그의 등을 향해 말했다.

"루이 씨 정말로 저 좋아하나 봐요."

"……."

루이는 어깨를 조금 움찔했지만, 뒤도 돌아보지 않고 앞을 향해 묵묵히 걸어갔다. 어쩐지 그 모습이 부끄럼 타는 것처럼 보여서 나는 으핫 하고 웃음소리마저 약간 내 버렸다. 그제야 시끄럽다고 한 소리 듣고 말았다.

얼마나 더 올랐을까. 고지대로 올라왔음이 느껴지는 희박한 공기와 옅은 두통에 힘들어하고 있었다. 루이가 다리를 멈추며 짊어지고 있던 짐들을 바닥에 내려놓았다.

"일단 짐은 여기다 놓기로 하자."

"예."

루이는 짐을 나무에 기대어 놓고는 가방에서 파란 끈을 꺼내 나뭇가지에 묶어 표시했다. 나는 그사이 고개를 움직여 주변을 빙 둘러본다. 눈에 띄지 않으면서도 두 사람이 몸 숨기고 쉬기에는 적당한 공간이라는 생각이 들었다.

표시를 마친 루이는 두고 갈 짐을 나뭇가지들과 낙엽. 그리고 마른 덩굴로 가렸다. 그는 가벼운 무기들을 착용하고 작은 팩에 물과 건식량을 챙겨 넣으며 말했다.

"미끼는 내가 한다. 넌 나와 거리를 두되 절대 눈을 떼지 말고 따라와. 모건과 내가 붙으면 틈을 봐서 쏴 버려."

"루이 씨와 연계를 하라고요?"

"왜. 못해?"

"할 수 있을 리가 없잖아요. 그보다 루이 씨와 연계를 할 수 있는 사람이 있긴 하나요."

"지금껏 없었지만 네가 이제라도 하면 되잖아."

"그렇게 간단하게 말할 수 있다는 게 놀랍네요. 내가 실패하면 루이 씨 죽을 수도 있어요."

"안 죽이면 되잖아. 죽일 생각이냐?"

"그러니까 그게 그렇게 간단하게 말할 일이……."

"뭐…… 너라면 죽어도 괜찮다 싶기도 하니까."

"하?"

"……."

"……."

"왜. 뭐."

순간적으로 우리 사이에 정적이 흐르며 곧 괜히 겸연쩍어진 루이가 작게 투덜대듯 말했다. 어쩐지 나까지 화끈거려 와 홱 고개를 돌리고 말았다. 그러다 다시 흘긋 루이를 보며 말했다.

"죽이려 들까 봐 불안하다고 날 몇 번이나 묶었으면서."

"그건 그때고."

"그럼 앞으로는 안 묶을 거예요?"

"그건 좀. 잘 때는 아무래도 평소보다 긴장이 풀어져 있잖아. 나는 기습당하는 게 싫다고. 근데……."

루이가 말끝을 흐리며 날 묘하게 바라보았다. 이번엔 내가 '왜요. 뭐요.' 하며 작게 웅얼대듯 묻자 루이가 슬그머니 눈빛을 돌리며 손가락으로 자기 이마를 가볍게 긁었다.

"다음에도 같이 자게 해 줄 거냐?"

"……저기……. 음. 그만할까요. 이런 대화. 왠지 싫네요."

루이가 진지하게 나오니까 오히려 내 쪽이 민망했다. 결국, 나 역시 시선을 돌려 버렸고 루이가 불만스럽게 말했다.

"네가 먼저 시작했잖아."

"네네. 죄송합니다."

등에 멘 프렌스 총을 풀어 총알을 확인하며 성의 없이 대꾸했다. 이어 다른 무기들 확인까지 마치고 다시 몸에 착용한 뒤 루이를 보자 그 역시 무기를 최종 점검한 뒤 다시 착용하고 있었다. 루이는 먼저 출발하려다 문득 발을 멈추더니 나를 향해 빙글 돌아섰다. 그리고 내게 성큼성큼 다가와 한 손으로 내 뒷머리를 잡아 끌어당기며 고개를 기울이고 입을 맞췄다. 길지 않은 키스 후 입맛을 다시며 입술을 뗀 루이는 미련도 없이 나를 두고 먼저 출발하며 말했다.

"다음엔 안 묶을 테니 같이 자자."

나는 대꾸 없이 그의 등을 바라보다가 문득 나도 모르게 픽 웃고 말았다. 이윽고 나는 루이와는 다른 길로 조용하게 스며들듯 이동을 시작했다.

루이는 틈틈이 지도를 확인하며 빠른 속도로 발을 옮겼고 나는 멀리서 그를 주시하며 따라갔다. 그가 향한 곳은 깊은 곳에 숨겨진 작은 오두막이었다. 아마도 그곳이 모건이 비밀리에 만들어 둔 은신처인 모양이었다. 하나뿐인 창문을 흘긋 살핀 루이는 경계를 세운 채 조심스럽게 오두막 현관 안으로 들어갔다. 하지만 그곳에 모건이 없는 모양인지 얼마 후 루이는 도로 밖으로 나왔다. 우린 각자 오두막 주변에 숨어 모건을 기다렸지만, 그 날은 수확이 없었다. 루이와 잠시 합류했다.

"아직 도착 전인 것 같아. 물건을 좀 채워 놓은 것 말고는 흔적이 아무것도 없어. 먼지 쌓인 정도를 봐선 대략 한 달쯤은 그곳에 방문한 사람이 없었어."

"한 달간 쌓인 먼지 위로 루이 씨 발자국이 찍혔겠군요."

"집 안에 들어가기 전에 잡을 거야. 그래야 네게도 기회가 있을 테지. 내가 혼자 잡아 버리면 네 응어리가 풀리겠어?"

"그것참 고맙네요."

"안 믿는 얼굴이다?"

"별로요. 믿고 안 믿고 할 가치가 없는 사항이니 신경 쓰지 않는 것뿐이에요. 루이 씨도 신경 쓰지 말아요. 서로 계획만 통하면 되죠."

그때 루이가 내 얼굴을 붙잡고 성큼 가까이 다가왔다. 코끝이 살짝 닿는 거리에서 루이가 내 눈을 똑바로 바라보며 달래듯 속삭였다.

"농담한 거야. 네가 짜증 나 있으니 분위기 좀 풀어 보려고. 그러니까 냉담하게 굴지 마. 맞춰 달라고."

"……."

"미안. 투정이었어. 전부 네 마음대로 해도 상관없어. 네가 내 옆에 있어 주기만 한다면."

그리고 루이는 눈꺼풀을 스르르 내리며 내게 입을 맞췄다. 입술로 입술을 물었다가 혀로 훑으며 안으로 비집고 와 내 혀를 찾아 얽었다. 금세 타액이 섞이며 질척이는 소리가 났다. 마치 섹스 전 애무를 하듯 정성스럽게 입 안의 곳곳을 건드리고 긁어 마찰하는 행위에 절로 한숨 같은 신음이 빠져나왔다. 나는 결국, 루이의 어깨를 밀어 입술을 떨어뜨렸다. 어느새 루이의 손은 내 가슴을 덮고 있었다.

"이러고 있을 때가 아니잖아요."

"그렇긴 하지."

루이가 아쉽다는 듯 입맛을 다시며 쓰게 웃더니 내게서 떨어졌다.

잠복은 며칠 더 이어졌다. 하루 이틀이면 될 줄 알았더니 생각보다 늦어지는 통에 내 기분은 더욱 저조해졌다. 루이는 초조해져서 예민해진 나를 달래느라 애써야 했다.

"정말 여기가 맞아요? 잘못 안 거 아니에요?"

"여기가 가장 가능성이 높아. 채드뿐 아니라 나도 그 녀석이 가져온 자료를 전부 확인해 봤어."

"낮은 확률대로 움직인다면요?"

"그럼 우리 운이 나쁜 거지."

"⋯⋯."

"할리. 이건 부수적인 일이야. 여기에 네 전부를 걸 필요는 없어. 모건에게 네가 그렇게까지 얽매일 가치가 없다고. 틀어지면 틀어지는 대로 네 인생을 살면 돼."

"⋯⋯."

"알아들어?"

"⋯⋯그래요. 알아들었어요."

"키스해 줄게. 기분 풀어."

"됐어요."

불만스럽게 고개를 돌리는 나를 루이가 부드럽게 끌어당겨 안으며 입을 맞췄다. 잠시 받아 주다가 루이가 너무 질기게 달라붙어 결국 이번에도 내가 먼저 물러나 떨어뜨렸다. 루이는 순순히 날 놓아주었지만, 여전히 아쉬움이 담긴 눈으로 쳐다봤다. 나는 모르는 척 돌아섰다.

그렇게 다시 떨어져 잠복한 지 두세 시간 정도가 지났을 때였다. 문득 루이가 지점에서 벗어나 몸을 낮추고 달리기 시작했다. 들킨 건가?

나는 그를 따라 뛰다가 문득 주변을 둘러보고 옆길로 빠져 달렸다. 루이가 잠시 시야에서 사라졌지만, 곧 적당한 자리에서 나뭇가지를 타고 오르자 다시 그를 발견할 수 있었다. 루이는 겨울에도 푸른 사철풀 틈에 몸을 낮춰 숨기고 한 지점을 노려보고 있었다.

루이가 응시하는 지점은 내 쪽에서는 잘 보이지가 않았다. 자리를 옮길까. 내가 그런 생각을 하자마자 저편의 루이가 허리 뒤춤에서 오래전에 보여 준 적 있었던 애증의 맞춤 나이프를 빼 들어 역수로 쥐었다. 나 역시 등에 메고 있던 프렌스를 풀어 품에 안았다. 결국, 자리를 옮길 수 없었다.

긴장하며 주시하길 한참, 문득 루이가 응시하는 지점에서 커다란 나무 사이로 용케 스며 들어온 빛이 무언가에 반사되어 반짝였다. 나는 바로 빛이 반사된 지점으로 총구를 겨누며 조준경에 눈을 가져다 댔다. 하지만 상대가 더 빨랐다. 타앙! 루이가 옆으로 굴렀다. 그가 있던 자리가 작게 패였다. 루이는 구르자마자 바로 수풀을 따라 몸을 낮추며 달렸고 곧 총알이 나간 자리가 작게 움직이며 몸을 숨기고 있던 상대가 빠르게 자리를 떴다.

나는 조준경에서 눈을 떼고 나뭇가지에서 뛰어내렸다. 또다시 멀리서 총소리가 들려왔다. 소리를 따라 한참을 달려 다시 나무를 타고 올랐다. 드디어 모건을 볼 수 있었다. 그는 머리가 조금 더 자라 있었고 약간 말라 있었다. 하지만 안광은 여전히 죽지 않고 형형하게 빛이 났다. 대체 뭐가 모건을 저렇게까지 움직이게 하고 살아 있게 하는 건지 나로선 전혀 짐작도 되지 않았다.

탕! 또 한 번 모건에게서 총알이 발사되었지만, 이번에도 루이는 맞지 않았다. 총알을 피한 즉시 모건에게 가깝게 붙은 루이가 모건의 손에 들린 단소총을 걸어차 날려 버렸다. 뒤로 휘두른 다리를 더 높게 뻗느라 상체가 밑으로 내려간 루이가 곧바로 세로로 반원을 그리듯 다리를 내렸다. 자연스럽게 상체를 세운 루이는 손에 든 나이프를 아래에서 위로 올려 찔렀다.

하지만 날 끝이 모건의 턱에 닿기도 전에 모건의 손이 루이의 손목을 잡아 내리눌렀다. 루이는 반대 손으로 허리춤에서 또 다른 나이프를 빼 들어 모건의 옆구리에 사정없이 쑤셔 박았다. 모건은 미간을 찡그렸지만, 루이를 잡은 손을 풀진 않았다. 오히려 더욱 세게 움켜쥐며 반대 손으로 등에 멘 검의 손잡이를 잡았다. 모건의 한쪽 어깨가 비었다.

둘의 격투 중엔 잘못해서 루이가 맞을까 흔들리고 있던 내 총구가 두 사람이 멈추는 동시에 덩달아 멈췄다. 한순간 숨을 그쳤다. 지금! 머릿속으로 누군가 비명을 지르는 듯한 기분을 느끼며 방아쇠를 당겼다. 소음기를 달지 않은 탓에 권총이나 단소총과는 비교도 안 되는 묵직한 발사음이 숲에 울려 퍼졌다.

타―앙!

모건의 어깨에서 피가 튀며 그는 막 잡았던 검 손잡이를 놓쳤다. 나는 감으로 느낄 수 있었다. 약간 빗나갔다. 아마 저 팔의 완전 봉쇄는 이루어지지 않았을 것이다. 모건의 눈이 내가 있는 쪽을 향해 서슬 퍼렇게 돌아갔다. 그의 몸이 흔들리며 루이를 잡고 있던 손에서도 힘이 빠졌던 모양인지 루이가 재빠르게 몸을 비틀어 빠져나와 나이프를 든 손을 모건을 향해 치켜들었다. 하지만 모건의 목에 나이프가 박히기 전에 모건이 슬쩍 물러나 몸을 낮추며 루이의 발을 걸었다.

루이는 손을 거두고 모건의 발을 피해 한 발짝 뒤로 빠졌다. 그때 모건이 빠지는 루이와 다시 거리를 좁혔다. 허리를 비틀어 몸을 빙글 돌린 모건이 회전력과 체중을 실은 다리로 루이의 복부를 걷어찼다. 루이가 조금 더 뒤로 밀렸다. 그 순간 루이의 발밑이 들썩였다. 루이도 이상한 기분을 느낀 듯 자신의 발밑을 향해 눈을 내렸고 그때 모건이 빠르게 달려와 이번에야말로 루이의 발을 걸어 넘기고 손으로 세게 밀쳤다.

루이가 휘청하며 한쪽 발목이 근처에 조금 쌓여 있던 낙엽 속으로 푹 빠졌다. 동시에 모건이 자기 등에서 기어이 검을 빼 들어 덩굴과 함께 나무에 감겨 있어 잘 보이지 않던 밧줄을 세게 내려쳐 끊어 냈다. 땅이 들썩이며 밧줄이 허공으로 휘리릭 날아올랐다. 덩달아 루이의 한쪽 발이 또 다른 밧줄에 묶인 채 허공으로 튀어 올랐다. 루이는 거꾸로 매달려 버렸다. 모건이 뒤집힌 루이의 목을 향해 검을 횡으로 휘둘렀다. 나는 다시 한 번 총을 발사했다.

타앙! 모건은 결국 루이의 목을 떨어뜨리지 못한 채로 뒤로 빠져야 했다. 그는 자기 발치 흙에서 올라오는 총탄의 옅은 연기를 보곤 곧바로 몸을 돌려 어디론가 뛰어가 버렸다. 나는 탄피를 빼내고 나무에서 뛰어내렸다. 그리고 모건을 따라 달려 나갔다. 멀리서 내가 이동하는 걸 본 루이가 크게 외쳤다.

"안 돼! 기다려! 기다리라고! 기다려! 할리! 안 돼!"

머리로는 알고 있었다. 먼저 루이를 풀어 주고 같이 움직여야 한다. 하지만 이상하게도 발을 멈출 수가 없었다. 나는 이미 루이가 보이지 않았다. 내 신경과 감각, 감정이 모두 한데 묶여 모건의 등으로 향했다. 그 순간만은 루이뿐 아니라 쥬페도라도, 그 밖의 또 어떤 누구라도 들어찰 공간이 없을 정도로 머리와 가슴엔 모건만이 가득 들어찼다. 그러니 그를 따라가지 않고서는 도저히 견딜 수가 없었다.

한참을 쫓아가던 중 문득 모건이 시야에서 사라졌다. 주변을 두리번거리며 숨을 고르길 잠시 곧 옆의 수풀이 들썩이며 모건이 내 쪽으로 튀어나왔다. 총구를 겨눴지만, 모건은 이미 총신이 긴 내 총을 아슬아슬하게 피하고 팔을 직선으로 뻗었다. 모건의 검이 오른쪽 복부에 깊이 박히며 눈앞이 아찔해지고 순식간에 다리 힘이 풀려 갔다.

"흐―읍―!"

애써 버티고 선 나를 향해 모건은 환하게 웃는 얼굴로 내 배에 꽂은 검을 더욱 밀어 넣으며 거리를 좁혀 왔다. 몸을 통과해 뒤로 뚫고 나가는 날이 달궈진 듯 뜨겁게 느껴졌다.

"끄으으……!"

이를 악물고 무너지려는 몸을 버텨 세웠다. 모건이 한 손으로 내 어깨를 잡은 채 검을 뒤로 당겨 뽑았다. 그 반동에 몸이 뒤로 넘어가 쓰러졌다. 쓰러지는 순간 애써 총을 세워 비로소 총신 바깥에 존재하게 된 모건을 향해 발사했다. 화약성이 울리며 모건의 몸이 크게 흔들렸다.

"흐윽……!"

"으……!"

내팽개쳐지듯 거칠게 땅바닥으로 등을 부딪치며 절로 신음을 내질렀다. 숨을 헐떡대며 모건을 바라보니 그는 배를 한 손으로 짚은 채 무릎을 꿇고 있었다. 모건이 고개를 들어 창백한 얼굴로 나를 바라보았다. 그는 검을 땅에 박아 지지대로 삼고 자리에서 일어나더니 비척대며 내게 다가왔다.

나는 더 움직일 힘이 없었다. 이렇게 죽는구나 생각하니 참으로 허무하기 짝이 없었다. 모건이 나를 내려다보며 검을 역수로 돌려 잡고는 들어 올렸다. 그대로 꽂아 죽일 생각인가.

하지만 그런 내 생각과는 달리 모건은 날 죽이지 않았다. 그저 검 손잡이의 한 지점을 손날로 세게 치고 붙잡아 비틀었다. 얼마 후 그의 검이 맥없이 분리되며 기다란 날과 가드가 내 옆으로 떨어졌다. 모건은 거친 숨을 쉬며 무너지듯 내 옆으로 무릎을 꿇고 앉더니 헝겊으로 둘둘 감은 그립 부분을 내 한쪽 부츠 안쪽으로 깊게 밀어 넣었다. 마치 비밀스러운 물건을 전하는 것처럼.

"여기까지 날 쫓아와 준 정성을 생각해서, 끄으……."

모건이 말하다 작게 신음했다. 루이의 나이프에 찔린 상처와 내 총에 맞은 자리에서 피가 쉼 없이 빠져나오고 있었다.

"……줄게. 나로선 이대로 너랑 같이 죽고 싶지만, 어쩌면 넌 살게될 수도 있으니. 루이가 널 쉬이 죽게 두지 않을 테니까……."

모건이 내 옆으로 털썩 쓰러져 누웠다. 나를 향하는 모건의 눈빛은 뻔뻔하게도 어떠한 후회도 슬픔도 보이지 않았다. 나만, 그저 나만 분통이 터졌다.

"빌어먹을 놈…… 씨발 놈…… 미친놈…… 이 나쁜 새끼가……!"

모건은 그런 내가 우스운지 죽어 가는 와중에도 흐리게 웃었다. 나는 끊임없이 그에게 욕을 내뱉고 죽어서도 편하지 말라고 저주했지만 결국 이 빌어먹을 자식은 웃으면서 눈을 감고야 말았다. 더없는 고통을 겪다 죽게 할 거라고 생각했는데 분하기 그지없었다. 결국, 울어 버린 건 나였다.

"으흑……!"

완전히 숨이 끊어진 모건의 얼굴을 바라보고 흐느끼며 몸을 움직여 보려고 애썼다. 하지만 몸은 꼼짝도 하지 않았다. 루이가 날 발견하는 게 늦어지면 이대로 죽을 것이다. 죽는 게 두렵지는 않다. 단지 모건을 뒤따르듯 죽는 게 싫었다.

살 거라고. 적어도 지금은 죽지 않겠다고 나 자신을 다그치며 정신을 부여잡고 있길 한참,

"할리!"

다행히도 루이는 내가 죽기 전에 날 발견해 주었다. 그는 죽은 모건에겐 눈길도 주지 않고 일단 내 상처를 살폈다. 곧 응급 처치를 해 피를 막아 준 루이가 나를 둘러업었다. 이동하는 그의 등에서 나는

비로소 잠들듯이 정신을 잃었다.

  정신이 들고 나가기를 반복했다. 정신이 들 때마다 시야는 바뀌었고 가끔 루이의 목소리가 들려왔다.
  꿈을 꾸었다.
  그것이 꿈이란 걸 인지하면서도 무의식 속에 떠다니는 기억의 파편들에 손쓸 수도 없이 휩쓸려 버렸다. 똑바로 서서 버티고 싶어도 내 몸은 줄 끊어진 마리오네트처럼 팔다리에 힘이 들어가질 않아서 그저, 그저. 하염없이 떠내려가고 있었다.
  역류해 거슬러 올라가면 이 꿈을 벗어나 현실로 돌아갈 수 있을 것 같은데 아무리 해도 내 몸이 남의 것인 양 맘대로 되지 않았다. 자꾸자꾸 아득하게 멀어지기만 해서 어쩌면 나는 이대로 영영 현실로 돌아갈 수 없을지도 모른다는 생각이 들었다.
  그리고 그렇게 멀어져 갈수록 나는 나를 유지하던 것들이 하나둘 떨어져 나감을 느꼈다. 처음엔 감각이 없어졌다. 그다음엔 감정이 무뎌졌고, 어느 순간부턴 내 앞에 필름처럼 지나가는 기억들을 멍하니 바라보고 있었다. 나는 더는 괴롭지 않게 되었고 문득 '아. 이것도 나쁘지 않네.' 라고 생각했다.
  혹시 이것은 꿈이 아니라 저세상으로 가는 길을 향해 비추는 주마등이 아닐까. 신을 믿지 않는데도 이 순간만큼은 그런 존재가 있어도 이상하지 않겠다는 생각마저 들었다. 어쨌든 미련은 없었다. 그런데도 그 끝까지 치닫지 않았던 것은 마침 날 부르는 목소리 때문이었다.
  "할리."
  어느 순간 갑자기 모든 게 멈추더니 순식간에 역행했다. 더불어 멀어져 갔던 감각이 돌아오고 고통이 가미된 최악의 기분으로 눈을 떴다. 루이가 날 깨우고 있었다.

"정신 좀 들어?"

나름 평온한 꿈이었는데 아쉬운 기분이 들었다. 숨을 조금 거칠게 내쉬며 루이를 바라보니 그는 피 묻은 손을 수건으로 닦고는 붕대를 집어 들고 있었다.

"지금 눈 온다. 올해의 첫눈이네."

여긴 어디?

루이의 목소리에 안정을 찾고 그제야 눈동자를 굴려 주변을 둘러보았다. 나무로 만들어진 집 안이었다. 구석엔 장작과 함께 그와 내 짐이 놓여 있었고 벽난로엔 불도 지펴져 있다. 벽에 난 작은 창문 밖으론 하얀 눈바람이 사선으로 날리고 있었다.

내 배에 붕대를 감아 준 루이는 약병에 주사기를 꽂아 넣으며 말을 이었다.

"너 하루 만에 깨어났다. 모건이 준비한 오두막이 있어서 살았어. 여기서 좀 머물 생각이었는지 장작도 건식량도 꽤 준비되어 있었거든. 일단 눈발이 제법 세니 굴뚝 연기 좀 피어올라도 그리 눈에 띄진 않겠지. 그래도 눈이 그치는 대로 이동해야 하니까 빨리 기운차리지 않으면 안 돼. 눈이 그치면 쥬페도라 쪽에서도 움직일 거야."

가는 주삿바늘이 팔의 피부 가죽을 가볍게 뚫고 들어와 약물을 주입했다. 루이는 주삿바늘을 뽑은 뒤 그 자리를 천으로 가볍게 문질렀다가 뗐다. 시선을 조금 내리자 그의 옆엔 내가 병원에서 탈출할 때 들고 나온 작은 가방이 열린 채 놓여 있었다. 뭔가 했더니 구급약품이었나 보다. 방금 맞은 약은 진통제였던 모양인지 금세 통증이 무뎌졌다. 그제야 아픔에 나도 모르게 경직됐던 몸에서 스르르 힘을 빼고 입술 새로 한숨을 내쉬었다.

"모건은……."

내 물음에 루이는 나를 흘긋 보았다가 이내 시선을 돌렸다. 그리고 붕대를 가느라 벌려 놓았던 옷을 다시 여며 주며 담담하게 말했다.

"시체는 네가 자고 있을 때 내가 가서 처리했다. 절벽 아래로 떨어뜨렸어. 그 아래는 깊은 급류가 흐르고 있어서 수색하기 어렵거든."

루이의 얼굴에서 눈을 떼고 천장을 바라보았다. 문득 어른거리듯 모건이 떠올라서 이를 악물고 침음성을 삼키며 눈을 감았다. 절로 미간이 찡그려졌다. 원하던 대로 그를 죽였음에도 조금도 기쁘지 않았다. 그를 죽이면 내려갈 것이라 생각했던 가슴의 체증은 어째선지 아직도 그대로였다.

결국, 그의 죽음은 나에게 아무런 보상이 되지 못했다. 어째서? 너무 쉽게 죽어서? 나 이상의 고통을 줘야 하는데 그렇게 하지 못해서? 사죄 한마디 듣지 못해서? 결국, 죽을 때까지 풀리지 않았던 그의 미소가 원통해서? 모르겠다. 복잡했다. 그저 울고 싶은 기분에 사로잡혀 떨려 오려는 입술을 말아 물며 루이가 보이지 않는 쪽으로 고개를 돌려 버렸다.

"할리."

루이가 나직하게 날 불렀지만 나는 그를 돌아보지 않았다. 루이는 내 오른손을 가볍게 잡아 쥐며 조금 느릿하게 말했다. 머뭇거리는 것 같았다.

"……이제 어떻게 할 거야? 쥬페도라에게 돌아갈 거야?"

"……."

"힘들겠지만, 그냥 다 잊고 이대로 나랑……."

"……."

이를 꾹 다문 채 대꾸하지 않았다. 잠시간 침묵이 흘렀고 문득 루이의 한숨 소리가 들려왔다.

"나는 널 보내고 싶지 않아."

어루만지듯 손끝에 스리슬쩍 닿아 오는 그의 온기를 뿌리치지도 못한 채 입술을 세게 깨물었다. 끝까지 눈물은 쏟아 내지 않았지만 내 표정은 분명 바닥까지 떨어져 괴물과 다르지 않을 것이 틀림없다. 이런 얼굴을 루이에게 보이는 것이 죽을 만큼 싫어서 잘 움직여지지 않는 몸을 애써 움직여 그에게 등을 보이고 돌아누웠다. 그제야 루이의 손에 가볍게 감싸 쥐였던 손을 떨어뜨릴 수 있었다.

등 뒤로 부스럭거리며 물건 정리하는 소리가 들리다가 곧 가방 지퍼가 닫히는 소리로 끝났다. 루이의 인기척이 더욱 가까워지며 등이 따뜻해졌다. 그의 숨결이 뒤통수에 닿았고 그의 팔이 내 상처에 닿지 않게 조심스럽게 몸 위로 둘러진다. 이윽고 내 등에 그의 심장 고동까지 느껴지자 나는 조용히 주먹을 세게 그러쥐며 이유도 모르게 사무치는 이 괴로움을 참기 위해 애써야 했다.

쉬어야 하는데 잠을 이룰 수가 없었다.

사실은 루이에게 매달려 너무 힘들다 울고 싶었다. 위로를 받고 싶었다. 전부 괜찮다고, 넌 아무것도 잘못한 것이 없다고 나의 모든 죄에 정당성을 부여해 주길 바랐다. 그리고 그의 말대로 전부 다 잊고 떠나 버리고 싶었다.

내가 울면서 위로를 바라면 루이는 기꺼이 그렇게 해 줄 것이다. 그런데도 그리하지 않는 것은 그에게 아무런 보답도 해 줄 수 없기 때문이다. 그의 감정을 이용하는 주제에 그렇게까지 추한 꼴을 해 버리면 정말로 살아갈 수 없을 것 같았다.

감정에 지면 안 된다. 도망칠 길을 남기지 않고 돌아보지 않으며 자신을 몰아 끝까지 걸어야 한다. 어차피 글러 먹었다면 하다못해 근성이라도 보이지 않으면 안 되는 것이다.

뜬눈으로 밤을 꼬박 새웠다. 오두막 바깥에서 부는 바람은 밤새 창문과 문을 덜컹거리며 들썩였다. 하지만 벽난로 때문인지 아니면 날 끌어안고 자는 루이 때문인지 추위를 그다지 느끼진 못했다. 눈 때문에 아침이 와도 날은 그리 환하지 않았지만, 루이는 자연스럽게 잠에서 깨 규칙적이고 느렸던 호흡을 한 번 크게 들이마셨다가 내쉬며 몸을 일으켰다.

그때야 나는 루이가 나를 옆에 둔 채 정상적으로 수면을 취했음을 뒤늦게 깨닫고 충격에 얼어붙고 말았다. 루이는 내가 자고 있다고 생각했는지 팔을 잡아 약하게 몸을 흔들었다.

"할리."

그제야 부스럭거리면서 등을 보이고 누웠던 몸을 바로 했다. 루이는 내 등을 받쳐 상체를 일으켜 주었다. 진통제 기운이 사라져 가는지 조금 통증이 느껴졌지만, 완전히 몸을 일으키고 나서는 그리 힘들지도 않았다.

"뭐라도 먹자."

루이는 그렇게 말하곤 작은 캠핑 냄비를 들고 일어섰다. 그는 문밖에서 눈을 조금 퍼 와 벽난로에 데우며 장작을 조금 더 집어넣었다. 눈이 녹아 따뜻한 물이 만들어지자 루이는 가방에서 건식을 꺼내 막 따뜻한 물을 담은 물통과 함께 건넸다.

루이는 내가 물을 마시고 건식을 오독오독 씹어 먹는 것을 가만히 바라보다가, 시선을 느낀 내가 눈을 들자 그제야 그도 건식 봉투를 뜯어 손안에 조금 쏟아 입 안에 털어 넣었다.

"다 먹으면 붕대 갈고 진통제 한 번 더 맞자."

"네."

"관통은 했지만, 생각보다 그리 큰 상처는 아니었어. 용케 내장을 건드리지 않고 피해 간 거 같아. 보아하니 움직이는 데는 무리가 없을 것 같은데……. 물론 눈 때문에 이동하긴 좀 어렵겠어. 하루 더 쉬었다 가는 게 나을까."

"일단 근처 좀 둘러보고 결정하죠. 직접 움직여 봐야 알 것 같아요."

"그래. 겸사겸사 숨 좀 고르며 기분도 풀고."

간단한 식사가 끝이 나자 루이는 그사이 식어 버린 물을 마저 마시곤 약품 가방을 들고 다가왔다. 루이가 내 붕대를 갈 동안 가방 안을 슬쩍 보자 꽤 여러 가지 약품이 들어 있는 게 보였다. 그중엔 병동에서 난리를 칠 때마다 맞았던 안정제나 마취제의 약병도 있었다. 어쩐지 그냥 되는대로 쓸어 담은 듯도 보였다.

진통제까지 맞고 나서야 나는 다리를 세워 일어섰다. 혹시 모르니 루이가 잘 수거해 온 프렌스 총을 등에 메고 나이프를 허리에 채웠다. 루이 역시 총과 나이프를 챙겨 문을 열어 주었다. 간밤과는 다르게 바람은 거의 불지 않고 있었지만, 눈은 아직 나풀나풀 떨어지고 있었다. 아직 한참 더 오려는지 하늘을 가득 메운 눈구름도 제법 두터워 보였다.

"방향이…… 어떻게 되는 거죠?"

내 물음에 루이가 손가락을 들고 먼저 왼편을 가리키며 말했다.

"이쪽으로 가면 우리가 출발했던 곳. 하지만 왔던 길로는 안 가. 반대쪽으로 넘어가서 다시 차를 구해 이동하는 거지. 참고로 네가 모건과 함께 쓰러져 있던 곳은 저쪽으로 가야 나와."

루이의 손가락이 움직이는 대로 눈을 옮기다가 고개를 끄덕였다.

"갈라져서 움직여 보죠."

"왜? 같이 가. 너 아직 몸도 안 좋잖아."

루이가 동행을 하려 하자 나는 가볍게 미소 지어 보이며 그에게 말했다.

"고기가 먹고 싶어요. 그러면 더 빨리 회복될 거 같은데."

"뭐? 이 눈 오는 산속에서 무슨……."

"눈토끼라도 있지 않을까요?"

"하?"

"산책은 저 혼자 할 수 있어요. 그럼 부탁해요. 루이 씨."

"부탁하지 마. 이런 날에 잡힐 리가 없잖아. 네가 토끼라면 이런 날에 굳이 굴에서 나와 바깥에 쏘다니고 싶겠냐. 거기다 걷다가 아프면 어쩔 거야? 내가 부축해 주는 게 낫잖아. 토끼 사냥은 괜한 시간 낭비라니까."

루이가 찌푸린 얼굴로 말했지만 나는 웃으며 먼저 발을 뗐다.

"그냥 잠시 혼자 있고 싶어서 그래요. 앞으로 어떻게 해야 할지, 루이 씨를 따라 같이 떠나 줄지 말지 고민 좀 해 봐야겠으니까."

그제야 루이가 멀뚱멀뚱한 얼굴로 입을 딱 다물었다. 나는 그를 두고 사박사박 눈을 밟으며 걸어 나갔고 문득 등 뒤로 루이의 외침이 들려왔다.

"고기 먹으려면 빨리 돌아와!"

그 순간 나도 모르게 조금 웃었지만 입 안은 쓴맛이 돌았다. 나는 그를 돌아보지 않고 코트 주머니에 손을 찔러 넣었다.

루이는 날 치료하며 부츠를 벗겨 놓긴 했지만, 그 안에 있던 그립을 풀어 본 흔적은 보이지 않았다. 그냥 부츠 안에 고이 넣어 둔 채였다. 내가 부츠를 챙겨 신으며 그것을 꺼냈을 때도 뭐냐고 묻지 않았다. 어쩌면 전리품 정도로 생각하는 건지도 모른다. 아니면 알면서도 모르는 척하는 거거나.

눈에 발자국을 내며 걷다 문득 멈춰 서서 주머니에 넣어 둔 그립을 꺼내 보았다. 모건의 손 크기에 맞게 꽤 굵직했다. 그립에 감긴 헝겊을 풀자 이미 조립이 풀린 그것은 두 쪽으로 쉽게 갈라져 떨어졌다. 그러자 공간에 맞게 돌돌 말려 그립 사이에 끼워져 있던 얇은 종이 뭉치가 드러났다.

종이를 펼쳐 보았다. 처음 몇 장은 마들로나가의 혈통 계보였다. 그리고 그다음은 무너진 황실의 마지막 혈통 계보. 그다음은 보고서 형식으로 작성된 서류가 있었으며 그것은 내 언니인 '마들로나 드 헤븐 메이'와 '마들로나 드 데본 제이'인 나를 마지막 황실 혈통으로서 정의하고 있었다.

"하……."

한참을 읽어 내려가다가 문득 한숨을 닮은 비소를 내뱉으며 하늘을 올려다보았다. 이건 물론 놀라운 내용이었다. 잘못된 서류인가 의심도 되었다. 날 함정에 빠뜨리려는 계략일지도 모른다고 생각될 정도로 말이다. 그만큼 서류 안의 내용은 생각해 본 적도 없는 것이어서 받아들이고 자시고 할 만한 개념마저 없었다.

그 때문에 서류를 읽고 나서 가장 처음 들었던 생각은 당연하게도 '이게 뭐야.'였다. 하지만 곧 이성은 이해하기 시작했다. 이게 바로 쥬페도라가 그렇게 원하던 것. 이게 진짜인지 가짜인지의 여부를 떠나 이 서류 자체가 그가 나를 원하는 근거였다.

이 나라는 '만민은 평등하다.'라며 자유 정부를 세웠지만 아이러니하게도 아직 귀족이 존재하고 있다. 귀족이 혁명군을 도와 지금의 자유 정부를 세웠기 때문이다. 그래도 자유 정부는 귀족들에게 권위를 되찾아 주겠다고 약속할 수 없었다. 그렇게 되면 자유 정부의 의미가 없어지기 때문이다. 거기에서 귀족들은 협상을 했다.

'특혜를 바라지 않는다. 그저 안전한 혈통의 보존을 원할 뿐. 나라의 통치권은 정부가 가져도 좋다. 단 우리의 근간이 되는 황실을 복귀시켜 가문의 이름을 온전히 남기게 해 달라.'라고.

어떠한 권위도 원하지 않고 오직 그것뿐. 그것은 그들이 평민들과 평등하게 경쟁해서도 우위를 차지할 자신이 있었기 때문이다. 그리고 이 서류가 정말로 진실로 받아들여져 뒷받침된다면 아마도 왕실의 주인으로서 가장 유력한 후보로 올라갈 사람은 언니일 것이다. 나는 황실을 무너뜨리고 귀족의 권위를 빼앗았던 군부에 속해 있으니까. 그러니 이변이 없다면 당연히 언니에게 돌아가겠지만……

역시 이변이라면 쥬페도라다. 그는 고위급 군인이지만 현 정부가 세워지도록 도와 공을 세웠다. 쥬페도라가 아니었으면 이 나라는 아직도 군부에 속해 있었을지도 모를 만큼 그의 힘은 혁명에 엄청나게 큰 보탬이 됐다. 그러니 쥬페도라의 아내로서 있으면 내게도 충분히 가능성이 있었다. 쥬페도라가 이혼을 해 주지 않는 이유가 이거라면, 또 그래서 애초에 나와 결혼했을 정도라면 당연히 순순하게 남에게 넘길 리가 없었다. 언니를 죽여서라도 나에게 그 자격이 돌아오게 하지 않을까.

스스로 이룬 권력과 명예만도 대단한 쥬페도라는 그것에 만족하지 못하고 귀족, 나아가 황실의 명예와 재산까지 탐을 내니 참으로 욕심이 많은 남자가 아닐 수 없었다.

하긴 군정부에 빼앗겼던 황실과 마들로나의 재산이 되돌아오면 꽤 많긴 하겠지만…….

"……."

그딴 게 다 무슨 소용이란 말인가. 내가 원하는 가치는 그런 물질적인 게 아니었다.

문득 감정이 치고 올라와 눈앞이 흐려졌다. 방금까지 꽤 담담했던 기분이 순식간에 화로 변하기 시작했다. 모건에게. 그리고 쥬페도라에게. 그도 그럴 것이 내가 알고 싶었던 것은 이런 것이 아니었다. 나는 이런 것에 관심이 없었다. 내가 정말로 알고 싶었던 건 이런 게 아니라…….

"으흑……!"

'왜 내 아이의 죽음을 순순히 받아들여야 하는가.' 였다. '내가 아이를 잃고도 쥬페도라를 받아들여야 하는 이유가 대체 무엇이었던가.' 하는 거였다. 나는 쥬페도라를 용서할 수 있는 근거가 필요했다. 절대로 회복될 수 없다고 생각하면서도 한편으로는 사랑하는 그를 미워하고 싶지 않아서 절실하게 그 근거를 원했다. 입발림 말이라고 치부하면서도 한편으로는 사랑한다고 말했던 그를 믿고 싶었다.

"윽……!"

하지만 어느 글귀에서 보았던 것처럼 '진실은 언제나 잔혹한 법'이다. 결국, 나는 이런 무가치한 것으로 그를 용서할 수 없었다.

가슴에서 울컥 넘어오려는 비통함을 진정시키려 서류를 욱여 쥔 채 가슴을 때렸다. 다시 한 번 가슴이 찢어지는 것 같았다. 소리를 죽이고 오열하며 원망에 사로잡혀 쥬페도라를 또 한 번 저주했다. 이미 죽어 버린 모건을 저주했다. 이 빌어먹을 세상을 저주했다.

쥬페도라가 릭크리만의 처형을 미뤄 살려 두고 또 모건마저 살려 둔 채 줄곧 접촉했다는 사실을 처음 알게 되었을 때, 나는 무슨 대단한 이유라도 되는 줄 알았다. 그렇지 않으면 참을 수 없을 테니까. 반드시 내가 납득할 만한 커다란 의미가 아니면 안 된다고도 생각했다. 내 새끼는 죽었는데 그놈들이 살아 있어야 하는 이유란 반드시 타당해야 했다. 하지만……

이런 거로 납득할 리가 없지 않은가. 이딴 서류 뭉치 하나로 보상이 될 리가 없지 않은가. 대체 어떻게 해야 나는 내 아이를 죽인 쥬페도라를 용서할 수 있는가.

더더욱 알 수 없게 되었다.

"용서 못 해……!"

숨이 막혀 버릴 것 같은 가슴을 쥐어뜯으며 한참 동안 자리에서 일어설 수 없었다. 눈물을 닦아 내도 잃는 듯한 흐느낌은 멈춰지지 않는다. 울먹임에 숨을 헐떡거리면서도 머리만은 애써 냉철하게 가라앉히며 사정없이 구겼던 서류를 두 손으로 반듯하게 펴 네모나게 접었다. 문득 눈물이 후두두 손등 위로 떨어졌지만 그것에 개의치는 않았다. 한쪽 부츠를 벗어 신발 밑창을 들어냈다. 그 밑에 서류를 납작하게 눌러 숨기고 다시 밑창을 깔아 발에 신었다.

굳이 쥬페도라를 무너뜨리겠다는 생각을 하진 않았다. 단지 그런 모습을 보고 싶은 게 아니니까. 나는 그가 가슴 깊이 고통을 느끼길 바랐다. 속이 끓고 장이 끊어질 것 같은 고통을 느끼며 후회하길 바랐다. 그리고 그렇게 만들어 주기 위해선 일단 내가 그에게 돌아가야 했다.

하지만 지금 당장 돌아간다 해도 쥬페도라는 이미 그의 손에서 여러 번 벗어났던 날 믿지 않을 것이다. 아마도 또 어딘가에 가둬 두려 하겠지. 다시는 안 그러겠다고 한들 듣는 시늉도 하지 않을 것이다. 날 유산시킬 때처럼 말이다. 감정적인 호소 같은 건 그에게 의미가 없었다. 그는 제 결정을 좀처럼 바꾸려 들지 않으니까. 그렇게 끌려가면 내 몸은 수색당할 테고 그럼 서류는 자연스럽게 그의 손으로 들어가겠지. 그래선 곤란했다.

덜컹거리는 가슴이 진정되고 각오를 다지기까진 꽤 오랜 시간이 흘렀다.

한참의 생각 끝에 결국 나는 상황 모면을 위한 제물로 루이를 죽이기로 했다.

"왔어?"

오후가 다 되어서야 오두막에 돌아오자 루이가 난로에 통구이를 굽고 있었다. 나는 아무 일도 없던 것처럼 의식적으로 입가를 올려 보였다. 루이가 불을 뒤적거리며 관심 없는 척 물었다.

"그래서 고민은 끝났냐?"

"네."

"결정은?"

"음…… 루이 씨를 따라가려고 해요."

루이의 얼굴에 아주 잠깐이지만 안도와 기쁨의 감정이 엿보였다. 나는 루이의 옆에 앉아 그 어깨에 머리를 기대며 통구이를 바라보았다.

"잡았네요. 토끼."

"그러게 말이다. 이런 날에 나돌아 다니는 멍청한 녀석이 한 마리 있더라고."

루이가 나직하게 말하며 손등으로 내 이마에 열을 쟀다가 고개를 작게 끄덕였다. 어지럼증이 가라앉았으니 열도 어느 정도 떨어졌을 것이다. 잘 구워진 고기를 나이프로 조금 찢어 내게 건넨 루이가 말했다.

"먹고 이동하자."

"네."

내 몸뚱이는 꽤 단순한 편인지 고기 좀 들어갔다고 기운이 어느 정도 돌았다. 덕분에 힘들기는 했어도 산을 넘어가는 것엔 크게 무리가 가진 않았다. 언젠가 하이안 대위가 내게 자가 치유력이 좋다고 말했던 게 거짓이 아닌 모양이다.

산을 넘어가고 나선 루이가 차를 구해 이동했다. 그걸로 꼬박 하루를 달려 어느 소도시의 여관 앞에서 차를 세웠다.

"너 붕대도 다시 갈고, 슬슬 제대로 된 걸 좀 먹자. 입이 깔깔해."

루이에겐 건식이 입에 맞지 않았던 모양이다. 소도시 안에서도 외곽 구석에 위치한 여관은 1층에 음식점을 겸하고 있었다. 루이는 먼저 방을 하나 잡고 치료 후에 식사하자고 권했다. 나는 고개를 끄덕였다. 우리는 좁긴 하지만 제법 아늑해 보이는 방으로 배정받았다.

"씻고 싶네요."

"상처에 물 안 닿게 하면 괜찮아."

"으음……."

"……씻겨 줄까?"

괜찮을까 고민하는 내게 루이가 말갛니 물어 왔다. 나는 그를 잠시 빤히 보다가 이내 웃으며 고개를 끄덕였다.

"그럼 부탁 좀 할게요."

욕실에 들어가 루이에게 등을 보이며 옷을 벗었다. 루이는 내가 벗은 옷가지들을 받아 욕실 밖에 가지런히 놓아두었다. 부츠를 벗어 넘길 때는 자연스레 눈이 따라갔지만 이내 아무렇지 않은 척 시선을 거뒀다. 옷을 다 벗은 후엔 붕대를 풀고 마른 수건으로 상처 위를 덮으며 낮은 나무 의자에 앉았다. 머리칼을 하나로 모아 목 옆으로 쓸어 앞으로 끌어왔다. 루이가 겉옷을 벗고 다가와 셔츠 소매를 걷더니 또 다른 수건에 물을 적셨다. 찰박찰박. 물소리가 적막한 공간에 울렸다. 젖은 수건을 가볍게 짜 내 어깨와 등을 닦아 주던 루이가 말했다.

"어디로 갈까. 우리."

"그러게요. 어디로 갈까요."

"널 데리고 내 고향으로 갈 순 없겠지. 아무래도."

"그렇죠. 그래도 궁금하긴 하네요. 루이 씨가 태어난 곳. 어떤 곳이에요?"

"그냥…… 어설프게 발전된 시골? 이 동네랑 좀 비슷하려나."

"흐응……."

"적당히 관심 주고 적당히 외면할 줄 아는 동네."

"그런 동네에서 어쩌다가 정보원이 된 건데요?"

"부모가 없었거든. 같은 처지의 녀석들과 들개처럼 뒷골목이나 싸돌아다니다가 험한 놈들에게 붙잡혀서 팔렸지."

"혹시 어렸을 때는 완전히 여자애 같았다거나?"

"뭐 그렇지. 그래도 여자애들처럼 기분 나쁜 짓을 당하진 않았어. 아무래도 자기들이랑 같은 거 달린 녀석을 만지고 싶진 않았던 모양이지. 물론 그중에 남색 취향의 녀석이 있었다면 얘기는 달라졌겠지만. 운이 좋은 건지 나쁜 건지 암시장에 오른 날 마침 섬에서 나온 교관이 있어서 그대로 팔려 왔어.”

　“납치당해서 팔리고도 고향에 정이 있어요?”

　“별로. 그냥 가끔 떠오르는 정도야. 딱히 다른 곳이라고 정을 둔 적
이 없으니 먼저 기억이 났을 뿐이지. 무엇보다 지금은 그때처럼 당할
거라 생각하지 않으니까. 그때 같이 다녔던 녀석들도 지금은 뭐 하고
사는지 나름 보고 싶기도 하고.”

　담담하게 말하는 루이의 목소리를 들으며 시선을 아래로 내렸다.
피곤했다. 루이는 몇 번이나 꼼꼼하게 내 몸을 닦아 주고는 욕실 한
편에 놓여 있던 싸구려 샤워 코롱을 들어 보이며 물었다.

　“이것도 뿌려 줄까?”

　“네. 제대로 씻은 게 아니니까 냄새날까 봐 신경 쓰이거든요.”

　“알았어.”

　씻고도 조금 찜찜했던 기분은 코롱의 향기 덕분에 적당히 개운해
질 수 있었다. 나는 자리에서 일어서며 말했다.

　“루이 씨도 씻어요.”

　“그래. 아, 가져온 가방 안에 갈아입을 옷 있으니까 찾아 입어.”

　나는 고개를 끄덕이고 욕실 밖으로 나와 문을 닫았다. 옷 가방을
뒤져 조금 얇아 보이는 옷가지들을 꺼내 입었다. 방 안에 난로가 있
어서 그리 춥지 않았기 때문이다. 옷을 다 입고 거울 앞에서 마른 수
건을 떼 상처를 살펴보았다. 그다지 잘 꿰매지는 않았지만, 상처가
아무는 데는 그리 문제없을 듯 보였다. 다시 수건을 상처에 덮고 올
렸던 상의를 내렸다. 수건이 떨어지지 않도록 손으로 짚은 채 발을
옮겨 약 가방 앞에 쪼그려 앉았다. 그 안을 뒤적거려 주사기와 주사
약 한 병을 꺼내 주사기 속으로 액체로 된 약을 주입했다.

　그 약의 라벨은 내가 정신병동에서 난동을 부릴 때마다 간호사들

이 들고 있던 것과 같았다. 공기가 차지 않게 주사기 끝을 조금 밀어 내부의 공기를 빼냈다. 공기가 빠져나가며 약도 조금 밖으로 튄다. 그대로 주삿바늘 뚜껑을 닫아 침대 위에 가지런히 놓여 있는 베개 아래에 넣어 두었다. 혹시 개수를 세어 뒀을까 봐 루이가 가방을 열어 볼 필요성을 느끼지 못하도록 곧바로 내 상처 위에 연고를 바르고 스스로 붕대를 감았다.

샤워를 마치고 나온 루이가 혼자 붕대를 간 내게 진통제는 맞았냐고 물었지만, 필요 없다고 하자 딱히 강요하지는 않았다. 루이는 머리에 마른 수건을 얹은 채 옷을 갈아입으며 말했다.

"슬슬 먹으러 내려가자. 배고프네."

우리는 겉옷만 하나 더 걸치고 1층에서 식사를 했다. 간만의 손님이라며 여관 주인이 싹싹한 태도로 이것저것 챙겨 주려 해서 생각보다 푸짐한 식사를 할 수 있었다. 식사 후 방으로 올라와 루이와 욕실에 나란히 서서 양치를 했다. 나는 거울을 통해 그를 훔쳐보며 잠시 고민했지만 그렇다고 이미 심정적으로 내려진 결단이 되돌려지지는 않았다. 그저 긴장으로 나도 모르게 손에 힘이 들어가 난처했다.

"루이 씨. 안 자요?"

"먼저 자."

루이는 방 한편에 장식처럼 있던 책 한 권을 펼쳐 읽다가 내 말에 무심히 대꾸했다. 그러다 내게서 대꾸가 없자 루이가 눈을 돌려 나를 보았고, 나는 시트 옆자리를 손으로 토닥거리며 가까이 오라는 뜻을 보였다. 그제야 루이가 마지못해 다가오며 물었다.

"왜?"

"키스."

"뭐?"

"키스해요. 우리."

내 말에 루이가 눈가를 동그랗게 떴다가 되돌렸다. 웬일이냐는 것 같았다. 병원에서 나온 뒤로 나는 루이를 먼저 유혹한 적이 없었다. 늘 루이가 내게 달라붙고 나는 적당히 받아 주다가 떨어뜨렸다. 그러니 그의 의구심을 충분히 이해했다.

나는 아쉬운 척 그의 팔을 쓰다듬으며 말했다.

"우린 지금 사랑의 도피를 하는 거잖아요. 좀 더 로맨틱해도 될 텐데……. 서로 조심하면 어떻게 섹스할 수 있지 않을까요?"

"……밝히긴."

루이가 심술궂게 웃으며 핀잔하더니 내게 입을 맞춰 왔다. 그는 눈을 감았고 나는 그의 목에 팔을 감아 끌어당기며 뒤로 누웠다. 루이는 두 손으로 시트 위를 받치며 내 몸을 짓누르지 않으려 했다. 나는 그의 등으로 손을 옮겨 천천히 눌러서 서로의 몸이 가볍게 닿도록 했다. 날 깔아뭉갤까 봐 조금 긴장했던 루이의 어깨에서 천천히 힘이 빠진다. 루이가 입 안을 부드럽게 헤집다가 목으로 입술을 옮겼다.

루이는 아직 눈을 감은 채였다. 나는 한 손으로는 그의 뒤통수를 감싸고 반대 손을 베개 밑으로 가져가 주사기를 붙잡았다. 한 손으로 조심스럽게 바늘 뚜껑을 열었다. 루이의 입술이 내 목을 빨아 약간의 통증이 느껴질 때, 나는 주사기를 밖으로 빼내 그대로 루이의 목에 세게 박고 주사약을 사정없이 밀어 넣었다.

"……!"

루이가 번쩍 고개를 들며 놀란 눈으로 날 바라보았다. 동시에 그는 반사적으로 한쪽 팔을 접어 잠시 내 목을 세게 짓눌렀지만 이미 즉효성 약이 몸속으로 들어간 뒤여서 금세 힘이 빠져 버리고 말았다. 한순간 막혔던 숨통이 트이며 크게 숨을 들이마셨다. 믿을 수 없다는 듯이 나를 내려다보고 있는 루이의 표정 위로 곧 배신의 상처로 인한 일그러짐이 덧씌워졌다. 머지않아 정신을 잃고 내 몸 위로 털썩 쓰러진 그였지만 나는 그 뒤로도 한동안 움직일 수가 없었다.

예감했다. 나는 루이의 그 표정을 절대 잊지 못할 거다.

"……미안해요."

절로 사죄의 말이 흘러나왔다. 독하게 먹었던 마음이 무색하게도 너무나 힘없이 그 말이 흘러나왔다.

"미안합니다……."

그대로 한참을 멍하니 천장을 바라보다가 아주 서서히 냉정함을 되찾았다. 루이는 내 가슴 위에 머리를 기댄 채 미동조차 없었다. 그제야 그의 목에서 주사기를 뽑아 침대 밖으로 떨어뜨리며 천천히 몸을 일으켰다. 내 몸에 쓰러져 있던 루이의 몸이 옆으로 힘없이 기울어졌다.

루이를 시트 위에 바르게 뉘어 주곤 그의 가슴에 귀를 가져다 대보았다. 규칙적으로 뛰는 심장 소리가 들려온다. 그저 마취일 뿐이니 당연한 일이지만 축 늘어져 있는 루이의 모습이 마치 시체를 연상케 해서 머리로는 알면서도 나도 모르게 확인하게 되었다. 그리고 루이가 아직 살아 있는 것에 안도했다. 어차피 죽으라고 내몰 거면서 가증스럽게도.

헝클어져 버린 그의 머리칼을 손으로 쓸어 뒤로 넘겨 주다가 그의 얼굴을 쓰다듬었다. 곧 루이의 손 하나를 내 양손 안에 부여잡고 기도하듯이 이마에 가져다 대며 눈을 감았다.

루이는 나를 절대 용서하지 않을 것이다. 그가 얼마나 어렵게 나에게 마음을 표현하기 시작했었는지 너무나 잘 알고 있다. 그렇게 마음을 보인 후로 루이는 다른 사람이라도 된 것처럼 나에게 늘 누그러진 태도를 보여 왔다. 나를 우선시해 주었다. 이제야 겨우 묶지 않고 함께 잠들 수 있을 정도로 발전한 참이었다. 하지만 그런 루이를 향한 내 대답은 배신이다.

길고양이 같은 그는 한번 자신의 등을 노린 나를 다시는 믿지 않을 게 분명했다.

나는 이제 완전히 틀렸다. 그에게 주사기를 꽂아 넣은 시점에서 완전히 자격을 상실했다. 용서받길 바라는 것조차 뻔뻔한 일이다. 무엇보다 나는 이제부터 루이에게 더욱 나쁜 짓을 할 예정이므로.

"전화 좀 써도 될까요."

1층의 식당 카운터로 내려와 주인에게 묻자 그녀는 흔쾌히 고개를 끄덕이며 전화기를 내 앞으로 밀어 주었다. 전화를 건 곳은 중앙사령부. 레이시라는 이름을 밝히고 쥬페도라 총사령관을 연결해 줄 것을 요구했다. 곧 교환원을 통해 회선이 연결됐지만 수화기는 잠시간 아무런 소리도 들려오지 않았다. 결국 내 쪽에서 먼저 입을 열었다.

"여보세요."

— ……장난 전화인가 싶었는데.

그제야 쥬페도라의 목소리가 수화기 속으로 들려왔다. 담담하고도 차가운 듯한 그의 말투를 한때는 지적이라고 생각한 적도 있었다. 그저 냉정했을 뿐인 것을.

카운터에 몸을 기대며 담배를 빼 물었다. 나는 유산 이후 쥬페도라

에게 구사했던 딱딱한 말투를 버리고 루이에게 하듯 유순하게 말을
꺼냈다.

"유감스럽게도 본인이네요."

— 먼저 연락해 올 줄은 몰랐군. 그대로 잠적할 줄 알았는데. 나는
루이 녀석의 고향을 쓸어버릴까 하는 생각마저 하던 참이야.

"화가 많이 났나 보네요."

— 그야 당연하지. 지금껏 보살펴 준 은혜도 잊고 남의 부인을 훔
쳐 도망치다니. 키우던 개에게 제대로 물린 심정이야. 당신이 아무리
빌어도 그 녀석을 용서할 생각이 없어. 당신 역시 마찬가지고.

"그럼 나 좀 데리러 올래요? 루이도 여기 있어요."

— ……무슨 뜻이지?

"말 그대로예요."

쥬페도라를 향한 모든 마음을 닫으며 차분하게 목소리를 꺼냈다.

"나 이제 집에 가고 싶어요. 지쳤거든요."

잠시 대꾸가 들려오지 않아 능청스레 물었다.

"아, 혹시 너무 늦었나요? 내 자리에 벌써 다른 사람이라도 들어앉
은 거예요?"

— 그럴 리가. 그저 조금 놀랐을 뿐이야. 자세한 이야기는 만나서
직접 하도록 하지. 차를 보낼 테니 그쪽 위치를 알려 줘.

"직접 와요."

나도 모르게 한층 낮아진 목소리로 쏘아붙였다. 다시 수화기 안으
로 침묵이 흘렀고 나는 손으로 머리를 쓸어 넘기며 애써 부드럽게 말
했다.

"날 위해 그 정도는 할 수 있잖아요."

— ……알았어.

여관 주인에게 주소를 물어 쥬페도라에게 가르쳐 주곤 전화를 끊었다. 주인에게서 짐용 밧줄을 빌린 후 레이시를 찾는 사람들이 도착하면 방으로 안내해 달라고 말해 뒀다. 또 그 전까진 방에 출입하지 말아 달라고도 부탁했다. 방으로 돌아오자 루이는 여전히 의식이 없는 상태였다. 나는 밧줄로 그의 양손과 발목, 몸통을 꽉 묶어 움직이지 못하게 해 뒀다.

루이가 깨어난 건 몇 시간이 지난 후였다. 그는 머리가 아픈 듯 욕지거리를 하며 눈을 떴고 고개를 두리번거리다 방 한편의 탁자에서 차를 마시고 있는 나를 발견했다. 루이는 이를 갈며 자리에서 일어나려 했지만 온몸에 칭칭 감겨 있는 밧줄 때문에 잠시 버둥거리다가 다시 머리를 시트에 털썩 떨어뜨렸다.

"너……"

"잘 잤어요?"

"……무슨 짓이야."

사람은 스스로가 감당할 수 있는 죄책감의 한도가 넘으면 반대로 뻔뻔해지는 모양이다. 그것도 아니면 절대 용서받지 못한다고 체념한 탓일까. 나는 이제 그와 똑바로 눈을 마주하며 배신 선고를 내리는 철면피가 되어 있었다.

"쥬페도라가 올 거예요."

"……."

루이는 날 원망스럽게 바라보았지만 입술을 꽉 깨물며 더는 아무 말도 하지 않았다. 묻고 싶은 것이 많을 것임에도 날 추궁하는 것을 그만두었다. 어쩌면 말도 섞고 싶지 않은 걸지도 모르겠다. 그가 정신을 잃었을 때는 절로 흘러나왔던 사과의 말조차 그가 깨어나자 마치 체한 것처럼 가슴에 걸려서 할 수가 없다. 그에게 더는 나약한 모습을 보일 수가 없어지고 오히려 뻔뻔함을 뒤집어쓰며 아무렇지 않은 척하게 되었다.

"그는 당신을 살려 두지 않겠죠. 이런저런 모함을 뒤집어쓰고 사형을 당하거나 쥐도 새도 모르게 처리당하거나……"

"시끄러."

내 말을 자른 루이의 목소리엔 분노가 서려 있었다. 그는 예전의 그 차갑고 싸늘한 얼굴로 날 응시하며 짓씹듯 말했다.

"알았으니까, 닥치라고."

그 모습에 나는 더는 아무 말도 하지 못하고 시선을 거뒀다. 가슴이 너무나도 세게 뛰어 저만치 떨어져 있는 그에게 들릴까 겁이 날 정도였다.

호의를 가진 사람을 배신한 것이 처음은 아니다. 하지만 그 상대에게서 증오를 정면으로 받은 것은 처음이었다. 아까까진 분명 플러스였던 감정이 순식간에 마이너스로 변환되어 나를 향한다는 것. 그 갭을 견디기가 힘들었다. 용서받지 못할 거라 여기면서도 가슴 한편으론 배신해도 그가 나를 사랑해 줄 거라는 당치도 않은 생각을 했던 것이다. 도리어 상처를 받은 내가 참을 수 없이 혐오스러웠다.

사실, 루이가 정신을 잃고 있는 동안 계속 변명할 말을 생각했다. 나는 나쁘지 않다고. 당신도 나를 이해할 수 있을 거라고. 그러니 미워하지 말아 달라는 뜻이 담긴 궤변들을 계속해서 떠올리며 그가 여전히 나를 가엽고 사랑스럽게 여겨 주길 바랐다. 하지만 망상이 아닌 현실의 그는 나에게 묻지 않는다. 그렇기에 나는 변명조차 할 수가 없었다.

쥬페도라가 부하들을 이끌고 올 때까지 루이와 나는 한방에 있었지만 아무런 소통 없이 입을 다물었다. 그 긴 침묵 내내 스스로의 혐오스러움을 참아 내려 마음속으로 나는 나쁘지 않다고 끊임없이 되뇌었다. 이럴 수밖에 없었다. 나는 쥬페도라를 용서할 수 없고 이대로 모른 척 다 잊고 산다는 건 할 수가 없다. 하지만 당장은 일신의 안위를 위해 쥬페도라의 호의와 믿음이 필요했다.

지금이 루이를 버릴 적기라는 판단이 섰던 거다. 단지 그뿐. 나도 지금껏 이용당해 왔으니 나도 타인을 이용하겠다는 더러움이었다. 쥬페도라를 상대로 정당한 방법은 생각해 본 적도 없다. 가망이 보이지 않는 확률이기 때문이다. 순수함 따윈 보이지 않는 이기적인 타산이 앞서 이젠 어느 쪽이 나쁜 녀석인지 구분하는 것조차 우스울 정도로 나는 바닥까지 타락했다.

루이와 함께 식사도 거른 채, 하루를 넘게 방 안에 틀어박혀 있었다. 드디어 거의 시간이 다 됐다. 슬슬 두꺼운 옷으로 갈아입은 뒤 문서가 숨겨져 있는 부츠를 신고 창밖을 바라보았다. 까만 새벽, 여관 앞으로 차들이 줄지어 서며 그중 한 대에서 쥬페도라가 내렸다.

여관의 불빛에 어스름히 비친 차가운 얼굴을 보며 나는 간사하게도 내 모든 책임을 쥬페도라에게 돌리기로 했다. 전부 당신 때문이라고. 나는 내가 저지른 것들을, 그리고 저지를 것들을 더는 정면으로 보지 않기로 했다. 그걸로 비로소 죄책감이라는 감정에서 자유로워질 수 있게 될 터다.

짧은 노크 후 방문이 작은 경첩 소리를 내며 열렸다. 쥬페도라는 창문에 등을 기대고 있는 나와 침대 위에 묶여 있는 루이를 번갈아 보다가 이내 혼자만 방 안으로 들어왔다. 물론 안전을 위해 문은 열어 둔 채였다. 쥬페도라는 눈썹을 조금 휘어 올리며 물었다.

"무슨 생각인지 좀 듣고 싶은데."

"그 전에 나부터 묻죠. 혹시 찾았나요?"

나는 그를 쳐다보지 않고 담배를 꺼내 물며 말했다.

"릴의 시체."

"그래. 나왔지. 당신의 행적을 되짚다 보니 생각보다 쉽게 찾았어. 그래서?"

나는 손가락으로 루이를 가리켰다. 동시에 루이의 눈가가 가늘어지며 미간이 좁혀졌고 쥬페도라는 눈동자만 굴려 루이를 무심하게 응시했다.

"여러모로 훼손되어 있었을 테니 도주로 인한 발포라고 하기에도 난감할 거예요? 아, 이미 부패해서 알기 어려우려나? 뭐 아무튼, 이대로 조용히 묻어 버릴 수도 있겠지만 그때의 탈옥 사건을 생각하면 그래도 역시 용의자가 있는 편이 나을 것 같지 않아요? 군 경비가 형편없다는 평판은 듣고 싶지 않잖아요?"

"……하긴 그렇군."

쥬페도라는 이내 루이에게서 시선을 거두고 나를 바라보았다.

"그보다 모건은 어떻게 했지?"

"죽였어요."

"……."

"안 될 이유라도 있나요? 그는 어차피 강력 범죄를 일으킨 탈주범이고 휴직 상태이긴 해도 일단은 나도 군인이니 할 일을 했을 뿐이에요. 그보다 나 지금 피곤한데요."

"그래……. 일단은 돌아가지."

쥬페도라가 문 옆으로 비켜서며 나에게 먼저 나가라고 턱짓했다. 나는 루이에게 시선을 주지 않으려고 노력했다. 내가 밖으로 나가자 쥬페도라도 뒤따라 나오고 그의 부하 몇이 방으로 들어갔다. 나는 걸

다가 문득 발을 멈추고 고개를 돌렸다. 채드와 눈이 마주쳤다. 채드는 황급히 시선을 내렸지만 나는 그의 눈 안에 깃든 분노를 보았다. 채드는 분명 앞으로 내게 방해가 될 것이다. 거기다 쥬페도라가 더욱 안심하고 날 풀어놓게 하려면 루이 말고도 하나 더 제물이 있어도 괜찮을 것 같았다.

"데본?"

내가 움직이지 않자 쥬페도라가 의아해하며 이름을 불렀다. 나는 채드에게서 눈을 떼지 않으며 말했다.

"그러고 보니 부하 관리가 엉망이세요."

"뭐?"

"모르셨어요? 채드 중사가 루이를 도와 날 병원에서 빼낸 거. 뿐만 아니라 제법 여러 가지 정보도 물어다 줬는데. 덕분에 모건을 잡는 것도 총사령관님보다 내가 더 빨랐네요."

그제야 쥬페도라의 눈이 채드에게로 돌아갔다. 채드는 어느새 낯빛이 하얗게 질려 있었고 쥬페도라의 입에선 곧 짧은 한마디가 빠져나왔다.

"잡아."

채드는 당혹스러운 얼굴로 잠시 저항하려는 몸짓을 보였지만 근처에 있던 군인 몇 명이 재빠르게 달려들어 명치를 주먹으로 찍고 바닥에 엎어 제압했다. 아무리 여러 명의 공격이었다곤 해도 채드는 일반 군인들과 달리 별도의 훈련을 받은 녀석이다. 이렇게 간단히 제압될 만한 놈이 아니었다. 그렇다면 결론은 이들도 나나 루이, 그리고 채드와 비슷한 경우라는 거다. 아마도 만약의 사태를 대비하고 나와 루이를 확실히 잡기 위해 쥬페도라가 신경 써서 골라 온 것 같았다.

층을 내려가자 여관 주인은 얼떨떨한 얼굴로 서 있었다. 미리 말은 해 뒀지만 이렇게 많은 인수의 군인들이 들이닥칠 줄은 예상하지 못했던 모양이다. 쥬페도라는 많이 놀랐을 그녀에게 사과하며 품에서 돈뭉치를 꺼내 통째로 카운터 위에 올려놓았다.

밖으로 나오자 입구 바로 앞에 세워 둔 차 앞에서 대기하고 있던 병사가 뒷문을 열어 줬다. 쥬페도라는 먼저 차로 성큼 걸어갔지만 바로 타지 않고 나를 돌아보았다.

나도 쥬페도라를 바라보았다. 그는 이제 날 어떻게 할까. 다른 차에 태워 또다시 병원으로 이송할까. 아니면 영창으로 보내 버릴까. 나는 할 만큼 했다. 이제 그의 결정이 어떻게 나는지에 따라 여기서 내가 목을 긋고 죽을지, 아니면 그의 목을 긋고 죽일지, 그도 아니면 목적대로 함께 같은 차를 타고 나란히 앉아 사이좋게 돌아갈지 내 행동도 결정될 것이다.

이윽고 쥬페도라는 차 문에 한 손을 올리며 옆으로 비켜섰다. 그는 반대 손으로 차 안쪽을 가리키며 내게 먼저 타라는 뜻을 비쳤다.

별말 없이 그 뜻에 따라 몸을 굽히고 차에 올랐다. 쥬페도라가 이어 내 옆자리로 올라앉으며 문이 닫혔다.

"가지."

쥬페도라의 명령에 운전석의 병사가 짧게 대답하곤 시동을 걸었다. 무심코 시선을 돌리자 쥬페도라 쪽 창문을 통해 여관에서 끌려 나오는 루이를 볼 수 있었다. 나는 곧바로 눈을 돌리고 내 쪽 창문을 손잡이로 돌려 열었다. 그리고 담배를 물자 옆에서 쥬페도라가 지포 라이터를 열어 담배 끝에 불을 붙여 준다. 바짝 다가온 그와 불시에 눈이 마주쳐 절로 어깨에 힘이 들어갔다. 쥬페도라는 그런 나를 비웃듯 곧 아무렇지 않게 라이터 뚜껑을 닫으며 물러났다. 라이터를 집어

넣은 그는 등을 시트에 편히 기대며 손깍지를 껴 아랫배에 두었다. 쥬페도라는 시선을 앞쪽에 두고 무심하게 말했다.

"이대로 남부 저택으로 갈 생각인데. 상관없지?"

"네. 괜찮아요."

차가 출발했다. 창문을 열었음에도 담배 연기는 완전히 밖으로 빠져나가지 않은 채 차 안에 머물렀다. 그래도 쥬페도라는 별 불편한 내색 없이 말을 이어 갔다.

"그러고 보니 얼마 전에 당신 생일이 지나갔더군. 늦었지만 원하는 게 있다면 말해 봐."

'레이시'의 생일은 여름으로 기록되어 있고 '할리'의 생일 역시 여름으로 기록되어 있다. 그러니 지금 그가 말하는 내 생일이란 '데본'으로서의 생일이다. 나는 해의 끝마무리 즈음 명절과 가까운 생일을 즐거워한 적이 그다지 없었다. 거기다 집안이 몰락한 후론 생일의 기억조차 없었으며 기억이 돌아온 후로도 그것을 기념일이라 여긴 적이 없다. 내 생일 따위, 오히려 그때마다 죄악감에 시달려 괴롭기만 했다. 그건 지금도 마찬가지다. 용케 잊고 있었는데.

그 반갑지 않은 날을 새삼 떠올리자 기분은 더욱 아래로 향했다. 한 손에 연기가 피어오르는 담배를 끼워 든 채 반대 손으로 슬슬 지끈거려 오는 이마를 짚었다. 그렇게 잠시 침묵이 흐르자 그제야 쥬페도라가 뒤늦게 깨달았다는 양 한 톤 느리게 말했다.

"내가 눈치 없이 쓸데없는 말을 했나 보군. 미안해. 사과하지. 당신과 제대로 된 대화를 하는 게 오랜만이라 내가 조금 들떠 있었던 모양이야."

"……아니요. 괜찮아요. 신경 쓰지 마세요."

내게 대수로운 일이라고 당신에게도 대수로울 거란 기대는 하지 않으니까.

잠시 후 가까스로 두통이 가라앉자 나는 겨우 한 모금 피운 담배를 창밖에 버리며 말했다.

"그럼 말 나온 김에 선물 주세요. 마침 가지고 싶었던 것도 있고."

"······? 그래. 말해 봐. 구해 볼 테니."

사실, 말을 꺼내고도 잠시 고민했다. 지금 시점에서 말해도 좋은 것인가. 아니, 오히려 내 심중을 떠보느라 부드럽게 나오고 있는 지금이 아니면 안 될지도 모른다. 하지만 또 한편으론 괜한 부스럼을 만드는 게 아닐까 하는 생각 역시 들었다.

고민 끝에 소리 내 한숨을 내뱉었다. 인생의 선택지란 늘 도박인 거지. 그 운의 성패로 인생의 방향은 크게 달라지지만, 여기서 그런 도박조차 못할 만큼 콩알만 한 배짱이라면 나는 앞으로 얼마가 지나도 쥬페도라를 이길 수 있을 리가 없다. 그는 그런 도박 끝에서 운을 거머쥐고 살아남아 지금 이렇게 존재하는 것이므로.

잘못되면 결국 내 운이 그뿐이라는 거다.

"아이를 한 명 입양했으면 해요."

"아이?"

"당신도 차라리 입양하는 편이 낫다고 말한 적 있잖아요."

"흠······."

쥬페도라는 시선을 허공에 두며 잠시 생각에 잠겼다. 계산을 하는 것이리라. 공식적인 입양 자녀란 그가 혐오하는 불확실한 씨앗과는 엄연히 달랐다. 쥬페도라는 애초에 입양 자녀를 남이라 여길 것이므로 괜한 의심으로 스트레스받을 일은 없었다. 거기다 대외적인 그의 이미지 역시 플러스 효과가 생길 테니 딱히 손해나는 장사도 아니다. 그런데도 쥬페도라는 선뜻 대답을 하지 않았다.

"적적해서 그래요. 아이라도 있으면 괜찮지 않을까 싶어서."

결국 덧붙인 말에 쥬페도라는 내게 눈을 돌리며 물었다.

"눈에 띄는 아이라도 있었던 건가?"

"아니요. 당신이 괜찮다고 한다면 이제부터 알아볼 생각이에요."

"만약 내가 안 된다고 하면 어쩔 생각이지?"

쥬페도라는 여전히 나를 떠보며 지그시 응시했다. 나는 그와 잠시 마주 보다가 창밖으로 눈을 돌렸다.

"그럼 포기해야겠지요."

"진심이야?"

쥬페도라가 오히려 나답지 않다는 투로 물었다. 나는 그를 쳐다보지 않고 문 쪽 팔걸이에 손을 세워 머리를 기댔다.

"어쩔 수 없으니까요."

그걸로 차 안에서의 대화는 끝이었다. 흘긋 보니 쥬페도라는 특유의 웃는 것도 무심한 것도 아닌 속을 알 수 없는 이상한 표정을 지을 뿐 더 말을 하진 않았다. 나 역시 입을 다물었다.

남부에 있는 그의 저택으로 돌아가자 미리 연락을 받은 모양인지 고용인들이 마중을 나와 있었다. 그들은 내가 집을 나갈 당시를 직접 봤음에도 오늘 쥬페도라와 함께 돌아오는 것에 조금도 놀라거나 의아해하는 기색이 없었다. 그들의 표정과 몸짓엔 오로지 정중함만이 깃들어 있었다. 물론 고용된 입장에선 당연한 태도였으나 심상이 한껏 비틀린 나는 주인도 모자라 고용인들마저 속을 읽을 수 없는 정떨어지는 곳이라고 생각했다.

쥬페도라와 엇나가기 전까진 간간이 보였던 그들의 인간적인 모습들마저 마치 거짓말처럼 느껴질 정도다. 어쩌면 당시 쥬페도라가 그들에게 적당히 내 비위를 맞춰 주라는 지시를 내렸던 걸지도 모른다.

"욕실 물을 덥혀 놓았습니다."

"나는 나중에. 당신은?"

나이 든 고용인의 말에 대꾸한 쥬페도라가 날 바라보았다. 나는 고개를 저었다.

"나도 지금은 됐어요. 피곤해요. 갈아입을 옷이나 있으면 좋겠군요."

"준비해 두었습니다. 이쪽으로 오시죠."

늙은 고용인을 따라 발을 옮기다 뒤를 돌아보자 그는 먼저 들어가라는 듯 눈짓을 해 보였다. 그때 쥬페도라의 곁으로 병사 한 명이 다가가 작은 목소리로 뭐라 뭐라 말하는 것을 볼 수 있었다. 그 내용은 들리지 않았다. 시선을 거두고 앞에서 날 기다리고 있는 고용인에게 다시 발을 뗐다.

안내된 곳은 쥬페도라와 함께 쓰던 침실이었다. 고용인은 방 앞에서 문을 열고 허리를 조금 숙이며 말했다.

"침대 위에 갈아입으실 옷을 꺼내 두었습니다."

"고맙습니다. 하지만 잠은 다른 방에서 자고 싶군요."

"예. 그럼 바로 위층의 별실을 정리해 두겠습니다."

"얘기 끝나면 알아서 올라갈 테니 안내는 더 필요 없습니다."

"알겠습니다."

내가 방 안으로 들어가자 고용인은 홍차를 준비해 오겠다는 말과 함께 조용히 문을 닫았다. 몇 발자국 더 안으로 들어가자 나와 쥬페도라가 입을 잠옷 두 벌이 침대 위에 나란히 놓여 있는 게 보였다. 잠시 그것을 보다가 손도 대지 않고 눈을 돌렸다. 테이블 의자에 앉아 창밖을 보길 잠시, 곧 노크 소리와 고용인의 목소리가 이어졌다.

"차를 가져왔습니다. 들어가도 되겠습니까?"

"들어오세요."

고용인은 문을 열고 들어와 테이블 위로 티세트를 내려놓았다. 나와 내 맞은편으로 찻잔을 하나씩 놓고는 내 찻잔에만 차를 따른 뒤 주전자를 내려놓는다. 그리고 침대 위에 있던 잠옷 중 하나를 조심스레 거둬 들고 방을 나갔다.

다시 방 안엔 나 혼자만이 남았다. 찻잔에 담긴 붉은 차를 가만히 내려다보다가 담배를 꺼내 물었다. 불을 붙이고 얼마 뒤 연기가 방 안에 퍼지는 것을 뒤늦게 깨닫고 의자에서 일어났다. 테라스 창문을 열고 밖으로 나갔다. 난간에 등을 기댄 채 한참 몇 개인가 연이어 줄담배를 피우고 나자 비로소 쥬페도라가 침실로 들어왔다. 그는 찬 바람에 온기가 없어진 방 안을 둘러보다 테라스에 서 있는 나와 차가 식어 버렸을 찻잔을 번갈아 보며 말했다.

"추운데 그만 안으로 들어오지그래."

"미안해요. 잠시 환기만 시키려고 했는데."

담배를 끄고 안으로 들어오며 사과하자 쥬페도라는 괜찮다며 의자에 앉았다. 그는 주전자에 손을 가져다 대 온도를 확인하고는 유감스러운 눈빛으로 손을 거뒀다. 다 식어 버린 차를 마시고 싶진 않았던 모양인지 그는 고용인을 불러 차를 다시 데워 오라고 지시했다.

머지않아 다시 따끈해진 차가 주전자 안에서 김을 내며 방 안에 놓여졌다. 쥬페도라는 차를 따르는 나이 든 고용인에게 오늘은 더 시킬 일이 없으니 바깥에 대기하고 있는 고용인들도 모두 쉬게 하라고 말했다. 고용인은 알겠다고 답하곤 방을 나갔다.

다시 방 안엔 그와 나 둘만이 남게 되었다. 그는 차를 한 모금 마시고 내려놓으며 말했다.

"집에도 왔으니 이제 좀 속 깊은 얘기를 하고 싶은데. 괜찮을까? 피곤하면 내일 하고."

"괜찮아요. 말씀하세요."

쥬페도라가 입 끝을 작게 올렸다.

"그래. 그럼 먼저 심경의 변화에 대한 이유를 들어 볼까."

"딱히 별건 아니에요. 아무도 의지할 사람이 없었을 뿐이죠."

"호오. 그럼 나는 믿을 수 있다는 말인가? 어째서? 나는 당신에게 심한 짓도 마다하지 않았는데? 아무래도 나보단 루이 쪽이 믿을 만했을 텐데. 지금 어설프게 지어내는 건가?"

"아뇨. 사실 당신도 믿진 않아요. 그저 같은 배를 탄 동반자라는 생각을 했을 뿐이니까. 당신은 언제부터 알고 있었나요? 나도 모르던 내 배경에 대해서."

그는 눈꼬리를 조금 휘었다.

"그런 말을 하는 걸 보니 좋은 전리품을 얻었나 보지? 나도 보여 줘. 지금 가지고 있는 거지?"

"아뇨. 여긴 없어요."

그 대답에 쥬페도라의 얼굴에서 웃음기가 풀리며 슬쩍 미간이 좁혀졌다. 나는 여전히 손도 대지 않은 홍차를 옆으로 밀어 놓고 테이블에 팔을 기댔다.

"그건 당신이 데리러 오기 전에 이미 숨겨 뒀어요. 내가 그걸 들고 순순히 여기까지 따라올 리가 없잖아요. 그걸 뺏긴 뒤 이번엔 무슨 짓을 당할 줄 알고."

능청스레 거짓말을 하며 그의 얼굴을 빤히 바라보았다.

"그렇다고 낙담할 필요는 없어요. 아까 만났을 때 내 몸수색을 먼저 했다면 당신을 따라오지도 않았을 테니까. 아슬아슬하게 합격점이네요. 때가 되면 보여 줄 테니까 당신도 좀 기다려 봐요. 당신이 내게 항상 하던 말이잖아요. 기다리라는 거."

쥬페도라는 말없이 날 가만히 응시했다. 그 눈을 마주 보고 있길 한참, 그는 옅은 숨을 내쉬며 차를 한 모금 마셨다. 다시 잔을 내려놓은 그가 말했다.

"협박인가?"

그 말에 바람 빼듯 짧게 웃으며 대꾸했다.

"아니요. 전혀."

"그럼? 내게 뭘 바라는 거지?"

"바라는 거 없어요. 당신은 어차피 내가 바라는 일 같은 건 해 주지 않을 테니까. 기대하지 않아요."

"슬픈 말이군."

"퍽이나 그렇겠군요."

"그럼 내게 특별히 바라는 것도 없으면서 왜 돌아온 거야?"

"말했잖아요. 싫으나 좋으나 동반자니까. 내 몸을 안전하게 지키기엔 당신 곁이 제일 낫다고 생각했을 뿐이에요. 거기다 당신은 내가 특별히 말하지 않아도 알아서 더 신속하고 확실하게 결과를 낼 거잖아요. 당신은 욕심이 많으니까요."

"당신이 그걸 넘겨주지 않으면 결과를 낼 수 없는걸."

쥬페도라가 다시금 미소 지으며 말했다. 그 순간 마음속에서 무언가 쿵 하고 내려앉는 충격에 현기증이 일어나는 것 같았다. 아무렇지 않게 내뱉어진 그의 말로 비로소 솔직하게 드러나는 거침없는 욕망이 무겁게 내 머리를 짓누르는 듯했다. 그는 정말로 나를 왕실로 들어앉힐 생각인 것 같다.

예상하고 있던 일임에도 새삼 또 충격을 받다니 대체 나는 이 사람에게 뭘 기대했던 걸까.

확인 사살을 당하는 건 썩 유쾌하지 않았다. 지끈거려 오는 머리를 애써 세우고 앉아 있다가 겨우 호흡을 골랐다. 쥬페도라가 걱정스럽다는 듯 말했다.

"아까부터 생각했는데 혹시 어딘가 아픈 건가? 안색이 별로 좋지 않아."

쥬페도라가 내 이마를 향해 손을 뻗어 왔다. 그 손끝이 다가옴에 목뒤가 서늘해져 오며 소름이 오소소 올랐다. 나는 반사적으로 숨을 헉 소리 나게 삼키며 손을 휘둘러 그의 손을 세게 쳐 냈다. 내쳐진 손이 허공에 멈췄고 어느새 나는 나도 모르게 몸을 의자 등받이에 바짝 기대 물러난 채 숨을 몰아쉬었다. 잠시 적막이 흘렀다. 쥬페도라가 먼저 한숨을 내쉬며 말했다.

"의사 불러 줄까?"

"⋯⋯됐어요."

이젠 의사도 간호사도 치가 떨린다. 그는 픽 웃으며 손수건을 꺼내더니 탁자 위로 쓸듯 내밀고는 손을 거뒀다.

"땀. 닦아."

손수건을 받지 않고 손끝으로 이마를 가볍게 쓸어 닦았다. 어느새 식은땀이 배어 나와 있었다. 쥬페도라는 개의치 않는 얼굴로 차를 또 한 모금 마시며 물었다.

"내가 무서워?"

"아뇨."

내가 느끼기에도 설득력 없는 대답이었지만 그는 그저 가볍게 입가를 올려 보일 뿐 말꼬리를 잡지는 않았다.

"조만간 당신 언니와의 자리도 만들 거야. 좀 늦어진 감이 있지만 그쪽에서 어떻게 나올지 알 수가 없어서 분위기도 볼 겸. 무엇보다 당신이 여러모로 속을 썩이고 있어서 계속 미뤄 두고 있었거든."

"마음대로 해요."

문서 때문에라도 언니와는 어차피 만나야 했으니 잘된 일이다. 근데 내가 그걸 곧바로 언니에게 줘도 되는 걸까? 아직 확신이 들지 않았다.

"루이의 처분에 대해선 묻지 않는 건가?"

문득 쥬페도라의 말에 생각에서 벗어났다. 테이블로 내려가 있던 시선을 들자 쥬페도라는 조금 웃고 있었다. 나는 조금도 웃을 수가 없었다.

"궁금하지 않아요."

"그래? 당신의 의견을 참고하려고 했는데."

"오늘은 여기까지만 하죠. 그만 쉬고 싶어요."

나는 자리에서 일어나 멋대로 대화를 끝냈다. 쥬페도라는 여전히 의자에 느긋하게 앉아 나를 바라보다가 말했다.

"그래. 아, 입양 건은 허락하지."

"······고마워요."

짧게 대꾸하고 몸을 돌렸다. 이윽고 문고리를 잡았을 때, 그는 뒤늦게 무언가 떠오른 듯 다시 나를 불러 세웠다.

"잠깐 기다려."

순순히 멈추고 그를 돌아보았다. 쥬페도라는 의자에서 일어나 침대 옆의 서랍장에서 무언가를 꺼내 손안에 쥐었다. 그는 내게 다가와 손을 펼쳐 보였고 거기엔 집을 나갈 당시 두고 나갔던 내 결혼반지가 들려 있었다. 나는 쥬페도라를 바라보다가 문고리를 놓고 반지를 집으려 손을 뻗었다. 그때 그의 반대 손이 내 손을 잡아챘다. 뿌리치려 했지만 그가 잡은 손에 힘을 주며 가만히 있으라는 눈빛을 보내왔고 나는 어금니를 물며 애써 저항을 멈췄다. 그제야 그는 시선을 내리고 내 약지에 반지를 끼우며 부드럽게 말했다.

"아이를 고르는 건 당신에게 맡기겠어. 대신 군은 이제 그만둬. 뒤처리는 내가 알아서 해 줄 테니 신경 쓸 필요도 없어. 당신은 그저 좀 더 교양적인 생활을 했으면 해. 귀족답게 말이야. 내 말 무슨 뜻인지 알지?"

"……알았어요."

쥬페도라는 순순한 대답이 마음에 든 모양인지 반지를 끼운 내 손을 붙잡고 그 손등 위에 가볍게 입을 맞췄다.

"우리 이제 그만 화해하자고. 데본."

"……."

"아직도 나에게 화가 나 있나?"

"아뇨."

"그래? 그런데 왜 다른 방을 쓰려는 거지?"

"그냥 몸이 좀 좋지 않아서 그래요. 피곤하실 텐데 괜히 신경 쓰이게 할까 봐."

"이런. 그럴수록 더욱 내게 의지해 주면 기쁠 텐데."

쥬페도라가 눈을 휘며 미소 지었다. 나는 그 얼굴을 바라보다가 시선을 피하고 아직 그의 손에 잡혀 있는 내 손을 뺐다. 그는 빠져나가는 손을 순순히 놓아줬다. 대신 한 발짝 더 가까이 다가와 나를 향해 고개를 숙였다.

나는 그의 입술이 닿기 전에 얼굴을 옆으로 돌려 버렸다. 동시에 쥬페도라가 다가오길 멈춘다. 그렇게 한동안 그에게서 새 나온 옅은 숨이 내 볼에 닿는 것을 느꼈다. 이윽고 쥬페도라는 담백하게 물러나며 직접 문을 열어 주었다.

"잘 자."

"……잘 자요."

나는 끝까지 그를 보지 않은 채로 도망치듯 방을 빠져나왔다. 어금니를 꽉 문 채 복도를 지나 위층으로 향하는 계단을 빠르게 오른다. 아래로 늘어져 있는 두 주먹은 어느새 온 힘을 다해 움켜쥐어져 있었다.

별실 앞에 당도해 막 문을 열려는 참이었다. 문득 귓가를 스치는 소리에 문고리를 잡은 손을 멈췄다. 무언가 카펫 바닥을 구르듯 작고 짧지만 둔탁한 소리가 예민하게 귓가를 건드렸다. 소리가 들리는 쪽으로 고개를 돌렸다. 시선이 멈춘 복도 끝엔 아무것도 없었다. 나는 일부러 문을 소리 나게 여닫았다. 달칵, 쿵.

그리고 주머니에서 작은 나이프를 꺼내 날을 펼치곤 조심스럽게 발을 옮겼다. 복도 전체에 깔려 있는 카펫 위를 소리 죽여 걷던 나는 복도 끝에 다다라 숨마저 멈췄다.

틈을 보다 재빨리 몸을 틀어 코너로 들어갔다. 막 바닥에서 일어나려는 듯한 작고 시커먼 그림자가 눈에 걸리며 그대로 손을 뻗었다. 머리칼을 휘어잡아 고개가 뒤로 꺾이도록 세게 당긴 후 몸무게를 실어 상대를 벽으로 밀어붙였다.

눈이 마주쳤다.

"윽……!"

"……?"

괴한은 다름 아닌 미미였다. 그녀는 한껏 찡그린 얼굴로 자신이 당하고 있는 아픔을 표현했다. 누가 내 암살이라도 지시했나? 하지만 무기는 들고 있지 않았다. 눈을 내리자 바닥엔 그녀의 한쪽 구두가 아무렇게나 구르고 있다. 아마도…… 넘어졌었나 보다. 하긴 특수 훈련을 받은 주제에 잘도 넘어지곤 했었지. 나는 미미를 바라보다가 떨떠름하게 손을 떼고 뒤로 물러났다. 미미는 내게 잡혀 머리칼이 뽑힐 뻔한 두피를 손바닥으로 빠르게 문질렀다. 고통을 참는 목소리가 작고 애처롭게 흘러나왔다.

"아야야……!"

"네가 왜 여기에 있어?"

"어? 아…… 여기서 근무한 지 꽤 됐어……요. 일단은 경호원으로……."

미미는 순한 눈으로 나를 올려다보며 괜히 눈치를 보았다. 그녀를 가만히 내려다보다가 한숨을 내쉬며 나이프를 거뒀다.

"편하게 말해."

"아니 그래도…… 고용주이시고……. 총사령관님께서 예의 없이 군다고 생각하시면 제가 큰일 날 일이고……."

"그럼 둘만 있을 때는 편하게 해."

"……에헤헤. 정말?"

미미는 곧바로 배시시 웃으며 머리를 긁적였다. 그 모습에 절로 어깨에서 힘이 빠졌다. 미미는 여전히 목소리를 죽인 채로 하지만 더없이 반가워하는 얼굴로 말했다.

"원래 오늘은 비번인데 카이한테서 네가 돌아온다는 연락을 받았거든. 그동안 우리 가끔 봐도 얘기할 기회가 좀처럼 없었잖아. 지금이면 어떻게 괜찮으려나 싶어서 와 봤어. 다행이다. 헤헤……. 어떻게 된 거야? 또 잡힌 거야?"

"아니. 그냥 내가 왔어."

"아, 그래? 참, 루이 씨는 어떻게 됐어? 너 루이 씨랑 같이 있었지? 오기 전에 갈라진 거야? 내가 카이한테서 제대로 듣기도 전에 전화 끊고 날아와서……. 헤헤. 맞다. 그 사람. 퇴직하고 고향에 돌아가다 가 네가 병원에 갇혔다는 말에 중간에 되돌아왔다? 그때 그 사람 부 탁으로 나랑 카이가 병원 지도를……."

그 순간 갑자기 코너에서 카이가 나타나 달려오더니 미미를 외치 듯 불렀다.

"미미……!"

"……응?"

미미는 입가에 손을 모으고 속닥속닥거리던 수다를 멈추고 카이를 향해 눈을 돌렸다. 숨을 몰아쉬던 카이는 굳은 얼굴로 나와 미미를 번갈아 보다가 이내 성큼성큼 다가와 한 손으로 미미의 뒤통수를 잡 아 깊게 눌렀다. 그 역시 나를 향해 고개를 숙여 보였다.

"죄송합니다. 부디 이 녀석의 멍청함을 용서해 주십시오. 다신 이 런 일이 없도록 하겠습니다."

"왜…… 왜 그래……! 분명 할리가 먼저 편하게 하라고……!"

미미는 불만스러운 얼굴로 고개를 들며 말했다. 하지만 미미가 말 을 다 하기도 전에 카이가 눈을 날카롭게 내리뜨고는 손을 들어 그 녀의 뺨을 후려갈겼다. 짜악! 체구가 작은 미미의 고개가 홱 돌아가 다 못해 크게 휘청였다. 미미는 잠시 그대로 눈을 끔벅이다가 곧 맞 은 볼을 감싸며 카이를 황당하게 바라보았다. 카이가 싸늘하게 말했 다.

"말조심해. 총사령관 부인이시다."

"……."

미미는 어리둥절하고 황당해하면서도 입을 다물었다. 카이는 나를 흘긋 보았다가 이내 눈을 내리깔았다. 찰나 마주쳤던 그 눈에서 미미에 대한 걱정과 나를 향한 불신, 그리고 미세한 혐오를 읽을 수 있었다. 카이는 뒤늦게 알게 된 것이리라. 루이와 채드의 일을. 아마도 미미에게 연락을 넣을 때는 몰랐던 모양이지. 알았다면 내가 돌아왔다는 사실 자체를 미미에게 알리지 않았을 것이다. 아마 저택 바깥에 있는 병사들의 어깨너머로 들었을 확률이 높다. 나는 힘이 빠졌던 어깨가 다시 굳어져 가는 것을 느끼며 천천히 입을 열었다.

"딱히 너희들에게 무슨 짓을 할 생각은 없어."

"아니요. 그래도 지킬 것은 지켜야 하니까요. 앞으론 조심하겠습니다."

"······."

"늦은 시간에 실례가 많았습니다. 이만 가 보아도 되겠습니까?"

"······그래. 쉬어."

카이는 내 말이 떨어지자마자 미미의 한쪽 팔을 붙잡고 자리를 떴다. 미미는 나를 한번 돌아보았지만 고개를 되돌리며 순순히 끌려갔다. 어느새 복도엔 나 혼자만이 남았고 나는 그들이 사라진 복도 끝을 보다가 손으로 얼굴을 덮었다.

미칠 것 같아.

죽어 버리고 싶어.

온갖 수치심에 조금도 움직일 수가 없었다. 더불어 더욱 깊어져 가는 죄책감을 잊기 위해 마음속으로 끊임없이 스스로를 달랬다.

'어쩔 수가 없었어. 나는 잘못 없어.' 라고.

하지만 사실은 안다. 내 잘못이란 걸.

한참이 지나서야 어떻게든 방으로 들어갈 수 있었지만 조금도 편하게 쉴 수가 없었다. 침대에 걸터앉아 이마를 두 손으로 받쳐 숙인채 눈을 감았다. 애초에 방 불을 켜지 않아 안구를 덮은 눈꺼풀엔 어떠한 빛도 닿지 않았다. 칠흑 같은 밤과 어스름한 새벽 사이의 고요한 암흑. 그것은 어느 순간 혼란스럽게 흔들리던 마음을 다시 차분히 내리누르며 나에게 냉정을 돌려줬다.

거슬리는 것들은 모두 마음 한구석 보이지 않는 어둠 속으로 밀어넣는다. 아른거리던 루이의 마지막 표정이 가슴의 심연 속에 까맣게 잠겨 간다. 이어 채드의 얼굴이, 릴의 얼굴이, 모건의 얼굴이.

그러다 불현듯 깨닫고 만다. 확실히 지금의 나는 과거의 나와 달랐다. 사이크를 죽인 후 문득 의도치 않게 곱씹는 순간, 무방비하게 그의 부재를 체감하며 무너져 울부짖던 새파란 애송이가 아니었다.

어느새 타인에게 책임을 돌리며 스스로 합리화시킬 줄도 아는 비열한 녀석이 되어 있었다. 나는 이제 눈물조차 나지 않았다. 전혀 안타까움이 없다면 거짓말이지만 그 감정을 이성이란 이름으로 컨트롤해 최소한의 고통만을 수렴한다. 스스로가 견딜 수 없는 부분은 억지로 지워 내고 외면한다.

그것이 지금의 나였다.

"후우……."

겨우 다시 스스로의 현 모습을 받아들이며 천천히 눈을 떴다. 빛에서 어둠으로 변하는 순간이 암담할 뿐. 익숙해지면 어둠 속에서도 주변은 보인다. 꿈이 깨지는 순간 막막하기만 했던 과거완 달리 지금은 내가 가야 할 길이 똑똑히 보인다.

이미 하기로 결정했다면 철저하게 하라. 발치에 누가 채여 뒹굴고 엎어지든 알 바 아니니.

부츠를 벗어 문서를 꺼냈다. 딱히 필요성을 느끼지 않으므로 일부러 펼쳐서 그 내용을 다시 확인하진 않았다. 나에게 이것은 수단일 뿐 어떠한 흥미도 주지 못했다. 세간의 상황 같은 건 어찌 되든 상관없는 일이다. 지금 당장 이 나라가 순식간에 짓밟혀 소멸한다 해도 나는 신경 쓰지 않는다. 나에게 중요한 건 오직 내 사정뿐이었다.

과거에 배웠던 귀족의 마음가짐이라든가, 훈련생과 정보원 그리고 군을 거치며 세뇌되듯 심어진 나라에 대한 충성심 같은 것들은, 내가 피해 의식 속에 잠겨 발버둥 치는 사이 사정없이 내팽개쳐지며 모든 것을 내 중심으로 생각하게 했다. 그저 스스로의 이성을 잃지 않는 것, 나를 지탱하는 것은 오직 그것뿐으로 내가 나를 잃으면 모두 끝이었다.

작고 납작하게 접혀 있는 얇은 종이 뭉치를 바라보다가 그대로 더 작게 돌돌 만 뒤 손수건으로 한번 감싸 가슴 속옷 속에 집어넣었다. 그제야 침대에 엎드려 누웠고 얼마 남지 않은 아침까지 잠시나마 수면을 취했다.

날이 밝았다. 아침 식사를 하러 가기 위해 블라우스와 단정한 길이의 치마로 갈아입었다. 거울 앞에서 목에 스카프를 매던 중 노크 소리가 들렸다.

"들어와요."

나보다 조금 어려 보이는 여자 고용인이었다. 그녀는 화장 도구들이 담긴 사각 트레이를 들고 와 화장대 위에 올려놓았다. 고용인은 빗을 집어 들며 공손하게 말했다.

"머리를 만져 드리겠습니다."

거울을 통해 그녀를 보았다가 이내 눈을 거두고 묶고 있는 스카프를 마무리했다.

"됐어요. 스스로 할 수 있습니다."

그녀는 두말하지 않고 빗을 다시 화장대에 내려놓으며 뒤로 물러 났다. 자기가 할 일이 생기길 기다리는 모양새가 거슬렸다. 나는 빗 으로 굴곡진 머리칼을 빗어 넘기며 말했다.

"나가서 볼일 보세요."

"죄송합니다. 사모님. 총사령관님으로부터 직접 모시고 내려오란 지시가 있었습니다."

"……."

기본적으론 쥬페도라의 명령이 위란 건가. 당연한 말이지만 기분 이 좋진 않았다. 빗을 내려놓고 머리칼을 모두 뒤로 넘겨 하나로 모 아 잡은 뒤 큰 핀으로 간단히 고정했다. 번거롭게 꾸미고 싶지 않았 다. 화장도 하는 둥 마는 둥 대충 분과 립스틱만 칠한 뒤 방을 나섰 다. 고용인은 묵묵히 내 뒤를 따라왔다. 식당에 도착해 열어 주는 문 안으로 들어서자 벌써 식탁 앞에 앉아 있는 쥬페도라를 볼 수 있었 다. 그는 나를 향해 빙긋 입가를 올리더니 내가 앉을 자리를 향해 한 손을 들었다가 내렸다.

"앉아."

식탁에 가까이 가자 곧바로 또 다른 고용인이 다가와 의자를 빼 줬 다. 자리에 앉아 내 앞으로 놓이는 접시를 내려다보고 있는데 맞은편 의 쥬페도라가 물었다.

"피곤하지는 않아? 혹시 아예 잠을 설치거나 한 건 아닌지 모르겠 군."

"전 잘 잤어요. 당신은 잘 잤나요?"

"나도 간단히 눈은 붙였어. 오늘 뭐 할 생각이야?"

"이스트홀에 다녀오려고 해요."

"이스트홀? 거긴 왜."

"군을 그만두게 되었으니 신세 졌던 분들께 인사를 드리고 싶어요."

"흐음……."

고기를 작게 잘라 야채와 함께 포크로 찍다가 그의 짧은 음성에 손을 멈추고 시선을 들었다. 그리고 이내 덧붙여 말했다.

"물론 당신이 원하지 않는다면 가지 않겠어요."

"이스트홀이라면 베르만 대령이 있는 곳이었던가?"

"네. 기억하시네요."

"그야 당신의 첫 근무지니까 말이지. 파악 정도는 해 두고 있었어. 그런데 굳이 갈 필요까진 없을 듯싶은데."

"그럼 집에 있을게요."

곧바로 그의 말에 따른다는 듯 계획하려던 일정을 접었다. 쥬페도라는 미소를 머금은 채 말했다.

"여기로 불러 주지. 베르만 대령이면 되나?"

"아뇨. 그러지 마세요."

"별로 사양하지 않아도 되는데."

"베르만 대령님은 저보다 훨씬 나이도 있으신데 그렇게까지 실례되는 짓을 하고 싶진 않아요."

그렇게 말하면서도 나는 일부러 쥬페도라에게 보라는 듯이 깨작깨작 나이프질을 하며 먹는 둥 마는 둥 했다. 흘긋 눈을 들자 쥬페도라가 조금이지만 난감한 눈빛을 하고 있었다. 나는 다시 시선을 내렸고 쥬페도라가 말했다.

"그렇게 가고 싶다면 갔다 오던지."

"아니에요. 괜찮아요."

결국 쥬페도라가 식사를 멈추고 나를 불렀다.

"데본."

내리깔았던 눈을 들자 그가 나와 눈을 빤히 마주하며 말했다.

"나는 당신을 구속하려는 게 아니야. 그냥 내 생각을 말했을 뿐이지. 선택은 당신이 해도 상관없어. 다녀오고 싶다면 다녀와도 돼."

"굳이 당신을 걱정시킬 정도로 중요한 일도 아니에요."

"당신이 그렇게 말한다면 나도 더는 말하지 않겠지만……"

"아……! 그럼."

그때 내가 그의 말을 끊고 입을 열었다. 쥬페도라는 자신의 말이 끊긴 것에 대해 기분 상한 기색 없이 내 말이 이어지길 기다렸다. 나는 의식적으로 미소를 지으며 말했다.

"그럼 대신 티안 중위님을 불러 주세요. 아직도 중위인지는 모르겠지만, 그분 역시 제게 도움을 많이 주셨어요. 그는 대령님과는 달리 저와 그리 나이 차도 많지 않으니 큰 부담은 없을 것 같네요. 대령님에 대한 인사는 그를 통해서 할게요."

"그래? 그럼 내가 적당할 때 직접 약속을 잡아 줄 테니 기다리고 있어."

"알았어요."

나는 바로 고개를 끄덕이며 대답했다. 쥬페도라는 일이 바빠서 오늘 바로 수도로 간다고 알렸다. 그리고 내게는 당분간 여기서 쉬는 편이 어떻겠냐고 권했다. 나는 다시 한 번 고개를 끄덕였다.

"사고 싶은 거나 필요한 게 있으면 메오른에게 말해. 어차피 선물 같은 것도 준비해야 할 거 아냐. 그 외 자잘한 것들도 그를 통해 처리하면 돼. 당신은 어제 처음 봤겠지만 사실 그가 이 집의 총관리인이야. 뭐, 귀족저에 있었다면 집사라고들 했겠지. 그동안 요양 때문에 쉬고 있었지만 당신이 잠시 집을 비운 사이 복귀했거든. 전의 총관리인은 영 쓸모가 없어서 부득이하게도 은퇴한 사람을 불러와야 했어."

"그렇군요."

알고 있다. 내가 집을 나가 버림으로써 전의 총관리인이 잘린 것이다. 내 탓이었다. 당시 누구도 잡지 않았었기에 그들에게도 나라는 사람이 그리 대수롭지 않은 거라고 편하게 생각했었다. 물론 다르게 생각했더라도 붙어 있진 않았겠지만. 지금도 역시 새삼 타인을 배려할 생각은 없었다. 하지만 나는 일부러 안타까운 표정을 지으며 은연중에 경고하는 쥬페도라에게 섣부른 행동에 대한 경각심이 생긴 듯한 태도를 보였다. 그가 원하는 대로 힘이 빠진 척. 날을 숨겼다.

메오른은 전날 내게 침실을 안내해 주고 차를 날라 주던 늙은 고용인이었다. 쥬페도라가 자신을 언급하자 한 발짝 앞으로 나서며 허리를 숙였고 나는 그를 보았다가 이내 눈을 거뒀다. 쥬페도라가 또 다른 화제를 꺼냈다.

"시기가 좋아지면 당신도 수도로 이동해야 할 거야."

"염두에 둘게요."

식사를 마친 후에 쥬페도라는 바로 남부 저택을 떠났다. 나는 배웅한 뒤 그를 태운 차가 보이지 않게 되어서야 뒤편에 서 있는 메오른에게 말했다.

"식당에서 들었다시피 머지않아 이스트홀에서 손님이 올 예정인데 선물로는 뭐가 좋을지 모르겠네요. 메오른 씨의 의견을 듣고 싶어요."

흰머리를 깔끔하게 뒤로 넘긴 채 반듯하게 서 있던 메오른은 단정하게 대답했다.

"오실 손님의 특징을 알려 주시면 추천 목록을 작성해 드리겠습니다."

"부탁할게요."

그는 나보다 두어 발짝 뒤에서 복도를 함께 걸으며 간간이 보이는 고용인들에게 일거리를 지시했다. 나는 내 방으로 가는 동안 그에게 내가 기억하고 있는 티안의 분위기와 성격 등을 간단하게 설명했다. 더불어 티안과 함께 일하고 있는 다른 여러 사람에게도 선물을 보낼 예정이라 말했다. 메오른은 내 말을 경청한 뒤 오늘 저녁까지 추천 목록을 작성해 주겠다고 답했다.

방 앞에 다다르자 메오른은 내게 차를 마실 것인지를 물었고 나는 고개를 저으며 혼자 있게 해 달라 청했다. 앞으로도 별다른 시중을 받을 생각이 없으니 그냥 식사 때가 되면 알려 달라 했고 메오른은 차분한 표정으로 그러겠다고 대답했다.

짧은 시간이었지만 이 집에 살았던 적이 있었으므로 나는 이 집의 구조를 잘 알고 있었다. 굳이 곁에 붙어서 안내하는 사람 없이도 불편함 없이 서재를 들락거리거나 정원을 산책하곤 했다. 물론 조금 떨어진 거리에서 누군가는 항상 날 지켜보고 있었다. 교대로 일하는지 상대는 몇 시간 간격으로 바뀌었다. 그것에 불만을 표시하진 않았다. 쥬페도라가 지켜보라 했을 것이 분명한 데다 어차피 그러지 말라고 해 봤자 듣지 않을 것이다. 여긴 쥬페도라의 명령이 최우선이었다.

가끔은 미미와도 눈이 마주쳤다. 그녀는 내게 할 말이 있는 듯한 표정을 지었지만 정작 눈이 마주치면 곧바로 내리깔곤 했다.

그렇게 한동안 마치 인내심 테스트라도 하듯 끈질긴 감시를 당하며 하루 한 번씩 쥬페도라와 전화로 안부를 주고받았다. 2주가 지나 결국 다음 해로 넘어갔을 때 쥬페도라가 드디어 정식 약속을 잡아 티안을 만나게 해 줬다.

티안이 도착했다. 고용인에게 안내된 그가 응접실로 들어섰고 나는 소파에서 일어나 그를 맞았다. 순간적으로 손이 올라가 거수경례를 할 뻔했지만 금방 정신 차리고 그만뒀다. 이미 나는 군인이 아니다. 경례 대신 단정하게 두 손을 앞으로 가지런히 모아 평범하게 인사했다.

"어서 오세요. 중위님. 오랜만입니다."

줄곧 무표정했던 티안은 나를 빤히 바라보다가 이내 설핏 웃음 짓더니 한 손을 내밀어 악수를 청했다. 그 손을 마주 잡자 티안이 말했다.

"이젠 대위야."

티안은 마치 예전의 나를 대하듯 편하게 말을 걸어 주었다. 조금 놀랍고도 기뻤다.

쥬페도라와 함께한 순간부터 모두가 나를 멀리했다. 적대시하거나 무시하거나 어려워하거나 또는 무서워했다.

그나마 나를 나로 대해 줬던 루이 역시 처음엔 나를 무시했다. 알면서도 이렇게 선뜻 쥬페도라의 그림자를 개의치 않고 처음부터 나를 나로 대한 사람은 티안이 처음이었다. 이 사람은 정말 한결같구나. 안도감을 느끼며 의식하지 않고도 입가를 올릴 수 있었다.

"그렇군요. 늦었지만 축하드립니다. 티안 대위님."

티안은 과연 나를 도와줄까.

손을 놓고 그에게 앉을 것을 권했다. 소파에 마주 보고 앉자 고용인이 나와 그의 찻잔에 차를 따랐다. 티안은 찻잔에 들어차는 고운 빛의 찻물을 응시하다가 접시에 놓인 과자를 하나 집어 오독오독 씹었다. 나는 차에 입술만 댔다가 내려놓았다.

"오시기 전에 이미 들으셨겠지만 저 군을 그만두게 되었습니다."

"음. 들었어. 여러모로 신경 쓸 일이 많을 텐데 일부러 연락을 줘서 기쁘고 또 축하한다고 대령님께서 전해 달라더군. 결혼 예정이라며. 나도 축하해."

"식만 아직 올리지 않았습니다."

"그 말인즉 이미 합법적인 부부라는 뜻인가?"

"그렇게 되네요. 예전에 돌린 청첩장에도 적혀 있었는데 받지 못하셨나요?"

"아마 대령님은 받으셨을 거야. 총사령관님 입장에서 보면 나 역시 말단일 텐데 쉬이 받을 수 있을 리가."

티안은 차를 한 모금 마시곤 또 다른 과자를 집어 입에 물었다. 입맛에 맞는지 표정이 나쁘지 않았다. 금세 과자를 다 먹고 차로 입을 헹궈 낸 티안이 말했다.

"어쨌든 총사령관께서도 제법이신걸. 벌써 퇴로를 차단한 건가."

"제가 출세한 셈이지요."

내 말에 그는 의미를 알 수 없는 묘한 표정을 지었다가 이내 무심하게 말했다.

"그래? 흠, 뭐 그런가. 하긴 자네와 총사령관님의 로맨스는 군부에서 꽤 유명했으니. 그러고 보니 자네를 그렇게 괴롭히던 이플린 소위가 그 소문에 벌벌 떨었었지. 한동안 잊고 있다가 이번에 내가 만나러 간다는 소식에 또다시 겁을 집어먹고 있더군."

"아……. 그는 아직도 소위인가요?"

"그래. 동급 중에 출중한 경쟁자들이 많은 모양인지 그에겐 이렇다할 공적이 없다는 이유로 진급이 제외되었어. 자리 차지하고 앉아 시간만 잡아먹고 있는 녀석들에겐 거기가 한계인 거지. 위로 갈수록 앉을 자리가 적으니 말이야. 진 녀석은 떨어지는 수밖에. 안 그래도 의기소침해져 있으니 그 녀석이 예전에 한 짓들은 자네가 너그럽게 잊어 주는 것도 괜찮다 싶은데. 어때? 딱히 크게 대미지 입은 것도 없잖아."

"그러네요. 저도 별로 그에겐 큰 유감을 가지고 있지 않습니다."

"그 말 소위에게 전해 줄게. 그래야 녀석이 조금이나마 편히 잠들 수 있겠지."

"그러세요."

한동안 그간의 안부를 묻는 영양가 없는 대화를 이어 가던 중 문득 티안이 주변에 서 있는 고용인들을 한번 흘긋 보았다.

"원래 바깥에서 활동하는 체질이라 계속 방 안에 있으니 답답하군. 정원 구경이라도 시켜 주지 않겠어?"

"지금은 시기상 꽃이 없지만 대신 상록수들을 잘 가꾸어 놓았습니다. 괜찮으시다면 보여 드릴게요."

티안은 빙긋 입가를 올리며 자리에서 일어섰다. 나 역시 소파에서 일어서는데 고용인들이 티안이 들어올 때 벗어 두었던 군코트와 내가 걸쳐 입을 겉옷을 가져왔다. 겉옷을 입고 머플러로 목을 감싼 뒤에 그를 정원으로 안내했다. 정원에서도 고용인과 경호원이 여전히 뒤에 따라붙었지만 응접실에서보다는 꽤 거리를 두었다. 그제야 티안은 목소리를 작게 낮추며 내게 이 만남의 진의를 물었다.

"이동한 뒤 연락 한번 없다가 이런 때에 부른 건 무슨 이유야."

"죄송합니다. 딱히 도움을 청할 곳이 없어서……."

"그러게 평소에 인맥 관리 좀 하지. 대체 그동안 뭘 한 거야. 대령님께서도 걱정하고 계셨다고. 자네는 능력은 좋지만 요령이 없다고 말이야. 총사령관으로부터 연락이 왔을 때 대령님께서 허술하게 대처하셨다면 자넨 틀림없이 의심을 샀을 거야."

그 말인즉 베르만과 티안은 나를 돕겠다는 뜻과 다르지 않았다. 덕분에 나는 그를 구슬려 내 편으로 끌어올 수고를 하지 않고 바로 본론을 꺼낼 수가 있었다.

"죄송합니다. 느끼셨다시피 감시당하는 중이라 여기서 자세한 이야긴 드릴 수가 없어요. 그냥 사람을 좀 연결해 주셨으면 해요."

"누구."

"특정한 사람은 아니에요. 필요한 건 기록된 인적 사항에 간단히 손을 좀 댈 수 있는 사람. 그리고 특별 양성 기관에서 근무하는 사람입니다."

"흠……."

티안은 잠시 생각에 잠겼다.

"특별 양성 기관이라면 군의 비밀 훈련소 같은 건가? 안타깝지만 나는 그런 쪽과는 전혀 연이 없어. 대령님께도 여쭤는 보겠지만 그리 큰 기대는 않는 편이 좋아. 그분 역시 평범한 경로로 군인이 되어 무난하게 진급하신 케이스거든."

"그렇군요……. 그래도 혹시 모르니 부탁드립니다."

안타까움을 담아 작은 목소리로 부탁했다. 대위는 그런 내게 쓴웃음을 지으며 고개를 끄덕였다.

"그래도 전자의 경우는 어떻게든 될 것도 같군."

"정말입니까?"

"라니엔 일병 기억하지? 간호병이었던."

"라니엔 일병?"

그게 누군지 이름만으로는 당장에 떠오르지 않았다. 하지만 이어지는 그의 말에 나는 곧 그녀를 생각해 낼 수 있었다.

"네가 영창에 가게 됐던 사건."

"아……."

"잊고 있었던 건가?"

참으로 무신경하다며 그가 헛웃음을 지었다. 나는 민망한 기분으로 어색하게 웃어 보였다.

"아뇨. 사건 자체는 잊고 있지 않았습니다. 단지 이름과 얼굴이 단번에 매치되어 떠오르지 않았을 뿐입니다. 헌데 그녀는 왜……?"

"그녀가 현재는 동남부 도시에서 시민청사 직원으로 일하고 있거든. 자네라면 도움을 받을 수 있지 않을까 싶은데."

"그……렇군요. 저로선 도움을 받을 수 있게 된다면 정말 좋겠습니다만."

"원한다면 연락을 넣어 주지."

"감사합니다. 그럼 적당한 때에 다시 연락드리겠습니다. 순서상 일단은 후자의 경우가 먼저라서."

"그런가. 그럼 미리 암호라도 정해 둘까. 그럼 간단한 연락으로도 충분할 테니까. 내가 '군번줄', 자네가 '귀걸이'로 하지. 내가 '군번줄'이라는 단어를 넣어서 이야길 하면 '연결을 해도 좋은가.'라는 뜻이다. 그것에 자네의 준비가 끝나 그녀와 연결만 하면 된다 싶을 때 '귀걸이'라는 단어를 넣어서 대답을 하면 되는 거지."

"알겠습니다."

어차피 나로선 이스트홀밖에 손을 뻗을 곳도 없었지만 기본적인 경계도 두지 않고 단번에 그와 비밀을 만들 수 있었던 것은 내가 준위라는 계급을 달 때까지 티안과 베르만이 키워 준 것이나 다름없기 때문이었다.

그들은 내가 일으킨 폭력 사건을 수습하기 위해 날 영창으로 보내긴 했지만 그 일로 인해 내가 진급에서 불리했던 적은 없었다.

사실 그 사건의 진위는 사령부 자체의 문제로 지목되면 여러모로 곤란해진다는 이유로 당시 표면상으론 드러나지 않았다. 때문에 그대로 덮어져 나만 처벌을 받고 끝났다. 두 사람은 그런 결정에 대한 사죄라도 하듯 그 사건에 관련된 선임들을 아예 군에서 치워 버렸으며, 그 과정에서 사건의 또 다른 관련자인 라니엔 간호병사도 부득이하게 군을 그만두게 되었다. 하지만 사건을 정식 재판장에 올리지 않고도 그 정도면 제법 깔끔하게 해결된 축에 속했다.

이후로도 두 사람은 나를 모른 척하지 않고 이스트홀에서 버틸 수 있도록 도와주었다. 때문에 나는 이번에도 그들에게 손을 뻗었다.

이러다 만약 그들에게 배신을 당하게 된다면 정말로 눈앞이 깜깜해지겠지만 지금의 나로서는 별도리가 없었다. 그러니 불안해하면서도 결국 도박을 한다. 그저 내가 진흙탕에 발을 디딘 것이 아니길 바라는 수밖에.

이후 티안에게 식사까지 대접한 뒤 그가 다시 이스트홀로 돌아갈 때가 되자 고용인들이 그의 차에 이스트홀로 보내는 선물들을 가득 실었다. 그는 고맙다고 예를 표한 뒤 배웅 나온 나에게 처음과 마찬가지로 악수를 청했다. 나는 그 손을 잡아 짧게 흔들었다.

그가 탄 차가 멀어져 가는 걸 가만히 바라보고 있을 때, 저택 안에서 한 고용인이 달려와 내게 알렸다.

"수도에서 전화가 와 있습니다."

응접실로 돌아가 전화를 받으니 그 너머엔 쥬페도라가 있었다. 딱히 그의 타이밍이 좋았다는 생각은 하지 않았다. 아마 누군가 그에게 보고를 위해 전화 걸었던 참에 나와 통화를 하려는 것 같았다.

— 마침 대위도 돌아갔다던데. 오늘 수도로 올라오지 않겠어?

"오늘요? 이렇게 갑자기?"

— 당장 이사하라는 게 아니라 잠시 들렀으면 해서 말이야. 이번에 부부 동반으로 식사 초대를 받았거든.

"누구에게요?"

— 당신도 잘 아는 사람이야. 데이카스트로데 백작.

"아……."

밀라온…….

이제 와 딱히 별다른 감정이 들지 않음에도 나도 모르게 목소리를 길게 끌었다. 얼마 후 수화기 속으로 나를 나직하게 부르는 쥬페도라의 목소리에 정신을 차리고 대답했다.

"알았어요. 준비하고 출발할게요."

— 그래. 조심히 오도록 해.

전화가 끊겨 수화기를 내려놓고도 나는 그 자리에 한동안 더 서 있었다. 잠시 옛날 생각을 하느라. 물론 이제 나는 정말로 밀라온에게 별 감정이 없다. 그와의 일은 너무 오래된 일이고 그런 과거를 회상하며 일일이 감상에 젖기엔 이미 나는 너무 많은 일을 겪었다. 단지 그 오래된 기억이 썩 유쾌하지도 않았으니까. 괜히 이상한 기분이 든 탓이다.

어스름한 회상을 접고 뒤에 선 고용인을 돌아보며 며칠 정도 외출할 짐을 싸라고 지시했다.

수도로 갈 준비를 하고 나오자 카이가 내 가방을 트렁크에 싣고 있었다. 그는 이번에 나와 동행할 경호원 중 한 명이었다. 나는 딱히 그에게 말을 걸진 않았다.

이동하는 동안 차 시트에 기대 멍하니 창밖을 보았다. 하지만 풍경이 별로 시야에 들어오진 않았다.

수도에서의 약속을 상기하자 자연스럽게 한 번 더 옛 기억을 곱씹었다. 이번엔 좀 더 선명하게.

데이카스트로데 백작. 나는 그를 한때 밀라온이라 불렀었다. 그는 과거에 내 언니와 부정을 저지르고 파혼에 이른 전 약혼자이기도 했고 동시에 인생의 첫 남자이기도 했다. 비록 지금은 기억이 바래져서 그의 얼굴도 잘 기억나지 않지만 그라는 존재 자체만은 아무리 시간이 지나도 흉터처럼 남아 있을 것이다.

그런 그와 이번에 만날 생각을 하니 괜히 가슴이 답답해져 왔다.

문득 한숨을 내쉬며 손으로 지끈대는 관자놀이를 꾹 눌렀다. 줄곧 미러로 지켜보고 있었는지 앞쪽 보조석에 탄 여고용인이 곧바로 나를 돌아보았다.

"어딘가 불편하신가요? 차를 잠시 세울까요?"

"아니에요. 괜찮으니 그냥 가요."

"네."

말속에 담긴 신경 쓰지 말라는 뜻이 전해졌는지 그녀는 이내 입을 다물고 다시 앞쪽으로 고개를 돌렸다. 머리에서 손을 떼고 다시 창밖을 바라봤다. 전날 내린 약간의 눈이 잠깐 녹았다가 다시 언 탓에 곳곳엔 빙판이 만들어져 있었다. 차의 속도가 느렸고 창밖으로 길을 걷는 사람들의 발걸음도 조심스러웠다.

덕분에 수도에 도착한 건 굉장히 늦은 시간이었다.

쥬페도라가 수도에 마련한 저택은 이미 충분히 큰 남부 저택보다도 더 컸다. 업무 때문에 집에도 잘 들어오지 못하는 사람이 어째서 이렇게 큰 집과 더불어 값비싼 물건들을 전시해 둘 필요가 있는지는 모르겠지만 그런 내 생각을 입 밖으로 내뱉을 마음은 없었다. 고용인과 대화를 나누고 있던 쥬페도라가 날 돌아보며 미소 지었다.

"어서 와. 나도 막 도착한 참이야. 오는 데 힘들진 않았어?"

"괜찮아요. 잘 지냈어요?"

쥬페도라와 나는 볼을 가볍게 붙였다 떼며 인사를 나눴다. 고용인들은 가져온 짐들을 들고 계단을 올랐다. 쥬페도라와 같은 방에 내 물건들을 둘 생각일까. 고용인들을 바라보다가 다시 고개를 돌려 쥬페도라와 눈을 맞췄다. 그는 내 양손을 각각 잡고 선 채 얼굴을 빤히 내려다보고 있었다. 웃으며 잡힌 손을 빼내려 했지만 그는 더 꽉 잡고 놓아주지 않았다. 쥬페도라는 눈가를 휘며 부드럽게 말했다.

"저녁 식사는 아직이지?"

"네. 아직."

"밖으로 나갈까. 괜찮은 식당을 예약해 뒀어."

쥬페도라에게 이끌려 다시 차에 태워지고 사람들이 많은 번화가로 향했다. 남부보다 추운 날씨에도 불구하고 거리엔 사람들이 아주 많았다. 신년맞이 행사를 위해 거리 곳곳에 장식된 등불이 화려했다.

우리는 한 고층 레스토랑에 들어섰고 그곳에서 한 테이블로 안내되었다. 야경이 잘 보이는 자리다. 미리 주문이 되었던 모양인지 메뉴판 대신 곧바로 그와 내 앞에 접시가 놓였다. 웨이터에게선 송아지 고기에 이런저런 것들을 넣었다는 설명이 흘러나왔다. 또 잔에 따라지는 술에 대한 간략한 설명도 이어졌지만 그다지 귀에 들어오진 않았다. 귀족으로서의 태도로 보기엔 최악이나 영 흥미가 생기질 않았다. 웨이터가 자리를 뜨고 나서 쥬페도라가 내게 물었다.

"피곤해 보이는데. 졸려?"

"조금요. 하지만 배가 고팠어요. 맛있는 걸 먹게 해 줘서 고마워요."

내 대답에 쥬페도라는 가볍게 미소 지었다. 술을 한 모금 마신 그는 미소를 풀지 않은 채 말했다.

"못 본 사이에 아양이 늘었는걸. 입에 발린 말을 잘하게 된 것 같아."

"칭찬인가요?"

"물론. 당신을 더욱 좋아하게 되었다는 얘기를 하는 거야."

예전엔 그가 입발림 말을 싫어한다고 생각했는데 지금 보니 단지 날 의심했던 것뿐이었나 보다. 그 깨달음이 이제 와 새삼 불쾌하지도 않았다.

"고마워요."

"그동안 뭐 하고 지냈지? 듣자 하니 티안 대위가 왔다 간 것 말고는 전혀 손님도 없었다던데."

"별달리 한 건 없어요. 역시 심심하긴 하더군요."

"악기라도 배워 보는 게 어때? 그러고 보니 귀족은 어렸을 때부터 자연스럽게 접하지 않나?"

"피아노라면 조금 배운 적 있어요."

"오. 그래? 듣고 싶군."

"하지만 별로 취미에 맞았다거나 한 건 아니에요. 실력이랄 것도 없어서 부끄러워요. 단순히 훗날 결혼할 상대에게 내보일 거리로서 의무적으로 배웠을 뿐이거든요."

"별로 좋아하지 않는 것들을 배워야 했다면 꽤 스트레스였겠군."

"그래도 수예는 좋아했어요. 칭찬받을 수 있는 유일한 재주였거든요. 물론 피아노와 마찬가지로 지금은 너무 오래됐으니 다 잊어버렸겠지만요."

"그건 또 의외인걸. 왜 그동안 말 안 했지? 말했다면 선생도 붙여 주고 다시 배우게 해 줬을 텐데."

"지금처럼 의외라는 말을 듣게 될까 봐요. 어울리지 않잖아요. 겉으로 봐도. 당신에게 말하기 부끄러웠어요."

"이런. 그럼 내가 실례되는 말을 한 건가? 미안해. 나쁜 뜻은 없었어."

"괜찮아요. 지금은 별로 부끄럽다고 생각 안 하거든요."

"흠……."

그 말에 쥬페도라는 왜인지 조금 유감스러운 표정을 지어 보였다. 하지만 이내 다시 미소 띤 얼굴로 말했다.

"그럼 이제라도 다시 배워 보는 게 어때."

"생각해 볼게요."

"아니. 빈말이 아니라 진짜로 다시 시작해 봐. 내가 메오른에게 말해 두지."

"그렇게까지 안 해도……."

나는 그를 말리려 양손을 저어 보이다 마치 거절하지 말라는 듯 지긋하게 쳐다보는 시선에 곧 손을 멈췄다. 여기서 내가 해야 할 말은 하나뿐이었다.

"고마워요. 신경 써 줘서."

"나중에 뭔가 만들어 주겠어? 물론 강요하는 건 아냐."

"내보이기 부끄럽지 않은 실력이 되면요."

"금방 다시 손에 익을 거야. 누구든 한번 재능을 보인 건 그리 쉽게 사라지지 않아."

쥬페도라는 마시던 잔을 조금 내밀어 보였다. 나는 그를 바라보다가 곧 입가를 힘주어 올리며 내 잔을 그의 잔에 살짝 부딪혔다. 술은 필요 이상 달콤한 맛을 냈다.

술을 오랜만에 마신 탓인지 금세 취기가 돌고 몸에서 힘이 빠졌다. 화장실에 가기 위해 자리에서 일어나다가 잠깐 발이 꼬였다. 근처에 있던 쥬페도라의 부하 중 하나가 재빨리 내 손을 잡아 줬다. 나는 고맙다 말하며 애써 정신을 차리고 몸을 세웠다. 다행히 그 뒤론 똑바로 걸을 수 있었다.

화장실 칸 안에서 변기 뚜껑을 내리고 앉아 핸드백을 뒤졌다. 그 안에서 담배를 꺼내 물고 불을 붙인다. 멍하니 화장실 천장을 응시하며 연기를 피워 대다 손으로 가볍게 얼굴을 쓸었다. 술은 참 달콤했지만 취기가 쉽게 깨지 않았다. 취하면 안 된다는 생각을 하면서도 쥬페도라가 직접 따라 권하는 것을 쉬이 거절할 수가 없었다. 보통은 한 번 거절하면 그만두는 그였지만 오늘따라 질기게 권유했다. 그 속내야 대충 예상하나 그렇다고 수작의 전부를 피할 수 있는 것도 아니었다.

"후……."

덕분에 지금도 빌어먹게 어지러웠다. 다행히 문서를 남부 저택에 두고 와서 망정이지 이런 상태로 만약 쥬페도라에 의해 침실로 끌려들어간다면 그대로 빼앗길 게 분명했다.

담배를 다 피운 뒤 칸에서 나와 손을 씻고 향수를 뿌렸다. 손 냄새를 맡고 한 번 더 손을 씻었다. 드디어 담배 냄새를 완전히 지우고 화장실을 나섰으나 나는 이내 뒷걸음질 쳐 도로 안으로 들어갔다. 열린 문 바깥에서 작게 속닥대는 목소리들이 있었다.

"곧 죽을 것 같아."

"지금껏 버틴 게 독한 거지."

"등신같이……. 여자에 빠져선."

"정말 사람 일은 어떻게 될지 모른다니까. 하물며 루이가 그렇게 될 줄 누가 알았겠어."

"총사령관께서 직접 하셨다던데."

"누가 그래. 처음 한 번 찔렀던 게 다야. 물론 놀라긴 했지. 그 정도로 열받으신 건 처음 봤으니까."

거기까지만 듣고 나는 구두를 벗었다. 화장실 앞에서 등을 보인 채 지키고 선 남자들을 피해 안쪽으로 들어가 창문을 열고 밖으로 뛰어내렸다. 어지러운 와중에도 몸은 가벼웠다. 바로 아래층 창틀을 붙잡고 올라 들어가니 거긴 직원 휴게실이었다. 마침 거기서 쉬고 있던 직원이 놀란 눈을 했으나 나는 본능처럼 손을 휘둘러 그를 기절시키고 그대로 방을 빠져나갔다. 사람을 피해 복도를 지나 건물을 빠져나오기까진 그리 오래 걸리지 않았다.

사실 화장실 앞의 그들은 쥬페도라가 내 경호를 위해 따라가 보라고 한 자들이다. 따라서 내가 이런 짓을 해 버리면 그들은 추궁을 받게 될 것이 분명했다. 하지만 나는 도저히 그들과 얼굴을 마주할 수가 없었다. 그들도 카이처럼 또 채드처럼 날 혐오스럽게 볼 것 같았다. 평소라면 철면피가 되어 수치심을 버티겠으나 취한 지금은 제대로 된 표정을 짓지 못할 것 같았다.

그리고 사실 무슨 상관이냐 싶기도 했다. 한번 엿 먹어 보라는 비틀린 심정도 있었다. 아무리 무료하기로서니 누가 당사자를 등 뒤에 두고 그딴 말을 지껄이느냐 말이다. 왜 억지로 가라앉힌 내 심연에 돌을 던지느냐 말이다. 내 마음에 진흙을 일으키는 그들이 사실은 미웠다.

하지만 그렇다 해도 내 행동은 굉장히 위험한 짓이다. 머리로는 당연히 알고 있다. 겨우 경계심을 낮춘 쥬페도라가 다시금 나를 불신하게 되어 또 어디론가 가둬 두려 할 수도 있었다. 일을 망치고 싶은 게 아니라면 당장 다시 돌아가라고 이성이 외치지만 술기운을 빌린 내 몸은 머리를 무시하고 거침없이 나아갔다. 시간이 지날수록 취기가 더 오르는 것 같았다.

나는 쥬페도라에게 돌아가고 싶지 않았다.

사실 나는⋯⋯.

빠르게 걷던 발은 어느새 달리고 있었다.

결국 건물 주변을 지키고 있던 이들마저 피해 용케 건물의 정원 밖까지 빠져나와 버렸다.

빛이 싫었다. 왜 저 등불들은 멋대로 별처럼 빛나는지. 내 마음은 까맣게 타 재가 되어 버렸는데 마치 약 올리는 듯했다. 거기다 거리를 지나는 사람들은 왜 다들 웃고 있는 건지. 하나쯤은 우는 사람이 보여도 되잖아. 나 말고도 하나쯤은 즐겁지 않은 사람이 보여도 되지 않느냐고. 대체 왜 나만 슬픈 건지. 나는 점점 더 서러워졌다. 결국 빛을 피해 아무도 없는 깜깜한 골목으로 몸을 숨겼다. 머지않아 나는 거기서 역한 기분을 참지 못하고 구역질을 했다.

"우웩⋯⋯! 콜록! 콜록—! 웩⋯⋯!"

골목 구석에 놓인 쓰레기통을 붙잡고 먹었던 음식물들을 게워 내며 눈물이 쏟아졌다. 한참 후 아무것도 나오지 않게 되어도 도무지 구역질은 멈추지 않았다. 속이 뒤집히는 괴로움 때문인지 아니면 또 다른 이유 때문인지 눈물 역시 그쳐지지 않았다. 뭐가 그렇게 비위가 상했던 건지는 나도 모르겠다. 이제 와 더러운 풍경이나 뒷골목의 썩은 냄새 같은 건 아무렇지도 않을 게 분명한데. 하지만 실제로 견딜 수가 없이 역겨움이 밀려와 어쩔 수가 없었다.

새삼 다시 귀족이라도 된 것 같았던가. 그렇게 돌아간다고 과거가 사라져? 이 망할 년아.

누가 하는 건지도 모를 말이 가슴에 깊이 박혀 상처를 냈다. 주변에 누가 있었던가. 아무도 없었다. 그럼 누가 한 말이지? 보이지 않는 비난이 서러웠다. 그저 모든 게 서러웠다.

숨을 몰아쉬며 한참을 그렇게 울고 있을 때였다.

"거기 누구야?"

문득 뒤편에서 남자 목소리가 들렸다.

정신없는 와중에 기척도 느끼지 못했던 터라 놀라 숨을 들이켰다. 재빨리 소리가 들리는 쪽으로 고개를 돌리며 손등으로 입가를 덮었다. 골목 바깥에서 담배를 물고 있던 남자는 곧 작은 손전등을 켜고 안으로 걸어 들어왔다. 나는 그 자리에 도망치지도 못한 채 굳어 서 있었다. 내 얼굴로 손전등 빛이 비춰졌다. 눈부심에 눈가를 찡그렸지만 빛은 곧바로 치워지지 않고 한동안 내 얼굴에서 머물렀다.

"……레이시 준위?"

비로소 목소리가 익숙하다는 걸 느꼈지만 취기로 인해 정작 누군지 떠오르지 않았다. 더군다나 빛 때문에 상대의 얼굴도 보이지 않는다. 얼마 후 빛이 내 얼굴에서 치워지며 상대가 빠른 걸음으로 다가왔다.

"레이시 준위, 맞지? 이런. 그 얼굴은 대체 뭐야? 괜찮은 건가? 무슨 일이지?"

"……."

"준위. 정신 차려 봐. 나야. 아, 어두워서 안 보이나?"

남자는 한 손으로 내 어깨를 잡고 가볍게 흔들었다가 곧 손전등 빛을 자신의 턱 밑으로 대 얼굴을 비췄다. 아래에서 위로 오르는 빛은 얼굴 윤곽에 그림자를 만들어 내어 꽤 음산하게 보이도록 했지만 어쨌든 금세 그가 누군지 알 수 있었다. 오히려 왜 곧바로 알아채지 못했는지 의아할 정도였다.

"에……드윈 중장님?"

"참나. 이런 데서 뭐 하고 있는 거야? 신발은 또 어딨어. 무슨 문제라도 생긴 건가?"

에드윈은 손전등으로 내 모습을 위아래로 비춰 가며 잔소리하듯 물었다. 나는 겨우 입을 열었으나 문득 근처가 소란스러워져 다시 입을 다물었다. 재빨리 에드윈을 붙잡고 끌어당겼다. 그대로 골목 구석에 쪼그려 앉아 몸을 숨긴 채 소리가 지나가기를 기다렸다. 다급하게 뛰는 남자들이 골목을 스쳐 지나갔다. 덩달아 숨을 죽이고 있던 에드윈이 물었다.

"도망치는 중인 건가?"

"……아닙니다."

"그럼. 이건 무슨 상황……"

그때 골목 벽 너머에서 둔탁한 타격음과 분노 가득한 누군가의 목소리가 울려 퍼졌다.

"대체 어딜 보고 있었던 거야! 만약 또다시 납치라도 당하셔서 무슨 일이라도 생기면 네놈들뿐만 아니라 나까지 죽은 목숨이야! 당장 찾아!"

나는 입술을 깨물었다가 자리에서 일어났다. 지금이라도 나가면 용서해 줄까. 아니, 애초에 나는 왜 도망친 거지? 속을 비우고 나자 비로소 취기가 깨기 시작했는지 슬슬 이성이 돌아오고 있었다.

"가 봐야겠습니다."

"준위. 잠깐."

에드윈이 내 팔을 잡아챘다. 그를 돌아보았다가 나도 모르게 멈칫했다. 어스름히 골목 바깥에서 스며든 빛. 그리고 어둠에 묻힌 단단하고도 온화한 형체. 에드윈을 상대로 갑자기 신을 마주한 듯 신비한 느낌이 들어 버렸다. 분명 반쯤 걸쳐진 취기가 한 짓임엔 틀림없으나 나는 무심코 그에게 소원을 빌고 말았다.

"저 대신 루이 씨를, 구해 주시면 안 되겠습니까……."

"……."

보이지 않는 그에게선 대답이 없었다. 돌아오지 않는 대답은 나를 금세 체념하게 했다.

누구도 도와주지 않아…….

눈을 내리감자 잠시 멈춰 있던 눈물이 다시 흘러내려 턱 아래로 떨어졌다. 내 팔을 잡은 에드윈의 손에 힘이 들어갔다.

"가 봐야 해요."

정말로 이제 더는 지체할 수가 없어서 나는 이내 손바닥으로 눈물을 쓸어 닦고는 그의 손을 뿌리쳐 골목을 벗어났다. 왜 이스트란에 있어야 할 그가 이곳에 있는지 궁금해할 겨를도 없었다.

"잠깐……."

등 뒤에서 에드윈의 목소리가 날 붙잡으려 했지만 돌아보지 않았다.

쥬페도라는 부하들과 함께 밖에 나와 있다가 얼마 후 주춤대며 모습을 드러내는 나를 발견하곤 굳은 얼굴로 성큼 다가왔다. 그는 조금 놀란 것 같기도 했다.

"데본!"

나는 조금 흐트러진 머리칼을 귀에 꽂으며 그에게 사과했다.

"미안해요. 속이 좋지 않아서 잠깐 바람 좀 쐬려고 했는데……."

"……신발은 화장실에 벗어 두고 말인가?"

"……그러게요. 제가 취했었나 봐요. 미안해요."

쥬페도라는 나를 가만히 바라보았다. 나를 추궁해야 하는지 그냥 가볍게 넘어가야 하는지 고민하는 듯했다. 결국 넘어가기로 했는지 그는 한층 누그러진 목소리로 말했다.

"큰일이 없었다면 다행이지."

그는 부하가 들고 있던 구두를 받아 들더니 내 앞에 자세를 낮춰 바닥에 놓아 주었다. 구두를 신기 위해 한쪽 발을 들자 쥬페도라가 내 발목을 잡고 발바닥을 탁탁 털어 주더니 직접 구두를 신겨 줬다. 그 모습에 그의 부하들이 하나같이 눈을 동그랗게 떴다. 주변은 아주 조용했다. 얼마 후 다리를 세워 일어선 그가 기대라는 듯 한쪽 팔을 작게 접어 올리며 말했다.

"속이 좋지 않을 테니 잠시 산책 좀 하다가 돌아갈까."

고개를 끄덕이며 순순히 그 팔 위에 손을 얹었다. 천천히 길을 걷는 우리 뒤로 라이트를 끈 차들이 아주 느린 속도로 따라왔다. 지나가던 사람들이 흘긋흘긋 쳐다보는 것으로 보아 우리가 마치 퍼레이드라도 하는 것처럼 보일 것이 뻔했다. 이상한 행렬이라고 생각하진 않을까. 하지만 쥬페도라는 그런 시선 따윈 아무렇지도 않은 듯 앞만 보고 걸었다. 생각에 빠진 것도 같았다. 그렇게 입을 다물고 묵묵히 걷길 한참. 드디어 그의 입이 열렸다.

"좋은 분위기를 만들고 싶어서 술을 권했던 건데 실패했군."

"미안해요."

"아니. 당신 탓이 아냐. 내가 일부러 독한 술을 골랐으니까. 오늘 밤은 함께 있고 싶었거든. 취기라도 빌리면 좀 수월하지 않을까 싶어서 말이지."

"⋯⋯."

"당신은 오늘도 거절인가?"

"오늘은 속이 좋지 않네요. 미안해요."

내 거절에 쥬페도라가 가벼이 입가를 올렸다가 내렸다.

"그래. 그렇겠지."

눈에 빤히 보이는 핑계를 조롱하듯 웃은 그는 이번엔 봐준다는 듯 화제를 돌렸다.

"그보다 내일 백작 앞에서 내 자존심을 좀 세워 줬으면 하는데. 그 건 해 줄 수 있겠지?"

"네?"

"행복하게 웃어."

쥬페도라는 발을 멈추고 나를 바라보았다.

"그는 당신의 전 약혼자잖아? 그에게 나이와 혈통이 밀리는 것도 모자라 당신을 불행하게 만든다는 느낌까지 풍기고 싶진 않거든."

"그럴 리가요. 당신은 훌륭해요. 전 당신을 만나서 다행인걸요."

하지만 마음에도 없는 말임을 그 역시 안다는 듯 쥬페도라는 내 말에 동의하지 않고 이번에도 입으로만 짧게 미소 지었다.

"슬슬 술도 깼을 테니 차로 돌아갈까. 날이 차군."

저택에 돌아가 안내된 방은 역시나 예상대로 쥬페도라와 같은 방이었다. 하지만 씻고 나왔을 때 쥬페도라는 방 안에 없었고 고용인에게 그의 행방을 묻자 그는 서재에서 머문다 했다고 내게 전해 주었다. 그제야 침대 위에 나란히 놓인 두 베개 중 하나를 차지하고 누워 머리를 기댔다. 쥬페도라에게서 나는 향수와 미약한 담배 향이 방 안에도 배어 있었다.

뜻 모르게 사무치는 감정이 들어 손으로 베갯잇과 이불을 꽉 움켜쥐며 눈을 감았다. 맑은 정신을 위해선 조금이라도 자야 한다는 생각이 들었지만 왜인지 새벽이 다 되도록 잠이 잘 오지 않았다.

밤새 뒤척이다 지쳐 겨우 잠들었다가 정신이 들었을 때는 이미 날이 훤하게 밝아 있었다. 쥬페도라는 내가 깨기도 전에 출근한 상태였고 나는 이곳에서도 큰 식탁에 홀로 앉아 식사를 해야 했다. 물론 나로선 이편이 더 좋았다. 한참 후 식기를 내려놓고 물을 마시고 있을 때 한 고용인이 다가와 말했다.

"약속 시간은 오후 6시이며 장소는 아미렝스라는 레스토랑입니다. 총사령관님께서는 중앙사령부에서 바로 약속 장소로 가겠다고 하셨습니다."

"알았어요."

하루 종일 고심해 고른 옷과 장신구를 걸친 뒤 집으로 부른 미용사를 통해 머리를 손질했다. 그건 실로 지루하고도 짜증스런 일이었으나 쥬페도라의 자존심을 세워 주기 위해 나는 최대한 화려하게 치장하지 않으면 안 됐다. 물론 그는 내게 행복하게 웃으라는 주문만을 했지만 그것만으로는 그가 만족하지 않을 것이란 걸 잘 알고 있다. 그는 내가 자신과 걸맞은 여자가 되기를 바랐다. 우아하면서도 힘 있는. 그의 이상형인 재규어처럼.

내 경호로는 나와 함께 남부에서 올라온 카이와 미미, 그리고 수도에서 일하고 있던 베어가 함께하게 되었다. 훈련생 시절부터 함께해 오던 동기가 다 모였건만 차 안은 침묵만이 감돌았다. 우린 서로 간에 아무 말도 하지 않았다. 대체 누가 이딴 조합을 짰느냐며 속으로 욕을 하곤 창밖으로 고개를 돌렸다. 물론 보나 마나 쥬페도라의 악취미적인 장난일 게 뻔했으므로 진심으로 의문을 갖지는 않았다.

저택에서 약속 장소로 가는 내내 답답함에 속이 거북했다.

"총사령관께서는 아직 도착 전으로 보입니다."

드디어 운전을 하던 카이가 입을 뗐지만 그것마저 극진한 존대였다. 입을 열면 나도 모르게 쏘아붙일 것 같아서 대꾸조차 하지 않았다. 그것에 카이는 어떠한 반응도 보이지 않았다. 차가 건물 앞에 서고 베어가 먼저 내려 차 문을 열어 주었다. 나와 미미까지 내리고 나자 카이는 주차를 위해 차를 끌고 사라졌다.

레스토랑 안은 한적했다. 바깥 경치가 좋을 것 같은 창문은 모조리 암막 커튼이 쳐진 채 어두컴컴한 조명만이 홀 안에 켜져 있었다. 꽤 규모가 큰 곳임에도 손님이 거의 없었다. 정확히는 한 자리 빼고는 모두 비어 있다. 아마도 가게를 통째로 빌린 것 같다. 유일하게 세팅된 자리엔 나처럼 등 뒤로 경호원을 대동한 남녀 한 쌍이 앉아 있었다.

그들은 홀 안에 들어선 나를 발견하곤 천천히 자리에서 일어섰다. 또각이며 다가가는 내 구두 소리가 빈 공간 안에 크게 울렸다.

다가갈수록 더욱 자세히 보이는 그들의 표정은 꽤 긴장이 서려 있었다. 이윽고 그들 앞에 선 나는 과거보다 성숙해 보이는 밀라온에게 한 손을 내밀어 보였다. 그리고 의식적으로 얼굴 근육을 움직여 눈꼬리를 휘고 입술을 늘려 미소 지었다. 밀라온, 아니 로헬은 말없이 내 손을 잡아 올려 손등 위로 가볍게 입술을 붙였다가 뗐다. 손을 거둔 내가 먼저 입을 열었다.

"사령부에서 바로 이곳으로 향하겠다고 하셨는데 총사령관께서는 아직이신가 봅니다. 원래 약속 시간에 늦으시는 분이 아닙니다만……. 제가 대신 사과드리겠습니다. 부디 이해해 주세요. 저는 쥬페도라 총사령관의 처인 마들로나 드 데본 제이라고 합니다. 데이카스트로데 백작님과는 어린 시절 잠시 알았던 사이로 아주 오래간만입니다만, 부인과는 처음 뵙는군요. 이름을 물어도 될까요?"

"데이카스트로데 드 로라 엘리사라고 합니다."

"어딘지 낯설지 않은 이름이군요. 실례되지 않는다면 결혼 전의 성을 물어도 되겠습니까?"

"카멜이라는 성을 가지고 있었습니다."

"우리 모두 수도 출신이었군요. 어쩌면 부인과도 처음 보는 게 아닐 수도 있겠네요. 아무튼, 반갑습니다."

간단한 인사를 나누고 나서야 우리는 종업원들이 빼 주는 의자에 앉았다. 나는 미미에게 총사령관께 연락을 넣어 보라 지시했고 미미는 짧게 '네.' 라고 대답한 뒤 자리를 떴다.

쥬페도라가 아직 오지 않았기에 식사 대신 차가 먼저 내어져 왔다. 나는 그것을 내려다보다가 전혀 손을 대지 않은 채 맞은편의 두 사람에게로 눈을 옮겼다. 곧 엘리사 백작 부인이 곱게 미소 지은 얼굴로 말했다.

"이 나라에 그가 바쁜 걸 모르는 사람은 없으니 너무 신경 쓰지 마세요."

"이해해 주셔서 고맙습니다."

딱 한 모금 마시고 바로 찻잔을 내려놓은 로헬도 드디어 첫마디를 떼었다.

"괜찮습니다. 어차피 우리가 만나고 싶었던 건 그가 아니라 총사령관 부인이니까요. 그가 없는 쪽이 오히려 편합니다."

무슨 의도로? 의문을 가지긴 했지만 동요하진 않았다.

"그런가요? 그럼 때마침 그가 늦어지는 게 백작님껜 나쁘지 않은 상황이겠군요."

"그러게 말입니다. 타이밍이 좋았군요."

그들의 진의를 파악하기 위해 잠시 입을 다물고 가만히 바라보기만 했다. 얼마 후 다시 돌아온 미미가 내 귓가에 대고 속삭였다.

"조금 전, 중앙사령부에 폭발 사고가 있었다고 합니다. 그 처리로 인해 당장은 자리를 뜨실 수가 없다고……."

"뭐?"

이상한 상황에 절로 되물었다. 미미는 이내 아주 소규모의 폭발이었고 인명 피해는 전혀 없었다는 말을 덧붙였지만 나는 그녀의 뒷말을 거의 듣지 않았다. 오묘한 미소를 띠고 있는 두 사람에게 신경이 쏠려 있었기 때문이다. 다리 위로 가지런히 올린 손가락들이 자연스레 움찔거렸지만 이내 두 손을 마주 잡아 억지로 반응을 눌렀다. 나는 태연한 척 물었다.

"중앙사령부에 사고가 생긴 모양입니다. 그 처리로 인해 당장은 자리를 뜨실 수가 없는 상황이라고 하는군요."

"이런. 피해가 큰 것입니까?"

"아뇨. 다행히 그리 큰 사고는 아니라고 합니다. 하지만 총사령관께선 꽤 늦으실 것 같습니다."

"우리끼리 먼저 식사를 해야겠네요."

"그렇게 되는군요. 마침 두 분께는 나쁘지 않은 자리가 아닙니까. 저에게 하실 말씀이 있는 듯 보이니 말입니다. 설마 두 분께서 이런 자리를 만들기 위해 뭔가를 하신 것은 아니겠지요?"

내 말에 엘리사가 눈을 동그랗게 떴다가 이내 터무니없는 말이라는 듯 빙긋 웃었다.

"그럴 리가요. 그저 운입니다."

"그렇군요. 하긴 저도 진심으로 한 말은 아닙니다. 농담으로 받아주세요."

머지않아 지시를 받은 종업원들이 음식 접시를 들고 나타났지만 나는 역시나 음식엔 손도 대지 않았다. 대신 포크 하나를 떨어뜨리는 척하며 테이블 밑에서 반대 손으로 잡아채 소매 안으로 집어넣어 숨겼다. 문득 로헬이 물었다.

"왜 안 드십니까?"

"죄송합니다. 제가 오늘따라 속이 좋지 않아서……. 실례인 걸 알지만 부디 이해해 주세요."

로헬은 나를 가만히 응시하다 곧 눈을 내리깔았다. 어색한 침묵이 이어지는 가운데 갑자기 뒤편에서 둔탁한 소리가 들려왔다. 고개를 돌리자 총을 든 종업원 하나가 베어에게 잡혀 고개가 꺾여 돌아가고 있었다. 이내 홀 곳곳에서 무장을 한 종업원들이 모습을 드러냈고 미미가 빠르게 달려가며 그들에게 작은 나이프들을 날렸다. 그것은 순식간에 다섯 명의 목에 틀어박혔다.

시선을 돌리자 자기 경호원들에게 보호된 로헬과 엘리사가 어리둥절한 표정으로 눈을 동그랗게 뜨고 있었다. 그 얼굴을 보아하니 현 상황은 그들이 꾸민 것이 아닌 듯 보였다. 물론 연기일 수도 있다는 가정을 완전히 버리진 않았다.

베어와 미미가 나를 보호하러 다가오기도 전에 누군가 천장에서 떨어져 내리며 나를 향해 손을 뻗었다. 나는 자리에서 일어나 되레 그 손목을 잡아채 테이블 위로 당겨 엎고는 반대 손으로 의자를 걸어 잡아 괴한의 머리 위로 휘둘러 내리쳤다. 그대로 목이 부러졌는지 괴한의 머리가 덜렁거리듯 숙여졌다. 곧바로 숨겨 뒀던 포크를 손안에서 역수로 쥐고 등 뒤에서 달려드는 무장 종업원을 향해 돌아섰다. 그 목에 포크를 찍었다가 뽑으니 피가 분출되며 옷과 얼굴로 튀었다. 그사이 어느새 건물 바깥에 배치되어 있던 경호원들이 창문을 깨고 들어와 우리들을 둘러싸 보호하며 괴한들을 막았다.

그제야 나는 어느 정도 안전이 확보된 것을 느끼며 백작 부부를 향해 눈을 돌렸다. 경호원들에 의해 어느새 뒤로 멀찌감치 물러나 서 있던 그들은 이 상황에 놀란 듯 얼굴빛이 조금 질려 있었다. 나는 피 묻은 포크를 테이블 위에 달그락 던지며 쥬페도라가 앉을 예정이었던 의자를 내 자리로 끌어와 앉았다.

"소란은 금방 끝날 듯 보입니다. 나머진 전문가들에게 맡기고 우린 얘기나 할까요? 뭐 때문에 저를 따로 만나고 싶어 하셨는지 궁금합니다."

"……."

전투 상황을 보던 로헬의 시선이 내게로 향했다. 잠시 말이 없던 그는 천천히 놀람을 가라앉히고 얼굴에서 감정을 숨겼다. 나는 그가 꽤 노련한 귀족이 되었다고 느꼈다. 로헬은 아직도 놀란 듯 보이는 엘리사를 부축해 먼저 자리에 앉히고 그 자신도 옆자리에 앉았다.

"그러죠."

상황이 정리되는 건 금방이었다. 베어는 뒷정리를 다른 사람들에게 맡겨 두고 내게 다가와 물에 적신 손수건을 내밀었다. 나는 그의 조금 흐트러진 차림을 바라보다가 손수건을 받아 피가 튄 얼굴을 닦으며 백작 부부를 향해 눈을 돌렸다.

"세상이 꽤나 좋아졌다 생각했는데 아직도 이런 불순한 종자들이 있나 보네요. 놀라진 않으셨나요?"

"총사령관 부인께서는, 익숙해 보이는군요."

"전 군사 훈련을 받은 사람이니까요. 아, 혹시 모르셨어요?"

"아니요. 알고 있었습니다만 그 사실이 피부로 와닿기는 처음이라."

엘리사는 아직도 조금 혼란스러운 듯한 얼굴로 말하며 손수건으로 이마의 식은땀을 훔쳤다. 나는 그녀를 보며 가벼운 미소만 머금었다. 손수건을 집어넣은 엘리사를 두고 이번엔 로헬이 말했다.

"오늘 우리가 당신을 만나고자 했던 이유는 당신이 자신의 근본에 대해 얼마나 알고 있는지 알아보기 위해서였습니다."

로헬이 나와 눈을 똑바로 마주했다. 나는 가만히 입을 다문 채 그를 마주 봤다. 그는 내 입이 열리길 기다리는 듯 보였지만 나는 계속 다문 채로 그에게 이어 말해 보라는 의미를 담아 한 손을 가볍게 들었다가 내렸다. 로헬은 흐리게 한숨을 내뱉었다.

"마들로나 드 헤븐 메이 님과는 만나 보셨습니까."

"아뇨. 아직."

"그럼 두 사람은 아직 대치 중인 거군요."

"딱히 그렇지도 않아요."

피식 웃으며 미미가 내 앞으로 놓아 주는 냉수를 한 모금 마셨다.

"근데 그런 이야기라면 그이가 있는 자리에서 말해도 괜찮았을 텐데요. 진짜 하고 싶은 말이 뭔가요?"

로헬은 내 가까이에 서 있는 미미와 베어를 흘긋 보았다. 나는 그의 시선을 따라 등 뒤의 두 사람을 돌아보며 명령했다.

"뒤로 좀 물러나 있어."

베어와 미미는 순순히 테이블에서 멀찌감치 떨어졌다. 로헬은 손으로 입가를 슬쩍 가리고 상체를 약간 앞으로 숙이더니 소리 낮춰 말했다.

"릭크리만 전 대장의 처형 날짜가 잡힌 사실을 알고 있습니까?"

"……."

얼굴을 찌푸리진 않았지만 나도 모르게 유리컵을 잡고 있는 손가락을 움찔거리고 말았다. 로헬은 내 기분을 충분히 이해한다는 듯 눈짓을 하며 말했다.

"역시 전해지지 않은 모양이군요. 그래서 따로 만나고 싶었습니다. 분명 정보가 여러모로 막혀 있을 것 같다는 느낌이 들어서요. 제 말이 틀립니까?"

"흠……."

컵에서 손을 떼고 테이블 위를 손가락으로 두드렸다. 애써 아무렇지 않아 보이려 잠시 천장을 향해 시선을 두었다. 얼마 후 마음을 가다듬고 나서야 다시 그에게 눈을 옮겼다.

"그게 그리 중요한 일도 아니지 않습니까."

내 말에 로헬의 눈가가 조금 찌푸려졌다. 나 역시 기분이 좋지는 않았다. 하지만 섣불리 마음을 드러낼 수가 없어서 계속해서 아무렇지 않은 척 연기를 했다. 밀라온은 약간 화가 나는 듯했다.

"진심입니까?"

"그동안 죽 미뤄져 왔던 일이 아닌가요. 어차피 처형될 사람이 처형된다는데 특별한 이견이라도 있어야 한다는 뜻인가요?"

"그는 당신의 집안을 무너뜨렸습니다. 그러니 당신은 알고 있어야 했지요. 하지만 총사령관이 당신에게 처형에 대해 숨겼습니다. 그는 당신의 주변 정보를 막고 당신을 꼭두각시처럼 제멋대로 쥐어 주무르려 하고 있어요."

"그는 걱정이 많은 사람이거든요. 내 기분이 나빠질까 신경 써 준 거라 생각합니다."

"그런 건 배려가 아닙니다."

"사람마다 가치관이 다른 법이니 너무 그렇게 예민하게 받아들이지 마세요. 이게 그 사람 방식의 배려일 수도 있습니다."

로헬은 불편한 표정으로 입을 다물었다. 그렇게 잠시간 침묵이 이어졌다가 엘리사가 조심스럽게 입을 열었다.

"그는 당신에게 숨기는 게 있어요."

"근거라도 있나요?"

"……."

"근거 없는 억측은 곤란합니다."

이번엔 로헬이 말했다.

"본의 아니게 알게 된 사실입니다만, 부인께서는 과거에 다른 이름들이 있었더군요. 그중 하나를 알고 있는 사람이 우리를 찾아왔었습니다."

"……."

"그는 당신을 만나고 싶어 해요. 총사령관 부인인 당신에게만 전해야 할 말이 있다고 했지요."

"글쎄요. 오늘 같은 일이 또 일어날지도 모르는데 신변의 위협을 무릅쓰고 만나야 할 이유를 모르겠군요."

그 사람의 이름이 궁금했지만 묻지 않았다. 혹 도망자의 신분이라면 그때는 백작 부부가 위험해질 수도 있었다. 딱히 배려하려는 건 아니고 일단 내겐 호의적으로 보이니 만약을 위해 유용한 패로 두고 싶었다. 내게 접촉하려는 자는 다음 기회에 보기로 했다. 일단 소리를 낮춰 조심스레 대화하곤 있지만 그래도 만에 하나 지금의 얘기가 쥬페도라의 귀에 들어간 뒤의 일을 생각해야 했다. 꼬투리를 잡힐 수는 없으니 나는 여기서 얘기를 끝내기로 했다.

"정상적인 만남은 어렵겠네요. 오늘은 그만 일어나죠. 어수선한 일들이 생겨서 마음이 심란하군요. 다음엔 좀 더 편안한 자리에서 만날수 있으면 좋겠어요."

두 사람은 내게 더 하고 싶은 말이 있는 듯 보였지만 결국 어쩔 수없다는 얼굴로 자리에서 일어섰다.

그 후 저택으로 향하는 차 안에서 나는 창밖을 보다 문득 길거리에세워진 샌드위치 노점을 발견하곤 말했다.

"잠깐 세워 줘."

"왜 그러십니까."

"배고파. 저거라도 사 먹게."

"제가 사 오겠습니다."

내가 사겠다고 답할 겨를도 없이 차를 세우자마자 베어가 내려 노점으로 뛰어갔다. 나는 이로 입술을 깨물며 그 모습을 바라보다 곧옆자리로 돌아와서 종이봉투를 내미는 베어를 노려보았다. 베어는무심한 얼굴로 '제가 잘못 사 왔습니까?' 라고 물었고 나는 이를 악물며 목소리를 낮춰 말했다.

"너희들 대체 뭐 하자는 거야."

"죄송합니다. 심기에 거슬리신 부분이 있었다면 바로 고치겠……."

"그만해!"

기어이 큰 소리가 빠져나왔다. 베어는 나를 향해 봉투를 내민 채여전히 무표정했다. 시선을 돌리자 운전대를 잡고 있는 카이나 조수석에 앉아 있는 미미 역시 꿀 먹은 벙어리처럼 입을 다물고 있었다. 가슴이 답답해 환장할 것 같았다.

"내가 뭘 그리 잘못해서 너희까지 날 무시하는 거야. 내가 루이 씨를 잡아 넘겨서? 그거랑 너희가 무슨 상관인데! 너희들이 언제부터 루이 씨랑 그렇게 죽고 못 살았어! 나는 당연히!"

문득 목소리가 미세하게 떨려 와 잠시 말을 멈추고 숨을 골랐다. 잠시 후 겨우 진정하고 손으로 이마를 짚으며 말을 맺었다.

"당연히, 너희가 내 편일 거라 생각했는데……! 지금 나는 사방이 적이라고……! 너희까지 그러지 말란 말이야……!"

대답은 한참이 지나도 돌아오지 않았다. 결국 혼자 허공에 외친 격인가 씁쓸하게 자조할 무렵 베어가 들고 있던 종이봉투를 내 옆에 살포시 놓으며 날 향하고 있던 몸을 정면으로 돌렸다. 그는 그렇게 바른 자세로 앉아 앞을 보며 말했다.

"루이 씨는 우리 은인이야."

"……뭐?"

편안한 어조로 입을 뗀 베어의 말에 나는 아래를 향하고 있던 눈을 들었다.

"안보국에 있던 당시에 우리는 너처럼 지금의 총사령관 쪽 보호를 받고 있었어. 그러다 네가 모건에게 정신이 팔려 루이 씨에게 버려졌을 때 우린 훈련생 때부터 너와 친하게 지냈다는 이유로 정신 상태를 의심받아 덩달아 보호를 받지 못하고 내부에서 불리해지기 시작했어. 허공에 붕 떠 있는 상태나 다름없었지. 조금 위험스러운 상황까지 갔어. 제일 문제였던 건 상대적으로 약한 미미가 혼자 있을 때 공격을 받는다는 거였지. 그러다 큰 싸움이 났고 우리 셋만 처벌을 받으면서 그대로 쓰레기처럼 버려지기 직전이었어. 그때 우릴 살려 준 게 루이 씨야. 그 사람이 자진해서 우릴 맡아 줌으로써 다시 보호를 받을 수 있었거든."

"……전혀 몰랐던 얘기야."

"그야 말하지 않았으니까. 말해 봤자 해결되는 일이 아니었어. 어쨌든 이게 언제부터 우리가 루이 씨랑 죽고 못 살았냐는 네 물음에 대한 답이야. 그 사람 덕분에 지금 우리가 있는 거지."

"……하."

"그리고…… 당연히 우리가 네 편일 줄 알았다는 건 역시 안일하다고 생각해. 카이와 미미는 모르겠지만 나는 내 안전과 맞바꿔 그 당시 너에게 뭔지도 모르는 약을 전해야 했거든."

"약?"

"그게 뭐였는지는 나도 몰라. 하지만 주라고 해서 줬어. 그리고 머지않아 넌 모건과 문제를 일으켜서 지하에 갇혔지. 그때 의사와 루이씨의 대화에서 네게 약물에 의한 독 반응이 있었다는 걸 알게 됐어. 며칠 후 처분당해 네가 들것에 실려 나갔을 때가 되어서야 나는 내가 네게 준 게 이상한 거였을지도 모른다는 생각을 했지만 루이 씨는 잊어버리라고만 했어. 물론 상식적으로 그러면 안 되는 건 알아. 적어도 친구라면 더욱. 근데 나는 루이 씨의 말도 있고 스스로도 어쩔 수 없는 상황이었다고 변명하면서 그 후로도 계속 멀쩡히 지냈지. 이게 네가 그동안 친구라고 생각했던 내 모습이야."

베어가 나를 향해 고개를 돌렸다.

"할리. 이 말을 다 듣고도 너는 아직도 내가, 그리고 우리가 적이 아니라고 확신할 수 있겠어?"

"……."

베어는 나를 말갛게 바라보며 말을 이었다.

"우린 네가 다시 나타나기 전까진 정말로 죽었다고 생각했어. 그리고 어느새 곁에서 보호해 주는 루이 씨와 더 정을 쌓게 됐지. 지금의 거리감은 그래서일 거야. 우리는 친구인 네 사정보다도 은인인 루이 씨를 네가 배신했다는 사실에 더 마음이 쓰여. 그건 미안하게 생각해."

나는 아무 말도 할 수 없었다. 베어도 내 대답을 기다리지 않았다. 그는 이내 카이에게 출발하자고 말하며 다시 정면을 바라보았다.

저택으로 돌아가 방 안에 혼자 앉아 있으면서도 나는 반쯤 넋을 놓고 있었다. 베어의 말을 이해하지 못한 것이 아니다. 그저 이해 이상으로 서운하기 짝이 없어서.

고독했다. 그 고독감이 너무나 괴로웠기 때문에 아무것도 할 수가 없었다.

내 인생에 친구는 그들이 처음이었다. 다 필요 없다고. 혼자가 편하다고. 그렇게 타인과 거리를 두던 나를 억지로 끌어다 자기들 무리에 끼워 놓고 제멋대로 참견해 댔다. 그럴 때는 언제고 지금 와서 저들끼리 똘똘 뭉쳐 나를 내팽개친다.

인간관계에 조금 더 가깝거나 멀거나 하는 거리가 있음을 몰랐던 게 아니다. 단지 알면서도 굳이 파고들어 의심하지 않았다. 처음이었으니까. 아무리 멀리 있어도 친구는 친구라고. 나는 답지 않게도 환상을 품고 있었던 것이다.

그 환상이 깨진 지금 나는 의지할 곳 하나 없는 이곳에서 더욱더 루이가 그리워지고 말았다. 아무리 비참함에 몸부림쳐도 이젠 누구 하나 나를 다독여 주지 않는다. 손으로 얼굴을 덮었다가 한 번 길게 쓸어내리며 다리 위로 떨어뜨렸다. 이젠 눈물조차 나지 않았다.

그럴 때가 아님을 알기 때문이다. 지금의 상황을 제대로 받아들이고 영리하게 행동해야 했다. 나는 감정적인 혼란을 억지로 가라앉히려 노력했다.

쥬페도라는 일이 많은 건지 사고 뒷수습이 길어지는 건지 밤이 늦도록 돌아오지 않았다. 집에 돌아오자마자 계속 방 안에 틀어박혀 있다가 문득 시계를 보니 막 자정이 넘어가고 있었다. 그제야 조금 갑갑한 기분이 들어 바람이나 쐬려고 방문을 열었을 때였다. 한 손에 쟁반을 들고 반대 손은 노크라도 하려는 듯 들고 서 있는 미미와 딱 마주쳤다. 그녀는 나와 눈이 마주치자 어색하게 입술을 늘렸다.

"아…… 배고프실 거 같아서……."

"……."

"……들어가도 될까요?"

미미는 두 손으로 쟁반을 고쳐 잡으며 내게 물었다. 나는 잠시 대꾸 없이 미미를 바라보며 머리를 굴렸다. 친구라는 멋없는 환상을 깨부수고 나니 비로소 내가 이용할 수 있는 게 명확하게 보였다. 물론 일단 시도를 해서 결국 이용할 수 없다는 판단이 서면 채드처럼 전부 쳐 낼 것이다. 도움도 안 되는 상대를 굳이 거슬림을 참으면서까지 용인하지 않기로 했다.

미미는 내가 차 안에서의 일로 화가 났다고 생각한 건지 자신 없는 얼굴로 눈치를 보며 우물우물 베어를 변호하기 시작했다.

"저기…… 아까 베어는 사실 나쁜 뜻이 없었을 겁니다……. 정말로 사모님께 죄책감을 가지고 있었어요……. 하지만 그 녀석은 항상 혼자 생각만 많을 뿐, 말이 부족한 데다 단어 선택도 잘 못 해서……."

"미미."

"……예?"

말을 끊자 미미가 이내 동그랗게 뜬 눈으로 날 올려다보며 가늘게 대답했다. 나는 그녀의 손에 들린 쟁반을 가져가 대신 들며 말했다.

"같이 산책 좀 할까."

"아, 제가 들게요."

먼저 앞서가는 내 뒤를 따르며 미미가 말했지만 나는 대꾸 않고 휘적휘적 다리를 옮겼다. 고용인들이 보이면 곧바로 발길을 돌려 다른 길을 찾아 걷다 보니 얼마 후 남들 모르게 밖으로 빠져나올 수 있었다. 어두컴컴한 정원의 한구석으로 가 허벅지 부근까지 올려 쌓은 화단 턱에 걸터앉았다. 오른쪽 옆으로 쟁반을 내려 두었다. 미미는 내 앞에 멀뚱하니 서 있다가 내가 왼쪽 옆자리에 앉으라는 손짓을 하자 그제야 조심스럽게 다가와 앉았다.

쟁반 위를 덮은 둥근 덮개를 열자 샌드위치 두 개가 접시 위에 놓여 있었다. 아까 산 걸로는 보이지 않았다. 아마도 주방에서 막 만들어 온 것 같았다. 샌드위치를 하나 집어 미미에게 내밀었다. 미미는 내 얼굴을 바라보다가 그것을 받았고 그제야 나 역시 남은 하나를 집어 입에 베어 물었다.

"먹어. 그리고 둘뿐이니 편하게 말해. 뭐 네가 존대하는 게 편하다면 굳이 말리지 않겠지만."

"……"

미미는 나를 보다가 곧 시선을 내려 손안에 들린 샌드위치를 바라보았다. 그리고 이내 입에 탑— 물었다. 나는 또 한 입을 베어 먹으며 미미를 바라보았다. 잠시 후 샌드위치를 다 먹고 나서 담배를 꺼내 물었다. 미미에게도 내밀어 피우겠냐고 물었더니 미미는 선선히 내 담뱃갑에서 한 개비를 꺼내 갔다. 나는 미미가 무는 담배 끝에 불을 붙여 주고 나서 내 것에도 붙였다. 곧 정원에 연기가 피어올랐다.

"공격받았던 시기에 왜 나에게는 말 안 했어?"

"말할 만한 일이 아니라고 생각했으니까……. 너도 그랬잖아."

"그렇지. 하지만 두 사람은 알고 있는 걸 나만 모르고 있었잖아."

"그 둘에게도 말한 적 없어. 우연찮게 두 사람에게 장면을 들켰던 것뿐이야."

"그렇구나."

나는 고개를 끄덕이며 납득하는 태도를 보였다. 그리고 잠시 간격을 뒀다가 슬슬 미미의 생각을 유도하기 시작했다.

"모건한테 납치당했을 때, 구하러 와 줘서 고마워. 어쩌다 보니 말할 기회가 없었네."

"별로……. 임무였고, 고맙다고 할 만한 일 같은 건 안 했어……."

"임무든 뭐든 어쨌든 너희는 날 구하러 와 줬으니까."

"……루이 씨도 있었어……."

"그래……. 루이 씨도 있었지."

미미는 조심스럽게 물었다.

"저기……. 정말로 루이 씨를 죽게 둘 생각인 거야?"

"내가 이제 와서 뭘 할 수 있겠어. 이미 내 손을 떠난 일인데."

"……."

미미는 내 대답에 시무룩하게 시선을 내리깔았다. 나는 입 안의 연기를 길게 내뱉은 뒤 말했다.

"그리고 베어에 대해선 네가 사과할 필요 없어. 사과할 일도 아니고."

"응……."

"단지 네 기분은 듣고 싶어. 너도 두 사람과 같은 거야?"

"……아니."

"솔직하게 말해도 돼. 나도 내가 나쁘다는 걸 알고 있거든."

"글쎄……. 나는 잘 모르겠어. 너는 쌀쌀맞긴 하지만 그래도 이유 없이 그럴 사람이라고는 생각하지 않아. 그냥 너도 나름대로 어쩔 수 없는 이유가 있었을 거라고 생각해."

"글쎄. 나는 그렇게 좋은 사람이 아닌걸. 이유가 없었을 수도 있지. 단지 루이 씨가 귀찮았다거나."

"넌 그렇게까지 나쁜 사람도 아니야……."

"네가 어떻게 알아? 내 속을 들여다봤어?"

"그래도 알아……."

한숨과 함께 연기를 내뱉으며 하늘을 올려다보았다. 별조차 보이지 않을 정도로 까만 밤이다. 빨려 드는 늪처럼 보이기도 했다. 귓가엔 미미의 목소리가 계속해서 들려왔다.

"너도 알다시피 나는 체구가 작고 힘도 없는 데다 멍청해서 툭하면 다른 애들의 타깃이 되었어. 고작 안보국에서 잠시간 있었던 일들 따위야 우스울 정도지."

"……."

"우리 넷이 처음 같은 팀으로 서바이벌 훈련을 했을 때 말야. 혹시 기억나? 네가 릴 패거리 애들 몇을 죽였던 때 말야."

"별로 기억에 없어."

"나는 그때를 잊을 수가 없어."

거의 다 탄 담배를 끄고 새 담배를 꺼냈다. 미미는 더 피우지 않고 불을 붙이는 나를 보며 말했다.

"서바이벌은 너 같은 애들에게나 훈련이지. 나에게 있어서는 섬에서 정기적으로 이루어지는 일종의 여과 작업이었어. 약한 녀석들은 가차 없이 죽어 나가는. 그때마다 나는 강하다 싶은 남자애들에게 몸을 팔아서 빌붙듯이 살아남았지. 뭐 대부분은 릴 패거리에 속했던 애들이야. 어쨌든, 나는 진작부터 내가 예쁘고 귀엽다는 걸 알고 있었거든."

"……."

"예쁜데 약한 애. 그에 비해 상위권을 차지하는 개들로선 나처럼 괴롭히기 좋은 상대도 없었을 거야. 릴 패거리의 여자애들은 나를 사람이 아닌 양 무시하고 남자애들은 거의 나를 공공재 취급했지. 그때도 그랬어. 훈련 중 식량을 구하러 나왔는데 운 나쁘게 개들 일부에게 걸린 거야. 어쩌면 따라다니면서 내가 혼자 되길 기다렸을 수도 있고. 그때 나는 늘 그랬던 것처럼 **빠르게** 포기했어. 저항하면 얻어맞을 뿐이란 걸 알았으니까. 그리고 너도 알다시피 그 패거리는 자기들끼리는 진짜 돈독했잖아. 남자애들이 날 가지고 놀 때마다 계집애들은 늘 망을 봐 주거나 구경했지. 그때는 구경하려 했어. 근데 그때 네가 마치 히어로처럼 나타나서 그 자리에 있던 녀석들을 죄다 죽여 버리고 날 구해 줬어."

"딱히 구할 의도는 없었어. 거기가 우리 진지 근처였으니까 그랬던 거야. 네가 같은 조가 아니었다면 너 역시 죽였을지도 모르지."

"그래도 고마웠어. 아까 네 말처럼 의도야 어쨌든 그래도 구하러 와 줬으니까. 거기다 넌 그 일로 습격까지 받았고……."

"……."

"나는 그때부터 너에게 빚을 졌다고 생각해. 그 이후로는 섬에서 나에 대한 공격이 전혀 없었거든. 릴 패거리가 릴만 남고 전부 섬에서 사라진 탓도 있지만 무엇보다 너희들 틈에 있었으니까. 덕분에 나도 능력에 맞지 않게 기가 더 살았었다고 생각해."

루이에게 정을 더 붙였다던 베어의 사정은 개인의 사정이다. 카이도 나름 개인의 사정이 있어 나를 멀리 대하는 것일 터다. 그 사실을 가감 없이 받아들이고 나자 미미는 어떨까라는 생각이 들었다.

나는 미미가 나보다 루이에게 더 정을 붙였다고 생각할 수가 없었다. 아니, 루이에게 더 마음이 쏠린다 한들 이대로 나를 무시할 수는 없었다. 그야 미미 역시 그 두 사람은 모르는 개인의 사정이 있었으니까. 미미와 나 사이엔 그동안 내가 미처 생각지도 않았던 오래된 빚이 존재하고 있었다.

내 방 문 앞에 선 미미를 봤을 때, 불현듯 티안이 말했던 라니엔 전 간호병의 일이 떠올랐다. 내가 군에 들어가 영창에 갔던 사건도 미미 때와 비슷했다. 섬에서는 동기들을 죽이고도 처분 없이 넘어갔던 일이지만, 군에서는 죽이지 않았음에도 처분을 받았다. 웃기는 일이라고 생각하지만 뭐 그건 그거고. 어쨌든 만약 라니엔 전 간호병이 나를 도와준다면 지금 미미와 같은 이유일 터였다.

나는 비겁했다.

"나는 널 도와주고 싶어……."

결국 미미의 입에서 이런 말이 나오게 만들었으니까.

미미가 그 사실을 알든 모르든 이미 인지한 이상 나를 모르는 척하는 것은 어려워질 게 분명했다. 나는 한발 물러나는 척했다.

"베어나 카이는 반대할 거야."

"그렇겠지……. 그 녀석들은 네가 루이 씨를 풀어 주도록 총사령관을 설득하길 바라고 있거든."

"그건 못해."

단호하게 대답하자 미미는 작게 한숨을 쉬었다.

"……나 하나만으로는 너에게 도움이 될 수 없는 거야?"

얼마 후 미미가 물었고 나는 굳이 더 버티지 않았다.

"네가 어린 훈련생 한 명을 나와 연결해 줄 수 있다면."

"훈련생?"

미미가 의아한 표정을 지었다. 나는 고개를 끄덕이며 그제야 원하는 것을 밝혔다.

"나는 기본적인 훈련 과정을 마친 어린 훈련생이 필요해. 나이는 10세에서 12세 사이로."

"왜?"

"그 아이를 입양할 거야."

미미는 잠시 생각에 잠긴 얼굴로 허공을 응시했다. 규칙적으로 양손의 손가락들을 맞댔다가 떼기를 반복하던 그녀는 한참이 지나고 나서야 다시 입을 열었다.

"연결해 줄 수는 있지만……."

"정말이야?"

"쉬, 쉿……!"

자리에서 벌떡 일어나 조금 큰 목소리를 내 버린 내게 놀란 미미가 이내 조용히 하라는 손짓을 하며 다시 날 끌어 앉혔다. 그제야 입을 다물고 조용히 있자 미미가 작은 목소리로 말했다.

"네가 루이 씨와 섬에 갔을 때 정보를 전해 준 아이야. 인연이 있어서 조금씩이지만 후원을 해 주고 있어. 그 애는 지금 섬을 나오고 싶어 해. 벌써 세 번이나 탈출을 시도했다가 잡혔지."

"음……."

미미가 말하는 아이가 누군지는 머지않아 기억이 났다. 루이에게 쪽지를 통해 정보를 전해 준 그 아이라면 나와 루이가 섬에 도착하던 날 해변에서 머리를 박은 채 벌을 받고 있었기에 조금 더 기억에 남겨 두고 있었다. 그때도 탈출하다가 잡혔던 걸까.

"섬을 나와야만 하는 이유라도 있는 거야?"

"자세히는 나도 잘 모르겠지만 찾아야 할 사람이 있는 모양이야."

"찾는다라. 섬에서 나온다 해도 어린아이 신분으론 한계가 있을 텐데."

"그래. 그러니 네가 도움을 준다면 그 애는 너에게 최선을 다할 거야."

나는 잠시 생각을 해 봤다가 고개를 끄덕였다.

"섬 관련자 중에 아이를 몰래 빼내 줄 사람은 있어?"

"있어. 교관 중 한 명인데 그 사람을 통해 나도 그 애에게 물건들을 전달하곤 해. 돈만 조금 쥐여 주면 돼. 물론 이번엔 사람을 한 명 통째로 빼내 오는 거니까 전보다 더 많은 돈을 준비해야 할 거야. 너야말로 돈 준비할 수 있겠어? 아무리 쓰고 싶은 만큼 쓸 수 있다고 해도 경제권이 너에게 있는 건 아니잖아. 장부에 기록되지 않겠어?"

"얼마나 있어야 하는데?"

"100골드 정도."

"꽤 들어가네. 하지만 사람 한 명의 값이라 치면 싸지. 그 정도 돈이라면 괜찮아. 값비싼 물건들을 사거나 사람들에게 보낼 선물들을 준비하면서 빼돌릴 수 있어. 아니면 보호 기관 같은 곳에 성금을 내면서 조금 여유롭게 금액을 잡아도 돼."

"나 다음 주 수요일하고 목요일. 이틀간 비번이야. 그때까지 가능하겠어?"

"응. 그리고 아이를 빼내고 나면 네가 들러야 할 곳이 있어. 아이는 숨겨 두고 너 혼자."

"어디?"

"이스트홀 사령부. 선물을 준비해 줄 테니 거기서 티안 대위를 만나 전해 줘. 지난번에 왔었으니 기억하고 있지? 주시당하고 있을지도 모르지만 신경 쓸 필요는 없어. 너무 조심스럽게 행동하면 오히려 더 수상하게 생각될 거야. 대위에겐 내가 미리 연락해 둘 테니 선물을 전해 주고 그가 적어 주는 주소로 가서 라니엔이라는 여자를 만나. 그리고 그 사람에게서 아이의 신분을 만들면 돼. 남부 저택에서 가까운 고아원으로 등록한 뒤 이동시키면 내가 정식으로 절차 밟아서 데리러 갈 거야. 고아원 측에는 기부금을 낼 테니 그 아이가 그곳에서 3년 이상 머물렀던 걸로 기록해 달라고 부탁해 봐. 아마 후원이 그리 풍족하진 않을 테니 허락할 거야. 물론 이건 비밀이니 누구에게든 발설하면 좋지 않을 거라는 것도 전해 두고."

미미는 중요한 키워드들을 소리 나지 않게 입술로만 반복적으로 되뇌고는 곧 고개를 끄덕였다. 그녀가 머릿속으로 기억할 시간을 잠시 준 뒤 다시 말을 이었다.

"돈은 휴일 전날에 줄게."

"알았어."

미미와 대화를 마치고 나는 먼저 정원을 떴다. 방으로 돌아오고 얼마 있지 않아서 쥬페도라가 도착했다는 고용인의 말이 문밖에서 들려오며 나는 현관으로 내려가 그를 맞이했다. 그는 나에게 잠시 차를 마시자고 권해 왔다. 선선히 고개를 끄덕이자 쥬페도라는 따라오라는 듯이 등을 보이며 먼저 발을 옮겼고 나를 자신의 서재로 이끌었다.

소파에 앉아 잠시 기다리자 고용인이 차를 내와 탁자 위에 세팅했다. 쥬페도라는 고용인이 나가고 나서야 잔을 들며 입을 열었다.

"습격이 있었다던데 다친 곳은?"

"보다시피 괜찮아요. 백작 부부도 멀쩡하고요. 보고되지 않은 건가요?"

"아니. 그렇다고 하더군. 그래도 혹시 모르니까 물어본 거야. 바로 가 보지 못해서 미안해."

"괜찮아요. 정말 큰일은 없었으니까."

"당신이 경호원을 뒤로 물리고 얘기를 나눴다고 들었어."

"그건 그들이 겁을 먹어서였어요. 어차피 저 혼자서도 대응할 수 있겠다 싶어서 물러나도록 한 거예요. 뭐, 은밀한 얘기가 좀 있긴 했지만요."

"어떤?"

"제 뿌리에 대해서요."

"호오……."

"언니가 아니라 제 편이 되고 싶은 모양이더라고요. 당신이 없는 자리라 뭐라 확답을 하지 않았어요."

"잘했어. 그나저나 내가 없다고 백작이 마음 놓고 추근거리진 않았을지가 더 걱정되는데."

그 말에 나는 실소를 하며 입술만 대고 있던 잔을 내려놓았다.

"그럴 리가요. 전 약혼자라 해도 별생각 없어요. 그도 그럴 거고요. 귀족 간의 약혼이 감정으로 이뤄지는 건 아니거든요. 뭐든 이득이 따라야지요. 무엇보다 그 사람, 부인과 함께 나왔는걸요? 다른 생각이 있었다 해도 그렇게 대놓고 배우자의 자존심에 상처를 내면 이혼당하지 않겠어요?"

물론 나와 로헬은 연애를 통해 약혼을 했던 케이스지만 굳이 그런 말을 쥬페도라에게 할 생각은 없었다. 쥬페도라는 약간 입술을 늘리며 대꾸했다.

"하긴. 그도 그러네."

"당신도 가끔 보면 참 어설프네요."

"누구나 빈 공간은 있는 거야. 완벽한 사람은 없으니까."

"그래요? 당신은 완벽하다고 생각했어요."

"이런. 환상이 지나치면 실망도 큰 법인데."

"전혀요. 당신과의 거리감이 좁혀지는 거 같아서 오히려 좋네요. 그런 면 자주 보고 싶어요."

　그가 나직하게 소리 내 웃었다. 그는 잠시 그렇게 즐겁게 웃고 나서 웃음소리를 거둔 후에도 입술을 길게 늘린 채 내게 물었다.

"오늘 기분이 별로 좋지 않았는데 당신 때문에 웃었어."

"사고 때문에요?"

"음, 그것도 그거지만 사실 사고엔 그리 신경을 할애하지 않았어. 더 신경 쓸 일들이 있었거든."

"그렇군요."

"묻지 않는 건가?"

"물어도 되는 거예요?"

"그래. 물어봐 줘."

"무슨 일인데요?"

　쥬페도라는 입술로는 여전히 미소를 머금은 채로 눈빛을 고요하고도 차게 내려앉혔다.

"사실 당신이 수도에 오기 얼마 전에 정부에서 감사가 나왔어. '무너진 군정부가 불과 얼마 전까지 비합법적인 일들을 묵인하고 있었

기에 아직도 군에서 혹시 모를 부정이 남아 있을 것을 염려해 조사한
다.'라는 이유였지."

"……."

"뭐 그거야 이제 막 세워진 정부가 세간에 힘을 과시하기엔 군만
한 곳도 없으니 이해는 해. 나도 지금을 사는 사람으로서 현 정부를
받아들여야 하는 거고. 어쨌든 그래서 며칠간 군 전체가 들쑤셔지고
오늘 결과가 나왔는데 말이야. 여러 가지 마음에 걸리는 결과들이 내
려왔더군."

쥬페도라는 내 얼굴을 빤히 바라보았다.

"그중에서도 적지 않게 신경 쓰이는 것들만 말하자면, 일단 루이가
정식 재판을 받게 되었어. 탈출 위험이 있어서 민간 감옥이 아닌 군
감옥에 가둬 둔 게 화근이었지. 군인이 아니니 민사 법정에 세워질
거고. 즉 루이의 일이 내 손을 떠나게 되었다는 말이야."

죄목은 살인. 내가 죽인 릴의 사건일 것이다. 덕분에 가슴 속이 쿡
쿡 쑤시기 시작했다. 쥬페도라는 그런 내 속을 들여다보고 싶은 듯
눈을 똑바로 마주한 채 말을 이었다.

"그리고 일이 그렇게 돌아가도록 손을 쓴 게 에드윈 중장이라는
것. 에드윈 중장은 현재 당신 언니와 손을 잡고 있어. 그녀는 현 정부
와 연이 깊게 닿아 있는 인물이고."

"……."

"그건 그녀가 루이를 원한다는 말과도 같지. 루이를 빼내서 뭘 할
지는 예상 가는 게 너무 많아서 문제고 말이야. 그리고 무엇보다도
내가 가장 열이 받는 건 에드윈 중장이 대장 후보 중 하나로 올라왔
다는 거야."

총사령관 바로 아래엔 다섯 명의 대장이 있고 그중 세 자리는 현

재 공석인 상태다. 지금 감옥에 있는 릭크리만과 이미 처형당한 사리아의 자리. 그리고 현재 총사령관이 된 쥬페도라가 앉았던 자리다.

대장으로 오르는 보통의 방법은 총사령관과 현 대장들의 추천이나 또는 정부에서 추천을 받는 것이다. 군정부였을 때는 총통이 총사령관과 대통령의 역할을 모두 하고 있었기 때문에 권력이 분산되는 일이 거의 없이 대부분의 일은 맨 위에 존재하는 자의 뜻대로 돌아갔다.

하지만 현 정부는 총사령관과 대통령이 나뉘고 대통령이 총사령관의 위에 존재하고 있었다. 즉 '정부=군'이었던 과거와 달리 군이 정부에 소속되면서 군의 권력이 다소 약화된 것이다.

그렇다고 정부에서 군에 어거지로 권력을 행할 수는 없지만 이런 식으로 끼어드는 것은 얼마든지 가능했다. 그리고 대장 후보자가 남은 자리에 비해 인원수가 많아지면 그때는 후보자의 공적이 크게 좌우된다. 전선에서 근무하고 있는 에드윈이 훨씬 유리해질 수밖에 없었다.

쥬페도라와 현 대장들이 에드윈을 추천할 리가 없으니 그는 정부와 연이 깊은 언니를 등에 업고 대장이 되려는 모양이었다. 나는 절로 손으로 머리를 짚으며 고개를 숙였다. 속이 좋지 않아졌다.

이건 솔직히 한 대 맞은 기분이었다. 쥬페도라의 말을 종합해 보면 에드윈은 이미 내가 오기 전부터 루이를 빼낼 생각을 하고 있었던 것 같다. 물론 에드윈과 우연히 만났던 그 날, 루이를 구해 주면 안 되겠냐고 술 취해 했던 말은 틀림없는 내 진심이었지만 절대 이런 식으로는 아니었다. 애초에 그가 내 말을 들어줄 거라 생각도 안 했을뿐더러 만약 들어준다 해도 예전 내 경우처럼 몰래 탈출시키는 방법일 거라고 여겼다.

하지만 이건. 쥬페도라와 나 둘 다 후려치는 방법이다.

루이가 언니와 에드윈 측에 도움을 주는 것은 문제가 아니다. 나는 어차피 왕실로 들어갈 생각이 없으니까. 때가 되면 알아서 물러날 생각이었다. 다만 지금은 안 된다. 지금 방해를 받을 수는 없었다.

그때 쥬페도라가 조심스레 내 팔을 잡으며 물었다.

"괜찮아?"

그사이 이마에 얹었던 손을 내려 입을 막고 있던 나는 그제야 손을 떼며 길게 한숨을 쉬었다. 지금은 정신 차려야 한다. 일단 현재 상황을 이용해 보기로 했다.

"언니는 내가 적이라고 생각하나 봐요."

마치 가족에게 배신당해 우울한 사람처럼 슬픈 기색을 보이자 쥬페도라는 나를 위로하듯 어깨를 가볍게 두드려 줬다.

"경쟁자인 건 사실이니까. 진짜 싸움이 되기 전에 할 수 있는 한 모든 수를 갖춰 두고 싶은 거겠지."

"루이가 풀려나면 제가 잡혀 들어가는 건가요?"

"그렇게 되진 않을 거야."

나는 소파에서 일어나 쥬페도라의 다리 위에 앉았다. 그리고 품으로 파고들듯 안겨 그의 가슴에 머리를 기댔다. 쥬페도라는 가만히 내 등을 쓸어 줬다. 이걸로 쥬페도라와 내 거리는 꽤 많이 좁혀졌을 것이다. 이제 얼마만큼 더 가까워져야 그가 무조건적으로 날 믿게 되는 걸까.

쥬페도라가 내 머리에 가볍게 입술을 붙였다가 떼며 손으로 머리칼을 느리게 쓸어내렸다. 그 은근한 손길에 잠시나마 릴렉스 상태였던 몸이 차츰 굳어 갔다. 오늘은 그와 몸을 섞어 보려고 했는데 역시 안 될 것 같았다. 다음, 다음으로 미루자. 모르는 척 밀어 내고 일어 서려는데 그 순간 쥬페도라가 힘으로 나를 다시 자기 다리에 붙잡아 앉혔다. 놀라 그를 바라보자 쥬페도라는 진정하라는 듯이 반대 손으로 내 등을 쓸며 말했다.

"당신을 강제로 안진 않아. 그럴 바엔 차라리 바람을 피우는 편이 낫다고 생각하거든."

"……미안해요. 오늘은……."

"괜찮아. 일일이 변명하지 않아도. 근데 좀 묻고 싶어. 돌아온 후로 줄곧 내 비위를 맞추고 저자세로 나오는 건 오히려 내가 당신 몸에 손대지 못하게 하려는 생각인가?"

등을 쓸어내려 골반에 머물던 그의 손이 옆구리를 타고 앞으로 옮겨 와 배 위를 덮었다. 그는 눈을 내리깔고 내 배를 바라보며 손으로 약하게 문지르다 문득 멈췄다.

"아직도 이 안에 지킬 게 남아 있는 건가? 이번엔 루이?"

그의 손이 쓸고 간 자리를 따라 소름이 돋아나는 것 같았다. '이번엔' 이라니……. 순간적으로 머리가 멍해지려 했지만 가까스로 정신을 붙잡았다.

쥬페도라는…… 정말 그때 그 애가 자기 씨가 아니라고 생각했던 거구나. 의심의 여지조차 없이 모건의 애라고 확신했던 거다. 그렇지 않다면 이렇듯 아무렇지 않게 그런 말을 할 수는 없다. 자기가 죽인 게 자기 애일지도 모른다는 가정 자체를 하지 않으니 이토록 모질고 매정할 수 있는 거였다.

이 사람은 어떻게 이리 거침없을 수 있는 걸까. 어떻게 이리 자신만만할 수 있는 거지.

나는 천천히 그의 몸을 밀고 일어났다. 쥬페도라는 이번엔 날 붙잡지 않았다. 그저 담담한 미소를 머금고 앉은 채로 나를 가만히 올려다보았다. 단지 얼굴을 마주 보고 있을 뿐인데도 속이 용암처럼 끓어오르는 기분이 들었다. 이 순간 더욱 침착해야 함에도 심장마저 너무 세게 뛴다. 목뒤에 식은땀이 흐르고 휘청거리지 않으려 몸에 힘이 가득 들어간다. 나도 모르게 목소리를 떨까 봐 다시 입을 열기까진 한참이 걸렸다.

"……아니에요. 아무것도 없어요. 루이와도 그런 거…….”

"알아. 숨기려고 했다면 진작에 당신 쪽에서 나를 원했겠지.”

"그럼 왜…….”

왜 나를, 왜 내 속을 자꾸만 뒤집어 놓는 거야. 마음 같아선 숨이 막히도록 그의 멱살을 쥐고 흔들며 외치고 싶었다. 하지만 그건 결국 마음으로만 끝났다.

터져 버릴 것 같은 마음을 애써 가라앉히고 쥬페도라를 가만히 내려다보았다. 한동안 그렇게 눈싸움을 하던 중 문득 쥬페도라가 실소했다. 그는 자신이 무방비하다는 것을 보여 주듯 양 손바닥을 가볍게 들어 보였다가 내렸다.

"미안. 그냥 화풀이였어. 당신은 아무 잘못 없어. 내 문제야. 사과할게.”

"…….”

"이제 슬슬 피곤하네. 씻고 자야겠어. 당신도 피곤할 텐데 그만 침실로 돌아가 봐.”

그는 소파에서 일어나 겉옷 상의만 벗어 놓고 셔츠 차림으로 서재를 나섰다. 서재엔 따로 세면실이 없으니 1층의 대욕탕으로 가는 것이리라. 나는 망설이느라 혼자 서재에 남아 있다가 그로부터 얼마 지나지 않아 도망치듯 침실로 돌아왔다.

하지만 선뜻 침대에 누울 수는 없었다. 이래선 안 된다는 것을 알고 있기 때문이다. 역시 오늘 쥬페도라를 거부해서는 안 됐다. 조금 전 그는 나를 시험했다. 그 결과, 조금 가까워졌다고 느껴졌던 것이 무색하게도 어느새 그와 내 거리는 다시 제자리로 돌아가 버렸다.

그는 받아 주는 척하면서도 쉬이 틈을 내주지 않는다. 겨우 파고들었다 싶으면 조금 전처럼 나를 시험해 다시금 거리를 두려고 한다. 그럼 나는 어떻게 해야 하는 거지. 사실 답은 진작에 나와 있었다.

침대에 걸터앉아 한참을 망설이다 결국 자리에서 일어났다. 그대로 침실을 나서서 다시 서재 문 앞에 섰다. 노크를 하려고 손을 들었다가 곧 생각을 바꿨다. 허락을 구하지 않은 채 손잡이를 잡고 돌려 밀었다. 문은 소리도 없이 부드럽게 열렸고 어느새 불이 꺼져 방 안에 가득 들어찬 어둠이 나를 맞아 줬다.

벌써 씻고 와 잠든 걸까. 조심스럽게 발을 안으로 내디뎠다. 지나친 정적이 이상했지만 멈추지 않고 서재 한편에 있는 소파 침대로 다가가 손을 뻗었다. 하지만 그곳에 쥬페도라는 없었다. 몇 번 더 손으로 더듬거리다 벽 쪽의 스위치를 찾아 불을 켰다. 서재엔 아무도 없었다. 옷걸이에 걸려 있어야 할 그의 코트도 보이지 않았다.

나는 소파에 앉아 그를 기다렸다. 금방 돌아올 거라는 순진한 생각은 두어 시간 정도뿐. 날이 밝아 올 무렵까지 고집스럽게 앉아 있었던 이유는 오로지 오기였다. 갑자기 바쁜 일이 생겨서 나갔을 거라는 생각이, 그에게 여자가 있을지도 모른다는 생각으로 변하는 건 그리 어렵지 않았다. 오히려 왜 그동안 그런 생각을 하지 못했던 건지 이상할 정도다. 떨어져 있는 시간이 많고 기껏 만나도 그와 내가 몸을 섞는 일은 없다. 여건은 충분하지 않은가.

썩 기분이 좋지는 않았다. 그가 돌아오면 추궁해야 하는 걸까? 하지만 무슨 자격으로? 나 역시 루이와 외도를 했었다. 그때 쥬페도라는 나를 탓하지 않았다. 하지만 분했다. 질투? 아니, 자존심이 상한 것이다. 아무리 나에게 잔인해도 은연중에 그에겐 나밖에 없을 거라 생각했던 모양이다. 멍청하게도.

어쩌면 당연히 이렇게 될 수밖에 없는 관계일지도 모른다. 어차피 연애하던 시절처럼은 안 된다는 것을 유산했을 때부터 이미 알고 있지 않았나. 스스로를 달래듯 실소하며 자리에서 일어났다. 내가 다시 불을 끄고 서재를 나설 때까지도 쥬페도라는 돌아오지 않았다.

나는 쥬페도라를 아침 식사 자리에서 볼 수 있었다.

"잘 잤어?"

"네. 당신은요?"

"나도 적당히 잤어."

"다행이네요."

그리고 의혹은 기어이 확신이 되었다. 일이 생겨서 나갔었다는 한마디면 되는 것을 그는 간밤에 자리를 비운 것 자체를 숨겼다. 기분이 별로 좋거나 한 것도 아닌데 입가에선 웃음기가 거둬지지 않았다. 어쩌면 내가 루이와 잤을 때 그가 이런 기분으로 웃고 있었을지도 모르겠다.

"오늘 돌아갈 생각이에요."

"며칠 더 있다 가지. 벌써?"

"남부 쪽이 좀 더 편하게 느껴져요."

"그래? 그렇다면 할 수 없고."

쥬페도라는 고개를 끄덕이곤 물을 한 모금 마셨다.

"데려올 아이도 슬슬 알아볼 생각이에요."

마침 사레가 들린 듯 쥬페도라가 한번 크게 쿨럭였다. 그는 냅킨으로 입을 막으며 잠시 눈가를 찌푸리고 있다가 얼마 후에야 좀 나아졌는지 냅킨을 거두며 말했다.

"그렇게 급하게 하지 않아도 되는데."

"제가 그렇게 하고 싶어요."

"……좋을 대로 해."

식사 후 출근하는 그를 배웅한 뒤 나 역시 돌아갈 준비를 서둘렀다. 새삼 감정에 휘둘릴 때가 아니다. 남부 저택에 돌아가서 할 일이 많았다. 한시가 바빠 서두르고 싶은데 가는 도중 갑자기 내리기 시작한 눈 때문에 보통보다 훨씬 긴 시간을 길에서 보낸 뒤에야 남부에 도착할 수 있었다. 도착하자마자 고용인에게 수도로 연락을 넣어 주라고 했다. 그 뒤에 따로 쥬페도라와 통화하지는 않았다.

상처받지 않기 위해서 나는 그를 향해 미묘하게 남아 있던 감정마저 완전히 접기로 다짐했다. 그러니 괜찮아질 때까지 당분간은 거리를 둘 생각이다.

늦은 저녁 식사를 하던 중, 나는 옆에서 시중을 들던 총관리인 메오른에게 말했다.

"이스트홀에 선물을 보내고 싶어요. 이번엔 사령부 전체로 먹을 것을 좀 보내고 싶은데."

"어떤 걸로 보낼까요? 준비하겠습니다."

"여기서 일일이 만들어 보낼 필요는 없어요. 사령부 가까운 곳에 괜찮은 곳이 있으니 거기에 예약을 넣으면 됩니다. 그건 내가 할게요."

"알겠습니다."

식사를 끝내자 메오른이 뒤따르며 내게 따로 얘기하기를 청해 왔다. 그는 선물 금액을 어느 정도나 잡아야 할지 궁금해했다. 나는 그에게 되물었다.

"내가 자유롭게 쓸 수 있는 돈이 어느 정도나 되나요?"

"저택에 있는 모든 돈은 사모님 뜻대로 쓰실 수 있습니다. 정확한 잔금은 장부를 확인해 봐야 하지만 현재 대략 50억 골드 조금 넘게 남아 있습니다. 수도에서 매달 남부로 보내오는 돈은 4억 골드 정도이며 고용인들의 급여와 이것저것 합한 저택 관리금으로는 대략 6천에서 8천 골드 정도 들어갑니다. 물론 이것이 부족하면 수도에서 더 끌어올 수 있습니다."

아무리 총사령관이라도 군 월급으로는 절대 이 저택 하나 유지할 수 없을 것이다. 특별하게 돈을 굴리고 있는 게 분명했다. 하지만 내가 신경 쓸 건 이 부분이 아니었다.

"잔금이 얼마인지는 중요하지 않아요. 내 말은 내가 쓰는 돈이 일일이 모두 장부에 기록되어야 하는지에 대해 묻는 겁니다."

"원칙적으론 그렇습니다. 불편하십니까?"

"조금요. 아무리 부부라도 생활 전체가 세세하게 드러나는 건 좀 그러네요. 비상금으로 쓸 수 있는 용돈 항목을 만들어 줄 수는 없나요?"

"금액에 따라서 다릅니다."

"메오른 씨 위치에서 처리할 수 있는 만큼이면 됩니다."

메오른은 잠시 생각에 잠겼다가 대답했다.

"고용된 입장에서 알면서 모르는 척할 수는 없는 일입니다. 대신 이렇게 하지요. 지금까지는 고용인이 따라다니며 사모님 대신 돈을 지불했지만 앞으로는 어디에 쓰실 건지 말씀만 하시면 필요한 만큼 사모님께 직접 내드리겠습니다. 장부엔 쓰시겠다 말씀한 항목으로 올리겠습니다. 그걸로 자유롭게 쓰십시오. 대신 그 돈으로 쓰시는 일은 고용인을 거치지 않고 모두 사모님 혼자서 처리하셔야 합니다. 그 편이 편하시겠습니까?"

"고마워요."

"별말씀을. 누구나 비밀은 필요한 법이지요."

다행히 메오른은 말이 통하는 인물이었다. 이런 얘기 역시 쥬페도라에게는 보고되겠지만 이 정도에 내 비상금을 만들 수 있다면 나쁘지 않았다. 일단 이스트홀에 보낼 선물 항목으로 메오른에게서 천 골드를 받았다. 나는 그다음 날 이스트홀 사령부에 전화를 걸어 티안과 통화했다.

"사령부에 먹을 것을 좀 보내고 싶은데 어떤 게 좋을까요? 가끔은 괜찮은 음식도 먹여야 병사들 사기도 오르지 않겠어요?"

─ 툭하면 제 '군번줄'이나 끊어 먹어 잃어버리는 멍청한 놈들을 위해 그렇게까지 해 주다니 고맙기도 하지. 정 해 주고 싶다면 시얀나라는 식당이 맛있더군. 예약할 거라면 거기 요리사들이 좋아. 가까운 곳이니 직접 불러서 만들게 하면 식지 않은 음식을 공급받을 수 있거든.

"그렇게 할게요. 내일 점심 식사로 괜찮을까요?"

─ 그래. 지난번 선물도 그렇고 많이 신경 써 줘서 고마워. 이쪽에서도 뭘 하나 해 주면 좋겠는데 원하는 거라도 있어? 총사령관님만큼은 못 해 주겠지만 대령님하고 내가 합쳐서 힘써 볼게.

"그럼 '귀걸이'로 해 주실래요? 안 그래도 얼마 전에 아끼던 귀걸이 한 짝을 잃어버려서 속상했거든요."

432

— 그래. 알았어.

"다음 주 목요일 즈음에 식당 대금도 지불할 겸 고용인을 보낼 건데, 주실 거라면 그때 고용인을 통해 보내 주세요."

— 그러지.

이윽고 미미가 쉬기 전날, 나는 그녀를 불러내 500골드를 내줬다.

"사령부 가까운 곳에 시얀나라는 식당에 예약을 했어. 거기 대금을 지불한 나머지로 일 처리를 해 줘. 또 릭크리만 전 대장의 처형이 언제 어디서 이뤄지는지도 좀 알아봐 줘."

"알았어."

그로부터 며칠이 더 지난 후, 티안이 보낸 귀걸이와 함께 새 신분이 만들어진 아이가 남부 고아원 중 한 곳인 이미르아에 도착했다는 소식이 내게 닿았다.

미미와 함께 고아원으로 향하던 중 아이의 신분 서류를 다시 한 번 확인했고 그때 릭크리만의 현 위치와 처형 날짜도 들을 수 있었다. 이스트란에서 가까운 곳이었고 교도소 외부 처형장에서 다음 달 19일에 공개 처형을 집행한다고 했다. 그 주변 지도를 구해 달라고 미미에게 말했을 때 차는 어느새 고아원에 도착해 있었다. 건물 안으로 들어가자 원장이 긴장한 얼굴로 나를 맞아 주었다.

"아이를 따로 좀 보고 싶군요."

"방으로 안내해 드리겠습니다."

원장을 따라 낡은 복도를 걸어 한 방문 앞에 섰다. 문을 열자 창틀에 앉아 있던 남자아이가 우리를 향해 눈을 돌렸고 나는 원장에게 자리를 비켜 줄 것을 요구했다. 미미도 문 바깥에 세워 둔 채 혼자만 안으로 들어와 문을 닫았다. 그제야 아이가 창틀에서 내려와 차렷 자세로 꼿꼿하게 섰다. 나는 방 한편에 있는 책상 의자를 끌어다 앉으며 아이의 신분 서류로 눈을 내리며 물었다.

"이름은?"

"제인입니다."

"나이."

"아홉 살입니다."

아이를 향해 눈을 들었다. 아이는 무표정했다.

"여기에 적힌 건 다 기억하고 있어?"

"예."

"말해 봐."

"이름 제인. 나이 9세. 성별 남. 4년 전 북부 칠리 전투에 부모님을 여의고 고아가 되어 이곳 이미르아 고아원으로 이동되어 보호를 받게 됨. 또……"

"됐어. 그 정도만 알면."

말을 자르자 제인은 곧바로 입을 다물었다.

"실제 나이는 몇이야. 아홉 살 아니지?"

"열한 살입니다."

"열한 살치고 작네."

섬에서 영양이 부족했을 리가 없다. 이건 아기 때 제대로 된 영양을 공급받지 못했기 때문일 것이다. 마른 몸을 하나하나 뜯어보며 물었다.

"섬에는 얼마나 있었어?"

"1년 반 정도 있었습니다."

"딱딱하네. 우선 말투부터 고쳐. 부드럽게."

"……예."

"1년 반이면 기본 과정은 어느 정도 배웠겠네. 나머지는 필요하다 생각되면 내가 가르쳐 줄게."

"예."

"들었겠지만 나는 진짜 애를 키우고 싶은 게 아냐. 그러니 너도 임무라고 생각하는 쪽이 마음 편할 거야. 일이 다 끝나면 넌 다시 이곳으로 돌아오는 거지."

"들었습…… 아니, 들었어요."

"그래. 알고 있다면 다른 얘기는 그만두고 요점만 말할게. 나는 너에게 내 발과 귀가 되기를 바라고 있어. 그 대신 넌 나에게 뭘 바라니?"

제인은 잠시 머뭇거리며 입을 열지 못했다. 충분히 기다려 주자 제인은 문득 내 눈을 똑바로 보며 말했다.

"동생을 찾아 주셨으면 해요."

"동생이 있어?"

"예."

"어떻게 헤어졌는데."

"집이 가난해서 부모님이 둘 다 키울 수가 없었어요. 동생은 그래서 태어나자마자 고아원으로……."

"동생은 몇 살?"

"제가 다섯 살에 동생이 태어났어요."

"이름도 알아?"

"리체. 부모님이 그렇게 말했어요."

"부모님은?"

"섬으로 들어가기 1년 전에 사고로 돌아가셨어요."

이해했다며 고개를 끄덕였다.

"좋아. 얼마나 걸릴지는 모르겠지만 일단 알아는 볼게. 널 조만간 데리러 올 테니 그동안 여기서 다른 애들을 잘 관찰해 봐. 어떻게 해야 평범한 아이처럼 보일지 열심히 공부해 둬. 다음에 봤을 때도 지금처럼 날이 서 있다면 이 얘기는 없던 걸로 하겠어."

이미 다른 선택지도 없는 주제에 엄포를 놓자 제인은 입술을 말아 물며 굳은 표정으로 고개를 끄덕였다.

한 번에 보고 결정했다고 하는 건 쥬페도라에게 의심을 살 것 같아 제인에게 준 유예 기간 동안 다른 고아원들도 돌아볼 생각이다. 오늘은 온 김에 이미르아의 다른 아이들을 둘러보았다. 물론 시간 낭비할 생각은 없었으므로 시선은 마당에서 뛰어노는 아이들에게 준 채 미미와 대화를 이어 갔다.

"제인 원래 고향은 어디야."

"그건 서류와 같아. 북부 칠리. 작은 마을이었지만 지금은 없어."

"작은 마을이었으면 흘러나온 애들도 그리 많지 않겠네. 그쪽에서 나온 애들 중에 리체라는 애를 좀 찾아봐 줘. 지금 여섯 살쯤 되었을 거야."

"찾아야 한다는 애가?"

"동생이래."

"왜 그간 돌봐 준 내게는 말하지 않았던 거지. 나름 잘 대해 줬다고 생각하는데."

미미가 서운한 듯 투덜거렸다. 나는 덜 녹은 눈에 반사된 햇빛 때문에 절로 시야를 찌푸리며 대꾸했다.

"잘 대해 줘서 그런 거 아냐?"

"되레 수상해 보였던 거라고?"

"꼭 그렇다기보단 조심했던 거겠지. 이유 없는 호의를 베푸는 사람은 별로 없잖아. 내게 말한 건 타협이 가능해서야."

"어린 녀석이 제법이네."

"그리 서운해할 거 없어. 어쩌면 이유 없이 호의를 보이는 너를 의심하고 싶지 않아서 말하지 않은 걸 수도 있지."

미미는 납득한 듯 금방 표정을 풀며 동생 쪽을 알아보겠다고 대꾸했다. 나는 한 발짝 등 뒤에 서 있는 미미를 한번 돌아보았다가 다시 앞으로 되돌렸다.

"미미."

"응?"

"고마워. 도와줘서. 은혜 잊지 않을게."

"……별말씀을."

약간의 머뭇거림 후에 흘러나온 그녀의 목소리엔 잔잔한 웃음기가 서려 있었다. 나는 그녀를 돌아보지 않았지만 보지 않아도 그녀가 짓고 있을 미소가 어떨지 알 것 같았다. 하지만 나는 미미를 따라 웃을 수가 없었다.

"그만 가자."

"그래."

제인을 데려오기까지 매일 바쁘게 돌아다니며 제대로 집에 붙어 있질 않았다. 쥬페도라에게서 오는 전화는 고용인들이 남겨 주는 메시지로만 전해 받았고 제인을 데려오기 일주일 전이 되어서야 비로소 아이를 결정했다며 직접 연락을 주었다. 금세 입양 서류가 준비되었고 나는 필요한 업자를 불러 아이방을 꾸미게 했다. 그리고 입양 하루 전. 쥬페도라가 미리 말도 없이 남부 저택으로 내려왔다. 그때 나는 재단사와 아이가 입을 옷들을 상의하고 있었는데 쥬페도라가 갑자기 방으로 모습을 드러냈다. 솔직히 꽤 놀랐다.

"여기가 아이방인가?"

"언제 왔어요?"

"방금."

"온다는 말 못 들었는데."

"말 안 했거든."

"입양 서류에 이미 사인해서 보냈잖아요. 굳이 안 와도 되는데요."

"그렇다고 오면 안 되는 건 아니잖아. 아니야?"

그의 말에 나는 입가를 올리며 그의 등 뒤에 서 있는 한 여성에게로 시선을 돌렸다. 쥬페도라가 그녀를 내게 소개해 줬다.

"이쪽은 에들러 양. 당신 수예 선생이야."

나는 미소를 거두지 않은 채로 쥬페도라에게 시선을 옮겼다.

"음…… 제가 알아봐도 되는 일인데."

"알아. 그냥 내가 신경 써 주고 싶었거든. 당신이 유일하게 흥미를 가졌던 일인데. 지난번에 얘기 듣고 얼른 해 줘야겠다고 생각했어. 그냥 내 선물이라고 생각해."

물론 나는 과거 수예를 꽤 좋아했고 지난번에 그와 얘기 나눈 것도 있으니 지금의 상황은 퍽 자연스러울 수 있었다. 하지만 상황과 분위기가 그렇다고 해서 내 마음까지 순순히 납득하는 건 아니었다. 저 여자는 무슨 역할로 내게 붙이는 걸까. 그런 생각이 제일 먼저 들었다. 순수한 의도라고는 애초부터 여길 수가 없었다. 그야 나는 이제 쥬페도라를 신뢰하지 않으니까.

나와 쥬페도라는 예의적 미소를 띤 채 한참 동안 서로를 마주 봤다. 하지만 결국 눈싸움에 패배하고 꼬리를 내린 건 나였다. 나는 크게 호흡을 한 뒤 의자에서 일어나 에들러라고 소개된 여성을 향해 손을 내밀었다.

"반가워요. 에들러 양. 제이라고 불러요."

"반가워요. 제이 부인."

짧게 잡았다가 손을 떼고 고용인 한 명을 불러 응접실에서 에들러에게 차를 내주도록 했다. 고용인을 따라 에들러가 방을 나갔고 나는 재단사에게도 다음에 이어서 하자 말하곤 방에서 내보냈다.

안 그래도 감시당하는 생활에 질려 있던 차에 또 다른 감시인이 분명할 에들러까지 소개받고 나자 속이 부글부글 끓었다. 그 역시 내 기분을 쉬이 눈치챘을 것이다. 여기서 내가 화내면 앞뒤 상황을 봤을 때 꼴이 굉장히 우스워지겠지만 그렇다고 굳이 참으면 더 의심하겠지. 그는 반응을 이끌기 위해 일부러 내 성질을 건드리니 말이다.

한 손으로 이마를 짚었다가 반대 손으로 남아 있는 다른 고용인들에게 나가라고 손짓했다. 이내 방 안엔 쥬페도라와 나 둘만이 남았다. 비로소 나는 불쾌한 심경을 겉으로 드러냈다. 쥬페도라에게 등을 보이고 잠시 숨을 고르고 있다가 다시 그에게 돌아서며 소리 낮춰 말했다.

"아직 아이도 들어와 보지 못한 방이에요. 생판 모르는 여자가 아무렇지도 않게 먼저 들어오는 거 나는 싫어요……!"

"화내는 거야?"

"그래요."

"예민해졌네."

쥬페도라가 빙긋 웃으며 내 볼을 향해 손을 뻗었지만 나는 곧장 그 손을 쳐 냈다. 쥬페도라는 양 눈썹을 올리며 허공에 내쳐진 손을 잠시 들고 있다가 조용히 내렸다. 그제야 미소를 거둔 그가 말했다.

"우리 지금 싸우는 거 같은데. 내 착각인가?"

"……미안해요. 내가 좀, 지나쳤어요."

그는 내게 선을 넘지 않는 솔직함을 원하는 듯했다. 실로 까다로운 성정이다. 표정으로 보인 경고에 몸에서 힘을 빼고 사과하자 쥬페도라는 다시 입가를 올렸다.

"아니. 괜찮아. 그냥 좀 신선해서. 당신과 다시 사소하게 말싸움할 수 있을 거라곤 생각 못 했거든."

"……."

"그럼 이제 화해할까?"

쥬페도라가 두 팔을 약간 벌려 보였다. 나는 머뭇거리다 천천히 그 품에 안겼고 쥬페도라가 내 등을 가볍게 두드렸다.

이후 쥬페도라는 서재로 향하고 나는 응접실에서 에들러와의 수업 일정을 조정했다. 그녀가 돌아간 뒤 나는 서재로 가 쥬페도라에게 제인에 관한 서류들을 보여 주었다. 그는 서류를 넘겨 보며 무심하게 물었다.

"괜찮은 아이인 것 같아?"

"글쎄요. 그냥 느낌이 좋아요."

"그래? 하긴 감이란 것도 무시 못 할 요인이긴 하지."

"같이 데리러 갈 거예요?"

"그래. 온 김에 얼굴 정도는 보고 가야지."

"데려오면 아이와 같이 여행을 좀 하고 싶어요."

"오자마자? 집에 적응할 시간은 있어야 하지 않겠어? 어디로 가려고."

나는 챙겨 온 지도를 그 앞에 펼쳐 보였다. 쥬페도라는 내가 표시해 둔 코스를 따라 천천히 눈을 옮겼다.

"전국 일주를 할 거예요."

"또 꽤나 힘든 도전을 하려고 하는군."

쥬페도라는 이스트란 부근에서 잠시 눈을 멈췄다가 곧 지도를 접었다. 나는 기대한다는 기색을 비치며 말했다.

"같이 여행하면 금방 가까워질 거라 생각해요. 무엇보다 그동안 그 애의 세상은 고아원뿐이었을 테니까. 시각의 틀을 깨 주고 싶어요. 넓은 세상을 보고 생각을 넓혔으면 해요. 나는 그 애를 누구보다도 잘 키우고 싶어요."

"흐음……."

"왜요?"

"꼭 가야겠어? 당신은 평범한 사람이 아냐. 위험해."

"내 몸 정돈 지킬 수 있어요."

"만약이라는 것도 있는 법이야. 이건 잠시 보류해 줬으면 좋겠어. 좀 더 신중하게 생각해 보자고."

물론 진짜로 전국 일주 계획을 짰던 것은 아니었다. 나는 실망한 표정을 만들어 내 그를 빤히 바라보았고 쥬페도라는 그래도 역시 허락할 수 없다면서 미안하다고 말했다.

"아이에게 많은 걸 경험시켜 주고 싶어요. 나도 여기에만 있는 건 답답하고요……."

"경호가 시원찮아서 그래. 마음 같아선 내 부하들이라도 내주고 싶지만 루이 재판을 앞두고 군 인력을 내 맘대로 끌어다 쓰기가 좀 뭐해졌거든. 정부에 불필요한 트집을 잡힐 거야."

쥬페도라는 난감한 표정으로 나를 설득했다. 나는 그를 뚱하게 바라보다가 이내 손뼉을 치며 타협안을 내놓았다.

"그럼 이렇게 하는 게 어때요? 우리가 당신이 있는 곳으로 여행하면 되잖아요. 안 그래도 새 정부에 잘 적응하고 있는지 군을 한번 시찰해야 하지 않나요? 당신의 이동 경로를 따라 우리도 이동할게요.

그럼 만약의 일이 생겼을 때 도움을 받기도 수월하고."

"데본. 나는 놀러 다니는 게 아냐."

"물론 당신을 방해할 생각은 조금도 없어요. 그냥 당신이 있는 곳으로만 여행한다는 거지 당신이 우리를 끌고 다니라는 소리는 아니에요. 절대 신경 쓰이지 않게 할게요."

나는 새끼손가락을 들어 보이며 그를 향해 빙긋 웃음 지었다. 쥬페도라는 나를 바라보다가 곧 작게 한숨을 쉬었다.

"애도 데려오기 전인데……. 이것 참."

그가 허락하리란 건 이미 알고 있었다. 루이의 재판 건으로 인해서 군의 이미지가 나빠졌기 때문이다. 그가 직접 아이를 데리러 내려왔을 정도면 상황은 아주 좋지 않은 게 분명했다. 전쟁고아를 입양한다는 것으로 인간적인 면과 책임감 어린 이미지를 만들어 내려는 것이다. 그러니 내 요구가 그에게 좋으면 좋았지 절대 나쁜 영향을 끼치진 않을 것이다. 그의 손이 닿는 범위 내에서라면 그리 불안할 일도 없을 것일뿐더러 대외적으로 아이를 드러내 잘 키우고 있다는 모습을 보이면 이미지는 더욱 좋아질 것이다.

결국 쥬페도라는 몇 가지 주의 사항과 함께 내 요구를 허락했다.

쥬페도라와 함께 제인을 데리러 가는 날, 고아원 앞에서 기다리고 있던 신문 기자 한 명이 인터뷰를 요청해 왔다. 일상생활이 드러나는 것을 원치 않기에 평소엔 경호원들이 그들을 막고 사진을 빼앗는다. 기사가 날 것 같으면 필요에 의해 강제적으로 막기도 한다. 때문에 군과 귀족 그리고 정치인의 사생활이 드러나는 경우는 아주 적다. 자유 정부다 뭐다 해도 아직 언론의 완전한 자유는 허락되지 않은 것이다. 하지만 이번엔 그렇게 하지 않았다.

나는 아이의 머리에 모자를 씌워 얼굴이 보이지 않게 하고 손을 잡아끌어 먼저 차로 이동했다. 쥬페도라는 마지못하는 척 짧게 몇 마디를 하곤 우리를 따라 차에 올라탔다. 이제 기자는 헤드라인에 쥬페도라의 입양 건을 올리고 그 내용을 채우기 위해 고아원의 원장을 붙잡고 늘어질 것이다. 원장 입장에선 후원을 받을 기회가 생기는 것이니 나쁘지 않을 것이다. 결론적으로 모두에게 좋은 상황이 만들어졌다.

　쥬페도라는 차 안에선 제인에게 시선도 주지 않았다가 저택에 돌아오자 그제야 눈길을 줬다. 그는 제인을 빤히 바라보며 오목조목 뜯어보다 입을 열었다.

　"제인이라고?"

　"네."

　"자세가 바르군. 원장이 교육을 잘 시킨 모양이야."

　"감사합니다."

　"생각했던 것보단 마음에 들어. 제대로 가르치기 전까진 거슬리는 게 많을 거라 생각했거든."

　그의 칭찬에 제인이 어설프게 입술을 늘려 미소 지어 보였다. 얼굴만 보면 여전히 평범한 생활에 어색함이 느껴졌다. 하지만 또 보기에 따라선 새로운 부모 앞에서 긴장하는 것 같기도 해서 오히려 자연스럽기도 했다. 쥬페도라가 제인에게 함께 차를 마시자고 권해 왔지만 나는 제인의 등 뒤에 서서 아이의 양어깨를 잡고 쥬페도라에게 말했다.

　"아마 첫날이라 피곤할 거예요. 긴장도 될 거고요. 차근차근 적응시키도록 하고 오늘은 쉬게 해 주는 게 어때요?"

　"그래? 그럼 그렇게 해."

"방에 데려다주고 올 테니 당신 먼저 서재에서 차 들고 있어요. 저도 금방 갈게요."

"그래. 그럼 쉬어라. 제인."

"예. 고맙습니다."

제인이 그의 눈치를 보며 작게 대답했다. 쥬페도라는 제인을 향해 입가만 올려 웃어 보이곤 등을 돌렸다. 서재로 향하는 그의 뒷모습을 잠시 바라보다가 나는 제인의 손을 잡고 며칠간 공들여 꾸민 아이방으로 향했다. 방 안으로 들어와 문을 닫고 나서야 손을 놓았다. 제인에게 방 한편에 있는 테이블 쪽으로 손짓했고 나 역시 테이블로 가 의자에 앉았다. 제인은 내 손짓대로 테이블 앞에 서긴 했지만 의자에 앉지는 않았다. 나는 굳이 앉으라고 말하지 않았다.

"기본적인 예절 교육은 총관리인인 메오른 씨가 해 줄 거야. 예의 범절을 다 익히면 가정 교사를 고용해 필요한 수업을 받게 할 거고. 수업의 성과는 없어도 되지만 최소한 열심히 듣는 척은 해. 말썽쟁이 아이는 총사령관이 싫어할 테니까. 괜히 그의 신경에 거슬리면 곤란해."

"예."

"네게 화술 기교 같은 건 바라지도 않아. 그저 평소에 귀를 열고 주변에서 하는 소리들을 잘 들어. 그리고 어떤 사소한 이야기 하나도 빼놓지 말고 나에게 전하는 거야. 할 수 있겠지?"

제인은 나를 똑바로 보며 고개를 끄덕였다.

"되도록 눈에 띄지 말고 나 이외엔 쓸데없는 말도 자제해. 남들 앞에선 평범하고 조용한 아이가 되면 되는 거야."

"네."

"좋아. 이리 와 봐. 숨바꼭질은 잘하니?"

나는 의자에서 일어나 창가로 이동하며 제인에게 손짓을 했다. 제인은 지체 없이 다가왔고 나는 제인의 한쪽 어깨를 잡아끌어 창 앞에 세우고 커튼을 아주 조금 열었다. 그리고 손가락을 들어 바깥에 대기하고 있는 쥬페도라의 부하 몇 명을 가리키며 작게 속삭였다.

"나는 이제부터 쥬페도라 총사령관과 차를 마실 거야. 물론 꽤 시간을 끌 생각이고, 고용인들에겐 너를 재우고 나왔으니 괜히 들어가 깨우지 말라고 당부해 둘 거야."

"……."

"방에서 나가는 방법은 네 맘대로 해도 좋아. 아예 들키지 않으면 더 좋겠지만 혹시라도 들킨 뒤엔 어색하지 않게 변명할 거리가 있는 것도 괜찮겠지. 어느 쪽을 택하든 네게 맡길게. 와이어나 미니 나이프 같은 소도구들은 네 베개 속과 매트 속에 들어 있어. 하지만 오늘은 나이프까진 필요 없을 거야. 저들이 무슨 말을 하는지만 듣고 오면 되니까. 다시 말하지만 되도록 눈에 띄지 마. 이해했니?"

제인은 대답 대신 이번에도 고개만 작게 끄덕였다. 지시 사항을 소리 낮춰 전하기 위해 제인의 키에 맞춰 숙였던 몸을 폈다. 나는 한 손으로 제인의 어깨를 약하게 토닥인 뒤 몸을 돌렸다.

복도로 나와선 제인에게 말했던 대로 고용인들이 방 근처에 다가오지 않게 조치한 후 쥬페도라가 있는 서재로 향했다. 책상 앞에서 무언가를 읽고 있던 그는 내가 안으로 들어오자 시선을 들며 빙긋 미소 지어 보였다. 그는 읽고 있던 종이를 반듯하게 접어 상의 안주머니에 집어넣었다. 나는 그가 책상 의자에서 일어서 소파로 옮겨 앉는 것을 보며 말했다.

"재우고 왔어요. 피곤했는지 바로 잠드네요."

"그래? 당신은 피곤하지 않아?"

"전 괜찮아요. 방해되면 나갈까요?"

"아니. 그런 거 없어. 앉아. 가져온 지 얼마 안 되었으니 아직 식지 않았을 거야."

탁자 위에는 티세트가 준비되어 있었다. 소파에 앉자 쥬페도라가 주전자를 들어 비어 있는 찻잔 두 개에 찻물을 붓고는 내 앞에 그중 하나를 밀어 줬다.

"기분 좋아?"

"네?"

마음뿐이지만 움찔해 버렸다. 뭘 알고 묻는 거지? 애써 긴장을 감춘 내게 쥬페도라는 미소 지은 얼굴로 말했다.

"아이가 와서 기분 좋으냐고."

"그럼요. 좋아요."

"다행이네. 나도 한시름 놓겠어."

"제가 신경 쓰이게 했었나 보네요."

"조금."

그렇게 말하고 차를 마시는 그를 잠시 바라보다 이내 나 역시 찻잔을 들며 화제를 돌렸다.

"내일 제인과 쇼핑을 나가 볼 생각이에요."

"좋을 대로 해. 근데 이름은 데려온 그대로 쓸 생각이야?"

"저는 마음에 드는데. 당신이 싫다면 바꿀게요."

"아니. 나는 아무래도 상관없어. 당신이 마음에 든다면 계속 그대로 써도 돼. 단지 사람이든 동물이든 또 물건이든 대상에게 이름을 지어 준다는 건 좀 더 긴밀한 유대감을 만드는 하나의 방법이기도 하거든. 그래서 알든 모르든 사람들은 애착을 가질 무언가를 가지면 본

능적으로 이름을 지으려고 하는 거지."

"······."

"그렇다고 당신이 이상하다는 소린 아니었어. 대체적으로 그렇다는 거니까."

대꾸할 말을 찾지 못해 그저 입가만 올렸다. 쥬페도라도 내 대답을 기다리지 않고 이내 다른 것을 물었다.

"근데 내일 뭐 사려고?"

"특별히 생각해 둔 건 없어요. 단지 제인이 뭐에 흥미를 가지는지 알고 싶어서요. 아닌 척하려고 해도 자연스럽게 시선이 머물 테니까요."

"좋은 엄마가 되겠군. 나한테도 그렇게 신경 써 줬으면 좋겠는데 말이야."

"애한테 질투하지 말아요. 이젠 당신 아이이기도 한걸요."

"아직은 나도 낯설어서. 좀 시간이 걸리더라도 이해해 줘."

"물론 이해해요. 내 욕심으로 진행된 일이기도 하고. 그래도 너무 오래 끌지는 말아 줘요. 아이는 금방 클 거예요. 어느 날 돌아봤을 때 언제 이렇게 시간이 흘렀나 싶을 정도로 갑작스럽게 와닿을 거고요. 그때는 후회해도 이미 늦을 거예요."

"그래······."

쥬페도라는 목소리를 약간 흐리며 생각에 잠겼다가 곧 나를 향해 빙긋 웃었다. 그가 내 말에 뭘 느꼈을지는 모르겠으나 사실 내가 한 말엔 아무런 무게가 없었다. 나는 제인을 내 자식이라 생각하지 않을 거고 쥬페도라의 약점만 잡으면 곧바로 내보낼 테니까. 내 자식은 내 배 속에서 죽어 간 그때 그 아이뿐이었다. 그러므로 쥬페도라는 이미 늦었다. 아무리 후회한들 죽은 아이가 살아 돌아올 수는 없었다. 물론 그 이전에 쥬페도라가 그때 일을 후회하지도 않을 거란 걸 안다. 나는 그 사실이 억울하고 분했다.

왜 후회하지 않아.

죽인 건 당신인데 왜 상실의 고통을 나만이 느껴야 하지.

그를 보는 내내 머릿속엔 그 생각만이 맴돌았다. 암흑 같은 절망이 날 깔아뭉개지만 애써 겉으로는 웃는다. 그렇게 한동안 쥬페도라와 심도 있는 척해도 실상은 별달리 의미 없는 얘기를 나누며 시간을 보냈다. 그러다 슬슬 됐겠지 싶어졌을 때 나는 없는 핑계를 대며 자리에서 일어났고 쥬페도라가 날 향해 말했다.

"오늘부턴 당신과 함께 잘 거야. 변명은 더 듣지 않겠어."

뭐라 대꾸하기도 전에 쥬페도라 역시 자리에서 일어나 손수 나를 서재 밖으로 내몰았다. 그는 이따가 보자 말하며 문을 닫았고 나는 문을 잠시 바라보다가 발을 돌렸다. 바로 제인을 만나러 갔다. 아이 방으로 가 문을 열자 제인은 아까와 마찬가지로 방 안에 있었다. 내가 안으로 들어가자 아이는 걸터앉아 있던 침대에서 일어나 나를 바라보았다.

"그들은 서로 간에 아무 말도 하지 않았어요."

그리고 곧장 이렇게 말했다. 나는 제인을 바라보다가 곧 가까이 다가가 바로 앞에 섰다. 그리고 내 상의 속에 손을 넣어 끈으로 묶어 말아 놓은 얇은 종이 뭉치를 꺼내 제인에게 건넸다. 제인이 그것을 받아 들며 의미를 묻듯 나를 물끄러미 올려다보았다.

"가지고 있어. 섣불리 남에게 주면 안 되지만 그래도 나보단 네가 가지고 있는 편이 안전할 것 같아. 잘 숨겨 두고 있어. 누군가에게 뺏길 것 같으면 차라리 없애."

"알았어요. 근데 제 동생은……."

"알아보고 있는 중이야. 곧 소식이 닿을 거라 생각해."

제인은 눈을 내리깔고 얕게 고개를 끄덕였다가 이내 다시 날 올려다보며 말했다.

"잘 숨겨 둘게요."

그날 밤 나는 쥬페도라의 통보에 따라 늘 쓰던 별실이 아닌 침실로 들어갔다. 하지만 예상외로 그는 내 몸에 손대거나 하지는 않았다. 그저 옆자리에 누웠을 뿐이다. 괜한 긴장 상태였던 몸이 옆에서 잠든 그의 고른 숨소리를 듣고 나서야 힘이 빠졌다.

어쩌면 쥬페도라는 그저 내가 주인 침실을 비우는 게 못마땅했던 걸지도 모르겠다.

다음 날 쥬페도라는 나와 제인의 배웅을 받으며 수도로 돌아갔고 나는 그대로 제인을 이끌고 저택을 나섰다. 쇼핑을 하겠단 핑계를 댔지만 사실 그냥 마음 편히 대화할 곳이 필요했다. 다행히 다른 사람이 아닌 미미가 운전을 해 줘서 제인과는 차 안에서부터 편하게 대화를 할 수가 있었다.

문득 좁고 인적 없는 길목에 들어섰을 때였다. 코너에서 갑작스레 누군가가 튀어나왔다. 미미는 놀라 브레이크를 급히 밟았고 몸을 들썩이며 차가 멈춰 섰을 때 차 앞에서 두 손을 들어 보이고 서 있는 남루한 차림의 남자를 볼 수 있었다.

미미는 혹시 모를 공격을 대비해 차에서 내리지 않았다. 어쩌면 함정일지도 몰랐다. 우리가 반응을 보이지 않자 곧 남자 쪽에서 내 쪽으로 달려와 창문을 손으로 두드리며 다급하게 외쳤다.

"잠깐 얘기 좀 하고 싶습니다! 잠깐이면 됩니다!"

"어떻게 할까?"

미미가 눈으로 주변을 훑어보며 물었다. 나는 차창 밖의 남자를 바라보다가 결정을 내렸다.

"여차하면 때려눕히고 도망가면 되지."

나는 창문을 반쯤 열어 남자와 눈을 마주했다. 남자는 열린 창유리에 손가락을 걸어 붙잡고는 말했다.

"할리 양! 할리 양, 잠깐 내 얘기 좀 들어 주세요."

"누구시죠?"

"이런 차림이라 몰라보겠지만 저 이스릴입니다. 이스릴 중위. 기억합니까?"

이스릴 중위······ 누구였더라. 선뜻 기억나지 않아 별 반응을 보이지 않았더니 자신을 이스릴이라 칭한 남자가 다시 다급하게 입을 열었다.

"블러턴에서, 그러니까 제3안보국에 군에서 임무 지원을 한 적이 있습니다. 반란군 소탕 임무."

"······아."

그제야 나는 이스릴을 떠올릴 수 있었다. 그는 내가 수습 요원이었을 적 술집 여자 행세를 하며 사이크에게 작업하고 있었을 당시에 군에서 지원 임무를 나왔던 사람이다. 그 당시의 깔끔했던 모습과 현재의 모습이 잘 매치되진 않았지만 그럭저럭 기억이 났다.

"오랜만이네요. 무슨 일이시죠?"

"당신의 소문을 들었습니다. 제가 도움이 될 수 있을 것 같아서요."

"······."

미미가 가지고 있던 권총을 내게 넘겼다. 나는 그것을 받고 나서 이스릴에게 말했다.

"일단 타시죠. 제인. 앞자리로 이동해."

곧바로 제인이 앞자리로 넘어가 조수석에 앉았다. 나는 총구를 살짝 움직이며 타라는 뜻을 보였고 그는 이내 화색을 띠며 반대편으로 이동해 문을 열고 차에 탔다. 나는 그가 앉자마자 그의 옆구리를 총구로 꾹 눌렀다.

"만약 함정이면 죽이겠어요."

그는 어설프게 미소 지으며 말했다.

"하하…… 어린애 앞에서 할 말은 아니군요."

"미미. 일단 적당히 이동해 줘."

차가 다시 출발했고 나는 총을 거두지 않은 채 그에게 말했다.

"지금은 군인이 아닌 것 같군요."

"예. 사리아 대장이 그렇게 되고 나서 저도……. 어떻게 목숨은 부지했지만 군에 머물 수는 없었습니다."

"누구의 소개로 찾아왔나요?"

"처음엔 데이카스트로데 백작님을 찾아갔었는데 '정상적인 경로로는 만날 수 없다.'는 말을 전해 주더군요. 그래서 비정상적인 방법으로 이렇게……."

"그렇게까지 만나고 싶었던 이유가 뭐죠?"

"당신의 정체는 사리아 대장 밑에 있을 당시에 어쩌다 보니 알게 되었습니다. 지금 돌아가는 상황으로 보니 당신도 힘이 필요할 것 같아서 말이지요. 상대가 그 백작 부인이잖아요? 당신 지금으로선 가망 없거든요."

무슨 얘긴지 도통 모르겠다는 눈빛의 미미를 미러를 통해 한번 보았다가 다시 이스릴을 바라보았다. 이스릴은 내 눈빛을 따라갔다가 이내 낭패한 표정을 지었다.

"제가 말실수를 한 건가요?"

"글쎄요. 경솔하긴 하군요. 일단 계속 말해 봐요. 당신이 내게 힘이 되어 줄 수 있다고 말하는 것 같은데."

"네. 물론 공짜라는 말은 하지 않겠습니다. 대신 제가 있는 곳에 투자 좀 해 주셨으면 하거든요."

"투자?"

이스릴은 한 손으로 머리를 긁적이며 사람 좋은 표정으로 너털웃음을 지었다.

"전 지금 한 단체를 운영하고 있습니다. 지금 파산 직전이고요. 이젠 거기 식구들과 정이 들어 버려서 버려둘 수가 없거든요. 살길을 찾다 보니 여기까지 찾아왔네요. 제 생각엔 서로 윈윈이 가능할 거 같은데…… 하하."

요점은 나와 손을 잡고 싶다는 거였다. 나는 잠시 그를 바라보다가 곧 한 가지 시험 과제를 주기로 했다.

"괜찮은 권유라고 생각해요. 하지만 당신과 당신의 단체가 정말로 내게 쓸모 있는 능력을 가지고 있을지에 대해선 조금 의심스럽군요."

고민하는 양 한 손으로 볼을 짚으며 검지 끝을 까닥거려 살갗을 가볍게 두드렸다. 그러자 이스릴은 나를 설득할 다른 말을 찾는 듯 눈동자를 위로 올렸고 나는 곧 손을 내리며 그에게 말했다.

"그럼 이렇게 하죠. 통과 시험으로 내가 말하는 사람의 뒷조사를 해 줘요. 그 사람의 개인사를 중요한 것부터 시시콜콜한 것까지 모두 조사해 와요. 그중에 내 마음에 드는 정보가 있다면 손을 잡아도 상관없어요."

"누구요? 베스카론 백작 부인? 그렇잖아도 조금 조사해 온 것이……."

그는 품을 뒤적거려 수첩을 꺼냈다. 나는 팔락팔락 페이지를 넘기는 그를 보며 말했다.

"아뇨. 쥬페도라 총사령관."

이스릴은 수첩을 넘기던 손을 멈췄다.

"······당신 남편 말인가요?"

"그렇게 되는군요."

이스릴은 약간 의외라는 표정을 지었다. 하지만 묻지 않은 채 곧 수긍한다는 듯이 수첩을 탁 덮으며 고개를 끄덕였다.

"그러죠. 조사해 올게요. 기한은?"

"언제든 상관없어요. 랭크가 높은 임무니까. 다 되면 여기 운전석에 있는 미미를 만나서 약속을 잡아요. 일요일마다, 낮 2시에서 3시 사이에 미미를 아까 당신이 나타났던 길목으로 보낼게요."

"좋아요."

이스릴의 대답이 떨어지자 나는 옆에 뒀던 핸드백을 통째로 그에게 건넸다. 이스릴이 의아한 표정으로 가방을 받았고 나는 그에게 웃으며 말했다.

"계약금이에요. 파산 직전이라니 활동비도 없을 거 아니에요. 그 안에 든 걸로 활동비 쓰고 혹시 남으면 급한 불 정도는 꺼 둬요. 정식으로 손을 잡게 된다면 그때는 정기적으로 투자를 하겠어요."

"날 뭘 믿고 이런 걸 선뜻 줘요? 내가 이것만 가지고 그대로 날면 어쩌하려고."

"어차피 내가 번 돈도 아니니까요. 당신이 가지고 날아도 별로 아깝지 않아요. 그냥 어려운 사람 도왔다고 칠게요."

그는 어리벙벙한 표정으로 내가 준 가방을 내려다보았다. 얼마 후 인적이 없는 곳에서 차를 세워 이스릴을 내리게 했다. 얼떨떨한 얼굴로 내 가방을 들고 차 뒤꽁무니를 쳐다보고 서 있는 이스릴을 뒷유리로 보았다가 이내 시선을 거두며 미미에게 말했다.

"나는 오늘 소매치기당한 걸로 해 둬."

6과 1/2. 에드윈

'저 대신 루이 씨를, 구해 주시면 안 되겠습니까…….'

아무래도 그건 진심이겠지. 근데 그녀가 그를 그렇게 만든 장본인이란 말야. 대체 무슨 생각을 하고 있는 건지 알 수가 없네.

드르륵.

붉은빛의 찻물을 담은 찻잔이 받침째로 테이블 위를 긁으며 에드윈의 눈앞으로 밀려왔다. 에드윈은 잠시 딴생각에 빠져 있다가 그 소리에 정신을 차리고 맞은편의 백작 부인을 바라보았다. 백작 부인은 에드윈에게 밀어 준 다기에서 막 손을 거두고 있었다.

오묘한 미소를 띤 백작 부인의 얼굴은 매번 볼 때마다 놀랍다고 에드윈은 생각했다. 마주하고 있으면 마치 여신에게 비웃음당하는 기분도 들어 의도치 않게 속이 움츠러들 때도 있다. 처음에는 저 청초

한 얼굴에 혹해서 몰랐으나 그간 몸소 겪어 본 바 에드윈은 이젠 어렴풋이 느끼고 있다. 백작 부인은 생긴 것처럼 순하지도 착하지도 않았다. 오히려 성격이 꽤 짓궂은 편에 속했다.

백작 부인이 물었다.

"고민이라도 있어요?"

"아뇨. 별로. 고민 있어 보입니까?"

적어도 에드윈에겐 마음 터놓을 만큼 편한 상대는 아니었다. 에드윈은 식당을 가더라도 화려하고 품위 있는 곳보단 친근하고 편안한 쪽을 선호했다. 그게 사람이라고 다를 건 없었다. 물론 제 위치가 위치다 보니 사람을 전부 가려 만날 수 있는 것도 아니지만 일단 감정적으론 어느 정도 속이 들여다보이는 상대에게 끌림을 느끼는 편이었다. 인간미가 없는 건 별로 좋아하지 않았다.

속을 감추고 능청스레 되묻는 에드윈에게 백작 부인은 가볍게 입가를 올렸다가 내리며 바로 화제를 돌렸다.

"언제 시간 내서 그를 좀 만나고 와요."

"누구 말입니까?"

"루이."

"그러죠. 용건은?"

"쥬페도라 총사령관에 대해 그가 알고 있는 걸 물어봐 줬으면 해요."

"알겠습니다. 조만간 가 보지요. 근데 당신은 총사령관 부인을 어떻게 하고 싶은 겁니까? 죽은 줄 알았던 동생이라면서요. 만나고 싶진 않습니까?"

"음……."

백작 부인은 들고 있던 찻잔을 받침 위에 우아하게 내려놓으며 잠시 생각에 잠겼다. 곧 아래로 뒀던 시선을 든 그녀의 표정엔 쓴웃음이 떠올라 있었다.

"감정적으로는 그 애가 살아 있어서 기뻐요. 하지만 현실적으로는 그 애가 살아 있어서 난감하네요. 그 덕분에 쥬페도라 총사령관에게 인질로 잡혔으니까요."

"죽일 생각입니까?"

"되도록이면 그렇게 하고 싶진 않아요. 그래서 마음먹고 그를 몰아붙이질 않는 거고요. 그러다 데본을 앞세워 날 협박할지도 모르니."

"하지만 결국 어쩔 수 없다면 당신도 그녀를 포기하겠다는 건가요?"

백작 부인은 그저 빙긋 웃었다. 사실 혁명파 쪽에선 지금의 총사령관 부인인 마들로나 드 데본 제이를 제거하자는 의견도 조심스레 나오고 있다. 과거 그녀가 신분을 숨기고 군정부의 요원으로서 혁명군들에게 치명타를 입힌 전적이 있기 때문이다.

당시 그녀 때문에 적지 않은 혁명군이 죽었고 그중엔 간부도 여럿 있었다고 한다. 물론 에드윈이나 쥬페도라 역시 현시대에서 무죄일 수는 없다. 그런데도 유독 그녀에 대한 죄목을 더욱 심도 있게 짚는 것은 그녀가 군정부에 무너진 황가의 혈통이라서다. 몰랐다는 말로 넘어갈 수는 없는 것이다.

만약 그녀가 현 정권을 세우는 데 공을 세운 쥬페도라의 부인이 아니었다면 이미 애저녁에 죽었을지도 모른다. 물론 쥬페도라가 그녀를 이용할 생각인 것 또한 뻔한 얘기다. 이러나저러나 주변에 휩쓸려 바람 앞의 등불 같은 운명이었다. 그가 레이시라 기억하고 있던 마들로나 드 데본 제이라는 여자는.

"나도 최선은 다하려고 해요."

고작 눈꼬리 좀 휘어진 거 가지고 세상에 더없을 천진한 천사의 얼굴이 된 백작 부인이 에드윈은 신기하기 짝이 없었다. 생긴 것만큼은 실로 그의 취향이었으나 정작 그런 기분을 느꼈던 적은 없다. 에드윈은 백작 부인을 동지 그 이상으론 보지 않았다. 겉과 속이 판이하게 다른 그녀는 약간 쥬페도라와도 비슷하게 느껴졌기 때문에 사심이 들려야 들 수가 없었다. 에드윈은 쥬페도라에게 그간 당한 게 많아 유감 역시 상당했다.

애초에 그 둘이 손을 잡았으면 천하무적일 텐데. 에드윈은 문득 생각했다가 이내 벅벅 지워 냈다. 잡을 수 있을 리가 없지. 그 둘은 상대를 이용하긴 해도 이용당하는 것을 용납 못 하는 것까지 비슷했다. 손을 잡는다 해도 동족 혐오로 인해 어떻게든 결국 갈라지게 되어 있다. 결국 그 가운데서 치이는 사람들만 안된 일이다. 자신도 마찬가지고.

쥬페도라와 백작 부인은 자유 정부를 세우기 전 단 한 번 손을 잡은 적이 있다. 그리고 이미 그때 둘은 서로에 대한 파악을 끝냈다. 에드윈은 그때 쥬페도라의 밑을 벗어나 그녀를 돕기로 했다. 그렇다고 에드윈은 제 상황을 그리 낙관하진 않았다. 구렁이 배 속을 벗어나니 또 다른 구렁이 배 속. 어딜 가도 고생은 낙점된 상황이다. 그나마 백작 부인 쪽이 출세의 확률이 더 높다고 판단되니 아직까진 그럭저럭 만족하고 있는 편이다. 뒤지게 개고생하고 그 보답을 받지 못한다면 얼마나 억울한 노릇인가. 에드윈은 쥬페도라 밑에선 정말 희망이 없었다.

"그나저나 이거 선물로 들어온 차인데 어때요?"

"사실 차 맛 같은 건 잘 모릅니다. 술이라면 모를까. 그래서 누가 차를 권하면 그냥 좋다고 말할 뿐이죠."

에드윈의 말에 백작 부인이 즐거운 웃음소리를 냈다. 잠시 후 웃음이 잦아든 그녀가 말했다.

"실은 나도 그래요."

"예?"

"뭐가 좋은지 잘 모르겠거든요. 이런 건. 물론 맛이 어떻고 향이 어떻고 하는 감각적인 느낌은 알아요. 근데 그걸로 인한 좋은 감상이라는 걸 느끼기가 어렵거든요. 그래서 남들이 하는 말을 똑같이 따라 하곤 했어요."

"의외군요."

"그래요? 나는 남들이 생각하는 것보다 부족한 면이 꽤 많아요. 예전엔 요령이 없어서 손해도 많이 봤고."

그 말끝에 백작 부인은 한순간 어두운 표정을 지었는데 이내 털어내듯 다시 미소를 띠었다.

"중장님과 있으면 참 즐겁네요."

"저로선 영광스러운 말이군요."

국가의 상징적 여왕. 이변이 없다면 혁명파와 귀족파 양쪽 모두의 인정을 받는 그녀가 될 수밖에 없을 거라고 에드윈은 생각했다.

며칠 후. 에드윈은 루이가 있는 민간 교도소로 발걸음을 했다. 루이는 독방에 수감되어 있었는데 그곳에서 그는 반라 상태로 몸을 거꾸로 세워 팔굽혀펴기를 하고 있었다.

단단한 몸 위로 배어 나오는 땀이 허리선을 따라 등에서 목으로 그리고 얼굴로 흘러 바닥에 뚝뚝 쏟아진다. 저걸 보고 그가 불과 며칠 전까지 사경을 헤맸던 사람이라고 누가 믿을까. 어떻게 되어 먹은 체력인지 괴물이 아닐 수 없다. 저런 인재가 군인이 아니라는 사실에 입맛이 쓸 정도다.

에드윈은 철창에 손을 대며 그에게 말을 붙였다.

"여어. 이젠 다 살아났네?"

"……."

며칠 사이에 그 몸에 가득했던 상처는 눈에 띄게 줄어들어 있었지만 에드윈을 향해 들린 짙은 눈동자는 지난번 봤을 때와 다름없이 황폐하고 음울하게 가라앉아 살기를 띠고 있었다. 루이는 곧 몸을 바로 세워 벗어 놓았던 셔츠를 주워 입고는 수건으로 얼굴을 닦으며 말했다.

"입을 거 덮을 거에 먹을 것도 때마다 나오는 데다 잠까지 누워서 잘 수 있으니까요. 모든 죄수가 이런 생활을 한다면 너무 사치스럽지 않나 생각을 하던 참입니다. 지금까지 제가 낸 세금으로 놈들이 잘 먹고 잘 잤다는 뜻이니까."

"그건 기본적인 사항이잖아. 너무 박하게 굴지 마."

"용건은 뭡니까."

"자네에게 물어볼 것이 있어서 말이야. 쥬페도라 총사령관에 대해서."

루이가 얼굴에서 수건을 떼며 작게 한숨을 내쉬었다. 그는 에드윈을 쳐다보지도 않고 느리게 대꾸했다.

"의무입니까? 죽을 거 살려 놨으니 정보를 달라?"

"그쪽에 애착이 있진 않을 거 아냐."

"그렇다고 이리저리 가볍게 주절거리는 걸 좋아하진 않습니다."

"그녀가 마음에 걸리기라도 하는 거야?"

"아뇨."

떠보는 말에 루이는 담담하게 대꾸하곤 수건을 세면대에 던지듯 치워 놓았다. 쌀쌀맞은 태도는 항상 그렇지만, 꼭 성격이 아니더라도 배신으로 인해 상처받아 차갑게 언 심경을 에드윈은 충분히 예상했다. 사실 에드윈으로선 저 루이가 그녀를 데리고 도망쳤었다는 게 지금도 그리 믿어지진 않았다. 어딘가 희한한 사이인 줄은 알았지만 그렇다고 그렇게 애달팠던 사이일 거라곤 생각조차 못했다. 세간에 알려진 루이의 성격으로 보면 더욱 말이다. 그 정도로 사랑했던 걸까. 의외로 열정적인 남자일지도 모르겠다며 에드윈은 입가를 약간 올렸다가 내렸다.

딱 봐도 바닥으로 내리 꺼질 것 같은 루이의 정서를 위해선 잠시 마주쳤던 그녀가 자신에게 했던 말을 전해 주는 편이 좋을지도 모른다. 하지만 그럴 의리 같은 건 없다. 무엇보다 그쪽은 곧 적이 될지도 모르므로. 사실 그녀의 말이 아니더라도 에드윈은 진작부터 루이를 빼낼 생각이기도 했다.

하지만 이대로 모르는 척하는 것도 마음이 썩 편하진 않았다. 양심적 문제뿐만이 아니라 눈에 보이는 루이의 상태 때문에 더욱 그랬다. 착 가라앉은 그 살기 어린 눈빛을 보고 있으면 교도소 밖으로 그의 몸이 풀린 뒤, 머지않아 사람 하나는 죽어 나갈 것 같다는 느낌을 지울 수가 없었다. 물론 그 상대는 십중팔구 그녀가 될 것이다.

현재로서 재판은 승소할 확률이 높다. 이쪽에선 그 뒤에 루이가 얌전히 있어 주지 않으면 곤란하다. 물론 이쪽에 협조까지 한다면 더 바랄 것도 없다. 하지만 루이는 에드윈 쪽도 그다지 신임하는 눈치가 아니었다. 에드윈은 절로 새 나오려는 한숨을 삼키며 루이를 설득했다.

"이봐. 루이 군. 자네가 이렇게 나오면 이쪽에서도 재판 때 편을 들어줄 수가 없어. 거기서 나오고 싶지 않은 거야?"

"글쎄요. 저로선 아무래도 상관없습니다. 어차피 나가 봤자 별로 좋은 일도 없고."

"정말 쌀쌀맞네. 그래도 이쪽은 자네를 살리려고 꽤나 노력했는데 말야."

"헛수고하신 것 같군요. 저 같은 건 그냥 죽게 둬도 상관없었습니다."

에드윈은 철창을 가볍게 탕—탕— 두드리며 저 고집쟁이를 어떻게 다뤄야 할지 고민했다. 생각 끝에 에드윈은 루이에게 현실을 똑바로 알려 주기로 했다.

"지금 상황이 어떻게 돌아가는지 알고 있어?"

"아뇨. 전혀. 관심도 없고."

"그녀의 정체는? 자네가 할리라고 부르는, 그리고 내가 레이시라고 불렀던, 마들로나 드 데본 제이 말이야."

"글쎄요. 별로 알고 싶지 않군요. 그 녀석에 대해선, 그다지 곱씹고 싶지 않습니다."

"생각하고 싶지 않더라도 이젠 생각해야 해. 자네만의 할리가 아니란 말야. 이제는."

"총사령관 부인이잖습니까. 어차피 제 것이라고 생각해 본 적 없습니다."

"그녀가 베스카론 백작 부인과 자매라는 것은 알고 있어? 그 둘은 말이야. 무너진 황가의 마지막 핏줄이야."

루이의 미간이 찌푸려졌다. 역시 몰랐던 건가. 하긴 아는 사람은 아직 극소수였다.

정치권을 주지 않음에도 왕실을 세우려는 이유는 두 가지다. 귀족파에게는 그들의 이름에 힘을 실어 줄 근본적 존재로서. 혁명파에게는 아직도 군정부를 옹호하는 사람들에게 과거 군정부를 부정케 하려는 의도였다. 그들에게 무너진 황실의 비극을 알리고 끊어지지 않은 혈통을 내세움으로써 이미지 작업을 하려는 것이다. 그리고 황실을 다시 세우고 나면 그 둘 중의 하나는 여왕으로 불리게 된다. 물론 자유 정권이 존재하기에 과거처럼 황실이 아닌 왕실이라 격하시켜 부르게 할 것이다. 말 그대로 오로지 상징적인 존재였다.

자유 국가의 여왕. 그리고 왕실은 사람들 위에 군림하는 것은 아니지만 막 세워진 불안한 정권과 아직 끝나지 않은 전쟁 등 여러 가지 이유로 갈라진 국민들을 마음으로 뭉치게 해 줄 종교와도 같은 역할을 할 것이다.

국민감정의 구심점 역할은 현시점에서 아주 중요한 거였다. 아직 세간에 밝히지 않는 것도 그 중요성 때문이다. 그러니 지금은 신변 안전이 우선이다. 준비되지 않은 채 그들에게 무슨 일이 생기면 곤란하다. 물론 둘 다 그 자리에 오르려고 한다면 한 명은 죽어야 할지도 모르지만 적어도 지금은 아니었다.

물론 에드윈은 앞으로도 그런 비극이 일어나길 바라진 않는다. 그래도 혹시 모르기에 두 사람의 만남도 계속 미뤄지고 있는 실정이다. 백작 부인이 총사령관 부인을 만나려고 하지 않는 것과는 또 별개로 그들의 주변에서도 막고 있다. 만남의 자리에서 분란이 일어날 수도 있으니까.

그러니 루이 역시 현실을 받아들이고 그녀를 포기했으면 했다. 좋은 쪽으로든 나쁜 쪽으로든.

"놀란 건가? 하긴 나도 처음엔 좀 얼떨떨했지. 뜬금없는 얘기인 건 사실이니까. 이해해."

"……."

"나는 백작 부인이 여왕이 되지 않으면 곤란해. 그래서 자네의 도움이 필요하고. 이왕이면 좀 도와줬으면 좋겠는데. 자네에게도 그리 나쁜 일은 아닐 거야. 적어도 이번에 목숨을 부지할 수는 있거든. 물론 강요할 수는 없는 일이니까 생각할 시간을 주긴 하겠지만 그리 오래는 못 기다려. 그리고 결국 거절의 대답이 나온다면 자네는 사형이야. 고문 살인이라 꽤 죄질이 나쁘거든."

"……."

에드윈은 말이 없어진 루이를 바라보다가 몸을 돌렸다. 문득 뒤에서 루이가 그를 불렀다.

"중장님."

"……?"

에드윈이 뒤를 돌아보자 루이가 철창 앞으로 다가와 두 손으로 창살을 붙잡았다. 루이의 시선이 에드윈과 똑바로 마주쳐 왔다.

"백작 부인이 여왕이 되면 그 녀석은 어떻게 되는 겁니까?"

"글쎄. 상황에 따라 다르겠지. 뭐 자네가 우리에게 좋은 걸 하나라도 넘겨준다면 백작 부인도 자네의 의견을 어느 정도 수렴하지 않을까? 왜. 살리고 싶어?"

에드윈의 물음에 루이는 입을 다물었다. 굳어진 얼굴로 그를 빤히 바라보던 루이는 잠시 후 체념하듯 눈을 내리깔며 느리게 대답했다.

"……아니요."

루이는 그 말을 끝으로 입을 다물고 몸을 돌렸다. 창살 안으로 반듯하게 서 있는 루이의 등을 잠시 바라보던 에드윈 역시 몸을 돌렸다. 하지만 그는 발걸음을 뗀 지 얼마 되지 않아 문득 잊고 말하지 않앉던 게 떠올라 다시 루이에게로 되돌아갔는데, 결국 아무 말도 할 수가 없었다.

루이가 침대에 걸터앉아 고개 숙여 울고 있는 걸 보게 되었기 때문이다. 소리 따윈 조금도 새 나오지 않았지만 그 길게 떨어지는 눈물 줄기는 아무리 넉살 좋은 에드윈이라도 차마 알은척을 할 수 없게 했다. 그 처참한 감정이 와닿자 에드윈은 절로 마음이 좋지 않아졌다. 루이 역시 감정이 있는 사람이라는 사실이 더욱 와닿는 순간이었다. 에드윈은 할 수 없이 용건을 다 끝내지 못한 채 발을 돌려야 했다.

에드윈은 그길로 꽤 오래 자리를 비우고 있던 이스트란으로 돌아왔다. 동시에 그동안 밀려 있던 일들이 몰아닥쳤다. 작년부터 단일 사령부에서 이스트란 사령부 소속이 된 이스트홀에서도 보고거리가 끝도 없이 올라왔다. 며칠간 야근을 해도 끝나지 않는 일에 슬슬 정신력도 한계에 다다를 무렵 이스트홀에서 티안 대위가 찾아왔다.

"그간 잘 지내셨습니까. 중장님."

"어서 와. 앉아, 앉아."

오랜만에 책상 앞에서 벗어난다는 생각에 경례를 해 보이는 티안을 반기며 에드윈은 그를 소파에 앉혔다. 보좌인 테오가 매의 눈초리로 바라봤지만 에드윈은 모르는 척 그저 웃었다. 손님이 왔는데 어쩌겠나. 이건 핑곗거리가 아닌걸. 결국 테오도 할 수 없다는 듯이 차를 내왔다. 티안은 차를 내준 테오에게 짧은 미소를 띠며 감사를 전하곤 에드윈을 바라보았다.

"바쁘신 중에 들른 것 같습니다. 죄송합니다."

"아냐아냐. 나도 한숨 돌리려던 참이었어. 근데 여기엔 어쩐 일이지?"

"일거리를 더해 드리러 왔습니다."

"뭐?"

"근방에 볼일이 있어서 나오는 김에 부하가 가져올 서류들을 제가 대신 가져왔습니다."

그 말에 곧바로 에드윈이 찡그린 얼굴을 만들어 보이자 티안은 면목 없다는 웃음을 지었다.

"별로 반갑지 않은 내용인걸. 또 서류 지옥인가."

"하하⋯⋯."

"내가 군인인지 사무원인지 이젠 헷갈릴 지경이라고."

"하하⋯⋯."

"감옥이야, 감옥. 테오 저 녀석은 간수고."

"하하⋯⋯."

"밖에 나가고 싶어."

티안은 에드윈의 푸념에 그저 웃음으로 응대했다. 제법 깐깐한 이미지로 기억하고 있었는데 의외의 모습이었다. 꽤 난감해 보이기도 하고 사실 이쯤에서 그만 내보내도 되지만 에드윈은 어쩐지 티안에게 좀 흥미가 가서 즉흥적으로 그에게 식사 자리를 권했다.

"좀 있으면 식사 시간인데 나가서 같이 먹지? 내가 살게."

"저는 상관없습니다만, 중장님은 괜찮으시겠습니까? 바쁘신 건⋯⋯."

티안은 에드윈의 뒤편에서 서류 작업에 몰두하고 있는 테오를 흘긋 보며 말했다. 에드윈은 테오를 돌아보지도 않고 능청스럽게 대꾸했다.

"이것도 저것도 다 먹고살자고 하는 짓인데 하물며 정해진 끼니를 거를까. 괜찮아. 아무리 바빠도 내 보좌가 나더러 굶으라고는 하지 않을 거야."

에드윈은 문득 제 뒤통수를 향해 깊은 한숨이 닿는다고 느끼며 느 긋하게 웃었다. 결국 테오가 한발 물러서며 식사하고 오시라 말했고 에드윈은 뜻하는 바대로 티안을 데리고 직무실 밖으로 나올 수 있었 다. 비로소!

사령부 안에서 먹고 자고 씻고를 반복하다 실로 오랜만에 바깥 공 기를 마시자 그렇게 상쾌할 수가 없었다. 에드윈은 티안의 차를 타고 시내까지 가서 가끔 입맛 없을 때 가던 식당으로 향했다.

"여기가 중장님이 자주 오시는 곳입니까?"

티안은 외관과 다름없이 내관 역시 허름한 가게를 멀뚱하게 둘러 보았다. 에드윈은 그런 티안에게 웃어 보이며 자리 한 곳을 골라잡아 앉았다.

"응. 여기 맛있거든. 딱히 내가 자네에게 뭘 사 주는 게 아까워서가 아니라 진짜 괜찮은 곳이야."

"그렇군요."

곧 티안도 낡은 의자를 빼 앉으며 고개를 끄덕였다. 주방에 있던 점원이 나와서 주문을 받는다. 머지않아 불판 위에 먹기 좋게 조각 난 고기들이 지글지글 볶아져 나왔고 포크로 한 입 찍어 먹어 본 티 안의 반응은 꽤 만족스러워 에드윈은 데려온 보람이 있다며 뿌듯해 했다.

"맛있군요."

"다행이군. 가게 주인이 외국에서 살다가 여기로 이주한 모양이야. 마음에 들어서 입맛 없을 때 종종 오고 있어."

"분위기도 나쁘지 않습니다. 정감 가고. 사실 저도 이런 곳을 좋아하는 편입니다."

"그래? 그간 내가 같은 취향의 동지를 몰라봤네. 지금부터라도 친하게 지내자고, 대위."

"저야 영광입니다."

티안은 보기완 달리 넉살도 제법 부릴 줄 아는 사람이었다. 누군가의 새로운 면을 보는 건 흥미로운 일이고 티안은 그 새로운 면도 나쁘지 않았다. 기분이 좋아진 에드윈은 티안과 한참 이런저런 대화를 나누다 문득 별생각 없이 레이시 준위, 아니 마들로나 드 데본 제이에 대한 화제를 꺼냈다.

"그러고 보니 자네가 잘 봐준 듯싶던데."

"뭐가 말입니까?"

"레이시 준위 말이야. 상관 폭행 전적이 있는 병사인데 말이지. 특별한 이유라도 있었나?"

포크에 찍힌 고기를 막 입에 집어넣은 티안은 에드윈의 물음에 눈썹만 살짝 들었다가 내렸다. 그는 짧은 침묵 후에 나직하게 말했다.

"총사령관 부인에 관한 말이라면 뭐든 꺼내기가 좀 조심스럽군요."

"현재 총사령관 부인에 관해서가 아냐. 레이시 준위에 대해서 묻는 거라고. 그녀는 자네와 내 전 부하이기도 했고. 화제로 삼는 게 이상한 건가?"

대위는 잠깐의 고민 끝에 조용히 대답했다.

"뭐 인성이 나쁜 건 아니었습니다. 공도 많이 세웠고, 전투 능력도 출중했고. 딱히 제가 잘 봐준 건 아니었습니다."

"그 폭행 사건에 대해 말해 봐. 자세히 알려진 게 없어서 궁금했거든."

"지금 와서 그걸 문제 삼으시면 곤란합니다만."

"아아. 그럴 생각 없어. 그냥 단순하게 궁금한 것뿐이라니까. 각서라도 써 줘?"

그러자 티안은 품에서 수첩을 꺼내 한 장을 죽 찢더니 에드윈 앞에 볼펜과 함께 내밀었다.

"그럼 각서를."

"철저하군."

결국 에드윈은 종이에 '이 자리에서 대위가 꺼내는 말에 대해 뒤늦게 문제 삼지 않겠다.'라고 자필로 쓴 뒤 날짜와 시간, 장소, 그리고 사인까지 기입해 돌려줘야 했다. 그것을 다시 수첩 안에 잘 갈무리해 집어넣은 티안은 그제야 그 사건에 대해 입을 열었다.

사건은 그녀가 삼등병 때. 입대하고 얼마 되지 않아서의 일이었다고 한다. 간호병 중 하나가 남자 병사들 몇에게 장기간에 걸쳐 심하게 성희롱을 당한 모양이라고 했다. 그러다 그게 성폭행으로 발전하려는 찰나 우연찮게 그걸 본 그녀가 그 자리에 있던 놈들을 죄다 늘씬하게 패 주었다는 짧은 얘기였다. 간호병은 그녀의 무죄를 당시 중위였던 티안에게 알렸지만 재판에까지 설 자신이 없었기에 그대로 군을 그만뒀다고 한다.

사실 그게 아니더라도 당시 이스트홀 징집 상황이 별로 좋지 않기도 했고 평판 문제로 인해 그걸 세간에 알리지 않는 편이 사령부로서는 좋았다고 한다. 하지만 그렇다고 완전히 덮기에도 문제가 있는 사건이어서 티안은 상관과의 상의 후에 간호병을 희롱했던 그 병사들을 드러나지 않게 처벌한 뒤 군을 그만두게 했다. 그리고 민감한 사건을 군 내부에서도 화두에 올리지 않기 위해서 어쩔 수 없이 그녀에게 상관 폭행의 죄를 물어 잠시간 영창에 보내야 했었다고.

솔직히 겉으로 덮는 데에만 급급해서 허술하게 처리된 면이 없지 않아 당시 이스트홀에 근무하고 있던 사람들은 어느 정도 그 사건의 진실을 눈치챘다고 했다. 그리고 티안은 그녀에게 못내 미안한 마음이 들어 좀 신경을 써 준 건 사실이나 그렇다고 진급에 유리하도록 손을 쓴 적은 없었다고 못 박았다.

"의원데."

"그렇습니까."

"응. 그녀는 남의 일에 오지랖을 부리는 성격이 아니라고 생각했거든. 냉하잖아."

"하긴, 그렇게 보일 수도 있겠군요. 저는 사실 냉하다기보단 단지 좀 무관심한 성격이라고 생각합니다. 근데 냉하다 해도 마찬가지죠. 결국은 손을 내밀었습니다. 물론 처음부터 끝까지 정의로운 게 가장 좋습니다만, 전 그녀의 행동 또한 아무나 못 하는 거라고 생각합니다. 사실 대다수의 사람들이 정의가 아닌 것을 보고도 못 본 척합니다. 그 화살의 방향이 자신에게 돌아올까 두려우니까요. 돕고 싶어도 힘이 없기에 어쩔 수 없이 얄팍한 양심을 지니고 살아가게 되는 거지요. 근데 그녀는 그런 문제가 아니라 단순히 그럴 여력이 없었다고 생각합니다. 늘 자기 자신도 제대로 살피지 못하고 마지못해 살아가는 듯 보였거든요. 그런 사람에겐 주변이 잘 보이지 않을 때가 많습니다. 보여도 심리적인 피곤함에 못 본 척하게 됩니다."

"흠⋯⋯."

"그럼에도 불구하고 결국 타인을 도왔을 때는 그 사람의 인성이 그리 나쁘지 않다는 뜻도 되지 않겠습니까."

"꽤나 마음에 들었었나 보군. 그렇게까지 변호하는 것을 보면."

"그렇습니다. 사실 이스트홀에 있을 당시만 해도 그녀는 점차 나아지고 있었습니다. 이동 직전엔 어설프긴 해도 제법 주변을 잘 살필 정도로 안정적인 상태였습니다. 중장님께서 그녀에게서 좋지 않은 면을 봤다면 전 그건 중장님 탓이라고 생각합니다."

"하핫. 나를 탓하는 건가? 나는 나름 잘 지내보려고 했다고. 무엇보다 그녀는 처음 이스트란으로 왔을 당시부터 그랬어. 늘 기분이 저조하고 딴생각에 빠져 있었지. 그러더니 내 만류에도 불구하고 남부로 가 버리더군. 결국은 군마저 아예 그만뒀고 말이지."

"사람 탓이 아니라면 환경 탓이겠군요."

"그런가?"

"가능성을 둔 것뿐입니다."

티안의 이런 면은 또 에드윈이 느꼈던 깐깐한 이미지와 다르지 않았다. 티안은 정중하지만 제법 직설적으로 에드윈에게 따지고 들었다. 불손하다기보단 단순히 성격이 그런 것 같다. 무엇보다 에드윈은 티안의 말이 틀린 것 같다고 생각하지도 않았다. 시점을 달리 보면 그래, 어쩌면 정말 환경이 문제였을지도. 이스트란엔 테일러 박사가 있었으니 말이다. 그녀가 그 사실을 알게 된 뒤부터 모든 게 꼬였던 것 같다.

"불쾌하셨다면 죄송합니다."

에드윈은 잠시간 말없이 생각에 잠겨 있다가 문득 티안의 사과에 정신을 차렸다.

"아냐. 괜찮아. 좀 씁쓸하긴 하지만 불쾌하진 않았어."

에드윈은 티안에게 앞으로도 종종 놀러 오라며 사람 좋게 웃어 보였다. 에드윈은 나름 나쁘지 않은 대화였다고 생각했고 티안에 관해서도 꽤 긍정적인 평가를 내렸다.

티안은 식사 후 에드윈을 사령부로 데려다준 다음에 바로 이스트홀로 돌아갔다. 다시 서류 지옥이 그를 반김과 동시에 정신없이 시간이 흘러갔다.

이윽고 루이의 재판 날이 코앞으로 다가왔다. 재판 바로 전날 에드윈은 다시 루이를 찾아갔고 루이는 결심을 내린 듯 창살에 가까이 다가와 목소리를 죽이고 말했다.

"쥬페도라 총사령관은 가끔 부관이나 경호원을 대동하지 않고 혼자 어디론가 다녀오곤 했습니다. 정기적이지는 않고 내킬 때 가는 듯 보입니다만 시기적으로 심란한 일이 있을 때는 꼭 한 번은 다녀오는 것 같습니다. 몇 번 뒤를 밟아 봤지만 저는 다 실패했습니다. 마음을 편안하게 할 종교를 찾는다면 그렇게까지 철저하게 뒤를 따돌리진 않을 것입니다. 그를 곤란하게 할 뭔가는 그 끝에 있다고 생각합니다. 이 정도면 보석금이 됩니까?"

그리고 다음 날 루이의 재판 결과는 증거 불충분으로 무혐의. 이쪽에서 준비한 변호사들이 일을 잘 해 주었다. 재판장 한편에 앉아 있던 쥬페도라의 표정은 거의 변화가 없었지만 미미하게 일그러져 있었다. 쥬페도라는 결과가 나오자마자 자리에서 일어나 재판장을 나가 버렸다.

에드윈은 바로 백작 부인과 루이를 연결해 줄 생각으로 재판에 참석했지만, 끝나고 그가 잠시 볼일을 보고 나온 사이 풀려난 루이는 흔적도 없이 사라져 버렸다.

7. 사냥 (하)

이스릴에게 가방을 줘 버려서 돈도 없겠다 겸사겸사 가려던 쇼핑을 다음으로 미루기로 했다. 어차피 제인과의 대화는 이스릴을 만나기 전에 대충 나눈 뒤라 아쉬울 건 없었다. 저택으로 돌아가자 메오른은 우리가 예상보다 일찍 돌아온 것에 의아함을 표했다. 나는 잠시 한눈판 사이 운 나쁘게 가방을 소매치기 당했다고 말하며 민망한 척을 했다.

메오른은 내게 그럴 수도 있다고 위로했지만 미미에게는 제대로 주변을 살피지 않았다며 엄한 얼굴로 질책했다. 내가 적당히 말리자 다행히 그리 큰 문제로 번지지는 않았다.

실제 핸드백 안에 들어 있던 돈보다 더 많은 금액을 잃어버렸다고 메오른에게 말해 다시 돈을 타 냈다. 나는 착실하게 내 금고를 늘려 갔다.

내 금고는 제인의 방에 있었다. 가구를 들이는 것 외에는 남의 도움을 받지 않고 직접 제인의 방을 꾸민 이유였다. 그 때문에 나는 제인의 방에 고용인들이 드나드는 것을 좋아하지 않는다.

하지만 청소를 이유로 드나드는 건 막을 수가 없었다. 내가 직접 청소 도구를 들고 움직이면서 극성스러운 모습을 보여 볼까도 했지만 오히려 그 방에 뭔가 있다는 의심을 살 수도 있을 것 같아 생각만으로 그쳤다.

메오른 역시 교육을 이유로 꾸준히 제인의 방에 드나들고 있었고 말이다.

그래서 며칠에 걸쳐 고민한 끝에 제인과 말을 맞춰 아예 비밀 금고가 들켰을 때를 대비하기로 했다.

"너는 이제부터 헝겊 인형을 좋아하는 거야."

"……네?"

방 한가운데 서서 금고가 있는 쪽을 바라보다가 문득 뜬금없이 내뱉는 말에 제인이 의문을 표했다. 나는 굳이 제인을 이해시키지 않았다. 제인은 내 수족이지 자식이 아니었다.

"알겠니?"

"네……."

제인은 무조건적인 수긍을 요구하는 내게 순순히 고개를 끄덕여 보였다.

나는 지난번 쥬페도라가 수예 선생과 함께 준비해 준 값비싼 수예 도구 상자를 들고 와 그 안에서 줄자를 꺼내 금고 내부 사이즈를 쟀다. 그리고 미미를 통해서 그 사이즈에 맞고 금고와 동일한 재질로 된 철판을 구해 오도록 부탁했다.

다음 날부턴 제인을 데리고 나가 인형 가게들을 휩쓸며 크고 작은 천 인형들을 한가득 주문했다. 그리고 며칠 후 모든 준비가 끝난 뒤 나는 한밤중에 남들 모르게 제인의 방으로 가서 돈을 금고 안쪽 깊숙하게 쌓아 놓고 철판으로 막아 원래부터 좀 작은 사이즈처럼 보이게 만들어 놓았다.

자리가 부족해 미처 채우지 못한 돈들은 대량으로 들여온 인형들을 뜯어 벌리고는 솜 가운데로 조금씩 말아서 넣었다. 그렇게 몇 시간 동안 제인이 인형을 뜯어 벌리고 내가 바느질을 해 모든 돈들을 숨긴 뒤에야 비로소 작업이 끝났다. 나는 인형 몇 개는 금고 안에 넣어 안을 채우고 나머지는 평범하게 진열해 두며 말했다.

"혹시 들키면 네가 특별히 좋아하는 것들을 숨겨 둔 거라고 둘러대."

"네."

이후로도 인형은 계속 샀지만 가끔은 직접 만들기도 했다. 물론 일주일에 한 번 오는 수예 선생과는 자수를 했지만 딱히 배울 것이 많진 않았다. 그저 일종의 복습 개념이다. 그럼에도 내가 꾸준히 그녀를 만나는 것은 쥬페도라가 준비한 선생이라는 이유 외에도 내가 봉제 인형을 만드는 것에 그녀의 도움을 받을 수 있었기 때문이다.

물론 그녀가 가장 잘하는 것은 자수였지만 그래도 뜨개질을 비롯해서 바늘과 실로 할 수 있는 대다수의 것들을 할 줄 알았다. 거기다 인형 만들기에 좋은 튼튼한 천이나 도구들을 곧잘 구해다 주었기 때문에 꽤나 좋은 선생이라고도 할 수 있었다.

한동안 그렇게 남들 보기엔 아이와 바느질에만 몰두하는 것처럼 지냈고, 어느 날 미미에게서 제인의 동생인 리체를 찾았다는 말을 듣게 되었다. 나는 조금 고민하지 않을 수가 없었다. 바로 만나게 해 주면 제인의 정신이 산만해지지 않을까 걱정이 들었다. 내가 시키는 일을 제대로 하지 않는 것도 문제지만 괜히 실수를 해서 쥬페도라의 의심을 사는 것도 문제였다.

하지만 머지않아 생각을 바꿨다. 이건 반대로 제인의 인질을 잡았다고 여길 수도 있었다. 물론 그렇다고 곧바로 둘을 만나게 하진 않았다. 릭크리만의 처형 날이 다가왔기 때문에 당장 제인의 신경이 분산되게 할 수는 없었기 때문이다.

일단 제인의 일을 좀 뒤로 미뤄 놓고 그보다 우선인 일을 처리하기 위해 평소 틈틈이 연락하는 쥬페도라에게 조심스레 운을 띄웠다.

"보고 싶어요. 언제 와요?"

— ……글쎄. 당분간은 좀 바쁜데?

"제가 갈까요?"

— 여기저기 지방으로 이동이 좀 잦아.

그는 내게 오지 말라는 말을 부드럽게 돌려 했다.

"방해하지 않을게요. 제인 데려오기 전에, 당신이 있는 곳에 한해선 여행 허락했던 거 기억해요?"

— 으음…….

수화기 안에서 난처한 음성이 흘러나왔다. 하지만 얼마 후 마지못해 쥬페도라의 당부 어린 말이 이어졌다.

— 절대 일에 방해되지 않고 군부에서 멀찌감치 있겠다고 약속한다면.

"물론이죠. 그럴게요."

쥬페도라와의 통화를 마친 뒤 응접실 한편 유리 벽 안에 걸려 있는 내 프렌스 총을 바라보았다. 처음 이 총을 손에 쥐었을 때는 불안해서 한시도 곁에서 떼어놓지 않을 정도였는데. 이젠 완전히 장식이 되어 손으로 만질 수조차 없게 된 물건. 손을 뻗어도 유리에 가로막혀 잡을 수가 없다. 내 분신. 너 역시 이곳에서 답답하게 썩어 가는구나.

한참 가만히 프렌스를 바라보고 있는데 문득 옆에 다가와 선 제인이 물었다.

"누구 거예요?"

"뭐가?"

"이 총이요."

제인이 검지를 들어 프렌스를 가리키며 나를 올려다보았다. 잠시 제인을 내려다보다가 약간 웃었다. 이 애가 리체에 관한 것 빼고 무언가에 흥미를 보이는 것은 처음인 것 같았다.

"내 거."

"이젠 쓰지 않는 건가요?"

"그렇지. 왜. 가지고 싶니?"

"……조금요."

나는 제인의 머리에 한 손을 얹으며 다시 프렌스를 향해 시선을 돌렸다.

"안 돼."

"별로 욕심내진 않았어요……. 비싸 보이고."

웅얼웅얼 대꾸하는 제인을 다시 흘긋 보았다. 습관처럼 금방 단념하는 모습이 조금 안쓰럽기도 했다.

"비싸서 안 된다고 한 게 아니야."

"……?"

"저런 물건은 사람에게서 참을성이란 걸 없어지게 하거든."

"전 총으로 사람 죽인 적 있어요."

제인이 눈을 똘망똘망하게 뜨고 마주쳐 왔다. 이렇게 말하면 혹시 만져 보게라도 해 주려나? 싶은 기색이 훤히 보였다. 나는 모르는 척했다.

"그래? 근데?"

"교관에게서 칭찬도 받았고⋯⋯."

"그러니? 넌 군인이 될 생각이야?"

"아뇨."

"그럼 그런 걸 뿌듯해하지 마. 전장이 아닌 곳에선 자랑거리가 아냐."

나는 제인의 머리 위를 톡톡 가볍게 두어 번 두드리곤 손을 거뒀다. 제인은 그래도 프렌스가 탐이 나는 모양이었지만 더 말을 꺼내지는 않았다. 나는 몸을 돌려 응접실을 나서며 말했다.

"곧 여행을 갈 거야. 그때 숨바꼭질 한 번 더 하자."

"네."

나는 그 후에 미미를 따로 만나 동선 계획을 마무리 짓고 미리 라이플을 하나 준비시켜 놓았다.

드디어 여행 날이 되었다. 제인은 물론, 미미를 포함한 몇 명의 경호원들과 함께 쥬페도라가 있는 곳으로 향했다. 물론 쥬페도라를 당장 만날 수는 없었다. 그는 시찰 중이었고 나는 그를 방해하지 않기로 약속을 한 터라 얌전히 그가 머무는 호텔에서 기다렸다. 물론 방은 따로 잡았다.

쥬페도라는 늦은 밤이 되어서야 내가 있는 방으로 모습을 비쳤다. 나는 자수를 놓고 있다가 노크 소리에 문을 열고 그를 맞았다. 쥬페도라는 웃고 있었지만 썩 기분 좋은 기색은 아니었다. 이유는 금방 알 수 있었다.

"당신은 여기 와서까지 나와 방을 따로 쓰겠다는 건가? 이젠 봐주지 않겠다고 지난번에 얘기한 것 같은데 말이야."

"아……. 오해예요."

"오해?"

성큼 방 안으로 들어와 문을 닫은 쥬페도라는 테이블 앞으로 가 앉으며 모자를 벗었다. 그는 다리를 꼬고 깍지 낀 손을 허벅지에 올리며 의자에 등을 편안하게 기댔다.

"변명은 더 듣지 않겠다고 했지만,"

"……."

"사랑으로 일단 들어는 보지. 말해 봐."

나는 조심스럽게 그의 맞은편으로 가 앉았다.

"당신이 일 때문에 바쁘고 피곤할 거 같아서요. 신경 쓰게 하고 싶지 않았어요."

"그것참 눈물 나는 배려로군. 그럼 애초에 여기까지 오지도 말았어야지."

"미안해요……. 이렇게 불쾌해할 거라곤 생각지 못했어요. 전 그냥 좋은 마음에서 그런 건데……."

"정말 그런 마음이었더라도 참으로 짧은 생각이라 말해 주겠어. 당신이 이런 행동을 하면 우리 주변 사람들이 어떤 상상을 할 것 같아? 적어도 금슬 좋다고 생각진 않을 거야. 안 그래?"

"……."

"더군다나 여긴 고용인들만 있는 게 아니야. 당신은 여행이지만 나는 일이라고. 내가 여기로 부관을 몇이나, 또 호위 병사를 몇이나 대동했다고 생각해?"

"제가 생각이 짧았어요. 미안해요. 바로 당신 방으로 옮길게요."

"됐어. 그냥 내가 여길 쓰면 되는 일이니까. 어차피 잠만 자는 방이었고 굳이 당신이 힘들게 그럴 필요는 없어."

"아······ 네."

순순히 수그리며 잘못을 인정하고 사과하자 비로소 쥬페도라의 분위기가 약간이나마 풀어졌다. 쥬페도라는 꼰 다리와 손깍지를 풀고 내게 가까이 오라는 손짓을 했다. 나는 자리에서 일어나 그의 앞으로 다가가 섰다. 쥬페도라는 내 허리를 잡고 제 다리에 앉히더니 한 팔로 몸을 감싸 품에 기대게 했다. 나는 이번엔 꽤 의연한 기분으로 그의 터치에 응할 수 있었다.

쥬페도라는 다른 손으로 내 얼굴을 부드럽게 쓰다듬으며 눈을 가까이 마주쳐 왔다.

"화내서 미안해. 하지만 오늘은 정말로 서운했어."

"아니에요. 제가 생각이 짧았어요."

"우리, 아직도 괜찮은 거지?"

"그럼요."

"그럼······"

얼굴을 쓰다듬던 손이 천천히 목을 지나 가슴을 스치고 허리선을 매만졌다. 이윽고 그 손은 더 아래로 내려와 치마에 감싸인 허벅지를 잡았다. 쥬페도라가 얼굴을 더 가까이 하며 물었다.

"이건?"

더는 물러날 핑계가 없었다.

나는 말없이 그의 목 뒤로 두 팔을 감았고 쥬페도라는 곧바로 내게 입을 맞춰 왔다. 그 뒤론 둘 다 멈춤이 없었다. 쥬페도라는 나를 안길 원했고 나는 그것에 응했다. 머지않아 나는 그에 의해 침대로 옮겨졌다. 그대로 옷을 벗고 맨몸을 맞대고 비비다 성기를 끼워 맞춰 흔든다. 그런 단순한 행위일 뿐인데 우리 둘 다 금세 숨이 차올랐다.

거칠지는 않았지만 오랜만인 탓인지 쥬페도라는 무척이나 탐욕스럽게 나를 먹어 치웠다. 새벽이 오도록 안에 몇 번이나 사정을 하고도 그는 내 몸을 안고 좀처럼 놔주질 않았다. 마치 나를 진심으로 원한다는 듯이 열정을 보이는 그를 나는 이해할 수가 없었다.

침묵으로 일관한 채 오로지 섹스로만 전해지는 그의 의미 모를 감정이 힘겨웠다.

나를 안고 잠든 쥬페도라의 품을 벗어나 잠시 그를 내려다보았다. 그러다 속에서 빙글빙글 도는 감정을 결국 참지 못하고 침대를 내려왔다. 옷을 대충 주워 입고 방을 나서서 도피처로 택한 곳은 제인이 머무는 곳이었다. 나는 제인의 방 문 앞에 쪼그려 앉아 죽고 싶어지는 기분으로 담배를 물었다. 약간 울고 싶기도 했다. 어쩌면 이미 울고 있나 싶어 한 손으로 눈가를 비볐지만 눈물은 없었다.

며칠간 나와 제인은 쥬페도라의 행선지를 따라 이동했지만 그래도 그의 일행과 함께 움직이지는 않았다. 일을 방해하지 않겠다고 약속했으니까. 쥬페도라를 만나는 건 밤뿐이었다. 그리고 쥬페도라는 그때마다 어김없이 나와 섹스를 원했고 나는 그것에 응했다. 그리고 항상 그를 재운 뒤엔 제인이 있는 방 문 앞에 쪼그려 앉아 담배를 피웠다.

이윽고 이스트란 부근에 당도했다. 처형을 하루 앞두고 릭크리만이 있는 도시에 도착한 것이다. 쥬페도라는 아마 처형에 참석할 예정으로 보였다. 그리고 나는 그 시간에 제인과 쇼핑을 하기로 되어 있다.

다음 날 처형 당일, 쥬페도라는 끝까지 릭크리만의 처형에 대해 내게 전하지 않은 채 호텔방을 나섰다.

나는 제인과 함께 번화가로 나왔다. 예정 시각까지 앞으로 두 시간. 인파가 많은 곳에 들어서자 나는 제인의 등을 툭 치며 신호를 보냈다. 제인이 주변에 서 있던 경호원들의 등을 바라보다가 점점 뒷걸음질을 쳐 인파 속으로 사라졌다.

"제인?"

쇼의 시작. 막이 오르자 나는 주변을 두리번거리다 이윽고 호들갑스레 비명을 지르며 패닉에 빠진 여자를 연기했다. 경호원들이 모두 흩어져 제인을 찾기 시작했고 나는 곧 멀뚱히 서 있는 운전수를 향해 빽 소리를 질렀다.

"당신은 거기 뭘 멍하니 서 있어! 빨리 찾아!"

그제야 운전수도 허둥지둥 제인을 찾기 위해 달려 나갔다. 나는 그대로 몸을 돌려 인파를 헤치고 찻길로 빠져나왔다. 내 앞으로 택시 한 대가 섰다. 문을 열고 뒷좌석에 타자 아까 다른 경호원들과 함께 흩어졌던 미미가 운전석에서 날 돌아보며 가방을 두 개 건네준다. 그 중의 하나엔 갈아입을 옷이 들어 있었다. 나는 옷을 갈아입은 뒤 올렸던 머리를 풀어 낮게 묶었다.

차는 한참을 달려 처형장에서 가까운 어느 폐건물 앞에서 멈췄다. 그곳 옥상으로 올라가 다른 가방에 들어 있던 지지대를 맞춰 세우고 라이플을 조립해 지지대에 끼웠다. 미미가 미리 와서 봐 둔 덕에 별다른 조정 없이 자리를 잡을 수 있었다. 조준경은 처형장을 훤히 비췄다.

시간이 다가와 처형장 기둥에 처음 보는 남자가 묶였고 나는 그게 릭크리만이라는 것을 금세 알 수 있었다. 실제로는 처음 보지만 사진으로 미리 얼굴은 익혀 두고 있었으므로 혼동하는 일은 없었다. 나는 그의 얼굴에 복면이 씌워지는 것을 보며 방아쇠에 손가락을 걸었다.

말 한마디 나눈 적 없음에도 나는 그를 증오한다.

절대 용서할 수 없는 자.

남의 손에 죽게 할 생각은 없었다.

집행인 중 하나가 손을 번쩍 위로 들었다. 릭크리만 앞에 총을 들고 서 있던 사수들이 총구를 그에게 겨누며 자세를 잡는다. 그 순간, 나는 총을 발사시켰다. 소음기에 가로막힌 총소리가 바람처럼 귓가에서만 흩어지다 사라졌다.

나는 릭크리만의 가슴에서 피가 튀는 모습을 확인한 뒤 조준경에서 눈을 떼고 잠시 하늘을 보았다. 이윽고 눈을 감으며 모건을 죽일 당시에도 차마 하지 못한 부모님의 명복을 비로소 빌 수 있었다.

부디 편히 쉬시길.

8. 치얼스 (상)

아주 짧은 추모를 끝낸 뒤 지체하지 않고 그곳을 벗어났다. 차 안에서 다시 옷을 갈아입고 머리를 틀어 올렸다. 미미는 쇼핑몰 근처에 날 내려 주곤 택시를 몰고 사라졌다. 나는 옷을 조금 구깃거려 제인을 찾아 헤맨 듯한 모습을 만들어 내곤 제자리로 돌아갔다.

먼저 차 근처에 도착해 있던 건 운전수였다. 운전수는 나를 어려워하는 기색을 보이면서도 괜찮냐고 몇 번이나 물으며, 경호원들도 조금 전 돌아왔었지만 내가 보이지 않아서 이번엔 나와 제인 둘 다 찾기 위해 다시 흩어졌다고 알려 줬다.

한참 후 경호원들이 하나둘 돌아오기 시작했다. 나는 그들에게 둘러싸여 손톱을 물어뜯다가 문득 미미가 제인을 데리고 돌아오는 모습을 발견하고 숨을 크게 터프렸다. 그대로 제인에게 달려가 무릎을 꿇고 그 작은 몸을 한참 동안 끌어안았다.

"제인."

"……."

"……고맙다."

나는 제인의 귓가에만 닿을 만큼 작은 목소리로 감사를 전했다. 내게 안겨 가만히 서 있던 제인은 내 옷자락을 말없이 잡아 쥐었다.

나는 제인과 함께 차에 올라타 호텔로 돌아갈 것을 운전수에게 지시했다. 이편이 자연스러울 거란 생각을 한 것도 있지만 사실 좀 피곤하기도 했다. 하지만 쥬페도라와 밤을 보낸 그 방으로 들어가진 않았다. 나는 제인의 방으로 와서 침대에 털썩 누워 천장을 바라봤다. 그러다 고개를 돌려 아직 방 가운데에 서 있는 제인을 향해 손짓했다.

"이리 와 봐."

제인이 작은 발을 떼 타박타박 다가오자 나는 옆으로 누워 시트를 짧게 두드렸다.

"내가 며칠 잠을 제대로 못 잤어. 좀 도와줬으면 하는데."

"……?"

"여기 누워 봐."

한쪽 팔 아래로 베개를 놓고 제인을 눕게 했다. 이불을 끌어 제인의 몸에만 덮어 준 뒤 이불째로 아이를 품에 끌어안으며 눈을 감았다. 새삼 온기가 필요하거나 했던 건 아니다. 밤마다 쥬페도라와 살을 맞대고 있으니 오히려 혼자인 편이 나았을뿐더러 어차피 두꺼운 이불 탓에 제인의 온기 역시 느껴지지 않았다.

그런데도 잠자리 곁에 굳이 제인을 둔 것은 아까 품에 끌어안았을 때 코끝에 닿았던 아이 냄새가, 내 뺨에 닿았던 부드럽고 보송보송한 솜털이 어쩐지 충격적이었던 탓이다. 무엇에 충격을 받았는지는 알 수 없었다. 그저 조금 놀랐다.

곁에서 들려오는 살아 있는 제인의 숨소리를 듣다 보니 마음이 편안해졌다. 단 한 발뿐이었지만 그 한 발에 온 신경을 다 쏟은 탓인지 쉽게 가라앉지 않았던 흥분도 서서히 안정되었다.

아이라는 무방비한 인상 때문인가. 겉모습으로 상대를 판단하는 게 얼마나 위험한 짓인지 잘 알고 있고 이미 제인의 이면 또한 알고 있었음에도 내 마음은 별다른 위기감을 느끼지 못했다.

아니, 어쩌면 제인 때문이 아니라 릭크리만을 죽인 탓일지도 모르겠다.

과거에 대한 모든 복수가 끝났다는 생각에 긴장이 풀어진 걸지도.

이유야 어쨌든 간에 그간 쥬페도라와 밤을 보내며 좀처럼 이루지 못했던 잠을 비로소 이룰 수 있었다.

다시 눈을 떴을 때는 이미 저녁이었다. 어둑해진 방 안이 눈에 들어오고 부스럭대며 몸을 일으키다 문득 시선을 내렸다. 제인도 어느새 눈을 감고 색색거리며 자고 있었다. 나는 그 모습을 바라보다 반쯤 일으켰던 몸을 다시 시트 위에 뉘었다. 뒤척임도 악몽도 없이 편안한 수면이었다. 개운했다.

어스름한 어둠 속에서 이불에 파묻히듯 한 제인의 얼굴을 가만히 바라보았다. 머리가 맑아지자 드디어 내가 아까 뭐에 놀랐던 건지 깨달았다. 그로 인해 젖살이 남은 동글동글한 얼굴 윤곽이 신경 쓰이기 시작했다는 것도.

이렇게나 어렸구나…… 해서.

그러고 보면 어린 나이에 고생을 하는 건 나보다 더한 녀석이었다.

나도 이런 때가 있었을까. 물론 당연히 있었겠지만 지금 기분상으론 없었던 것 같다. 이상한 기분으로 제인의 얼굴을 오목조목 뜯어보다 문득 오랫동안 잊고 있던 기억이 하나 자각하듯 떠올랐다. 너무나 뜬금없이.

눈이 오던 밤. 내가 아주 어렸던 시절. 그러니까 제인보다도 더 어렸을 때였던 것 같다. 왜인지 싸늘한 바람이 새 들어오는 좁은 곳에 쪼그려 앉아 나보다 조금 더 크긴 하지만 역시나 아이에 불과한 언니의 품에 파묻혀 추위를 달래던 내가 있었다.

'잠들면 안 돼. 데본.'

"······!?"

그 순간 자리에서 벌떡 몸을 일으키며 손으로 머리를 짚었다. 뭐지 이건. 전혀 모르는 기억이다. 이건 내가 모르던 일이다. 이제 와 다시 떠올릴 기억이 남아 있던 건가? 아니면 망상인가? 나도 모르게 언니를 그리워하고 있었다거나? 그래도 그렇지 이런 어이없는 기억 조작을.

혼란스러워하던 중에 문득 옆에서 부스럭거리는 소리에 눈을 돌렸다. 어느새 잠에서 깬 제인이 몸을 일으켜 눈을 비비고 있었다. 그러다 고개를 든 제인이 내게 조용한 어조로 말했다.

"안녕히 주무셨어요."

"아······ 응."

"지금 몇 시예요?"

"응? ······아. 응. 잠깐만."

곧바로 손목시계를 내려다봤지만 그사이에 더 어두워져 시곗바늘이 잘 보이지 않았다. 이내 제인이 침대를 내려가 등을 켜며 직접 벽

시계를 확인했다. 7시가 다 되어 갔다. 그리 늦지 않은 시간이었지만 아직 해가 짧아 밖은 어두웠다.

"낮잠치고는 많이 잤네요."

"……그러네."

"배 안 고프세요? 점심도 걸렀는데."

"응? 아, 그렇지. 배고프지. 배고픈 시간이지."

스스로 생각해도 이상스럽게 허둥대던 나는 그제야 손으로 배를 짚었다가 뒤늦게 허기를 느끼고 대답했다. 제인은 그런 나를 의아하게 바라보았지만 별말은 하지 않았다. 잠시간 우리 사이에 침묵이 흘렀다. 나는 멀뚱멀뚱 제인을 바라보다 이번에도 늦게 반응했다.

"아…… 먹으러 나갈까?"

"네……."

"그래. 그럼 나가자."

곧바로 침대에서 내려와 거울 앞에서 머리를 매만지곤 한편에 던져두었던 백을 들었다. 제인은 여전히 등 스위치 앞에 서서 손으로 자신의 머리를 대충 매만지고 있었다. 그러다 내가 한 손을 내밀자 조용히 그 손을 맞잡는다. 제인과 함께 문을 열고 방을 나서며 물었다.

"그러고 보니 물어본 적 없는 것 같은데 뭐 좋아해? 좋아하는 거 사 줄게."

어느새 혼란을 잠재우고 분산되었던 신경을 제인에게 모았다. 제인은 호텔을 나설 때까지 곰곰이 메뉴를 고민하다가 경호원의 부름에 부랴부랴 내려온 운전수가 열어 주는 차 안에 올라탔을 때가 되어서야 대답했다.

"와플……."

"와플? 그거 좋아하니?"

"먹어 본 적은 없어요. ……식사로는 안 되나요?"

"음……."

눈치 보는 표정으로 올려다보는 제인을 바라보다 이내 상관없겠다는 생각을 했다. 차 창문을 내려 아직 밖에 서 있는 경호원 중 한 명에게 근처에 와플을 잘하는 가게가 있는지 호텔 직원들에게 물어보고 오라 했다. 머지않아 돌아온 경호원이 말했다.

"호텔 카페에서도 와플을 하는 모양이라 직원에게선 제대로 된 대답을 들을 수가 없었습니다. 대신 지나가던 투숙객이 호텔보다 나은 가게가 있다며 추천해 준 곳이 있습니다. 여기서 그리 먼 곳은 아닙니다."

경호원에게서 약도가 그려진 메모지를 받아 잠시 보았다가 이내 운전수에게 넘겼다.

"여기로 가 줘요."

"예."

운전수는 오늘 낮에 내가 고함을 쳤던 것을 아직 기억에 남겨 두고 있는 모양인지 이전보다 더 나를 어려워하고 있었다. 안쓰러울 정도로 벌벌대며 메모지를 받는 그에게 한숨을 쉬며 말했다.

"그리고 아까 낮에는 미안했어요. 내가 좀 다혈질이라. 고치려고는 하는데 가끔 그렇게 되네요. 부디 너그럽게 이해해 줬으면 좋겠어요. 나도 노력할게요."

"아, 아닙니다. 신경 쓰지 마십시오."

"고마워요."

와플 가게를 알아 온 경호원은 조수석에 올라탔다. 슬쩍 창밖으로 눈을 돌리니 미미는 다른 차에 올라타고 있었다. 차가 출발한 뒤 조수석의 경호원에게 물었다.

"다들 쉬는 시간도 없는 건가요? 낮에 같이 나갔던 사람들이 아직 보이는데."

"2교대로 돌아가며 쉬고 있습니다. 조금 전에 다시 교대한 참입니다."

"그렇군요. 식사는 했어요?"

"예? 아, 예. 간단하게."

"제대로 먹어 둬요. 나도 군에 있을 때 단 하루뿐이지만 지금의 총사령관님 경호를 한 적이 있었어요. 별로 한 건 없었는데 그래도 꽤 피곤하더군요. 아무래도 남의 의지에 따라 움직인다는 게 여러모로 스트레스받는 일이니. 아. 이름이?"

"위드입니다."

"그래요, 위드 씨. 그러니까 몇 날 며칠 내 일정에 따라다니는 당신들은 훨씬 더 힘들 거라 생각해요. 거기다 낮의 일 때문에 경호대장에게서 위드 씨를 비롯한 모두가 좋지 않은 말을 들었을 거라는 것도 예상하고 있고요."

"괜찮습니다."

"남부에 돌아가면 메오른 씨에게 말해서 이번 여행에 같이 와 준 당신들에겐 특별 수당이 가도록 잘 얘기해 볼게요. 그러니까 마지막까지 고생해 줘요."

"……신경 써 주셔서 감사합니다."

후회는 하지 않지만, 그래도 내 이기심에 많은 사람들에게 민폐를 끼쳤다는 자각은 하고 있다. 고작 총사령관 부인에 불과함에도 이런데 더 높이 올라간다면 어떻게 될까. 아마 더 많은 사람들이 고생할 것이다. 책임감을 느끼지만 책임질 수 없는 죄책감이 늘 따라붙겠지.

물론 나는 필요하다면 망설이지 않고 그들을 밟고 지나가겠지만 그렇다고 아무렇지 않을 수는 없을 것이다.

그러므로 나는 내 몸 하나만 책임질 수 있는 자리면 족했다. 사실 지금의 자리조차 나에겐 너무 과했다. 하지만 지금은 어쩔 수 없으므로 내가 그들에게 특별한 것은 해 줄 수 없어도 이렇게나마 조그마하게 보상이 되길 바랐다.

머지않아 도착한 가게에서 와플과 주스, 그리고 커피를 주문했다. 두 손으로 와플을 들고 맛있게 먹는 제인을 한참 바라보다가 물었다.

"맛있어?"

제인은 고개를 끄덕였다. 그래, 맛있어 보인다. 나는 약간 웃으며 커피를 한 모금 마셨다. 제인이 입가에 부스러기를 조금 묻힌 채 내게 물었다.

"배 안 고프세요? 오늘 아침밖에 안 드셨잖아요."

"그렇지. 아마 평소라면 엄청 먹어 댔을 거야. 피치 못한 상황에 위험할 정도로 굶은 적이 몇 번 있는 탓인지 나는 배고프다 싶으면 기분상으로 먼저 죽을 거 같거든."

"근데 왜 안 드세요?"

딸깍. 잔을 받침 위에 내려놓고 팔을 세워 턱을 괴었다. 그렇게 제인과 빤히 눈을 마주하고 있길 잠시 나는 다시 아이를 향해 웃어 보이며 말했다.

"근데 오늘은 네가 먹는 것만 봐도 배부르네."

제인은 이해가 안 된다는 표정으로 고개를 약간 갸웃거렸다. 하지만 이내 자기랑 상관없다는 듯 다시 와플을 바삭바삭 먹기 시작한다. 나는 턱을 괴었던 손을 내리고 다시 커피를 마시며 말했다.

"아, 맞다. 리체를 찾았대."

"……!"

우물거리던 입을 멈추며 제인이 눈을 동그랗게 떴다. 곧 와플을 든 두 손이 입가에서 내려와 빈 접시 위를 탁 때리더니 제인이 의자에서 벌떡 일어난다. 나무 바닥에 의자 밀리는 소리가 났다. 아직 어디 있는지도 말 안 했는데 제인은 금방이라도 리체를 찾아 뛰쳐나갈 듯한 기세였다. 그 모습을 보자 나는 어느새 식어 버린 커피의 온도가 신경 쓰이기 시작해 더 마시고 싶지 않아졌다.

"앉아. 여행 기간도 좀 남았고 무엇보다 그 애도 남부로 이동시키기 전까진 못 만나."

"아……."

"기쁘니?"

"기뻐요."

제인은 진지한 얼굴로 대답했다. 나는 의식적으로 입가를 올리며 커피 잔 안의 까만 찻물을 내려다보았다.

"다행이네."

호텔에 돌아와 제인을 먼저 들여보내고 내 방으로 돌아왔을 때 막 겉옷을 벗고 있는 쥬페도라와 마주쳤다. 나는 문을 연 채 잠시 멈춰 있다가 이내 웃음을 지으며 안으로 들어와 닫았다.

"돌아왔다는 말은 못 들었는데요."

"내가 말하지 말라고 했어."

그는 무심히 대꾸하며 이번엔 넥타이를 풀었다. 나는 잠시 천장을 보며 생각해 보다 다시 쥬페도라에게 시선을 되돌렸다.

"왜요?"

"당신 신경 쓸까 봐."

"괜찮은데."

"그냥 그러고 싶었어. 뭘 그렇게 신경 쓰는 거야?"

방 안으로는 들어왔지만 여전히 거리를 두고 서 있는 내게 그는 웃어 보이며 말했다. 그제야 나는 천천히 테이블로 다가가 그 위에 백을 올리고 의자를 빼 앉았다. 그가 셔츠 손목의 커프스를 빼며 물었다.

"안 씻어?"

"좀 이따가요. 먼저 씻어요."

"그럼 나도 나중으로 미루지."

쥬페도라는 등 뒤로 다가와 두 손으로 내 어깨를 잡았다. 그가 고개를 숙이고 내 목에 입을 맞춘다. 그 의미를 알아채고 애써 한숨을 삼켰다. 오늘은 변명할 말을 찾아야…….

"저기…… 오늘은……."

조심스럽게 입을 열었지만 쥬페도라는 내 말을 들을 생각이 없는 듯, 한 손으로 내 턱을 잡아 제 쪽으로 돌리며 입술을 맞댔다. 입 안으로 들어오는 혀에 절로 손에 힘이 들어갔다. 테이블보를 세게 쥐며 그를 밀쳐 내고 싶은 손을 참아 누른다. 입술을 뗀 쥬페도라가 나를 붙잡아 일으켜 세우더니 그대로 침대로 향했다.

"자, 잠깐만요……!"

약간 버티며 말했지만, 쥬페도라는 여전히 내 말을 듣지 않았다. 그가 이런 적은 처음이었다. 쥬페도라는 내가 순순히 따르지 않자 날 억지로 끌어당겨 던지듯 침대에 눕히곤 위에 올라탔다. 그의 손이 내 가슴을 붙잡았다. 나는 결국 힘껏 그를 밀치며 침대를 벗어나 뒤도 안 돌아보고 방을 뛰쳐나갔다.

다급하게 복도를 내달려 내가 도착한 곳은 제인의 방 문 앞이었다. 문을 두드리려고 주먹을 쥐어 들었지만 이내 정신이 파뜩 들며 손을 허공에 멈췄다.

시선을 내려 그제야 내 꼴을 보았다. 어느새 신발도 벗겨져 없어진 맨발로 복도 카펫 위에 서 있었다. 뒤늦게 놀라 숨을 크게 들이삼키고 단추 두어 개가 풀린 블라우스 목 부분을 두 손으로 구겨 쥐며 재빨리 돌아섰다. 하지만 갈 데가 없었다.

결국 그대로 자리에 쪼그려 앉아 웅크리고 있다가 바닥에 완전히 엉덩이를 붙였다. 발끝을 꼼지락대며 조금씩 뒤로 물러나길 잠시, 결국 문이 등에 닿으며 더는 뒤로 밀리질 않았다.

숨소리조차 죽이며 양 무릎에 이마를 기댔다. 왜인지 죽고 싶었다.

다행히 쥬페도라는 나를 뒤쫓아 오거나 하진 않았다. 방 안에 있을 제인도 나를 눈치챈 것 같지 않았다. 거기다 안전을 위해 이 층은 통째로 빌린 것이라 호텔 직원들도 부르기 전까진 잘 왕래하지 않을 것이다. 하지만 뒤늦게라도 누가 올지 모르니 당장 몸을 일으켜 자리를 이동해야 옳았다. 그렇지만 정말로 갈 곳이 없었다. 어깨를 더욱 움츠리며 목이 조여질 정도로 옷자락을 세게 쥐었다. 그때였다. 문득 머리 위에서 누군가 말을 걸어왔다.

"저…… 속옷 보입니다?"

"……?!"

놀라 고개를 들었다. 바닥이 카펫이라 다가오는 발소리가 작았다는 건 변명이 되지 못했다. 그저 내가 잠시 제정신이 아니었다는 뜻이다. 눈앞으로 조금 구겨져 있는 군의 정복 바지가 보였다. 길쭉한 다리를 따라 천천히 눈을 들자 에드윈이 멀뚱한 얼굴로 날 내려다보고 있었다. 이 사람이 왜 여기에……. 내 얼굴을 확인한 에드윈도 놀란 듯 이내 눈을 동그랗게 떴다.

"준위……."

"아……."

그때 등 뒤에서 문고리 돌아가는 소리가 들렸다. 제인이 에드윈의 목소리를 듣고 확인차 나와 보려는 것 같았다. 나는 목소리를 내려다 말고 허둥대며 자리에서 일어섰다. 그대로 급히 자리를 벗어나려 했지만 그 순간 에드윈이 재빠르게 내 팔을 잡아챘다.

"잠깐."

"……!"

내 시선은 에드윈이 아닌 제인의 방 문으로 향했다. 문이 조금씩 열리고 있었다. 이 꼴을 제인에게 보인다는 생각만으로도 온몸에 소름이 끼쳐 오르며 절로 비명이 나올 것 같았다. 어느새 몸이 빳빳하게 굳어져 이젠 도망은커녕 에드윈을 뿌리칠 수조차 없었다. 에드윈은 그런 날 보고 무슨 생각을 한 건지 이내 한 팔에 걸쳐 들고 있던 코트를 내 머리로 던지듯 뒤집어씌웠다. 눈앞이 깜깜해지고 곧 능청스러운 에드윈의 목소리가 들려왔다.

"아, 시끄러웠어? 미안, 꼬마야. 이제 조용히 할 테니까 신경 쓰지 말고 들어가."

"……."

아무런 대꾸 없이 다시 문 닫히는 소리가 조용하게 들렸다. 그로부터 얼마 후 나는 머리 위에 덮어진 코트를 조심스럽게 잡아 내렸다. 내 앞에 등을 보이고 서 있던 에드윈은 그제야 날 돌아보았다. 나는 그를 마주 보다가 말없이 손에 든 코트를 돌려주었다. 에드윈은 코트를 받으며 조금 전보다 확연히 작은 목소리로 내게 권했다.

"우리 얘기 좀 할까."

어차피 갈 곳도 없었고 나는 묵묵히 고개를 끄덕이다가 문득 목 부분의 단추가 아직 풀려 있음을 떠올리곤 그제야 허둥지둥 단추를 채웠다. 군 시절 혼자 울고 있었을 때도 그렇고, 지난번 만취해 골목에 숨어들었을 때도 그렇고, 또 이번도 그렇고……. 에드윈과는 참 좋지 않은 순간에 잘 마주하는 것 같았다. 그러고 보니 수습 시절 루이에게 죽을 뻔했을 때도 그랬다. 의도치 않게 그에겐 여러모로 신세를 많이 졌다.

앞장선 에드윈의 등을 보며 그 뒤를 따르길 잠시, 그는 문득 조금만 기다리라며 날 복도 끝에 세워 두고 어디론가 가 버렸다. 얼마 후 다시 돌아온 에드윈은 허리를 굽혀 내 발 앞으로 호텔방에 기본으로 비치되는 실내화를 하나 놓아 주었다.

"일단 이거라도 신어."

"……고맙습니다."

작은 목소리로 감사를 표했다. 에드윈은 소리 없는 한숨을 쉬며 다시 등을 보이고 발을 옮겼다. 우리는 호텔의 커피숍으로 갔다. 에드윈은 차를 한 모금 마시고 잔을 내려놓으며 물었다.

"일단 물어보겠는데. 혹시 도움이 필요한 상황인가?"

"……아니요."

에드윈과는 눈도 마주치지 않고 그저 손으로 잔을 만지작거리며 대꾸했다. 에드윈은 손가락으로 테이블을 잠시 두드렸다.

"그래? 그렇다면 그 이상의 물음은 실례가 되겠군. 그럼 대체 뭐라고 운을 떼야 하나. 내가 아무리 무신경해도 아까 모습을 보고도 잘 지냈냐고 묻기엔 좀 아니잖아."

말리는 걸 뿌리치고 기어이 내달리더니 꼴좋다고 생각하는지도 모르겠다. 나는 긴장도 없이 그저 주눅이 든 채 가만히 앉아 있었다. 에드윈도 그 이상 별말이 없었다. 그렇게 침묵이 오랫동안 길어져 결국 나도 입을 열어야 했다.

"여긴 어쩐 일이세요."

"오늘— 행사라기엔 좀 그렇고 그냥 장교들이 몇 모이는 일이 있었거든. 총사령관의 측근들이야 밖에서 자릴 가졌을 테니 따로 인사는 필요 없었을 테지만, 나는 그 자리에 초대되지 않았어. 그래도 어쨌든 예의상 인사는 해야 하니까 들른 거야."

"그렇군요."

에드윈 역시 릭크리만의 처형을 보러 왔었던 모양이다. 고개를 드니 에드윈은 조금 귀찮은 표정이었다.

"인간관계란 게 참 복잡한 거거든. 뻔히 서로가 불편한 관계인 걸 알면서도 표면적인 예의는 지켜야 할 때도 있는 거지. 안 그러면 트집을 잡힐 수도 있으니까 말이야. 안 그래도 오늘 문제가 생겼었는데 그 불똥이 나한테 튀면 곤란하잖아."

"……그럼 올라가 보세요. 방에서 연락을 받았으면 기다리고 있을지도……"

"그만둘래."

"예?"

"인사만 전하면 됐지 뭐. 총사령관 부인이니까 대신 전해 줘. 자네가 날 돌려보냈다고 둘러대면 되는 일이잖아. 그 정돈 해 줄 수 있지?"

"……예. 알겠어요."

"아— 근데 이렇게 아무렇게나 하대하면 안 되는 거였던가? 아무리 전 부하였다고는 해도 지금은 군인도 아닐뿐더러 총사령관 부인인데."

"아니요. 괜찮습니다."

"괜찮다니 고맙군. 그나저나 뭐라고 불러야 해. 아무리 그래도 이젠 레이시 준위라고 부르면 안 되잖아?"

"……제이라고 부르세요."

"흠. 그래. 제이. 오랜만에 만나서 반가웠어. 인사도 부탁했으니 그만 나는 일어날게. 계산은 내가 하지. 마저 마시고 올라가."

에드윈은 내게 작은 친절을 베풀긴 했지만 역시 더는 예전처럼 살갑게 굴지 않았다. 말투는 아무렇지 않은 듯하면서도 확연한 선을 그으며 냉정한 기운을 풍긴다. 나는 딱히 그게 서운하지도 어쩌지도 않았다. 그저 내가 뿌린 대로 거두는 거였다. 자업자득. 이래저래 엉망진창을 만들어 버린 스스로에게 회의감을 느낄 뿐이다. 지금 내게 제대로 된 것이라곤 정말 아무것도 없었다. 그럴 수밖에 없었다고 스스로를 속이는 것도 이젠 슬슬 지친다.

"네. 살펴 가세요……."

에드윈이 자리에서 일어나 돌아섰다. 나는 약간 현실감 없이 그에게 작별을 고했다. 출입구로 향하는 에드윈을 바라보다가 테이블 위로 시선을 내렸다. 아직 한 입도 대지 않은 커피 잔을 가만히 응시했다. 저걸 다 마시면 나는 그 방으로 다시 돌아가야 한다 생각하니 더 마시고 싶지 않았다. 그렇다고 계속 여기에서 죽치고 있을 수만도 없다. 여기도 영업시간이라는 게 있으니 말이다. 결국 돌아가야 한다면 그나마 빨리 돌아가는 편이 쥬페도라의 심기를 덜 건드리는 편일 것이다. 하지만…… 역시 돌아가고 싶지 않았다.

"후우……."

절로 한숨을 내쉬며 손으로 얼굴을 길게 쓸었다. 한 번 망했던 내 인생을 내 손으로 또다시 망쳤다.

왜 나는 쥬페도라를 사랑해 버렸을까.

돌이킬 수 없는 후회만 연속이다.

"아~ 정말 짜증 나서 못 봐주겠네! 레이시 준위!"

문득 가게 안을 쩌렁쩌렁하게 울리는 목소리에 상념에서 벗어나 고개를 들었다. 왜인지 아직 빠져나가지 않은 에드윈이 출입구 앞에 서서 나를 바라보다가 이내 척척 다가왔다. 그는 억지로 내 팔을 잡아 일으키더니 조금 전과는 확연히 다른 나직한 말투로 말했다.

"나가자."

거기에 나는 그에게 저항할 생각도 않고 멍청하게 또 따라가고 만다. 바보냐고 스스로에게 묻지만 내 발은 망설임도 없이 그가 이끄는 대로 가볍게 내디뎠다.

그야 또 한편으로는 알고 있었기 때문이다. 에드윈은 단 한 번도 나를 나쁘게 한 적이 없는 좋은 사람이었다. 그에게는 아이처럼 순진해져도 속을 염려가 없다는 것을 나는 이미 이해하고 있었다.

그것은 에드윈이 설령 적이라 해도 변함이 없을 그의 사람 됨됨이다. 만약 전장에서 적으로 만난다면 그는 나를 단번에 죽일지언정 다른 이들처럼 이용하고 우롱하지 않을 사람이다. 그런 짓을 못 하는 게 아니라 안 하는 사람이었다.

물론 군은 계급 사회이기에 그조차도 위에서 시킨다면 나쁜 짓임을 알면서도 해야 하는 상황이 아예 없을 수는 없다. 내 말은 그의 의도에 관한 이야기다. 그의 의도에 직접적으로 나쁜 것이 깃들었느냐 하는. 그런 마음의 이야기다. 그리고 그렇지 않기에 더욱. 에드윈은 비열한 명령을 듣고 싶지 않아서 스스로 명령하는 위치로 올라가려는 사람이기도 했다. 그런 사람이 새삼 나에게 나쁜 짓을 할 거라는 생각은 들지 않았다. 물론 그를 끌어올려 주고 있다는 언니가 나를 납치하라고 시켰다면 모를 일이긴 하지만 그런 상호 이해의 상황마저도 사실 지금으로선 아무래도 좋았다. 나는 답답해서 금방이라도 돌아 버릴 것 같았다.

커피숍으로 내려올 때부터 지켜보고 있던 경호원들이 우리의 뒤를 빠르게 쫓아왔다. 이내 그중 하나가 에드윈을 가로막으며 내게 물었다.

"무슨 일이십니까."

"답답해하길래 바람 좀 쐬어 주려는 거야."

"전 사모님께 물었습니다."

에드윈의 말에 무뚝뚝하게 대꾸한 경호원은 나에게서 시선을 떼지 않았다. 나는 이내 괜찮다고 말하며 에드윈에게 잡혀 있던 팔을 부드럽게 거뒀다.

"중장님은 나와도 예전부터 알고 지낸 지인이세요. 성격이 좀 급하셔서 오해를 불렀네요. 별일 아니에요. 그냥……"

"잠시 같이 바깥 공기나 좀 쐬려고 그런 거야."

에드윈이 내 말을 끊고 대뜸 대꾸했다. 나는 왜인지 한숨이 나올 것 같은 것을 참고 그의 말에 덧붙였다.

"그냥 같이 산책을 좀 하려고요. 총사령관님은 피곤해하셔서 대신 같이 가 주시겠다고…….'"

에드윈이 내게 고함친 것을 뻔히 봤을 그들이었지만 내 말이 떨어지자 더 앞을 막지는 않았다. 그저 경호를 위해 함께 가겠다는 말을 했다. 에드윈은 마음대로 하라고 했다.

그와 나는 호텔 건물을 나서서 호텔 측에서 관리하는 산책로로 들어섰다. 경호원들은 거리를 두고 우리를 따라왔다.

별로 기운이 나지 않아서 오래 걷지는 못하고 지붕이 있는 벤치에 에드윈과 나란히 앉았다. 에드윈은 조금 전 경호원이 건네준 코트를 여미고 있는 나를 가만히 바라보다 문득 입을 열었다.

"안 묻겠다고 해 놓고 미안한데. 늘 그런 식이야?"

"예?"

"자네와 총사령관. 그렇게 늘 일방적이냐고."

"아니요……. 평소엔 안 그래요."

"그래? 그럼 오늘이 이상한 날인 건가?"

"네……."

"흐음. 알 듯 말 듯 하네."

에드윈은 생각에 잠겨 미간을 찌푸렸다 펴기를 몇 번 반복했다. 그는 다시 멀뚱한 얼굴로 돌아와 말했다.

"뭐 말해도 상관없겠지. 오늘 말이지. 릭크리만 전 대장의 처형이 있었어."

"아……."

"혹시 알고 있었어?"

"아니요."

모르는 척했다. 에드윈은 그러냐며 가볍게 고개를 끄덕였다.

"어쨌든, 그건 사수들이 방아쇠만 당기면 끝이었지. 근데 처형 직전에 집행 사수가 아닌 다른 자의 총알에 그가 죽었어. 심장에 딱 한 발. 저격이야."

나는 잠자코 그의 이야기를 들었다. 에드윈은 의심의 기색도 보이지 않고 말을 이어 갔다.

"범인은 누군지 몰라. 저격 지점을 찾았어도 이미 사라져 있었으니까. 예측은 해 봤자지. 그는 전 정권의 핵심 인물 중 하나였고 그에게 원한을 가진 사람이 한둘은 아닐 테니까. 자리엔 기자도 있었어. 그러니 조용하게는 끝나지 않을 거야. 총사령관은 꽤 골치 아프겠고. 한동안 또 군이 도마에 올라 쪼여질 테니까."

"그렇군요."

"뭐 아까 자네 꼴을 보아하니 총사령관은 자네에게 그 스트레스를 풀려 했던 모양이지."

"……."

에드윈은 말없이 코트 주머니에 손을 넣는 날 가만히 바라보다 말했다.

"백작 부인은 아마 오늘 성묘를 다녀왔을 거야. 그녀는 부모님을 예전 살던 집터에 묻었다더군."

"……."

"가 보고 싶진 않아?"

"……."

"나는 그녀와 자네가 자매라는 사실을 알고 있어. 물론 자네가 이스트란에서 나갈 때까진 전혀 몰랐지만 그 후에 어찌어찌 알게 됐거든. 그래서 묻고 있는 거고. 자네는 언니와 만나고 싶지 않아?"

"……글쎄요."

내 대답에 에드윈은 약하게 한숨을 내쉬었다.

"그럼 다시 묻지. 이미 돌아가는 상황이야 알 테니 곧바로 묻겠어. 자네는 여왕이 되고 싶어?"

"……글쎄요."

역시나 같은 대답을 하자 에드윈은 약간 답답한 표정을 지었다.

"이런 말 하긴 정말로 미안하지만, 나는 자네가 여왕이 될 만한 사람이라곤 생각하지 않아. 솔직하게 말하면 자네의 능력 범위 밖이라고 생각해."

"왜요?"

내 물음에 그는 당연하다는 듯 대꾸했다.

"나약하니까."

"아하하⋯⋯."

"정신적인 면이 말이지."

나는 소리 죽여 폭소하며 상체를 깊게 숙였다. 에드윈은 웃지 않았다. 그저 내 웃음이 잦아들길 기다렸다. 그리고 한참 후 내가 웃음을 멈추자 에드윈은 쐐기를 박았다.

"나는 자네가 총사령관을 떠나 잠적하는 걸 권하겠어."

"⋯⋯."

"안 그러면 자네는 죽을 거야."

에드윈은 뭘 몰라도 한참을 몰랐다. 쥬페도라를 떠나서 잠적하라고? 어떻게? 그게 가능했으면 내가 지금 이러고 있지도 않았다. 설령 가능하다 해도 언제 들켜 끌려갈지 몰라 늘 살얼음판을 걷는 듯 살면서 지쳐 가겠지. 그거라고 쉬울 것 같은가.

나는 이미 산다는 것에 별로 미련이 없다. 처참한 삶을 이어 가느니 차라리 죽는 게 나을 수도 있다는 걸 지독하게 체감한 뒤니까.

그저 이렇게 아무것도 못 하고 죽는 건 도무지 납득이 안 되는 탓에. 조금이라도 쥬페도라의 가슴에 흠집을 남기기 위해 이렇게 목숨을 연명하는 것이다.

나는 벤치에서 일어났다. 바깥 공기를 좀 쐬니 머리가 한층 맑아졌다.

"그 말 그대로 언니한테 전해 주세요."

"그녀는 내가 지킬 거야."

"그래요? 그럼 중장님께 말해야겠네요."

아직 앉아 있는 그를 내려다보며 나는 마치 속삭이는 어투로 말했다.

"몸조심하세요. 중장님."

그와 나는 서로를 잠시 더 바라보았지만 곧 내가 먼저 발길을 돌렸다.

"레이시 준위."

제이라는 서드 네임을 알려 줬음에도 에드윈은 나를 또 레이시라고 불렀다. 나는 이번엔 그 이름에 반응하지 않았다. 그 이름은 이제 나와 상관없다며 서슴없이 앞으로 발을 옮겼다. 뒤편에서 에드윈의 목소리가 들려왔다.

"얼마 전 루이의 재판이 있었어."

하지만 그 말에는 나도 모르게 멈춰 버리고 말았다. 갑자기 발이 땅에 붙은 듯 떨어지질 않았다. 에드윈은 내 등에 대고 담담한 어조로 말을 이었다.

"무혐의. 풀려났지."

"……."

"그는 곧바로 잠적했어. 현재 행방은 오리무중이고."

나는 애써 아무렇지 않은 척 에드윈을 돌아보았다. 에드윈은 날 똑바로 응시하며 충고했다.

"등 조심해."

에드윈과는 그길로 헤어져 경호원들과 함께 호텔로 돌아갔다.

되돌아가는 길에 자연스레 루이의 얼굴을 떠올렸다. 또 어느 날의 섹스 중에 날 죽이고 싶다 말했던 정념에 잠긴 목소리도. 원치 않게 루이를 한번 떠올리자 그 뒤로는 온통 그에 관한 것들로 가득 차 도무지 떨쳐 낼 수가 없었다. 겨우 진흙 속에 묻어 놓고 있었건만. 심연을 건드려 흙탕물을 일으킨 에드윈에게 원망이 들기도 했다. 끊임없이 이어지는 머릿속 상념에 괴로워하는 사이 내 발은 어느새 건물 입구를 지났다.

쥬페도라가 있는 방으로는 가지 않았다. 나는 제인의 방 문 앞에 서서 혹시 흐트러진 곳은 없는지 머리와 옷매무시를 다시 한 번 살피고 매만졌다. 이윽고 가볍게 문을 두드리자 머지않아 방문이 열리며 제인이 고개를 빠끔히 내밀었다. 나는 태연을 가장하고 제인을 향해 입가를 올려 보였다.

"잤어?"

"아니요."

제인은 작게 대꾸하며 내가 들어올 수 있도록 문을 넓게 열어 주었다. 안으로 발을 들여놓자 내 등 뒤로 문을 닫는 소리가 이어졌다. 제인은 얼른 발을 옮겨 테이블에 아무렇게나 놓여 있던 수건을 들어 욕실 안으로 던져 치웠다.

"낮잠을 많이 자서 그런지 잠이 안 왔어요. 그래서 운동을 좀."

약간 흐트러진 방 안을 정돈하는 제인의 목 뒤로 땀이 조금 흐르는 게 보였다. 나는 제인을 말렸다.

"치우는 건 안 해도 돼. 그냥 둬도 호텔 관리인들이 알아서 치워 줄 테니까. 그러니 편히 있어. 그리고 몸이란 게 안 쓰다 보면 무뎌지는 거니까, 잘했어. 방 말고는 마땅하게 운동할 만한 곳도 없잖아. 아, 그래. 이참에 개운하게 씻고 나와. 나는 신경 쓰지 말고."

"네."

제인은 내 말에 따라 순순히 욕실로 들어갔다. 욕실 문이 닫히자 나는 침대에 걸터앉았다가 이내 실내화를 벗고 올라가 한편에 자리를 잡고 누웠다. 애초에 아이 전용 방도 아니었고 침대 역시 성인 두 사람이 누울 만한 사이즈다. 제인과 내가 충분히 눕고도 남았다.

물론 그래도 이렇게 다짜고짜 쳐들어와 침대를 차지하는 변명이 될 수는 없겠지만 말이다.

스스로 생각해도 좀 뭐하다 생각이 들긴 했다. 하지만 낮에 제인과 함께 낮잠을 잔 뒤 너무나 개운했던 게 뇌리에 박혀서 어쩔 수가 없었다. 어쩌면 나는 앞으로 틈만 나면 제인 옆에서 자고 싶을지도 모른다.

그거 꽤 곤란한데. 만약 애가 다 커서도 이러면……

"으……."

거기까지 생각하다 손으로 내 이마를 탁 때렸다. 미쳤나 보다. 제인은 쥬페도라와 관계를 끝내기 전에 내보내겠다고 이미 계획하고 있지 않았나. 뭘 또 혼자 신나 얼토당토않은 미래를 상상하는 건지. 하루빨리 제인과 리체를 만나게 해 줘야겠다. 내 주제에 애는 무슨. 내가 제인에 대해 생각해야 할 것은 그따위 망상이 아니다. 물론 어지간하면 내보낸 후에도 그 애가 성인이 될 때까지 지켜 줄 보호자가 되면 좋겠지만 역시 거기까지 생각하는 건 사치에 가까웠다.

그러니 제인이 성인이 될 때까지 그 애를 지켜 줄 믿을 만한 사람을 미리 결정해 둬야 했다. 그게 아니면 십중팔구 쥬페도라의 손아귀로 떨어지게 될 것이다. 그것만은 내 선에서 막아 둬야 한다.

미미? 티안? 베르만 대령이 좋을까? 눈을 감고 곰곰이 생각에 잠겼다가 얼마 후 다시 눈꺼풀을 열며 상체를 일으켜 세웠다.

언니에게 부탁해 보면 어떨까.

무릎에 팔을 세우고 손에 머리를 숙여 받쳤다. 그게 제일 안전하지 않을까. 내가 여왕이 될 생각이 없다는 걸 알면 부탁을 들어줄 듯도 한데…… 하지만 아직은 그쪽으로 마음이 별로 기울진 않는다. 아직 언니의 생각이나 언니 주변에 어떤 사람들이 있는지 알 수가 없으니까.

그쪽에도 쥬페도라와 같은 사람이 있다면 제인은 내가 뜻한 바에서 어긋나 다시 이용되는 물건으로 전락할 것이다. 현재 제인을 이용하고 있는 내가 할 생각은 아닐지도 모르지만 나는 제인이 어른들의 상황에 따라 이리저리 휩쓸리는 삶을 살지 않았으면 한다. 그건 무척이나 괴로운 일일 테니까. 내 밑에서 벗어나면 그 뒤론 자유롭게 원하는 대로 살게 해 주고 싶었다.

그 순간 문득 머리를 스치고 지나가는 사람이 있었다.

에드윈.

"……."

그가 가장 적합한 사람이긴 했지만…… 나는 이내 다시 의기소침해졌다. 그동안 주는 것도 없이 도움만 받은 주제에 제인의 일까지 부탁하는 건 너무 뻔뻔한 생각이었다. 무엇보다 그는 이제 내 부탁을 들어줄 이유가 전혀 없었다. 그는 언니의 사람이었다.

욕실에 들어갔던 제인이 나왔다. 잠옷으로 갈아입고 나온 제인은 내가 제 침대를 차지하고 앉아 있는 것을 보곤 선뜻 다가오질 못했다. 나는 제인에게 가까이 오라며 옆자리를 손으로 두드렸고 그제야 아이가 다가와 시트에 올라앉았다. 나는 표정이 별로 없는 제인의 얼굴을 들여다보며 물었다.

"넌 동생을 찾으면 어떻게 하고 싶니."

"같이 살고 싶어요."

"어디서?"

"산이든 바다든 리체만 있으면 어디든 상관없어요."

"보호자는?"

"리체는 제가 지키면 돼요."

"뭐로 벌어먹고 살 건데?"

"둘만 살게 되면 이것저것 찾아봐야겠죠."

"······."

애초에 별로 기대하지도 않았지만······. 제인은 생각보다 더 미래에 대한 계획이 없었다. 물론 이 애를 탓할 생각은 없다. 아직 어리기도 하고 그간 섬에 박혀 있었으니 세상 물정을 모르는 게 당연하니까. 나는 스무 살이 넘도록 세상 물정을 몰랐다. 나에 비하면 제인은 아직 괜찮다. 나는 제인의 머리를 쓰다듬다가 곧 손을 거뒀다. 가슴이 조금 욱신거렸다.

'너 내 아이가 될래?'

내 몸 하나 간수하기 힘든 상황에 그런 무책임한 말이 나올 것 같아 괴로웠다. 나도 모르는 사이 정이 들어 버렸다. 그리고 이렇게 불현듯 깨달아 버린 것이다. 정이 들기 전에 모든 일을 끝낼 수 있을 거라 생각했는데 실패했다.

예전에 창문에서 떠밀렸다가 깨어난 후 당신의 애가 아니라면 내가 죽이겠다 했던 말에 쥐페도라가 코웃음을 쳤던 게 떠올랐다.

증명할 수도 없을뿐더러 만약 아니란 걸 알게 되어도 정이 들어 버릴 것이라고. 그렇기 때문에 결국 죽이지 못하고 묻고 살게 될 것이라고. 어쩌면 정말 그 말대로 됐을지도 모르겠다.

물론 이제 와 새삼 머리를 굴리지 않아도 나는 진작부터 쥐페도라의 입장을 머리로는 이해할 수 있었다. 그의 말은 틀리지 않았다. 냉정하게 사물을 보는 그의 판단이 맞을 것이다. 하지만, 하지만 그래도······ 아이는 단순한 사물이 아니지 않은가.

불확실하다는 이유로 그렇게 간단히 잘라 버릴 수 있을 만큼 아무것도 아닌 존재가 아니지 않느냔 말이다. 무엇보다 나는 임신이 굉장히 어려운 체질이다. 어쩌면 평생에 다신 없을지도 몰랐다. 쥐페도라가 그런 내 마음을 헤아렸다면 그런 방식을 취해선 안 됐다.

하지만 그는 자신의 그 완벽한 기질을 참지 못하고 마음에 뿌리내린 불확실성을 기어이 없애 버렸다. 그는 자신을 위해 나를 배려하지 않았다.

설령 정말로 모건의 애였더라도 쥬페도라가 내게 한 짓은 너무 과했다. 어떤 남자가 임신한 아내를 창밖으로 떠밀어 유산시킬 생각을 하는가. 그러고도 어떻게 뻔뻔하게 계속 결혼 생활을 유지할 수 있다고 믿는가. 하지만 쥬페도라는 아무 문제 없다고 믿는 것 같았다. 감정 없이 이해득실로만 움직이는 기계가 아니고서야 어떻게 그게 가능한가.

쥬페도라는 나를 놓아줘야 옳았다. 아이를 빼앗았으면 응당 그다음에 이어질 대가를 받아야지. 하지만 쥬페도라는 그마저도 들어주지 않았다. 나를 사랑해서? 글쎄.

그를 용서하고자 조사했으나 내가 알아낸 건 그의 탐욕뿐이었다. 그는 앞으로의 이득을 가늠하며 나를 억지로 붙잡고 있었다.

그게 과연 사랑일까. 내가 생각하기엔 아닌 것 같다.

내 아이가 왜 죽었어야 했나.

쥬페도라의 이기심 때문이다. 그는 가슴이 찢어지는 고통이란 걸 모르는 게 틀림없었다.

나는 쥬페도라를 죽일 생각은 없다. 아니, 반드시 살려 둘 것이다. 그가 나를 창문에서 떠민 것 이상으로 그에게 절망을 안겨 줄 거고 그 절망을 안고 끝까지 살아가길 바란다.

그러니 그가 제발 모든 게 순조롭게 돌아가고 있다 믿기를 바란다. 내가 상처를 이겨 내고 있다 믿기를 바란다. 미래를 향한 꿈과 희망을 부디 열심히 가꾸길 바란다. 나는 그 끝에서 기다리고 있다가 시기가 당도하면 그가 내미는 모든 것을 찢어발겨 줄 것이다. 그 후엔 너 때문에 내가 너무나 괴로웠노라 원망을 퍼부으며 끝을 고할 것이다. 그렇게 나는 완전히 그에게서 벗어날 것이다.

하지만 내 곁에서 그 꼴을 보게 될 제인은 과연.

그러니까 그 전에 제인이 머물 곳을 결정해야 했다.

나는 제인을 향해 웃음 지었다.

"대견해."

"네?"

"너는 리체에게 좋은 오빠가 될 거야."

제인은 조금 쑥스러운 기색을 보였다.

"내 언니는 나에게 그리 좋은 언니가 아니었어. 언니에게도 나는 그리 좋은 동생이 아니었고."

"……동생은 동생이에요. 좋고 나쁘고는 없다고 생각해요. 화가 날 때는 있을지도 모르겠지만……."

"그래?"

"다른 사람들의 사정 같은 건 잘 모르겠지만, 전 어른이 되어도 리체가 소중할 거 같아요."

약간 웃음이 나왔다. 비웃음이 아니라 그냥 귀여워서.

"부모님은 어떤 사람이었어?"

"몸이 약한 분들이셨어요. 자신들이 죽고 난 뒤 제가 어떻게 될지 항상 걱정했어요."

"어쩐지 미안해지는구나."

"왜요?"

"그야 널 이런 상황에 처하게 했으니. 내가 좋을 대로 이용하고 있잖아."

"절 섬에서 꺼내 주셨어요. 전 은혜를 입었고 갚아야 해요."

"미안. 반드시 자유롭게 풀어 줄 테니까 조금만 기다려 줘."

"딱히 지금도 불편하게 지내고 있지는 않아요."

"뭐 가지고 싶은 건 없어? 최대한 들어줄 테니까 필요한 게 있으면 언제든 편하게 말해. 물론 나한테."

"……고맙습니다."

"내가 할 말이지."

낮잠 때문에 잠이 오지 않았던 나와 제인은 새벽까지 소리를 낮춰 대화를 나눴다. 한동안은 앉아 있었지만 나중에는 침대에 누워 이불을 덮고 옆으로 마주 누워 보며 소곤소곤 말을 나눴다. 어중간한 어른의 사고를 하는 제인이 재밌기도 하고 씁쓸하기도 했지만 결과적으론 꽤 즐거웠다. 아이란 게 접하지 않았을 당시에는 막연하게 그냥 순수하고 철없는 존재라고 생각했는데 어쩌면 그게 아닐지도 모른다는 생각이 들었다. 내 어린 시절이 어땠는지 희미하기 때문인가. 어쨌든 제인은 아무 생각도 없지는 않았다. 나름의 판단과 계산도 할 줄 알았으며 그렇게 순수하지도 않았다. 물론 성인만큼 깊지도 않았지만 내가 생각했던 것만큼 바닥까지 얕은 것도 아니었다.

다른 아이들은 모르겠지만 적어도 제인은 그랬다. 그리고 나는 대책 없게도 그런 제인에게 조금 더 정이 들어 버렸다.

사실 이제 적당히 거리를 두는 게 앞으로의 내 신경 안정을 위해 좋다는 판단이 들긴 하지만 문제는 내게 그러고 싶은 의지가 없었다.

바보 같은 어른이다.

제인의 방에서 밤을 새우고 아침이 되어서야 내 방으로 돌아갔을 때 쥬페도라는 이미 깔끔하게 나갈 준비를 다 마친 상태로 테이블에 앉아 책을 읽고 있었다. 쥬페도라는 책에 시선을 고정한 채 짧은 아침 인사를 건넬 뿐 다른 말은 하지 않았다. 어제 그와 나 사이에 일어났던 일이 마치 아예 없었던 것처럼 여유로운 태도였다. 하지만 우리 사이의 벽은 평소보다 더욱 두드러져 어색한 분위기가 만들어졌고 쥬페도라는 문득 읽고 있던 책을 덮으며 내게 명령했다.

"여행은 여기까지 하고 그만 남부로 돌아가."

"……."

"방해돼."

"……알았어요."

어차피 릭크리만도 죽였겠다 사실 나도 이 이상의 여행은 무의미했다. 쥬페도라가 그걸 알고 나에게 돌아가라 말하는 건 아니라고 생각하지만 어쩌면 의심 정도는 하고 있을지도 모른다. 물론 그래 봤자 증거를 찾긴 어렵겠지만. 그는 내가 그러겠다고 답하자 자리에서 일어나 코트를 팔에 걸치며 말했다.

"여행 마지막이니 다 같이 식사 정도는 하지. 먼저 내려가 있을 테니 제인 데리고 내려와."

"네."

쥬페도라가 방을 나선 뒤 곧바로 나도 나갈 준비를 했다. 제인도 준비시켜 함께 내려가자 경호원들은 우리를 호텔 안에 있는 레스토랑으로 안내했다. 아침 식사를 위해 내려온 투숙객들이 제법 많이 보였다. 쥬페도라가 기다리고 있는 자리는 빛이 잘 드는 위치에 있었다. 제인과 함께 자리에 앉자 쥬페도라가 무심히 입을 열었다.

"꽤 기다릴 것 같아서 주문은 내가 알아서 했는데. 괜찮지?"

"괜찮아요."

"제인은 혹시 못 먹는 거라든가 있나?"

쥬페도라가 제인에게 시선을 돌리며 물었다.

"아니요. 없어요."

무표정이기에 그리 드러나진 않았지만 제인은 쥬페도라에게 조금 기가 죽어 답했다. 쥬페도라에게서 냉랭한 기운이 풀풀 풍기는 것을 알아챘기 때문이리라. 꽤 예민한 구석도 있는 아이였다.

"그래? 다행이군."

쥬페도라는 그 후 눈을 내려 말없이 신문을 보았지만 머지않아 갑자기 생각났다는 듯이 다시 고개를 들었다.

"그러고 보니 어제 조금 문제가 있었다던데. 길에서 제인을 잃어버렸었다고?"

"아…… 금방 찾았어요."

"제인. 어쩌다 그렇게 된 거지?"

쥬페도라는 내 말에 대꾸하지 않고 제인에게 물었다. 제인은 입을 우물거리듯 움직이다 곧 조심스럽게 답했다.

"사람들이 많아서, 휩쓸렸어요. 빠져나오려고 했는데 그게 잘 안 돼서……."

"……."

"……죄송합니다."

눈을 내리깔고 죄송하다 말하는 제인을 쥬페도라는 잠시간 물끄러미 바라보다가 다시 신문으로 눈을 돌렸다. 그는 느긋하지만 단단한 어조로 말했다.

"네가 평범한 집의 아이가 아니란 자각은 하고 있나?"

"예……."

"네 행실 하나로 타인의 입에 부모의 평이 오르내린다. 내가 너에게 신경 쓰기 전에 알아서 조심하는 편이 좋을 거야."

"……네."

제인의 대답을 들은 쥬페도라는 그 화제를 더는 꺼내지 않았다. 그대로 식탁은 조용해졌다. 쥬페도라가 신문 넘기는 소리만 간간이 들렸다.

쥬페도라가 신문을 반 정도 넘겼을 때 식사가 나왔다. 쥬페도라는 그제야 신문을 접어 옆으로 치워 두며 식기를 들었다.

"먹지."

"맛있게 드세요. 제인도 맛있게 먹으렴."

"네……."

쥬페도라는 이제 제인에게 눈길조차 주지 않았지만 제인은 계속 긴장하는 기색이었다. 접시 위의 음식도 거의 먹는 시늉만 한다. 어쩌면 쥬페도라에게 식사 예절을 트집 잡힐까 봐 걱정하는 것 같기도 했다.

그 모습을 보자 절로 체할 것 같은 기분이 들었지만 나는 제인을 도와줄 수 없었다.

"돌아가면 뭘 할 생각이야?"

"그야 여행하기 전과 같겠죠. 특별할 게 있을까요."

"어쩐지 가시가 느껴지는군."

"그럴 리가요. 평온하다는 의미였어요."

제인 다음으론 내가 쥬페도라의 상대를 해 줘야 했기 때문이다. 의미도 없이 그저 자리를 부드럽게 메우기 위한 장식 같은 대화였지만 애써 말에 성의를 담는 척했다. 하지만 썩 집중이 되진 않았다. 옆에서 식기 부딪히는 소리도 내지 않으려 노력하는 제인이 신경 쓰였다. 나는 제인을 보지 않으려고 노력하며 쥬페도라의 말에 더 귀를 기울이는 척을 했다. 문득 쥬페도라의 입에서 에드윈에 대한 화제가 나왔다.

"어젯밤 에드윈 중장과 산책을 했다고 하던데."

"답답해서 나가려는 참에 우연히 만났어요. 그러고 보니 당신에게 인사 전해 달라고 했었네요."

"방에 날 혼자 두고 나가서 중장과 데이트라. 별로 썩 좋진 않군. 역시 화내야 하는 걸까?"

"미안해요. 제 전 상관이기도 했고 어색해지지 않으려 좀 살갑게 대하다 보니 그렇게 됐어요. 당신이 싫다면 다음부턴 그러지 않을게요. 화내지 말아요."

억지로 짓는 웃음이 티가 나지 않길 바랐다. 다행히 쥬페도라는 별다른 트집을 잡지 않았다.

아침 식사를 끝마치고 쥬페도라를 배웅했다. 그가 시야에서 사라지자마자 나는 제인의 손목을 잡아채 돌아서며 옆을 지키고 있던 고용인에게 말했다.

"제인 방으로 룸서비스 좀 올려 보내 줘요. 방금 먹었던 메뉴 빼고 아무거나."

"알겠습니다."

그대로 제인을 끌고 머무는 층으로 올라왔다. 제인의 방 안에 들어와 문을 닫고 나서야 팔을 놓아주고 테이블 앞으로 가 앉았다. 담배를 꺼내 물고 신경질적으로 라이터를 틱틱 돌리고 있는데 문 근처에 가만히 서 있던 제인이 문득 입을 열었다.

"저기…… 죄송해요."

"뭐?"

무슨 이상한 소리를 하나 싶어 제인을 쳐다보았다. 제인은 왠지 면목 없다는 얼굴을 하고 있었다. 나는 그제야 부글부글 끓던 마음을 애써 가라앉히며 호흡을 천천히 늦췄다. 좀 진정하고 나서야 제인에게 말했다.

"창문 좀 열어 줄래."

제인은 곧바로 발을 옮겨 커튼과 창문을 활짝 열었다. 찬 바람이 들어와 방 안의 공기를 갈아 치운다. 나는 불을 붙인 담배를 빨았다가 곧 연기를 길게 내뱉었다.

"화가 좀 났던 건 사실이지만 너 때문은 아냐."

"……."

"그러니까 기죽을 거 없어."

"네……."

하지만 그렇게 말해도 이미 처져 버린 제인의 기분은 그리 회복되는 거 같지 않았다. 쥬페도라와 나 사이의 부정적인 감정에 제인이 바로 영향을 받아 그게 자기 때문이라 여기는 건 그리 바람직하지 않다. 나는 약간 가슴이 찔렸다.

이상하게도 쥬페도라 앞에서는 잘도 감춰졌던 기분이 제인 앞에선 잘 숨겨지지가 않았다. 나는 화를 삭이려 담배만 뻑뻑 피우다가 한참이 지나서 룸서비스가 들어오자 그제야 담배를 끄고 자리에서 일어나 창문을 닫았다. 테이블에 음식이 다 놓인 뒤 호텔 직원에게 팁을 건네 내보냈다. 직원이 나가며 문을 닫는 것과 동시에 나는 아직 멀뚱멀뚱 서 있는 제인에게 말했다.

"미안."

"……?"

"정말로 너에게 화내고 있던 게 아냐. 내 기분이 나빴을 뿐이지. 물론 그것 역시 네 탓은 아냐. 그냥 내 문제야. 그러니 그런 얼굴 하지 마. 내가 잘못했어."

"……아니에요."

비로소 흘러나오는 조금 부끄러운 듯한 제인의 대꾸에 나는 약간 웃었다. 제인도 나도 기분을 바꿀 필요가 있었다.

"아까 제대로 못 먹어서 배고프지? 먹자. 나도 아까는 음식이 잘 안 넘어가서 양만큼 못 먹었어."

"네."

제인이 의자에 앉아 포크를 들었다. 그 옆에 앉은 나는 제인이 곱채 썰린 채소 더미를 포크로 뒤적이는 걸 보고 얼른 고기를 먹기 좋은 크기로 잘라다 접시째로 앞에 놔 줬다.

"고기 많이 먹어. 고기. 얼른 커라."

아까와는 다르게 이번엔 둘뿐이라 그런지 훨씬 편안하게 식사를 할 수 있었다. 제인은 부끄러운 기색을 보이면서도 내가 밀어 주는 접시들을 차근차근 비웠다. 제인은 체력 좋고 잘 움직이는 만큼 먹기도 잘 먹었다. 입술을 닫고 오물오물 씹는 입가가 약간 귀엽기도 했다. 나는 제인을 챙겨 주느라 그리 먹지 못했지만 그래도 왠지 배 속이 충만한 거 같았다.

식사를 마친 후 우리는 남부로 돌아가기 위해 호텔을 나섰다. 새벽에 잠도 거의 못 잔 데다 이젠 배도 부르겠다 슬슬 졸릴 법도 한데 돌아가는 차 안에서도 눈을 붙이지 않았다. 그렇다고 새벽 때처럼 대화를 나눈 것도 아닌데 영 잠이 오지 않았다. 제인에게 졸리지 않냐고 물었더니 괜찮다는 대답을 했다.

출발한 지 3시간이 지났을 무렵 좀 흐리다 싶던 하늘에서 눈이 오기 시작했다. 자연히 차의 속도가 줄어들며 도착 예정 시간이 늘어난다. 그런데도 별로 지루하지 않았던 이유는 창밖을 내다보며 내리는 눈을 멍하니 구경하는 제인을 쳐다보고 있었기 때문이다. 창에 비친 제인의 얼굴은 언뜻 막 세상 밖으로 빠져나온 강아지 같기도 했다.

근처에 마땅한 식당이 없어 점심은 길가의 노점에서 간단한 음식을 사 와 차 안에서 요기를 했다. 나나 제인은 그리 입맛이 까다롭지 않기 때문에 딱히 불만 같은 건 없었다. 오히려 제인은 노점 음식이 더 입에 잘 맞는 듯했다. 하지만 함께 온 고용인들의 생각은 다른지 내가 괜찮다고 몇 번을 말해도 도무지 몸 둘 바를 몰라 했다. 누가 보면 죽을죄라도 지은 줄 알겠다.

남부에 도착하자 메오른이 맞아 주며 마침 때가 되어 식사를 준비해 뒀다면서 우리를 바로 식당으로 안내했다. 줄곧 차 안에만 있어서 별로 소화가 되지 않았던 나는 별로 입맛이 없어서 한 입 먹고 식기를 내려놨다. 그에 비해 제인은 깨끗하게 접시를 비웠다.

남부 저택엔 쥬페도라가 없었으므로 굳이 내 수면을 위해 제인의 방을 찾진 않았다. 누구나 혼자만의 공간과 시간이 필요한 법이고 나로 인해 제인이 괜한 스트레스까지 받게 하고 싶진 않았다. 물론 나로서는 조금 아쉬운 일이긴 했다.

저택에 돌아온 뒤론 리체를 남부로 이동시킬 계획을 미미와 의논했다. 머지않아 제인을 데리러 갔었던 그 고아원으로 리체를 완전히 옮길 수 있었다. 이리저리 입막음으로 돈이 꽤 많이 들어갔지만 메오른에게 돈을 받아 낼 핑곗거리 같은 건 얼마든지 있었으므로 제인의 방에 있는 금고는 아직 안전했다.

나는 메오른과 상의해 그 고아원을 정기적으로 후원하기로 했다. 메오른이 적당한 금액을 제시하고 내가 허락하자 그는 다음 달의 예산부터 고아원 후원 항목을 넣어 놓겠다고 답했다. 메오른은 이상할 정도로 내게 잘 맞춰 줬다. 내가 뭘 하든 순순히 따라 주는 편이다. 가끔은 궁금하고 수상할 법도 한데 그는 언제나 내 심기를 우선하듯 조심스럽게 대했다. 그는 마치 내가 이곳에 정을 붙이길 바라는 사람 같았다.

어쨌든 일은 순조롭게 처리되어 어느덧 제인과 리체의 만남만을 앞두고 있었다. 고아원으로 향하는 내내 제인은 긴장하고 있었는데 나중엔 내가 부르는 소리를 못 들을 정도로 정신을 팔았다. 사실 썩 좋은 기분은 아니었지만 애를 상대로 화내기도 우스워져서 어른인 내가 이해하기로 했다.

고아원에 도착하자 원장이 급하게 밖으로 나와 우리를 맞아 줬다. 귀한 고객을 대하듯 그녀는 내 눈치를 과하게 살폈다. 원장을 따라 고아원 복도를 걷다가 곧 한 방문 앞에서 멈췄다.

"이 방입니다. 몸이 많이 약하더군요. 조금 신경 써야 할 것 같아서 특별히 혼자 방을 쓸 수 있도록 했어요."

원장의 말에 제인은 금세 걱정 어린 눈빛을 했다. 나는 모르는 척 제인에게서 눈을 거뒀다.

"신경 써 줘서 고마워요."

"별말씀을요."

원장이 노크를 하곤 문손잡이를 돌려 열었다.

"리체. 손님이 오셨단다."

방 안에 있는 건 제인보다도 훨씬 작은 아이였다. 흰색 목 티에 빨간 체크무늬의 멜빵 원피스를 입은 소녀는 침대에 걸터앉아 헝겊으로 만든 토끼 인형을 쓰다듬고 있었다.

소녀는 이내 문밖에 서 있는 우리를 보고는 주춤주춤 자리에서 일어났다. 깔끔하게 빗어 내린 머리 위로 단조로운 머리띠가 제법 어울렸다. 파리한 안색 때문인지 타고난 분위기인 건지 조용하고 차분해 보이는 게 작은 몸집과는 별개로 어른스러울 것 같기도 했다.

하지만 나는 그 애가 별로 마음에 들지 않았다. 물론 내가 키울 애도 아니니 내 맘에 들고 안 들고는 상관없는 일이지만, 저렇게 병약한 아이여서야 앞으로 제인의 고생문이 훤히 보였다. 하지만 이미 데려와 버렸고 방해해 봤자 소용없겠다는 생각이 들어서 그 생각을 굳이 드러내진 않았다. 그저 제인의 등을 밀어 그 애만 방 안으로 들여보냈다. 제인이 얼떨결에 안으로 들어가며 날 돌아보았다. 나는 손목시계를 들어 확인한 뒤 제인에게 말했다.

"천천히 얘기 나눠. 두 시간 후에 데리러 올 테니까."

제인의 대답을 듣지 않고 문을 닫으며 돌아섰다. 원장은 나와 미미를 응접실로 안내해 차를 내줬다. 소파 근처에 선 미미는 찻잔을 받긴 했지만 마시진 않고 근처에 내려놓았다. 경호원으로서 당연한 일이었다. 이해한다는 듯 슬쩍 웃은 원장도 그저 미미만 빼놓기가 뭐해서 차를 건넨 것 같았다.

문득 운동장에서 놀던 아이들 몇이 싸움이 일어났는지 소란스러워졌다. 원장이 양해를 구하며 자리에서 일어섰다. 이내 응접실엔 미미와 나 둘만 남았고 그제야 미미가 조심스레 내게 말을 걸었다.

"저기, 할리."

"어?"

"저기…… 미안해."

"뭐가?"

뜬금없는 소리에 의아해하며 미미를 바라보았다. 어째선지 손가락을 꼼지락대고 있던 미미는 울상이 되어 우물쭈물 말했다.

"있지…… 리체를 남부로 이동시키던 때에…….."

"어."

"……베어랑 카이한테 들켰어…….."

"뭐? 왜? 자세히 말해 봐."

내 표정이 어땠는지 모르겠지만 어쨌든 별로 좋진 않았던 듯하다. 미미는 움찔하더니 다시 불쌍해 보이는 표정으로 변명하기 시작했다.

"걔들은 나한테 어떻게 된 건지 말하라고 추궁했지만, 나 그래도 아무 말 안 했어. 근데도 금방 네가 시킨 거 알더라고……"

절로 한숨이 나왔다.

"그래서? 그 녀석들은 뭐래?"

"딱히 아무 말도…… 아. 그러고 보니 루이 씨가 나왔다는 소식이 있더라. 그래서 그런가? 별말 안 하더라고."

"그래 봤자 총사령관한테 보고하겠지."

"아, 아냐! 내가 말하지 말아 달라고 했어. 걔들도 말하지 않겠다고 그랬고."

나는 코웃음을 치며 담배를 빼 물었다.

"그걸 믿어?"

미미는 금세 주눅 든 얼굴이 되었다. 그래도 그놈들의 변호를 그만두지는 않았다.

"정말이야…… 말 안 할 거야……"

"그걸 네가 어떻게 알아."

"그게…… 걔들도 조금 손을 보태 줬거든. 그래서 제인 때보다는 덜 위험했어……"

나는 신경질적으로 담배를 꺾었다. 두 동강이 난 담배를 재떨이에 버리고 마른세수를 하는 내게 미미가 조심스러운 어조로 말했다.

"베어가……."

고개를 들고 미미를 보았다.

"너랑 얘기를 좀 하고 싶대."

"나는 걔랑 할 말 없는데."

"화해하고 싶은 걸지도 몰라."

"핫, 잘도 그러겠다."

코웃음을 치긴 했지만 내가 베어랑 얘기를 나눌 필요는 확실히 있었다. 미미의 말처럼 화해 목적이 아니라 베어가 어떤 생각을 하는지 가늠해 봐야 했다.

"오늘 밤에 뒷문 바깥으로 나오라고 해."

미미는 금세 화색을 띠며 고개를 여러 번 끄덕거렸다.

8과 1/2. 루이

중간에 얻어 탄 트럭 뒷자리에서 뛰어내린 루이는 운전수에게 가볍게 손을 흔들어 감사를 전하곤 몸을 돌렸다. 발이 남부 땅을 밟자마자 제일 먼저 생각나는 건 담배. 트럭 뒤에선 달리는 속도 때문에 담배를 피울 수가 없었다. 하긴 얼어 죽지 않은 게 더 다행이지만. 더럽게 추웠다.

칙— 성냥을 그어 일으킨 불꽃을 담배 끝에 붙였다가 이내 손을 흔들어 껐다. 약하게 코끝을 자극하는 나무 태운 불 냄새가 어느새 완전히 습관이 되어 지금은 이 냄새 없이 담배를 피우면 별로 맛이 없다. 주위에서 라이터를 쓰라고 아무리 권해도 성냥을 고집하는 이유였다.

"후우……."

담배를 물고 언 손을 코트 주머니에 찔러 넣는다. 옅은 입김과 함께 허공에 피어오르는 연기를 보다가 곧 하늘을 쳐다보았다. 그러다 문득 코트 주머니에서 한 손을 꺼내 손목시계를 확인한다. 2시 반. 아직 어두울 시간은 아닌데. 뭐라도 쏟아질 예정인지 하늘엔 먹구름이 가득했다.

아직 한창 겨울이라지만 사실 수도에 비하면 남부의 겨울 따위 봄이나 다름없었다. 눈이 오는 건 드물다. 기껏해야 비나 한바탕 내리고 말 것이다.

그래도 일단은 어디론가 들어가야 할 것 같아서 잠시 고민했다. 돈이 없는 건 아니지만 수중에는 별로 없다. 재판 끝나고 바로 향한 곳이 여기라 감옥에서 나올 때 받아 걸친 옷 속에 들어 있던 50실버가 다다. 물론 거래하는 은행의 지점이 이곳에도 있기에 꺼내는 건 별로 문제 되지 않지만 그렇게 하면 위치가 드러날 확률이 높아진다.

어떻게 할까.

고민은 별로 길지 않았다. 발길은 곧장 베어의 집으로 향했다. 어차피 녀석은 수도에서 주로 근무하기 때문에 남부에 얻어 둔 집은 거의 쓰지 않을 것이다. 가는 길에 간단하게 배를 채울 빵과 술을 사 들고 녀석의 집이 있는 지저분한 골목으로 들어섰다. 머지않아 당도한 낡은 다세대 주택의 나무로 된 계단을 밟을 때마다 끼익끼익 시끄러웠다.

녀석의 집은 3층. 잠긴 문 앞에서 이걸 부술까 딸까 고민하다가 곧 손에 든 종이봉투를 바닥에 내려놓고 쪼그려 앉았다. 봉투에서 술병을 꺼내 땄다. 마개가 따다닥 소리를 내며 열린다. 마개가 돌아가는 방향을 따라 밑으로 생겨난 얇은 철사를 떼 내고는 다시 술병 입구를 막았다.

떼어 낸 철사를 이로 잘근잘근 씹어 얇고 판판하게 펴고는 그걸 열쇠 구멍 속으로 밀어 넣는다. 이건 잘 구부러지기 때문에 다른 것보다 조금 요령이 필요했지만 곧 적당한 틈 사이에 끼워 넣고 문고리를 가볍게 딱 치자 안쪽에서도 탁 소리가 들려왔다. 그제야 철사를 빼고 손잡이를 돌려 문을 연다.

예상했던 대로 집 안엔 아무도 없었다. 거기다 바깥과 별다르지 않은 집 안의 싸늘한 공기에 꽤 오랫동안 쓰지 않았다는 걸 알 수 있었다. 어차피 잠만 자는 집이었을 것이다. 거실과 방의 구분이 없는 원룸. 현관 외에 문이 달린 곳은 화장실뿐이었다.

구석에 처박혀 있는 이동 난로를 끌어와 연료통을 열어 보자 하룻밤 정도는 버틸 만큼 기름이 들어차 있었다. 버튼을 눌러 데워지도록 기다리며 탁자 역시 침대 앞까지 끌고 와 그 위에 빵과 술을 올려놓았다.

빈집에 불을 켜기도 뭐해서 전등도 켜지 못하고 침대에 걸터앉아 있다가 문득 이 우중충한 분위기가 짜증 나져서 조금 추울 걸 각오하고 커튼을 열었다. 하늘도 어두컴컴했지만 커튼 쳐 놓은 것보다는 나았다.

빈속을 채우기 위해 빵을 조금 뜯어 먹다가 별로 입맛이 없어져서 다시 봉투 안에 던지듯이 놓고는 술병을 잡아 들었다. 마개를 열고 두리번거리다 곧 자리에서 일어나 한편의 찬장에서 머그 컵 하나를 꺼내 가져와 그 안에 술을 따랐다. 난로 때문인지 술을 마셔서인지 금세 몸이 따뜻해지며 입고 있던 코트를 벗어도 별로 춥지 않게 되었다.

하지만 취하지는 않았다. 일부러 독하다는 녀석을 사 왔는데도 정신은 멀쩡하다. 이젠 조금 느슨해져도 괜찮다 싶은데 이 예민한 신경은 술에 취하는 것조차 받아들이질 않는다. 아직도 임무가 끝나지 않았다는 듯이 기민하게 주변의 소리와 냄새를 잡아내고 숨을 죽인다. 그러자 옆집과 아랫집, 그리고 윗집에서 들려오는 말소리라든가, 갓 만들어진 음식 냄새가 더욱 그를 고독하게 만들었다. 문득 침대에 뒤로 벌렁 누워 버리며 눈을 감았다.

하지만 얼마 후 극심하게 사람의 온기가 그리워지며 눈을 뜬다. 여자 살냄새가 맡고 싶다. 결국 다시 몸을 일으켜 머리를 긁적이다 코트를 주워 입고 밖으로 나선다. 길거리를 좀 걷다가 아까 술을 샀던 가게로 들어가 술을 더 샀다. 사실 남은 돈으로 싸구려 창녀를 살 수도 있었지만 결국은 남은 돈을 탈탈 털어 모조리 술을 사 버린다.

마치 사춘기 숙맥이라도 된 것 같은 기분에 스스로도 어이가 없어서 헛웃음을 흘렸다. 그럼에도 두 손 묵직하게 들고 베어의 집으로 돌아가는 발걸음엔 별로 미련이 없었다.

무절제하게 즐기는 성격은 아니지만 그렇다고 여자에 대해 까다롭다고 생각하지도 않는다. 더군다나 한 번 안고 끝인 창녀의 경우엔 더욱. 잠시나마 외로움은 달랠 수 있을 터다. 하지만 그 후에 자신이 안고 있는 게 그녀가 아니라는 허무함에, 그리고 그녀가 손에 닿지 않아 창녀를 안아 버렸다는 비참함을 달랠 방도가 없음을 알고 있었다.

베어의 집으로 돌아와 술병들을 늘어놓고 컵에 조금씩 따라 마시며 문득 빗소리가 들려 창밖을 바라보았다. 기어이 오나 보다. 빗물은 창문을 적셔 아래로 흘러내리고 있었다. 여전히 취하지 않아 답답해진 머릿속은 이제 쓸데없는 기억을 곱씹기 시작한다.

할리.

할리. 할리. ……할리.

그녀는 알고 있을까.

할리라는 이름은 사실 자신이 지어 줬다.

이 정도면 중증이다 싶을 정도로 정신병자처럼 그녀만을 떠올리는 스스로가 어이가 없다. 들고 있던 컵을 탁자 위에 내려놓고 담배를 꺼냈다. 몇 개비 남지 않은 것을 보며 아까 술 사 오면서 같이 살 걸 하고 후회한다. 하지만 그런 아쉬움도 잠시, 머지않아 연기를 들이마시며 다시 그녀를 떠올렸다.

사람의 기억이란 참으로 간사스러워서 곧잘 왜곡을 한다. 당시엔 전혀 아무렇지도 않았던 것들이 지금은 사랑한다는 이유로 그 기억이 눈부실 정도로 빛이 난다. 그리고 그 뒤에 따라오는 배신의 기억은 당시보다 더한 고통을 동반해 그를 괴롭게 했다.

덕분에 웃을 수도 울 수도 없는 기분이 되었다.

너만은 믿었는데 따위의 생각을 한 것은 아니다. 그것은 자신과 같은 녀석들에게 생존의 기술이다. 때문에 루이는 감정적으로 이해할 수는 없어도 그녀로서는 그럴 수밖에 없었던 거라고 애써 받아들이고 있다. 단지 괴로웠다. 안 된다고 생각했던 것이 드디어 손안에 들어왔다고 여겼는데 결국은 다 제 착각이었던 것이.

사람의 마음을 있는 대로 뒤집어 놓고 기어이 고백까지 하게 만들더니 결국 돌아온 것은 뒤통수다. 손해도 이런 손해가 또 있을까.

아무리 콩깍지가 씌워져도 그렇지 어째서 몰랐던 걸까. 어째서 한순간이나마 제 것이라고 생각했던 걸까. 어째서 함께할 수 있을 거라 생각했을까.

어째서.

그녀에겐 자신밖에 없다고 믿어 버렸던 걸까.

지독한 년, 악마 같은 년이라고 아무리 원망해도 소용이 없었다. 자신이 군 감옥에서 고문받으며 죽어 가는 동안에도, 민간 감옥으로 이동되어 치료받는 동안에도, 다 나아서 재판을 앞두고 있을 때에도 그녀는 제 앞에 나타나지 않았다. 뒤늦게 나타나 손이 발이 되도록 빈다 해도 절대 용서하지 않겠다 생각하면서도 은연중엔 사실 기다리고 있었다. 그리고 그녀가 이렇게 늦어지는 건 틀림없이 쥬페도라가 막고 있기 때문이라 생각했다. 그렇게 믿고 싶었다. 사실은 그녀를 용서하고 싶었다. 하지만 에드윈 중장에게서 대략적인 상황을 전해 들었을 때 그 기다림은 기어이 울분이 되어 터져 나왔다.

　'아. 너는 나 따윈 정말 잊어버리기로 한 거구나.'

　조금이나마 남겨 둘 여지도 없이 그녀는 루이의 안에서 완벽하게 나쁜 년이 되어 버렸다. 당하고 가만있는 것은 견딜 수가 없어서 풀려나자마자 이곳 남부로 향했지만 그는 도착하자 돌연 날씨를 핑계 대며 이렇게 그녀를 만나러 가기를 주저하고 있다.

　막상 만나게 되면, 용서할 자신이 없다. 그리고 죽이지 않을 자신이 없다.

　"후우……."

　상념은 어느새 그녀를 지나 이번엔 쥬페도라에게로 흘렀다. 그 인간만 생각하면 절로 미간이 찌푸려진다.

　한창 고문받고 있었을 때, 루이는 쥬페도라의 그 한결같은 무심한 표정을 보자니 문득 배알이 뒤틀려 온몸의 힘이 다 빠진 와중에도 그를 도발했었다.

　'그 녀석. ……쿨럭. 후우…… 맛있었어?'

　'…….'

'……맛있었지?'

'……'

그 주변 놈들은 꽤나 불편한 표정으로 허공을 응시했지만 쥬페도라는 여전히 무심한 얼굴로 담배만 피워 물고 있었다.

그게 더 약이 올랐다. 때문에 저 얼굴에 금이 가는 걸 보고야 말겠다는 의지로 음담패설의 강도를 높였다.

'맛있었을, 후…… 거야. 그도 그럴 것이, 내가 가르쳤으니까.'

'……'

'그 녀석, 처음엔 엄청 서툴러서 말이지……. 처음에 펠라를 시키니 토했다니까.'

'……'

'키스, 체위…… 표정, 성감대…… 신음 소리 하나조차도…… 내 지도를 거치지 않은 게 없어. 어쩌면 내가 가르친 걸 토대로 처음부터 작정하고…… 콜록! 윽……! 당신을 유혹했던 걸지도 모르지. 아니, 확실해. 으윽…… 당신도 그 녀석한테 이용당하는 거라고. 당신만 특별하다고 착각하지 마. 멍청하긴…… 당신이나 나나 뭐가 그리 다를 거 같아?'

'……'

'콜록……!'

내장이 상해 깊은 기침을 하며 피를 토해 내는 루이를 바라보던 쥬페도라가 얼마 후 담배를 바닥에 버리며 발로 밟았다. 그가 의자에서 일어나며 말했다.

'날 화나게 하고 싶은 건가? 굳이 그렇게 하지 않아도 나는 충분히 화가 나 있는데 말이야. 쓸데없이 부채질을 하는군.'

그 말에 루이는 그저 낄낄댔다. 화가 났다는 그 말이 유쾌했다. 그

러자 쥬페도라는 옅은 한숨을 쉬더니 고문 도구가 있는 쪽으로 걸어
가 나이프를 하나 집어 들고 루이에게 다가왔다.

쥬페도라는 루이를 잠시 빤히 바라보다가 문득 눈을 똑바로 마주
친 상태로 그의 옆구리에 칼날을 찔러 박았다. 그는 이를 악물고 신
음하는 루이를 한동안 바라보다 곧 나이프를 뽑지 않은 채로 손을 놓
으며 부하들에게 지시했다.

'적당히 치료해서 죽지 않게 해 둬. 말 그대로 죽지 않을 만큼이면
되니까. 고문은 멈출 필요 없다.'

'죽⋯⋯여!'

끊어질 듯한 외침에 막 돌아서던 그가 다시 루이를 돌아보았다. 쥬
페도라는 여전히 무심하고 담담했다.

'농담하지 마. 내가 널 그리 쉽게 죽여 줄 거라 생각한 거냐? 너
같은 녀석에겐 쉽게 죽여 주는 게 자비. 몸도 마음도 너덜너덜해
져선 그만 이 거지 같은 세상 등지고 싶은 마음뿐일 테니까. 그러니
까 살려 두는 거지. 너도 알다시피 내 성격이 그리 좋지만은 않잖
나.'

쥬페도라가 싸늘하게 가라앉은 눈으로 루이를 응시했다.

'그리고 네 물음에 답해 주자면, 그래. 그녀는 여러모로 참 맛있어.
사실 모건만 아니었으면 문제 될 게 아무것도 없었지. 물론 네가 우
리 사이에 끼어들 틈 같은 건 더욱 없었을 거야. 그러니 너로선 모건
에게 고마워해야 하는 건지도 몰라. 잠시나마 행복했지?'

'크읏⋯⋯!'

'지금 그녀와 내가 좀 꼬여 있는 건 사실이지만⋯⋯ 그래도 뭐. 그
리 걱정은 안 해. 이래저래 속을 좀 썩여도 몸은 제법 순종적인 게 아
마 그게 본래 성격일 테니까. 물론 네가 잘 가르친 덕분이기도 하고

말이야. 고맙게 생각하고 있어.'

'…….'

'앞으로도 즐겁게 잘 먹을게.'

그리고 꼴사납게도 루이는 그 말에 되레 상처를 입으며 할 말을 잃었다. 그 말을 듣기 전까지 그는 그보다 더한 말로 그녀를 창녀로 매도했음에도 말이다. 이것저것 다 진 것도 모자라 쥬페도라에겐 결국 말발로도 져 버렸다. 어느 한구석 좀 허술해야 인간적일 텐데 쥬페도라는 끝까지 재수 없는 인간이었다.

상념에서 벗어난 루이는 손으로 머리칼을 헝클이며 컵에 담긴 술을 한 번에 다 넘겼다. 그녀를 생각하며 조금 감상적이 되었던 게 쥬페도라로 연관되자 갑자기 열불이 뻗쳐오른다. 곧 입 밖으로 작게 욕지거리를 하며 어느새 거의 다 탄 담배를 끄고 다시 새 담배를 물었다.

망할 년. 남자 보는 눈도 지지리게 낮다.

그렇게 밤새 술을 마시다가 새벽녘에 겨우 눈을 붙였을 때였다. 문득 멀리서 삐걱— 하고 나무 바닥 밟히는 소리가 들려왔고 루이는 눈을 번쩍 떴다. 이 건물은 낡아 빠졌기 때문에 복도나 계단에서 누군가 걸으면 여지없이 소리가 난다. 이웃집의 누군가가 잠도 안 자고 돌아다니는 걸 수도 있었다. 하지만 그 소리가 점점 다가와 이집 문 앞에서 멈췄을 때, 루이는 지체 없이 침대에서 몸을 일으켰다.

코트를 잡아 들고 창문을 붙잡는다. 안쪽에서 잠근 문고리에 열쇠가 끼워 맞춰지는 소리가 들리고 이내 달칵 고리가 빠지며 문이 열렸다. 루이는 창문 잠금쇠를 밀어 따고 한 발을 창틀에 올려놓았지만 빌어먹을 창문이 뻑뻑해서 잘 열리지가 않았다. 결국 제때 나가질 못

하고 말았다. 숨을 크게 삼키며 고개를 돌리자 방 안의 침입자를 맞아 총을 꺼내 겨눈 베어와 눈이 마주쳤다.

"……."

"……."

무슨 생각을 하는지 그대로 멈칫한 베어를 보며 루이는 어금니를 악물었다.

"……."

"……루이 씨?"

눈을 피하지 않은 채로 침묵하며 저 녀석을 5초 안에 눕혀 버리고 도망갈 기술들을 대충 서른 가지 정도 떠올렸을 때, 베어가 뒤늦게 그를 알아봤다는 양 놀란 얼굴을 하며 총을 내렸다. 총을 거둔 건 베어를 위해서도 다행이었다. 루이의 도주 레퍼토리 서른 가지 중 스물다섯 가지는 죽이는 방법이었으니까. 하지만 아직 루이는 긴장을 풀지 않았다. 그에 비해 베어는 긴장감도 없이 안으로 들어와 문을 닫으며 한숨을 쉬었다.

"도둑인 줄 알고 깜짝 놀랐습니다."

베어는 루이를 어쩔 생각 없다는 듯이 침대로 걸어가 털썩 앉으며 말했다. 루이는 베어를 가만히 바라보다가 그가 총을 탁자 위에 던지듯이 내려놓고 나서야 눈을 돌리며 머리를 긁적였다. 긴장감도 없는 놈. 덩달아 저까지 맥이 빠져 버렸다.

베어는 이내 자리에서 일어나더니 찬장에서 다른 컵을 가져와 탁자 앞으로 앉았다.

"재판이 잘 끝났다는 말은 들었지만 그 후의 소식이 전혀 없어서 궁금하던 참이었습니다. 여긴 언제 왔습니까?"

"어제 오후에."

자신이 사 온 술을 멋대로 따라 마시는 베어를 보며 루이 역시 맞은편에 털썩 앉았다. 베어는 컵을 들고 잠시 눈동자를 올려 뭔가 생각하는 듯하다가 곧 다시 루이를 바라보았다.

"혹시…… 할리를 죽이러 온 겁니까?"

"이젠 그런 이름이 아닐 텐데."

"다른 눈을 신경 쓸 자리가 아니니까 상관없습니다. 그리고 원래 이름보단 이편이 부르기 편합니다. 귀족들 이름은 왜 그렇게 하나같이 쓸데없이 긴 건지."

"태생 잘났다고 폼 잡는 거야."

"아…… 그렇군요."

짧게 웃으며 농담조로 대꾸했지만 베어는 그걸 또 진지하게 듣고 앉아 있었다. 예전부터 농담이 잘 안 먹히는 타입이었다.

"그래서? 결국 제 질문은 어떻다는 겁니까? 할리를 죽이러 온 겁니까?"

"너랑 상관없잖아."

"잠시나마 머물 공간을 제공했으니 들려줘도 괜찮지 않습니까."

"너 내 술 마셨잖아. 그걸로 퉁친 거야."

"한 모금 마셨는데……."

쩨쩨하다는 눈으로 잠시 루이를 바라본 베어는 컵 안에 남은 술을 한 번에 다 마시고 내려놓았다. 그리고 한동안 침묵했다가 문득 다시 입을 열었다.

"저…… 두 사람 사이의 일은 제가 상관할 일이 아니지만……."

"알면 상관 마."

"……."

퉁명스러운 대꾸에 베어는 한숨을 내쉬었다.

"그래도 안 죽이면 안 되겠습니까."

"핫. 너희들 사이에 친구의 정이라도 있다는 거냐? 별 웃기지도 않게."

"……적어도 루이 씨가 할 말은 아닌 것 같은데요."

루이는 절로 울컥하며 베어를 쏘아봤지만 그렇다고 딱히 할 말이 있는 것도 아니라 그냥 입을 다물었다. 하긴 사랑 타령하며 그녀를 데리고 도망친 자신이 할 말은 아니었다.

'아. 진짜 그때 내가 왜 그랬을까.'

등신같이. 그간 알고 지낸 모든 인간들의 입방아에 오르며 평생 놀림감이 될 게 뻔했다. 뭐 어차피 그들 역시 더는 볼 일도 없다는 생각을 하고 있지만 그래도 사람 일이라는 게 어떻게 될지 알 수가 없는 거라서 심히 찜찜했다. 사실 오늘 베어를 만난 것도 예정엔 없었으니 말이다.

자괴감과 쪽팔림 사이에서 허우적대는 루이에게 베어가 말했다.

"그리고 지금 할리는 애 데리고 여행 가서 저택엔 없습니다."

"애?"

"……거기에 반응하는군요. 역시."

이 자식이. 특유의 무표정한 얼굴로 동정을 표하는 베어에게 쥐고 있는 컵을 던져 버리고 싶은 걸 참으며 루이는 입을 다물었다. 베어는 그의 궁금증을 금방 풀어 주었다.

"입양아입니다. 할리가 총사령관에게 다시 돌아오고 얼마 지나지 않아 들였습니다. 그 두 사람도 나름 노력해 보겠다는 뜻이 아니겠습니까."

"……."

"뭐 루이 씨에겐 좋은 소식도 뭣도 아니겠지만."

"시끄러."

루이는 핀잔하듯 대꾸하며 어느새 비워 버린 컵에 술을 따랐다. 사실 마음은 말투만큼 가볍지 않았다. 노력이라고? 자길 이 꼴로 만들어 놓고 무슨 노력. 망할 것들이. 아, 진짜 죽여 버릴까. 지금 기분으론 별 망설임 없이 죽일 수 있을 것 같다. 아, 여행 갔다고 했지. 망할.

머릿속으로 저택에 들어갈 방법을 떠올리다 이내 그녀가 저택에 없다는 것을 상기하곤 생각을 그만두었다. 대신 부글대는 속을 달래려 연거푸 술을 마신다. 베어가 곧 새 술병을 따 루이의 잔에 다시 채워 주고 이어 자신의 술잔도 채우며 말했다.

"원하는 만큼 여기 있어도 상관없습니다. 그에게 보고하지는 않겠습니다. 그리고 기분이 좀 가라앉으면 할리를 한번 만나 보고 그걸로 끝내 주세요. 그래도 열은 받으셨을 테니 주먹 한 대까지는 못 본 척해 드리겠습니다. 그러니 핀 포인트가 어딘지 잘 생각해 보고 치세요."

"그러니까 네가 뭔데 이래라저래라······."

"여기선 경호원이죠. 그녀에게 무슨 일이 생기면 저도 곤란해집니다."

"······."

"물론 친구의 시체를 수습하는 것도 싫습니다."

"······."

"죽이지 않겠다고 약속한다면 루이 씨가 할리를 만나는 것에 조금이나마 손을 보태 드리겠습니다. 아니면 저도 그에게 보고하는 수밖에 없습니다."

"나는 이 자리에서 널 죽이고 나갈 수도 있어."

"그렇겠죠. 근데 만만하게 죽어 줄 생각도 없을뿐더러, 설사 그렇게 된다 해도 별로 상관없습니다. 제가 24시간 이상 연락이 안 되면 동료들이 여기로 올 테고 그때 제 시체를 발견할 테니까요. 숨겨도 소용없습니다. 시체가 없어도 보고는 들어갑니다. 체계가 그렇게 되어 있으니까요. 시기나 정황, 그리고 인맥상 아무래도 루이 씨가 의심받을 테고 그럼 뭐…… 총사령관이 이번에야말로 루이 씨를 잡기 위해 혈안이 될지도 모르겠군요. 말해 두지만 루이 씨 또 들어가면 그때는 나오기 힘들 겁니다. 아시죠? 총사령관, 두 번은 잘 안 당하는 거."

"그 전에 내가 맘먹고 숨으려 들면 아무도 못 잡아."

"그럴지도 모르겠지만 결국 할리를 만날 수는 없을 겁니다. 경호는 더욱 강화될 게 뻔하고 어쩌면 총사령관이 있는 수도의 저택으로 옮겨 갈지도 모르지요. 총사령관의 눈을 피해 도망 다니면서 그의 근처에 있는 할리를 만날 수 있겠습니까? 그것도 혼자서? 못 본 사이에 꽤나 무모해지셨군요."

루이는 탁자 끝에 있는 베어의 총을 슬쩍 보았지만 이내 눈을 돌리며 한숨을 내쉬었다. 왜 뭘 하려고 하면 죽이는 시나리오가 가장 먼저 떠오르는 건지. 이것도 직업병이라면 자신을 이렇게 만든 안보국과 쥬페도라에게 정신적 손해 배상을 청구하고 싶을 정도다.

루이는 결국 그녀를 죽이지 않기로 베어와 약속을 했다. 더불어 만남의 자리에서 베어가 자신을 감시하는 것도 말이다. 사실 루이도 그녀를 죽이고 싶지 않아서 바로 찾아가지 않았던 것이므로 그 정도의 족쇄가 있는 편이 조금이나마 안전하다고 여겼다. 자기도 모르게 죽이려 들 수도 있으니까. 물론 맘먹고 실행하려 들면 굳이 못 할 것도 없지만 그건 본의가 아니다.

금방이라도 죽이려 달려들듯 씩씩대며 홧김에 여기까지 와 버렸지만 사실 루이는 그저 그녀를 한 번만 더 만나고 싶었다. 그냥 한 번만 더 그녀의 얼굴을 보고 싶었다.

루이는 베어에겐 나중에 갚겠다 하고 당장 생활할 돈을 조금 빌렸다. 그걸로 입고 다닐 옷이나 먹는 걸 해결하기로 했다. 이 좁은 집에다 큰 사내놈 둘이서 생활할 것은 조금 걱정했지만 베어는 그가 있는 동안은 카이와 지내기로 했다. 거기는 손님용 방이 하나 있다고 한다. 루이는 다행이라 생각하면서도 왜 그 녀석은 손님용 방이 따로 필요하냐고 중얼거렸고 베어는 말없이 약간 이상한 얼굴을 했다. 그걸 보고 루이는 대충 눈치챘다. 여자 들이는 방인 거냐.

그러고 보니 예전에 미미를 대하는 카이에게서 묘한 기류를 느끼긴 했었다. 둘이 그런 사이라도 이상할 건 없다. 어쨌든 이걸로 자신이 불면증에 시달리지 않아도 되니 상관없었다.

그녀의 여행은 꽤 길었다. 고문과 옥살이가 아닌 일상생활을 영위한 덕인지 루이는 제 마음이 어느 정도 풍화된 것도 같다고 느꼈다. 하지만 그 생각은 아주 큰 착각이었음을 그로부터 그리 머지않아 알게 되었다.

그녀가 드디어 돌아왔다는 소식이 들려 몰래 찾아가 높은 담장 안을 넘겨보았을 때 루이는 하마터면 그대로 넘어가 그녀를 죽이려 달려들 뻔했다. 그도 그럴 것이 그녀는 정말로 저 같은 건 다 잊고 지내는 거 같아서.

간신히 참을 수 있었던 것은 입양아라던 소년의 얼굴을 보았기 때문이다. 그녀가 웃으며 머리를 쓰다듬는 소년은 어쩐지 낯이 익었다. 사실 그 자리에선 너무 열이 받은 상태라서 곧바로 떠올리지 못했지만 필사적으로 참고 베어의 집으로 돌아왔을 때 불현듯 떠올렸다. 루이는 그 소년을 만난 적이 있었다. 그녀와 함께 훈련섬에 들렀을 때 말이다.

제 기억이 맞다면 소년은 훈련생이었다. 거기다 자신들에게 모건의 정보를 전해 주기도 했다. 하지만 베어는 모르는 눈치였다.

루이는 그날 저녁 베어가 카이와 함께 잠시 집에 들렀을 때 그 당시 누가 자신에게 정보를 전했는지를 물었다. 베어는 미미가 보냈다고 답했다.

분명 베어와 카이는 자신과의 연을 생각해 손을 내미는 그녀를 돕지 않았다고 했다. 하지만 그 소년만 봐도 미미는 그녀를 돕고 있는 게 분명했다. 루이의 말을 들은 베어는 그제야 조금 당혹스러운 얼굴을 했다. 다행히 미미에겐 아직 그가 돌아왔다는 말을 하지 않았다고 했다. 알고 있는 건 베어와 카이뿐. 카이는 어쩐지 요즘 들어 미미가 자주 만나 주지 않는다며 열이 받아 소리쳤다가 곧 얼굴이 하얗게 질렸다.

"이 사실이 총사령관의 귀에 들어가면 미미가 위험해질 거예요!"

베어는 흥분한 카이를 보며 소리 없는 한숨을 내쉬고 있었다. 결국 두 사람이 미미를 돕기로 결정하는 건 그리 오래 걸리지 않았다.

또 얼마의 시간이 지났다. 루이는 드디어 그녀를 만나기로 했다. 더 질질 끌다간 베어와 카이 녀석들에게도 쓸데없는 정이 붙어 참견하게 될 것 같았기 때문이다. 잘못하면 그 녀석들도 자신 때문에 채드 꼴이 날 수도 있다.

당시 루이와 함께 잡혔던 채드는 현재 에드윈 중장이 돌봐 주고 있다. 나름 잘됐다면 잘된 일이지만 그 전에 적지 않게 고생한 건 사실이라 루이는 채드에게 부채감이 있었다.

베어는 그녀를 만나게 해 달라는 루이 말에 잠시 생각에 잠겼다가 고개를 끄덕였다.

그다음 날 그녀는 미미 그리고 소년과 함께 어디론가 외출했다가 저녁때서야 돌아왔다. 그리고 그날 바로 약속이 잡혔다며 베어가 알려 왔다. 그 자리에 루이가 대신 나가기로 하고 베어는 보이지 않는 곳에서 그를 감시하기로 했다.

루이는 어둠 속에 숨어 그녀를 기다리며 까만 하늘을 올려다보았다.

"베어?"

문득 베어를 부르는 그녀의 목소리가 들렸다. 어쩌면 사이가 소원해진 베어와 오랜만에 대화할 생각에 들떠 있을지도 모른다고 루이는 약간 안타깝게 생각했다. 미안해서 어쩌나.

말간 얼굴로 주변을 두리번거리는 그녀를 루이는 구석에 서서 가만히 응시하다가 문득 충동을 이기지 못하고 자리를 박차고 뛰었다.

"……!"

그녀의 놀란 시선과 마주쳤다. 루이는 순식간에 그녀의 머리칼을 휘어잡고는 그대로 어둠 속으로 끌고 들어갔다. 이건 약속과 달랐다. 베어는 곧 상태를 확인하기 위해 나타날 것이다.

"윽……!"

루이는 그녀의 머리칼을 놓고 대신 주먹으로 복부를 세게 가격했다. 허리를 굽히는 그녀의 목뒤를 후려치자 그대로 정신을 잃고 쓰러진다. 루이는 그녀를 받쳐 안았다가 어깨에 둘러멨다. 그리 멀리는 갈 수 없겠지만 숨는 건 충분했다. 베어는 금세 그들이 있는 곳을 지나쳐 다른 곳으로 달려갔다. 루이는 베어와는 반대쪽 길로 가 저택을 감싼 무성한 숲으로 들어갔다. 얼마 후 루이는 그녀를 나무에 기대앉혀 놓았다.

정신을 잃은 얼굴을 보자마자 루이는 살의가 이는 것을 느꼈다.

베어를 만나러 나오는데 왜 들떠 있는 거냐 넌. 설마 베어를 좋아했다거나 한 거라면 그건 그거대로 용서 못 한다. 잠시 손끝으로 그녀의 볼을 가볍게 툭툭 두드리며 입가를 비죽거린 루이는 이내 손에 힘을 실어 그녀의 얼굴을 세게 후려갈겼다.

파드득 정신이 든 그녀가 눈을 뜨고 루이를 바라보았다. 눈이 더욱 커진 그녀는 기특하게도 소리를 질러 사람을 불러 모으진 않았다. 그래도 양심이 찔리긴 했나 보지? 몇 대 더 후려 패거나 해서 입을 막지 않아도 되니 다행이었다.

루이는 그녀의 멱살을 잡고 굽혔던 다리를 펴 일어섰다. 일으키는 대로 순순히 끌려 일어나는 그녀는 그대로 얼어 버린 것처럼 보였다. 이런 상황을 조금도 예상하지 못했던 것도 아닐 텐데 놀란 얼굴이다. 바아~보. 하긴 이런 멍청한 면도 귀엽다고 생각했던 시기가 있었다. 뭐 그때는 그때고. 이제 이걸 어쩔까. 구워야 하나 삶아야 하나.

사실 이쯤 되니 루이는 그녀를 납치했던 모건의 마음을 어렴풋이 알 것도 같았다. 뭐…… 그놈만큼 크게 저지르지는 못하겠지만 그래도 마지막이니 키스 한 번 정돈 해 둘까.

루이는 내키는 마음을 굳이 거부하지 않았다. 그대로 손안에 잡힌 멱살을 끌어당겨 그녀와 입술을 맞부딪혔다.

"읍—!"

혀를 집어넣어 안쪽을 훑는 내내 그녀는 무슨 생각인지 이를 세워 제 혀를 물지도 않았다. 루이는 그것마저도 마음에 들지 않았다.

이봐, 이건 폭행이라고. 아무리 익숙하다지만 이렇게 포기하고 참으면 어떡해? 설마 쥬페도라가 줄곧 너한테 그런 짓을 해 온 건 아니겠지?

루이는 약간 그르렁대며 분을 표출했다.

그녀의 입 안은 조금 전의 손찌검으로 약간 찢어져 피 맛이 났다. 루이는 그걸론 부족해 이로 사정없이 그녀의 입술을 물어뜯고 더욱 피를 내 빨아 마시듯 입술을 비볐다. 그녀는 목이 졸리는 신음을 냈다. 옷깃을 죄어 잡아 실질적으로 목을 조르고 있긴 했으니 당연한 일이긴 했다.

하도 악마 같다고 생각해서인지 피도 쓴맛이 날 것 같았는데 목구멍에 넘어가는 것은 비릿하게 쇠 맛이 나는 것이 생각보다는 먹을 만했다. 루이는 한참 후 입맛을 다시며 그녀의 멱살을 놓아주었다. 그녀는 그대로 벽을 타고 주르륵 미끄러지듯 주저앉았다.

정말로 죽일 생각이었던 건 아니고 작별 인사를 하는 데 별로 방해받고 싶지가 않았다. 단둘만 있고 싶었을 뿐 베어와의 약속은 지킬 것이다. 루이는 그녀의 피가 묻은 제 입가를 손가락으로 닦았다. 그리고 멍청해진 얼굴로 입가에서 피를 흘리는 그녀를 내려다보며 말했다.

"잘 있어라."

물론 이건 거짓말.

'누가 너 따위 잘 살길 바랄 것 같냐. 불행해져라. 그 누구에게도 사랑받지 못하고 끊임없이 불행 속에 살아. 그리고 깨달아. 이 세상에서 마지막으로 너를 사랑할 수 있었던 사람이 나였음을. 후회해라. 계속. 네가 나를 놓은 것이 얼마나 어리석은 짓이었는지 평생에 걸쳐서 잊지도 못하고 미련스럽게 추억만 붙들고 살아.'

그것이 그의 진심.

하지만 또 한편으론 그녀가 행복했던 적이 있긴 한 걸까 하는 생각이 들며 루이는 돌연 쓴웃음이 나왔다. 줄곧 불행의 진창에서 굴러온 인생이 떨어져 봤자 얼마나 더 떨어질까. 기껏해야 죽는 걸 테지.

"앞으로 실수로라도 날 마주치지 않길 바라야 할 거다. 오늘은 그냥 가지만 다시 만나게 된다면 그때는 정말로 너를 죽일지도 모르니까."

그 짧은 인사를 끝으로 루이는 몸을 돌렸다. 애초부터 거창하게 할 말은 없었다. 그냥 얼굴 보며 제대로 끝내고 싶었을 뿐이다. 거슬리던 그녀는 더 이상 눈에 들어오지 않았다. 드디어 지긋지긋했던 것을 떨쳐 낼 때가 온 것이다. 루이는 아직 덜렁덜렁 매달려 있는 그녀를 향한 정을 심장과 함께 강제로 쥐어뜯기 시작했다. 더는 어영부영 방치할 생각 없었다. 그러자 떨어지지 않으려 더욱 악착같이 들러붙는 감정이 이젠 아주 발악을 한다.

'너는 지금이라도 나를 잡아야 해. 물론 나는 잡는다 해도 너를 뿌리칠 테지만 그래도 지금 손이 발이 되도록 빈다면 언젠가는 용서해 줄 수도 있어. 지금이 아니면? 영원히 용서할 수 없어. 기회는 지금뿐이야.' 라고 그녀에게 소리치고 싶은 말이 목구멍까지 차오른다. 하지만 꾸역꾸역 다시 넘겨 누르며 그녀를 뒤로하고 발을 뗀다. 애도 아니고 이 나이에 그딴 꼴사나운 말을 할 수 있을 리가 없다.

당연하다면 당연하달지. 아무리 걸어도 뒤에서 따라오는 기색은 없었다. 그 이전에 사과의 말도 듣지 못했다. 알았음에도 절로 욕지거리가 새 나온다. 나쁜 년. 끝까지 이가 갈리게 만드는 고집스럽고 지독하게 이기적인 나의 사랑. 기어이 제 심장은 피투성이로 바닥에 내팽개쳐진다. 이제 저것은 바닥에서 꿈쩍도 못 하고 바르작거리다 완전히 죽어 버릴 것이다.

루이는 그것을 돌아보지 않기로 했다. 그렇게 못 버리겠다면 사랑 같은 건 네놈에게 다 줘 버릴 테니 그거 끌어안고 멋대로 죽어 버리라고. 자신은 껍데기뿐이라도 계속 살아 나갈 것이다.

이젠 뒤돌아보아도 완전히 보이지 않을 만큼 멀어지고 나서야 루이는 발을 멈추고 하늘을 올려다보았다. 여기까지 와서도 차마 뒤를 돌아볼 수가 없어서 시선을 내리고 조용히 담배를 꺼내 문다. 불을 붙이고 크게 한 번 필터를 빨아들이고 나서야 루이는 성냥을 바닥에 버리며 다시 발을 떼었다.

생각보다 홀가분하진 않았지만 결국 이걸로 완전히 끝났다는 생각이 들었다. 문득 속에서 뭔가 울컥 넘어오려 했지만 루이는 이내 큼— 하고 짧게 목을 가다듬으며 억지로 참았다. 애꿎은 담배 연기만 투레질을 하듯 입 밖으로 내뱉을 뿐이다.

"푸우……."

'안녕. 할리.'

루이는 한 번 더 속으로 그녀를 향해 작별을 고했다.

'나는 너를 정말로 사랑했다.'

3권에서 계속

to my beautiful you

1판 1쇄 찍음 2019년 8월 27일
1판 1쇄 펴냄 2019년 9월 5일

지은이 펑크로드
펴낸이 정 필
펴낸곳 (주)뿔미디어

기획 · 편집 박경희, 권지영, 문지현
표지 디자인 우 물

출판등록 2002년 9월 11일 (제1081-1-132호)
주소 경기도 부천시 소향로 17, 303(두성프라자)
전화 032)651-6513   팩스 032)651-6094
E-mail bbulmedia@hanmail.net
비북스 http://b-books.co.kr

ISBN 979-11-315-9965-5 04810
ISBN 979-11-315-9969-3 04810 (SET)